中國
名言引語詞典

吳禮權 著

商務印書館

中國名言引語詞典

編　　著：吳禮權
責任編輯：趙　梅
封面設計：李小丹
出　　版：商務印書館（香港）有限公司
香港筲箕灣耀興道3號東滙廣場8樓
http://www.commercialpress.com.hk
發　　行：香港聯合書刊物流有限公司
香港新界大埔汀麗路36號中華商務印刷大廈3字樓
印　　刷：中華商務彩色印刷有限公司
香港新界大埔汀麗路36號中華商務印刷大廈
版　　次：2017年5月第3次印刷

ISBN 978 962 07 0355 3

Printed in Hong Kong

出版説明

名句，特別是那些經典名句，歷經千百年歷史滄桑，歷久不衰，是因為這些名句閃爍着前賢們思想的火花，凝聚着先哲們語言的智慧。從內容上看，這些名句，或是先哲前賢們“究天人之際”的睿智哲思，或是其“治國平天下”的經驗總結；或是其“俯仰天地間”的人生感悟；或是其抒發情性的心靈之花；或是其模山範水的生花妙筆；或是其超凡脱俗的意趣追求……總之，這些浸潤着中國傳統文化色澤、附麗着東方式人文精神的經典名句，是先哲千思萬慮的珍貴思想成果，也是前賢千錘百煉的語言珍品，更是中華民族優秀文化的重要組成部分。

體味這些經典名句的奧義深蘊，會讓我們從中獲取無盡的人生智慧；咀嚼這些經典名句的境象意蘊，會讓我們遨遊於中華文化博大精深的海洋之中而感到意趣無窮。“乘之愈往，識之愈真。如將不盡，與古為新”。名句恰到好處、畫龍點睛地運用，不僅使我們的談吐更優雅，使我們的文章更動人，更能激發出“思接千古”、“歷久彌新”的思想文化創造力。

編者從中國歷代引用頻率都比較高的經典名句中精選了 3000 餘條彙成一冊，通過對這些古代經典名句意蘊的剖析，為人們的讀寫實踐指點迷津，並提供“引經據典”的參考方便。同時，在名句意蘊解構的過程中，讓讀者可以由此及彼而對博大精深的中國傳統文化有個“管中窺豹”的粗略印象。

本詞典以大中學生與社會各界人士為對象，因此在編排上特別用心。有如下特點：一、所選名句具有權威性，歷來引用頻率較高；二、標明出處，清晰可靠；三、註釋詳盡準確。句中涉及到的難解字詞不僅有詳盡的語義解釋，還有語法說明。四、難句的串講力求“信”、“達”、“雅”，即：既忠於原文，字詞落實，又富於文采；五、點評精煉到位，可啟發讀者由此及彼，對名句所體現的奧義精蘊準確把握。

商務印書館編輯出版部

目錄

自然・風光

人文・社會

哲理·情感

哲理妙喻

百勝難慮敵，三折乃良醫。

註釋 出自唐・劉禹錫《學阮公體三首》之一。百、三，都是虛指，強調“多”之義。乃，是。

點評 即使是常勝將軍也難每次都料敵如神，多次折臂的人卻可能成為良醫。此言取得成功需要磨練，需要不斷的實踐經驗作基礎。

百足之蟲，死而不僵。

註釋 出自清・曹雪芹《紅樓夢》第二回。百足之蟲，即馬陸，有很多腳。僵，倒下。

點評 馬陸縱然死了，身體也不會倒下。此乃比喻某個人的勢力或某件事的影響最大的時期已經過去，但仍有相當的後續影響。

百星之明，不如一月之光；十牖之開，不如一戶之明。

註釋 出自漢・劉安《淮南子・説林訓》。牖，窗。户，門。

點評 一百顆星星的光芒，也抵不上月亮的明亮；十扇窗子全打開，也不如一扇門打開光線強。此以星月、窗戶光亮度的比較為喻，説明“質”與“量”的關係，“量大不如質高”的道理。引申論人才問題，則説明這樣一個“用人”之理：一個傑出的人才，要遠勝於千萬個平庸之才。俗語“千軍易得，一將難求”，也是這個道理。

百聞不如一見。

註釋 出自漢・班固《漢書・趙充國傳》。

點評 此言實踐的重要性。俗語説“耳聽為虛，眼見為實”、“説一千，道一萬，不如動手幹一幹”，其義都與此有相通之處。

彼一時，此一時也。

註釋 出自先秦《孟子・公孫丑下》。彼，那。此，這。也，句末語氣助詞。

點評 那是一個時候，現在又是另一個時候。這是孟子的名言，講的是時勢不同，情況也會隨之有所改變的道理。常用來強調要因時制宜的道理。

變則堪久，通則不乏。

註釋 出自南朝梁・劉勰《文心雕龍・通變》。變，指革新、發展。則，就。堪，可、能。通，指繼承。乏，缺乏。

點評 有革新就能持久發展，有繼承就能根深葉茂。此言雖是講寫文章既要學習前人的經驗，又要有所革新的道理，也道出了事物發展的普遍道理，講清了繼承與發展的關係。

不以規矩，不能成方圓。

註釋 出自先秦《孟子・離婁上》。以，用。規，指畫圓形的工具，即圓規。矩，指畫直角和方形的工具，即曲尺。

點評 不用圓規與曲尺，就畫不出圓形與方形。這是孟子在談治國之道時的一個比喻，強調工具與規範的重要性。今天用這句話強調做事要有規範。

不識廬山真面目，只緣身在此山中。

註釋 出自宋・蘇軾《題西林壁》。緣，因為。

點評 此以看山為喻，說明了要看清事物的本質，必須跳出圈外，與事物保持必要的距離。與“當局者迷，旁觀者清”的意思相同。

不積跬步，無以至千里；不積小流，無以成江海。

註釋 出自先秦《荀子・勸學》。跬步，半步。

點評 行千里路，如果不從一小步一小步走起，那就到不了終點；要成浩盪的江流與蒼茫無際的大海，如果不匯聚眾多細小的溪水，那是沒有希望的。此言以積步、積流為喻，意在說明學習知識需要日積月累、持之以恆。這個比喻也可說明這樣一個道理：做任何事都要從小處着手，踏踏實實做起。

不經一事，不長一智。

註釋 出自清·曹雪芹《紅樓夢》第六十回。

點評 此言只有經過磨煉，才能增長見識，有益於進步。與俗語“吃一塹，長一智”同義，都有強調從實踐中學習、從失敗中吸取教訓的意思。

才以用而日生，思以引而不竭。

註釋 出自清·王夫之《周易外傳·震》。以，因為。日生，一天天增長。思，此指大腦、腦力。引，引出，此指使用。

點評 有才能的人因為得到重用而才幹日益增長，大腦因為經常使用而越發靈活、思慮不絕。此言人的才幹是練就出來的，好的思想是勤奮思考的結果。

操千曲而後曉音，觀千劍而後識器。

註釋 出自南朝梁·劉勰《文心雕龍·知音》。操，彈奏。器，指劍器。

點評 此以操曲知音、觀劍識器為喻，說明要做作家的知音，自己應該有創作實踐經驗。這話本是講的文學創作上的鑒賞問題，也道出一個普遍性的哲理：實踐出真知。

沈舟側畔千帆過，病樹前頭萬木春。

註釋 出自唐·劉禹錫《酬樂天揚州初逢席上見贈》。

點評 詩人因為和柳宗元等一起參與王叔文所領導的革新活動，結果被貶出京，先後為朗州司馬、夔州刺史等職。此二句是詩人在“巴山蜀水淒涼地，二十三年棄置身”的貶謫生涯之後，面對朋友白居易的同情所抒發出的達觀的人生感慨。它以“沈舟”、“病樹”自喻，以“千帆過”、“萬木春”比喻自己被貶期間許多同輩春風得意、飛黃騰達的情形。在對比中寫出了自己坎坷的人生悲酸，表達了一種懷才不遇的沉痛感慨。由於詩句本身寫景所構擬的意象（沉舟擱岸、千帆競發，枯樹倒地、萬木爭春）具有鮮明的對比效果，從而使詩句別具一種深刻的哲理意味：新陳代謝，生生不息；舊的過去，新的必來。表現的是一種積極的人生態度。

成大功者不小苛。

註釋 出自漢・劉向《説苑・政理》。苛，苛求。

點評 此言做大事的人不必在細節問題上過分要求。也就是説，要着眼大局，抓大放小。用哲學術語説，就是要善於抓主要矛盾。

處晦而觀明，處靜而觀動，則萬物之情畢陳於前。

註釋 出自宋・蘇軾《朝辭赴完州論事狀》。晦，暗。則，那麼、就。畢，全部。陳，呈現。

點評 在暗處看明處，以靜觀動，那麼所有事情的真相都會呈現於眼前。此以觀物為喻，説明了這樣一個道理：看問題選擇好角度、掌握正確的方法，才能取得最好的效果。

春為花博士，酒是色媒人。

註釋 出自《京本通俗小説・碾玉觀音》。博士，與下句的“媒人”，皆指媒介。

點評 此以春天是花開的季節引類作比，以酒喻媒人，説明酒能亂性而易於引發人的淫慾，意在警醒世人飲酒當節制。

從善如登，從惡如崩。

註釋 出自先秦《國語・周語下》引古諺。從，聽從、跟從。

點評 向好的方面學習就像登山一樣難，向壞的方面發展就像山崩那樣易。此以登山與山崩為喻，形象生動地説明了一個做人的道理：學好不易，變壞不難。

大廈將顛，非一木所支也。

註釋 出自隋・王通《文中子・事君》。顛，傾倒。非，不是。支，支撐。也，句末語氣助詞。

點評 大廈即將傾倒，不是一根木頭可以支撐得住的。此以獨木難支危屋為喻，形象地説明了在艱危的局面中，一定要團結大家，合眾力集眾智，才能共渡難關。

大行不顧細謹，大禮不辭小讓。

註釋 出自漢·司馬遷《史記·項羽本紀》。大行，做大事、有大作為。細謹，拘謹於細小的方面。不辭，不怕。讓，指責。

點評 要做大事，就不必過多地考慮細微的方面；要成大禮，就不要怕別人説點閒話。這是劉邦的大將樊噲的話，道出了做大事就要善於“抓大放小”的道理。

大方無隅，大器晚成，大音稀聲，大象無形。

註釋 出自先秦《老子》第四十一章。方，方正之物。隅，角落。器，器物。希，無。大音，指最優美的聲音。

點評 最方正的物體往往沒有棱角，最大的器物往往最晚才製成，最動聽的聲音聽起來好像沒有，最崇高宏大的物象好像看不見。此言“物極必反”的哲理，體現了老子“反者道之動”的哲學觀，即任何事物的發展變化都是朝着其相反的方向而運動的。這與他“有無相生”、“用弱即用強”、“無為即有為”等觀點是一致的。

道常無為，而無不為。

註釋 出自先秦《老子》第三十七章。

點評 “天道”好像常常無所作為，只是順其自然罷了；但是，世界上最終是沒有一件事不受它左右的。此言“無為”就是“有為”。意謂順應“天道”而自然行事，看似無所作為，但順“道”而行的結果必然不會違背“天道”，從而有所成就，這便是“無不為”，亦即“有為”。

道可道，非常道。

註釋 出自先秦《老子》第一章。道，第一個“道”，是指道家所説的宇宙自然的本原、法則、規律。第二個“道”，是指“説”、“用語言表達出來”。非，不是。常道，恆久不變的“道”。

點評 “道”，是可以用語言表達出來的；但是，能夠用語言表達出來的“道”，就不是恆久不變的“道”了。此言事物本體與現象之間的關係，體現了道家對於事物本體與現象之間關係的認識。

道雖邇，不行不至；事雖小，不為不成。

註釋 出自先秦《荀子・修身》。邇，近。

點評 路雖不遠，但不邁開步子走，還是到達不了目的地；事情雖然微不足道，但不做還是成不了。此以行路為喻，形象地説明了凡事要勇於行動，要從基礎做起。

登東山而小魯，登太山而小天下。

註釋 出自先秦《孟子・盡心上》。東山，指蒙山，在曲阜東偏南。小，覺得…小。太山，即泰山。

點評 登上東山之頂，就會覺得魯國小；而登上泰山之巔，則會覺得天下也很小。此以登山為喻，説明只有站得高才能看得遠，只有站得高才能胸襟闊大、眼界廣闊的道理。

多士之林，不扶自直。

註釋 出自唐・楊炯《參軍事盧恆慶贊》。

點評 在多是品行高尚的讀書人的環境中成長，不必刻意教育培養，也會成為正直之士。此言環境對人的影響作用，與成語“潛移默化”、“近朱者赤，近墨者黑”義同。

多慾虧義，多憂害智，多懼害勇。

註釋 出自漢・劉安《淮南子・繆稱訓》。

點評 慾望太多，就會有虧道義；憂慮太多，就會有害於智力；恐懼太多，就會影響勇氣。此言相對立的事物之間都是此消彼長的。

二人同心，其利斷金；同心之言，其臭如蘭。

註釋 出自先秦《周易・繫辭上》。利，鋒利。臭，氣味。

點評 二人同心合力，就像利刃一樣無堅不斷；二人情投意合，相處融洽就如蘭花的氣味一樣芬芳。此以比喻與誇張修辭法強調團結的力量。

伐木不自其根，則蘖又生也。

註釋 出自先秦《晏子春秋·內篇·諫下》。伐，砍。木，樹。自，從。則，那麼。蘖，被砍去或倒下的樹木再生的枝芽。也，句末語氣助詞。

點評 砍伐樹木不從根上砍挖，那麼它的根部就會再發出新芽的。此以伐樹為喻，闡明除惡要從根源上開始，絕不可讓它有再生的機會。與“斬草除根”義同。

伐柯伐柯，其則不遠。

註釋 出自先秦《詩經·豳風·伐柯》。柯，斧子柄。則，準則、方法。

點評 伐木為斧柄，掌握方法則不難。這是強調做事應該講究原則與方法，才能事半功倍。

反水不收，後悔何及。

註釋 出自南朝宋·范曄《後漢書·光武帝紀》。反，返。

點評 潑出去的水就難以收回，做錯了事後悔就來不及了。此以覆水難收為喻，勸人行動之前要先考慮清楚。用孔子的話來詮釋，就是要“三思而後行”。

凡物皆有可觀，苟有可觀，皆有可樂。

註釋 出自宋·蘇軾《超然台記》。可觀，可以欣賞之處。苟，如果。

點評 凡是事物，都是有可欣賞之處的。如果有可欣賞之處，那麼欣賞的過程中都會有愉悅之情的。此言美存在於自然萬物中，美在於發現。

蝮蛇螫手，壯士解其腕。

註釋 出自晉·陳壽《三國志·魏書·陳泰傳》。蝮蛇，一種毒蛇。螫，有毒腺的蟲子刺人或牲畜。解，切斷。

點評 蝮蛇咬了手，壯士切斷腕。此以壯士為防止毒發全身而斷腕自保作比，說明在特殊情況下必須犧牲局部以保住整體。

甘苦常從極處回，鹹酸未必是鹽梅。

註釋 出自宋・蘇軾《東坡羹頌》。

點評 此以吃鹽、梅為喻，生動地說明為人處事往往走到困境或極端之處才能有切身體會，才能領悟出其中的道理。

工欲善其事，必先利其器。

註釋 出自先秦《論語・衛靈公》。工，工匠。欲，想。善其事，將他的工作做好。必，一定。利其器，使其器利，意為整治好工具。器，指工具。

點評 工匠要想做好他的活計，就一定要先整治好工具。這是孔子教育學生子貢的話。以“做工先利器”為喻，闡發君子治國先要敬賢交友的道理。同時也強調了這樣一個道理：凡從事一項重大的工作，必須事先做好充分的準備、打好堅實的基礎，這樣才能成功。

孤舉者難起，眾行者易趨。

註釋 出自清・魏源《默觚・治篇八》。

點評 一個人托舉重物，難以挺起；眾人一起趕路，容易走得快。意謂互助、互動易於做成事情，強調團結的力量。

觀風知浪起。

註釋 出自宋・普濟編《五燈會元》卷十一。

點評 此以觀風知浪為喻，說明觀察事物要善於進行由此及彼地推理，從而見微知著，防患於未然。

觀於海者難為水，遊於聖人之門者難為言。

註釋 出自先秦《孟子・盡心上》。

點評 見過海洋的人，就難以再看別的水了；在聖人門下學習過的人，就難以再聽別的言論了。這是孟子的話，強調為人處世立足點要高，才能境界高遠。唐代詩人元稹的名句“曾經滄海難為水”（《離思五首》），雖說的是愛情，但卻淵源於此。

觀書者當觀其意，慕賢者當慕其心。

註釋 出自唐·劉禹錫《辨跡論》。

點評 看書應當看出寫書者的用意，敬慕賢者應當敬慕賢者之心。此言雖是說讀書與敬賢之事的方法，實則也說出了一種普遍的人生道理：看問題、做事情都要抓住問題的根本，不要惑於表面的現象。

海不辭水，故能成其大；山不辭土石，故能成其高；明主不厭人，故能成其眾；士不厭學，故能成其聖。

註釋 出自先秦《管子·形勢解》。辭，排斥、拒絕。故，所以。明主，開明的君主。厭，厭倦。士，指讀書人。

點評 大海不排斥每一滴涓涓細流，所以能夠匯成浩浩盪盪、一望無際的廣闊洋面；高山不排斥每一粒塵土與每一塊石頭，所以能夠積聚成高聳的山峰；明主愛護民眾，所以能夠得到民眾的擁戴而建立起泱泱大國；書生虛心向學，所以能夠成為學識淵博的聖人。此以積水成海、積土成山為喻，形象地說明了君主要愛護民眾，爭取民心，才能成為治國有成的明主；讀書人虛心學習，孜孜不倦，才能成為聖人。

好事盡從難處得，少年無向易中輕。

註釋 出自唐·李咸用《送譚孝廉赴舉》。易中輕，指從易處着手而求輕鬆。

點評 此言年輕人不能只圖輕鬆，凡事都只從易處着手，而應該勇於從難處着手，以成大事。

合抱之木，生於毫末；九層之台，起於累土；千里之行，始於足下。

註釋 出自先秦《老子》第六十四章。之，的。毫末，指細小、細微。

點評 合抱粗的大樹，從細小的幼苗長起；九層高的高台，從第一筐土開始壘起；千里之遙的路程，要從第一步開始走起。這是老子的名言，強調凡事必須從基礎開始。

懷道者須世，抱樸者待工。

註釋 出自漢・陸賈《新語・術事》。懷道者，此指懷有治國安邦之才的人。須，通"需"。樸，未加工的木材。工，木匠。

點評 懷有治國安邦才志的人需要等待適合的時機，就像未加工的木料要變成器物，就得有木匠一樣。此以木材待木匠為喻，說明有才幹的人才也要有合適的時機才能發揮作用。

疾雷不及掩耳，疾霆不暇掩目。

註釋 出自漢・劉安《淮南子・兵略訓》。疾，快。霆，疾雷。不及，來不及。不暇，沒有時間。

點評 此言本是說疾雷來臨是沒有時間掩耳遮目的自然現象，現在一般比喻人的行為動作極快。

積上不止，必致嵩山之高；積下不已，必極黃泉之深。

註釋 出自漢・王潛《潛夫論・慎微》。積上，指堆土向上。嵩山，指高大的山。積下，指往下挖掘。不已，不止。必，一定。致、極，皆為達到。黃泉，代指地下極深之處。

點評 不斷地往上堆土，就一定能堆出一座高聳入雲的大山；不停地往下開挖，就一定能挖到地下黃泉湧出。此言積少成多、積微成著的道理。

積土成山，風雨興焉；積水成淵，蛟龍生焉。

註釋 出自先秦《荀子・勸學》。焉，於此。興，興起。

點評 此以積土成山與風雨興、積水成潭與蛟龍生的關係為喻，意在說明學習知識要有日積月累的毅力才能成就大器的道理。

假輿馬者，足不勞而致千里；乘舟楫者，不能游而絕江海。

註釋 出自漢・劉安《淮南子・主術訓》。假，借助。輿馬，車馬。舟楫，船槳。絕，橫渡。

點評 借助車馬的人，四肢不勞頓而能到達千里之外；利用船槳的人，不會游泳而能橫絕江海。此言善於借助工具、借力使力的重要性。

鑒往可以昭來。

註釋 出自唐・張九齡《進金鑒錄表》。鑒，借鑒。往，往事、歷史。昭，明白。來，未來。

點評 此言要借鑒歷史的教訓以警戒未來，不要重蹈歷史的覆轍。

箭在弦上，不得不發。

註釋 出自明・羅貫中《三國演義》第三十二回。

點評 此以射箭為喻，説明特殊情況下決斷行事的緣由。

健兒須快馬，快馬須健兒。

註釋 出自南朝梁橫吹曲辭《折楊柳歌辭》。健兒，指壯士、勇士。

點評 此句與“紅粉贈佳人，寶劍贈壯士”“寶馬英雄，相得益彰”的道理都是一樣的，即優勢互補，才能產生最大化的效益。

井蛙不可以語於海者，拘於虛也；夏蟲不可以語於冰者，篤於時也；曲士不可以語於道者，束於教也。

註釋 出自先秦《莊子・秋水》。…者，…也，古代漢語判斷句的一種形式，相當於“…是…”。語，談論。拘，拘泥、局限。虛，同“墟”，指井蛙生活的地方。篤，此指局限。時，季節。曲士，指鄉曲之士，指孤陋寡聞之人。束，拘束。

點評 井底之蛙不能跟牠談論大海，是因為牠生活的環境關係；只在夏天生活的蟲子不能跟牠談論冰的寒冷，是因為牠的生活受到季節的局限；孤陋寡聞的人不能跟他討論大道理，是因為他的眼界和知識面太狹窄，受到了他所受教育條件的限制。此以引喻修辭法，以井蛙與夏蟲作比，説明一個人的眼界與見識與他所受的教育有着密切關係。

俱收並蓄，待用無遺。

註釋 出自唐・韓愈《進學解》。

點評 此言中醫採集藥材務求品種多樣，以備臨時需要時有所擇用。引申為讀書治學，意謂對於各種學說、各種知識都應學習，以備臨時可以有效地擇用。

君子之澤，五世而斬；小人之澤，五世而斬。

註釋 出自先秦《孟子・離婁下》。君子，此指地位高的人。之，的。澤，影響。世，代。斬，斷絕。

點評 不管是地位高的人，還是地位低的人，他的影響力都不會超過五代。這是孟子的觀點。意思是說，富貴人家的孩子不要指望倚靠先人永享福澤，貧寒低賤人家的子弟也不必妄自菲薄，一切都要靠自己。與"富不過三代"義同。

君子無所不用其極。

註釋 出自先秦《禮記・大學》。

點評 君子做事總是用盡心力，力求達到最完美的境界。此言乃是讚頌君子處事認真、求全求美的品格。後世也用於指壞人使壞不遺餘力、做到極致的地步。

潰癰雖痛，勝於養肉；及溺呼船，悔之無及。

註釋 出自晉・陳壽《三國志・魏書・董卓傳》。潰，使潰破。癰，一種毒瘡。養肉，指留着有毒的爛肉。及，等到。無及，來不及。

點評 把毒瘡戳破雖然痛，但卻勝過留着有毒的爛肉好；等到掉到水裏再叫船，後悔已經來不及了。此以潰瘡、呼船為喻，形象地說明了凡事都應該早作處理，防患於未然，不然便會措手不及。

廊廟之材，蓋非一木之枝也；粹白之裘，蓋非一狐之皮也。

註釋 出自先秦《慎子・知忠》。廊廟，指朝廷的宮殿。之，的。材，材料。蓋，句首語氣詞。木，樹。也，句末語氣助詞。粹，純粹。

點評 構建帝王宮殿的材料，不是靠一棵樹就成；純粹一色的白色裘皮大衣，不是一隻狐的皮毛可以做成。此言要成就大業需要集思廣益，發揮眾人的力量。

兩刃相割，利鈍乃知；二論相訂，是非乃見。

註釋 出自漢·王充《論衡·案書》。相割，相砍。相訂，相辯。

點評 兩把刀相砍，才能知道其鋒利與否；兩種不同的觀點，只有在相互辯論中才能見出其正誤。此以兩刀相砍為喻，説明“有比較才有鑒別”的道理。

良醫不能救無命，強梁不能與天爭。

註釋 出自南朝宋·范曄《後漢書·蘇竟傳》。無命，指不可救治的病人。強梁，強橫、強暴，此指強橫有力之人。天，指天意，此指客觀形勢。

點評 良醫也不能救治無可救藥之人，再強橫有力的人也抗拒不了天意。此以治病為喻，説明謀事的成功並不僅靠孔武有力、強橫堅忍，還得適應形勢、相時而動的道理。

臨淵羨魚，不如退而結網。

註釋 出自漢·班固《漢書·董仲舒傳》。

點評 臨近深淵而想魚，不如回家結網來捕。此言以捕魚為喻，説明與其空想，不如腳踏實地而從頭做起。

落其實者思其樹，飲其流者懷其源。

註釋 出自北朝周·庾信《徵調曲六首》之六。落其實，摘它的果實。者，（的）人。思、懷，想着。流，指水。

點評 摘取果實的人應該想着結果實的樹，飲水的人應該想到水的源頭。此以吃果思樹、飲水思源為喻，説明為人不應當忘記根本。

忙忙如喪家之狗，急急似漏網之魚。

註釋 出自元·鄭廷玉《後庭花》第二折。

點評 此以比喻修辭法描寫一個人慌忙狼狽之狀。

毛羽不豐滿者，不可以高飛。

註釋 出自漢·劉向《戰國策·秦策一》秦惠王引古語。

點評 此以鳥羽不豐滿不能高飛為喻，強調説明做大事要等待時機成熟、積蓄力量足夠時才可進行，切不可在條件不具備的情況下輕舉妄動。

美不自美，因人而彰。

註釋 出自唐・柳宗元《邕州柳中丞作馬退山茅亭記》。彰，彰顯。

點評 美好的東西並不會自我誇讚，而是因人而彰顯。意謂美景需要懂得欣賞的人予以彰顯。

名高毀所集，言巧智難防。

註釋 出自唐・劉禹錫《萋兮吟》。

點評 名聲太大，就會招致眾人的攻毀；花言巧語的讒言，再高的智慧也難以防範。此言"樹大招風"、"讒言難防"的做人道理。

莫將戲事擾真情，且可隨緣道我贏。

註釋 出自宋・王安石《棋詩》。

點評 此言下棋只是遊戲娛樂，不要當真，別人贏了就愉快地祝賀別人。如果當真，那就失去了娛樂的本意，了無情趣矣。

謀先事則昌，事先謀則亡。

註釋 出自漢・劉向《說苑・談叢》。謀，謀劃。謀先事，即謀先於事，在事前謀劃。事先謀，即事先於謀，意為做事在先，計劃在後。昌，昌盛、好。亡，死、失敗。

點評 凡事有謀劃在先，就會成功；凡事先做起來，然後再來謀劃，則必然失敗。此言事先做好謀劃對於事情成功的重要性，與"凡事預則立"同義。

目擩耳染，不學以能。

註釋 出自唐・韓愈《清河郡公房公墓碣銘》。擩，插、塞。目擩耳染，即今日所說的"耳濡目染"，指聽得多見得多之後所受到的不自不覺的影響。以，而。

點評 此言在特定的環境中浸染時間長了，不必刻意去學，也會學到某種技能或掌握某種知識。意在強調環境對人的影響作用。

目見百步之外，而不能自見其眥。

註釋 出自漢・劉安《淮南子・説林訓》。眥，眼眶。百步，非實指，代指很遠的距離。

點評 眼睛能看到很遠以外的物體，但卻看不到自己的眼眶。此以看物為喻，形象地説明了"當局者迷，旁觀者清"的道理。

目所不見，非無色也；耳所不聞，非無聲也。

註釋 出自清・王夫之《思問錄內篇》。非，不是。也，句末語氣助詞。

點評 自己眼睛沒看到，並不能説明物體是無色的；自己耳朵沒聽到的，並不説明沒有聲音。此言客觀事物的存在是不以人的主觀為轉移的道理。

鳥同翼者而聚居，獸同足者而俱行。

註釋 出自漢・劉向《戰國策・齊策三》。俱，一起。

點評 此言鳥獸同類而聚居、同行，以此作比，説明"物以類聚，人以群分"的道理。

飄風不終朝，驟雨不終日。

註釋 出自先秦《老子》第二十三章。飄風，指狂風。驟雨，暴雨。

點評 狂風吹不了一個早晨，暴雨下不了一整天。此言常比喻突發的情況難有持續力，影響有限。

其曲彌高，其和彌寡。

註釋 出自戰國楚・宋玉《對楚王問》。彌，越、愈。和，應和。

點評 所唱的歌曲格調越高，能應和欣賞的人就越少。此言形容越是人才出眾、道德高尚，越是難以得到眾人的理解。

器寶待人而後寶。

註釋 出自漢・揚雄《法言・寡見》。

點評 某一器物的價值需待有人發現並推崇，才能引起人們的重視而被視為寶物。此以器物價值的確定為喻，說明人才需要有慧眼發現並予以褒揚的重要性。

騏驥一躍，不能十步；駑馬十駕，功在不捨。

註釋 出自先秦《荀子・勸學》。騏驥，駿馬、千里馬。躍，跳。駑，劣馬、跑不快的馬。十駕，馬走十天的路程。捨，停止。

點評 千里馬雖然跑得快，但牠一跳也不能跳出十步遠；劣馬雖然跑得慢，但堅持不懈，卻也能走完十天的路程。此以馬跑路為喻，說明了學習只要持之以恆，就能學好。做任何事只要有恆心，堅持不懈，最後都能成功的。成語"鍥而不捨"，即源出於此。

騎馬莫輕平地上，收帆好在順風時。

註釋 出自清・袁枚《示兒》。

點評 此言順利得意之時尤其要注意危險的存在，也就是說為人處事也要有"居安思危"的意識。

前事之不忘，後事之師。

註釋 出自漢・劉向《戰國策・趙策一》。之，放在主謂語之間，取消句子的獨立性。師，學習。

點評 此言不忘前事，可以從中吸取教訓。

前車覆，後車誡。

註釋 出自先秦《大戴禮記・保傅》引諺語。

點評 前面的車子傾覆了，後面的車子就要引以為誡。此乃以車覆為喻，強調治國或做人都要吸取前代或前人失敗的教訓，從而避免重蹈覆轍。

千金之裘，非一狐之腋；大廈之材，非一丘之木；太平之功，非一人之略。

註釋 出自漢・王褒《四子講德論》。之，的。裘，指裘皮之衣。非，不是。腋，指腋下的皮毛。大廈，指高大的建築物，如宮殿等。丘，山。略，謀略。

點評 名貴千金的裘皮之衣，不是一隻狐的腋下皮毛就能做成的；高大的宮殿的用材，不是靠一座山上的樹就夠用的；太平萬世的開創之功，不是某一個人的謀略就能達成的。此言做大事、成就大事業都是需要集思廣益、依靠眾人力量的。

千人所指，無病而死。

註釋 出自漢·班固《漢書·王嘉傳》引諺語。千人，指代很多人。指，指責。

點評 此言受到眾人唾棄指責的人，就是沒有病也會死掉的。意謂心理與精神的折磨同樣可以引起人生命的終結。

鍥而捨之，朽木不折；鍥而不捨，金石可鏤。

註釋 出自先秦《荀子·勸學》。鍥，刻。捨，放下、停止。鏤，雕空。

點評 雕刻工作時斷時續，那麼即使是已經腐朽的樹木也不會被刻斷的；雕刻堅持不懈，那麼即使是金石，也有被鏤空的一天。此言以雕刻為喻，意在説明學習要有堅持不懈的精神。同理，做任何事只要有恆心、鍥而不捨，最後就必然成功。

親戚不説，不敢外交；近者不親，不敢求遠；小者不審，不敢言大。

註釋 出自漢·戴德《大戴禮記·曾子疾病》。説，同“悦”，高興。外交，與外人結交。審，明察。

點評 親戚關係沒處理好，不敢與外人結交；親近的人關係不融洽，不敢與關係遠的人結交；小的事情不能明察，不敢奢談大事。此言凡事要從最基礎的部分做起，固本培基，才能進一步有所發展。

青山遮不住，畢竟東流去。

註釋 出自宋·辛棄疾《菩薩蠻·書江西造口壁》。

點評 此句以青山擋不住江水東流為喻，表達了對恢復中原故土、統一祖國的堅定信心。由於是借喻，比喻的本體沒有出現，故而它有更廣泛的運用範圍，暗寓了一切正義的事業不可阻擋的必然性，深富哲理。

青，取之於藍，而青於藍；冰，水為之，而寒於水。

註釋 出自先秦《荀子・勸學》。青，藍色，此指靛青。藍，藍草，一種草木植物，可以提製藍色染料。

點評 染衣的靛青雖然提取於藍草，但是它的藍卻比藍草更深；冰雖然是由水形成的，但是它卻比水的觸覺更寒冷。此言乃是以靛青與藍草、冰與水的關係為喻，意在形象生動地闡明這樣一個道理：學生跟從老師學習，經過努力是可以後來居上，道德文章方面都有超過老師的可能性。

人有悲歡離合，月有陰晴圓缺，此事古難全。

註釋 出自宋・蘇軾《水調歌頭》詞。

點評 此以“月有陰晴圓缺”作比，説明“人有悲歡離合”的正常性，非常生動形象地闡明了悲歡離合乃是人生常態，應該以平常心視之。

人事有代謝，往來成古今。

註釋 出自唐・孟浩然《與諸子登峴首》。人事，指人的離合、境遇、存亡等情況。代謝，交替、更替。

點評 此二句以平常質樸的語句，説出了一個千古不易的真理：隨着時間的流逝，世上的一切人事都會有變化。王朝有交替，家庭有興衰，人有生老病死，還有悲歡離合。這一切都在春夏秋冬的不斷輪回中不斷地循環反覆。

人有不為也，而後可以有為。

註釋 出自先秦《孟子・離婁下》。不為，不做的事。也，句末語氣助詞。有為，有所作為。

點評 一個人要有所不為，然後才能有所建樹。這是孟子有關“取”與“捨”關係的名言，強調做事要有所側重，不能平均用力，更不能事事都想做。只有有所捨，才能有所得。捨棄一部分，才能保證得到更重要的另一部分。

人非人不濟，馬非馬不走，土非土不高，水非水不流。

註釋 出自漢・戴德《大戴禮記・曾子制言上》。非，不、沒有。濟，成功。走，跑。

點評 一個人沒有別人的幫助，就不可能成功；一匹馬沒有別的馬競爭，就不會快跑；築土成台而沒有土，土台便高不起來；一泓池水，沒有別的水相激盪，便成死水而流不起來。此言世界上的任何事物都是相互依存的，在互動下發展與變化的。

如人飲水，冷暖自知。

註釋 出自宋・普濟編《五燈會元》卷二。

點評 此以飲水為喻，說明只有經過親身實踐，才能對某件事情有切身體會，有深刻的體認。

三軍一心，劍閣可以攻拔；四馬齊足，孟門可以長驅。

註釋 出自明・劉基《擬連珠》。三軍，代指全軍。劍閣，即劍門關，在今四川劍閣縣北。孟門，在今河南省輝縣境內，是春秋時代晉國的要塞。劍閣、孟門，這裏皆代指險要的關隘。四馬，代指眾馬。齊足，一起奔跑。

點評 此言只要團結一致、上下同心，甚麼事情都可以做成。

山不在高，有仙則名；水不在深，有龍則靈。

註釋 出自唐・劉禹錫《陋室銘》。

點評 此以山水為喻，形象地說明了這樣一個道理：表面的東西並不重要，實質的內容才是至為關鍵的。就做人來說，身份地位等並不重要，加強自身道德的修煉才是最根本的。

善舉事者若乘舟而悲歌，一人唱而千人和。

註釋 出自漢・劉安《淮南子・說林訓》。舉事，做事。若，像。悲歌，指婉轉動人地歌唱。和，伴唱。

點評 善於做事的人就像是乘船而在水上婉轉動人地歌唱一樣，一人領唱而千人附和伴唱。此言做大事的人要善於調動眾人的力量。

善治病者，必醫其受病之處；善救弊者，必尋其起弊之源。

註釋 出自宋・歐陽修《准詔言事上書》。救弊，匡救時弊。

點評 善於治病的人，一定會醫治得病的部分；善於匡救時弊的人，一定會先尋找到時弊肇始的根源。此以治病為喻，説明治國匡弊要先找到弊端產生的根源，然後再制定適當的對策予以解決。

善者不辯，辯者不善。

註釋 出自先秦《老子》第八十一章。辯，指口才好。

點評 善良的人不怎麼會説話，能言會道的人不一定善良。

善建者不拔，善抱者不脱。

註釋 出自《老子》第五十四章。建，此指栽培。拔，此指動搖。抱，此指抱持、維護。脱，此指脱落。

點評 善於栽培樹木就不會使其根本動搖，善於維護就不會使既有的東西脱落。此以植樹、護物為喻，説明道德的培養與維護的道理：善於修身修德的人，別人是難以搖動其心的；善於維護道德善行的人，別人是無法改變其心志的。

上善若水。水善利萬物而不爭，處眾人之所惡，故幾於道。

註釋 出自先秦《老子》第八章。善，指道家所説的一種道德境界，即"上善之德"。若，像。處，停留。惡，不喜歡。故，所以。幾，接近。道，指道家所説的宇宙自然的本原、法則、規律。

點評 最高境界的"善"，應該像水一樣。水的"善"德在於有利於萬物，卻不與萬物相爭；停留於眾人所不喜歡的低窪骯髒之處，而無怨言。這種道德境界差不多接近"道"了。此以水為喻，形象地説明了"上善之德"的特徵，讓人清楚地領會到道家所説的"道"的內容。

射人先射馬，擒賊先擒王。

註釋 出自唐・杜甫《前出塞九首》之六。

點評 射倒了馬，人必然摔下被擒；捉住了賊首，賊眾便會群龍無首而自散。此言雖説的是作戰之事，但卻蘊含了一個深刻的哲理：凡事應當首先抓住主要矛盾。

生於憂患，而死於安樂也。

註釋 出自先秦《孟子・告子下》。於，在。也，句末語氣助詞。

點評 憂患足以使人生，安樂足以使人死。這是孟子的名言，其意是告誡當政者應該居安思危，不可貪圖眼前安逸，沒有遠大目光。

身是菩提樹，心如明鏡台。時時勤拂拭，莫使惹塵埃。

註釋 出自宋・普濟編《五燈會元》卷一。菩提樹，桑科常綠喬木，原產於印度。

點評 此以明鏡台為喻，強調加強自身修養，抵制不良觀念侵擾的重要性。禪宗六祖慧能改此詩為“菩提本無樹，明鏡亦非台。本來無一物，何處惹塵埃”，境界比此更高。

勝人者力，自勝者強。

註釋 出自先秦《老子》第三十三章。

點評 能夠戰勝別人的人，只能算是孔武有力的人；能夠克服自身弱點、戰勝自己的人，那才是真正的強者。此言戰勝自己、克服人性中的弱點是最難的事。意在勸人加強自身修養。

時人莫小池中水，淺處不妨有臥龍。

註釋 出自唐・竇庠《醉中贈符載》。

點評 此以池小水淺也有龍為喻，説明並不優越的環境中也有可能產生傑出的人才。與“雞窩裏飛出金鳳凰”同義。

事之當否，眾口必公。

註釋 出自宋・蘇轍《論衙前及諸役人不便劄子》。

點評 事情做得對不對，他人自有公評。

事固有難明於一時，而有待於後世者。

註釋 出自宋・歐陽修《濮議序》。固，本來。

點評 有些事情本來就難於一時為人所理解，需要後世之人去弄清楚的。此言事物發展有一個過程，事物的本質顯現也需要有個過程，人們由於認識能力可能一時難以了解，或惑於某種障礙而一時有錯誤的認識，都是正常的。

室雅何須大，花香不在多。

註釋 出自清・鄭燮題興化故居聯語。

點評 此言內在決定外在的道理，強調個人修養的重要性。

世事洞明皆學問，人情練達即文章。

註釋 出自清・曹雪芹《紅樓夢》第五回。洞明，洞察明白。練達，幹練通達。即，就是。

點評 此言對於人情世態有深刻地了解，並能遊刃有餘地應對，也是人生的大學問與體現人生價值的大文章。

守如處女，出如脫兔。

註釋 出自清・曹雪芹《紅樓夢》第七十三回。

點評 安守時就像處女那般沉靜，行動時就像脫網的兔子那樣迅速。此以比喻寫動、靜的兩種不同境界。

書不必起仲尼之門，藥不必出扁鵲之方。

註釋 出自漢・陸賈《新語・術事》。仲尼，即孔子，孔子名丘，字仲尼。扁鵲，戰國時代的名醫。

點評 書不一定非要孔門弟子所著才能讀，藥不一定只有扁鵲開的方子才能吃。此言不必過分迷信某一方面的權威。

熟讀王叔和，不如臨症多。

註釋 出自清・吳敬梓《儒林外史》第三十一回。王叔和，即王熙，字叔和，魏晉間名醫。臨症，指親自診斷疾病。

點評 熟讀王叔和的醫書，不如多臨症診療。此言在實踐中探索要比僅從書本中學習有效得多。意在提倡人們凡事要多實踐，重視直接經驗的積累。

雖有智慧，不如乘勢；雖有鎡基，不如待時。

註釋 出自先秦《孟子・公孫丑上》孟子引齊人俗語。鎡基，古代像犁一樣的農具。時，指農時。

點評 雖然有智慧，不如順應時勢；雖然有鎡基，不如待農時。孟子引齊人俗語說明掌握好時機對於成就大業的重要意義。

雖有堯舜之智，而無眾人之助，大功不立。

註釋 出自先秦《韓非子・觀行》。雖，即使。堯、舜，上古兩位聖明的賢君。之，的。

點評 即使有像堯、舜那樣的智慧，如果沒有眾人的相助，大功也是不能建立的。此言成就大事業必須善於集思廣益、充分發揮眾人的作用。

太山之高，背而弗見；秋毫之末，視之可察。

註釋 出自漢・劉安《淮南子・說林訓》。太山，即泰山。弗，不。秋毫，指秋天野獸身上長出的細毛。

點評 泰山雖高，如果背對着它，也看不出它的高大；秋天野獸身上長出的細毛雖然細微，但是逼近牠而仔細看，還是能夠看個一清二楚的。此以看山與察毫為喻，說明了凡事要用心去做就能辦好，不用心則再易辦的事、有再好的條件，也是不易辦好的。也就是“事在人為”。

桃紅李白皆誇好，須得垂楊相發揮。

註釋 出自唐・劉禹錫《楊柳枝詞九首》。相發揮，指相互映襯。

點評 此以花豔還得綠葉襯為喻，說明團結合作的意義。

天網恢恢，疏而不失。

註釋 出自先秦《老子》第七十三章。恢恢，廣大無邊之貌。

點評 “天道”就像是一張大網，看起來稀疏有縫隙，其實是沒有甚麼東西可以從中漏出去的。此言“天道”的精密與恢宏。成語“天網恢恢，疏而不漏”，即源於此，後來多用來形容惡人難逃正義與法律的懲罰。

王良登車，馬無罷駑。

註釋 出自漢・王充《論衡・非韓》。王良，春秋末晉國人，善於駕車。罷，通“疲”。駑，劣馬。

點評 王良駕車，是沒有甚麼疲馬與劣馬的。此言乃在強調事情能否成功，人是決定性因素。

往者不可諫，來者猶可追。

註釋 出自先秦《論語・微子》。往者，過去的事。諫，規勸。來者，以後的事。猶，還。追，追求。

點評 過去的事過去就過去了，不可再挽回了；但是，未來的事掌握在自己手裏，還可以補救。這是楚國隱士接輿規勸孔子的話，希望孔子看清當時天下政治黑暗的現實，不要再遊說各國君王、從事政治活動了，就像他自己一樣做個隱士就好了。後世常引用規勸他人：忘記過去的失敗與不快，着眼未來，奮發有為。

挽弓當挽強，用箭當用長。

註釋 出自唐・杜甫《前出塞九首》之六。挽，拉、開。強，指強弓、張大的弓。

點評 開弓應開強弓，用箭要用長箭，這樣才有戰鬥力、殺傷力。此言雖是説的作戰開弓放箭的事，但卻蘊含了一個深刻的哲理：為人立足點要高、志向要遠大，才能有所作為。

臥榻之側，豈容他人鼾睡？

註釋 出自宋・岳珂《桯史・徐鉉入聘》。榻，牀。鼾睡，指熟睡。

點評 自己的牀邊，怎麼可以讓他人呼呼大睡呢？此乃比喻在自己的勢力範圍之內不能允許別的勢力存在。

無敵國外患者，國恆亡。

註釋 出自先秦《孟子・告子下》。者，（的）國家。恆，常常。

點評 沒有敵國外患的國家，往往最容易滅亡。這是孟子關於治國的名言。表面矛盾，實則充滿着樸素的辯證法思想。因為有敵國與外患，就會讓執政者時常保持警惕與常備不懈的努力，這樣國家必然能夠強大；反之，就會讓執政者有高枕無憂之想。如此，必然放鬆警惕，內不修國政，外不備戰伐，到頭來必然以亡國而收場。

無以待之，則十百而亂；有以待之，則千萬若一。

註釋 出自宋・蘇轍《類篇敍》。待，應對、處理。之，指事情。則，那麼。十百，此代指少。千萬，代指多。若，像。

點評 沒有一定的方法，那麼即使是不多的事情也難以應對；而有一定的方法，那麼即使是再多的事情也會像處理一件事情那樣簡單。此言意在強調做事要注意方法，這樣才能執簡禦繁，事半而功倍。

物盛而衰，樂極則悲，日中而移，月盈而虧。

註釋 出自漢・劉安《淮南子・道應訓》。則，就。盈，滿。虧，指月缺。

點評 事物發展到了極點就會走向衰退，快樂到了極點就會產生悲傷，日上中天便會西斜，月圓之後便會月缺。此言物極必反的哲理，意在警醒世人切莫得意忘形、順利之時切莫忘了潛伏的危機。

物華天寶，龍光射牛斗之墟；人傑地靈，徐孺下陳蕃之榻。

註釋 出自唐・王勃《秋日登洪府滕王閣餞別序》。物華，指萬物之精華。天寶，指天然之寶物。龍光，指傳説中的龍泉、太阿寶劍的光芒。《晉書・張華傳》記載，三國的吳國未亡之前，斗宿、牛宿之間常有紫氣上騰。後來吳國滅亡，天下歸晉，紫氣更顯。張華聽説豫章（今江西南昌）人雷煥善觀天象，遂求教之。雷煥認為牛、斗之間的紫氣乃是寶劍之精氣上騰於天的緣故。張華問寶劍所在位置，雷煥認為當在豫章豐城。於是，張華補選雷煥為豐城縣令。雷煥至豐城後，掘地得二劍，一題龍泉，一題太阿。墟，此指區域。徐孺，即東漢名士徐孺子，名穉，豫章人。陳蕃，字仲舉，東漢豫章太守。其人自視甚高，從不在官衙待客。但對徐孺子則例外。徐孺子來訪，陳蕃不僅接待恭敬尤加，而且特為之設一坐榻，徐孺走後便將坐榻吊懸起來。

點評 此言豫章（即今江西南昌）乃天然寶地，既有豐饒的物產，也有傑出的人才。意謂人才與其所生長的土地、環境有着密切關係。這是王勃在滕王閣寫序時誇言豫章地靈人秀之言。成語“物華天寶”、“人傑地靈”，即源於此。前者言某地物產豐富，後者言某地人才輩出。

物不至者則不反。

註釋 出自先秦《列子・仲尼》。至，最。則，就。

點評 此言事物不發展到極致，那麼就不會走向反面。成語“物極必反”即源於此。

勿輕小事，小隙沈舟；勿輕小物，小蟲毒身；勿輕小人，小人賊國。

註釋 出自《關尹子・九藥》。勿，不要。輕，輕視。沈，通“沉”。賊，害。

點評 不要輕視小事情的危害性，船上的小縫隙就能導致沉船；不要輕視小東西的危害性，小蟲子就能讓人身受重毒；不要輕視小人的危害性，小人能夠禍害國家。此言事物的發展都是由量變到質變的，因此在事物發展的初級階段就要予以足夠的重視，要將禍患消滅於萌芽狀態。

霧裏看花，終隔一層。

註釋 出自清・王國維《人間詞話》。

點評 此言乃以比喻修辭法評論南宋姜白石的詞作，詞不達意，寫景不夠確切。後引申之，比喻對某件事情或某事物的觀察與了解不夠深入、真切。

西伯拘，而演《周易》；仲尼厄，而作《春秋》；屈原放逐，乃賦《離騷》；左丘失明，厥有《國語》；孫子臏腳，《兵法》修列；不韋遷蜀，世傳《呂覽》；韓非囚秦，《說難》、《孤憤》；《詩》三百篇，大抵聖賢發憤之所為作也。

註釋 出自漢·司馬遷《報任少卿書》。西伯，即周文王。拘，被拘禁。演，推演。仲尼，即孔子，名丘，字仲尼。厄，困厄、困頓。放逐，被流放。乃，才。賦，寫。左丘，左丘明。厥，乃、才。臏，古代的一種斷足之刑。修列，撰寫。不韋，秦相呂不韋。呂覽，即《呂氏春秋》。大抵，大致。

點評 周文王被商紂王囚禁而將八卦推演成六十四卦，最後成就了《周易》一書；孔子周遊列國，四處碰壁，曾受到圍攻和斷糧的厄運，陷入困頓而回到魯國後才修成了史書《春秋》；屈原被楚懷王流放，精神痛苦，才寫了抒發情感的傑作《離騷》；左丘明眼睛失明後，才發憤而寫成了史書《國語》；孫臏被同學龐涓用了斷足之刑後，《孫臏兵法》才最終修成；呂不韋被秦始皇流放到蜀地，才有了世代傳誦的《呂氏春秋》傳世；韓非子被秦王囚禁，才寫成了《說難》、《孤憤》兩部傑作；《詩經》三百篇，也多是聖賢們在困境中發憤而創作出來的。此言人處困境，往往能夠發憤有為。此言對於教育人們正確面對困境、逆境而奮發有為，是極有激勵意義的。

喜名者必多怨，好與者必多取。

註釋 出自漢·韓嬰《韓詩外傳》卷一。與，給予。

點評 喜愛虛名的人，一定會遭人怨恨；喜歡施捨的人，一定會有貪取的毛病。前句言名高會遭人嫉恨，因為“德高於眾，眾必毀之”。後句言施恩多者可能也是貪得者，不然他以甚麼施恩？

項莊拔劍舞，其意常在沛公也。

註釋 出自漢·司馬遷《史記·項羽本紀》。項莊，楚霸王項羽族弟。沛公，劉邦。其，他的。也，句末語氣助詞，幫助判斷。

點評 項莊拔劍起舞，本是為刺殺沛公劉邦。這本是描寫楚漢相爭時鴻門宴上的一個情景，後來用以比喻一個人的行為目的表面是此，實際在彼。成語“項莊舞劍，意在沛公”，即源於此。

向來枉費推移力，此日中流自在行。

註釋 出自宋・朱熹《觀書有感》。向來，以前。中流，河流中心。

點評 以前不懂行船規律，枉費了很多力氣推船，而今掌握了行船的技巧，就可不費力氣地在河水中流自在行駛了。此言表面是說行船之事，實則以行船為喻，說明了這樣一個讀書的道理：不讀書，對於許多問題苦思冥想，終不得其解；讀了書，對許多難解的問題都頓然茅塞頓開。強調讀書的好處。

效小節者，不能行大威；惡小恥者，不能立榮名。

註釋 出自漢・劉向《戰國策・齊策六》引古語。效，注重。行大威，指做成大事。惡小恥，指不能忍受小的恥辱。榮名，好的名聲。

點評 注重小節的人，就不能做成大事；受不得屈辱的人，是成不了大名的。此言做大事，就得抓大放小；得大名，就要有包恥忍辱的雅量。

小時了了，大未必佳。

註釋 出自南朝宋・劉義慶《世説新語・言語》。了了，聰明。

點評 小時候聰明過人，長大了未必有出息。這是東漢太中大夫陳韙諷刺孔融的話，雖是機辯對鋒之語，但其中所包含的人生道理也是不容忽視的。人的智商確有高低之別，但是後天的努力更為重要。若是後天不注意教育培養、自己又不努力上進，那麼長大了必然無所作為。

心安靜，則神策生；慮深遠，則計謀成。

註釋 出自先秦《鄧析子・轉辭》。則，那麼、就。神策，非常高明的計策。

點評 心神清靜，就會想出奇謀妙策；思考周密深遠，就會使計謀得以成功。此言寧靜才能致遠，深謀遠慮才能成功。

信言不美，美言不信。

註釋 出自先秦《老子》第八十一章。

點評 真實可信的話並不一定動聽，說得漂亮動聽的話不一定就真實可信。此言語言形式與內容的矛盾性，儘管有些絕對，但基本符合現實，值得為人處世時參考。

行百里者半於九十。

註釋 出自漢·劉向《戰國策·秦策五》引古語。

點評 要走一百里路，走了九十里，才算一半的路。這是以走路為喻，說明做事越接近尾聲，越要認真對待，否則便會前功盡棄、功虧一簣。

眼見方為是，傳言未必真。

註釋 出自明·馮夢龍《醒世恆言·錢秀才錯佔鳳凰儔》。

點評 此與俗語"耳聽是虛，眼見為實"同義，亦與漢人班固所言"百聞不如一見"（班固《漢書·趙充國傳》）之義相同，皆是強調實踐的重要性。

陽春之曲，和者必寡；盛名之下，其實難副。

註釋 出自漢·李固《遺黃瓊書》。陽春之曲，代指高雅的音樂曲調。和，應和。必，一定。寡，少。盛名，很大的名聲。副，符合。

點評 高雅的曲調，能夠應和欣賞的人一定很少；名聲太大，實際上他的德才未必與之相符。前兩句就是人們所常說的"曲高和寡"，常比喻言論高深或藝術高雅不為眾人所理解和欣賞。後二句是說人獲得的名聲與他的德才並不相稱。

養魚沸鼎之中，棲鳥於烈火之上。

註釋 出自《後漢書·劉陶傳》。沸，開水。鼎，古代煮食的炊具。棲，棲息。

點評 在沸騰的鼎中養魚，在烈火之上棲鳥。這話是個比喻，是劉陶諫止漢桓帝的話，其意是說漢桓帝"鑄錢齊貨"的政策是一個非常危險的弊政。後來南朝梁人丘遲《與陳伯之書》中說到陳伯之投靠北朝的危險性時有“魚游於沸鼎之中，燕巢於飛幕之上”之句，即化自此句。

藥酒苦於口而利於病，忠言逆於耳而利於行。

註釋 出自漢・桓寬《鹽鐵論・國病》。

點評 此以良藥苦口與治病效果的關係比喻逆耳忠言對於一個人行為的規諫作用，形象而富有說服力。

野火燒不盡，春風吹又生。

註釋 出自唐・白居易《賦得古原草送別》。

點評 草是尋常之物，也是低賤之物，任人踩踏，視而不見。然而，具有生生不息的旺盛生命力。卑微與偉大，渺小與崇高，柔弱與堅強，其間的人生哲理，都可經由這小草的形象讓人得到啟迪。

一手獨拍，雖疾無聲。

註釋 出自先秦《韓非子・功名》。雖，即使。疾，迅速有力。

點評 一隻手獨拍，即使再迅疾有力，也不會有甚麼聲音的。此言個人的力量是微不足道的，必須借助眾人的合力才能成就大業。此言也可理解為事物都是相互聯繫的。引而申之，也可以說明這樣一個道理：世間的一切紛紛擾擾，不是某一個單方面所引起的，即“一個巴掌拍不響”。

一引其綱，萬目皆張。

註釋 出自先秦《呂氏春秋・離俗・用民》。引，拉。其，此指魚網。綱，魚網上的總繩。目，網眼。萬目，指所有的網眼。張，張開。

點評 提起網的總繩，所有的網眼就都張開了。此是強調做事要善於在紛繁的矛盾中抓住主要矛盾，然後依次解決。

一尺之棰，日取其半，萬世不竭。

註釋 出自先秦《莊子・天下》。之，的。棰，短木棍。日，每天。其，它的。竭，盡。

點評 一根短木棍，每天截取它的一半，如此循環下去，永遠也截不盡。這是惠施的話，闡明的是事物總是相對的哲學道理。

一節見則百節知。

註釋 出自漢・劉向《説苑・尊賢》。節，環節。

點評 看到了一個環節，就可以推知其他許多環節。此言類比推理的重要性。

一葉蔽目，不見泰山；兩豆塞耳，不聞雷霆。

註釋 出自先秦《鶡冠子・天則》。蔽目，遮住眼睛。

點評 此言因受片面現象影響而不能認清事物的本質，意在強調要全面的看問題，不要偏聽偏信，更不要拒絕人言而自甘閉塞。

一發不中，百發盡息；一舉不得，前功盡棄。

註釋 出自漢・司馬遷《史記・周本紀》。發，指射箭。百發，指前面許多次的射箭。盡，都。息，廢棄。一舉，一次行動。得，成功。

點評 射箭最後一次射不準，前面的許多次射箭成績都被埋沒了；一次行動不成功，前面的許多功勞都被人忘記了。此言做事做人要善始善終的重要性。

一髮不可牽，牽之動全身。

註釋 出自清・龔自珍《自春徂秋偶有所觸》之二。髮，頭髮。

點評 此言事物都是相互聯繫的，細微之處往往會影響到全局。其意是勸人要重視細節。成語“牽一髮而動全身”，説的也是這個道理。

弈者舉棋不定，不勝其耦。

註釋 出自先秦《左傳・襄公二十五年》。弈者，下棋的人。舉，拿。耦，對手。

點評 此以下棋為喻，説明處事不可過於猶豫，否則便會患得患失，成不了大事。成語“舉棋不定”，即源於此。

疑心動於中，則視聽惑於外。

註釋 出自宋・歐陽修《論台諫官言事未蒙聽允書》。中，衷，指內心。則，那麼、就。

點評 心裏產生了疑問，那麼對問題的認識就會受到外物的影響。此言只有心中有定見，才會不為外物所迷惑的道理。

以其不爭，故天下莫能與之爭。

註釋 出自先秦《老子》第六十六章。以，因為。

點評 因為他不與人相爭，所以天下沒有人能跟他爭。此言蘊含着極深的哲理與極大的人生智慧：世人對於權勢、利益往往都是爭得你死我活、寸步不讓的，但結果往往是兩敗俱傷。而那些坐觀壁上，不參加爭奪的人，往往卻能坐收其利。這與“鷸蚌相爭，漁翁得利”的寓言相似。

有所不為，為無不果；有所不學，學無不成。

註釋 出自宋・王安石《祭沈文通文》。為，做。果，成為事實、實現。

點評 有些事放棄不做，那麼所做的事就沒有不成功的；有些東西放棄不學，那麼所學的東西就沒有學不成的。因為人的時間與精力都是有限的，面面俱到，必將一事無成。與俗語“雙拳齊出，不如一拳有力”“集中優勢兵力打殲擊戰”、“傷其十指，不如斷其一指”同義。

有德者必有言，有言者不必有德。

註釋 出自先秦《論語・憲問》載孔子語。

點評 一個人道德高尚，那麼他一定能説出一些有益於世人的精闢之言；能説出精闢有哲理的話，則不一定就是有道德的人。此言“言”與“德”的矛盾關係，充滿了辯證法的思想。意謂道德不好的人也可能有非常好的思想，因此不能因人而廢言。

有緣千里來相會，無緣對面不相逢。

註釋 出自明·施耐庵《水滸傳》第三十五回。

點評 此言人與人相交是要靠緣分。

與其有譽於前，孰若無毀於其後；與其有樂於身，孰若無憂於心。

註釋 出自唐·韓愈《送李愿歸盤谷序》。孰若，不如。

點評 與其以前被人稱譽，不如以後不被人罵；與其生理上受用，不如心理上無憂。此言為人應該加強道德修養，為人做事都能經得起考驗。

慾生於無度，邪生於無禁。

註釋 出自先秦《尉繚子·治本》。無度、無禁，皆指沒有節制。

點評 此言貪慾之念和奸邪之行的產生，都是由於放鬆了道德修養的結果。意謂要禁慾、禁邪，就要加強自身道德修養。

欲窮千里目，更上一層樓。

註釋 出自唐·王之渙《登鸛雀樓》。

點評 此寫登樓觀景的感悟：要想看得遠，就得站得高。引申說明了這樣一個人生哲理：凡事立意要高，視野要廣，才能有與眾不同的境界，才能看到別人看不到的地方，才能有過人的獨到之見；只有具備大眼光，才會有大作為。

黿鳴而鼈應，兔死而狐悲。

註釋 出自明·田藝蘅《玉笑零音》。黿，大鼈。應，呼應、共鳴。

點評 此言說明同類相憐、同類相應的動物特性，意在強調有着相同情況的個人或集團在同類遇到危難時會產生一種同命運的自然聯想。

爭利亦爭名，驅車復驅馬。

註釋 出自南朝梁·王僧儒《落日登高》。亦，也。

點評 爭利也就是爭名，這就好像是驅車也就是驅馬一樣。此言比喻修辭法形象地說明了名利是難以分開的。

正其本者萬事理，勞於永者逸於使。

註釋 出自唐・張九齡《對嗣魯王道堅所舉道侔伊科・第一道》。本，根本；勞於永，為長久之計而思慮勞神；逸，安閒、安逸；使，派遣、差使。

點評 此語是說，看問題，做事情，要抓主要矛盾。要善於從根源上解決問題，也就是“振本清源”。如此，即使日理萬機，也能從容面對，有條不紊。

知屋漏者在宇下，知政失者在草野，知經誤者在諸子。

註釋 出自漢・王充《論衡・書解》。宇，指屋。草野，在民間，指不做官的人。經，經典文獻。諸子，指先秦時代各家的著作。

點評 在屋下才知屋漏在何處，不為官才知道執政的失誤在哪裏，熟悉諸子的人就會知道經典的訛誤所在。此以如何了解屋漏、政失為喻，說明了糾正經典訛誤的正確方法：通過比較諸子著作與經典對某一問題闡述的差異，從中推論出經典在流傳過程中文字的訛誤，了解經典的原意所在。同時，也由此闡明了這樣一個哲理：看問題要選擇好角度，不能局限於問題本身，有時跳出問題本身，才能看清問題的實質。此與“旁觀者清，當局者迷”之義有相通之處。

眾喣漂山，聚蚊成雷。

註釋 出自漢・班固《漢書・景十三王傳》。喣，吹氣。

點評 眾人吹氣，可以使山嶽漂移；聚集眾蚊之聲，可以如雷聲陣陣。此以比喻修辭法形象地說明了人多力量大的道理。

眾心成城，眾口爍金。

註釋 出自先秦《國語・周語下》引諺語。爍，熔解。

點評 萬眾一心，就能築起一道堅不可摧的城牆；眾口一辭，就能連金子也能燒熔。此以築城、熔金為喻，說明團結的力量。後句的意義後來有所演變，常用於貶義，指眾口一詞無中生有地攻擊一個人，也會讓清白之人毀掉。

知足不辱，知止不殆。

註釋 出自先秦《老子》第四十四章。殆，危險。

點評 知道滿足，就不會有羞辱；知道有止境，就不會有危險。此言人要有知足之心，要見好就收，不可追求沒有極限。否則，物極必反，反而招致羞辱與危險。

鄉國之思

不知何處吹蘆管，一夜征人盡望鄉。

註釋 出自唐・李益《夜上受降城聞笛》。"蘆管"，即蘆笛。

點評 夜深人靜，最易使人遐思聯想。他鄉明月，他鄉之景，他鄉之音，尤其會觸動遠在異鄉之客的心緒。"回樂烽前沙如雪，受降城外月如霜"的前二句景物描寫的鋪墊，以異鄉之景（邊地的烽火台、邊地大漠之沙）、異鄉之月（受降城外如霜之明月）為前導，續以異鄉之音（邊地蘆笛的淒涼之音），自然而然地導出"一夜征人盡望鄉"的點題句。"不知"寫出了征人聞笛而不知方向處所的迷惘，"盡"字則寫出了所有征人鄉思的無一例外。結句表意雖然過於直接，卻以真摯之情撼動人心。

獨自莫憑欄，無限江山，別時容易見時難。

註釋 出自南唐・李煜《浪淘沙》詞。

點評 這是南唐後主李煜在國亡人虜之後所抒發的對故國的依戀懷想之情，其悔恨、難捨之意，盡在其中矣。

二十五弦彈夜月，不勝清怨卻飛來。

註釋 出自唐・錢起《歸雁》。

點評 秋天，北雁南飛；春天，南雁北歸。這是自然物候，非常平常，但詩人卻將春天大雁北歸，說成是因為受不了瀟湘女神月夜下彈奏的二十五弦琴的清怨之聲，才飛回北方的。這是將大雁擬人化，將詩人自己思鄉的情緒移注到大雁，從而使平常的敘事頓然生動起來。

二月江南花滿枝，他鄉寒食遠堪悲。

註釋 出自唐・孟雲卿《寒食》。寒食，指寒食節，一般在冬至後一百零五天，清明節前兩天。據説此節是春秋時代晉文公為了紀念抱樹而燒死於綿山的功臣介子推，所以這天禁止百姓生火做飯，只吃冷食。

點評 二月的江南，正是風光旖旎，美不勝收之時。看到花滿枝，應該有心曠神怡之感，何以詩人卻頓生"堪悲"之心？"他鄉"、"寒食"二詞作了清楚地交待。寒食節本是家人團聚之時，自己卻在他鄉。此情此境，教詩人如何不觸景生情，由他鄉之景而想到故鄉之人？

逢人漸覺鄉音異，卻恨鶯聲似故山。

註釋 出自唐・司空曙《漫書五首》。

點評 人在他鄉，聽不到耳熟親切的鄉音，卻聽到了相同於家鄉的鶯聲。這是以人聲與鶯聲的對比，反襯自己身在異鄉觸景生情的鄉思之愁。"卻恨"一詞，最能體現詩人的心情。

共看明月應垂淚，一夜鄉心五處同。

註釋 出自唐・白居易《自河南經亂，關內阻饑，兄弟離散，各在一處。因望月有感，聊書所懷，寄上浮梁大兄，于潛七兄，烏江十五兄，兼示符離及小邽弟妹》。

點評 中唐時代的唐德宗貞元時期的內亂，使河南一帶的人民飽經戰亂之苦。此二句詩，雖着筆於家庭的離亂之苦，卻以小見大，折射出一個時代人民的苦難。明月只有一輪，四海之內，人人得而見之。但離散的兄弟分處五處，舉首望月，又是如何的情景呢？"應垂淚"、"鄉心同"一語中的，質樸、真淳地道出了人類共通的鄉愁、鄉思情結，由此讓千古以降的人們產生強烈的情感共鳴。

故鄉今夜思千里，愁鬢明朝又一年。

註釋 出自唐・高適《除夜作》。

點評 此寫除夕之夜人在他鄉的鄉愁。"千里"，言故鄉距離之遠，是誇張表達，意在強調故鄉的遙不可及。"愁鬢"，是借代修辭法，以鬢代人，言其憂愁之深。

故鄉何處是，忘了除非醉。

註釋 出自宋・李清照《菩薩蠻》詞。

點評 此以"折繞"修辭法，強調"故鄉不可忘"，表現了對故鄉的深切思念之情。

歸夢如春水，悠悠繞故鄉。

註釋 出自唐・劉眘虛《句》。

點評 此以夢比水，形象地描寫了思鄉之情的綿綿不絕。

海畔尖山似劍芒，秋來處處割愁腸。若為化作身千億，散入峰頭望故鄉。

註釋 出自唐・柳宗元《與浩初上人同看山寄京華親故》。

點評 此寫懷鄉的深切之情。前二句以尖山比劍芒，意在表達思鄉愁腸似割的痛苦之情。後句是誇張，以化身千億而凸顯望故鄉的深情。想象豐富，造語奇特，讓人讀之既感佩，又感動。

函關歸路千餘里，一夕秋風白髮生。

註釋 出自唐・無名氏《雜詩》。"函關"，即"函谷關"。

點評 秋風飄落葉，萬物蕭條；夕陽西下，暮色蒼茫。無邊的黑暗之中，聽呼嘯的秋風吹過，身在函谷關之西戍守邊關的征人，想着遠在千里之遙的故鄉與親人，如何能不感時傷懷，心中湧起無限的悲傷，一夜而頓生華髮？"函關"、"千餘里"寫空間，"秋風"、"一夕"寫時間，特定的時空交織在一起，雖不及"思"、"愁"一字，但卻寫盡了戍邊征人無限的鄉思、鄉愁。

漢地草應綠，胡庭沙正飛。願逐三秋雁，年年一度歸。

註釋 出自唐・盧照鄰《昭君怨》。胡庭，胡人居住的地方，指中國古代北方少數民族聚居區。

點評 此寫王昭君對故鄉故國的深切思念之情。前二句以胡漢兩地氣候環境的對比，凸顯王昭君生活於塞外的艱苦情狀。後二句說塞雁還可以一年一次自由飛往南方越冬，而本是南方的漢人卻永遠有家歸不得，其意是在強調王昭君"人不如雁"的悲苦之情。

鴻雁不堪愁裏聽，雲山況是客中過。

註釋 出自唐·李頎《送魏萬之京》。鴻雁，大雁。堪，經得起、忍受。

點評 此寫遊子離鄉外出的憂愁。大雁南北遷移，雲彩飄浮不定，都給人以飄零無根之感。這裏以鴻雁、浮雲比喻遊子遊蹤不定。離鄉遠出，本是令人憂愁之事，更何況聽到鴻雁遷飛淒苦的叫聲，這如何不讓遊子愁上加愁？雲山本有飄渺不可捉摸之感，在遠途未卜、歸期無定的遊子看來，就更會觸景生情，頓生悲愁之情。"不堪"、"況是"二詞的運用，將這種比況清楚地標示出來，從而使人、雁、雲融為一體，更加突出遊子出行的悲傷情調。

蝴蝶夢中家萬里，子規枝上月三更。

註釋 出自唐·崔塗《春夕》。

點評 此詩句是表達詩人客居湘鄂時傷春思鄉之情。前句先以莊周夢中化蝶的典故，寫夢中自由飛舞而回鄉的快樂；然後再以"家萬里"的誇張修辭法寫"獨在異鄉為異客"的孤寂之情，以之與化蝶回鄉之樂形成對比，使思鄉之苦更突出。後句是寫景：月上中天，譙打三更，繁枝濃蔭之間，子規（杜鵑鳥）聲聲啼叫，恰似慈母"子歸，子歸"的哀苦呼喚。雖是寫景，但實是以景寫心，"不着一字"地將遊子思歸、思鄉的淒苦之情淋漓盡致地渲瀉無餘，讓人不禁唏噓，感慨萬千。另外，"蝴蝶"對"子規"、"夢中"對"枝上"、"家萬里"對"月三更"，對仗工整，音律和諧。

狐死歸首丘，故鄉安可忘。

註釋 出自漢·曹操《卻東西門行》。首丘，頭向着所居的山丘。安，可以、能。

點評 此以狐死首丘為喻，說明人難忘故鄉的原因，表現了詩人對故鄉的深切思念之情。

胡馬依北風，越鳥巢南枝。

註釋 出自漢・無名氏《行行重行行》。胡馬，指胡地所產之馬、北方之馬。依，依戀。越鳥，指南方越族的鳥，即南方的鳥。巢南枝，築巢於南面的樹枝。

點評 胡馬南來，仍然依戀北方凜冽的寒風；越鳥北飛，仍不忘築巢於南面的樹枝。此語雖是實寫鳥獸天性，卻是借此喻彼，說明人對故鄉的依戀之情乃是自然常情。鳥獸尚有情，何況是人？故後世常以此句說明人對故鄉的思念之情的自然與合理性。

花近高樓傷客心，萬方多難此登臨。

註釋 出自唐・杜甫《登樓》。萬方多難，指"安史之亂"平定後，吐蕃兵犯長安、立傀儡以及兵犯四川北部松、維、保諸州之難。

點評 春來花開，本是讓人心情愉悅之事，何以有人會見花"傷心"呢？"花近高樓傷客心"一句，以"客"點明了賞花人"獨在異鄉為異客"的身份，以"高樓"點出了賞花人見花是在登樓之後。"萬方多難此登臨"緊承前句，印證了賞花人確是登了樓，且交待了登樓的特定時刻——"萬方多難"之時。前後二句配合，由樂景寫哀情，由登樓寫思鄉，將一個客蜀已五載又遭逢"萬方多難"的異鄉人的鄉國之愁強烈地凸顯了出來。

還家萬里夢，為客五更愁。

註釋 出自唐・張謂《同王征君湘中有懷》。

點評 家在萬里，所以回家只能在夢裏；作客異鄉，五更不眠還在愁，此寫人在他鄉，思念故鄉而夜不能寐的苦情。

黃鵠一遠別，千里顧徘徊。胡馬失其群，思心常依依。

註釋 出自漢・無名氏詩（舊題《蘇武詩四首》其二）。顧，回頭看。胡馬，異域之馬。依依，依戀貌。

點評 此以黃鵠與胡馬對故鄉的依戀之情作比，說明遊子離別故鄉的難捨之情。

羈鳥戀故林，池魚思故淵。

註釋 出自晉・陶淵明《歸田園居五首》。羈，束縛，指被人關養。

點評 此以鳥戀故林、魚思故淵為喻，形象地説明人思故鄉的自然性與合理性。“羈鳥”、“池魚”，這裏是比喻詩人自己早先身在官場的不自由情狀，以此反襯今日脱離官場、回歸故鄉的喜悦。

今夜月明人盡望，不知秋思落誰家？

註釋 出自唐・王建《十五日夜望月寄杜郎中》。

點評 此寫秋夜望月思鄉之情。前句是寫十五之夜人望月的普遍性，意在説明望月懷人的心靈共通性。後句以意有不定的反問形式寫自己的秋思之情，表面是疑問，暗裏是早有肯定。以此加強語氣，凸顯自己的秋夜鄉思的深切之情。

京國多年情盡改，忽聽春雨憶江南。

註釋 出自元・虞集《聽雨》。京國，指元代京城大都（今北京）。

點評 雖然生於江南，長於江南，但由於長期在北方做官與生活，早已習慣了北方的生活，甚至已完全被北方的習俗所同化了。然而，一聽春雨之聲，就立即憶起杏花春雨江南。前句“京國多年”，強調居京時間之長，“情盡改”是“京國多年”的結果；後句的“忽聽春雨”，寫的是瞬間的突發事件，“憶江南”是由事件引發的結果。兩句所表現的原因與結果的關係，前者顯得緩慢，是漸進的；後者顯得急速，是本能的。在兩相對比中反襯出“情盡改”的不可靠性與“憶江南”的自然性。

舉頭望明月，低頭思故鄉。

註釋 出自唐・李白《靜夜思》。

點評 舉首之際，低頭之間，由“明月”而及“故鄉”，鄉關之思是那麼自然而然，猶如清泉湧地。不做作，不雕飾，脱口而出，但卻深刻地道出了人類情感的共相，真可謂達到了作者自己所説的“清水出芙蓉，天然去雕飾”的化境。這兩句化自晉《清商曲辭・子夜四時歌・秋歌》“仰頭看明月，寄情千里光”，但又“青出於藍而勝於藍”。

客行雖云樂，不如早旋歸。

註釋 出自漢・無名氏《明月何皎皎》。客行，在外遊歷。云，說。旋歸，歸來。

點評 外面的世界很精彩，他鄉也許很繁華，遊歷也許很快樂，但是久在他鄉，總是免不了會思念起故鄉。與俗語"金窩銀窩，不如自己草窩"同義。

離家日趨遠，衣帶日趨緩。心思不能言，腸中車輪轉。

註釋 出自漢・無名氏《古歌》。

點評 思鄉之情，人皆有之。此寫遊子思鄉之情，曲筆而為之，不直言思鄉人消瘦，而言"衣帶日趨緩"（衣帶一天比一天鬆弛下來，乃是人瘦的緣故），不直言不能向親人傾訴衷腸之苦，而以腸中猶如車輪轉作比，益見其鄉思之深切。

露從今夜白，月是故鄉明。

註釋 出自唐・杜甫《月夜懷舍弟》。

點評 此寫秋夜懷鄉之情。前句寫滴露成霜，點明季節已是秋天；後句是遙想故鄉月色。前後配合，由天氣變化而想到家人的冷暖，由眼前異鄉之月而想到家鄉之月，在對比中自然表現出其深切的鄉思之情。"月是故鄉明"，雖然表意有些直白，但卻情真意切。

洛陽城裏春光好，洛陽才子他鄉老。

註釋 出自五代前蜀・韋莊《菩薩蠻》詞。

點評 家鄉本有無限春光，自己卻不能終老家鄉，這是何等悲哀之事？這二句正是寫詩人這種無奈的情感，其對家鄉洛陽的熱愛之情、身在蜀中的悲苦之情，都表現於這種對比錯位之中。

馬上相逢無紙筆，憑君傳語報平安。

註釋 出自唐・岑參《逢入京使》。憑，請，請求。

點評 立功邊塞，以博封妻蔭子，這是唐代士子共同的追求。但是，久在邊關，突然見到"入京使"，自然就想到了在帝京長安的妻兒家人。於是，“馬上相逢無紙筆，憑君傳語報平安”的囑託脱口而出。詩雖不事雕飾，就如現實生活中的場景、語言一般無二，但卻自然質樸，親切感人。

夢繞邊城月，心飛故國樓。

註釋 出自唐・李白《太原早秋》。故國，指故鄉。

點評 此寫人在邊城，望月思歸之情。不直說“人繞邊城月”，而說“夢繞邊城月”，意在表現思鄉之情的深切，夢中都在想，那清醒時如何，自不待言了。

目盡南飛雁，何由寄一言。

註釋 出自唐・王維《寄荊州張丞相》。何由，沒辦法。

點評 秋天大雁南飛越冬，這本是再平常不過的物候特徵，但詩人卻由雁之南飛，而想到請雁傳書家人。其思鄉之情的深切，盡在其中矣。

琵琶一曲腸堪斷，風蕭蕭兮夜漫漫。

註釋 出自唐・岑參《涼州館中與諸判官夜集》。兮，語氣助詞，相當於“啊”。

點評 在邊塞異鄉，聽異域之樂，自然讓人頓起鄉關之思，更何況又在“風蕭蕭兮夜漫漫”的夜晚。“琵琶一曲”，寫樂聲；“風蕭蕭”寫季節，也寫聲音；“夜漫漫”寫夜宴的特定的時間。三者的結合，共同強化了“腸堪斷”的語意表達，讓人不禁為其鄉思之切、之苦而心有戚戚焉。

飄飄何所似？天地一沙鷗。

註釋 出自唐・杜甫《旅夜書懷》。

點評 此二句以比喻修辭法形象生動地寫出了詩人自“安史之亂”之後多年飄泊蜀中的羈旅困頓之愁，讓人睹物傷人，心有戚戚。加上前句的設問語氣，這層悲愁之情更顯深重。

憑君莫射南來雁，恐有家書寄遠人。

註釋 出自唐・杜牧《贈獵騎》。憑，請，請求。

點評 中國自古便有鴻雁傳書的傳説，此二句即是用此典故寫久在邊塞的征人睹雁思鄉之情。但是，此層意思詩人卻不直説，而以折繞修辭法，以懇切的口吻請求他人別射從南方越冬而歸的大雁，以免家書丟失的話來婉約地表達，讓人味之再三，益發為其思鄉之情的深切而感動。

平林漠漠煙如織，寒山一帶傷心碧。

註釋 出自唐・李白《菩薩蠻》詞。

點評 此寫觸景生情而思故鄉的深切之情。前句以比喻修辭法，寫平林廣闊無邊、如煙似霧的景象，意在表現故鄉渺茫難以望見的苦痛之情。後句以移就修辭法，將人的感情移注於物（山），讓山有“寒”之感、“傷心”之情，從而反襯出詩人見他鄉之青山而觸景生情的傷感之情。

羌管悠悠霜滿地，人不寐，將軍白髮征夫淚。

註釋 出自宋・范仲淹《漁家傲》詞。羌管，即羌笛，西北少數民族的一種樂器。征夫，守衛邊防的戰士。

點評 此寫守衛邊塞的將軍與戰士的深切思鄉之情。為了表現這種情感，作者除了以將軍的“白髮”與征夫之“淚”來作特寫外，還以羌管的悠揚之聲與霜滿地的視聽覺形象予以鋪墊。寫羌笛的悠揚之聲，意在反襯將士聽不到家鄉之音的悲傷之情。寫霜滿地，意在突出強調“塞下秋來風景異”的意蘊，以此與將士的家鄉風景形成對比，從而説明將士之所以“人不寐”的原因。

羌笛何須怨楊柳，春風不度玉門關。

註釋 出自唐・王之渙《涼州詞》。羌笛，古代西北少數民族的一種樂器。楊柳，指古《折楊柳》樂曲。玉門關，在今天甘肅敦煌西北，河西走廊西端。

點評 聽着羌笛吹出的《折楊柳》樂曲，好像有怨嗟之聲，原來是因為春風不到玉門關，這裏不見楊柳青。此寫征人思鄉之情。前句以擬人修辭法將羌笛人格化，使其帶有人的生命情態，即怨恨之情，以此借物寫心，表現征人不得歸鄉的怨苦之情。後句是解釋羌笛何以怨楊柳的原因，因為楊柳不生玉門關，而楊柳之所以不生玉門關，則因為"春風不度"。由此，在解釋原因中強調了玉門關的荒涼與氣候條件的惡劣，突出表現了征人戍邊生活的艱苦情狀以及思鄉的緣由。

青山無限好，猶道不如歸。

註釋 出自宋・晁補之《臨江仙》詞。猶，還。道，説。

點評 他鄉青山雖美，畢竟不是故鄉，還是歸家為好。此言與俗語"金窩銀窩，不如自家草窩"同義，皆是説家鄉好、家裏好，表現的是對家及家鄉的依戀之情。

卻是歸鴻不能語，一年一度到江南。

註釋 出自南宋・楊萬里《初入淮河四絕句》之一。卻是，反而是。歸鴻，南飛避寒的大雁。一度，一次。

點評 此句表面是寫北雁一年一度南飛過冬的自然現象，實是為了反襯淪陷於金人鐵蹄下的宋朝故國遺民反而不如不能言語的大雁能夠自由地南來北往的悲哀。以此表達詩人對故國的深切思念之情、對故國之民深切的同情之心。

人歸落雁後，思發在花前。

註釋 出自隋・薛道衡《人日思歸》。

點評 此寫人在江南、心思故鄉的深切之情。人日（正月初七，古代習俗將正月初一至初七分別命之以雞、狗、豬、羊、牛、馬、人日）本是家家親人團聚、戶戶歡度新年之時，而詩人卻在旅途。仰望北歸的大雁飛過頭頂，頓時思緒紛飛，想到了遠在北方的家。前句言歸家日期人落雁後，後句言歸鄉之心早於梅花盛開之日。此以人、雁、花對比，突出強調其思鄉的急切之情。

人作殊方語，鶯為故國聲。

註釋 出自唐・王維《曉行巴峽》。殊方，他鄉。故國，故鄉。

點評 此以人作異語與鶯作鄉音相對照，凸顯詩人觸景生情的鄉思之情。

仍憐故鄉水，萬里送行舟。

註釋 出自唐・李白《渡荊門送別》。

點評 此二句實際要表達是詩人離別故鄉的依依不捨之情。但是，妙的是詩人不從自己寫起，而是從對面寫起，不説自己依戀故鄉，而是將江水擬人化，説成是江水不捨得他，依依不捨送別他的行舟萬里。由此，不僅將寫盡了詩人對故鄉深切的依戀不捨之情，同時也使無情的江水頓然有了人的生命情態，給人以無限的想象與回味餘地，大大擴張了詩的審美空間。

日暮鄉關何處是，煙波江上使人愁。

註釋 出自唐・崔顥《黃鶴樓》。

點評 人在異鄉，思鄉之情自在情理之中。日暮時分，正是家人團聚之時，而眼下，人在他鄉，其孤獨感可以想見；江水泱泱，煙波茫茫，人在孤舟上漂盪，此情此景，教人如何不思鄉？

塞花飄客淚，邊柳掛鄉愁。

註釋 出自唐・岑參《武威春暮聞宇文判官西使還已到晉昌》。

點評 此寫征人身在邊塞的鄉思之愁。前後二句都是運用擬人修辭法，將塞花、邊柳人格化，便其帶有人的生命情態，從而借物寫人，反襯出征人思鄉的深切之情。

少小離家老大回，鄉音未改鬢毛衰。

註釋 出自唐・賀知章《回鄉偶書》二首其一。衰，意指“疏落”。

點評 前句以“少小離家”與“老大回”句中自對，概寫出客居他鄉時間之久，暗襯出回鄉時自傷“老大”之情。後句以不變的“鄉音”反襯衰疏、變化的“鬢毛”，在兩相對比中突出了思鄉、念鄉之情的深切。

瘦馬戀秋草，征人思故鄉。

註釋 出自唐•劉長卿《代邊將有懷》。

點評 此寫征人思鄉之情，以瘦馬戀草相比，自然貼切。因為征人在邊塞，與戰馬和塞草的關係最為密切。

書生半醉思南土，一曲燈前唱鷓鴣。

註釋 出自元•楊允孚《灤京雜詠》。南土，指江南。鷓鴣，指《鷓鴣曲》，是唐代流行的南方思鄉曲，因為鷓鴣叫聲淒涼，且聽起來像是說“行不得也哥哥”。

點評 江南與塞外，無論是風景與還是風俗，都是迥然不同的。一個江南書生遊於灤京（即元代的上都，原蒙古汗國之開平府），半醉之後憶起南土，情不自禁間便於燈下唱起了《鷓鴣曲》。這二句詩表達的是一個江南遊子身在塞外、心在江南的鄉思之情。

誰家玉笛暗飛聲，散入春風滿洛城。此夜曲中聞折柳，何人不起故園情。

註釋 出自唐•李白《春夜洛城聞笛》。洛城，即洛陽。折柳，即樂府橫吹曲《折楊柳》，多帶離情別緒的哀傷情調。

點評 此寫夜聞笛聲而生發的鄉思之愁。前二句寫樂景，“玉笛”、“春風”都是帶有欣悦之情的意象。後二句寫由笛曲的聲調而起的鄉思之愁，但詩人卻不直說是自己，而以“何人不起”，以偏概全，將自己聽笛曲的感受強加於所有人。乍看起來，這有些不合邏輯事理，但卻正是這悖理之辭，恰恰反映了詩人思鄉心切的深情。

思歸若汾水，無日不悠悠。

註釋 出自唐•李白《太原早秋》。汾水，在今天山西省境內。悠悠，水流緩慢或連綿不斷的樣子。

點評 此以汾水水流悠悠之貌比喻思鄉之情的難以遏制，讓人由水及人，想見其思鄉之情的綿綿不絕之狀。表意婉轉，形象感極強。

他鄉生白髮，舊國見青山。

註釋 出自唐・司空曙《賊平後送人北歸》。舊國，指戰亂前的國家。

點評 此寫懷鄉念國之情。前句寫人在他鄉的悲愁之情，以“生白髮”予以強調；後句寫滿目青山之景，意在表現戰亂之後“青山依舊在、故國繁華去”的惆悵之情。

天山雪後海風寒，橫笛偏吹行路難。磧裏征人三十萬，一時回首月中看。

註釋 出自唐・李益《從軍北征》。海，指瀚海，即沙漠。行路難，是漢樂府橫吹曲之名，多是歌詠憂傷內容的曲調。磧，本指水中沙堆，此指沙漠。

點評 此寫出征的將士夜晚頂着刺骨的寒風行進於天山雪後的沙漠之中，突然聽到憂傷的《行路難》笛聲，頓時三十萬將士為之動情，不禁一起回首望着沙漠中那輪清寒皎潔的明月，心中湧起無限的思鄉之情。

天涯豈是無歸意，爭奈歸期未有期。

註釋 出自宋・晏幾道《鷓鴣天》詞。天涯，此指路途極遠。爭奈，怎奈。

點評 哪裏是因為路途遙遠而無歸鄉之意，只是無奈回鄉之日遙遙無期。此寫人在江湖、身不由己，欲歸故鄉，而歸期難定的悲苦之情。

望斷關河非漢幟，吹殘日月是胡笳。

註釋 出自清・錢謙益《後秋興之十三》。望斷，望盡。關河，關塞河流，代指江山、全國。漢幟，指漢族軍隊的旗幟。胡笳，指胡人的樂器，此代指滿清的軍隊。

點評 望盡大江南北，不見漢人軍隊的影子，到處都是席捲天下的滿清軍隊。此寫清滅大明王朝的亡國之恨。第二句的“吹殘日月”，表面是說“胡笳”之聲響徹雲霄的情狀，實際是說清朝滅亡明朝。因為“日月”合起來便是“明”字，這是巧妙地利用漢字形體表情達意，屬於漢語修辭的析字法，婉轉地表達了對故明王朝的懷念之情。

萬里悲秋常作客，百年多病獨登台。

註釋 出自唐·杜甫《登高》。

點評 獨在異鄉為異客，本就讓人不勝悲傷，況又在“安史之亂”之後，國家動亂，生靈塗炭，情何以堪？秋天本就是個易於引發人們“英雄老去”、“美人遲暮”的感傷季節，何況身處“萬里”之外的蜀地客中，又逢“百年多病”之時，這孤獨登台遠眺，滿眼都是他鄉關河，叫人如何不悲從中來？

萬里衡陽雁，今年又北歸。

註釋 出自唐·杜甫《歸雁二首》。衡陽，在今湖南省。據説雁飛到南方過冬，到了衡陽回雁峰即停下不再飛。

點評 大雁秋天從北方飛到南方越冬，春天由南方飛回北方生活，這是再平常不過的現象，詩人借物而寫人，是通過雁北歸而自己難歸的對比，表達鄉思之愁。

萬里家山一夢中，吳音漸已變兒童。

註釋 出自宋·蘇軾《秀州報本禪院鄉僧文長老方丈》。

點評 家在山水迢迢的萬里之外，但一夢之中便回到了闊別已久的家。但是，奇怪的是，在夢中家鄉的兒童説話也變成了吳地口音。前句寫家鄉的路遙，以“萬里”誇張之；後句言離家時間之長與在吳地生活時間之久。前後配合，遂將離家久遠的鄉思之苦淋漓盡致地表現出來。

惟有門前鏡湖水，春風不改舊時波。

註釋 出自唐·賀知章《回鄉偶書》二首其二。鏡湖，在今浙江紹興會稽山的北麓，周圍三百餘里。

點評 此二句乃是感歎物是人非之意。但是，詩人卻不直説少時所見所有的一切都沒有了，而是通過強調“惟有”的“門前鏡湖水”與“不改”的“春風”及春風吹拂下仍然同於往日一樣盪漾的“舊時波”，將這層意思反襯出來。由此，表現了其感時傷懷、觸景懷舊之情。

五更歸夢二百里，一日思親十二時。

註釋 出自宋·黃庭堅《思親汝州作》。十二時，指十二個時辰，一個時辰為兩小時，十二時，即全天。

點評 此以誇張修辭法寫思親思鄉的殷切之情。前句說五更時分夢中離家只有二百五十里了，這是誇張歸家速度之快，意在凸顯思鄉心情之殷切。後句是說一天每時每刻都在想念親人。

昔我往矣，楊柳依依；今我來思，雨雪霏霏。

註釋 出自先秦《詩經·小雅·採薇》。矣，句末語氣助詞。依依，楊柳隨風飄拂貌。思，句末語氣詞，無義。雨，這裏指下雪。霏霏，雪花紛紛貌。

點評 昔日出征從軍去，楊柳依依無限意；今日解甲歸故里，大雪紛飛滿天庭。這是寫一位久戍在外的征人回鄉時撫今追昔的感慨。

西南三月音書絶，落日孤雲望眼穿。

註釋 出自金·元好問《壬辰十二月車駕東狩後即事》其三。西南，此指詩人寓居的登封（今河南登封），相對於詩人的故鄉山西便是西南。三月音書絕，指金天興元年（1232 年）蒙古軍隊圍攻金都汴京期間詩人與家中聯繫中斷。

點評 此寫戰亂中思念家鄉的深情，與唐人杜甫“烽火連三月，家書抵萬金”的句義相同。“落日孤雲”景中有情，表現了詩人對國運、家鄉的憂慮悲傷之情。“落日”有暗喻金廷如日薄西山的夕陽，“孤雲”則暗喻身在異鄉的詩人自己。“望眼穿”乃是誇張，表現的是詩人對來自故鄉音訊的急切期待之情。

鄉心正無限，一雁度南樓。

註釋 出自唐·趙嘏《寒塘》。鄉心，思鄉之心。

點評 前句寫人在異鄉，羈旅困頓，思鄉之情無限，乃是直抒胸臆；後句寫一隻孤雁飛過南樓，看是寫景，實是寫心。眾所周知，秋天大雁南飛越冬，皆是成群遷移。因此，“一雁度南樓”一句顯然是詩人借雁自比，凸顯的是自己孤寂在外的悲苦與無限的鄉思之情。

鄉淚客中盡，孤帆天際看。

註釋 出自唐・孟浩然《早寒江上有懷》。

點評 此寫江上思鄉之情。前句寫人在異鄉，思鄉流乾了眼淚。這是誇張，意在凸顯其鄉思之深切。後句寫家在遠方而遙不可及的孤寂悲苦之情。"孤帆"明寫船單影隻，暗寫船上之人的寂寞之情。"天際"，誇張家鄉之遠，遠在天之盡頭，以此強調歸鄉而不得的悲情。

新詩淡似鵝黃酒，歸思濃如鴨綠江。

註釋 出自金・完顏璹《思歸》。鵝黃酒，指蜀中名酒。鴨綠江，在今中朝邊境。

點評 此寫詩人思歸北方故鄉的深切之情。此二句的最大特色是比喻新穎、貼切自然。前句以"鵝黃酒"比喻新詩沖淡的風格，後句以"鴨綠江"水之綠比喻歸思的濃鬱。"鵝黃酒"是蜀中名酒，詩人身在南面，以南方之酒比喻新詩的風格，是就近取譬，因此顯得質樸自然。以"鴨綠江"水比歸思之濃，因詩人的故鄉在東北，取其故鄉之水而設喻，也在情理之中。

行行循歸路，計日望舊居。

註釋 出自晉・陶淵明《庚子歲五月中從都還阻風於規林二首》。循，沿着。

點評 此寫詩人循着回家的路、扳着手指計算回到家鄉的日期，表現的是詩人思鄉情深、歸鄉心切之情。

休夢江南路，路長夢短無尋處。

註釋 出自宋・范成大《惜分飛》詞。休，不要。

點評 千萬莫作回鄉夢，只怕路長夢太短，更怕日久路生認不得。此寫對故鄉江南的深切思念之情。前句提出觀點，後句說明原因。

雪聲偏傍竹，寒夢不離家。

註釋 出自唐・戎昱《桂林臘夜》。

點評 此寫雪夜思鄉的深切之情。雪聲敲竹之聲雖響，但若是人在夢中，自然是聽不見的。既然聽見，且有心煩的感覺（"偏"字點出其對竹的不滿之意），說明人未睡着。那麼，何以雪夜難眠呢？後句作了交待：夢中想家。“寒”字，既寫出了雪夜的身體感受（氣溫），也寫出了心理感受（故鄉難歸的悲涼感）。

眼中高岸移深谷，愁裏殘陽更亂蟬。

註釋 出自金・元好問《外家南寺》。

點評 此寫故國故鄉的哀思之情。前句化用《詩經・小雅・十月之交》中“高岸為谷，深谷為陵”句義，寫國破家亡的滄桑之感。後句承前感傷之意而寫眼前之景，以具體意象補足前句之義。“殘陽”、“蟬鳴”都是令人感傷的意象，況又在“愁裏”所見，則詩人心中的悲哀可想而知。

野岸柳黃霜正白，五更驚破客愁眠。

註釋 出自宋・歐陽修《沐河聞雁》。

點評 此寫遊子秋夜思鄉難眠的悲苦之情。前句交待“客愁眠”的季節是秋天，因“柳黃”、“霜正白”，都是秋天的季節徵候。後句寫夜半難眠的愁苦之情。“驚破”一詞，承前啟後，交待了“客愁眠”的原因是“霜降”。霜落無聲，而竟然能驚破愁客之眠，反襯出“客愁眠”的真正原因是思鄉。

一年將盡夜，萬里未歸人。

註釋 出自唐・戴叔倫《除夜宿石頭驛》。

點評 前句點出了此時正是除夕之夜；後句暗示出此人尚在旅途，而且還在遙遙萬里之外，縱然登高極目，望穿秋水，也不能望見鄉關。“一年將盡”與“萬里未歸”的並提，形式上構成了工整的對仗，內容上則將悠遠的時間與廣漠的空間連通，從而在對比對照中凸顯了詩人除夕之夜“獨在異鄉為異客”的情感苦痛。

一樹梨花一溪月，不知今夜屬何人？

註釋 出自唐・無名氏《雜詩》。

點評 此二句是以寫景寄託懷鄉之情。它的前面還有兩句：“舊山雖在不關身，且向長安過暮春。”所謂“舊山”，即指故鄉。因為要到京都長安博取功名，只得遠離家鄉，不能再看到家鄉的山水、春色了，權且就在長安過個暮春了。乍看起來，頗是豁達，想得開，實際上緊接着的“一樹梨花一溪月”一句，通過“一樹梨花”與“一溪月”二景的並置，以無聲勝有聲，將強烈的思鄉之情烘托了出來。而“不知今夜屬何人”的反問，則將此層意思作了清楚的強化。

一川晚照人閒立，滿袖楊花聽杜鵑。

註釋 出自南宋·鄭協《溪橋晚興》。一川，整個原野。杜鵑，指杜鵑鳥，俗稱布穀鳥。

點評 此寫夕陽西下，楊花飛舞的暮春時節，詩人獨立平川，聽杜鵑“不如歸去”的聲聲呼喚之景，意在表達其無限的鄉思之情。

一夕高樓月，萬里故園心。

註釋 出自唐·白居易《江樓聞砧》。

點評 “一夕”對“萬里”，不僅是為了對仗，更是為了凸顯詩人思鄉之情。

一叫一回腸一斷，三春三月憶三巴。

註釋 出自唐·李白《宣城見杜鵑花》。三春，指初春、仲春、暮春，此指暮春。三巴，指四川，東漢末年益州牧劉璋置巴郡、巴東、巴西三郡，故稱三巴。

點評 此寫觸景生情的鄉思之愁。人在他鄉，見杜鵑花而憶及家鄉蜀中的杜鵑鳥。由杜鵑鳥的“不如歸來”的叫聲，自然引出對家鄉三巴的深切思念之情。前句是運用誇張修辭法，意在凸顯其聽杜鵑鳥叫聲的深切感受。後句巧妙地利用季、月、地都帶“三”的特點，表達暮春的鄉愁。“三”在古代有指稱“多”之意。“三春”是指暮春，暮色花事已漸趨凋謝，這是通過節候名稱而暗點出傷春懷鄉之情。

一時今夕會，萬里故鄉情。

註釋 出自唐·杜甫《季秋蘇五弟纓江樓夜宴崔十三評事韋少府姪三首》。

點評 古人有"人生四大快事"之説："久旱逢甘霖，他鄉遇故知，洞房花燭夜，金榜題名時"。詩人這裏所説與故人"今夕會"，應該是"他鄉遇故知"的快樂之情。但是，詩人想到的卻不是這個，而是由"故人"想到了"故鄉"。其鄉思的深切之情，則盡在其中矣。

移舟泊煙渚，日暮客愁新。

註釋 出自唐・孟浩然《宿建德江》。渚，水中的小塊陸地、小洲。

點評 日暮時分，應是歸家與家人團聚的時刻。而今人在旅途，漂在江上，晚宿無着，正移舟而靠小洲，看着依依而去的夕陽，如何不教遊子頓生思鄉之情？"客愁"是在情理之中，而"新"字的強調，則意在説明新一輪的鄉愁又開始了，弦外之音則是每天都在思鄉。

遠夢歸侵曉，家書到隔年。

註釋 出自唐・杜牧《旅宿》。

點評 家在遙遙遠方，夢中回家也要到天亮；今年寫的家書，到明年才能收到。這是以誇張修辭法寫遊子所在之地與故鄉距離的遙遠狀況，從而凸顯詩人強烈的鄉思之愁。

佇立望故鄉，顧影淒自憐。

註釋 出自晉・陸機《赴洛道中作二首》其一。佇立，長時間站着。顧，回頭看。淒，淒涼。

點評 長時間企踵而望，故鄉並不能望見，無奈中回頭看看，只見一個孤零零的身影陪着自己。他鄉道中望故鄉，其悲何如？個中滋味給人以深深的回味。

濁酒一杯家萬里，燕然未勒歸無計。

註釋 出自宋・范仲淹《漁家傲》詞。燕然，即杭愛山，在今蒙古境內。勒，指勒石記功。

點評 前句寫"借酒澆愁愁更愁"的思鄉苦情。"一杯"對"萬里"，意在説明一杯濁酒的份量太少了，根本澆不了家在萬里的鄉愁。後句踵繼前句，直敍不得歸鄉的原因：因為還沒有徹底打敗敵軍（指西夏），宋軍還處於守勢，邊境還非常不穩定。但是，作者沒有這樣直說，而是用了漢將竇憲勒石記功的典故（《後漢書‧竇憲傳》記漢大將軍竇憲曾大敗匈奴，窮追北單于，"登燕然山，去塞三千餘里，刻石勒功"而還的事蹟），以此與自己目前功業未成的現狀作比較，表達了對邊境安全的深深憂慮之情。

座中亦有江南客，莫向春風唱鷓鴣。

註釋 出自唐‧鄭谷《席上貽歌者》。鷓鴣，指《鷓鴣曲》。鷓鴣叫聲類似於"行不得也哥哥"。

點評 人在他鄉，本就比較敏感，不經意間便會觸景生情，感物而生懷鄉思親之情。因此，詩人特別叮囑演歌者千萬別當着自己這個江南客唱《鷓鴣曲》，因為那"行不得也哥哥"的鷓鴣聲，實在很難讓自己控制思鄉的強烈情緒。這是運用折繞修辭法，曲折婉轉地道出了詩人在異鄉的強烈思鄉之情。

離情別緒

白雲如有意，萬里望孤舟。

註釋 出自唐・劉長卿《上湖田館南樓憶朱宴》。

點評 此以擬人修辭法，將白雲人格化，從而借雲而寫人，突出離別友人的悲傷之情。

悲莫悲兮生別離，樂莫樂兮新相知。

註釋 出自戰國楚・屈原《楚辭・九歌・少司命》。莫，沒有。兮，語氣助詞，相當於"啊"、"呀"。

點評 人生的悲哀莫過於生離死別，人生的快樂莫過於結識新友。

碧雲天，黃花地，西風緊，北雁南飛。曉來誰染霜林醉，總是離人淚。

註釋 出自元・王實甫《西廂記》第四本第三折。黃花，指菊花。西風，秋風。

點評 此乃崔鶯鶯長亭送別張生時痛苦心情的寫真。秋風陣陣，北雁南飛，碧空萬里，菊花滿地，林葉盡紅，這是一個令人感傷的時候。這時送別情人，其悲傷的心情自然可以想見。但是，崔鶯鶯沒有直接自道心曲，而是通過寫景與隨後的反問句"曉來誰染霜林醉"來間接地表達，最後以"離人淚"來全盤托出。前寫景，後議論，相互襯托印證，遂將其悲傷之情淋漓盡致地展露出來。

別後唯所思，天涯共明月。

註釋 出自唐・孟郊《古怨別》。

點評 情人即將離別之時，應該有千言萬語要傾訴。但是，這裏詩人卻突破尋常思維，以"懸想示現"修辭法，想象着男女主人公分別後的唯一願望("唯所思")：各天一方共看一輪明月("天涯共明月")，彼此思念、彼此祝願的情景。從而構擬出一幅“望月千里寄相思”的生動圖畫，凸顯男女主人公彼此深切的思念之情。

別離歲歲如流水，誰辨他鄉與故鄉。

註釋 出自唐・李頎《失題》。

點評 此寫離別故鄉的痛苦之情。前句言時間過去匆匆，在外時間之長；後句寫對故鄉記憶的模糊，言別離故鄉時間之久。

不曾遠別離，安知慕儔侶？

註釋 出自晉・張華《情詩五首》。安，哪裏。儔，同伴、伴侶。

點評 此言只有經歷過離別的痛苦，才會對他人成雙成對而心生羡慕之情。

不敢要佳句，愁來賦別離。

註釋 出自唐・杜甫《偶題》。

點評 此言不是要求佳句才做詩，而是因為愁來心情無法排解才作詩。意謂別離之愁太濃而無法排遣。

彩舟載得離愁動，無端更借樵風送。

註釋 出自宋・賀鑄《菩薩蠻》詞。彩舟，有彩飾的船隻。樵風，指順風，又稱樵公風。此典出於《後漢書・鄭弘傳》註引南朝宋孔靈符《會稽記》：“漢太尉鄭弘嘗採薪，得一遺箭，頃有人覓，弘還之。問何所欲，弘識其神人也，曰：‘常患若耶溪載薪為難，願旦南風，暮北風。’後果然”。無端，沒辦法。

點評 此寫離別的憂愁情緒。離別之愁要用彩舟來載，言其離愁之深。雖然彩舟勉強能夠承載，可是卻沒辦法讓彩舟借得神風相送。意謂離愁太重，舟能載，卻開不動。由此曲折地表達了離愁別緒的深重之狀。

曾與美人橋上別，恨無消息到今朝。

註釋 出自唐・劉禹錫《楊柳枝》。

點評 此寫與美人久別而難逢的痛苦之情。

春愁離恨重於山，不信馬兒馱得動。

註釋 出自宋・石孝友《更漏子》詞。

點評 此以比擬修辭法，將抽象的“春愁”與“離恨”具象化，並將之與馬聯繫起來（說馬也馱不動），從而突出強調春愁離恨的深重。

春風知別苦，不遣柳條青。

註釋 出自唐・李白《勞勞亭》。

點評 此以擬人修辭法，將“春風”人格化，使其帶有人的生命情態（知道離別痛苦，故意不讓柳條返青。因為古代有折柳送別的風俗，柳條不青，就可以不別友人），從而借柳而寫人，表達了自己對友人的依依惜別的離情。

此去與師誰共到？一船明月一帆風。

註釋 出自唐・韋莊《送日本國僧敬龍歸》。

點評 日本與中國是一衣帶水的鄰邦，在唐代國勢鼎盛之時，日本曾向唐朝派遣了大批請益僧與學問僧。這裏詩人所送別的敬龍，便是其中即將學成歸國的日本僧人之一。在古代，日本與中國遠隔重洋，交通只有木帆船，困難險阻重重。其中，最怕的就是兩樣，一是狂風暴雨，二怕大霧迷航。那麼，詩人應該說些甚麼送別的話，以寬慰日本友人之心，讓他帶着輕鬆愉快的心情揚帆遠航呢？詩人以設問修辭法，於一問一答中給出了答案：“此去與師誰共到”，是個問句，說的是此去日本，路途遙遙，誰會伴隨着大師呢？接着自己回答道：“一船明月一帆風”。“一船明月”，暗示是天氣晴好，沒有狂風暴雨，也不會有大霧迷航；“一帆風”，暗示有信風相送，船行順利快暢，歸程指日可待，不會曠日持久，遙遙無期。如此巧妙的祝願，僅僅以“一船明月一帆風”七字表達出來，可謂言簡意豐，含而不露。

從此別卻江南路，化作啼鵑帶血歸。

註釋 出自宋・文天祥《金陵驛》。啼鵑帶血，指杜鵑啼血的傳說。

點評 此寫詩人離別故國的悲傷之情。詩乃詩人被元人俘虜而押往燕京（今北京），途中經金陵（今南京）時所作。

登高傷遠別，鴻雁幾行飛。

註釋 出自元・薩都剌《送景南亨上人歸江西》。

點評 此寫登高望友人、唯見鴻雁飛的送別愁情。登高望遠，往往會令人頓生豪情。那麼詩人何以登高而生悲傷之情？因為登高遠望，他看到了南飛的大雁越飛越遠，不禁觸景生情，由雁及人，想到漸行漸遠的友人。如此由景及情，借雁寫人，達意巧妙，表情自然，一份對友人遠離的深切眷念之情油然而出。

更吹羌笛關山月，無那金閨萬里愁。

註釋 出自唐・王昌齡《從軍行七首》其一。無那，無奈。

點評 此二句乃是寫戍邊征人思鄉念親之情。前句説征人以羌笛吹奏《關山月》的曲子，表面上只是客觀的敍事，實則另含一層深意。因為羌笛乃塞外胡人之樂器，《關山月》則是傷離別的曲子（《樂府解題》："關山月，傷離別也"）。身在邊塞，以胡人之樂器，吹奏傷離別的《關山月》曲子，其念親懷鄉之情自是不言而喻。後句以"懸想示現"修辭法，突然從邊塞轉到萬里之外的"金閨"，寫征人妻子的閨閣之愁與無奈之情。前句的近景與後句的遠景相形對比，遂將征人懷鄉思親與征人之妻思夫懷遠之情皆凸顯出來。

海上生明月，天涯共此時。

註釋 出自唐・張九齡《望月懷遠》。

點評 前句寫景，雖全是平常字眼，卻寫出了一個闊大雄渾的氣象。後句議論，雖表面不及懷人一字，但卻緊承前句的"明月"將此層意思全部托出。與南朝宋謝莊"隔千里兮共明月"（《月賦》）、宋代蘇軾"但願人長久，千里共嬋娟"（《水調歌頭》）等名句所要傳達的主旨有異曲同工之妙，都是望月懷人的千古名句。

剪不斷，理還亂，是離愁，別是一般滋味在心頭。

註釋 出自南唐・李煜《相見歡》詞。

點評 此以比擬修辭法，將抽象的"離愁"具象化，從而與"剪絲"、"理絲”聯繫搭掛在一起，由此形象地寫出了“離愁”這種讓人心神不寧、五味雜陳的複雜情感體驗。

今宵酒醒何處，楊柳岸、曉風殘月。

註釋 出自宋・柳永《雨霖鈴》詞。

點評 此寫男女離別的淒涼之情。前句提問，後句以寫景回答。“楊柳”依依不捨的形象、“曉風”寒冷侵骨的感受、“殘月”孤懸天空的冷清，將離人的淒苦心情淋漓盡致地展露出來。

客愁舊歲連新歲，歸路長亭間短亭。

註釋 出自宋・范成大《東郊故事》。間，間隔。

點評 此寫久在異鄉、故鄉難歸的痛苦之情。前句言在外時間之久，後句言離家距離之遠。

離恨恰似春草，更行更遠還生。

註釋 出自南唐・李煜《清平樂》詞。

點評 此以比喻修辭法，將抽象的“離恨”與具體可感的“春草”聯繫搭掛在一起，從而以“春草日日長”的形象寫出“離恨日日生”的意蘊。構思巧妙，比喻貼切，形象感極強，讓人由草及情，思味無窮。

門外若無南北路，人間應免別離愁。

註釋 出自唐・杜牧《贈別》。

點評 “門外若無南北路”的命題，雖然顯得悖情無理，但正是這種悖情無理的思路，卻恰恰反襯出詩人離別朋友的深切痛苦之情。

含情兩相向，欲語氣先咽。

註釋 出自唐・孟郊《古怨別》。

點評 此寫情人離別時千言萬語而一時無從說起的痛苦之情。宋人柳永有寫男女離別的名句：“執手相看淚眼，竟無語凝噎”(《雨霖鈴》詞)，其境界即化自於此二句。

去年花裏逢君別，今日花開已一年。

註釋 出自唐・韋應物《寄李儋元錫》。

點評 此寫觸景生情、睹物思人的離別之情。

人生不相見，動如參與商。

註釋 出自唐・杜甫《贈衛八處士》。動，動輒、往往。參，星宿名，二十八宿之一。商，星宿名，亦為二十八宿之一。參商，參星與商星，因不能同時出現於天空，彼出則此沒，故常比喻為分離不得相見，或指不和睦。

點評 以參星與商星不能同時出現於天空為喻，感歎人生相聚不易，而相離則恆常的道理，形象生動，樸素雋永。

人生何處不離群？世路干戈惜暫分。

註釋 出自唐・李商隱《杜工部蜀中離席》。干戈，指代戰爭。

點評 此二句寫人生分離之苦。"人生何處不離群"，以激問的方式，淩空起勢，表現出一種對於離別的達觀態度。但是，緊接着又以"世路干戈惜暫分"相承，以"欲擒故縱"之法，一下子就將離別朋友（杜甫）的憂傷之情推到了極點。因為這次離別不是一般的原因，而是戰亂。一般的離別還有可能相見，而戰亂情況下的分離，以後是否還能相見，就令人憂心了。

若教眼底無離恨，不信人間有白頭。

註釋 出自宋・辛棄疾《鷓鴣天》詞。

點評 此言離愁別恨是人間有白頭的根本原因。意謂離愁別恨最讓人傷感。

山牽別恨和腸斷，水帶離聲入夢流。

註釋 出自唐・羅隱《綿谷回寄蔡氏昆仲》。

點評 此二句乃是以擬人修辭法，將山、水人格化，説自己離別友人而去，使山、水都牽愁帶恨，為之腸斷。由此，側寫出自己離別友人、告別綿谷山水的依依不捨之情。

身如巢燕年年客，心羨遊僧處處家。

註釋 出自宋・陸游《寒食》。

點評 此寫離家到處漂泊的痛苦之情。以巢燕自比，言人不如燕可以定時回家的苦情；以遊僧為參照，表現對家的眷戀之情與有家難歸的痛苦。

世上萬般哀苦事，無非死別與生離。

註釋 出自明・馮夢龍《古今小說・蔣興哥重會珍珠衫》。

點評 此言生離死別是人世間最痛苦的事。

十日狂風特地晴，天工着意送行人。

註釋 出自宋・管鑒《浣溪沙》詞。特地，特意。天工，即天公。着意，特意。

點評 以擬人修辭法，明說“天公”有情，實寫對行人依依不捨之情。

問余別恨知多少，落花春暮爭紛紛。

註釋 出自唐・李白《憶舊遊寄譙郡元參軍》。余，我。

點評 此寫離別友人的感傷之情。前句提句，後句回答，以落花紛紛比喻對友人憶念之情的揮之不去，形象生動。南唐後主李煜的名句“問君能有幾多愁，恰似一江春水向東流”，表達方式及意境頗類於此。

梧桐樹，三更雨，不道離情正苦。一葉葉，一聲聲，空階滴到明。

註釋 出自唐・温庭筠《更漏子》詞。

點評 此寫男女離別的痛苦之情。秋雨打梧桐，在夜半三更時分雖然聲音分外清晰，但若不是夜不能寐之人，恐怕也很難聽得“一葉葉，一聲聲，空階滴到明”那般真切。可見，這六句之所以特意強調雨聲，意在強調表現主人公“離情正苦”、輾轉反側、夜不能寐的痛苦之狀。後來宋人周紫芝《鷓鴣天》詞“梧桐葉上三更雨，葉葉聲聲是別離”二句，即化用此六句的意境與意蘊。

梧桐葉上三更雨，葉葉聲聲是別離。

註釋 出自宋・周紫芝《鷓鴣天》詞。

點評 此寫主人公秋夜懷人、夜不能寐的痛苦之情。這二句是化用唐人溫庭筠《更漏子》詞中“梧桐樹，三更雨，不道離別正苦。一葉葉，一聲聲，空階滴到明”幾句而來，其妙處是以較少的字數來概括原詞的意蘊，再造原詞的意境，以整齊的形式創造出另一種蒼涼感人的美感。

昔去雪如花，今來花似雪。

註釋 出自南朝梁・范雲《別詩》。

點評 此寫離別的痛苦之情。但字面上則不及一字，兩句全運用比喻修辭法，以“雪”與“花”互喻來寫來去分別的情景，以景寫情，不僅表意含蓄，而且雪與花特有的形象也使詩句的意境更能配合離別的傷感氛圍，讓人遐想無窮。

相去日已遠，衣帶日已緩。

註釋 出自漢・無名氏《行行重行行》。去，離開。緩，鬆弛。

點評 有情人天各一方，隨着時間的流逝，相思之情日漸強烈，以致人消瘦、衣帶緩。以衣帶緩突出女子的消瘦，更能見出其對遠行他鄉的情人的強烈思念。

相見時難別亦難，東風無力百花殘。

註釋 出自唐・李商隱《無題》。東風，春風。

點評 此寫男女離別的悲苦之情。前句直言其意，後句以百花凋零、春風無力的景物描寫，從意象上補足前句的意蘊，從而以景襯意，益顯其離別的苦痛。

一向年光有限身，等閒離別易銷魂。

註釋 出自宋・晏殊《浣溪沙》詞。一向，即一餉，一會兒。年光，時間。等閒，平常。銷魂，指極度的悲傷。

點評 此寫生命有限，故平常的離別也常引發無限的悲傷。

憶君遙在瀟湘月，愁聽清猿夢裏長。

註釋 出自唐・王昌齡《送魏二》。

點評 此寫送友懷別之情。前句寫朋友身在瀟湘、眼望他鄉一輪冷月之景，後句寫朋友旅途之中驚聽猿鳴而夢中也起愁緒之情。朋友尚未離去，何以有此情景？其實，這是詩人運用示現修辭法，展開聯想與想象，將未曾發生的事情寫得如在目前，以此凸顯對朋友即將離去的依依不捨之情。

猿啼客散暮江頭，人自傷心水自流。

註釋 出自唐・劉長卿《重送裴郎中貶吉州》。

點評 前句敍事，寫送別的時間、地點與背景：日暮、江頭、客散猿啼；後句抒情，以有情之人與無情之水作對比，從而突出送別友人的無限悲傷之情。

傷秋惜春

把酒送春春不語，黃昏卻下瀟瀟雨。

註釋 出自宋・朱淑真《蝶戀花》詞。把，持、拿。

點評 留春不住，只得無奈地持酒送春，春卻默然無語，毫無反應。轉身而去後，春以黃昏的瀟瀟細雨相回應。此乃以擬人修辭法，將春人格化，從而借春而寫人，表達詩人留春不住的無限惆悵之情。

悲哉秋之為氣也，蕭瑟兮草木搖落而變衰。

註釋 出自戰國・楚・宋玉《楚辭・九辯》。哉，感歎詞，相當於"啊"。也，句末語氣詞。蕭瑟，秋風吹拂枝葉的聲音。兮，語氣助詞，相當於"啊"、"呀"。搖落，動搖脱落。

點評 秋之氛圍真悲傷；草黃葉落秋風涼。這是兩千多年前宋玉悲秋的名句，一讀便讓人為之神傷。可謂開中國文人觸景生情、悲秋傷感之先河。

持酒勸雲雲且住，憑君礙斷春歸路。

註釋 出自宋・秦觀《蝶戀花》詞。

點評 此以擬人修辭法，將雲人格化，使雲帶有人的生命情態（可以喝酒，接受人情而幫忙阻斷春歸路），從而借雲而寫人，表達詩人意欲留住春天的殷切之情。

春眠不覺曉，處處聞啼鳥。夜來風雨聲，花落知多少。

註釋 出自唐・孟浩然《春曉》。

點評 此寫愛春憐春之情。全詩以聲音為着筆點，前二句以鳥啼之聲反襯春眠的酣足之樂，後二句以風雨之聲追索花落之因，從而在寫景敘事中暗寓出詩人的"春來之樂"與"春去之悲"。

春風堪賞還堪恨，才見開花又落花。

註釋 出自唐・雍陶《過南鄰花園》。堪，能、可。

點評 此言春風吹開了花兒，也吹落了花，送來了春天，也送走了春天。意在抒發春光難留的無限感慨。

春宵一刻值千金，花有清香月有陰。歌管樓台聲細細，鞦韆院落夜沈沈。

註釋 出自宋・蘇軾《春宵》。

點評 此與春夜的歡樂之情。前一句以誇張修辭法直言春宵值得珍惜的主旨，後三句是寫景，以形象補足前句的意蘊。第二句寫花香、月陰，有視覺形象，也有嗅覺形象；第三句寫管樂之聲，表現的是聽覺形象；末一句寫夜色、鞦韆、院落，則又是視覺形象。由此，視覺、聽覺、嗅覺三者結合，遂將春夜之美、春夜之樂淋漓盡致地表現出來，讓人頓有身臨其境之感。

春去也，飛紅萬點愁如海。

註釋 出自宋・秦觀《千秋歲》。也，句中語氣助詞。飛花，指落花。

點評 此寫"花落春去也"的無限悲愁之情。"飛紅萬點"，是誇張，極言落花之多。"愁如海"，是比喻，形象地說明了春愁之濃重。

荷葉生時春恨生，荷葉枯時秋恨成。

註釋 出自唐・李商隱《暮秋獨遊曲江》。

點評 荷葉長成之時，便是"落花流水春去也"的暮春季節；荷葉枯萎之時，即是"西風蕭瑟寒風起"的深秋節候。此寫春去、秋至的感傷之情。

江花何處最腸斷，半落江流半在空。

註釋 出自唐・元稹《江花落》。江花，指江邊之花。

點評 此寫憐花傷春之情。花開花落，春去春來，本是自然現象。但是，在多情敏感的文人眼裏，卻蘊含了人生的鏡象。由花落春去，就會聯想到韶華已去、青春不再；就會感慨時光無情、功業未成。

枯藤老樹昏鴉，小橋流水人家，古道西風瘦馬。夕陽西下，斷腸人在天涯。

註釋 出自元・馬致遠《天淨沙・秋思》。

點評 此寫流落天涯的遊子的悲秋傷懷之情。它的妙處是全曲除了“下”、“在”兩個動詞外，其餘全用名詞疊砌成句，剔除所有的虛詞，盪開一切邏輯與語法的桎梏，使各名詞疊砌起來的句子就像是電影“蒙太奇”的鏡頭組接，從而合成了一幅曠古未有的淒涼畫面：黃昏時，荒郊外，枯藤纏老樹，烏鴉繞樹飛；小橋靜無人，流水繞人家；秋風瑟瑟起，古道荒且長，遊子騎瘦馬，獨行夕陽下。這種列錦修辭法的運用，不僅表達上形象性、生動性、含蓄性兼而有之，而且也給欣賞者留足了想象的空間。

淚眼問花花不語，亂紅飛過鞦韆去。

註釋 出自宋・歐陽修《蝶戀花》詞。亂紅，指落花。

點評 此以擬人修辭法，將花人格化，通過人花對話，表達詩人意欲挽留春光的深情。“淚眼問花”與“花不語”、“亂紅飛過鞦韆去”的對比，突出了人的有情與花的無情，從而展露出詩人對“春去不可留”的惆悵無奈之情。

林花謝了春紅，太匆匆，無奈朝來寒雨晚來風。

註釋 出自南唐・李煜《相見歡》詞。

點評 此寫寒雨晚風使林花凋謝的惆悵之情。

流水落花春去也，天上人間。

註釋 出自南唐・李煜《浪淘沙令》。也，句末語氣助詞。

點評 此句表面寫春光逝去的惆悵，實則是借春去寫自己帝王生活的結束之悲哀。“天上人間”，將昔日帝王的奢華生活與今日淪為階下囚的生活作對比，寄寓對往日生活的無限留戀之意與對現實的無限感歎。

莫道不消魂，簾捲西風，人比黃花瘦。

註釋 出自宋・李清照《醉花陰》詞。西風，秋風。黃花，菊花。

點評 此寫感物悲秋之情。西風漸緊，“東籬把酒黃昏後”，面對漸趨凋零的菊花，敏感的女詞人如何能不感物傷情，由花及人，想到女人韶華易逝而陡生悲傷之情呢？“人比黃花瘦”，將花比人，正好契合此情此景，既寫了眼前之花，又寫了詞人之心。其造語的新穎，其達意的貼切，都堪稱妙絕。詞作一出，即得到包括詞人丈夫趙明誠在內的宋代文人的極力推崇。據伊世珍《瑯嬛記》記載：“易安（即李清照）以重陽《醉花陰》詞函致明誠（李清照丈夫趙明誠）。明誠歎賞，自愧弗逮，務欲勝之。忘食忘寢者三日夜，得五十闋。雜易安作，以示友人陸德夫。德夫玩之再三，曰：‘只三句絕佳。’明誠詰之。答曰：‘莫道不消魂，簾捲西風，人比黃花瘦。’政（正）易安作也。”

秋風蕭瑟天氣涼，草木搖落露為霜。

註釋 出自三國・魏・曹丕《燕歌行二首》其一。蕭瑟，風吹樹木之聲。

點評 此乃寫秋風吹落葉，天涼露為霜之秋景。

秋風起兮白雲飛，草木黃落兮雁南歸。

註釋 出自漢・劉徹《秋風辭》。兮，句中語氣助詞，約略相當於“啊”。

點評 秋風起，落葉飄，雁南歸，皆是易令人見而起愁的物象。劉徹（漢武帝）雖是一代雄主，但也畢竟是人，故亦有常人見秋而起愁的人生感歎。

秋風秋雨愁煞人，寒宵獨坐心如搗。

註釋 出自清・陶澹人《滄江紅雨樓詩集・秋暮遣懷》。

點評 此寫秋雨之夜的感傷之情。前句直言傷秋之意，後句以比喻修辭法寫風雨之夜獨坐悲秋的複雜心情。

若有人知春去處，喚取歸來同住。

註釋 出自宋・黃庭堅《清平樂》詞。

點評 此以癡人說夢的方式，表達了其對春天的無限留戀之情。

水流花謝兩無情，送盡東風過楚城。

註釋 出自唐·崔涂《春夕》。

點評 此二句乃是寫惜春、傷春之情。但是，詩人卻不直抒胸臆，而是以擬人修辭法，將水、花人格化，使其有“無情”、“送東風”等人的情感與行為，不僅形象生動地寫出了對“春去也”的無限依戀不捨之情，而且也使詩達到了“不着一字，盡得風流”的化境。

萬點飛花愁似雨。

註釋 出自宋·楊炎正《蝶戀花》詞。

點評 此寫春暮感傷之情。“萬點飛花”，是誇張，表現的是落花紛飛的景象。“愁似雨”，是比喻，以抽象之“愁”比具象之“雨”，使人讀之對其“春愁”感同身受。

渭城朝雨浥輕塵，客舍青青柳色新。

註釋 出自唐·王維《渭城曲》。浥，沾濕。客舍，旅店。

點評 此寫初春時節朝雨灑輕塵、客舍柳初青的景色。“柳色新”，言初春也。“青青”，用疊字修辭法描寫柳葉之色，突出其青綠可愛之狀。

無邊落木蕭蕭下，不盡長江滾滾來。

註釋 出自唐·杜甫《登高》。

點評 秋風搖落葉，萬物蕭殺，無邊落葉，“蕭蕭”而下，聞之讓人頓起悲秋之情；春去秋又來，水漲水落，長江之水，“滾滾”不絕，見之使人陡起感時之慨。“蕭蕭”摹落葉之聲，“滾滾”寫江水之狀，一聽覺，一視覺，讓人如聞其聲，如睹其景，不禁湧起悲秋感慨之情。

無端又被春風誤，吹落西家不得歸。

註釋 出自唐·韓愈《落花》。

點評 此以擬人修辭法，將花人格化，使其帶有人的生命情態，借花對春風的埋怨，表達詩人自己對春風吹落花兒的遺憾之情。

無可奈何花落去，似曾相識燕歸來。

註釋 出自宋・晏殊《浣溪沙》詞。

點評 此寫花落春去的惆悵之感與驚見舊燕歸來的欣慰之情。前句以“無可奈何”寫春天必然逝去的自然規律，表現的是人在自然面前的無奈與無助之感。後句以“似曾相識”寫偶見舊燕歸來的驚喜心理，展露的是“失中有得”的欣慰之情。前句後代引申用以形容某一勢力的頹勢已經無可挽回。

細水浮花歸別澗，斷雲含雨入孤村。

註釋 出自唐・韓偓《春盡》。

點評 此二句乃是寫惜春、傷春之情，但是表面卻“不着一字”，含蓄雋永，令人回味無窮。“細水浮花歸別澗”一句，表面不説春已暮，但花落水中，並隨涓涓細水流入別澗，“春暮”之意不言已在其中矣。“斷雲含雨入孤村”一句，寫殘斷之雲隨風吹下一陣細雨之景，暗示的正是南方春盡的節候。同時，兩句所用的“細”、“浮”、“別”、“斷”、“孤”五字，都有令人頓生悲涼的感情色彩。因此，此二句詩若結合寫作的大背景看，則既是傷春，又有悲歎唐王朝之亡的意味。

燕子不來花又落，一庭風雨自黃昏。

註釋 出自元・趙孟頫《絕句》。

點評 此寫燕去花落、風雨黃昏的景象，表現的是留春不住的惆悵無奈之情。

一片花飛減卻春，風飄萬點正愁人。

註釋 出自唐・杜甫《曲江二首》其一。

點評 此二句之妙在於借景寫心，讓人回味無窮。“一片花飛”，已暗示出“春已暮”。而緊承的“減卻春”，在語意上又予以了強化。這正是借寫景而抒傷春、惜春之情。“風飄萬點”，是寫落英繽紛的情狀，也是寫景。但是，由於有“正愁人”三字緊承其後，這寫景之句頓然襯托出了作者人生不如意、對美景益悲的傷感之情。

一場愁夢酒醒時，斜陽卻照深深院。

註釋 出自宋・晏殊《踏莎行》詞。

點評 借酒澆愁、逃入夢中，確實都能讓人暫時擺脱現實的煩愁，但是醉酒總有醒來的時候，好夢也有驚破之時。酒醒夢殘之後，夕陽西下、庭院深深，面對此景，又會產生何情呢？讓人回味，讓人沉吟。此寫傷春的鬱悶之情。花落春暮，春去夏至，這是再自然平常不過的現象。但是，多情敏感的文人看到"花落隨流水"的景象，卻會頓起"韶華易逝"的人生感慨。前句敍事（傷春而醉酒），後句寫景（夕陽斜照院），前後配合，遂將詞人的傷春之愁淋漓盡致地表現出來。特別是後一句的寫景，景中寓情，既使傷春的意蘊盡含其中，又以夕陽深院的境界讓人回味無窮。

雨橫風狂三月暮，門掩黃昏，無計留春住。

註釋 出自宋・歐陽修《蝶戀花》詞。

點評 此寫"風雨送春歸"、"無計留春住"的惆悵之情。

願教青帝常為主，莫遣紛紛點翠苔。

註釋 出自宋・朱淑真《落花》。願，希望。青帝，即春神。莫，不要。遣，讓。紛紛，指落花。點，落。

點評 希望春神常作主，莫讓花落春逝去。此寫對春天的留戀之情。

子規夜半猶啼血，不信東風喚不回。

註釋 出自宋・王令《送春》。子規，杜鵑鳥。猶，還。東風，春風。

點評 此寫對春去的無限留戀之情。但詩人不直言，而是通過擬人修辭法，將杜鵑鳥人格化，使其帶有人的生命情態（説牠夜半啼血而鳴，是為了將逝去的春風喚回來），從而借鳥而寫人，表達詩人對春天逝去的無限感傷之情。

懷才不遇

白雲在青天，可望不可即。

註釋 出自明・劉基《登臥龍山寫懷二十八韻》。即，接近。

點評 此以青山可望不可即為喻，説明自己遠大的抱負不能實現的痛苦之情，頗見懷才不遇之感。因為後二句“浩歌梁甫吟，憂來憑胸臆”，已作了清楚地註解。

白髮徒自負，青雲難可期。

註釋 出自唐・岑參《虢中酬陝西甄利官見贈》。青雲，指高位。

點評 此言才高不為用、年老徒自負、高升無指望的痛苦之情。

鬢底青春留不住，功名薄似風前絮。

註釋 出自宋・毛滂《漁家傲》詞。

點評 此言韶華易逝、功名未就、事業難成的痛苦之情。

不才明主棄，多病故人疏。

註釋 出自唐・孟浩然《歲暮歸南山》。

點評 此言不被皇帝重用、不為朋友親近的痛苦之情。“不才”，乃是自謙，實指“有才能”。“明主”，是反語，意指皇帝是不會用人的昏君。“多病”，喻指仕途不得意。這是詩人懷才不遇的牢騷之言。史載，王維引見詩人面見唐玄宗時，玄宗久聞詩人之名，令其當場吟詩，待其吟到此二句，唐玄宗勃然大怒，認為詩人是自己不求仕，反而來“誣”他，遂將其“放還”。從此，詩人與官場無緣。

大道如青天，我獨不得出。

註釋 出自唐・李白《行路難三首》其二。

點評 前句以比喻修辭法，極寫大道的寬廣。後句急轉直下，説在遼闊如青天的大道上，竟然沒有自己走的地方。明裏是説“行道”，實際雙關着人生與仕途。由此，在對比與雙關中將自己懷才不遇的悲憤之情淋漓盡致地表露出來。

當路誰相假，知音世所稀。

註釋 出自唐·孟浩然《留別王侍御維》。當路，指當權者。相假，相助。

點評 此言知音難遇、求仕無門的痛苦之情，表達的是強烈的懷才不遇之感。

道不行，乘桴浮於海。

註釋 出自先秦《論語·公冶長》。道，此指政治主張。不行，行不通、無人採納。桴，木排或竹排，大的叫筏，小的叫桴。海，指海外。

點評 如果我的政治主張沒人採納，那我只好坐着木筏漂流到海外了。這是孔子在周遊列國推銷其政治主張而四處碰壁之後所發出的絕望的慨歎，也是他生不逢時、懷才不遇的悲號。

笛裏誰知壯士心，沙頭空照征人骨。

註釋 出自宋·陸游《關山月》。空，徒然。

點評 此言無人了解壯士報國之心，所以壯士只能在《關山月》淒涼曲調的笛聲裏，在一彎冷月下，看着邊塞上死去戰友的累累白骨而徒喚奈何。其意是要表達詩人欲殺敵立功、收復失地而無門的悲苦之情。

地雖生爾材，天不與爾時。

註釋 出自唐·白居易《寓意詩五首》。爾，你。材，才。

點評 此言有才幹未必有機會施展。

對案不能食，拔劍擊柱長歎息。

註釋 出自南朝宋·鮑照《擬行路難十八首》。案，食案、飯桌。

點評 此寫懷才不遇者鬱鬱不得志、壯志難酬的憤激之情。

冠蓋滿京華，斯人獨憔悴。

註釋 出自唐・杜甫《夢李白二首》。冠蓋，車蓋冠冕，代指官員。京華，指唐都長安。斯人，這人，指李白。憔悴，指不得志。

點評 此言長安到處都見達官貴人、得意之士，唯獨只有李白鬱鬱不得志。這是為李白才高不為世用而抱屈，為其懷才不遇的遭際鳴不平。

何世無奇才，遺之在草澤。

註釋 出自晉・左思《詠史八首》其七。遺，遺留、淪落。草澤，代指民間、社會底層。

點評 天下奇才淪落草澤之間，不為重用，自古皆有。詩人以反問的口氣說出此意，看似達觀，實則透露着激切的懷才不遇之情。

力拔山兮氣蓋世，時不利兮騅不逝。

註釋 出自秦・項羽《垓下歌》。兮，句中語氣助詞，約略相當於"啊"。氣，氣勢。騅，駿馬。逝，跑、向前。

點評 項羽與劉邦爭霸天下，本居強勢地位，然終因剛愎自用，屢失良機而漸居弱勢。最後兵敗垓下，四面楚歌，落得個自刎於烏江的可歎結局。死前感歎身世，面對美人虞姬，慷慨飲酒作此歌。此是前二句，後二句是"騅不逝兮可奈何，虞兮虞兮奈若何"。既表現了無與倫比的豪邁與自信，又表露了"天不佑人"的嗟怨之情。

憐君白面一書生，讀書千卷未成名。

註釋 出自唐・岑參《與獨孤漸道別長句兼呈嚴八侍御》。

點評 此在讚頌朋友胸有錦繡的同時，亦為其有才華不能成名而打抱不平。

前不見古人，後不見來者，念天地之悠悠，獨愴然而涕下。

註釋 出自唐・陳子昂《登幽州台歌》。古人，指古代禮賢下士的明主。來者，指現實中的賢君。悠悠，長久的樣子。愴然，悲哀、傷感的樣子。涕，淚。

點評 此寫詩人空有曠世奇才而不見用、空懷一腔報國熱情而無用武之地的怨嗟之情，抒發了其強烈的懷才不遇的悲憤之情。前二句直抒不見明主賢君的痛苦之情，後二句寫才高於眾的孤獨之情。語言勁拔，格調蒼涼，極富感染力，讀之不禁令人為之深切感動。

千秋萬歲名，寂寞身後事。

註釋 出自唐·杜甫《夢李白二首》其二。身後事，婉指死。

點評 此二句是杜甫為李白一生不得志，晚年又被流放夜郎失去自由而感到不平的感慨之論。前句以誇張修辭法，極力讚頌李白的才華與詩名；後句則對此予以否定：生前不能一展才華、盡遂平生抱負，人死寂寞無知，縱有虛名，又有何益呢？一讚一歎之間，不禁讓人唏噓再三。此言雖只是評説李白，但也同時道出了人類社會的共相：不見容於當世的人未必不是傑出卓越之人。

卻將萬卷平戎策，換得東鄰種樹書。

註釋 出自宋·陸游《鷓鴣天》詞。平戎策，指詩人《美芹十論》所獻平金奏論。

點評 此寫文韜武略不為朝廷所用、志在恢復中原的理想無法實現、只得歸隱鄉里種地的痛苦之情。“萬卷”，是誇張，強調其奏論的洋洋萬言。

少年心事當拿雲，誰念幽寒坐嗚呃。

註釋 出自唐·李賀《致酒行》。拿雲，指凌雲壯志。幽寒，指不得意。嗚呃，唉聲歎氣的樣子。

點評 此言少年時代即有淩雲壯志，但至今沒有機會一展才幹，只能空自悲傷而已。

盛年處房室，中夜起長歎。

註釋 出自三國魏·曹植《美女篇》。盛年，最好的年華。中夜，半夜。

點評 此以美女不得良配而徒然長歎為喻，婉約地表達了自己不為重用、壯志難酬的懷才不遇的悲苦之情。

十年一覺揚州夢，贏得青樓薄幸名。

註釋 出自唐·杜牧《遣懷》。青樓，妓院；薄幸，薄情。這裏的"薄幸"代指薄幸之人，是倒反説法，意即"親愛的人"、"知己"，是妓女對狎客的昵稱。

點評 此二句表面是反省自己在揚州十年的放浪形骸生活，實則是抒發自己仕途不得志，流落江湖，潦倒落泊，心情鬱悶的悲苦之情。"十年一覺揚州夢"，點出了不堪回首的悔意，更表達了迫不得已的深深無奈之情；"贏得青樓薄幸名"，看似輕鬆、詼諧，實則飽含辛酸。"贏得"一詞用得尤其精彩，調侃之中有悔恨、自嘲之中有辛酸，是對前句"十年一覺揚州夢"的根本否定。由此昭示，揚州十年風花雪月、放蕩不羈的荒唐生活不是自己的本意，而是一種心靈傷痛無法解脱的借酒澆愁之舉罷了。

詩稱國手徒為爾，命壓人頭不奈何。

註釋 出自唐·白居易《酬贈劉二十八使君》。國手，指某種技能為全國最高水平者。徒為爾，徒然無益。

點評 此言劉禹錫雖然詩才天下一流，但命運不佳也奈何不得。這是為劉禹錫被貶西南荒僻之所二十三年的遭遇鳴不平。

順風激靡草，富貴者稱賢。文籍雖滿腹，不如一囊錢。

註釋 出自漢·趙壹《刺世疾邪賦》。靡，倒下。囊，袋。

點評 此詩乃諷刺當時道德、才學不為世人所重，有錢便是聖賢，有錢便可做官的惡濁世風，展露了廣大志士仁人的無比憤怒之情與懷才不遇的心靈苦痛。

吾豈匏瓜也哉？焉能繫而不食？

註釋 出自先秦《論語·陽貨》。吾，我。匏瓜，葫蘆。也，語氣助詞。哉，語氣助詞，相當於"嗎"。焉，怎麼。繫，拴。

點評 我難道是葫蘆嗎？怎麼能懸掛在那給人看而不能食用呢？這是孔子自比葫蘆，表達自己有才幹而不為世用的憤激之詞。

虛負凌雲萬丈才，一生襟抱未曾開。

註釋 出自唐・崔珏《哭李商隱》。襟抱，大志。

點評 此寫身懷治國安邦之才，而終無施展用武之地的極度痛苦之情。"萬丈才"，是誇張，強調才能之大。以此與後句形成對比，凸顯其懷才不遇的強烈悲憤之情。

許國雖堅，朝天無路。

註釋 出自宋・陸游《沁園春》詞。許國，報國。朝天，指見皇帝。

點評 此寫雖有堅定的報國之志，卻不為朝廷所用，得不到施展才幹的機會之痛苦。

夜來西風裏，九天鵰鶚飛，困煞中原一布衣。

註釋 出自元・馬致遠《金字經》。西風，秋風。九天，指極高的天空。鵰鶚，指大雕、鵰之類的猛禽。布衣，指沒有官職的平民。

點評 此以鳥飛於天、人困於地的景象對比，表現壯志難酬、大才難用的痛苦之情。因為無官無職，縱有凌雲之志、曠世奇才，也無從施展其才華。

一身去國六千里，萬死投荒十二年。

註釋 出自唐・柳宗元《別舍弟宗一》。去國，離開國都。投荒，流放荒遠邊地。

點評 詩人因為參與"永貞革新"的政治運動而被貶謫至邊遠的柳州，其心中的憤懣、不平與愁苦之情可以想見。"一身去國六千里，萬死投荒十二年"二句，所寫"去國六千里"、"投荒十二年"雖然都是實寫，並非誇張，但是，"一身"對"萬死"，則是有意而為之的誇張，以此與"六千里"、"十二年"等數字配合，於不露痕跡中表達了對其被貶的鬱鬱不平之情。

一封朝奏九重天，夕貶潮州路八千。

註釋 出自唐・韓愈《左遷至藍關示侄孫湘》。一封朝奏，指作者為諫止唐憲宗迎佛骨之事而上的《論佛骨表》奏章。

點評 以"朝奏"、"夕貶"的對應，暗寫出遭貶之快；以"九重天"對"路八千"，用誇張修辭法寫上達唐憲宗天聽之不易與自己被貶邊地之遠。雖然表面沒有嗟怨一字，但報國之心不被理解的不平之意盡在其中矣。

吟詩作賦北窗裏，萬言不值一杯水。

註釋 出自唐・李白《答王十二寒夜獨酌有懷》。

點評 唐代是以詩賦取士的，讀書人要想實現"朝為田舍郎，暮登天子堂"的人生理想，在事業上有一番作為，就必然要吟詩作賦，而且一定要做得好。可是，李白卻說"吟詩作賦北窗裏，萬言不值一杯水"，這豈不是"讀書無用"的論調？其實這只是表面現象，實際上它只是為了抒發其懷才不遇的不平之情而已。儘管此二句純粹是牢騷之言，但"萬言不值一杯水"的誇張表達，還是使人心靈受到了震憾，不禁對他的境遇予以深切的同情。

鬱鬱澗底松，離離山上苗。以彼徑寸莖，蔭此百尺條。

註釋 出自晉・左思《詠史八首》其二。鬱鬱，茂盛貌。離離，下垂貌。苗，初生的草木。彼，那個。徑寸莖，直徑一寸的莖幹。蔭，遮蓋。百尺條，百尺之枝條。此指澗底松。

點評 此以"澗底松"比喻有才幹的寒門子弟，以"山上苗"比喻高門望族的無能子弟，說明了"山上苗"以"徑寸莖"而遮蓋"澗底松"的"百尺條"是因為地勢的原因，形象地表達了詩人對高門大族子弟憑藉身世而不是才幹佔據社會高位的憤慨之情以及自己懷才不遇的苦悶之情。

欲濟無舟楫，端居恥聖明。

註釋 出自唐・孟浩然《臨洞庭湖贈張丞相》。濟，渡河。楫，船槳。端居，端坐。恥，有辱。

點評 此以求船槳渡河為喻，婉轉地表達了希望得到做官的機會，好為國家效力，以不負聖明的皇帝。雖有懷才不遇之情，更有赤裸裸的求官之意，但意思說得非常婉轉，理由也說得冠冕堂皇，不說自己想做官，而是怕自己不出來做官而讓皇帝的名聲受損。

欲獻濟世策，此心誰見明。

註釋 出自唐·李白《鄴中贈王大》。濟世策，指治國安邦的計策。

點評 此言胸有治國安邦策、難遇慧眼識才人的痛苦之情。

丈夫五十功未立，提刀獨立顧八荒。

註釋 出自宋·陸游《金錯刀行》。顧，回頭看。八荒，指極遠的地方。

點評 此寫韶華已逝、功業未成的痛苦之情，同時也包含了深深的懷才不遇、英雄孤獨的怨嗟之意。

志士幽人莫怨嗟，古來材大難為用。

註釋 出自唐·杜甫《古柏行》。幽人，指隱士。莫，不要。怨嗟，怨恨嗟歎。材，才。

點評 此乃以勸人的口吻，為自古以來有才能的仁人志士“才高難為用”的悲慘命運而鳴不平，是代天下不得志的才士抒發懷才不遇的牢騷。

壯志未酬三尺劍，故鄉空隔萬里山。

註釋 出自唐·李頻《春日思歸》。

點評 此寫詩人壯志難酬、功業未就、有家難歸的痛苦幽怨之情。

自古聖賢盡貧賤，何況我輩孤且直。

註釋 出自南朝宋·鮑照《擬行路難》。盡，都。貧，指沒錢、窮困。賤，指地位低、沒功名。孤，指出身寒門。直，指性格剛直。

點評 自古以來凡是聖賢之人都是身處社會底層、生活貧困，更何況我們這樣出身寒微而又性格剛正、不肯阿世的人呢？此乃指斥南朝以門第取仕的不合理的社會制度，為自己也為古今聖賢之人抱不平的牢騷之言，蘊含懷才不遇的幽憤之情。

出師未捷身先死，長使英雄淚滿襟。

註釋 出自唐·杜甫《蜀相》。

點評 此寫諸葛亮六出祁山，北伐中原，而終究沒能實現恢復漢室願望的悲哀之情。深層的意蘊則是借寫諸葛亮之事，表達詩人自己懷才不遇、功業難成的悲哀之情。詩人平生以“致君堯舜上，再使風俗淳”為志向，而今飄零於江湖，豈能不感於諸葛亮遇劉備之事而頓生“明主難遇、英雄失路”之慨？

悲苦怨愁

哀莫大於心死。

註釋 出自先秦《莊子・田子方》。心死，指絕望。

點評 此言人生最大的悲哀是心死，即對任何事情都感到心灰意冷、麻木不仁，任何事情都勾不起其七情六慾。也就是説，其肉體雖在，精神已經死了。也就是成語“行屍走肉”所説的意思，亦類似於臧克家所説的“有的人活着，但他已經死了”的那種情況。

暗牖懸蛛網，空樑落燕泥。

註釋 出自隋・薛道衡《昔昔鹽》。牖，窗户。

點評 此寫戰亂後城鄉破敗荒涼的景象。窗戶本是採光的，而今卻“暗”。何故？因為結滿了蛛網。燕子啣泥築巢，多於屋簷戶外，而今屋樑之上卻落滿了燕泥，説明屋中早已無人居住。而“樑”前用一“空”字修飾，則又説明現在連燕子也走了。由此將荒涼破敗之意推到了極點，讓人不禁觸景生情，生出無限的悲哀。

白髮三千丈，緣愁似箇長。

註釋 出自唐・李白《秋浦歌》。箇，這、此。

點評 此寫詩人的極度憂愁之情。“白髮三千丈”，不是實寫，而是誇張修辭法，意在強調憂愁的程度。

悲歌可以當泣，遠望可以當歸。

註釋 出自漢・樂府古辭《悲歌行》。當，代替。

點評 此寫欲哭無淚、欲歸無期的痛苦之情。

腸一日而九迴。

註釋 出自漢・司馬遷《報任少卿書》。

點評 此寫極度憂愁之情。“九迴”是誇張的表達，因為“九”在古代是表示“多”的概念，並非實指。與“愁腸百結”義相通。

抽刀斷水水更流，舉杯消愁愁更愁。

註釋 出自唐・李白《宣州謝眺樓餞別校書叔雲》。

點評 此以“抽刀難斷水”為喻，説明了借酒消愁的無效性，表達了詩人大志難酬、懷才不遇的無限憂愁。

此情可待成追憶，只是當時已惘然。

註釋 出自唐・李商隱《錦瑟》。惘然，悵然若失的樣子。

點評 此言不是現在回憶起來有惆悵之感，就在當時就已悵然若失了。意謂悵然若失之情到了極點。

大夫澤畔行吟處，司馬江頭送別時。

註釋 出自金・王寂《日暮倚杖水邊》。大夫，指戰國楚國三閭大夫屈原。司馬，指唐代詩人白居易。

點評 屈原忠心為國，卻遭到讒言而被流放。《楚辭・漁父》篇有文記載曰：“屈原既放，遊於江南，行吟澤畔，顏色憔悴，形容枯槁”。白居易感於時勢混亂，憂心國事，慷慨上書言事，被彈劾越職奏事而被貶為江州司馬。這二句所説內容就是上面兩個典故內容，看似敍述歷史，實則是借屈原、白居易自比，於詠史中深切地表達了自己懷才不遇的悲憤之情。雖然悲憤之情盡在，但表面卻不着一字，可謂是達到中國傳統詩歌追求的“不着一字，盡得風流”與表情達意“怨而不怒”的化境。

到家成遠客，訪舊指新墳。

註釋 出自清・施閏章《亂後郊行》。

點評 此寫久別故園人不識、亂後歸鄉故人已死的感傷之情。前句言離鄉時間之久，後句言老友故舊盡死。

東方未明，顛倒衣裳。

註釋 出自先秦《詩經・齊風・東方未明》。衣裳，古代上為衣，下為裳。

點評 曙光未露天沒亮，衣褲顛倒起了牀。這是通過一個生動的細節凸顯一個小吏每日生活辛苦無奈之狀。

恩難酬白骨，淚可到黃泉。

註釋 出自清・袁枚《隴上作》。酬，報答。白骨，指死人。

點評 對死去的恩人已無法報答，只有流淚到黃泉下相見。此言有恩不能報的悲苦心情。人有恩於己，報之則心安理得，不能報答他人之恩，實是一種巨大的心靈折磨與精神痛苦。

風雨如晦，雞鳴不已。

註釋 出自先秦《詩經・鄭風・風雨》。晦，昏暗。已，止。

點評 風急雨狂，天昏地暗如夜晚；時至清晨，雞鳴不已。此二句之妙在於，既以"風雨雞鳴"的哀景寫出了一對久別相見的情人又將分離的淒苦心情，又以所寫"風雨雞鳴"境象的多義性，讓人浮想聯翩，味之無限。因此，後世引用此二句，或以之比喻為險惡環境下不改變志向節操，或以之比喻為時局動盪、社會黑暗。

風蕭蕭兮易水寒，壯士一去兮不復還。

註釋 出自戰國・燕・荊軻《易水歌》。兮，語氣助詞，相當於"啊"、"呀"。易水，在戰國燕國境內，今在河北省西部。

點評 此二句是荊軻刺秦王前，燕太子丹為之送行時，荊軻在易水河畔感而吟唱之作。前句以"風蕭蕭"、"易水寒"寫辭行的背景與氛圍，後句直言為報知己之情，不惜一死，義無反顧的決死之心。前句風嘯水寒的背景烘托與後句視死如歸的決心，相互呼應配合，遂將歌者慷慨赴死前難捨知己的悲壯之情凸顯無遺。

撫枕不能寐，振衣獨長想。

註釋 出自晉・陸機《赴洛道中作二首》其二。寐，睡着。振衣，抖動衣服。此指披衣而起。

點評 身處他鄉，夜不能寐，振衣而起，獨自長想，那是一種甚麼樣的淒苦之情呢？詩人雖不明言，讀詩自可想象得出。

肝膽一古劍，波濤兩浮萍。

註釋 出自唐・韓愈《答張徹》。

點評 此以古劍比喻其光明磊落的人格，以浮萍比喻飄搖不定的個人處境，以此凸顯出詩人與朋友品格高尚而處境艱難的悲哀之情。

感時花濺淚，恨別鳥驚心。

註釋 出自唐・杜甫《春望》。

點評 此寫"安史之亂"後山河破碎、生靈塗炭的悲傷之情。花鳥本都是愉悅人心靈之物，見之而濺淚、驚心，可見其悲從中來的深切之情。這是運用擬人修辭法，將花鳥人格化，從而借物而寫人，抒發了對國家與人民苦難的深切悲傷之情。

孤鴻號外野，翔鳥鳴北林。

註釋 出自三國・魏・阮籍《詠懷八十二首》其一。鴻，鴻雁。外野，野外。

點評 孤雁獨飛於野外，鳴鳥獨翔於北林，皆是寫景，但景中有情，表達的是詩人心中的孤獨苦悶之情。

孤客一身千里外，未知歸日是何年。

註釋 出自唐・崔滌《望韓公堆》。

點評 此寫孤身異鄉、有家難歸的痛苦之情。

恨無千日酒，空斷九迴腸。

註釋 出自宋・劉彤《臨江仙》詞。千日酒，指能醉人千日不醒的酒。

點評 此寫恨難消、愁難斷的情感痛苦。"千日酒"與"九迴腸"，都是誇張的表達，意在強調恨深愁多之意。

橫江欲渡風波惡，一水牽愁萬里長。

註釋 出自唐・李白《涉江詞六首》。風波惡，暗喻世情險惡、官場險惡。

點評 此以"風大浪急渡江難"為喻，表達了詩人仕途難通、大志難酬的悲苦之情。

花間一壺酒，獨酌無相親。舉杯邀明月，對影成三人。

註釋 出自唐・李白《月下獨酌四首》。三人，指人與月下之人影、杯中之人影。

點評 此寫花下飲酒、對飲無人、舉杯對月、顧影自憐的情景，突出表現的是詩人極度的孤獨之情。

黃河捧土尚可塞，北風雨雪恨難裁。

註釋 出自唐・李白《北風行》。裁，指消除。

點評 此寫思婦對於丈夫戰死沙場而不得歸的恨怨之情，表達的是一種強烈的反戰情緒。前句是誇張表達，意在以不可能的前提（黃河捧土可塞）與"恨難裁"對比，強調其恨怨之深。這與白居易《長恨歌》寫唐明皇與楊貴妃的愛情悲劇的名句"此恨綿綿無絕期"同義，但感情更為強烈。

寂寂空庭春欲晚，梨花滿地不開門。

註釋 出自唐・劉方平《春怨》。

點評 此寫失寵宮女的孤寂淒涼的生活境況。"寂寂"，狀其無聲之狀。"空庭"，言無人。"春欲晚"，言花事將盡，春天將去。是寫景，也在寫人（青春已去，花容不再）。"梨花滿地"，以形象補足前句"春欲晚"。"不開門"，言無人，呼應前句"空庭"。雖然兩句都是寫景，所寫之"人"始終未曾露面，但詩句所蘊含的"孤寂"意蘊、所要刻畫的宮女形象則盡在景中矣。

艱難苦恨繁霜鬢，潦倒新停濁酒杯。

註釋 出自唐・杜甫《登高》。

點評 人生不得意，自是平常。因生活的艱難困苦而愁白了頭，也是平常。只要還有酒，借酒澆愁，也能把日子過下去。可是，年老失意、漂泊異鄉之人，現在因病連酒也不能喝了，這該如何活下去？這便是此二句的意蘊所在，是詩人自寫老而多病的悲哀之情。

江聲不盡英雄恨，天意無私草木秋。

註釋 出自宋・陸游《黃州》。無私，此指無情。

點評 此寫時光易逝、英雄易老的感傷之情。前句寫詩人懷才不遇、功業難成的悲情，後句言時間無情、韶華易去的感慨。

近鄉情更怯，不敢問來人。

註釋 出自唐・宋之問《渡漢江》。

點評 此寫久別歸鄉的複雜心情。離家已久，"近鄉"自然是欣喜若狂。那麼，何以要"情更怯"、"不敢問來人"呢？因為離家太久，音訊隔絕，家中到底會有甚麼變故，則不得而知。假若真有變故，則情何以堪？這種逼真的心理刻畫，正是此二句之所以讀來特別感人的原因所在。

錦瑟無端五十弦，一弦一柱思華年。

註釋 出自唐・李商隱《錦瑟》。錦瑟，指有如錦一樣花紋的瑟。無端，表示心驚之意。華年，年少的美好時光。

點評 由瑟的五十弦想到自己年將半百，頓生惆悵之情。

舉世皆濁我獨清，眾人皆醉我獨醒。

註釋 出自戰國・楚・屈原《楚辭・漁父》。

點評 小人當道，國政日非。舉國之人皆昏昏，只有一人獨清醒。這固然是屈原的悲哀，是他之所以被楚王疏遠並被流放的原因；但同時也是楚國的悲哀，是楚國最終被秦國所滅亡的原因所在。此乃屈原自道自己內心痛苦之言。其所表露的在濁世之中潔身自好、在昏世中保持清醒的巨大精神痛苦，雖讓人深深同情，但卻也感到深深的無奈。這便是做聖人、做哲人的代價，也是做聖人、做哲人的孤獨。

慨當以慷，憂思難忘。何以解憂，唯有杜康。

註釋 出自漢・曹操《短歌行》。慨當以慷，指慷慨激昂的樣子。杜康，傳說最初造酒的人，此代指酒。

點評 此寫詩人思得治國安邦的英才而不得，而只得借酒消愁的痛苦之情。

空手無壯士，窮居使人低。

註釋 出自唐·李白《登黃山凌歊台送族弟溧陽尉濟充泛舟赴華陰》。窮，指不得志。

點評 壯士須有寶刀駿馬才能馳騁沙場，建功立業；失意潦倒，英雄無用武之地，自然事事低人一等。此寫懷才不遇、失意落寂的悲傷之情。

苦恨年年壓金線，為他人作嫁衣裳。

註釋 出自唐·秦韜玉《貧女》。壓金線，指用金線繡花。

點評 此寫貧女的心靈苦痛：年年為他人做嫁衣，自己則與嫁衣及出嫁無關。後一句現代常用來形容犧牲自己而成就別人，替別人做事，為他人增光，自己的成績則淹沒不彰。

老來行路先愁遠，貧裏辭家更覺難。

註釋 出自金·元好問《羊腸阪》。

點評 此寫年老與家貧的愁苦之情。說的雖是生活中的常情，但入詩之後便覺有一種"人人心中有，個個筆下無"的雋永感與深刻感。

樂哉新相知，憂來生別離。

註釋 出自漢·無名氏《豔歌何嘗行·白鵠》。哉，語氣助詞，相當於"啊"。來，此無義，僅為湊足音節，與"哉"對應。

點評 此語的高妙之處，乃在於道出了普遍的人生況味：最大的悲苦莫過於生離，最大的快樂莫過於相知。

累累花下墳，鬱鬱塋西樹。

註釋 出自元·傅若金《悼亡四道》其二。塋，墓地。

點評 此乃詩人悼念亡妻孫蕙蘭之句，雖是寫個人的感情體驗，卻能勾起讀詩人普遍的情感共鳴。墳塋與花樹，前者讓人憂傷、悲哀，令人見之便生畏懼之感；後者讓人喜悅、高興，使人望之而有生機勃勃的生命力。詩人寫哀情，卻以樂景反襯之，這是以喜襯悲，使悲益發顯悲的烘托手法，也是古人所說的以樂景寫哀情的技法，因此讀來格外感人至深，讓人感慨萬分。

冷露滴夢破，峭風梳骨寒。

註釋 出自唐・孟郊《秋懷》。

點評 此寫年老體弱的情形。前句說冷露能滴破睡夢，意在強調寒冷難耐、夜不成眠之意。後句說寒風穿骨就像梳子梳過肋骨，意在強調人瘦。此二句的妙處，乃在比喻新穎，造語奇特，將詩人又冷又瘦的情狀作了生動形象地刻畫。

嶺樹重遮千里目，江流曲似九迴腸。

註釋 出自唐・柳宗元《登柳州城樓寄漳汀封連四州》。

點評 此寫詩人被貶柳州，望鄉關而不見、歸故鄉而無望的悲愁之情。前句寫南方嶺樹重重疊疊、北望家鄉視野受阻的情況。“千里目”，是誇張，極言詩人故鄉之遠。後句是個比喻，以“九迴腸”形容江流的彎曲之狀。同時“九迴腸”，本身是個誇張，強調腸的彎曲程度。以“九迴腸”喻江流，表面是寫江流之狀，實則暗喻詩人愁腸百結的情狀。

落日見秋草，暮年逢故人。

註釋 出自唐・李端《江上喜逢司空文明》。故人，故交、老友。

點評 夕陽西下、秋草衰黃，都是讓人引發無限感傷的景象，而人至暮年在此情景之下遭逢故人，相看彼此衰老的容顏，那又該作何感想呢？雖然句中未及一個“悲”字，但悲傷之情已溢於字裏行間矣。

莫將愁緒比飛花，花有數，愁無數。

註釋 出自宋・朱敦儒《一落索》詞。

點評 此將落花比憂愁，通過數量上的比較，從而形象地強調出憂愁之深重。這是比喻修辭法中的“較喻”。

怒髮衝冠，憑欄處，瀟瀟雨歇。

註釋 出自宋・岳飛《滿江紅》詞。

點評 此寫詞人在秋雨乍停之際憑欄遠望、俯仰天地之間，感懷國土淪喪、生靈塗炭而生發的無比憤怒之情。"怒髮衝冠"，乃用《史記・廉頗藺相如列傳》中寫藺相如面對秦王時"怒發上衝冠"之語。

屏風有意障明月，燈火無情照獨眠。

註釋 出自南朝陳・江總《閨怨》。

點評 此寫少婦獨守空房的孤寂之情。"屏風有意"、"燈火無情"，都是擬人修辭法，意在將屏風、燈火人格化，使其帶有人的生命情態，從而借物寫人，形象地表現出少婦怕見明月、燈火的心理，因為望月會生懷遠之情，看燈會想房中之人。

棄我去者昨日之日不可留，亂我心者今日之日多煩憂。

註釋 出自唐・李白《宣州謝眺樓餞別校書叔雲》。

點評 此言時光易逝、功業未成的悲苦之情。前句是表達對時光易逝的無可奈何之感，後句是表達今日功業未成的煩憂。

泣盡繼以血，心摧兩無聲。

註釋 出自唐・李白《古風》。心摧，心碎。

點評 淚盡而繼之以血、心碎相對而無語。此寫極度的悲痛情狀。

千山鳥飛絕，萬徑人蹤滅。孤舟蓑笠翁，獨釣寒江雪。

註釋 出自唐・柳宗元《江雪》。

點評 此寫雪野無人、孤舟獨釣的冬日景象。前二句以誇張修辭法，通過"千山"、"萬徑"二詞與"絕"、"滅"二動詞的配合，寫出了一幅極度蒼茫寥廓、浩瀚無邊的雪原背景，對寒江獨釣翁的孤寂心境作了充分的烘托、鋪墊。後二句在此背景之上再作特寫：一舟、一人、一釣竿，雖然不及"孤獨"一字，寒江獨釣翁的孤寂心境渲染得淋漓盡致，從而讓人對獨釣翁孤傲的性格及其形成原因思慮深深。詩人寫景的真意乃在於表達自己政治上失意後那種孤獨的心情及其潔身自好的清高志向。

清風明月休論價，賣與愁人直幾錢？

註釋 出自宋・賀鑄《避少年》。直，值。

點評 沐清風，賞明月，這是能讓人最感愉悅之事。但是，在愁人眼裏，那又如何呢？詩人給出了答案：清風明月難論價，賣給愁人不值錢。這答案看起來有些掃興，但在掃興之中卻強調了主人公的無比憂愁之情。詩以反問的口氣說出，更能凸顯這種強烈的情感。

人去空流水，花飛半掩門。

註釋 出自宋・秦觀《南歌子》。

點評 此寫人去樓空、落花隨水的寂廖之境。流水雖無情，但臨清流而吟詠，也是一種莫大的文人情趣。但是，而今人已去，所以流水不息，也是"空"。花落春去，雖令人有傷春惆悵之情，但花飛滿天，何嘗不是一種美的景象？但是，而今半掩之門內已沒有人為落花滿地、花飛滿天而惆悵了。此情此景，又讓人生發出一種甚麼樣的情感呢？"空流水"與"半掩門"的意象，實在是讓人感傷不已而又回味無窮。

山河破碎風飄絮，身世浮沈雨打萍。

註釋 出自宋・文天祥《過零丁洋》。

點評 此寫詩人被元軍俘虜後的憂國感懷之情。前句以"風飄絮"比喻南宋政權風雨飄搖的危險處境，表達對國家前途的深切憂慮之情；後句以"雨打萍"比喻自己飄泊、起伏不定的身世遭遇，表達處世艱難的人生感慨。

少年不識愁滋味，愛上層樓。愛上層樓，為賦新詞強說愁。

註釋 出自宋・辛棄疾《醜奴兒》詞。

點評 沒有經歷世事滄桑，對生活與人生沒有深刻體認的年輕人，實際上是難以體會出“愁”的真正滋味，不會理解到人生與生活的真諦。它與後四句“而今識盡愁滋味，欲說還休。欲說還休，卻道天涼好個秋”形成對比，表現了少年人的稚氣與可愛、可笑之處。今天批評那些沒有甚麼實質內容而硬說硬寫出來的東西，常用“為賦新詞強說愁”。

試問閒愁都幾許，一川煙草，滿城風絮，梅子黃時雨。

註釋 出自宋·賀鑄《青玉案》詞。都，一共。幾許，多少。

點評 文人多愁善感，“閒愁”時時有之。那麼“閒愁”究竟如何折磨人呢？真是說不清，道不明。但是賀鑄卻以“一川煙草”、“滿城風絮”、“梅子黃時雨”三個比喻連用，以江南春日一望無際、如煙如雲的茫茫春草，以暮春時節隨風漫天飛舞、滿城無處不在的楊花之絮，以江南梅子黃時的旬月綿延不絕、細密如牛毛的梅雨作比，以具象喻抽象，不僅寫盡了文人的“閒愁”，而且極具詩意，讓人在平淡的情事中體驗到一種美感，得到陶醉。

十年別恨知多少，不道相逢淚更多。

註釋 出自明·徐熥《酒店逢李大》。不道，沒想到。

點評 此寫朋友離別的痛苦之情。前句言離別時間之長與思念之苦，後句言相逢話舊的感傷之情。

生人作死別，恨恨哪可論。

註釋 出自漢·無名氏《孔雀東南飛》。

點評 生離死別，本是人間之大悲。而活着的人從此卻再也不能相見，那又是何等之悲呢？此乃寫劉蘭芝被逼再嫁後，與丈夫焦仲卿在路途相遇作生死訣別時的心理感受，讀之不禁令人為之心酸。

衰蘭送客咸陽道，天若有情天亦老。

註釋 出自唐·李賀《金銅仙人辭漢歌並序》。

點評 此寫金銅仙人辭別咸陽的悲哀之情。前句是敘事，以擬人修辭法，將咸陽道旁的蘭花人格化，並以其衰枯之容寫它送客（金銅仙人）時的悲愁之狀，形象生動。後句是議論，緊承前句而下，也以擬人修辭法，將天人格化，以假設之語將金銅漢人辭別咸陽的悲愁推到了極點。

似將海水添宮漏，共滴長門一夜長。

註釋 出自唐・李益《宮怨》。似，好是。宮漏，古代漏水計時的器具。長門，漢武帝陳皇后所貶居的宮殿，代指宮女怨所。

點評 長門宮裏夜沉沉，漏盡海水天不亮。此以海水添宮漏為喻，形象而誇張地寫出了長門宮中的失意宮女夜不能寐、孤寂難耐的痛苦之情。

思悠悠，恨悠悠，恨到歸時方始休。

註釋 出自唐・白居易《長相思》。休，停止。

點評 此寫女子思念情人、盼其速歸的痛苦之情。兩個疊字“悠悠”的運用，前者狀其思念不絕之貌，後者寫其怨恨難消之情，前後配合，將女子思盼情人時那種愛恨交加的心理狀態淋漓盡致地表現出來。

桃李春風一杯酒，江湖夜雨十年燈。

註釋 出自宋・黃庭堅《寄黃幾複》。

點評 此寫人生的兩種不同情境。前句寫京城相聚之歡情，以“一杯酒”的細節凸顯之；後句寫別後孤寂漂泊之悲情，以“十年燈”顯之。前句桃李、春風，寫春風得意、年少豪放之情；後句江湖、夜雨，寫遠離朝廷、漂泊江湖的孤寂之感。雖然二句都由尋常字短語構成，但成句後的意境卻非常闊大深遠，讀之不禁令人頓生無盡的聯想，思之味之，感慨萬千。

天街夜色涼如水，坐看牽牛織女星。

註釋 出自唐・杜牧《秋夕》。天街，指皇宮中的石階。

點評 此寫宮女的寂寞怨苦之情。前句以比喻修辭法，寫夜深天涼，暗示那坐在宮中石階上的宮女心思重重，夜不能寐。後句緊承前句，看似交待説明那宮女夜深不眠的原因，實則是以用典修辭法，借坐看牽牛星、織女星敍述民間牛郎、織女鵲橋一年一相會的神話，以表現宮女對真摯愛情的嚮往之情、對宮中生活的怨苦之恨。

天寒知被薄，憂思知夜長。

註釋 出自漢・樂府古辭《古樂府》。

點評 只有天冷時才能體會到被子單薄受凍難耐的滋味，只有憂愁失眠時才能體會到睡得着是一種難以渴求的幸福。此以蓋被、睡眠為喻，形象地説明了這樣一種情感體驗：只有處於某種困境之中，才能產生擺脱某種困境的強烈渴望。

天色無情淡，江聲不斷流。古人愁不盡，留與後人愁。

註釋 出自宋・范成大《江上》。

點評 只要天地在，憂愁便永存。此言憂愁情感的永恆性。

天長地久有時盡，此恨綿綿無絶期。

註釋 出自唐・白居易《長恨歌》。

點評 此寫唐玄宗與楊貴妃愛情不能圓滿的悲哀之情。唐明皇與楊貴妃之間本有一個天長地久的愛情約盟，但是最終唐明皇國破奔蜀，惶惶如喪家之犬；楊貴妃則殞命於六軍，馬嵬坡下。上面二句正是寫此之事，並以此點題，以與詩的開首一句“漢皇重色思傾國”呼應，讓人思之味之，體認歷史的教訓。“天長地久”，是李楊當年的愛情誓言；“此恨綿綿”，是楊氏身死馬嵬坡下的結局。“有時盡”與“無絕期”相對，不僅在於形式上的對仗，更是為了凸顯李楊愛情終究要以悲劇收場的意蘊。

同是天涯淪落人，相逢何必曾相識。

註釋 出自唐・白居易《琵琶行》。

點評 相同經歷的人可能最能引發彼此情感的共鳴，但是，同病相憐的人相逢，感歎對方不幸的同時，無疑又會顧影自憐，從對方的悲哀中想到自己的悲哀。所以，詩人才有“相逢何必曾相識”的感慨。

痛定思痛，痛何如哉？

註釋 出自宋・文天祥《指南錄後序》。哉，語氣助詞，相當於“呢”。

點評 痛苦過後，再回頭體味當時痛苦的感受，那才是最痛苦的。這話所蘊含的深意，只有對痛苦有着切身體會的人才能真正懂得其精闢性所在。

往事已成空，還如一夢中。

註釋 出自南唐・李煜《子夜》。

點評 昔日帝王的繁華生活已隨風而去，如今想來都像一場夢。這是南唐後主李煜亡國後所表達的悔恨之情。

為客黃金盡，還家白髮新。

註釋 出自唐・王維《送丘為落第歸江東》。

點評 此寫異鄉困窘、年老還鄉的悲苦之情。前句寫身在異鄉的艱難情形，後句寫歸鄉的尷尬情形。“為客”對“還家”、“黃金盡”對“白髮新”，不僅形式上的對仗非常工整，在意蘊上的對比反差也特別強烈，尤其能表現其悲傷之情。

問君能有幾多愁，恰似一江春水向東流。

註釋 出自南唐・李煜《虞美人》詞。

點評 以有形之江水，喻無形之憂愁，形象地再現了亡國之君李煜國破家亡、困於宋都汴梁的深切痛苦與無窮憂愁之情。身在宋都，卻想到以故都建康（南京）的長江之水喻愁，益發對比中見出亡國之痛、失家之悲。

梧桐更兼細雨，到黃昏，點點滴滴。這次第，怎一個愁字了得。

註釋 出自宋・李清照《聲聲慢》詞。更兼，加上。次第，境況。

點評 雨打梧桐葉，倒不失有幾分詩意。但是，黃昏時分，在孤寂之人聽來，這點點滴滴敲打於葉上的雨滴聲，卻最易使人倍感孤寂。因為寂靜的環境中聽雨聲，尤其是聽雨敲葉上的聲音會格外清晰。而這清晰的雨聲，則更會讓孤寂的環境顯得更靜。這是以有聲襯無聲，寫詞人國破家亡、隻身流落江南時的晚年生活情景。前三句寫景敘事，景中事中都飽含了深情。特別是"點點滴滴"一句，運用疊字修辭法而成句，聲音感極強，讓人有如聞其聲之感，彷彿讓人覺得從葉上滴下的不是雨點，而是詞人的眼淚。後二句承前議論，雖然略顯直白，但卻真摯自然，讓詞人滿腔的愁情一泄無餘。

昔為水上鷗，今如籠中鳥。

註釋 出自元·趙孟頫《罪出》。

點評 人在自由之時，並不會覺得自由有甚麼可貴之處。而一旦失去行動的自由（如拘禁、繫獄等），便會感知到原來世界上最可貴的就是自由。上面兩句詩，詩人以鷗飛水上、鳥囚籠中比喻今昔的自己，形象生動地寫出了獲罪失去自由的精神痛苦。

昔為匣中玉，今為糞上英。朝華不足歡，甘與秋草並。

註釋 出自晉·石崇《王明君辭》。匣中玉，比喻雖為寶物卻不為人知。糞上英，即糞土上的花，比喻雖鮮豔好看卻長得不是地方。朝華，比喻美好的時光。不足歡，不足以歡娛，指歡樂的時光太少。秋草，比喻憂傷的日子。並，差不多、等同。

點評 昔日在漢宮室為宮女，雖然美豔動人，卻無人重視；今日來到匈奴異域，雖然榮華富貴皆有，卻感覺是鮮花長在糞土上，並不以為榮。昔日在漢宮歡樂的日子雖不多，今日在匈奴的日子卻和秋草枯死差不多。這是寫王昭君遠嫁匈奴的內心苦痛與怨憤之情。

小樓昨夜又東風，故國不堪回首月明中。

註釋 出自南唐·李煜《虞美人》詞。東風，春風。

點評 小樓春風，不禁讓人想起杏花春雨江南。雖然明月依然皎潔，但杏花春雨中的江南故國今已不復存在，這如何不讓身囚北國（宋朝）的南唐後主李煜觸景生情，追憶故國往事而不勝悲傷呢？此二句所寫，正是詞人此種心境。

行行重行行，與君生別離。相去萬餘里，各在天一涯。

註釋 出自漢・無名氏《行行重行行》。重行行，言行而不已。生別離，活着分開。天一涯，天一方。

點評 此寫女子思念遠行他鄉的情人的悲苦之情。有情人不能相守，卻要相離萬里，天各一方，其間的情感苦痛自可想見矣。

形若槁骸，心若死灰。

註釋 出自先秦古歌《被衣為齧缺歌》。形，形體。若，像。槁，枯槁。

點評 軀體如同枯槁的骨骸，心靈就像熄滅的灰燼。這是以比喻修辭法，描寫一個人從軀體到心靈皆已死滅的形象。

尋尋覓覓，冷冷清清，淒淒慘慘戚戚。

註釋 出自宋・李清照《聲聲慢》詞。戚，憂愁、悲傷。

點評 此寫詞人晚年夫亡家破、飽經憂患與離亂生活的哀怨之情。此三句之妙，全在"疊字"運用傳神。"尋尋覓覓"，寫其精神上悵然若失、無所寄託的空虛之感；"冷冷清清"，寫其生活上形單影隻、孤寂難耐的淒涼處境；"淒淒慘慘戚戚"，則以三個表"哀"義字的重疊，寫盡了其淒涼悲慘的晚年生活況味。

野夫怒見不平事，磨損胸中萬古刀。

註釋 出自唐・劉叉《偶書》。野夫，指自己，謙稱。萬古刀，指心中的正義之刀。

點評 此寫自己路見不平而不能拔刀相助，主持公義的內心苦痛。

一生幾許傷心事，不向空門何處銷？

註釋 出自唐・王維《歎白髮》。幾許，多少。空門，佛門。銷，同"消"。

點評 此以不遁入空門就無法解脱為條件，突出強調詩人一生所經歷的許多事情令人悲傷的程度。

一年三百六十日，多是橫戈馬上行。

註釋 出自明・戚繼光《馬上行》。

點評 此乃慨歎身為將軍為國戍邊的辛苦之狀。

一粒紅稻飯，幾滴牛頷血。

註釋 出自唐·鄭遨《傷農》。紅稻，指珍貴的紅米。頷，下巴。

點評 一粒紅米飯，牛拉犁下巴要磨出多少滴血來？此言盤中之餐來之不易，食用之人當思一粥一飯的來歷，體會耕種人畜的辛苦。

一聲梧葉一聲秋，一點芭蕉一點愁，三更歸夢三更後。

註釋 出自元·徐再思《水仙子》詞。三更後，三更已過。

點評 秋風吹梧桐，枯葉片片落滿地，片片似乎帶秋意；秋雨打芭蕉，落葉點滴皆有聲，一聲一聲都帶愁；夜中入眠夢故鄉，夢回醒來三更後。此寫人在旅途、秋夜難眠的淒苦之情。其中，數量詞的運用不僅為句子形式上的新穎增色不少，更在表意表情上增添了纏綿感，讓人有屈指而數，心情漸趨收緊的感覺。

衣上酒痕詩裏字，點點行行，總是淒涼意。

註釋 出自宋·晏幾道《蝶戀花》詞。

點評 此寫追憶往昔歡樂生活情景而生發的淒涼之情。“衣上酒痕”，是寫歡宴飲酒的情景。“詩裏字”，是寫臨別贈詩的情景。前句寫往昔，後二句寫眼前，對比中益見其悲戚之情。“點點行行”，兩個疊字的運用，在視聽形式上增加了音節的長度，在表意上則擴張了淒涼情調的程度。

移家就吾住，白首兩遺民。

註釋 出自清·吳偉業《遇舊友》。

點評 舊友白首相聚，而且還做了鄰居，這應該是人生莫大的快事。但是，白首相聚的二友，他們的身份已不再是大明王朝的朝臣，而只是苟且殘喘於世的明朝遺民而已，因為大明王朝已經被異族政權大清所取代。其中的亡國之恨與心靈苦痛，恐怕只有詩人與他的舊友才能深切體會。

欲上高樓去避愁，愁還隨我上高樓。

註釋 出自宋·辛棄疾《鷓鴣天》詞。

點評 此以擬人修辭法，將“愁”人格化，使其帶有人的生命情態（會纏人），從而強調“愁”之深與卻之不去的痛苦之情。

玉階生白露，夜久侵羅襪。卻下水晶簾，玲瓏望秋月。

註釋 出自唐・李白《玉階怨》。

點評 此寫美人幽怨之情。前二句寫夜深不眠，後二句寫閨中望月。四句雖全是寫景，不及“怨”字一言，但美人幽怨之情則盡在景中矣。真正達到了中國傳統詩歌所推崇的“不着一字，盡得風流”的境界。

原來姹紫嫣紅開遍，似這般都付與斷井殘垣。良辰美景奈何天，賞心樂事誰家院。

註釋 出自明・湯顯祖《牡丹亭・驚夢》。

點評 此乃作品女主人公杜麗娘初入花園，驚見無限春光後的感慨之詞。意思是説，無限春光雖美好，但有幾人有心賞。“奈何天”、“誰家院”分別與“良辰美景”、“賞心樂事”搭配，意在表現一種觸景生情、由景思人的情感覺醒：雖有如花似玉的美人，卻無憐香惜玉的情人，這春天的快樂、這人生的意義又與誰分享呢？

知君命不偶，同病亦同憂。

註釋 出自唐・孟浩然《送席大》。君，你。命不偶，命運不好。亦，也。

點評 此二句在對朋友命運不佳、時運不濟的遭遇表示同情的同時，也表達了與朋友同病相憐的悲傷之情。是悲朋友，也是悲自己。

知我者，謂我心憂，不知我者，謂我何求。

註釋 出自先秦《詩經・王風・黍離》。謂，説。

點評 理解我的人，知我是心憂；不理解我的人，説我有所求。這是一位周大夫來到故都鎬京看到滿目荒涼、遍地禾黍的景象，為周王朝的衰亡而發出的深切悲歎。此語後代常用來表達希望自己的思想或感情得到他人的共鳴與理解。

蜘蛛網戶牖，野草當階生。

註釋 出自三國魏·曹丕《殘句》。戶，門。牖，窗戶。當，對。

點評 門窗是天天要開啟與進出的，卻結滿了蜘蛛網，説明無人進出此門窗了；台階是千人踩萬人踏的地方，最不易生出雜草，而今卻是野草叢生，説明此台階早已無人行走了。詩句正是選取蛛絲網門窗、野草生台階兩個典型細節，以少勝多，將漢末戰後城鄉荒涼破敗、杳無人煙的景象淋漓盡致地表現出來。

只恐雙溪舴艋舟，載不動許多愁。

註釋 出自宋·李清照《武陵春》詞。雙溪，在今浙江金華城南，因是兩條河流匯合而成，故名雙溪。舴艋舟，一種極窄小的船。

點評 憂愁是一種情感情緒狀態，是抽象的，這二句寫憂愁的句子，之所以有名，那是因為作者運用了比擬修辭法，將抽象的憂愁具體化（可以感知，且有分量），從而將自己在國破家亡、丈夫病死之後隻身流落江南的深重憂愁寫“實”，讓人可視可感，從而引起讀者深深的情感共鳴。

莊生曉夢迷蝴蝶，望帝春心托杜鵑。

註釋 出自唐·李商隱《錦瑟》。

點評 前句用《莊子·齊物論》莊周夢蝶的典故：“昔者，莊周夢為蝴蝶，栩栩然蝴蝶也。…俄然覺，則蘧蘧然周也？不知周之夢為蝴蝶與，蝴蝶之夢為周與？”其意是表達人生如夢、變幻莫測的悲哀之情。後句用周末蜀國望帝化為杜鵑鳥的典故：“望帝使鱉泠鑿巫山治水，有功，望帝自以德薄，乃委國禪鱉泠，遂自亡去，化為子規”、“杜宇（望帝）死時，適二月，而子規鳴，故蜀人憐之。”（《太平御覽》卷一百六十六引《十三州誌》），其意是託文字以表達哀怨不得意之情。

自在飛花輕似夢，無邊絲雨細如愁。

註釋 出自宋·秦觀《浣溪沙》詞。

點評 此寫飛花輕盈與細雨綿綿的形象，意在以此為喻，表現閨中少婦的幽恨、憂愁之情。兩句都用比喻修辭法，前者將飛花比夢，後句將細雨比愁，都是化具體為抽象，一反常規的比喻化抽象為具體的慣例，不僅形式上顯得新穎，而且在表意上也更易表現詩句實際所要表達的意蘊：懷人之夢的飄忽感與思人之情的纏綿感。此與李煜所寫“剪不斷，理還亂”的境界相同。兩句字面上雖然全是寫景，見景而不見人，但閨中之人已在景中矣。

男女之情

愛而不見，搔首踟躕。

註釋 出自先秦《詩經・邶風・靜女》。愛而，隱蔽的樣子。踟躕，猶豫徘徊。

點評 姑娘約我城角見，隱蔽不現讓我尋；左等右覓皆不見，讓我搔首苦徘徊。這是寫一位男子約見情人不見而焦急等待的樣子。

芭蕉不展丁香結，同向春風各自愁。

註釋 出自唐・李商隱《代贈二首》其一。芭蕉，此指情郎。丁香，此指女子。不展，指蕉心不展。結，指花蕾。春風，喻指愛情。

點評 此言芭蕉心不展、丁香不結蕾，都不能沐浴春風，只能空自憂愁。此乃以芭蕉、丁香為喻，寫有情男女同心而異處、兩地不相見的思念之苦。

曾經滄海難為水，除卻巫山不是雲。

註釋 出自唐・元稹《離思五首》。

點評 此以滄海之水、巫山之雲比喻亡妻的形象，以普通之水、普通之雲比其他女人，從而在對比中表達了亡妻在自己心目中不可替代的位置，抒發了詩人對亡妻的深厚之情。後世說到男女初戀之情的難忘，或是一段真摯難忘之情的感覺，常會引到此二句詩。

唱盡新詞歡不見，紅霞映樹鷓鴣鳴。

註釋 出自唐・劉禹錫《踏歌詞四首》。歡，古代女子對所愛男子的愛稱。

點評 此寫女子唱歌招引所愛男子而不見回應的惆悵之情。前句直敘其意，後句以景寫情。"紅霞映樹"，表明時間已經是第二天早上，說明女子等了情郎一夜。"鷓鴣啼"，言鳥兒有情而人無情，因為鷓鴣生性雌雄對啼。如此以景寫情，不僅意象豐富，而且更有含蓄雋永之味。

春蠶到死絲方盡，蠟炬成灰淚始乾。

註釋 出自唐・李商隱《無題》。

點評 此以春蠶生命不止吐絲不止、蠟燭燃燒不盡蠟淚不盡的形象為喻，表達了男女之間無盡的思念之情。此詩句表意比較模糊，後人引此二句來抒寫男女思念之情。

春夢暗隨三月景，曉寒瘦減一分花。

註釋 出自明・湯顯祖《牡丹亭・寫真》。

點評 三月已是暮春，花事早已過去，縱然有殘花，所剩亦是不多。而比殘花還瘦減一分的佳人又是如何呢？不禁讓人由花及人，想到佳人思念夢中人而消瘦的情形。相思之情與相思之苦，由花暗襯而出。

春心莫共花爭發，一寸相思一寸灰。

註釋 出自唐・李商隱《無題》四首其二。"春心"，即嚮往美好愛情之心。

點評 春天來臨時，花容月貌的女子，見花爭發，遂生"懷春"之想。可是，礙於種種的封建禮法，她們無由出門去尋覓她們心中的情郎，只能對花凝神、空自相思。作者化抽象為具象，以"灰"為喻，由花開而謝，謝而成泥、成灰的聯想，寫盡了古代少女相思之苦的況味。

此時相望不相聞，願逐月華流照君。

註釋 出自唐・張若虛《春江花月夜》。月華，月光。

點評 此寫女子月夜對遠在他鄉的情人的思念之情。"相望不相聞"的痛苦何以解決？化身月光，豈不就可以流照情郎了？此"計"雖然不切實際，但卻恰恰能夠反映出女子對情郎的癡情。這便是"情到深處便是癡"的境界。

此情無計可消除，才下眉頭，卻上心頭。

註釋 出自宋・李清照《一剪梅》詞。此情，指相思之情。

點評 此寫女子相思之情難以消除。"才下"與"卻上"在時間上的承接，"眉頭"與"心頭"在處所上的對比，將女子相思之情由表及裏地展露出來。

從來誇有龍泉劍，試割相思得斷無？

註釋 出自唐・張氏《寄夫》。龍泉劍，古代傳說的寶劍。得，能。

點評 此言相思之情連龍泉寶劍也是難以割斷的。此乃以誇張修辭法，強調相思之情的濃烈，以及消除相思之苦的艱難程度。

得成比目何辭死，願作鴛鴦不羨仙。

註釋 出自唐・盧照鄰《長安古意》。得，能夠。比目，指比目魚。

點評 此以比目魚、鴛鴦鳥雙雙對對的形象為喻，表達了希望與情人永遠不分離的真摯情感。

東邊日出西邊雨，道是無情卻有情。

註釋 出自唐・劉禹錫《竹枝詞二首》。

點評 前句寫一邊下雨一邊晴天的異常天象，後句卻突然說到無情與有情，看似沒有邏輯聯繫，實則是通過"諧音"雙關的修辭手法把"情"與"晴"巧妙地聯繫起來，形象地描寫出女子所愛的情郎一會兒出現，一會兒又不見，就像天氣，令人捉摸不定的形象，暗示出女子思念情人而不見的惆悵之情。

鳳兮鳳兮歸故鄉，遨遊四海求其凰。

註釋 出自漢・司馬相如《琴歌二首》其一。兮，語氣助詞，相當於"啊"。四海，指天下。其，牠的。鳳、凰，是古代中國傳說中的神鳥，雄的叫鳳，雌的叫凰。

點評 此是作者以鳳自喻，以凰喻卓文君，表達了其苦苦追尋意中情人的急切之情。

芙蓉如面柳如眉，對此如何不淚垂。

註釋 出自唐・白居易《長恨歌》。

點評 此寫唐玄宗在楊貴妃死後對其刻骨銘心的思念之情。前句說唐玄宗看見荷花會想起楊的臉，見了楊柳會想到楊的眉，這是通過寫唐玄宗的視覺錯覺來凸顯其對楊貴妃思念的深切，同時也對後句唐玄宗垂淚的原因作了清楚地交待。

關關雎鳩，在河之洲；窈窕淑女，君子好逑。

註釋 出自先秦《詩經・周南・關雎》。關關，和鳴聲。雎鳩，一種水鳥，相傳此鳥情意專一，雌雄相伴而生，或說即魚鷹。洲，水中的陸地。窈窕，幽閒，形容女子美好嬌柔之態。逑，匹配。好逑，好的配偶。淑女，指嬌美的女子。君子，指貴族青年。

點評 一對雎鳩在河洲，關關和鳴情意濃；窈窕淑女真美麗，君子有心求為偶。這是以比興修辭法，由雎鳩的成雙成對、恩愛和鳴引出君子思淑女的情懷，情由景生，引渡自然。

還有小園桃李在，留花不發待郎歸。

註釋 出自唐・韓愈《鎮州初婦》。

點評 此寫女子思念情郎之情，但不直抒胸臆，而是通過擬人修辭法，將桃李人格化，形象而含蓄地抒發了女子熱切等待郎君歸來的殷殷之情。表意蘊藉，傳情婉轉，讓人思之無窮。

河漢清且淺，相去復幾許？盈盈一水間，脈脈不得語。

註釋 出自漢・無名氏《迢迢牽牛星》。河漢，指銀河。相去，相隔。復，又。幾許，多少。盈盈，水清淺貌。脈脈，相視貌。不得，不能。

點評 此乃以神話傳説中的織女隔着銀河遙想牽牛而不得的愁苦之情，暗喻人間有情人不能相聚、愛情不能遂願的痛苦。

何當共剪西窗燭，卻話巴山夜雨時。

註釋 出自唐・李商隱《夜雨寄北》。

點評 此寫詩人雨夜思念妻子之情。但詩人不直筆抒發其情，而是以示現修辭法，虛擬了一個夫妻西窗共剪燭、述説巴山夜雨之往事的情景，以虛擬情景中夫妻恩愛的甜蜜反襯眼前天各一方、相互思念而不得見的思念苦情。

紅豆生南國，春來發幾枝。願君多採擷，此物最相思。

註釋 出自唐・王維《相思》。紅豆，又稱“相思豆”，產於南方。據說古代有一女子因丈夫死於邊地，傷心哭於樹下而死，後化身於樹，遂有此稱。採擷，採摘。

點評 此詩本是表達思友之情，其題一作《江上贈李龜年》，便是明證。首句以紅豆的產地代指朋友現在的生活之地。次句以提問的口氣問朋友紅豆今年結了幾枝，表面是問紅豆，實則寄寓另一層意蘊：朋友，你想過我幾次？這是以問朋友而表達自己思念朋友之意。因為如果自己不想朋友，何以想到要問朋友是否思念自己呢？第三句向朋友提出希望，第四句說明這樣希望的原因。表面說的是希望朋友多採摘紅豆，見物而多思自己；實則是從反面表達自己對朋友的深切思念之情。這種從對方而寫己方的筆法，尤其能見出自己對朋友的深情。後來多把它視為寫男女之情的作品理解。

花紅易衰似郎意，水流無限似儂愁。

註釋 出自唐・劉禹錫《竹枝詞九首》。儂，我。

點評 此以比喻修辭法寫女子對於愛情可能出現變故的憂愁之情。前句以“花紅易衰”與“郎意”聯繫搭掛，以花喻人，形象地寫出了男人對於愛情不堅定的性格特徵；後句以“水流無限”比“儂愁”，形象地表達出女子對男子愛意將逝的無限憂愁之情。

花自飄零水自流，一種相思，兩處閒愁。

註釋 出自宋・李清照《一剪梅》詞。

點評 此寫女子相思之情。春殘花落，乃是自然現象。但是，敏感的女子則會由此觸景感傷，由花落想到容顏易老、青春易逝。既然青春易逝，何不“正當年少時，抓緊談戀愛”呢？但情郎不在。於是，想到了對方，想到了對方對自己的思念，這便是“一種相思，兩處閒愁”的意蘊。

還君明珠雙淚垂，何不相逢未嫁時。

註釋 出自唐・張籍《節婦吟寄東平李司空師道》。

點評 此寫女子“心愛眼前人，愛而不能嫁”的惆悵之情，表達的是一種相見恨晚的摯情。

換我心，為你心，始知相憶深。

註釋 出自五代後蜀・顧敻《訴衷情》詞。

點評 此心非彼心，何以知其感情如何？若是能換心，那麼彼此的感情也就最能體認了。此寫思念情人難以名狀的深情，別出心裁。

蒹葭蒼蒼，白露為霜；所謂伊人，在水一方。

註釋 出自先秦《詩經・秦風・蒹葭》。蒹葭，蘆葦一類的植物，生於水邊。蒼蒼，茂盛的樣子。或說“蒼蒼”是青色。伊人，那個人。

點評 蒹葭之色青蒼蒼，葉上露珠凝成霜；我的情人你在哪？望之卻在河對岸。這是寫一位男子思念他的意中情人，望着秋風秋霜中的蒼蒼蘆葦，想起遠在河對岸的情人。以秋霜蒹葭的悲涼之景作襯托，突出表達其思念情人而不得的悲涼之情。

結髮同枕席，黃泉共為友。

註釋 出自漢・無名氏《孔雀東南飛》。結髮，指成年，古代男女成年都要把頭髮結上。同枕席，指成為夫妻。黃泉，指地下。

點評 這是詩中男主人公焦仲卿所表達的對其妻劉蘭芝生死不渝的情感態度，也道出了天下有情人對婚姻“從一而終”的承諾，更由此揭示了夫妻同生共死、患難與共的最高情感境界。

結髮為夫妻，恩愛兩不疑。

註釋 出自漢・無名氏詩（舊題《蘇武詩四首》其三）。結髮，古代男女成年都要將頭髮結起來。

點評 既為夫妻，就應彼此恩愛，互不猜疑，此乃夫妻之道也。

金風玉露一相逢，便勝卻人間無數。

註釋 出自宋‧秦觀《鵲橋仙》詞。金風，指秋風。玉露，指霜露。勝卻，勝過。

點評 此言牛郎織女雖然一年只能於七夕之夜相會一次，但他們真摯的情感卻讓世人自愧不如。強調真摯的愛情才是人間最珍貴、最感人。

今年元夜時，月與燈依舊。不見去年人，淚濕春衫袖。

註釋 出自宋‧朱淑真《生查子》詞（或題歐陽修作）。元夜，指正月十五元宵節。

點評 此寫不見情人的惆悵之情。前二句寫今年與去年元夜景致的相同，後二句寫今年與去年人的不同，對比中凸顯了“物是人非”的惆悵感與“觸景生情”的感傷情懷。“淚濕春衫袖”的直白表達，更能見其相思之情的深切真摯。

舉手長勞勞，二情同依依。

註釋 出自漢‧無名氏《孔雀東南飛》。舉手，指分別時舉手告別。勞勞，悵然若失的樣子。依依，戀戀不捨的樣子。

點評 此乃寫劉蘭芝與丈夫焦仲卿揮手告別的場面，也寫盡了天下有情人生離死別、難捨難分的依依之情。

兩情若是久長時，又豈在朝朝暮暮？

註釋 出自宋‧秦觀《鵲橋仙》詞。

點評 此言牛郎織女雖然長相分離，但是他們的愛卻是天長地久的。其意是通過牛郎織女之事宣示這樣一個男女相愛的真理：只要真心相愛，縱使不能朝夕相守，也能情篤意厚；若是沒有真情，縱使同牀共枕，也會同牀異夢。

劉郎已恨蓬山遠，更隔蓬山一萬重。

註釋 出自唐・李商隱《無題四首》。劉郎，用東漢劉晨、阮肇入天台山採藥與二仙女結緣的傳說典故，故劉郎代指情郎。蓬山，此指劉阮所入的仙山。

點評 此以劉晨重入仙山求佳配為喻，寫男主人公與其意中人相隔之遠，表現的是有情人不能相聚的痛苦之情。“蓬山”已是遙不可及了，而“更隔蓬山一萬重”，則其遠可知。這是運用誇張修辭法來凸顯男女主人公相隔遙遠，由相思而不得見的痛苦。

樓頭殘夢五更鐘，花底離情三月雨。

註釋 出自宋・晏殊《玉樓春》。

點評 此寫女子對情人的深切思念之情。前句寫女子夜不成眠、思緒萬千的情狀。寫樓頭五更鐘，看似指女子半夜夢醒的原因，實則是凸顯女子心有牽掛，睡得不踏實。後句直寫女子的離愁別恨。二人花下相別的離情愁緒就像是三月綿綿不絕的春雨，運用的是比喻修辭法，形象地表現離別的苦痛之情，也豐富了詩句的意境，提升了詩句的審美價值。

落花人獨立，微雨燕雙飛。

註釋 出自宋・晏幾道《臨江仙》詞。

點評 此寫觸景生情、懷念舊日戀人的深切之情。這二句本是五代翁宏《春殘》一詩中的句子。晏幾道借此二句入其詞中，則是借景懷人，以“落花”暗寓往日與情人歡會的時光之一去而不返的惆悵之感，以“燕雙飛”反襯自己的形單影隻的孤寂感。

明月不諳離恨苦，斜光到曉穿朱戶。

註釋 出自宋・晏殊《蝶戀花》詞。諳，懂、明白。

點評 此寫女子夜不能寐的相思苦情。明月本非人，自然不能理解離別的痛苦；月光遍灑寰宇，斜照庭院朱戶也屬正常。詞人運用擬人修辭法，有意將明月人格化，從而讓月之無情與人之有情相對照，以此凸顯女子對其情人的深切相思之情。

琵琶弦上說相思，當時明月在，曾照彩雲歸。

註釋 出自宋·晏幾道《臨江仙》。

點評 此寫對昔日戀人的無限懷念之情。前句寫情人羞澀的情狀：有情不能言、琵琶訴衷腸。後二句寫歡會的環境氛圍：明月在天、彩雲覆照。由此，寫景與寫人水乳交融地結合在一起，既寫出了情人羞澀優雅的形象，又寫出了歡會的浪漫溫馨。“明月”、“彩雲”所表現的視覺形象與琵琶說相思的聽覺形象相結合，使天與人緊密聯繫起來，詞的意境頓然闊大起來。

青青子衿，悠悠我心。

註釋 出自先秦《詩經·鄭風·子衿》。衿，衣襟、衣領。悠悠，憂思不斷狀。

點評 望穿秋水不見君，想起你的青衣襟；獨自徘徊城樓上，憂思不斷我的心。這是寫一位女子在城樓上等待她的戀人而不得的憂思之情。等戀人不到，想起他所穿的“青青子衿”，由人及物，可見其深情。

青衫憔悴卿憐我，紅粉飄零我憶卿。

註釋 出自清·吳偉業《琴河感舊四首》其三。青衫，古代是八品九品的低級官員所穿的服裝，這裏代指詩人自己。卿，指卞玉京，明末名妓。紅粉，代指卞玉京。

點評 此乃詩人自敍與名妓卞玉京昔日相愛的深情。前句的“青衫憔悴”，說的是明清易代之際詩人顛沛流離的生活現狀；後句“紅粉飄零”，說的是明朝滅亡後卞玉京為了免遭清人踐踏而改裝為道人之事。“青衫憔悴”與“紅粉飄零”，從形式上看，對仗非常工整精巧，也真切地寫出亂世之際二人的遭際，從而與“卿憐我”、“我憶卿”相呼應，說明二人“同是天涯淪落人”與“同病相憐”的心情。

情人眼裏出西施。

註釋 出自清·曹雪芹《紅樓夢》第七十九回。西施，春秋時代越國的美女，此代指美女。

點評 此言男人眼中的女人容貌美醜並不能反映客觀的事實，而是與其對情人的感情有密切關係。

情知夢無益，非夢見何期。

註釋 出自唐・元稹《江陵三夢》。

點評 此寫女子相思之苦的情狀及其無奈之情。

秋風吹不盡，總是玉關情。

註釋 出自唐・李白《子夜吳歌四首》。玉關，即玉門關，代指邊關。

點評 此寫女子對從軍在邊塞的情郎的思念之情。前句寫秋風勁吹之景，後句直抒懷人之情。秋風起，天氣寒，征人在邊關，閨中人必然要想到他的冷暖，為他趕製寒衣。這寒衣的一針一線都凝聚了閨中人對征人的無限牽掛。

去年元夜時，花市燈如晝。月上柳梢頭，人約黃昏後。

註釋 出自宋・朱淑真《生查子》詞。(或題歐陽修作)。元夜，指正月十五元宵節。

點評 此乃以回憶的口吻追述與情人相會的甜蜜溫馨之情。前二句是交待與情人歡會的時間背景：元夜、燈如晝，表現的是歡快的氛圍。後二句寫約會的具體時間地點，明月、楊柳、黃昏的具體場景刻畫，突出了約會氛圍的朦朧、溫馨，強調的是“此情此景豈能忘”。正好與下片四句寫今年元夜的冷寂、傷感之情形成對比。下片四句是“今年元夜時，月與燈依舊。不見去年人，淚濕春衫袖”。

人面不知何處去，桃花依舊笑春風。

註釋 出自唐・崔護《題都城南莊》。

點評 詩人重遊都城南莊，原本是感於“去年今日此門中，人面桃花相映紅”，專程來尋那位“人面”如“桃花”的美人。結果，“人面不知何處去”。這豈不讓詩人失望至極？然而，詩人並不直接抒發傷感失望之情，而是以“桃花依舊笑春風”一句緊承其後。這一筆雖是寫景，卻比直抒其情要有更感人的力量。因為“依舊”一詞的運用，既將去年“人面桃花相映紅”的情景聯繫起來，又與今年“桃花”獨“笑春風”的情景形成對照，從而將詩人尋美人不得的極度傷感之情推到了極致。同時“桃花依舊笑春風”的表達，運用“擬人”修辭法，形象生動，使人聯想到那位“人面桃花”的美人，從而擴展了詩所表現的內涵。

人居兩地，情發一心。

註釋 出自清・曹雪芹《紅樓夢》第二十九回。

點評 此言真心相愛的人，縱使分處兩地，也能靈犀相通、心心相印。

上窮碧落下黃泉，兩處茫茫皆不見。

註釋 出自唐・白居易《長恨歌》。碧落，即天上。道家稱天界為碧落。黃泉，指地下、地府。

點評 這二句是寫唐玄宗在楊貴妃死後思念不已，讓臨邛道士找尋楊貴妃精魂來見的事實。雖是荒誕不經，但可從中見出他對楊貴妃的一片真情。

上言長相思，下言久離別。置書懷袖中，三歲字不滅。

註釋 出自漢・無名氏《孟冬寒氣至》。置，放。書，書信。三歲，三年。

點評 以思婦記起三年前丈夫書信的內容，以及置書懷袖中，精心保護，三年而字不滅的細節，凸顯出女主人公對遠行他鄉的丈夫的深切思念之情，令人感動。

身無彩鳳雙飛翼，心有靈犀一點通。

註釋 出自唐・李商隱《無題二首》其一。靈犀，古代傳說犀牛角有白紋，感應靈敏，所以稱“靈犀”。

點評 身上雖沒生有像彩鳳那樣的雙翅，但彼此心靈的相通就像靈犀一樣靈敏。此以比喻修辭法寫相愛的男女雖有距離的阻隔，但彼此自有心靈的契合與感應。現在常用後一句來形容男女之間心靈的相通與默契。

深情長是暗相隨，月白風清苦苦思。

註釋 出自元・楊維楨《相思》。

點評 此寫一個女子暗戀意中人的痛苦之情。“暗相隨”，點明其所深情追求的心上人是個暗戀對象。因為暗戀的心思不能與人說，因此就更為傷人。“苦苦思”，說的正是此意。月白風清之時，正是情人花前月下之時，然而情郎何在？這便是那女子臨風望月而要“苦苦思”的原因。

蜀江水碧蜀山青，聖主朝朝暮暮情。

註釋 出自唐・白居易《長恨歌》。

點評 此寫唐玄宗在楊貴妃死後對其思念之情。前句寫蜀中山青水碧，意在以樂景襯托唐玄宗的悲哀的心情，使悲哀之情益發悲哀。後句直寫唐玄宗對楊貴妃的念念不忘之情，用了疊字修辭法，以“朝朝暮暮”強調之，凸顯了其無時無刻都在想念的深情。

思君令人老，歲月忽已晚。棄捐勿複道，努力加餐飯。

註釋 出自漢・無名氏《行行重行行》。君，您，指女主人公所思念的情郎。歲月忽已晚，指不知不覺間又到了歲暮時節。捐，棄。勿，不要。道，談說。加餐飯，多吃飯。

點評 思念情郎的痛苦讓人芳華易逝，花容易老，日子一天天過去，又到了歲末天寒時節。別再提懷念思戀之事了，還是多吃飯、保重身體吧。此話看是達觀，實是表現了思婦思念情郎而不得，只得自我寬慰的無奈之情。

思君如流水，何有窮已時。

註釋 出自漢・徐幹《室思六首》其三。窮已，窮盡。

點評 以流水喻相思之情的連綿不絕、無盡，情見於辭，真摯感人。

思君如百草，撩亂逐春生。

註釋 出自唐・李康成《自君之出矣》。

點評 此以百草隨春而長為喻，寫女子對遠出在外的情人的相思之情。

"百草逐春生"的意象，讓人由草及人，自然想象出女主人公內心的痛苦與煩亂情形。

思君如滿月，夜夜減清輝。

註釋 出自唐·張九齡《賦得自君之出矣》。

點評 月圓之後，便會日漸走向月缺，這是平常的天象。詩人巧妙地抓住這點而作比，以月圓之後每夜光輝遞減暗淡的特徵而寫女子思念情人日益消瘦的形象。

死生契闊，與子成説。

註釋 出自先秦《詩經·邶風·擊鼓》。契，合。闊，離。契闊，這裏指結合不分離。子，您。成説，發誓言。

點評 不論生死與聚散，與您約誓不相忘。這是兩千多年前中國遠古時代男女的愛情誓言，其生死相許、堅貞不渝之情，可謂感天動地。

天涯地角有時盡，只有相思無盡處。

註釋 出自宋·晏殊《玉樓春》。

點評 此寫閨中少婦思念遠在他鄉的丈夫之情。"天涯地角"，乃是誇張，意在説明二人相距之遙遠。"有時盡"與"無盡處"，以距離遙遠的有限性與相思的無限性相對比，更加突出強調了其思念之情的綿綿不絕、無窮無盡。

天不老，情難絶。心似雙絲網，中有千千結。

註釋 出自宋·張先《千秋歲》詞。

點評 此寫女子對愛情堅貞不渝的感情。前二句以"天不老"為前提條件，強調"情難絕"，其矢志不渝、堅決把愛情進行到底的決心非常明確、堅決。後二句以"絲網"、"(繩)結"為喻，比喻女子對情人無限纏綿難解的情感。表意形象，傳情真摯。不禁讓人為其癡情、堅貞的情感而感動。

投我以木瓜，報之以瓊琚。

註釋 出自先秦《詩經・衛風・木瓜》。投，投擲、贈送。報，回贈、報答。木瓜，一種落葉灌木的果實，可食，但不是今日所見的南方水果木瓜。瓊琚，美玉。

點評 情人贈我以木瓜，我送情人以瓊琚。這是男女戀人間互贈禮物以表白愛意之語。今成語"投瓜報瓊"，即源於此。引申之意是對別人的深厚情誼予以厚報。與"投我以木瓜，報之以瓊琚"相類的，還有"投我以木桃，報之以瓊瑤"、"投我以木李，報之以瓊玖"，均出於《木瓜》篇，其意一矣。

唯愛門前雙柳樹，枝枝葉葉不相離。

註釋 出自唐・張籍《憶遠》。

點評 此以寫柳樹枝葉不相離的形象，由反襯的手法寫出了夫妻不能團聚的情感痛苦。

問世間，情是何物，直教生死相許。

註釋 出自金・元好問《邁陂塘》詞。直教，竟然讓。許，答應、應諾。

點評 此言世間唯有愛情能讓人生死相許、無怨無悔。詩人以不理解的疑問口氣表達此意，比直捷的表達更能令人思索、感慨。

我心堅，你心堅，各自心堅石也穿。

註釋 出自宋・蔡伸《長相思》。

點評 此以水滴石穿為喻，說明男女只要堅心相愛，兩情相悅就能天長地久。"心堅石也穿"，是誇張修辭法，也是用"水滴石穿"之典故，意在強調堅心相愛的重要性。

無情不似多情苦，一寸還成千萬縷。

註釋 出自宋・晏殊《玉樓春》詞。無情，代指無情之人，即遠出在外的丈夫。多情，指思婦本人。一寸，指織物。

點評 此寫閨中少婦思念遠出在外的丈夫的深切之情。前句以少婦的"多情"與其丈夫的"無情"作比較，反襯多情者的痛苦之情；後句以一寸織物須由千萬縷絲線織成為喻，形容少婦思念其夫的紛亂心緒及其相思的深切之狀。

昔日橫波目，今作流淚泉。

註釋 出自唐・李白《長相思》。

點評 此以昔日眼送秋波的甜蜜與今日淚水漣漣的情景對比，形象生動地寫出了情人間離別相思之苦。

相思無日夜，浩盪若流波。

註釋 出自唐・李白《寄遠十一首》。浩盪，水勢浩大之貌。若，像。

點評 此以流水浩浩盪盪的氣勢比喻女子對遠方情人的無限思念之情。流水綿綿不絕之貌，既能形象地表現女子對情郎不盡的思念之情，也能形象地展現女子柔情似水的性格特徵。

相思一夜梅花發，忽到窗前疑是君。

註釋 出自唐・盧同《有所思》。

點評 此寫一男子思念情人夜不能寐，以致產生了錯覺，將突然間一夜綻放的梅花誤看成是情人來到了自己的窗前。這是側筆寫相思之苦，因為若不是刻骨相思，何以會產生錯覺？同時，將梅花疑為情人，還有將花比美人之意，有一箭雙雕的效果。

相恨不如潮有信，相思始覺海非深。

註釋 出自唐・白居易《浪淘沙》。潮，此指江潮（原詩前二句是“借問江潮與海水，何似君情與妾心”）。

點評 恨你不如江潮漲落有定期，愛你使我對你的感情比海深。此寫女子對薄情男子的怨恨之情與自己對他的深情。這是以無情襯有情，益顯女子的癡情。

相逢不似長相憶，一度相逢一度愁。

註釋 出自宋・周紫芝《鷓鴣天》詞。一度，一次。

點評 此寫織女與牛郎長久分離的苦痛與短暫相會的憂愁。因為一年一度的相會，雖然暫時得到片刻的快樂，但快樂之後則是漫長的相思相憶。這雖然是寫傳說中的牛郎織女之事，但所折射的則是人間有情人不能終成眷屬的悲苦之情。

笑漸不聞聲漸消，多情反被無情惱。

註釋 出自宋・蘇軾《蝶戀花》詞。

點評 此寫一個男子迷戀佳人而不得的惆悵之情。全句是："牆裏鞦韆牆外道，牆外行人，牆裏佳人笑。笑漸不聞聲漸消，多情反被無情惱"。後句"多情反被無情惱"，後世常用以形容一個男人或女人暗戀或明戀對方而不能如願、反增煩惱的痛苦之情，或是表現一個人有心替人做事卻被拒絕的鬱悶之情。

新來瘦，非干病酒，不是悲秋。

註釋 出自宋・李清照《鳳凰台上憶吹簫》。非干病酒，與喝多了酒無關。

點評 此寫詞人思夫之情，在表述這層意思時，詞人並沒有這樣地直白，而是通過"折繞"修辭法。如此，既體現了中國傳統女人"愛在心頭口難開"的羞澀心理，又使詞句別添了一種"含不盡之意見於言外"的婉約蘊藉的美感。

行雲猶解傍山飛，郎行去不歸。

註釋 出自宋・歐陽修《阮郎歸》詞。猶解，還懂。

點評 此寫女子對情郎去而不歸的思念之情與埋怨。以"行雲傍山"的有情與"去不歸"的無情相對比，突出強調了其思念、怨恨交織的複雜情感。

一日不見，如三秋兮。

註釋 出自先秦《詩經・王風・採葛》。三秋，即三年。兮，語氣助詞，相當於現代漢語的"啊"、"呀"。

點評 愛之深，才能思之切。一天不見，就像過了三年，這種感覺只有深戀着對方的男女才能體會得到。"三秋"代三年，是借代修辭法。"一日不見如三秋"，是誇張，極言時間過得慢，以此凸顯思念對方之心切。誇張與借代相結合，遂將一個癡情男子對採葛女的無限癡情凸顯無遺。

一別隔炎涼，君衣忘短長。裁縫無處等，以意忖情量。

註釋 出自唐・孟浩然《閨情》。等，比照。忖，揣度。

點評 此由縫衣一個細節寫起，由小見大，淋漓盡致地表現出閨中少婦對遠出在外的丈夫的無限思念之情。少婦為丈夫縫衣，丈夫不在身邊，她忘了丈夫衣的尺寸而無法比照，但卻能以意揣度而成。這一細節的描寫，雖然一字也沒提及她與丈夫的感情，但其深情深意已盡在其中矣。

一行書信千行淚，寒到君邊衣到無？

註釋 出自唐・王駕《古意》。

點評 此二句是寫征人之妻思夫，前邊還有兩句：“夫戍邊關妾在吳，西風吹妾妾憂夫。”由“西風吹妾”，推己及人，想到夫君在邊關之苦。由此便有含淚訴情、飛針走線縫寒衣、萬里由吳寄寒衣之舉。“一行書信千行淚”，以誇張修辭法，寫出了女主人公對夫君的徹骨相思之情；“寒到君邊衣到無”，以擔心寒衣到達邊關是否晚於寒風的疑問口氣，道出了女主人公對夫君真切入微的關懷之情。

一寸相思千萬緒，人間沒個安排處。

註釋 出自宋・李冠《蝶戀花》詞。

點評 此以誇張修辭法極言相思之情的濃烈。相思引發的煩憂連人間也沒法容納，那種愛是何等的刻骨銘心？

一日不思量，也攢眉千度。

註釋 出自宋・柳永《晝夜樂》詞。思量，想。攢眉，緊皺雙眉。千度，千次。

點評 此以誇張修辭法，以“一日”與“千度”相對應，以“不”對“也”，突出強調了其相思之情的深切。

易求無價寶，難得有心郎。

註釋 出自唐・魚玄機《贈鄰女》。

點評 此言真摯愛情的難得。言無價寶易求，意在與有心郎難得作對比，從而突出強調了男女真心相愛的難得，抒發了對真摯愛情的渴望之情。

衣帶漸寬終不悔，為伊消得人憔悴。

註釋 出自宋・柳永《鳳棲梧》詞。衣帶漸寬，指因相思而人日益消瘦。伊，指情人。

點評 此寫女子對所愛之人深切思念的癡情，表達了一種為愛而無怨無悔的堅定信念。後世男女向對方表白心跡，常引此二句。

憶君心似西江水，日夜東流無歇時。

註釋 出自唐・魚玄機《江陵愁望有寄》。

點評 此以滔滔東去的西江之水比喻女子對其情人的無盡思念之情，既形象生動，又真切感人。

悠哉悠哉，輾轉反側。

註釋 出自先秦《詩經・周南・關雎》。悠，感思。哉，語氣詞，相當於"啊"。輾轉、反側，皆是反覆之意。

點評 思美人啊思美人，翻來覆去睡不着。這是寫一位男子思念心上人而夜不能寐的情形，非常生動。

玉戶簾中捲不去，搗衣砧上拂還來。

註釋 出自唐・張若虛《春江花月夜》。砧，搗衣石。

點評 此寫女子對情人的深切思念之情，以及憂思難以拂去的痛苦。為了表現這種思念之情所帶來的痛苦，詩人有意將思婦之思念通過擬人修辭法予以實寫，說想念的愁思簾捲不去，附在搗衣石上拂不掉。由此，強烈地凸顯出女子的愁思之深。

欲得周郎顧，時時誤拂弦。

註釋 出自唐・李端《聽箏》。周郎，三國時代的周瑜，周瑜精於音樂，此以之代指女子所心儀的知音情人。顧，回頭看。拂，彈。

點評 此寫女子心念意中情人而時時彈錯琴弦。

欲寄彩箋兼尺素，山長水闊知何處？

註釋 出自宋・晏殊《蝶戀花》詞。箋，精美的紙張，題詩或寫字用。兼，又。尺素，指書信。

點評 想給情人寄首詩、傳封信，以表達自己的相思之情，可是，山高水闊，不知如何寄？此乃寫女子思念情人、傳書達情而不得的苦情。

願得一心人，白頭不相離。

註釋 出自《漢樂府・白頭吟》。願，希望。

點評 這是卓文君對風流的丈夫司馬相如的期望，也說出了天下所有女子對自己所愛的人的真摯心聲。"白頭偕老"，即源於此。

願為西南風，長逝入君懷。

註釋 出自三國・魏・曹植《七哀》。願，希望。逝，去、離去。長逝，遠赴。君，對他人的尊稱，此乃妻子對丈夫的稱謂。

點評 此寫妻子與丈夫久別，盼而不歸，乃希望化為西南風，遠赴投入丈夫懷抱之中，表現了其對丈夫的深切思念之情。

願為連根同死之秋草，不作飛空之落花。

註釋 出自唐・李白《代寄情楚詞體》。願，希望。

點評 此以秋草與落花的形象正反對比，表達了情人間生死不棄的真摯之情。

願郎千萬壽，長作主人翁。

註釋 出自唐・劉禹錫《紇那曲二首》。願，希望。主人翁，指主人、丈夫。

點評 希望情郎長命百歲，永遠作自己的丈夫。此乃抒發女子希望愛情永在的心聲。“千萬壽”，是誇張修辭法，意為“長久”、“永遠”。這是對情人的祝福，也是對愛情永久的祈求。

願天下有情的都成了眷屬。

註釋 出自元・王實甫《西廂記》第五本第四折。願，希望。眷屬，親屬，即結成夫婦。

點評 此乃對天下有情人的祝福之語，體現了一種成人之美的高尚道德情懷。

在天願為比翼鳥，在地願為連理枝。

註釋 出自唐・白居易《長恨歌》。

點評 這是《長恨歌》所寫唐玄宗（李隆基）與楊貴妃（楊玉環）生死不渝的愛情誓言，表達了李楊之愛的真摯。唐玄宗荒淫誤國，自然遭世人詬病，但他與楊貴妃真摯相愛，則是令世人感動的。因為帝王多是薄情人。以“比翼鳥”、“連理枝”形容生死不渝的愛戀之情，表意形象生動，給人的印象也特別深。後世常用此表達夫妻深厚感情與融洽關係，男女相愛也喜歡引此表明心跡。

執子之手，與子偕老。

註釋 出自先秦《詩經・邶風・擊鼓》。執，握。子，您。偕，共同，一起。

點評 握着您的手，白頭走到老。這是愛情誓言，也是中國人自古以來所追求的理想婚姻境界。

只願君心似我心，定不負相思意。

註釋 出自宋・李之儀《卜算子》詞。

點評 此寫女子渴望男子堅心愛己的殷切之情。前句在表達希望的同時，也通過“君心”與“我心”的對比，突出強調了女子自己的深情。

中心藏之，何日忘之？

註釋 出自先秦《詩經・小雅・隰原》。中心，即心中。

點評 心中既然愛着他，何日能夠將他忘？這是兩千多年前，一位女子的愛情獨白，質樸自然，真摯坦率，至今傳為愛之名言。

昨夜西風凋碧樹，獨上高樓，望盡天涯路。

註釋 出自宋・晏殊《鵲踏枝》詞。西風，秋風。

點評 此寫女子思念情人的深切苦痛情感。第一句經由聽覺形象（秋風吹落葉），不着痕跡地寫出了女主人公一夜無眠的痛苦情狀。第二三句通過寫女子登樓望遠的視覺形象，淋漓盡致地再現了女子對意中人的無限思念之情。其所表現的聽而有聲、望而不見的意境，雖然有些淒涼，但格調卻顯得悲壯而不纖弱。所寫雖是離情別緒的痛苦，卻一掃宋代婉約派詞作的纖弱氣息。所表現的意境也相當闊大遼遠，特別是"望盡"一詞，尤能見出這種氣勢。王國維在《人間詞話》中將其比喻為古今成大學問大事業者必經的三種境界中的第一種（也是最初）境界。

眾裏尋他千百度，驀然回首，那人卻在，燈火闌珊處。

註釋 出自宋・辛棄疾《青玉案》詞。驀然，忽然。闌珊，零落。

點評 此寫一個男子在上元燈節（正月十五）賞燈時於人群之中追尋意中人的心路歷程。第一句寫尋尋覓覓而不得的苦悶，後三句寫無意間驚鴻一瞥而發現意中人的驚喜之情。這一憂一喜的細節描寫，讀之讓人猶如親歷其境。王國維《人間詞話》曾將此句所寫內容比喻為古今成大事業大學問者所必經的三種境界中的最後（也是最高）一種境界。

斥惡揚善

北來風俗猶存古，南渡衣冠不及前。

註釋 出自元・趙孟頫《聞搗衣》。衣冠，指貴族、士大夫。

點評 此言中原地區雖然長期被異族統治（金、元），但還保存着漢族純樸的風俗習慣；相反，南渡的漢族士大夫階層反而丟了原來的中原風俗。其意是諷刺南渡的士大夫、權貴忘祖忘本。

蟬翼為重，千鈞為輕；黃鐘毀棄，瓦釜雷鳴。

註釋 出自先秦《楚辭・卜居》。蟬翼，蟬透明的翅膀，喻指最輕的東西。千鈞，喻指最重的東西。古制三十斤為一鈞。黃鐘，古樂中十二律之一，是最響最宏大的聲調。這裏指聲調合於黃鐘律的大鐘。瓦釜，陶製的鍋。這裏喻指最低鄙原始的音樂。

點評 薄薄蟬翼反為重，千鈞之物反為輕；黃鐘大呂被毀棄，瓦缶破鍋雷樣響。這是屈原對是非顛倒、黑白不分、小人得志、君子被棄的黑暗現實的強烈譴責之語，也是他懷才不遇的內心獨白。讀之讓人為之悲傷不已。

出師一表真名世，千載誰堪伯仲間？

註釋 出自宋・陸游《書憤》。出師一表，指諸葛亮出師北伐曹魏時寫給後主劉禪的《出師表》。名世，傳名於世。堪，可以、能夠。伯仲，兄弟中長者為伯，次為仲。此指稱兄道弟，即相提並論。

點評《出師表》真可謂是傳世久遠的傑作，千百年來誰也無法與之相提並論。此言明裏是讚說《出師表》寫得好，暗則歌頌諸葛亮的北伐偉業。

丹青不知老將至，富貴於我如浮雲。

註釋 出自唐・杜甫《丹青引贈曹將軍霸》。丹青，指繪畫。我，此指曹霸。

點評 此乃歌頌將軍曹霸醉心於繪畫而不知老之將至的執着精神與淡泊名利的人格追求。

奪泥燕口，削鐵針頭，刮金佛面細搜求，無中覓有。

註釋 出自元・無名氏《醉太平・譏食小利者》。

點評 此以誇張修辭法寫食小利者的貪婪之性，形象而尖刻，刺之可謂入木三分矣。

飛鳥盡，良弓藏；狡兔死，走狗烹。

註釋 出自漢・司馬遷《史記・越王勾踐世家》引古語。

點評 飛鳥獵盡，良弓就藏起不用；狡兔獵盡，獵犬就被烹吃。此語乃是比喻封建帝王過河拆橋的本性：在江山坐定、國家危難過後就開始誅殺有功之臣。

功略蓋天地，名飛青雲上。

註釋 出自唐・李白《贈張相鎬二首》。

點評 此乃歌頌朋友功績聲望之語。"蓋天地"、"青雲上"，都是誇張之辭，意在凸顯其功略、名聲之大。

見客但傾酒，為官不愛錢。

註釋 出自唐・李白《贈崔秋浦三首》。但，只。

點評 前句贊崔秋浦為人的熱情好客，後句頌崔秋浦為官的清正廉潔。

江上正好看明月，卻抱琵琶過別船。

註釋 出自明・李東陽《麓堂詩話》引元人詩句。

點評 此乃以江上看月與抱琴過船為喻，婉轉而有力地諷刺了趙孟頫在南宋亡國之後不肯遁隱江湖而是屈節仕元的行為。因為在漢族士大夫看來，前朝覆滅，大臣另投新朝之主，已是不可寬恕的變節行為。而要出仕入主中原的異族政權，那就更是不可饒恕了。可是，趙孟頫作為宋太祖十一世孫，卻在自家江山被元人奪去後還屈節仕元，從兵部郎中做到了翰林學士承旨榮祿大夫，這在漢族士大夫看來，簡直是該殺的敗類了。

江湖多白鳥，天地有青蠅。

註釋 出自唐・杜甫《寄峽州劉伯華使君四十韻》。白鳥，此喻指高潔的隱士。青蠅，此喻指讒佞小人。

點評 此以比喻修辭法，説明世上有高潔之士，也有讒佞小人。

苛政猛如虎也。

註釋 出自先秦《禮記・檀弓下》載孔子語。苛政，苛刻的政策。也，句末語氣助詞。

點評 苛刻殘酷的統治政策是比猛虎還要厲害的。孔子以虎比喻苛政的殘酷性，意在提醒統治者應該對人民實行仁政。

亂條猶未變初黃，倚得東風勢便狂。解把飛花蒙日月，不知天地有清霜。

註釋 出自宋・曾鞏《詠柳》。

點評 此乃借楊柳得春風之助而枝條濃綠、柳絮滿天飛的形象，比喻小人得勢，不可一世，完全不知日後還會受到懲罰的張狂之態。“蒙日月”，是借柳絮漫天舞比喻小人一手遮天的張狂之態；“清霜”，是借秋天霜打柳葉枯比喻小人將來會受到正義的嚴厲處罰。

靡不有初，鮮克有終。

註釋 出自先秦《詩經・大雅・蕩》。靡，沒有、無。鮮，少。克，能。

點評 開始做好並不難，有始有終卻很難。這話雖是批評周厲王之語，卻道出了人性普遍的弱點：開始認真，後來馬虎。也就是今天所説的“虎頭蛇尾”。

莫言炙手手可熱，須臾火盡灰亦滅。

註釋 出自唐・崔顥《長安道》。莫言，不要説。炙，烤。須臾，一會兒。

點評 此言惡勢力可以囂張一時，但很快就會灰飛煙滅，不會長久。

南渡君臣輕社稷，中原父老望旌旗。

註釋 出自元·趙孟頫《岳鄂王墓》。社稷，國家。旌旗，此代指南宋北伐的軍隊。

點評 此乃批評南宋統治者只知苟且偷安而不思進取，全然忘記了中原百姓在異族統治下的苦難。

難將一人手，掩得天下目。

註釋 出自唐·曹鄴《讀李斯傳》。

點評 此言一個人的權力再大，手腕再怎麼了不得，也終究難以一手遮天的。

翩然一隻雲中鶴，飛去飛來宰相衙。

註釋 出自清·蔣士銓《臨江夢·隱奸》。

點評 這是諷刺那些假隱士身在山林而心在朝堂的虛偽人格。"雲中鶴"是比喻假隱士，"宰相衙"，是指代權貴之門。

巧言如簧，顏之厚矣。

註釋 出自先秦《詩經·小雅·巧言》。簧，笙類樂器的簧片(即發聲器)。顏，臉皮。矣，句末語氣助詞。

點評 花言巧語如鼓簧，無恥厚顏。這是痛斥搖唇鼓舌、讒言誤國、厚顏無恥的小人之語，也是憂讒畏謗的痛切之語。後世"巧舌如簧"、"厚顏無恥"兩個成語，即源於此。

罄南山之竹，書罪無窮；決東海之波，流惡難盡。

註釋 出自《舊唐書·李密傳》。罄，盡。書，寫。

點評 伐盡南山之竹，也寫不盡其罪惡（古代刻字於竹簡之上）；決開東海之水，也流不盡其罪惡。此以誇張修辭法，極言某人罪惡之深重。成語"罄竹難書"，即源於此。

青蠅一相點，白璧遂成冤。

註釋 出自唐·陳子昂《宴胡楚真禁所》。青蠅，蒼蠅中的一種。遂，就。

點評 此以“青蠅”比奸佞小人，以“白璧”比正人君子，説明好人含冤受屈多緣於小人好進讒言。

群居終日，言不及義，好行小慧，難矣哉！

註釋 出自先秦《論語・衛靈公》載孔子語。群居，聚在一起。及，説到。小慧，小聰明。矣、哉，句末語氣助詞，表示感歎。

點評 整天聚在一起，但沒有一句話説得與“義”沾邊，而且喜歡耍小聰明，這種人想要有成就，難啊！這是孔子對那些心中沒有“義”、整天閒散無所事事，而又自作聰明的小人的嚴厲批評。

人中有呂布，馬中有赤兔。

註釋 出自晉・陳壽《三國志・魏書・呂布傳》裴松之註引《曹瞞傳》。呂布，漢末名將。赤兔，呂布所騎的駿馬。

點評 東漢末年天下大亂，群雄並起。呂布雖反覆無常，先依丁原而殺之，後投董卓而誅之，品德實在不堪。但是，就其英勇善戰這一點，當時確實是天下無敵，堪稱人中之龍。而他跨下的戰馬赤兔馬則是當時天下少有的千里馬。此以呂布與赤兔馬並舉，意在強調呂布與赤兔馬是寶刀英雄相得益彰。

肉食者鄙，未能遠謀。

註釋 出自先秦《左傳・莊公十年》載曹劌語。肉食者，吃肉的人，指代當權者。鄙，淺陋、庸俗。

點評 當權者大多庸俗淺陋，沒有長遠眼光。這是曹劌對那些尸位素餐的統治者的評價。

三寸之舌，強於百萬之師。

註釋 出自漢・司馬遷《史記・平原君虞卿列傳》。

點評 此言是讚頌戰國時代趙國平原君門客毛遂出使楚國，憑其雄辨之才説服楚王的功績。後代用以形容一個人能説會道、具有妙語生花的口才。

三年清知府，十萬雪花銀。

註釋 出自清・吳敬梓《儒林外史》第八回。清，清廉。

點評 做三年清廉的知府還能積聚十萬雪花銀，那麼不清廉的知府，又將如何呢？此乃揭露清朝官場貪污腐敗的現實。

山外青山樓外樓，西湖歌舞幾時休？暖風熏得遊人醉，直把杭州作汴州。

註釋 出自宋・林升《題臨安邸》。杭州，南宋時稱臨安，是南宋首都。汴州，指今河南開封，北宋時稱為汴梁，為北宋首都。暖風，指春風。

點評 前三句是寫景敍事，言杭州作為南宋都城的繁華之狀：青山隱隱、樓台林立，西湖萬頃波、歌舞夜繼日，春風拂面來、春光醉遊人。後一句是議論，以"杭州"與"汴州"並舉，突破詩歌對仗避重字的格律要求慣例，有意讓字面上有二"州"重現（正常應稱北宋都城為汴梁），讓看似近似而實際大不相同的"杭州"與"汴州"形成對比，從而婉轉地提醒南宋統治者：這裏不是大宋故都汴梁，而是臨安，要想真正地實現天下安寧的局面，就應該振作起來，奮發有為，恢復中原故土，還都汴梁，而不可一味躲在東南一隅偏安享樂。其中的諷刺意味盡在其中矣。

身在江海之上，心居乎魏闕之下。

註釋 出自先秦《莊子・讓王》。魏闕，代指朝廷。乎，於。

點評 此乃指斥那些假隱士身在江湖而心在朝廷，表面曠達超脫，實則難忘榮華富貴的虛偽本質。

始作俑者，其無後乎！

註釋 出自先秦《孟子・梁惠王上》引孔子語。俑，古代殉葬用的木偶或陶人。者，（的）人。其，表示推測的語氣助詞。無後，沒有後代。乎，吧。

點評 第一個用木偶或陶人殉葬的人，大概是要斷子絕孫的吧。這是孔子對發明木偶或陶人用以殉葬者的咒詛之語，既體現了他的"民本”思想，也與他所倡導的“仁義”理念相一致，是值得肯定的。成語“始作俑者”，即源於此。其意是比喻首開惡例者。

時日曷喪，予及汝皆亡。

註釋 出自先秦《尚書・湯誓》。時，這。日，太陽。曷，何不。喪，毀滅。予，我。及，和、同。汝，你。

點評 你這個太陽為甚麼不毀滅？如果你毀滅，我願與你一同毀滅。此話是夏朝末年人們將太陽比暴君夏桀而對他進行詛咒之語，反映了當時的民心向背。

時無英雄，使豎子成名。

註釋 出自《晉書・阮籍傳》。豎子，罵人語，意謂小子。

點評 此乃阮籍觀楚漢相爭處而發的感歎。其意是說，劉邦能夠僥倖成功，那是因為當時沒有真正的英雄人物。

十四萬人同解甲，更無一個是男兒。

註釋 出自五代後蜀・花蕊夫人《述國亡詩》。解甲，指投降。

點評 此言後蜀君臣將士沒有一個有男人氣，敵軍兵臨城下，竟然不戰而降，還不如一個有骨氣的女子。這是對後蜀君臣將士的斥責諷刺之語。詩的前二句是“君王城頭豎降旗，妾在深宮那得知。”於此，可見詩人的悲痛感。

順我者生，逆我者亡。

註釋 出自明・羅貫中《三國演義》第三回。

點評 此乃漢末大奸董卓之語。後代多用以形容獨斷、霸道、殘酷而不容異己的獨裁者的行事作風。

司馬昭之心，路人皆知也。

註釋 出自晉・陳壽《三國志・魏書・三少帝紀》裴松之註引《漢晉春秋》。

點評 這是魏帝曹髦（即高貴鄉公）對司馬昭專權且欲取魏篡位的野心的痛斥之辭。後世引申之，比喻人所共知的陰謀或野心。

天下英雄誰敵手？曹劉。生子當如孫仲謀。

註釋 出自宋・辛棄疾《南鄉子》詞。曹劉，指曹操、劉備。孫仲謀，即孫權。

點評 此言漢末天下能夠稱得上棋逢對手的英雄，只有曹操、劉備、孫權三人而已。因為三人中以孫權年紀最小，屬於晚輩，故特別推崇孫權。認為人生在世，當以有像孫權這樣雄才大略的兒子才是大幸。

慟哭六軍俱縞素，衝冠一怒為紅顏。

註釋 出自清・吳偉業《圓圓曲》。慟，痛哭。縞，白絹。素，沒有染色的絲綢。紅顏，指陳圓圓，明末清初名妓。

點評 前句寫吳三桂率大軍披麻帶孝、大哭着奔向北京，讀之立即讓人覺得吳三桂是個忠臣義士，他起兵往北京是要消滅李自成農民軍，為被逼上吊自殺的崇禎皇帝報仇。但後句寫到吳三桂衝冠一怒、如此興師動眾地向北京進發的原因是為了一個女子，而且還是妓女身份的陳圓圓（陳是吳的愛妾，北京城破，被李自成大將劉宗敏所霸佔）。兩句的對比，一切的諷意盡在其中矣。

望之不似人君，就之而不見所畏焉。

註釋 出自先秦《孟子・梁惠王上》。之，指示代詞，他。就，接近。畏，敬畏。焉，語氣助詞。

點評 遠遠望去，沒有君王的樣子；走近他，也不見他有讓人敬畏的君王威儀。這是孟子評價梁襄王之語。後世引此語，多是批評一個人沒有做領導、為人表率的氣質與風範。

無波古井水，有節秋竹竿。

註釋 出自唐・白居易《贈元稹》。

點評 這是白居易歌頌元稹人格節操的句子。前句說元稹心如古井之水，微波不起。這是以比喻修辭法寫元稹淡泊名利的人格追求。後句說元稹的節操就像是秋風中挺立的竹子，葉可落而節不變。這是比喻修辭法，並在比喻中套有“雙關”（“節”表面指竹節，暗裏指人的節操），形象生動地凸顯出元稹的獨立不屈的節操。

息陰無惡木，飲水必清源。

註釋 出自唐·王維《濟上四賢詠·鄭霍二山人》。息陰，在樹蔭下歇息。必，一定。

點評 不在不好的樹木之蔭下歇息，飲水一定要找清澈潔淨的水源。此以歇蔭、飲水為喻，讚揚鄭霍二山人潔身自好、清厲高尚的人格情操。

新松恨不高千尺，惡竹應須斬萬竿。

註釋 出自唐·杜甫《將赴成都草堂途中有作先寄嚴鄭公五首》。

點評 此以"新松"、"惡竹"分別比喻君子與小人，以望松高千尺、願斬萬竹之辭，表達了詩人希望懲惡揚善的願望。

一人升天，仙及雞犬。

註釋 出自清·蒲松齡《聊齋誌異·促織》。飛升，指成仙。及，連及、連帶到。

點評 一人成仙，連及雞犬也成了仙，此言以此作比，諷刺現實社會中一人做官，惠及全家乃至親友僮仆的腐敗現象。

一旦在位，鮮冠利劍；一歲典職，田宅並兼。

註釋 出自漢·王充《論衡·程材篇》。鮮冠，華麗的帽子。典職，掌權。

點評 一旦謀得了權位，就頭戴華冠、身佩利劍；一朝掌權，就良田美宅都要佔有。這是對當權者的奢侈、貪婪本質的揭露與批判。

一行書不讀，身封萬戶侯。

註釋 出自唐·聶夷中《公子行二首》之二。萬户侯，食邑萬户的侯爵。

點評 此乃抒發對不合理的封建門第制度的憤怒之情，同時也表達了自己懷才不遇的怨苦之情。

一登龍門，則聲譽十倍。

註釋 出自唐·李白《與韓荊州書》。

點評 此言官場中的潛規則：得到朝中高官援引就可飛黃騰達，身價十倍。"登龍門"，喻指進入官場、做官。

義旗所指人不驚，王師到處壺漿迎。

註釋 出自元・張憲《岳鄂王歌》。壺漿迎，用水壺盛米汁迎接。王師，王者之師，此指南宋軍隊。

點評 此乃歌頌岳飛之語。前句言其治軍有方，所率軍隊紀律嚴明。後句化自《孟子・梁惠王下》"簞食壺漿，以迎王師"一句，言其所率軍隊是代表正義的王者之師，所以深受人民歡迎。

由來犬羊着冠坐廟堂，安得四鄙無豺狼？

註釋 出自宋・王安石《開元行》。由來，自古以來。犬羊，喻指小人、無能之輩。着冠，戴帽。廟堂，指朝廷。坐廟堂，做高官、掌握國家政權。安得，怎麼能。四鄙，四面邊境。豺狼，喻指兇惡的敵人。

點評 自古以來都是無能之輩或小人把持朝政，怎能不讓四邊的敵人有覬覦之心呢？此乃指斥小人、無能之輩執掌國家權力誤國誤民之語。表面說的是歷史，實際影射批評的是宋代的現實，表達了作者對國家安全的深切憂慮之情。

羽扇綸巾，談笑間，強虜灰飛煙滅。

註釋 出自宋・蘇軾《念奴嬌》詞。羽扇綸巾，搖着羽毛扇、戴着青絲頭巾，這裏指儒雅的裝扮。虜，對敵人的蔑稱。強虜，此指曹操的軍隊。

點評 此寫周瑜以火攻之計於赤壁大破曹軍的英雄業績，表達的是對周瑜年少英雄的讚賞與敬佩之情。

雲山蒼蒼，江水泱泱；先生之風，山高水長。

註釋 出自宋・范仲淹《嚴先生祠堂記》。蒼蒼，深藍色，此指遙遠蒼茫之貌。泱泱，水面廣闊之貌。先生，此指東漢名士嚴光（字子陵）。風，道德風範。

點評 嚴子陵是東漢名士，曾與東漢光武帝劉秀為遊學的同窗。劉秀稱帝後邀嚴子陵出來做官，嚴子陵堅拒不出，隱居於富春江上。此四句即是歌詠此事的。前二句寫遠山的遙遠蒼茫與江水的浩盪廣闊之貌，意在以景語與後二句的直接議論互為表裏，從而水到渠成地表達出對嚴子陵淡泊名利的高風亮節的仰慕之情。

煮豆持作羹，漉豉以為汁。萁在釜下然，豆在釜中泣。本是同根生，相煎何太急？

註釋 出自三國魏・曹植《七步詩》。羹，湯。漉，過濾。豉，萁，豆的稭稈。釜，炊具、鍋。然，同"燃"，燒。

點評 曹丕稱帝之後，為了剷除昔日政治異己、才高於自己的弟弟曹植，千方百計予以迫害。甚至要他在七步內成詩，否則就行大刑。曹植遂吟成這樣四句詩，以豆與豆稭稈的關係比兄弟關係，用煮豆燃豆稭比喻兄弟相殘，終讓曹丕慚愧不已而作罷。此詩之妙在於比喻貼切，既形象地説明了兄弟的關係與兄弟相互殘害的不義，又顯得婉轉含蓄，保全了兄弟之間的君臣關係的體面。

子系中山狼，得志便猖狂。

註釋 出自清・曹雪芹《紅樓夢》第五回。

點評 這是罵賈迎春的丈夫孫紹祖的話，説他是個忘恩負義的小人，依仗岳丈的勢力得意妄為。子系合起來便是"孫"，用的是修辭上的"析字"法，用以指代孫紹祖。中山狼，是用明人馬中錫《中山狼傳》中那隻忘恩負義的狼的典故，指代忘恩負義者。這話雖是罵人，但由於運用了"析字"與"用典"修辭法，表意相當婉轉。

自古聖賢多薄命，奸雄惡少皆封侯。

註釋 出自唐・杜甫《錦樹行》。

點評 此乃揭露批判賢士落魄、奸人得勢的不合理的社會現實。

總為浮雲能蔽日，長安不見使人愁。

註釋 出自唐・李白《登金陵鳳凰台》。

點評 此以"浮雲"比奸佞小人，以"日"比皇帝，批評皇帝被小人包圍而不重用自己，從而使自己失去了報國效力的機會。

得意快樂

白日放歌須縱酒，青春作伴好還鄉。

註釋 出自唐・杜甫《聞官軍收河南河北》。青春，指春天。

點評 此寫詩人聽説平定“安史之亂”喜訊後的欣喜之狀：放聲高歌、縱酒抒懷、收拾行裝、準備歸鄉。

半世總為天外客，一家今是故鄉人。

註釋 出自清・許潤《自嶺南奉老母挈家旋閩》。

點評 此寫久在遠鄉而終得全家團圓的喜悦之情。“半世”，言時間之長。“天外客”，言離家之遠。二者皆是誇張，意在強調離家之久、之遠的痛苦之情。

柴門鳥雀噪，歸客千里至。

註釋 出自唐・杜甫《羌村三首》之一。柴門，指貧寒之家。歸客，指詩人自己。

點評 此寫戰亂後千里而歸的喜悦之情。前句寫景，後句敍事。前句寫鳥雀有情報喜於柴門之家，意在鋪墊，從而凸顯詩人戰亂後千里歸家的無比喜悦之情。

乘興而行，興盡而返。

註釋 出自南朝宋・劉義慶《世説新語・任誕》。

點評 興致來了就去訪朋友，興致沒了就回來。這是晉人王子猷（即王徽之，王羲之第五子）隨興做人的風流。《世説新語》記其事曰：“王子猷居山陰，夜大雪，…忽憶戴安道，時戴在剡。即便夜乘小船就之，經宿方至，造門不前而返。人問其故，王曰：‘吾本乘興而行，興盡而返，何必見戴？’”

春風得意馬蹄疾，一日看盡長安花。

註釋 出自唐・孟郊《登科後》。唐代進士考試在秋季，春天放榜，進士及第者可策馬長安道上。

點評 唐代是中國封建社會的鼎盛時代，讀書人多抱有一種“致君堯舜上”、“治國平天下”的宏願大志。但是，要想實現人生的理想，只有一條晉身之道：科舉考試，進士及第。“朝為田舍郎，暮登天子堂”，就是唐代士子通過科舉考試而進士及第後的真實寫照。作者孟郊寒窗苦讀數十載，四十三歲方才進士及第，遙想着從此可以風雲際會、龍騰虎躍一番，人生的華章即將翻開，其欣喜之情自可想見。“春風”、“花”、“長安”、“馬”四個意象，喜悅之情、前程之景，一切都在其中矣。兩句十四字，不僅寫盡了中國古代無數讀書人科舉及第的喜悅之情，也為漢語創下了兩個最有名的成語：“春風得意”、“走馬觀花”。

大隧之中，其樂也融融；大隧之外，其樂也泄泄。

註釋 出自先秦《左傳・隱公元年》。隧，地道。也，句中語氣助詞，幫助停頓。融融，融恰的樣子。泄泄，快樂之貌。

點評 此寫母子重歸於好的快樂之情。鄭莊公之母因生莊公時難產，遂從此不喜歡這個兒子，而偏愛小兒子共叔段。後來，甚至幫助小兒子段發動政變，企圖推翻鄭莊公而取代之。事敗後，鄭莊公翦除了共叔段，並將其母發配到邊遠之地，並設下毒誓：“不及黃泉，無相見也”。後來，莊公見大臣穎考叔孝母之心深受感動，遂有悔恨當初逐母之意。但是，又難於從當初的誓言中解脫出來。於是，穎考叔就想了個偷換概念的主意，讓莊公挖了個地道，母子在地道中見面後便重歸於好了。這兩句話就是寫經歷風波後而重歸於好的母子快樂之情。

富貴不為至樂，功名非有甚難。樂莫樂於還故鄉，難莫難於全大節。

註釋 出自宋・蘇軾《賀趙大資致仕啟》。至，最。全大節，保全氣節。

點評 此言人生最大的快樂不是升官發財，最大的成功不是金榜題名；最快樂的是葉落歸根、回到故鄉，最成功的是保全人格不受玷污。

俯仰終宇宙，不樂復何如。

註釋 出自晉·陶淵明《讀山海經十三首》。

點評 此言俯仰天地之間，融於大自然之中便是人生的最大快樂。

花迎喜氣皆知笑，鳥識歡心亦解歌。

註釋 出自唐·王維《既蒙宥罪旋復拜官伏感聖恩竊書鄙意兼奉簡新除使君等諸公》。亦，也。

點評 此以擬人修辭法，將花、鳥人格化，使其帶有人的生命情態（"花迎喜氣"、"知笑"，"鳥識歡心"、"解歌"），借物寫人，表達了詩人蒙恩宥罪後的意外驚喜之情。

歡娛嫌夜短，寂寞恨更長。

註釋 出自明·施耐庵《水滸傳》第二十一回。

點評 此言在不同情感狀態下，人對時間的感受是不一樣的：歡樂時嫌時間過得太快，寂寞時會覺得時間特別漫長。其實，時間消逝的快慢是一樣的，只是人的感覺會有偏差。

黃雞紫蟹堪攜酒，紅樹青山好放船。

註釋 出自清·吳偉業《追敍舊約》。堪，能、可。

點評 此乃追憶昔日縱情山水、對酒當歌的歡樂時光。

今宵剩把銀釭照，猶恐相逢是夢中。

註釋 出自宋·晏幾道《鷓鴣天》詞。銀釭，指燈。猶，還。

點評 此寫男女久別重逢的驚喜之情：相見以為是夢，非得用燈照照對方才相信。這種似信而疑的心理描寫，將二人重逢的欣喜之情栩栩如生地展露出來。

久在樊籠裏，復得返自然。

註釋 出自晉·陶淵明《歸田園居五首》其一。樊籠，牢籠。復得，又能。

點評 詩人將自己誤入官場比作鳥入樊籠，表達的是對宦海生涯的厭惡之情，以此襯托去官返鄉的快樂之情。

久旱逢甘雨，他鄉遇故知，洞房花燭夜，金榜題名時。

註釋 出自宋・汪洙《喜》。

點評 此言人生的四大快事：久旱得雨、他鄉遇友、喜結良緣、事業成功。

臨清風，對朗月，登山泛水，肆意酣歌。

註釋 出自《南史・梁宗室蕭恭傳》。

點評 此寫詠風弄月、縱情山水、放歌飲酒的人生快樂。

臨溪而漁，溪深而魚肥。釀泉為酒，泉香而酒洌。

註釋 出自宋・歐陽修《醉翁亭記》。洌，清純。

點評 此寫臨溪垂釣、釀泉為酒的情趣與快樂之情。

卻看妻子愁何在，漫捲詩書喜欲狂。

註釋 出自唐・杜甫《聞官軍收河南河北》。卻看，回頭看。妻子，妻兒。漫，隨意。

點評 此寫詩人聽説平定“安史之亂”喜訊後的欣喜之狀：回頭看妻子、隨手捲詩書。一“看”一“捲”，妻子的愁容盡消，詩人的狂喜畢現。

群賢畢至，少長咸集。

註釋 出自晉・王羲之《蘭亭集序》。畢，都。咸，都。

點評 高朋滿座、賢士如雲、各路英才、老少到齊、以文會友、其樂融融。此寫文人雅集的快樂之情。

山水之樂，得之心而寓之酒也。

註釋 出自宋・歐陽修《醉翁亭記》。寓，寄託。也，句末語氣助詞。

點評 此言遊於山水之間，心有所喜，意有所得，就會借酒而寄託其情。

山寺歸來聞好語，野花啼鳥亦欣然。

註釋 出自宋·蘇軾《歸宜興題竹西寺》。聞好語，指路上聽人稱讚繼位新君宋哲宗之事。

點評 此寫明君繼位、國家有望的欣喜之情。這種心情的表達，詩人不是直抒其意，而是通過擬人修辭法，將"野花"、"啼鳥"人格化，使其帶有人的生命情態（"欣然"），從而借物寫人，婉轉地表達出詩人的欣悦之情。

仕宦而至將相，富貴而歸故鄉。

註釋 出自宋·歐陽修《相州晝錦堂記》。仕宦，做官。

點評 此寫人生的兩大快樂：做官則出將入相，富貴則衣錦還鄉。

天下之樂無窮，而以適意為悦。

註釋 出自宋·蘇轍《武昌九曲亭記》。

點評 此言人生最大的快樂是"適意"，即符合自己的意願，心有所想，意有所得，才是快樂的最高境界。

舞低楊柳樓心月，歌盡桃花扇底風。

註釋 出自宋·晏幾道《鷓鴣天》詞。

點評 此寫通宵歌舞的快樂。前句是説跳舞跳到月落天明之時，後句是説唱歌唱到精疲力竭為止（伴舞的舞女持扇太累都扇不出風了）。

雁引愁心去，山銜好月來。

註釋 出自唐·李白《與夏十二登岳陽樓》。

點評 此詩作於詩人流放夜郎遇赦途中所作，寫的是自己聞赦的喜悦之情。但是，詩人沒有直寫這種喜悦之情，而是運用擬人修辭法，將雁、山人格化，説雁善解人意，將自己的憂愁帶走了，山將自己喜愛的皎皎之月送來。動詞"引"與"銜"的運用，不僅充滿人性，而且動感無限。

雲淡風輕近午天，傍花隨柳過前川。時人不識余心樂，將謂偷閒學少年。

註釋 出自宋・程顥《春日偶成》。余，我。將謂，以為。

點評 此寫春天到來的喜悅之情。雖然沒有甚麼文字技巧，但卻以最直白自然的語言道出了人類“喜春”的共同情感體驗，說出了“人人心中有，個個筆下無”的春日歡樂之情。

舟搖搖以輕颺，風飄飄而吹衣。

註釋 出自晉・陶淵明《歸去來兮辭》。以，而。颺，飛揚。

點評 此寫詩人辭官歸鄉的輕鬆心情。“搖搖”、“飄飄”兩個疊字的運用，前者寫小舟輕蕩、划行極快的情貌，突出表現的是詩人歸心似箭的心情；後者寫衣袂飄動之狀，表面凸顯的是風輕，實際要表現的是詩人的心輕，即一種脫離官場樊籠後的輕鬆心情。

生活·人生

衣食住行

春水碧於天，畫船聽雨眠。

註釋 出自五代前蜀・韋莊《菩薩蠻》詞。

點評 細雨濛濛、碧水如天，泛畫舟於碧水之上，臥聽細雨敲打船篷之聲。前句寫春水之色，後句寫雨打船篷之聲，將春日泛舟聽雨的雅趣有聲有色地表現出來，令人為之神往不已。

春雨斷橋人不度，小舟撐出柳陰來。

註釋 出自宋・徐俯《春遊湖》。

點評 前句寫人而不見人，後句不寫人卻人在其中。由此，將春日遊湖的情趣通過情景的互動表現出來。

大舸中流下，青山兩岸移。

註釋 出自元・揭傒斯《歸舟》。舸，船。

點評 此寫江中行舟的景象。前句以"下"字暗示船是順水而行；後句以"移"字，既暗寓了船行速度之快，又蘊含了歸舟心情愉快之意。前後兩句配合，遂將中流順水放舟、移步換景的喜悅之情展露得淋漓盡致。

但操大柄掌在手，覆盡東南西北行。

註釋 出自元・薩都剌《雨傘》。但，只。操，握。

點評 此言只要握住傘柄，就可遮風擋雪而四處自由走動。意在讚揚傘給人出行所提供的方便。它明裏說傘與操傘之人，暗裏是諷刺元末操弄權柄的張士誠、方國珍之輩和他們所延攬的許多無用文人。"傘"比喻掌握權柄的張士誠、方國珍之流，操傘之人比喻依附張、方等人的一批無用文人與得志小人。"覆盡東南西北行"，是比喻借張、方之輩庇護的小人橫行不法的行為。

二十四橋千步柳，春風十里上珠簾。

註釋 出自宋・韓琦《維揚好》。

點評 此寫揚州二十四橋夾道楊柳、十里長街珠光寶氣的繁華景象。“千步柳”、“春風十里”，都是誇張修辭法，意在凸顯揚州都市的繁華。

浮萍破處見山影，小艇歸時聞草聲。

註釋 出自宋・張先《題西溪無相院詩》。

點評 舟行過處，浮萍為之撥開，水中現出周圍群山的倒影；小船歸來，碰擦水草瑟瑟有聲。前句寫水光山色，後句寫舟行觸草之聲，寫景敘事可謂有聲有色。

姑蘇城外短長橋，煙雨空濛又晚潮。

註釋 出自元・倪瓚《煙雨中過石湖三絕》其二。

點評 此寫蘇州城外晚潮帶雨、橋樑縱橫、煙雨空濛的景象。所寫意境類似於唐人韋應物的名句“春潮帶雨晚來急，野渡無人舟自橫”(《滁州西澗》)。

慣是湖邊住，舟輕不畏風。

註釋 出自唐・儲光羲《江南曲四首》。

點評 此言在湖邊住慣了，即使駕馭小船也不怕被風吹翻。強調的是環境造就人的道理。

芰荷覆水船難進，歌舞留人月易低。

註釋 出自唐・儲光羲《同武平一員外遊湖五首時武貶金壇令》。芰荷，出水的荷花。月易低，月亮很快向西沉，喻指時間過得很快。

點評 此寫遊湖看荷與觀賞歌舞的快樂心情。“船難進”，言荷葉極盛極密；“月易低”，言時間過得極快，暗點出歌舞的怡人。

雞聲茅店月，人跡板橋霜。

註釋 出自唐・温庭筠《商山早行》。

點評 此二句寫山中早行人的道路艱辛與羈旅愁思，但卻表面“不着一字”，只用“雞聲”、“茅店”、“月”、“人跡”、“板橋”、“霜”等兩個單字與四組偏正結構的雙音節詞構成的名詞來表現，以電影“蒙太奇”的手法，構成了一幅“商山早行圖”，給人以無限的想象與回味的空間。明人李東陽《懷麓堂詩話》評論說：“‘雞聲茅店月，人跡板橋霜’，人但知其能道羈愁野況於言表之外，不知二句中不用一二閒字，止提掇出緊關物色字樣，而音韻鏗鏘，意象具足，始為難得。”

開門半山月，立馬一庭霜。

註釋 出自元・方夔《早行》。

點評 此寫旅途早行的辛苦之狀：出發時月在半山、住宿時霜降庭中。“半山月”與“一庭霜”，雖皆是寫景敘事，但所寓“辛苦”之意盡在其中矣。

樂飲過三爵，緩帶傾庶羞。

註釋 出自三國・魏・曹植《箜篌引》。飲過三爵，即酒過三巡。緩帶，放鬆腰帶，此指放開肚皮吃。羞，同“饈”，美味的食品。庶，眾。傾庶羞，指將席面上的佳餚美味一掃而光。

點評 此寫縱情飲宴的快樂之情，不禁讓人頓起大快朵頤的食慾。

馬危千仞谷，舟險萬重灣。

註釋 出自唐・沈佺期《入鬼門關》。仞，古代的長度單位，古代以七尺或八尺為一仞。

點評 就像馬行在千仞之上的山谷間，又像是船行於萬道彎道的灘口一樣。此以比喻與誇張修辭法，寫出了行走於鬼門關的感受。“千仞”與“萬重”，都是誇張之辭，意在凸顯鬼門關的險峻之狀。

年年送客橫塘路，細雨垂楊繫畫船。

註釋 出自宋・范成大《橫塘》。

點評 此寫雨中送別的依依不捨之情。“橫塘”，在中國古代是一種送別地點的代名詞。“細雨”、“垂楊”的意象，最易令人產生依依難捨之情的聯想。“畫船”，則多與女子有關，更關涉男女之情。畫船即將出發，其送別者那種戀戀不捨之情自然可想而知。詩句以景抒情，情寓景中，不僅讓人產生聯想，更能讓人讀後有味之無窮的意趣。

盤案互交錯，坐席咸喧嘩。

註釋 出自晉・張華《輕薄篇》。盤案，指杯盤等食器。咸，都。

點評 此寫宴席的熱鬧情景。

食不厭精，膾不厭細。

註釋 出自先秦《論語・鄉黨》。食，食物。厭，嫌。精，精緻、精細。膾，切細的魚或肉。

點評 食物不嫌做得精緻，魚和肉不嫌切得細薄。這是孔子對飲食的要求。中國自古以來便是一個講究美食的國度，這也許與孔子如此講究美食的飲食觀脱不了干系。

食不語，寢不言。

註釋 出自先秦《論語・鄉黨》。食，吃飯。語，交談。寢，睡覺。言，説話。

點評 吃飯時不與人交談；睡覺時不説話。這是孔子所提出的食、寢禮儀，同時也是一種養生之道。因為吃飯時與人交談，注意力不集中，可能會被飯菜、魚肉之類噎住，有生命之憂；睡覺時説話，就會興奮而難以入眠。而不能保證充足的睡眠，久之勢必影響身體健康。

水邊春寺靜，柳下小舟藏。

註釋 出自宋・蕭梅坡《西湖雜詠》。

點評 此寫春來柳發、寺臨水邊、小舟靜藏的景象，靜謐的意境如同一幅油畫。

蜀道之難，難於上青天。

註釋 出自唐・李白《蜀道難》。

點評 此乃以誇張修辭法極言出入蜀中之道的艱難情形，讓人對出入蜀中的艱苦情狀印象非常深刻。

天清一雁遠，海闊孤帆遲。

註釋 出自唐‧李白《送張舍人之江東》。

點評 此寫秋高氣爽、孤雁遠飛、海天遼闊、孤舟遲遲的景象，以"一雁"與"孤帆"並舉，表現的是行旅之人在他鄉的孤寂之情。

晚泊孤舟古祠下，滿川風雨看潮生。

註釋 出自宋‧蘇舜欽《淮中晚泊犢頭》。

點評 此寫孤舟行旅之苦。孤舟、古祠、滿川風雨，皆是哀景，況又在夜晚潮生之時，更顯人在旅途的孤苦之感。

衣食當自紀，力耕不吾欺。

註釋 出自晉‧陶淵明《移居二首》其二。紀，經營。力耕，努力耕作。不吾欺，不欺我。

點評 衣食溫飽需要自謀，但是力耕必有收穫。雖然是寫詩人鄉居自食其力的感悟，但其中也包含了"一份耕耘一份收穫"的人生哲理。

一溪煙柳萬絲垂，無由繫得蘭舟住。

註釋 出自宋‧周紫芝《踏莎行》詞。

點評 此寫男女離別的依依不捨之情。"煙柳萬絲"，明裏是寫景，實是暗寓主人公情絲如柳、惆悵如煙之意。"蘭舟"，表面寫舟，實是寫舟中之人，即將要離去的情人。由此，以景寓情，將一對有情男女依依惜別的深情形象地表現出來。

鷁帶雲帆動，鷗和雪浪翻。

註釋 出自唐‧白居易《東樓南望八韻》。鷁，一種能高飛的水鳥，此指船頭上畫有鷁鳥的船。雲帆，指白色如雲片的帆。和，伴隨。翻，飛。

點評 船行白帆動，鷗隨白浪飛。此寫登樓所見水上行舟的情景，既有形象感，又有動感。帆如白雲，浪如白雪，船頭似鷁，是寫形象；“雲帆動”、“雪浪翻”，是寫動感。

漁舟唱晚，響窮彭蠡之濱；雁陣驚寒，聲斷衡陽之浦。

註釋 出自唐・王勃《秋日登洪府滕王閣餞別序》。響窮，響徹。彭蠡，古澤名。

點評 前句寫漁舟晚歸，漁歌之聲響徹彭蠡之濱；後句寫暮秋漸寒，北雁南飛，齊集於衡陽一帶，水邊斷斷續續傳來一陣陣驚寒的雁聲。前句寫人，後句寫雁。前句寫水中，後句寫天上。前句寫歡樂，後句寫悲涼。由此，勾勒出一幅意蘊豐富的秋日風情圖畫。

乍見遠舟如落葉，復看遙舸似行杯。

註釋 出自南朝梁・蕭繹《燕歌行》。復，又。舸，大船。行杯，就像水中漂行的杯子。

點評 此以比喻修辭法寫遙望遠舟如落葉、如行杯的情狀，強調的是一個“遠”字，同時也借寫舟小而強調在大自然面前人的渺小。

置酒高殿上，親友從我遊。中廚辦豐膳，烹羊宰肥牛。

註釋 出自三國・魏・曹植《箜篌引》。從，隨。豐膳，豐盛的膳食。

點評 此寫達官貴人家的盛筵場景。

縱一葦之所如，凌萬頃之茫然。

註釋 出自宋・蘇軾《前赤壁賦》。縱，放任。一葦，比喻船小，就像一葉蘆葦。如，到。凌，指行、漂。

點評 任憑小船隨意漂浮，盪漾於萬頃碧波之上。此寫作者月夜泛舟長江赤壁段的情狀。其飄然、悠然的形象與情趣，讀之令人神往不已。

生活情趣

春秋多佳日，登高賦新詩。

註釋 出自晉・陶淵明《移居二首》其二。賦，創作。

點評 春光明媚，秋高氣爽，心情舒暢，有感而發，登高賦詩，此乃自古文人的一大雅趣。

當軒對尊酒，四面芙蓉開。

註釋 出自唐・王維《臨湖亭》。當，對着、面對。軒，窗户或長廊。尊，同“樽”，酒杯。芙蓉，荷花。

點評 坐在臨湖亭中，對着亭中長廊，在滿眼皆荷花、四面皆荷香的氛圍中把酒臨風，怡然自樂。

釣罷歸來不繫船，江村月落正堪眠。

註釋 出自唐・司空曙《江村即事》。繫，拴。堪，能夠、可以。

點評 月落江村，垂釣才歸，不繫船、不歸家，徑直睡在船上。此寫田園生活的情調，何等的悠閒，又是何等的瀟灑。

東籬把酒黃昏後，有暗香盈袖。

註釋 出自宋・李清照《醉花陰》詞。

點評 此寫黃昏之後把酒賞菊、菊香滿袖的生活情趣。“東籬”，乃是化用晉人陶淵明《飲酒》詩“採菊東籬下，悠然見南山”之句。不僅點出了把酒賞菊的地點，而且也因化用前人之句而使詞句顯得益發優雅有深韻。

獨立小橋風滿袖，平林新月人歸後。

註釋 出自南唐・馮延巳《踏鵲枝》詞。

點評 此寫詞人迎風獨立於小橋之上放眼遠望漠漠平林，直到月上樹梢而忘歸的閒情逸致。“風滿袖”，既寫出了“風鼓衣袖滿”的生動情狀，又暗示出詞人獨立凝望時間之長。"新月人歸後"（正常語序是"新月後人歸"），是說獨立凝望時間的迄止點，也有以新月初升的形象凸顯詞人追求雅潔人格之意蘊。

放鶴去尋三島客，任人來看四時花。

註釋 出自清·袁枚題南京清涼山隨園聯語。放鶴，用的是宋人林逋的典故。據說林逋隱居臨安（今杭州）西湖孤山，種梅養鶴。每當外出有客來訪，鶴即飛來報訊。三島，指傳說中的蓬萊、方丈、瀛洲三座海上仙人所居之處。

點評 上聯寫主人不隨流俗的高雅情操，下聯寫主人廣交天下墨客雅士之願及其居所環境的優雅。由此，主人的生活情趣頓見。

非必絲與竹，山水有清音。

註釋 出自晉·左思《招隱二首》其一。絲，代指絃樂器。竹，代指管樂器。

點評 此句是說，只要有高雅之情趣，不必非有音樂不可，山水之間自有美妙的清音。強調的是個人的內在修養。

剪半嶺閒雲補衲，留一窗明月談經。

註釋 出自杭州五雲山雲棲寺聯語。衲，僧人所穿的衣服。

點評 剪閒雲補衲，留明月談經，這種大膽的想象，獨到的思維，讓人始料不及。而其間所凸顯的僧人生活的閒情逸致，更讓人歎羨不已。

檢書燒燭短，說劍引杯長。

註釋 出自唐·杜甫《夜宴左氏莊》。檢書，指讀書。燒燭短，指夜深。說劍，指談論軍事問題。引杯，舉杯。

點評 此寫讀書至夜深、把酒論劍長的雅興、豪情。

掬水月在手，弄花香滿衣。

註釋 出自唐·于良史《春山夜月》。掬，用兩手捧起。

點評 一捧水雖少，卻能映現出朗照乾坤的明月；賞花只以眼與手，衣裳裙帶都惹香。此言玩水、弄花的生活情趣及其感悟。

練衣掛石生幽夢，睡起行吟到日斜。

註釋 出自元・倪瓚《北里》。練衣，白絹做的衣服。行吟，一邊走一邊吟詩。

點評 此寫詩人嚮往的"野夫"生活情態：夢裏白衣飄飄於山林中尋幽訪勝，醒來邊走邊吟到黃昏。其所構擬的閒適生活情調，讀之不禁讓人生出無限的嚮往之情。

莫放春秋佳日過，最難風雨故人來。

註釋 出自清・孫星衍題來今雨軒聯語。

點評 前句言春秋佳日應該聚朋會友，享受人生的樂趣，莫負大好時光。後句言風雨之日若有老友來此相聚，則更見情誼無價。前句所寫即是曹操所說的"對酒當歌，人生幾何"的境界，表達的是一種及時行樂的思想。後句所寫表達的是"貧賤之交最難得"的意旨，暗合"來今雨軒"命名的來歷。(唐代詩人杜甫《秋述》詩之序"秋，杜子臥病長安旅次，多雨生魚，青苔及榻。常時車馬之客，舊，雨來；今，雨不來。"意謂以前達官貴人聽說皇上(唐玄宗) 要重任自己，無論風雨都來府上拜訪結交，而今皇上不重用自己了，他們就不來了。只有一位老友（魏姓）還在風雨中來探望自己。由此後世便以"舊雨"指代老友。成語"舊雨新知"、"舊雨新朋"，皆源於此。)

目送歸鴻，手揮五弦。俯仰自得，遊心太玄。

註釋 出自三國・魏・嵇康《贈兄秀才從軍十八首》其十四。目，眼睛。歸鴻，北歸的大雁。揮，彈奏。五弦，琴。俯仰，舉首低頭。自得，有所得。太玄，道家所說的"道"，即呈現於萬物興衰流轉中的永恆的宇宙生命。遊心太玄，心思遊樂於"太玄"之中。

點評 此以兩個動作（目送大雁北歸、手彈琴瑟）的同時進行，表現了詩人在一舉首一低頭間對天地之道的體悟及其物我兩忘的恬淡心境。

平生不止酒，止酒情無喜。

註釋 出自晉・陶淵明《止酒》。止酒，戒酒。

點評 此言詩人對酒的愛好，把飲酒當作人生一大快事。雖然飲酒有種種的負作用，但是若以飲酒作為人生的一種情趣，這也未嘗不是一種瀟灑的活法。台灣有一則煙酒廣告說“煙酒之於人生，猶如標點之於文章”，以標點與文章的關係比煙酒與人生的關係，既新穎生動，也不乏其生活的哲理。此義與陶淵明的思想頗有相通之處，也許寫廣告者的這一思想即源於陶淵明。

詩成有共賦，酒熟無孤斟。

註釋 出自唐・韓愈《縣齋讀書》。賦，朗誦。孤斟，獨飲。

點評 此寫文人心目中的快樂與雅趣：詩成共詠，酒熱對飲。

石欄斜點筆，桐葉坐題詩。

註釋 出自唐・杜甫《重遊何氏五首》。

點評 此寫斜倚坐石欄、桐葉漫題詩的雅興。

松風吹解帶，山月照彈琴。

註釋 出自唐・王維《酬張少府》。

點評 此二句是寫詩人對隱逸生活與閒適情趣的追求。前句的“松風”、“解帶”，後句的“山月”、“彈琴”，都是對這種生活與情趣的細節描寫，且“松風”與“山月”二詞都含有高潔之意，這就使詩人所創造的隱逸生活與閒適情趣更加貼合封建士大夫與文人的脾胃，令人頓生嚮往豔羨之情。

題詩石壁上，把酒長松間。

註釋 出自元・倪瓚《對酒》。

點評 此寫遊山玩水、行吟題詩、居停松間、把酒臨風的閒適生活情調。讀之讓人油然而生無限的豔羨之情，頓生一種“腳着謝公屐”、追隨詩人去、賞詩石壁間、把酒細論文的豪情。

停車坐愛楓林晚，霜葉紅於二月花。

註釋 出自唐・杜牧《山行》。

點評 此寫停車賞楓葉的情趣及快樂欣喜之意。前句寫動作，後句寫原因。在交待原因的同時，通過一個比喻，將秋日楓葉如花似火的顏色形象地表現出來，令人頓生與詩人同樣的情感衝動，也想身臨其境，體會一下夕陽之下停車坐賞楓葉的情趣。

聞道春還未相識，走傍寒梅訪消息。

註釋 出自唐・李白《早春寄王漢陽》。

點評 此寫春天未到而去賞梅迎春的文人雅趣。

閒窗聽雨攤書卷，獨樹看雲上嘯台。

註釋 出自清・吳偉業《梅村》。嘯，撮口作聲、打口哨。嘯台，指東漢末年"竹林七賢"之一的阮籍長嘯之台。東晉江微《陳留誌》載："阮嗣宗善嘯，聲與琴諧，陳留有阮公嘯台"。

點評 此寫詩人聽雨窗下、攤書閒覽、長嘯登台、倚樹看雲的閒適、自在情趣。前句的"閒"字突出其"閒適"，後句的"獨"字強調了其"自在"。"聽雨"、"攤書"、"上台"、"看雲"則從形象上突出了這種閒適自在的情調。

倚杖柴門外，臨風聽暮蟬。

註釋 出自唐・王維《輞川閒居贈裴秀才迪》。

點評 此寫日暮倚柴門、扶杖聽蟬鳴的閒情逸致。柴門，代指非常貧寒之家。居柴門之中而不失生活的情趣，其安貧樂道的精神可見。

有約不來過夜半，閒敲棋子落燈花。

註釋 出自宋・趙師秀《有約》。

點評 此寫夏日梅雨之夜約友不來，自在燈下下棋的生活情趣。與此前兩句"黃梅時節家家雨，青草池塘處處蛙"的寫景配合，更顯情趣盎然。

欲歸還小立，為愛夕陽紅。

註釋 出自宋・陸游《東村》。小立，指站立一會。

點評 此寫詩人因愛夕陽紅、久久不忍歸的生活情趣。

只恐夜深花睡去，故燒高燭照紅妝。

註釋 出自宋・蘇軾《海棠》。高燭，高腳燭台上的蠟燭。紅妝，本指女子的打扮，此指海棠花。

點評 此寫春夜秉燭看海棠花開的雅興與喜悅之情。其中，將海棠花人格化，說怕花會睡去，既新穎生動，讓海棠花的形象活然而出，又鮮明地寫出了詩人凝神觀照海棠花時的那種人與花合二為一的忘情之態，暗示出愛花的深情。

生老病死

百年秋已半，九日意兼悲。

註釋 出自唐・杜甫《九日曲江》。百年，代指一生。秋，比喻人生到了晚年。九日，指九月九日重陽節。兼，加倍。

點評 人生到了晚年，況且又是秋日過半的重陽敬老節，豈能不讓人觸景生情，感傷生命的凋零期即將來臨。

白頭搔更短，渾欲不勝簪。

註釋 出自唐・杜甫《春望》。短，此指少。渾欲，簡直要。不勝簪，不能插住髮簪。

點評 此寫年老髮白、髮少的情狀。

病身最覺風霜早，歸夢不知山水長。

註釋 出自宋・王安石《葛溪驛》。

點評 前句言病人對風寒最為敏感，後句説只有夢中回鄉才不覺路途遙遠。

病從口入，禍從口出。

註釋 出自晉・傅玄《傅子》。

點評 疾病由飲食不潔不當而起，禍患由言語不慎而致。此言疾病與禍患的根源都在於嘴巴，意在勸人注意飲食衛生、謹慎説話。

不知明鏡裏，何處得秋霜。

註釋 出自唐・李白《秋浦歌》。得秋霜，指頭髮白得像秋天的霜。

點評 此以比喻修辭法寫頭髮變白、老境已至的悲哀之情。

不知筋力衰多少，但覺新來懶上樓。

註釋 出自宋・辛棄疾《鷓鴣天》詞。但，只。新來，近來。

點評 此以“懶上樓”的細節描寫凸顯其年老體衰之狀。

常時往還人，記一不識十。

註釋 出自唐・杜甫《送率府程錄事還鄉》。常時，以前。往還人，交往的朋友。

點評 此言年老記憶力下降，往日的朋友大多都記不起來了。

多情應笑我，早生華髮。

註釋 出自宋・蘇軾《念奴嬌》詞。多情應笑我，即應笑我多情。華髮，白髮。

點評 此言多情使人老。意謂想得過多、自作多情，都是傷神而易於衰老的。

髮少嫌梳利，顏衰恨鏡明。

註釋 出自唐・劉禹錫《冬日晨興寄樂天》。利，利索。顏衰，面容衰老憔悴。

點評 此以嫌梳、恨鏡的心理活動而寫感傷衰老之情。

浮生卻似冰底水，日夜東流人不知。

註釋 出自唐・杜牧《汴河阻凍》。卻似，就像。

點評 此以冰底之水暗流不息比喻時光飛逝、人老而不知，形象地説明了時光易逝、人生易老的道理。

福壽康寧，固人之所同慾；死亡疾病，亦人所不能無。

註釋 出自清・程允升《幼學瓊林・疾病死喪》。固，固然、本來。同慾，共同的慾望。亦，也。

點評 幸福、長壽、健康、安寧，固然都是人們共同的願望；但是死亡疾病，也是人所不能免的事情。此言追求福壽康寧是人類共同的理想，但對生死疾病，也要有達觀的態度。

公道世間唯白髮，貴人頭上不曾饒。

註釋 出自唐・杜牧《送隱者一絕》。唯，只。貴人，指地位高的人。不曾饒，沒有饒恕過、沒有例外過。

點評 此言人的衰老是自然規律，任何人都難以逃脫人老體衰的命運。

寒暑不時則疾，風雨不節則饑。

註釋 出自《禮記・樂記》。不時，不按時間規律。則，那麼、就。疾，指疾病發生。不節，沒有節制、不正常。饑，指出現饑荒。

點評 寒暑時間沒有規律就會引發疾病流行，風雨不調就會出現饑荒。此言氣候條件既是影響人體健康的重要因素，也是影響農業生產的重要因素。

劍老無芒，人老無剛。

註釋 出自明・馮夢龍《東周列國志》第三十二回。

點評 劍舊了就沒有鋒芒，人老了就少了陽剛之氣。此言人的性格會隨着年齡的變化而變化，時間會磨掉一個人的銳氣。

君不見，高堂明鏡悲白髮，朝如青絲暮成雪。

註釋 出自唐・李白《將進酒》。青絲，指黑髮。暮成雪，指頭髮變白如雪。

點評 此寫覽鏡自照感歎功業未成、早生華髮的悲哀之情。

老病逢春只思睡，獨求僧榻寄須臾。

註釋 出自宋・歐陽修《瑞鷓鴣》。榻，坐榻。寄，此指歇息。須臾，一會兒。

點評 此寫詩人老病之時逢春也無興致，而只想休息的老態情形。

臨水不敢照，恐驚平昔顏。

註釋 出自唐・馬戴《落日悵望》。平昔，往日。顏，面容。

點評 此寫老而不敢臨水照影，怕見衰老之顏的複雜心情，非常細膩逼真，活畫出人類怕老的情感共相。

滿眼兒孫身外事，閒梳白髮對殘陽。

註釋 出自唐・竇鞏《代鄰叟》。

點評 滿眼兒孫，對於老人來說是莫大的幸福。但是，兒孫今後如何，這已不是老人所能料定的了。而今所能做的，便是對殘陽梳着稀薄的白髮。"白髮"與"殘陽"，一白一紅，但都是哀景。以此二景相映，老人風燭殘年、來日無多的形象與心態便昭然而揭了，讓人不禁生出無限的感慨。

明年此會知誰健，醉把茱萸仔細看。

註釋 出自唐・杜甫《九日藍田崔氏莊》。此會，指重陽節相會。把，握、持。茱萸，一種植物，古代重陽節時有佩茱萸以驅邪益壽的習俗。

點評 想到明年此時相會不知還有幾人健在，不禁讓詩人悲上心頭。於是，他抓起茱萸仔細端詳，希望能由此看出明年到底誰還能佩帶它喝酒賞菊。"醉"之一字，不着痕跡地寫出了詩人這種不易為人覺察的心理，一種悲天憫人而又對生命無可奈何的情感自然流露出來。

青春背我堂堂去，白髮欺人故故生。

註釋 出自唐・薛能《春日使府寓懷二首》之一。背，背棄、背着。堂堂，公然無顧忌的樣子。去，離開。故故，此指接連不斷的樣子。

點評 此以擬人修辭法，將青春逝去、老境漸至的悲涼之情生動活潑而又不失幽默地表現了出來。

人生不得長歡樂，年少須臾老到來。

註釋 出自唐・白居易《短歌行》。不得，不能。須臾，一會兒。

點評 此寫人生苦短、轉瞬間便由少年而成老翁的感歎。

日薄西山，氣息奄奄，人命危淺，朝不慮夕。

註釋 出自晉・李密《陳情表》。薄，迫近。奄奄，氣息微弱的樣子。危淺，危險不可持久。

點評 就像太陽迫近西山一樣，只剩一口氣而已，生命的終結就在早晚之間。此寫一個人行將死亡前的情形。

善萬物之得時，感吾生之行休。

註釋 出自晉・陶淵明《歸去來兮辭》。善，認為好、羨慕。之，放在主謂語之間，取消句子的獨立性。得時，指萬物都有復蘇的時候。感，感歎。吾，我。行休，即將結束。

點評 真的很羡慕大自然中的萬物都有待時而復蘇的時候，可惜我的生命卻即將結束了。此是詩人感物而傷情的話，也是對人生苦短的深切感歎。

少壯輕年月，遲暮惜光輝。

註釋 出自南朝梁・何遜《贈諸舊遊》。輕，輕視、輕忽。年月，時間、時光。遲暮，指年老時。光輝，指光陰、時間。

點評 此言少年時不知時光的珍貴，年老時才知歲月易逝、時間寶貴。

樹初黃葉日，人欲白頭時。

註釋 出自唐・白居易《途中感秋》。欲，將要。

點評 此寫詩人見到秋日樹葉變黃即將凋零的情景便想到自己頭髮將白、老境漸至的悲哀，意在感歎人生苦短、歲月不多。

死生有命，富貴在天。

註釋 出自先秦《論語・顏淵》。

點評 生死都由命中定，富貴與否天安排。這是孔子學生子夏所引的一句古語。雖然不一定有科學道理，但卻體現了一種達觀知命的人生態度。

俟河之清，人壽幾何？

註釋 出自先秦《左傳・襄公八年》引古逸詩。俟，等。之，放在主謂語之間，取消句子的獨立性。河清，指黃河變清。古人有一種說法，說黃河變清，天下就太平了。幾何，多少。

點評 等到黃河變清，人的壽命又有多長呢？此言意在感歎天下難得太平，同時也慨歎人生苦短、歲月不多。

天意憐幽草，人間重晚晴。

註釋 出自唐・李商隱《晚晴》。憐，愛。幽草，幽暗處、不為人注意處的小草，此為自比之辭。晚晴，天晚放晴，此喻人生晚年。

點評 此二句寫久雨之後的晚晴景象，妙在不從大處着筆，而從虛處着墨，以不為人注意的小草為着筆點，以擬人修辭法，寫出了小草久遭雨淋之後重沐晚照之喜，明是寫幽草，實是寫自己的心情。從幽草着筆，還有另一層意思，這就是借幽草寄託自己的身世感慨。但是，“人間重晚晴”一句又盪開了傷感之情，表現出一種珍惜短暫而美好事物的積極、樂觀的人生態度。

途窮那免哭，身老不禁愁。

註釋 出自唐・杜甫《暮秋將歸秦留別湖南幕府親友》。途窮哭，用魏晉時阮籍窮途而哭的典故。那，哪。

點評 走投無路時哪裏免得了不痛哭呢？人到老年不禁要湧起很多憂愁。此寫不得志、身老而憂的悲苦之情。

未知生，焉知死？

註釋 出自先秦《論語・先進》。未，沒有。焉，哪裏。

點評 連生的的道理還沒弄明白，哪裏管得到死的問題呢？這是孔子表明自己對待生死態度的話。由此可見，孔子是個現實主義者，重視現實人生、重視自身努力。

物之有成必有壞，譬如人之有生必有死。

註釋 出自宋・蘇軾《墨妙亭記》。之，放在主謂語之間，取消句子的獨立性。必，一定。譬如，好比、好像。

點評 物有建成的時候也就一定有毀壞的時候，這就像人有生就一定有死一樣。此以物的成與壞為喻，說明人有生就有死的自然規律。

繡羽銜花他自得，紅顏騎竹我無緣。

註釋 出自唐・杜甫《清明二首》。繡羽，指美麗羽毛的鳥。自得，自認為得意。紅顏，指年少的孩子。騎竹，騎竹馬，以竹竿為馬做遊戲。無緣，無份。

點評 此以鳥兒自在地銜花、少年快樂地騎竹遊戲來反襯詩人的老態龍鍾，表達其強烈的豔羨青春年少的心情。

雨中黃葉樹，燈下白頭人。

註釋 出自唐・司空曙《喜外弟盧綸見宿》。

點評 黃葉樹是秋天的景色，白頭人是年老之鏡象。此以“黃葉樹”與“白頭人”對舉，意在以樹寫人，感歎年老無助、生命行將結束的悲哀之情。“雨中”與“燈下”的背景襯托，又強化了這種悲哀的情緒氛圍。從形式上看，“雨中”對“燈下”、“黃葉樹”對“白頭人”，對仗極其工整。因此，無論是從意境上看，還是從形式上看，這都是極其優美的詩句，其所具有的審美價值都極高。

與老無期約，到來如等閒。

註釋 出自唐・劉禹錫《答樂天見憶》。期約，約定。等閒，無所謂、隨意。

點評 此言年老歲月將至聽其自然，反正跟年老沒有期約。表達了詩人對老境將至的一種超然達觀的心態。

壯心與身退，老病隨年侵。

註釋 出自唐・王維《送韋大夫東京留守》。侵，逐漸。

點評 此言隨着老境漸至，早年的壯志與身體一起衰退下去了。意在感喟人生易老、壯志難酬。

醫藥養生

安時而處順，哀樂不能入也。

註釋 出自先秦《莊子·養生主》。安時，安於生死之時。處順，順應生死之變化。入，進入心靈。也，句末語氣助詞。

點評 順應自然規律，生也不喜，死也不哀，心靈就能始終保持平靜。此言對於生死有達觀平靜的心態，是有助於健康的。

但願有頭生白髮，何憂無地覓黃金。

註釋 出自宋·戴復古《望江南》。但願，只希望。生白髮，指長壽。

點評 此言只希望健康長壽，不在乎富貴。健康第一的思想，與現代人所說的"健康就是財富"的觀點有相通之處。

呼吸吐納，全身養精。

註釋 出自唐·盧照鄰《悲人生》。

點評 呼出濁氣，吸進新鮮空氣，對於身體有益。此言吐故納新的生理機制對人體健康的助益，符合現代醫學的保健理念。

酒能祛百慮，菊為制頹齡。

註釋 出自晉·陳淵明《九日閒居》。祛，去除。百慮，指很多煩惱苦悶。制，阻止、遏制。頹齡，指衰老。

點評 一醉能解百種憂，飲菊能遏衰弱年。此言酒能解憂、菊能養生的道理。

勞其形者長年，安其樂者短命。

註釋 出自宋·歐陽修《删正黃庭經序》。勞其形者，做體力勞動的人。長年，長壽。安其樂者，安於逸樂的人。

點評 經常做體力勞動的人會長壽，而安於逸樂、無所事事的人常會短命。此言勞動、運動有助於身體健康、延年益壽，不運動、不勞動的人會短命。這個說法也符合現代醫學的觀點。

樂易者常壽長，憂險者常夭折。

註釋 出自先秦《荀子・榮辱》。樂易者，快樂而平易的人。憂險者，多憂而陰險的人。夭折，短命。

點評 快樂平易的人常常長壽，多憂陰險的人常常短命。此言保持快樂的心態是臻至健康的養生良方。

良藥苦口而利於病。

註釋 出自先秦《孔子家語・六行》。

點評 此言苦口的藥劑對治療疾病的效果。

起居時，飲食節，寒暑適，則身利而壽命益。

註釋 出自先秦《管子・形勢解》。時，按時、有規律。節，節制。適，防範適當。則，就。

點評 起居有規律，飲食有節制，寒暑時防範措施適當，就會對身體有利而延年益壽。

善養生者若牧羊然，視其後者而鞭之。

註釋 出自先秦《莊子・達生》。養生，養護身心以延期延年益壽。若，像。牧，放牧、管理。然，一樣。後者，落後的、缺少的、不足的。鞭，鞭策。

點評 善於養護身心以期延年益壽的人就像放牧羊群一樣，看看身體哪一部分有缺陷不足就予以調整補養，就像牧羊時看到落後的羊隻就用一鞭子予以鞭策一般。此言強健補弱的養生方法。

神太用則竭，形太勞則弊。

註釋 出自晉・陳壽《三國志・魏書・蔣濟傳》。神，精神。太用，過度使用。形，形體、身體。太勞，過分疲勞。則，就。弊，疲憊。

點評 精神過度耗費就會衰竭，身體太過勞累就會感到疲憊。此言精力與體力都要使用適當，不可過度，否則就會有害於身心。

死生之穴，乃在分毫。

註釋 出自宋・李昉等編《太平廣記》卷八十三《治針道士》。之，的。穴，穴位。乃，就。

點評 決定人生死的穴位就在分毫之間。此言意在勸醫生在為人做針灸時務必小心謹慎。

晚年惟好靜，萬事不關心。

註釋 出自唐・王維《酬張少府》。

點評 此二句雖是詩人在政治上不得意時消極面對人生之語，但從養生的角度來看，未嘗沒有道理。靜，就能心如止水，不焦，不躁，自然不會動肝火；萬事不關心，自然也就無所求。無所求，何來煩惱。有此境界，何以不長壽？

逍遙以針勞，談笑以藥倦。

註釋 出自南朝梁・劉勰《文心雕龍・養氣》。針勞，消除疲勞。藥倦，醫治睏倦。

點評 逍遙自得以消除疲勞，談笑風生以解除睏倦。此言放鬆心情與閒言談笑對解除疲乏的養生作用。

性靜情逸，心動神疲。

註釋 出自南朝梁・周興嗣《千字文》。

點評 性愛安靜，情緒就安逸平和；思慮太多，精神就會疲憊。此言寧靜安逸、清心寡慾有助於養生。

養壽之士，先病服藥；養世之君，先亂任賢。

註釋 出自漢・王符《潛夫論・思賢》。養壽，養生。先病，先於病、在病發之前。養世，治國。先亂，先於亂、在亂起之前。

點評 重視養生的人，在未病時先吃藥預防；善於治國的君王，在國家未亂時就先起任賢能之士治理國家。此以養生與治國並舉，說明養生要重視防病於未發。這與現代醫學“防病重於治病”的理念是一致的。

養身莫善於習動。

註釋 出自清•顏元《顏李遺書•顏習齋先生言行錄》。習動，經常運動、活動。

點評 此言運動是最好的健身方法。與現代人所說的"健康在於運動"同義。

藥醫不死病，死病無藥醫。

註釋 出自清•張南莊《何典》第三回。

點評 藥物只能醫治不會死的病，必死的絕症是無藥可救的。此言藥物作用的有限性。

盈縮之期，不但在天；養怡之福，可得永年。

註釋 出自三國魏•曹操《步出夏門行》。盈，滿。縮，虧。盈縮，指進退、升降、成敗、禍福等。盈縮之期，此指壽命的長短。怡，愉快。養怡，指修煉平淡沖和之氣，不為利慾傷神。永年，長壽。

點評 此言人的壽命長短不完全決定於上天的意志，只要修身養性適當，也是可以達到健康長壽目標的。

為人處事

愛人者必見愛也，而惡人者必見惡也。

註釋 出自先秦《墨子・兼愛下》。見，被。也，句末語氣助詞。

點評 愛別人的人，一定會被別人愛；不愛別人的人，別人也不會愛他。此言只有愛別人，才能贏得別人的愛。意謂愛是相互的，是要以真誠相待的。

敖不可長，欲不可從，志不可滿，樂不可極。

註釋 出自先秦《禮記・曲禮上》。敖，通“傲”。從，通“縱”。

點評 驕傲的情緒不可滋長，貪婪的慾望不可放縱，立志不可太大，快樂不可過頭。此言為人處世要把握分尺，要有節制，以適度為宜。

奔車之上無仲尼，覆舟之下無伯夷。

註釋 出自先秦《韓非子・安危》。奔車之上、覆舟之下，指極其危險的地方。仲尼，孔子。伯夷，商朝末年孤竹國的王位繼承人，為讓君位而逃隱。

點評 狂奔逃亡的車上不會有孔子這樣的人，翻船之中不會有伯夷之類的人。此言明智有預見的人、頭腦清醒的人能夠防患於未然，不會面臨困境才手忙腳亂，疲於應付。

必有忍，其乃有濟；有容，德乃大。

註釋 出自先秦《尚書・君陳》。必，一定。其，指示代詞。乃，才。濟，渡河，此指成功。

點評 一個人一定要有忍耐之功，才能有成功的希望；一個人一定要有包容的心態，道德才能發揚光大。此言“忍”是事業成功的關鍵，“容”是道德修煉的法寶。

不在其位，不謀其政。

註釋 出自先秦《論語·泰伯》。其，指示代詞，那、那個。謀，考慮。政，政事、事情。

點評 不在那個職位上，就不要考慮那個職位應做的政事。這是孔子對於從政的態度。雖然帶有一些“事不關己，高高掛起”的消極情緒，但從另一種角度看，也有其積極意義。這就要求各人謹守本分，做好自己的事。

不念舊惡，怨是用希。

註釋 出自先秦《論語·公冶長》記孔子語。念，記。舊惡，舊仇。是用，因此。

點評 不記恨別人的舊仇，因此也就很少遭到別人的怨恨。這是孔子評價伯夷、叔齊的話，但它卻道出了一個做人的道理：為人應當心胸開闊些，便可減少別人對自己的怨恨，寬懷對人，也於己有利。

藏器於身，待時而動。

註釋 出自先秦《周易·繫辭下》。器，指才能。

點評 此言做人要先煉就一身過硬的本領，等到時機到了就可採取行動，有所作用。否則，沒有本領，機會來了也沒法接住。

此處不留人，自有留人處。

註釋 出自南朝陳·陳叔寶《戲贈沈后》。

點評 此言本是南朝陳後主陳叔寶跟其皇后説的夫妻戲謔語，意思是“你不跟我睡，我跟別的妃子去睡”。後引申泛化為人不必局限於某一處的意思，與俗語所説“不必一棵樹上吊死”同義。意在勸人眼界應該放寬，在不得已的情況下可以另謀出路。

成事不説，遂事不諫，既往不咎。

註釋 出自先秦《論語·八佾》。成事，已經過去的往事。遂事，已經完成的事。既往，已經過去的事。咎，怪罪。

點評 過去的往事就不必再加評說了，已經做完的事也就別再勸諫了，做錯了的事情也別再怪罪追究了。這是孔子回答學生宰我的話。

處世忌太潔，至人貴藏輝。

註釋 出自唐・李白《沐浴子》。至人，道德完美的人。

點評 為人處世不能過於超俗，過於潔身自好只能自閉其身；有高尚的道德固然好，但也要知道藏起幾分，不要太顯得與眾不同，否則便會遭人嫉妒而陷自己於孤立之中。

大德不逾閒，小德出入可也。

註釋 出自先秦《論語・子張》。大德，指道德上的大節。逾，超過。閒，本指柵欄、養馬的圈，此指界限。小德，指道德上的小節。出入，不一致、偏離。也，句末語氣助詞。

點評 在道德的大節上，不能超過界限；在小節上稍微有些偏離，倒是允許的。這是子夏談堅持原則與適當權變的關係，體現了儒家思想既講究理想的執着追求精神，又善於適應形勢有所變化的處世精神。

當斷不斷，反受其亂。

註釋 出自漢・司馬遷《史記・齊悼惠王世家》引古語。斷，決斷。亂，禍亂。

點評 此言在關鍵時刻應該作出決斷時就要勇於決斷，不然機會錯過，反而要遭受錯失良機後的災禍。意謂猶柔寡斷、坐失良機就會後患無窮。

道不同，不相為謀。

註釋 出自先秦《論語・衛靈公》。道，指主張、理念。謀，商議、討論。

點評 主張與理念不同，不能在一起互相討論事情。這是孔子的處世主張。

得饒人處且饒人。

註釋 出自清・曹雪芹《紅樓夢》第五十九回。饒，饒恕、寬恕。

點評 此言做人應當寬容一點。因為一味得理不饒人，不妥協，勢必就會激化矛盾，最終陷己於矛盾的泥潭而不能自拔。反之，對人寬容一些，就可以少樹敵，甚至化敵為友，這必然是有益於自己處世為人的。

度德而處之，量力而行之。

註釋 出自先秦《左傳・隱公十一年》。度，揣度、猜測。處，處理。之，指事情。量力，根據自己的能力。行，實行、做。

點評 估摸着自己有多高的德望而去任職，掂量自己的能力而去做事。此言一個人為人處世應當有自知之明，有甚麼樣的德能就處甚麼的位置、做甚麼的事情。成語"度德量力"，即源於此。

反聽之謂聰，內視之謂明，自勝之謂強。

註釋 出自漢・司馬遷《史記・商君列傳》。之謂，叫作。

點評 對別人的批評能從反面聽出教益，這叫"聰"；能自我省視，這叫"明"；能戰勝自己（克服自己的弱點），這叫"強"。此言能夠聽得進批評、能夠反躬自省、能夠戰勝自己，這種人才算得上是聰明人，是人中的強者。

凡舉事無為親厚者所痛，而為見仇者所快。

註釋 出自南朝宋・范曄《後漢書・朱浮傳》。舉事，做事。無，不要。親厚者，指自己人、親近的人。見仇者，仇恨自己的人、敵人。

點評 凡要做大事，不要使自己感到痛心，使敵人感到高興。此言要做成大事，務必要加強內部團結，千萬不能內部分裂，甚至同室操戈。否則，自相殘殺、削弱力量，就正中敵人的下懷了。

方其中，圓其外。

註釋 出自唐・柳宗元《與楊誨之再説車敦勉用和書》。

點評 內裏要方，外面要圓。此以物體外圓為喻，形象生動地説明了這樣一個做人處世的道理：骨子裏要堅守道德的底線，固守做人的基本原則，但外表上則顯得很隨和，應對人事保持適當的靈活性，而不能不知變通、膠柱鼓瑟。

風流不在談鋒勝，袖手無言味最長。

註釋 出自宋・黃升《鷓鴣天》。談鋒勝，指健談、談笑風生的樣子。

點評 此言看一個人是否風流倜儻、有個性、有魅力，並不是看他能說會道、談笑風生，而是看他胸中是否有識見。如果滿腹經綸、胸藏萬兵，即使沉默不言，也是魅力無邊。意謂內秀遠勝於外秀。

幹大事而惜身，見小利而忘命，非英雄也。

註釋 出自明・羅貫中《三國演義》第二十一回。非，不。也，句末語氣助詞，幫助判斷。

點評 此言要成為英雄人物，要具備兩個條件：不怕危險、不貪小利。明末大將袁崇煥之所以成為萬人景仰的民族英雄，就與他做文官時不愛錢、做武將時不怕死的品質有關。

公生明，偏生暗。

註釋 出自先秦《荀子・不苟》。

點評 公正就會眼明心亮，不會為外界影響所迷惑；心懷偏見，就會被外界影響而是非不分。此言公正而無偏私才能不偏離正確的人生航道。

苟全性命於亂世，不求聞達於諸侯。

註釋 出自晉・陳壽《三國志・蜀書・諸葛亮傳》。苟全，苟且保全。聞達，顯達、富貴。

點評 此乃諸葛亮《出師表》中的名言，是自道其出山之前淡薄名利的人生態度。

害人之心不可有，防人之心不可無。

註釋 出自明・洪應明《菜根譚》。

點評 此言為人處世既要嚴格要求自己，不泯良知而善良做人，但也不能不考慮到人世的複雜性，警惕非善良之輩對自己的傷害。

華而不實，怨之所聚也。

註釋 出自先秦《左傳 • 文公五年》。也，句末語氣助氣，幫助判斷。

點評 此言華而不實是導致他人怨恨的根源。意在勸人做人做事務須踏實。

合則留，不合則去。

註釋 出自宋 • 蘇軾《志林十三首》之八。去，離開。

點評 此言與人相處和諧愉快就繼續交往，不愉快就分道揚鑣。

禍福無門，唯人所召。

註釋 出自先秦《左傳 • 襄公二十三年》。門，方法、途徑。唯，只。召，招致。

點評 禍與福都是不確定的，只是由人自己所招致。此言禍福都是因人而起，因此為人處世應當謹慎、好自為之。

己所不欲，勿施於人。

註釋 出自先秦《論語 • 顏淵》。欲，想。勿，不要。施，強加。

點評 自己不喜歡的，不要強加於他人。這是孔子的名言。它說的雖是從政要有仁愛之心的道理，卻也說出了一個為人處世的基本原則：凡事應該推己及人，站在對方立場上為別人想想。這個思想在任何時代都是對的，也是做人最起碼的原則。

既明且哲，以保其身。

註釋 出自先秦《詩經 • 大雅 • 烝民》。既…且…，既…又…。明，明智。哲，聰明、有才能。以，承接連詞。

點評 既明事理又聰明，趨利避害保自身。這是周宣王之臣尹吉甫歌頌周宣王另一位能臣仲山甫之語。這話本來完全是褒義的，讚揚一個人明達事理、洞悉時勢，善於擇安避危，在複雜的情勢下保全自己。演成"明哲保身"這個成語後，語義有所變化，常指一個人為了個人得失而喪失原則的庸俗的處事態度，帶有貶義色彩。

既來之，則安之。

註釋 出自先秦《論語・季氏》。既，已經。來，招徠，之，指被招徠的人。則，那麼。

點評 已經將遠方之人招徠了，就要使他們安定下來。此話本是講修德以招遠人的治國道理。後來引申運用到了為人處事方面，表示既然來了，就安定下來；或是表示既然問題出現了，就要勇於面對。

記人之善，忘人之過。

註釋 出自晉・陳壽《三國志・蜀書・秦宓傳》裴松之注引《益都耆舊傳》。

點評 記住他人的好處，而忘了他人的過錯。此言意在勉勵世人要有寬以待人的雅量。

記人之長，忘人之短。

註釋 出自唐・張九齡《敕渤海王大武藝書》。

點評 此言做人要秉持寬以待人的原則，多想着別人的長處，少記着別人的短處。這樣，才能與別人和睦相處，自己也身心愉快。

君子周急不繼富。

註釋 出自先秦《論語・雍也》。君子，道德高尚者。周，周濟、救濟。急，有急難的人。繼，連續、緊接着。這裏指幫助、增添。富，富有者。

點評 君子為人處事的原則是救助那些有急難的人，而不應去幫助那些已經富有者。這是孔子提出的一個做人的原則，認為君子應該是在別人需要幫助時雪中送炭，救人於危厄之中，而不應當將有限的資源去為富有者捧場、錦上添花。

君子成人之美，不成人之惡。小人反是。

註釋 出自先秦《論語・顏淵》。君子，道德高尚的人。小人，道德低下的人。反是，與此相反。

點評 君子對別人的好事予以促成，對別人的壞事不予以推動。而小人則正好與之相反。這是孔子對君子與小人為人境界的區分。今天人們雖然不再用"君子"與"小人"這個名目評價一個人，但是，"成人之美"（即幫助別人）還是"成人之惡"（即陷害別人），仍然是評價一個人品德、人格高下的標準。

君子和而不同，小人同而不和。

註釋 出自先秦《論語·子路》。君子，此指道德高尚之人。和，和諧、協調。而，卻。同，贊同、附和。小人，指道德低下者。

點評 君子講和諧一致，但不盲目附和他人；小人與人同流合污，卻並不講和諧團結。這是孔子對君子與小人在為人處世上的區別。

君子泰而不驕，小人驕而不泰。

註釋 出自先秦《論語·子路》。泰，安適坦然。而，卻。驕，驕傲放肆。

點評 君子安適坦然卻不驕傲放肆，小人驕傲放肆卻不安適坦然。這是孔子對君子與小人在外在儀表與風度方面的差異所作的揭示，強調個人內在修養的重要性。

君子恥其言而過其行。

註釋 出自先秦《論語·憲問》。恥，以…為恥。而，用法同"之"，這裏是取消句子獨立性。過，超過。行，行動。

點評 君子以說的超過做的為可恥。這是孔子關於言行關係的論述。強調君子應該言行一致，應該多做少說。今天長輩教育晚輩說"多做事少說話"，說的正是這個意思。

君子求諸己，小人求諸人。

註釋 出自先秦《論語·衛靈公》。求，要求。諸，"之於"的合音。

點評 君子嚴格要求自己，小人則苛求於他人。這是孔子對君子與小人的道德比較。其所強調的是個人的道德修養，主張"正人先正己"。

君子矜而不爭，群而不黨。

註釋 出自先秦《論語·衛靈公》。矜，矜持、莊重。群，合群、團結他人。黨，拉幫結派、結黨營私。

點評 君子矜持莊重，不與他人爭名奪利；講團結，但不拉幫結派謀取私利。這是孔子對君子提出的兩條要求，也是他一生所倡導的為人世處的基本原則。與他所提倡的"和而不同"的觀點有相通之處。

君子有三樂，而王天下不與存焉。父母俱存，兄弟無敵，一樂也；仰不愧於天，俯不怍於人，二樂也；得天下英才而教育之，三樂也。

註釋 出自先秦《孟子・盡心上》。王天下，指以德政使天下人歸服。不與存，不包括在內。焉，於之。無敵，和睦。也，句末語氣助詞。怍，慚愧。

點評 君子有三種快樂，以德政使天下人歸服不包括其中。父母都健在，兄弟和睦，這是一樂；為人做事，上無愧於天，下無愧於人，這是二樂；網羅天下的英才而施以教育，這是三樂。這是孟子總結出來人生"快樂"觀，也是君子修身的目標與理想。

君子莫大乎與人為善。

註釋 出自先秦《孟子・公孫丑上》。莫，沒有。大乎，大於。與，贊助。為善，做善事。

點評 君子的最高道德標準就是贊助他人做善事。這是孟子對君子所提出的道德要求。後世成語"與人為善"，即源於此。不過意思有變化，一般是指善意幫助別人、成人之美。

君子尊賢而容眾，嘉善而矜不能。

註釋 出自先秦《論語・子張》。賢，賢能的人。容，寬容。眾，普通人。嘉，讚美、嘉獎。善，指好人、有能力的人。矜，憐憫、同情。不能，指無能的人。

點評 君子尊敬賢能的人，也能寬容普通人；讚美能幹的人，也能對無能的人予以同情。這是孔子學生子張教導自己學生的話。其意是說君子要有包容之心。

君子不以所能者病人，不以人之不能者愧人。

註釋 出自《意林》引《子思子》。病人，指責難他人。愧人，使人慚愧、為難別人。

點評 君子不以自己所擅長的事去責難他人，不以別人所不能的事為難他人。此言做人要有寬以待人之心、要有寬容他人的雅量。

君子不蔽人之美，不言人之惡。

註釋 出自先秦《韓非子・內儲說上・七術》。君子，道德高尚的人。蔽，掩蓋、抹殺。

點評 君子不抹殺別人的好處，不議論別人的短處。意謂與人為善才是君子的行為。這個觀點其實與孔子的"和為貴"的觀點是相通的。在處世方面有積極的一面，也有消極的一面。積極的一面是有利於營造和諧良好的人際關係，消極的一面是不講原則，沒有是非。

困獸猶鬥，況人乎？

註釋 出自先秦《左傳・定公四年》載夫概王語。猶，還。乎，呢。

點評 處於危困中的野獸還要作最後的一搏，何況是人呢？此言對於處於絕境中的敵人不可逼迫太甚，以防他絕地反擊，做出魚死網破的毀滅性行為。其意是勸人為人處事要留有餘地，做人做事不可太絕對。與民間俗語說"三線留一線，日後好見面"同義。

樂天知命，故不憂。

註釋 出自先秦《周易・繫辭上》。故，所以。

點評 安於天道自然的安排，所以不會憂愁。此言聽天由命、順應自然，才是獲取人生快樂的源泉。

利之中取大，害之中取小。

註釋 出自先秦《墨子・大取》。

點評 此言權衡利害時要爭取最大的利益，爭取最小的損害。此與現在常說的"兩利相權取其大，兩害相權取其小"同義，是處事中避害趨利的基本原則。

臨死修善，於計已晚；事迫乃歸，於救已微。

註釋 出自《意林》引《周生烈子》。

點評 一個人快死了才想起要做好人，那就為時已晚了；危難之事臨頭才想回頭，要想挽救，希望已經很小了。與俗語“平時不燒香，臨時抱佛腳”略同。

臨利害之際，而不失故常。

註釋 出自宋・蘇軾《陳侗知陝州》。

點評 此言面臨利害關係的時候，不要失去做人應有的平常心。也就是説，不要在面臨利益時就利令智昏，甚至見利忘義；面臨危難時就貪生怕死，甚至見死不救或是落井下石。

臨行而思，臨言而擇。

註釋 出自宋・王安石《仁智》。臨，臨近、即將。

點評 開始做事之前再好好想想，開口説話之前再好好斟酌一下措辭。此言做事説話都要慎重，三思而後行，以防出錯。

莫道人行早，還有早行人。

註釋 出自清・無名氏《三俠五義》第三十回。

點評 此乃以行路為喻，説明“山外有山，人外有人”的道理，意在勸人莫自以為是、自高自大，做人要保持一份謙虛謹慎之心。

怒不過奪，喜不過予。

註釋 出自先秦《荀子・修身》。過，過分。奪，剝奪。予，給予。

點評 不要因為生氣而過分刻薄對待他人，不要因為高興而過分地對他人好。此為人處事要清醒理智，不意氣用事、感情用事，做事説話都要留有餘地，不過分，不絕對化。

平生不解藏人善，到處逢人説項斯。

註釋 出自唐・楊敬之《贈項斯》。解，懂。藏人善，掩蓋別人的長處。

點評 此乃詩人贈別朋友項斯之句。雖是非常個人化的，但它卻説出了一個為人處世的道理，那就是不要眼睛只盯着別人的短處缺點，而應多看到別人的優點長處並予以褒揚，這樣才能與人為善，搞好人際關係。

千里修書為一牆，讓他三尺又何妨。萬里長城今猶在，不見當年秦始皇。

註釋 出自清‧張英批閱家書之語。

點評 清朝康熙年間，安徽桐城張家因為鄰居吳家（或說是方姓，或說葉姓）越地修牆而發生爭執，張家之子張英時任當朝宰相（文華殿大學士兼禮部尚書），張家便馳書京城。張英閱後，便寫了上面四句詩寄回。張家立即按張英意見，從原地上退後三尺。吳家為之羞愧，遂也後退三尺。由此便成就了一段鄰居禮讓的佳話，也有了桐城著名的“六尺巷”歷史遺蹟。詩的意思是說，人生在世短短幾十年，不必甚麼事都要斤斤計較，縱使你有秦始皇囊括天下的本領，最終不也是要撒手而去的嗎？

人無遠慮，必有近憂。

註釋 出自先秦《論語‧衛靈公》。無，沒有。遠慮，長遠的考慮。必，一定。近憂，馬上就會來臨的災禍或憂患。

點評 一個人沒有長遠的考慮，就一定會有逼近眼前的禍患。這是孔子的名言，闡明的是這樣一個道理：做人做事都要從長遠打算，着眼未來，未雨綢繆，才能消除後患。否則，災禍便會不期而至。

人之有德於我也，不可忘也；吾有德於人也，不可不忘也。

註釋 出自漢‧劉向編《戰國策‧魏策四》。也，前一個“也”，是表示句中停頓的語氣詞，後一個“也”是表示句末停頓的語氣詞。吾，我。

點評 別人對自己有恩德，千萬不能忘記；自己對別人有恩德，千萬別常記在心。此言做人應該嚴於律己，不可苛求於人；修身養性，做到施恩不求報，才算達到了崇高的境界。

人以義來，我以身許。

註釋 出自唐・柳宗元《祭萬年裴令文》。許，答應、酬報。

點評 他人對我講道義，我捨性命相投效。此言典型地表現了中國人歷來讚賞的知恩圖報、義薄雲天的做人信念。

三思而後行。

註釋 出自先秦《論語・公冶長》。三思，多次思考。三，是虛指，泛指多。行，行動。

點評 凡做一事，反覆思考後再付諸行動。這是《論語》記述魯國大夫季文子行事謹慎穩重的話，是説季文子凡做一事，都要反覆思考後再付諸行動。孔子聽説季文子的事蹟後，曾有一番評論説："再，斯可矣。"意思是説，"三思而後行"還不算謹慎穩重，應該再多一次才可以。由於孔子的提倡，"三思而後行"遂成了後世中國人奉行的處世格言。今日勸他人做事須穩重謹慎時，還常引此語。

事有不可知者，有不可不知者；有不可忘者，有不可不忘者。

註釋 出自漢・劉向編《戰國策・魏策四》。不可，不能。

點評 有些事不能知道（比如統治者的秘密、見不得人的事，你知道了就有殺身之禍），知道了反而麻煩，但有些事卻是一定要知道的（比方説做人事的本事）；有些事不能忘記（比方説人倫、道義、良知等等），否則你就難以處世立身了；有些事你又必須忘記（比如仇恨、鬱悶等等），否則你就活得不痛快，生不如死。此言為人處事應該遵守的行為規範。

事遇機關須退步，人逢得意早回頭。

註釋 出自明・蘭陵笑笑生《金瓶梅詞話》第九十二回。機關，機謀奸詐。

點評 此言為人處事應當懂得審時度勢、遇險知避、得意知退的道理。後句與俗語"見好就收"同義，皆是做人的經驗。

事當論其是非，不當問其難易。

註釋 出自宋・蘇軾《范景仁墓誌銘》。

點評 此言做事要考慮其對錯，而不是考慮其難易。意謂應該做的事，再難也要做；不應該做的事，再容易也不能做。

水至清則無魚，人至察則無徒。

註釋 出自漢・戴德《大戴禮記・子張問入官》。則，那麼、就。至，最。察，精明。徒，朋友或追隨者。

點評 水過分清澈，就不會有魚；人太過明察秋毫，那麼就沒人願與他交往了。此以水與魚的關係作比，闡明了人際關係的奧秘：要想與人處好關係，做人就不能太過精明，更不可事事較真。因此，清人鄭板橋有“難得糊塗”的名言，揭示的正是中國人的這種處世哲學。

思慮熟則得事理，行端直則無禍害。

註釋 出自先秦《韓非子・解老》。則，就。

點評 思考得成熟，就會掌握事物的道理；行為端正，就能遠離禍患。此言意在強調為人處世應該勤於思考、行為端正，不貿然行動，不做非義之事。

天下難作於易；天下大作於細。

註釋 出自先秦《老子》第六十三章。難，指難事。大，指大事。細，指小事。

點評 天下難做的事先從容易做的做起，天下大事先從小事做起。說明處事當踏實、從基礎做起的道理。

天下本無事，庸人擾之為煩耳。

註釋 出自宋・歐陽修等《新唐書・陸象先傳》。庸人，平庸、不高明的人。耳，罷了。

點評 此言天下本來沒甚麼事情可以憂慮的，只是庸人自作驚擾而自尋煩惱而已。

王顧左右而言他。

註釋 出自先秦《孟子・梁惠王下》。顧，回頭看。他，其他事情。

點評 此言本是描寫梁惠王不想回答孟子追問而回頭看其左右以迴避尷尬的場景，後來引申之，用來表示對不能回答的話予以迴避的處事技巧。

陷人於危，必同其難。

註釋 出自南朝宋・范曄《後漢書・公孫瓚傳》。必，一定。

點評 因為自己而帶累他人陷入危境之中，就應該與他同渡難關。此言做人不可見死不救、臨危棄友。

先行其言，而後從之。

註釋 出自先秦《論語・為政》。行，實踐。

點評 先將自己想說的實行了，然後再說出來你想說的話。這是孔子教導為人比較浮躁的學生子貢的話。其意是教人先別空口說白話，不要光說不做，應該先做後說。這是一句推崇務實作風。

小不忍則亂大謀。

註釋 出自先秦《論語・衛靈公》。小，指小事。則，那麼、就。大謀，指大事。

點評 小事上不能忍耐，就會壞了大事。這是孔子的名言。認為一個人適度的忍讓、退讓不是軟弱的表現，而是有成大事的志向與雅量。

言而當，知也；默而當，亦知也。

註釋 出自先秦《荀子・非十二子》。知，通“智”。…，…也，古代漢語的一種判斷句形式，相當於“…是…”。亦，也。

點評 說話說得恰當是明智，沉默得恰當，也是明智。此言該說時就說，該沉默時就沉默，只要選擇恰當，就是明智的做法。

一言而有益於智者，莫如預；一言而有益於仁者，莫如恕。

註釋 出自先秦《孔子家語・顏回》。一言，一個字。預，預防。恕，寬恕。

點評 用一個字來表達而有助於對“智”的理解的，沒有比“預”字更好了；用一個字來表達而有助於對“仁”的理解的，沒有比“恕”更恰當的了。此言智的精義就是能防患於未然，仁的真諦就是善於寬恕他人。

一忍可以支百勇，一靜可以制百動。

註釋 出自宋·蘇洵《心術》。支、制，皆為“對付”、“控制”之義。

點評 此言忍耐勝於莽勇，寧靜勝於衝動。因為忍耐雖然被動痛苦，但可以保存實力，迎來新的機遇，從而實現反守為攻的長遠目標；反之，逞一時血氣之勇，雖然痛快一時，卻會導致魚死網破的結局，從而徹底失去未來捲土重來的機會。寧靜雖然無所作為，但是寧靜會使人平心靜氣，思慮周密，尋求到最有效的應付困境的策略與方法，從而後發制人，實現自己的最終目標。“一忍”對“百勇”，“一靜”對“百動”，都是誇張修辭法的運用，意在對比中突出強調“忍”與“靜”的重要性。

以其人之道，還治其人之身。

註釋 出自宋·朱熹《四書集註·中庸第十三章》註語。以，用。道，方法。治，回擊、懲治。身，自己。

點評 此言以那個整治別人的人的辦法來懲治那個人自己。

疑行無成，疑事無功。

註釋 出自先秦《商君書·更法》。疑，指猶豫不定。

點評 行動猶豫不定，就做不成事情；做事患得患失，就不會有成功之日。此言為人處事過分謹慎、沒有決斷力就不易成功的道理。

用之則行，捨之則藏。

註釋 出自先秦《論語·述而》。用，使用、重任。之，指我。則，就。行，做、出仕。捨，不用、不重任。藏，隱居、不出仕。

點評 有人請我做官，我就做；不請我，我就逍遙隱居，做我的布衣平民。這是孔子自述自己處世為人的原則。說得非常坦率，他願意做官，一展政治抱負，為天下萬民造福，他相信自己也有這個能力。但是，沒有機會，他也能達觀地看待，樂得做個逍遙派。此話後世多被官場失意人引用，成了自撫心靈痛苦的安慰劑。

與人善言，暖於布帛；傷人之言，深於矛戟。

註釋 出自先秦《荀子・榮辱》。與，給。矛戟，古代的兩種武器。

點評 贈人以善良之言，好比冬天的衣服一樣讓人感到溫暖；說傷害別人的話，比用矛戟刺人還要深。此言為人說話不可太刻薄。今日常說"好話一句三春暖，惡言一句三冬寒"，也是此意。俗語"一句話說得人一笑，一句話說得人一跳"，也是講會不會說話與人際關係的。

欲勝人者必先自勝，欲論人者必先自論，欲知人者必先自知。

註釋 出自秦・呂不韋《呂氏春秋・季春紀・先己》。欲，要、想。必，一定。知，了解。

點評 要想戰勝別人，就要先戰勝自己；要想批評別人，先要檢討自己；要想了解別人，先要對自己有清醒的認識。此言為人處世一定要先從加強自身修養開始。

丈夫之志，能屈能伸。

註釋 出自清・程允升《幼學瓊林・武職》。

點評 此言與今日常說的"大丈夫，能屈能伸"同義，皆是勸人要有忍受挫折、等待時機、東山再起的毅力與決心。

知無不言，言無不盡。

註釋 出自宋・蘇洵《遠慮》。

點評 對於所知道的一切就全部說出來，既然說了，就要將話說盡說透。這是說向人進言的原則，也是古往今來被視為進諫進言的最高境界。

自知者英，自勝者雄。

註釋 出自隋·王通《文中子·周公》。

點評 此言了解自己、戰勝自己，才是英雄。

志不求易，事不避難。

註釋 出自《後漢書·虞詡傳》。

點評 立志不能放低目標，做事不應迴避困難。此言為人立志要宏大、做事不畏難。

交友察人

白頭如新，傾蓋如故。

註釋 出自漢・司馬遷《史記・魯仲連鄒陽列傳》引諺語。傾蓋，兩車的車蓋相切，指路遇並車而談。

點評 如果不能傾心相知，從初交到白頭之時，也還像是初交一樣，不會有甚麼深厚的交情；如果雙方傾心相知，即使是路遇並車而談結交的朋友，也會像老朋友一樣。此言交友貴在相知的道理。

不知其子，視其友；不知其君，視其左右。

註釋 出自先秦《荀子・性惡》引古語。

點評 不知兒子的為人，看看他的朋友就可以了；不知國君是否賢明，看看他左右的大臣是甚麼德行就行了。此言“物以類聚，人以群分”的道理。

不可以一時之譽，斷其為君子；不可以一時之謗，斷其為小人。

註釋 出自明・馮夢龍《警世通言・拗相公飲恨半山堂》。不可，不能。以，憑。斷，斷定。

點評 此言不能憑一時的表現而斷定一個人的好壞，要以長遠的眼光作深入地考察。俗語“路遙知馬力，日久見人心”，正是這個道理。

察己則可以知人，察今則可以知古。

註釋 出自先秦《呂氏春秋・慎大覽・察今》。則，就。

點評 省察自己，就可以了解別人；考察當今世界，就可以推知古代社會。此言由此及彼是考察他人、了解古代的重要途徑。

觀人必於其微。

註釋 出自清・李寶嘉《官場現形記》。微，細微之處。

點評 此言觀察一個人應當從細微的方面着手。這是比較有效的手段，因為細節方面最不為當事人所注意，但卻恰恰是最能反映一個人本質的地方。

海內存知己，天涯若比鄰。

註釋 出自唐·王勃《送杜少府之任蜀川》。海內，指天下。天涯，天邊，比喻極遠的地方。比鄰，近鄰，古代五家相連為比。

點評 此言朋友之間只要心心相印，雖遠猶近。此二句是後代最常用送別朋友之語。它化自三國魏曹植《贈白馬王彪》一詩："丈夫志四海，萬里猶比鄰。恩愛苟不虧，在遠分日親。"王勃之句妙在以二句概括了曹植的四句之意，且在表達上留有餘地，含蓄雋永。

花徑不曾緣客掃，蓬門今始為君開。

註釋 出自唐·杜甫《客至》。花徑，落花滿地的小路。蓬門，指簡陋的門。君，你，指客人。

點評 此寫掃花清道、開門迎客的情景，白描敘事中透露出對友人深厚的情誼。

交不為利，仕不謀祿。

註釋 出自三國魏·嵇康《卜疑》。

點評 結交朋友不是為了謀利，做官不是為了謀求奉祿。此言結交朋友是精神的需要，做官是為了做事。

結交莫羞貧，羞貧友不成。

註釋 出自漢·無名氏《古詩》。羞貧，以朋友貧困為羞。

點評 此言結交朋友不能嫌貧愛富，否則朋友便做不成。因為交朋結友的意義乃在精神與情感的寄託與交流，而不是為謀取實際的利益。

今日烏合，明日獸散。

註釋 出自明·張萱《覆劉沖倩書》。

點評 今天像烏鴉一樣苟且聚合在一起，明天就會像鳥獸一樣各奔東西了。此以鳥獸的習性作比，說明結交朋友要慎重，不可苟且、隨便的道理。

君子以文會友，以友輔仁。

註釋 出自先秦《論語・顏淵》。君子，有德行的人。以，用。文，文章、學問。輔，培養。仁，仁德。

點評 君子以討論文章學問來結交朋友，通過朋友的幫助來培養仁德。這是孔子學生曾子對"交友之道"的認識。

君子上交不諂，下交不瀆。

註釋 出自先秦《周易・繫辭下》。瀆，輕慢、褻瀆。

點評 君子結交地位高的朋友不討好獻媚，結交地位低的朋友不態度輕慢。此言結交朋友講的是情感，而不是權勢地位。

君子交有義，不必常相從。

註釋 出自三國魏・郭遐叔《贈嵇康五首》。從，跟從、順從。

點評 此言君子之交重在情義，而不在乎常常在一起黏黏乎乎的親熱形式。

君子之交淡如水，小人之交甘如醴。

註釋 出自先秦《莊子・山木》。醴，甜酒。

點評 君子與人交往平淡如水，小人與人交往濃烈得就像甜酒。此以比喻修辭法生動形象地說明了君子與小人交往的差異。

君子交絶，不出惡聲。

註釋 出自漢・劉向編《戰國策・燕策二》。惡聲，指難聽的話或辱罵的話。

點評 君子與人斷絕交情，不會口出惡言。此言君子有不同於常人的修養與雅量。

馬逢伯樂而嘶，人遇知己而死。

註釋 出自明‧羅貫中《三國演義》第六十回。嘶，叫。伯樂，是古代善於相馬的人。

點評 此以千里馬見到伯樂才鳴叫作比，説明賢能之士只有遇到真心禮遇他的知己才會全心報效。其意是強調義士重情義的心理特點。

門內有君子，門外君子至。

註釋 出自明‧馮夢龍《警世通言‧俞伯牙摔琴謝知音》。

點評 此言君子之間是聲氣相通的，有共通的道德信仰，自然物以類聚而成朋友。

人生交契無老少，論交何必先同調。

註釋 出自唐‧杜甫《徒步歸行》。契，投合、相合。同調，指理念、志向、情趣等相一致。

點評 此言結交朋友只要情投意合，不必分年齡老少；有沒有交情，也不在於是否理念、情趣完全相一致。

人生結交在終始，莫為升沈中路分。

註釋 出自唐‧賀蘭進明《行路難五首》。終始，有始有終。升沈，指仕途的順逆。中路，半途。

點評 此言結交朋友應該善始善終，不要受到仕途順逆和地位高低的影響。

士為知己者死，女為悦己者容。

註釋 出自漢‧劉向編《戰國策‧趙策一》引古語。

點評 義士為知己的人而不惜捨棄生命，女人為了喜歡自己的人而梳妝打扮。此言友情、愛情是建立在真誠的感情基礎之上的，只有征服對方之心才能真正獲得。

士別三日，即更刮目相待。

註釋 出自晉‧陳壽《三國志‧吳書‧呂蒙傳》裴松之註引《江表傳》。

點評 此言看人要有發展的眼光，不可將人看死。

士有爭友，則身不離於令名。

註釋 出自先秦《孝經・諫諍章》。爭，同“諍”。爭友，指能直言相勸的朋友。則，那麼。令名，好名聲。

點評 士有諍友，那麼就不會犯錯而一直有好名聲。此言交友當交諍友的道理。

世人結交須黃金，黃金不多交不深。

註釋 出自唐・張渭《題長安壁主人》。

點評 此言乃是指斥唐代結交重錢財的功利主義世情，實際上也是對所有時代的世態人情的深刻揭示。俗語“有錢能使鬼推磨”、“見錢眼開”，說的都是這種世態人情。

視其所以，觀其所由，察其所安。

註釋 出自先秦《論語・為政》載孔子語。所以，指所做的事。所由，指做事的動機或採用的方法。所安，指所心安的事。

點評 觀察他的所作所為，體察他的行為動機，考察他所認為心安理得的事。這是孔子所提出的從行為、動機、良知三個方面對人予以考察的方法。

視其所好，可以知其人焉。

註釋 出自宋・歐陽修《有美堂記》。好，愛好、嗜好。焉，句末語氣助詞。

點評 看看他有甚麼樣的愛好，就能知道他是甚麼樣的人了。此言一個人的愛好最能反映一個人的品位。

勢利之交，古人羞之。

註釋 出自南朝宋・劉義慶《世說新語・忿狷》。

點評 以權勢與利害關係為考量而結交，這是古人以之為羞恥的事。此言意在強調結交應重感情，以志向、情趣的一致為基礎，而不應該帶有功利主義的色彩。不然，就褻瀆了結交的真義。

四海之內皆兄弟也。

註釋 出自先秦《論語・顏淵》。四海之內，指天下。也，句末語氣助詞。

點評 天下人都是兄弟。這是孔子學生子夏在回答同學司馬牛慨歎自己沒有兄弟之憂時所發的議論，體現了一個君子與天下人相愛的闊大胸襟。

談笑皆鴻儒，往來無白丁。

註釋 出自唐・劉禹錫《陋室銘》。鴻儒，大儒，指學識淵博的大家。白丁，指平民，沒有功名的人。

點評 此言與自己往來的都是博學之士，沒有圈外的俗人。意在誇耀自己交際圈子的高雅，從而突出表現室陋而人不俗的意旨。

聽其言，而觀其行。

註釋 出自先秦《論語・公冶長》。其，指示代詞。

點評 對於一個人，不僅要聽他怎麼說，還要看他怎麼做。這是孔子對於正確評價一個人所提出的標準，今天仍然時時引此語來告誡他人要好自為之，要言行一致。

同聲相應，同氣相求。

註釋 出自先秦《周易・乾》。應，共鳴。求，感應。

點評 聲調相同就會產生共鳴，氣味相同就會相互吸引。此以同聲相和而成樂、事物相同而互相感應的物理特徵，比喻人與人之間只有情投意合才能結成親密的朋友關係。今日說“情投意合”、“臭味相投”，說的正是人與人之間這種結交的基礎。

同美相妒，同智相謀。

註釋 出自先秦《素書・安禮章》。同美，姿色相當的美女。同智，智慧相敵的人。謀，算計。

點評 美貌相當，就會相互妒忌；智慧相侔，就會相互算計。此言姿色相當、智慧相當的人是相互排斥的，成不了朋友。究其原因，乃在於利益的衝突。

枉士無正友，曲上無直下。

註釋 出自先秦《素書・安禮章》。枉士，不正直的人。曲上，指不正直的上司。直下，正直的下屬。

點評 不正直的人是不會有正直的朋友的，不正直的上司是不會有正直的下屬的。此言朋友之間、同僚上下級之間的相互影響，同時也揭示了“物以類聚，人以群分”的道理。

相知無遠近，萬里尚為鄰。

註釋 出自唐・張九齡《送韋城李少府》。無，無論。尚，還。

點評 此言只要是相知的朋友，無論相隔距離是遠是近，都像是比鄰而居一樣。意謂相知在於彼此心靈的相通，而不在乎朝夕相處、形影不離。

惺惺惜惺惺，好漢識好漢。

註釋 出自明・施耐庵《水滸全傳》第二回。惺惺，指聰明的人。

點評 此言有才能的人互相愛惜、互相賞識。其實，這種愛惜與賞識實質上是一種顧影自憐、自我欣賞的心理表現，是一種將自愛、自賞投諸於他人的表現。

以文常會友，唯德自成鄰。

註釋 出自唐・祖詠《清明宴司勳劉郎中別業》。

點評 此言有文章就有機會常與朋友交流、與道德理念一致的人相處自然易於結交成友。以文會友，是文人的雅趣；切磋交流，是提升個人道德修養的重要途徑。這正是此詩句所要強調的意旨。

以財交者，財盡而交絕；以色交者，華落而愛渝。

註釋 出自漢・劉向編《戰國策・楚策一》。以，靠、憑。以色交，靠美色結交。華落，花落，指美色衰退。渝，改變。

點評 以錢財為基礎而建立起來的交情，錢財用盡便會交情斷絕；靠美色吸引而建立起的愛情，年老色衰後，愛情便不復存在。此言結交朋友、建立愛情都應該建立在真摯的感情之上，而不能帶有功利主義色彩，否則交情或愛情便難以維繫。

有朋自遠方來，不亦樂乎？

註釋 出自先秦《論語・學而》。朋，朋友。自，從。亦，也。乎，疑問語氣詞，相當於“嗎”。

點評 有朋友從遠方來訪，不也是非常快樂的事嗎？這是孔子教導學生的話，說人應該重視朋友情誼，要有好客之心。

友直，友諒，友多聞，益矣。

註釋 出自先秦《論語・季氏》。直，正直。諒，誠信。多聞，見聞廣博。益，有益。矣，句末語氣助詞。

點評 與正直的人交友，與有誠信的人交友，與見多識廣的人交友，都是有益的。這是孔子對交友的幾種情況所作的概括，同時也提出了交友的具體標準。

友如作畫須求淡，山似論文不喜平。

註釋 出自清・翁照《與友人尋山》。

點評 結交朋友應當像作畫一樣，必須講究平淡；欣賞山巒景色則應當像欣賞文章一樣，講究的是雄奇與不尋常。此以比喻修辭法形象生動地闡述了結交與看山的不同境界。前句化自《莊子》“君子之交淡如水”，強調交友要交君子。

與朋友交，言而有信。

註釋 出自先秦《論語・學而》。

點評 與朋友結交，承諾的一定要做到。這是孔子對結交朋友的要求。

欲交天下士，未面已虛襟。

註釋 出自唐・賀遂亮《贈韓思彥》。未面，未曾見面。虛襟，虛懷、虛心。

點評 此言要想結交天下的賢士，首先要有謙虛之心與虔誠之情。意謂結交賢士的目的是為了向他們學習，提升自己的德才，而不是其他。

知人既以為難，自知誠亦不易。

註釋 出自唐・吳兢《貞觀政要・擇官》載魏徵語。誠，確實。亦，也。

點評 了解別人固然很難，但了解自己確實也並不容易。此言知人與自知都不是容易的事。

修身養性

百人譽之不加密，百人毀之不加疏。

註釋 出自宋・蘇洵《遠慮》。密，親密。疏，疏遠。

點評 不因為眾人的稱譽，就跟他關係親密起來；也不因為眾人的詆毀，而對他就疏遠起來。此言君子自有自己獨立的見解，思想觀點不為外人所左右。

不忮不求，何用不臧？

註釋 出自先秦《詩經・邶風・雄雉》。忮，忌恨、害人。求，貪。臧，善、好。

點評 若沒有害人之心，若不貪得無厭，哪有事情不順意呢？這話與今天所說的"身正不怕影子斜"、"為人不做虧心事，不怕半夜鬼敲門"的俗語，意思一樣，是教人堂堂正正、光明磊落做人的勸世良言。

不愧於人，不畏於天。

註釋 出自先秦《詩經・小雅・何人斯》。

點評 沒做過有愧於人的事，自然不必畏懼上天的懲罰。此與俗語"為人不做虧心事，不怕半夜鬼敲門"，其義一矣。皆是勸人莫行虧心事的金玉良言。

不患人之不己知，患不知人也。

註釋 出自先秦《論語・學而》。患，擔心、怕。之，助詞，放在主語與謂語之間，取消句子的獨立性。不己知，即"不知己"的倒裝，意為不了解自己。也，句末語氣助詞。

點評 不要擔心別人不了解自己，要擔心的是自己對別人不了解。這是孔子教育學生的話。其意是說為人嚴於律己，不要苛求別人。

不患無位，患所以立；不患莫己知，求為可知也。

註釋 出自先秦《論語・里仁》。患，擾心、怕。無位，沒有官位。立，指立身處世的才能。己知，即"知己"的倒裝，意即了解自己。求，追求。也，句末語氣助詞。

點評 不怕沒官位，就怕自己沒有可以擔當大任的才能；不必擔心別人不了解自己，應該擔心的是如何修煉自己，提升才能，以便讓別人知道自己有擔當大任的能力。這是孔子所闡明的處世為人的原則。

不義而富且貴，於我如浮雲。

註釋 出自先秦《論語・述而》。不義，不正當。而，卻。且，而且。於，對於。如，像。

點評 以不正當的手段而獲取的富貴，對我來説，就像是天上飄動的浮雲。這是孔子堅持理想、不為外力所動搖的信念的宣言。它以天上浮雲飄忽無根比喻不義之舉所獲富貴的非正當性、不可取，目的是強調君子的人格、道德修養。主張謀富貴當以保持人格尊嚴、維護道德為前提。

不能正其身，如正人何？。

註釋 出自先秦《論語・子路》記孔子語。正，端正。其身，自己。如正人何，即如何正人，使別人端正。

點評 不能使自己的言行端正符合道德規範，如何能讓別人端正言行呢？

不誘於譽，不恐於誹。

註釋 出自先秦《荀子・非十二子》。

點評 不被榮譽所誘惑，不為誹謗中傷之言所嚇倒。此言不求虛榮、不做虧德之事，自然可以堂堂正正、問心無愧地做人。

不聞大論，則志不宏；不聽至言，則心不固。

註釋 出自漢·荀悅《申鑒·雜言下》。大論、至言，皆指深刻有見解的聖人之言。則，那麼、就。宏，大。固，指堅定。

點評 不聽聖人深刻宏大的教導，那麼就不能樹立宏大的志向，不能有堅定的意志。此言修身養性、有所作為，就應該從前代聖哲之言中吸取教誨。

不貴於無過，而貴於能改過。

註釋 出自明·王守仁《教條示龍場諸生》。過，過錯。

點評 一個人的可貴之處不在於他不犯錯，而是犯了錯誤能勇於改正錯誤。此言知錯即改便是君子風範。

不以人之壞自成，不以人之卑自高。

註釋 出自晉·陳壽《三國志·魏書·文帝紀》裴松之註引《獻帝傳》。以，用。壞，指失敗。卑，低卑。

點評 不要以別人的失敗來顯示自己的成功，不要以別人的低卑來反襯自己的高大。此言為人應該謙虛低調，要對弱者有同情之心。

不以一毫私意自蔽，不以一毫私慾自累。

註釋 出自宋·朱熹《四書集註·中庸第二七章》註語。以，因。蔽，蒙蔽。累，牽累、影響。

點評 不因為有一毫的自私之意而使自己清明的心靈受蒙蔽，不因為有一絲的私慾而使自己的人格受影響。此言君子修身務須要去除“私意”、“私慾”，才能使人格修養臻至一個崇高的境界。

不遷怒，不貳過。

註釋 出自先秦《論語·里仁》載孔子語。貳過，相同的錯誤。

點評 不遷怒於他人，不犯相同的錯誤。此言君子為人應該勇於承擔，有問題先從自身找原因，而不遷怒於人；犯了錯誤要吸取教訓，不能知錯不改。

不汲汲於富貴，不戚戚於貧賤。

註釋 出自漢・班固《漢書・揚雄傳》。貧，指沒錢。賤，指沒有地位。

點評 不為追求富貴而着急，不因貧賤而悲愁。此言君子“富貴不能動其心、貧賤不能移其志”的人生態度，體現了君子淡然、超然的處世境界。

超然不累於物。

註釋 出自宋・蘇轍《超然台賦敍》。超然，超脱的樣子。累，牽累。物，指塵世的慾念。

點評 此言一種超然物外、不為塵世俗念所牽絆的修身養性的最高境界。

德不孤，必有鄰。

註釋 出自先秦《論語・里仁》。德，指有道德之人。鄰，鄰居、同伴。

點評 道德高尚的人一定不會孤單，相信天下總有與他志向相投者。這是孔子勉勵後來者加強道德修養的話。這話既反襯出孔子在春秋時代那種周禮崩壞、道德淪喪的環境中始終高舉道德大旗的孤獨之情，也可見出他追求理想的執着之情。

地勢坤，君子以厚德載物。

註釋 出自《周易・坤》。坤，六十四卦之一。君子，此指道德高尚的人。

點評 坤卦象徵大地，君子應該效法大地，以寬厚的胸懷，承載容納萬物。此乃勸人修身進德，加強自身修養之言。意在勉勵人們要有虛懷若谷的品德，要有包容萬物的胸襟。

飯疏食，飲水，曲肱而枕之，樂亦在其中矣。

註釋 出自先秦《論語‧述而》。飯，吃。疏食，糙米飯。曲，彎曲。肱，胳膊。亦，也。矣，句末語氣助詞。

點評 吃糙米，喝清水，彎起胳膊當枕頭，也有快樂在其中。這是孔子自述對於生活的觀點。這種安於清貧的生活觀，既是一種達觀的財富觀，更是一種高尚的人生觀。

非我而當者，吾師也；是我而當者，吾友也；諂諛我者，吾賊也。

註釋 出自先秦《荀子‧修身》。…者，…也，古代漢語的一種判斷句形式，相當於"…是…"。非，非議、批評。當，恰當、正確。吾，我。是，肯定。諂諛，巴結討好。賊，仇人。

點評 批評我而又批評得恰當的，他便是我的老師；肯定我而又實事求是的，他便是我的朋友；討好奉承我的，他便是我的仇人。此言修身養性要有"聞過則喜"的雅量，要親近正人君子而遠離諂諛小人。這樣，才會有利於自己道德的修煉進步。

富貴不淫貧賤樂，男兒到此是豪雄。

註釋 出自宋‧程顥《偶成》。淫，過分、無節制、縱慾。貧，經濟困難。賤，沒有地位。

點評 此言男子漢大丈夫修身養性到了無論貧富、貴賤都能處之泰然而不會改變心志的地步，就是真正的豪傑了。意在勉勵有志男兒當以孟子所說的"富貴不能淫，貧賤不能移、威武不能屈"的標準要求自己。

苟日新，日日新，又日新。

註釋 出自《禮記‧大學》。苟，如果。

點評 如果有朝一日道德上能夠獲得更新提升，那就要爭取每天都要自新，而且要不斷地努力，以期有更一步地提升進步。這是《禮記》引商王成湯自勵道德的《盤銘》上的文字，意在勸人修身進德。

過而不改，是謂過矣。

註釋 出自先秦《論語・衛靈公》。過，過錯。而，卻。是，這。謂，叫做。矣，了。

點評 有了過錯卻不改正，這才真正叫做錯了。這是孔子所提出的對待錯誤的態度，認為“過而能改”才是正確的出路。

過則勿憚改。

註釋 出自先秦《論語・學而》載孔子語。過，過錯。則，就。憚，怕。

點評 有過錯就要勇於改正。意謂犯錯並不可怕，怕的是錯了而不改，甚至諱疾忌醫，明知是錯了，卻要維護所謂面子或自尊心。這樣，錯誤便永遠是錯誤，永遠不得進步。

毀譽不干其守，飢寒不累其心。

註釋 出自宋・歐陽修《送秘書丞宋君歸太學序》。干，干擾。守，操守。累，影響。

點評 詆毀、稱譽不改其操守，飢餓、寒冷不影響其心志。此言君子修身養性不為外物左右的崇高境界。

見善如不及，見不善如探湯。

註釋 出自先秦《論語・季氏》。善，好的事情。如，像。不及，趕不上、來不及。不善，不好的事情。探，伸手取東西。湯，開水。

點評 看見好的事，就像是怕來不及似地馬上付諸行動；見到不好的事，就像是將手放入開水鍋裏一樣，馬上避開。這是孔子教導學生如何“去惡向善”、加強品德修養的話。

見賢思齊焉，見不賢而內自省也。

註釋 出自先秦《論語・里仁》。賢，指賢德之人。齊，看齊。焉，於此。自省，自我反省。

點評 見到有賢德之人就想着向他看齊學習，見到不賢的人，就反省自己有沒有他那種不良的德行。這是孔子所提出的加強自身修養的千古明訓，永遠值得記取。

見善則遷，有過則改。

註釋 出自先秦《周易•益》。則，就。遷，遷移、靠近。

點評 見到別人好的方面就向其看齊，知道自己哪裏有過錯就勇於改正。此言修身養性就是要見善思齊、有過則改。

靜以修身，儉以養德。非澹泊無以明志，非寧靜無以致遠。

註釋 出自三國蜀•諸葛亮《誡子書》。以，表示目的的連詞。非，不。澹泊，不追求、看淡。明，使明。致，達到。

點評 寧靜可以修煉身心，節儉可以培養道德。沒有看淡一切的心態就難以使志向顯明，沒有寧靜的心緒就難以實現遠大的目標。此言寧靜才能避免心氣浮躁，節儉才能培養清心寡慾的情操。

救寒莫如重裘，止謗莫如自修。

註釋 出自晉•陳壽《三國志•魏書•王昶傳》。救寒，避免受寒。裘，皮衣。莫如，不如。止謗，使別人停止攻擊誹謗。自修，加強自身修養。

點評 要防止身體寒冷，不如穿上加厚的皮衣；要制止別人的誹謗，最好的方法莫過於加強自身修養。此以身寒換皮衣為喻，説明要想使自己免遭他人非議，最好的辦法是加強自身道德修養，讓人無話可説。

君子食無求飽，居無所安，敏於事而慎於言，就有道而正焉，可謂好學也已。

註釋 出自先秦《論語•學而》。君子，指道德修養高的人，即“有德者”。有時也指社會地位高的人，即“有位者”。這裏指“有德者”。食，吃。安，安逸。敏，敏銳、敏捷。慎，謹慎。就，接近。有道，指有道者，即有道德、有學問的人。正，糾正。也已，句末語氣助詞。

點評 君子吃不求飽足，住不講究安逸，做事敏捷，說話謹慎，接近有道德學問者，並自覺向他們學習，以糾正自己的錯誤，這樣的君子才可算是真正好學的人。這是孔子對“好學”君子所提出的標準。

君子周而不比，小人比而不周。

註釋 出自先秦《論語・為政》。君子，這裏指道德高尚之士。周，親密、團結。比，互相勾結。小人，指道德低下者。

點評 君子出以正道團結他人，而不願同流合污以結私黨；小人則不然，他們是出於私利而互相勾結，全然不顧道義。這是孔子對君子與小人所作的界定。

君子坦蕩蕩，小人長戚戚。

註釋 出自先秦《論語・述而》。君子，道德高尚的人。小人，道德低下的人。戚，憂愁、悲傷的樣子。

點評 君子心胸磊落，表情自然、坦然；小人心術不正，則時露憂愁不安之貌。這是孔子對君子與小人性格、神情特徵的區分。這話和俗語“為人不做虧心事，不怕半夜鬼敲門”有着相同的心理學依據。因為一個人心胸坦蕩，沒有甚麼藏着掖着的，自然沒有精神負擔，神情中自有一種自信的坦然。反之，若一個人心術不正，必然對他人有所防備，表情上自然時有憂愁不安。孔子教人光明正大、正派坦蕩做人。

君子固窮，小人窮斯濫矣。

註釋 出自先秦《論語・衛靈公》。固，堅持。窮，貧窮，此指困境。固窮，即安守困境。斯，那麼、就。濫，本指大水溢出，此指無節制、胡來。矣，了。

點評 君子在困境中還能夠安守本分，小人就要胡作非為了。這是孔子就君子與小人在困境中的表現所作的人格比較，指出只有關鍵時刻才能看得出一個人的品格高下。

君子謀道不謀食。

註釋 出自先秦《論語・衛靈公》。君子，指道德高尚者。謀，考慮、追求。道，此指學問、道德。食，代指衣食等物質生活。

點評 君子追求的是道德學問，而不是衣食溫飽。這是孔子勸學之言，意在勸人加強道德學問修養，與其“安貧樂道”的觀點相通。

君子憂道不憂貧。

註釋 出自先秦《論語・衛靈公》。憂，憂愁。道，學問、道德。貧，沒有錢、貧困。

點評 君子只愁學問不精進，不愁貧困無衣食。這是孔子勸學之語，意在勸人加強學問道德方面的修養，不要太在意物質方面的享受。當然這有些理想主義色彩，在現實中可能行不通。但提倡這種“安貧樂道”的精神，卻是任何時代都需要的。畢竟人是要有些精神追求的。

君子有三變：望之儼然，即之也溫，聽其言也厲。

註釋 出自先秦《論語・子張》。三變，指儀表的三種變化。之，他。儼然，威嚴莊重的樣子。即，接近。也，語氣助詞。溫，溫和。厲，嚴肅。

點評 君子在儀表方面有三種變化：遠遠望去，他顯得威嚴莊重；接近他，卻感到他親切溫和；聽他説話，則覺得義正辭嚴、嚴肅認真。這是孔子學生子夏所描寫的君子應有的儀表風範。

君子不怨天，不尤人。

註釋 出自先秦《孟子・公孫丑下》。尤，怨恨、責怪。

點評 君子不埋怨上天，不責怪別人。這是孟子對君子提出的要求，其意是凡事要勇於自己承擔，多反省自己的所作所為。

君子賢而能容罷，知而能容愚，博而能容淺，粹而能容雜。

註釋 出自先秦《荀子・非相》。賢，賢能。容，寬容、容忍。罷，通“疲”，疲乏，此指疲弱無能。知，同“智”，智慧。雜，蕪雜。

點評 君子自己賢能而對他人的疲弱無能也能容忍，自己機智而對他人的愚蠢也可容忍，自己知識廣博而對他人的淺薄也能予以寬容，自己道德純粹而對他人道德不高尚也能寬容。此言君子要有容人的雅量，不可一切以自己的標準衡量一切人。

君子獨立不慚於影，獨寢不慚於魂。

註釋 出自先秦《晏子春秋・外篇八之四》。慚，慚愧。

點評 君子內省自己言行沒有過錯，就能獨站於陽光之下不怕影子斜，獨眠一室而不會覺得內心有不安。此言君子修身應以達到問心無愧的境界為目標。此與《詩經・小雅・何人斯》所說“不愧於天，不畏於人”同義，亦是源於此。

君子慎其獨也。

註釋 出自漢・戴聖《禮記・中庸》。獨，指獨處的時候。也，句末語氣助詞。

點評 君子在自己獨處之時特別謹慎自己的行為。此言在無人監督的情況下還能嚴格要求自己，那才是道德高尚的君子。意在強調君子修身養性貴在發乎內心，而不是故意做給人看的。

勞苦之事則爭先，饒樂之事則能讓。

註釋 出自先秦《荀子・修身》。則，就。饒樂，富裕安樂。

點評 勞苦的事就爭先承擔，安樂之事就謙讓他人。

良馬不念秣，烈士不苟營。

註釋 出自唐・張籍《西州》。秣，喂馬的飼料。烈士，古代指有志之士。苟營，苟且。

點評 此以駿馬不貪吃馬料為喻，説明有志之士處世為人是不會苟且隨便的。

臨官莫如平，臨財莫如廉。

註釋 出自漢・劉向《説苑・政理》。臨，面對。莫如，不如。

點評 面對官職的升降，不如保持一顆平常心；面對金錢等身外之物，不如淡然視之，以保持自己清廉的節操。此言君子修身應看淡功名錢財，才能使自己的人格境界達到一個新的高度。

滿招損，謙受益。

註釋 出自先秦《尚書・大禹謨》。滿，此指驕傲。招，招致。益，好處。

點評 驕傲自滿會招致損失，謙虛謹慎會獲益多多。此語與“謙虛使人進步，驕傲使人落後”同義，都是勸人虛心戒驕、修身養性，以期進步。

迷而知返，得道未遠。

註釋 出自北齊・魏收《魏書・高謙之傳》引諺語。道，指正途。

點評 迷路而知道返回，那麼離找到正途就不遠了。此以迷途知返為喻，說明了這樣一個做人的道理：犯了錯誤能夠改正，就能進步，離君子修養的距離就不遠了。

怒則思理，危不忘義。

註釋 出自漢・劉向《說苑・立節》。則，就。

點評 生氣的時候就想想生氣的道理，儘量予以克制；遇到危難的時候，不能只考慮生死而忘了道義。此言君子修身應堅持克制自己、堅持道義的理念。

其窮也不憂，其樂也不淫。

註釋 出自唐・柳宗元《校書郎獨孤君墓銘》。其，他，指墓主獨孤氏。窮，不得志、失意。也，句中語氣助詞。淫，過分、無節制、縱慾。

點評 不得志時不憂愁悲傷，快樂時不縱慾妄為。此言雖是讚揚墓主人格高尚之辭，同時也是對君子修身所提出的一個標準。

謙謙為人，矯矯為官。

註釋 出自唐・韓愈《江西觀察使韋公墓誌銘》。矯，舉起。矯矯，指高高抬頭的樣子。

點評 此言做人應當低調謙虛，做官要高調進取。因為做人要講究態度，而做官則要講究政績、作為。

窮則獨善其身，達則兼濟天下。

註釋 出自先秦《孟子‧盡心上》。窮，指不得志。則，就。善，使…善。達，指得志。濟，幫助。

點評 不得志時就加強自身修養、保持節操，得志時就想到幫助天下人，使天下人受惠。這是孟子的名言，在中國歷史上影響甚巨。很多讀書人以此為人生信條，不論順境、逆境都能處之泰然，做到寵辱不驚。

求名莫如自修，善譽不能掩惡也。

註釋 出自宋‧歐陽修《唐王重榮德政碑》。也，句末語氣詞。

點評 求取好名譽，不如加強自身修養；不加強自身修養，即使浪得虛名，也掩蓋不了自己的惡行。此言好名聲並不能浪得，必須加強自我道德修養，實實在在地做出來。

人不知而不慍，不亦君子乎？

註釋 出自先秦《論語‧學而》。慍，怨恨、不滿。亦，也。君子，指道德修養高的人，即“有德者”。有時也指社會地位高的人，即“有位者”。乎，疑問語氣詞，相當於“嗎”。

點評 別人對自己好的方面不了解，並不感到不滿，這不正是君子的風範嗎？這是孔子所提出的君子的標準。

人瘦尚可肥，士俗不可醫。

註釋 出自宋‧蘇軾《於潛僧綠筠軒》。

點評 此言意在誡勉讀書人或士大夫切莫太過世俗，應該加強自身修養，樹立不同流合污、自標一格的人格風範。

人有慾，則無剛。剛則不屈於慾。

註釋 出自宋‧朱熹《四書集註‧論語‧公冶長》註引程子語。慾，慾望、貪慾。則，就。

點評 一個人有貪慾，就不會有過硬的人格。有過硬的人格，也就不會屈服於貪婪。此言君子修身養性務須去除貪慾，這才能保證有清廉剛正的人格。成語“無慾則剛”，說的正是此意。

日省其身，有則改之，無則加勉。

註釋 出自宋・朱熹《四書集注・論語・學而》註語。省，反省。則，就。加勉，加以自我勉勵。

點評 每天反躬自省，有錯就改正，無錯就自我勉勵，再接再厲。此言君子修身應當要有高度的自覺性，且要持之以恆。

如切如磋，如琢如磨。

註釋 出自先秦《詩經・衛風・淇澳》。切磋，本指加工玉器骨器，後引申為討論研究學問。琢磨，本指玉石與骨器的精細加工，後引申為學問道德上鑽研深究。

點評 此二句意思是讚美一位君子的才學道德，說他的學問越來越精湛，道德越來越高尚。這是以玉器與骨器的打磨比喻君子的道德、學問只有不斷努力提升才能臻至完美。今日漢語中“切磋”、“琢磨”二詞，即源於此。

聖人去甚，去奢，去泰。

註釋 出自先秦《老子》第二十九章。甚，過度的享受。奢，過度的奢侈。泰，過度的安逸。

點評 聖人修身養性不講究過度的享受，過度的奢侈，過度的安逸。

士不可不弘毅，任重而道遠。

註釋 出自先秦《論語・泰伯》。士，讀書人。弘毅，指胸懷闊大，性格剛毅。任重，指任務、使命重大。道遠，指前程遙遠、艱難。

點評 讀書人不可以沒有闊大的胸襟與志向，不可以沒有剛毅不屈的意志與性格，因為他們的任務繁重、使命重大，實現理想的路途相當遙遠、艱難。這是孔子學生曾子的話，是自勵其志之言，也是對天下讀書人所提出的希望。

天知，神知，我知，子知，何謂無知？

註釋 出自南朝宋·范曄《後漢書·楊震傳》。子，你。無知，沒人知道。

點評 天知，神知，我知，你知，怎麼説無人知道呢？這是楊震對夜晚懷金求見的昌邑縣令王密説的一番話，意謂天下沒有無人知道的秘密，除非自己未曾做過，那就心底無私天地寬了。俗語“若要人不知，除非己莫為”，其義與此同矣。

玩人喪德，玩物喪志。

註釋 出自先秦《尚書·旅獒》。玩，玩弄。志，志向、理想。

點評 玩弄他人會使道德淪喪，過分愛好某物會使志氣盡喪。此言對人應誠懇，愛物要節制。

毋意，毋必，毋固，毋我。

註釋 出自先秦《論語·子罕》。毋，不。意，通“臆”，即主觀臆測。必，指武斷。固，指固執。我，指自以為是。

點評 不主觀臆測，不行事武斷，不固執己見，不自以為是。這是《論語》記述孔子努力戒絕的四件事，也是孔子人品與處世原則的寫照。

勿以惡小而為之，勿以善小而不為。

註釋 出自晉·陳壽《三國志·蜀書·先主傳》裴松之註引《諸葛亮集》。勿，不要。以，因。為，做。

點評 不要因為某事為害不大而做它，不要因為某事造福不多而不做。此言防止道德墮落要從小的方面注意，積極向善要從小事做起。

無為其所不為，無慾其所不慾。

註釋 出自先秦《孟子·盡心上》。

點評 不要做自己不想做的事，不要接受自己不想要的東西。此言做人不要有愧於心。

吾日三省吾身：為人謀而不忠乎？與朋友交而不信乎？傳不習乎？

註釋 出自先秦《論語‧學而》。吾，我。日，每天。三省，多次反省。三是虛指。吾身，我自己。為，替。謀，謀事、辦事。忠，竭力、盡力。乎，嗎。交，結交。信，講信任。傳，傳授。習，温習、復習。

點評 我每天都要多次反躬自省：替人辦事都竭盡全力了嗎？與朋友結交都講誠信了嗎？對老師所傳授的知識都溫習掌握了嗎？這是孔子的得意門生曾參給自己制訂的做人標準。後世所說的“三省吾身”、“反躬自省”的成語，都是源於此，強調的都是要加強個人的自身修養，做事先做人。

新沐者必彈冠，新浴者必振衣。

註釋 出自戰國‧楚‧屈原《楚辭‧漁父》。沐，洗頭。浴，洗澡。彈冠，彈去帽子上的灰塵。振衣，抖落衣服上的灰塵。

點評 剛洗過頭的人，戴帽前一定會先彈彈帽上的灰塵；剛洗過澡的人，穿衣前一定會抖抖衣裳上的塵土。這是屈原以沐浴彈冠振衣為喻，表明自己不願與世俗同流合污、要留清白在人間的堅定信念。後世“潔身自好”之語，亦源於此。

行年五十，而知四十九年非。

註釋 出自漢‧劉安《淮南子‧原道訓》。非，不對之處。

點評 年將五十，應該知道自己前四十九年言行的不當之處。此言人應該勇於反省自己，勇於否認自己，以求進步。

行必先人，言必後人。

註釋 出自漢‧戴德《大戴禮記‧曾子立事》。必，一定。先人，先於人。後人，後於人。

點評 行動要先於別人，評論要後於他人。此言意謂君子修身立世要多做事、少閒話。

言之者無罪，聞之者足以戒。

註釋 出自先漢‧毛萇《詩經‧大序》。戒，警戒。

點評 説話的人沒有錯，説得對不對，聽話的人都要引以為戒。此言對於別人的批評要有接受的雅量，有則改之，無則加勉。

以直報怨，以德報德。

註釋 出自先秦《論語・憲問》。以，用。直，正直。怨，怨恨。報，報答。

點評 用正直的行為來回應別人對自己的怨恨，用恩德報答別人曾經施予自己的恩德。這是孔子在回答別人提出“以德報怨”觀點時所闡發的見解，體現了他講原則、愛憎分明而又正直曠達的做人風格。他不贊成“以德報怨”，認為“以德報怨”，那麼就沒甚麼可以報德了。

欲影正者端其表，欲下廉者先之身。

註釋 出自漢・桓寬《鹽鐵論・疾貪》。欲，想。表，儀表，此指身體。下，指下屬。先之身，先要求自己。

點評 要想影子正，就要先把自己的身子站直；要想下屬清廉，自己要先做出表率。此以正影先正身為喻，説明正人先正己的道理。

朝聞道，夕死可矣。

註釋 出自先秦《論語・里仁》。聞，聽到。道，這裏指真理。矣，語氣助詞，相當於“了”。

點評 如果朝上能聞道，晚上死了也閉眼。這是孔子所表達的對真理追求的心志。其對真理、真知的執着追求之情，可謂感人至深。

正己而不求於人，則無怨。

註釋 出自漢・戴聖《禮記・中庸》。求，要求。則，那麼、就。

點評 端正自己的言行而不對別人提出苛刻的要求，那麼就不會有甚麼怨言了。此言嚴於律己才是修身養性的正道。現在常講“嚴於律己，寬以待人”，説的正是這個意思。

正身以俟時，守己而律物。

註釋 出自清・吳敬梓《儒林外史》第七回。以，而。俟，等待。

點評 循正道修身而等待時機，嚴守自己應有的本分而再去要求別人。

此言正人君子應該等待時機奮發上進，但時機未到之前應該先嚴格要求自己，修身養性，安分守己，寬以待人。

種樹者必培其根，種德者必養其心。

註釋 出自明・王守仁《傳習錄》上。

點評 此以種樹培根為喻，説明道德修養要從心底開始。意謂道德修養只有是發自內心的自覺要求才有效果。

酌貪泉而覺爽，處涸轍而猶歡。

註釋 出自唐・王勃《秋日登洪府滕王閣餞別序》。

點評 此乃作者以“用典”修辭法自標其人格的高尚。“酌貪泉”句，典出於《晉書・吳隱之傳》。其傳有云：“未至州（廣州）二十里，地名石門，有水曰貪泉，飲者懷無厭之慾。隱之至泉所，酌而飲之，賦詩曰：‘古人云此水，一歃懷千金，試使夷齊（伯夷、叔齊）飲，終當不易心’。清操愈厲。”作者這裏用此典，意在突出自己清廉之節操。“處涸轍”句，典出於《莊子・外物》。其文有云：“（莊）周昨來，有中道而呼者，顧視車轍中有鮒魚焉。周問之曰：‘鮒魚來，子何為者耶？’對曰：‘我東海之波臣也。君豈有斗升之水而活我哉？’周曰：‘諾，我且南遊吳越之王，激西江之水而迎子，可乎？’鮒魚忿然作色曰：‘吾失我常與，我無所處，吾得斗升之水然活耳。君乃言此，曾不如早索我於枯魚之肆。’”作者這裏用此典，是暗指自己處逆境而怡然的德操。

自伐者無功，自矜者不長。

註釋 出自先秦《老子》第二十四章。伐，誇耀。矜，驕傲。長，指進步。

點評 喜歡自我誇耀的人是不會事業有成的，驕傲自大的人是不會進步的。此言謙虛謹慎才能使人事業有成、成長進步。

自知不自見，自愛不自貴。

註釋 出自先秦《老子》第七十二章。見，同“現”。

點評 自己了解自己的能力，但不刻意表現自己；自己對自己有信心，但不自以為是，覺得自己了不得。此言做人應當謙虛、低調。

明心見性

不要人誇顏色好，只留清氣滿乾坤。

註釋 出自元・王冕《墨梅》。

點評 此乃詩人借物言志之句。明裏是寫墨梅不同於白梅、紅梅那樣顏色鮮豔，但卻香氣充溢天地之間；暗裏則是以梅喻己，表明自己高潔而不苟同於世俗之輩的志向與情趣。

不受塵埃半點侵，竹籬茅舍自甘心。

註釋 出自宋・王淇《梅》。

點評 此寫梅花開在竹籬茅舍之旁，花葉不染半點塵埃的形象，意在借梅花自喻，表達自己追求潔身自好、自標一格的人格理想。

不以物喜，不以己悲。

註釋 出自宋・范仲淹《岳陽樓記》。以，因。物，指外部環境。

點評 不因為外部環境好而高興，不因為自己的得失而悲傷。此言自己的思想情緒不會隨着外部環境的好壞而有所變化。意謂只要把功名富貴、利益得失等等都看淡了，做人自然能夠寵辱不驚。這是作者自我心志的表白，體現了一個正直的封建士大夫的人格追求。

滄浪之水清兮，可以濯我纓；滄浪之水濁兮，可以濯我足。

註釋 出自先秦古歌《孺子歌》。滄浪，水名，即《水經注》所記涓水，春秋時又稱清發水。發源於今湖北省隨縣西南，東南流經漢川入漢江。兮，語氣助詞，相當於"啊"、"呀"。濯，洗。纓，結冠的帶子。

點評 滄浪之水清，可洗我冠纓；滄浪之水濁，可以洗我足。這表面是寫根據水的清濁決定所要做的事情，實際要表達的是根據周圍的社會環境修潔其身的人格追求。

出淤泥而不染，濯清漣而不妖。

註釋 出自宋‧周敦頤《愛蓮說》。濯，洗。清漣，指清水。妖，妖豔。

點評 從污泥中長出而不沾染一點污泥，在清水中洗過，明豔而不妖豔。此寫蓮花潔淨的形象，意在借蓮花自喻，表露自己身處俗世而追求潔身自好、一塵不染的人格理想。

但願眾生皆得飽，不辭羸病臥殘陽。

註釋 出自宋‧李綱《病牛》。但，只。願，希望。羸，瘦弱。

點評 此以病弱的老牛為喻，表達了詩人老病血衰之年仍希望為國出力，為解決天下民眾的溫飽而努力的心志。

但願蒼生俱飽暖，不辭辛苦出山林。

註釋 出自明‧于謙《詠煤炭》。但，只。願，希望。蒼生，百姓。俱，都。

點評 此以煤炭為喻，表明了詩人願為天下蒼生的飽暖而不懈努力的心志。今日常用來稱讚一個人的偉大無私。

高蹈風塵外，長揖謝夷齊。

註釋 出自晉‧郭璞《遊仙詩十四首》其一。高蹈，遠離。風塵，俗世。揖，作揖。謝，辭別。夷齊，即伯夷、叔齊，周朝初年的兩個隱士。

點評 遠離塵世、超凡脱俗，堅決隱居，退隱之志比伯夷、叔齊還要堅決。這便是詩人的心跡表露，也是他的人格追求。

兩間東倒西歪屋，一個南腔北調人。

註釋 出自明‧徐渭題紹興青藤書屋聯語。

點評 上句寫居室之陋，下句寫室主的非南非北的遊民身份。表面是敍事，實則表達的是室主獨立世俗之外、淡泊名利、追求自由生活的人生理想。

洛陽親友如相問，一片冰心在玉壺。

註釋 出自唐‧王昌齡《芙蓉樓送辛漸》。

點評 此詩約寫於開元二十九年以後，是詩人從龍標貶所歸吳，任江寧丞時送別朋友辛漸之作。由於政治原因，詩人三次被貶遠放。但他相信清者自清，濁者自濁，是非不必辯解。故借送友人，臨別叮囑之機，以晶瑩透明之冰被包容於清澈無瑕、澄空見底的玉壺之中作比，道出了自己的心聲：讒言不必畏，謗誹由他人，清清白白自我，足可告慰洛陽親友。唐人王維、崔顥、李白等人都曾以冰心、玉壺自勵、自標其人格，但以王昌齡此句最為有名。究其原因，乃是比喻新穎，表意含蓄雋永，玉壺包冰心，清澈者更顯清澈，透亮者更見無瑕。由此，"一片冰心在玉壺"一句遂成為千古以降高潔之士引以自喻人格的名言。

千錘萬鑿出深山，烈火焚燒若等閒。粉身碎骨全不怕，要留清白在人間。

註釋 出自明・于謙《石灰吟》。

點評 此寫石灰經由石頭焚燒而變成為人類使用的塗料的全過程，意在借石灰以自喻，表達自己不畏艱難，甚至置生死於度外而造福社會、報效國家的心志。"要留清白在人間"，乃是運用雙關修辭法，表面是說石灰的顏色，實際要表達的是詩人自己清白做人的人格志向。

青山是處可埋骨，白髮向人羞折腰。

註釋 出自宋・陸游《醉中出西門偶書》。是處，到處。折腰，彎腰，指求人。

點評 哪裏不能埋人骨，何必白頭還求人？此乃表達詩人寧可默默無聞地生活一輩子，也決不為了名利而向權貴卑躬屈膝以損人格的決心。

清風兩袖朝天去，免得閭閻話短長。

註釋 出自明・于謙《入京詩》。天，此指皇帝。閭閻，里巷，代指老百姓。話短長，代指說閒話。

點評 兩袖清風見皇帝，不讓百姓說閒話。此乃詩人清廉為官、潔身自好的心志表白。

人愛名與利，我愛水與山。

註釋 出自金•劉汲《題西岩》其一。

點評 愛名貪利，乃是世俗常情。但是，詩人卻以耽於山水自然之間為人生的最大的快樂。這是詩人自標其人格追求之言，也是詩人不同凡俗的情趣志向與超然曠達人生觀的真情表露。

三徑就荒，松菊猶存。

註釋 出自晉•陶淵明《歸去來兮辭》。三徑，是用典，漢代隱士蔣詡隱居時，在舍前竹下開了三條小路，只與求仲、羊仲來往。後代遂以“三徑”代指隱士居所。就，接近。荒，荒蕪。猶，還。

點評 此寫自己久未在家，混跡官場，以至高潔的隱士都無人與之來往了，舍下的三徑差不多已近荒蕪。但是，可喜的是松菊還在。松菊也是孤傲高潔的象徵，此以之象徵自己還有松菊之本性，表達了自己決心回歸自然、遠離俗世的決心。

少無適俗韻，性本愛丘山。

註釋 出自晉•陶淵明《歸田園居五首》其一。適俗韻，適合世俗的性情。性，本性。

點評 不愛俗世的榮華富貴，而愛山水自然，乃是本性使之然，這是詩人的心靈獨白，也是其人生志向與理想情趣的真情表白。

水流心不競，雲在意俱遲。

註釋 出自唐•杜甫《江亭》。

點評 前句以河水滔滔不絕與自己心靜如止水的心態作對比，後句以白雲悠悠、自由自在之態與自己行動遲遲的閒適之狀相比，以此凸顯詩人意欲超然物外、無意再在仕途苦爭之意。

水能性澹為吾友，竹解心虛是我師。

註釋 出自清•阮元題瀋陽故宮衍慶宮聯語。

點評 此聯繫集唐人白居易《池上竹下作》詩句而成，表達的是修身養性的一種崇高境界：如水般淡泊名利、如竹般虛心謙遜。

天平山上白雲泉，雲自無心水自閒。

註釋 出自唐・白居易《白雲泉》。天平山，在今蘇州市西二十里。白雲泉，在天平山上。

點評 此二句明是寫山水雲泉，實是借物寫心。前句交待山、泉所在，後句以擬人修辭法，將雲、水人格化，通過移情於雲、水，賦予雲“無心”、水“自閒”的生命情態，凸現出詩人淡泊名利、陶醉山水的自由、自在、自得的閒適情趣。

望雲慚高鳥，臨水愧游魚。

註釋 出自晉・陶淵明《始作鎮軍參軍經曲阿作》。

點評 仰望直上青雲的飛鳥，俯看活躍水中的游魚，詩人感到無比的慚愧。這是為何呢？因為此時此刻，他要為了溫飽生計而違背本願地赴任為官，跳入他非常厭惡的宦海之中。李白有詩句說“安能摧眉折腰事權貴，使我不得開心顏”，應該也能寫出他的前輩陶淵明此時的心情吧。因此上述二句既是為了表達詩人的情感苦痛，更是為了展露詩人嚮往自由的心志。

悟已往之不諫，知來者之可追。實迷途其未遠，覺今是而昨非。

註釋 出自晉・陶淵明《歸去來兮辭》。悟，認識到、醒悟。已往，以前。之，的。不諫，指不可挽回。來者，未來。可追，指可以把握。實，的確。其，句中語氣助詞，無義。覺，覺悟。

點評 此寫詩人對以前誤入宦海的後悔之意，對今日退出官場的欣慰之情。於一悔一喜之中，表現了詩人回歸自然、遠離俗世的高潔志向。

無意苦爭春，一任群芳妒。

註釋 出自宋・陸游《卜算子》詞。一任，放任。

點評 無意於在春天開放而與其他花爭奇鬥豔，傲霜鬥雪迎風開放隨它花妒忌吃醋。此乃詩人借寫梅花而自寫心志之句。寫梅花的高潔品格，意在自標自己不與世俗之人同流合污的清高、雅潔的人格。

衙齋臥聽蕭蕭竹，疑是民間疾苦聲。些小吾曹州縣吏，一枝一葉總關情。

註釋 出自清·鄭燮《濰縣署中畫竹呈年伯包大中丞括》。衙齋，指官舍。蕭蕭，指風吹葉葉之聲。些小，微小。吾曹，我們。

點評 此由睡眠中聽到屋外風吹竹葉蕭蕭聲，進而聯想到民間的疾苦聲，然後自然地引渡到自己對民間疾苦的態度，抒發出自己的心志：雖然自己只是個微不足道的州縣小吏，但對天下百姓的生計溫飽、快樂憂愁等等都懷有殷殷關切之心。表現了一個正直的封建士大夫"位卑不敢忘憂國"的崇高精神境界與人格追求。

咬定青山不放鬆，立根原在破岩中。千磨萬擊還堅勁，任爾東南西北風。

註釋 出自清·鄭燮《竹石》。任，任憑。爾，你。

點評 此寫竹生山中破岩之中，環境雖然惡劣，但卻堅忍不拔，傲然挺立風中的形象，意在借竹以自喻，表達自己高潔堅貞的人格追求。

與天地兮同壽，與日月兮同光。

註釋 出自戰國楚·屈原《楚辭·九章·涉江》。兮，語氣助詞，相當於現代漢語的"啊"、"呀"。

點評 萬古長存如天地，光耀人間如日月。這是屈原的理想，也是他人生與人格的追求。兩句皆是運用誇張與比喻修辭法，言志自信而豪放，達意形象而生動。

與其無義而有名兮，寧窮處而守高。

註釋 出自先秦·宋玉《九辯》。兮，句末或句中語氣助詞，相當於"啊"。窮處，處於窮困之境。守高，堅守高潔的人格。

點評 與其不要道義而求名，寧可蟄守困境而守住自己的清白節操。此乃作者明心見性的志向表白，表現了一個有志士大夫窮處坦然、堅守人格節操的高貴品質。

質本潔來還潔去，不教污淖陷渠溝。

註釋 出自清・曹雪芹《紅樓夢》第二十七回。污淖，污穢的爛泥。

點評 這是《紅樓夢》中林黛玉葬花之詞，乃是借寫花的高潔而自表潔身自好、孤芳自賞的心志。

人性天倫

哀哀父母，生我劬勞。

註釋 出自先秦《詩經·小雅·蓼莪》。哀哀，指哀傷的樣子。劬，勞苦、勞累。

點評 可憐父母老雙親，生我養我多艱辛。此是歌頌父母養育之恩的詩句，雖然質樸無華，卻因道出了天下子女的真實心聲，因此幾千年來一直最能打動人心。

暗中時滴思親淚，只恐思兒淚更多。

註釋 出自清·倪瑞璿《憶母》。親，父母。此指母親。

點評 此言人們愛自己的父母不及愛自己的子女。可謂道出了世間真實的人情。

把酒看花想諸弟，杜陵寒食草青青。

註釋 出自唐·韋應物《寒食寄京師諸弟》。把，持、握、拿。

點評 此寫寒食節飲酒看花憶諸弟，由花及草思故園的深切之情。

惻隱之心，人皆有之；羞惡之心，人皆有之；恭敬之心，人皆有之；是非之心，人皆有之。

註釋 出自先秦《孟子·告子上》。惻隱之心，即同情心。之，代詞。羞惡之心，羞恥心。也，用在句末幫助構成判斷。

點評 同情心，是人人都有的；羞恥心，也是人人都有的；恭敬心，也是人人皆有的；是非心，也是人從皆有的。這是孟子著名的“性善”論。“人之初，性本善”，即源於此論。

長恨人心不如水，等閒平地起波瀾。

註釋 出自唐·劉禹錫《竹枝詞九首》。等閒，無端。

點評 此以人心與水作比，說明人心的險惡遠過於水中的波浪。因為水中起波浪，還得有風的助力；而一個人要陷害他人，則是不需要理由的。

誠知此恨人人有，貧賤夫妻百事哀。

註釋 出自唐・元稹《遣悲懷二首》之二。誠知，雖然確實知道。此恨，指夫妻生離死別的遺憾。百事哀，指事事艱難。

點評 雖然明明知道夫妻生離死別是人人都有的共同遺憾，可是因為我們是貧賤夫妻，所以事事都過得非常艱難。此言意在凸顯詩人沒能在妻子生前給予她幸福深表愧疚之情。

楚客莫言山勢險，世人心更險於山。

註釋 出自唐・雍陶《峽中行》。

點評 此以山勢之險與人心之險比較，意在強調世上"唯有人心最險惡"之意。

慈父之愛子，非為報也。

註釋 出自漢・劉安《淮南子・繆稱訓》。之，放在主謂語之間，取消句子的獨立性。非，不是。報，報答。也，句末語氣助詞。

點評 慈愛的父親愛護孩子，並不是為了報答。此言父愛是無私的，是人類的天性。

慈母手中線，遊子身上衣。臨行密密縫，意恐遲遲歸。

註釋 出自唐・孟郊《遊子吟》。

點評 母愛的偉大，是千古歌頌的永恆母題。但是此詩不作空洞的宣教，也不寫母親的大德大恩，而只是選取母親為兒縫衣及其穿針走線時的心理活動這一細節，以小見大，生動形象而又質樸自然地凸顯出一位愛子情深的慈母形象。"手中線"對"身上衣"，文字對仗中突出母子親密的關係；"密密縫"對"遲遲歸"，皆用疊字修辭法，突出強調了母親縫衣時的仔細用心與眷戀擔憂兒子的深情，生動真切地寫出了天下母親那種"兒行千里娘擔懮"的殷殷之情。

但願人長久，千里共嬋娟。

註釋 出自宋·蘇軾《水調歌頭》詞。但願，只希望。嬋娟，指月亮。

點評 只希望人健康長在，即使是分處千里，也能看到同一輪明月。這是作者思念弟弟蘇轍的詞句，看似曠達，實則字裏行間都充溢着對弟弟的深切思念之情。今日用來表達希望與親人團聚的願望，或是祝願他人。

獨在異鄉為異客，每逢佳節倍思親。遙知兄弟登高處，遍插茱萸少一人。

註釋 出自唐·王維《九月九日憶山東兄弟》。茱萸，一名越椒，是一種有香氣的植物。古代重陽節有佩茱萸香囊的習俗，據説可以去邪避災。

點評 前二句直抒身在異鄉想念親人的深切之情。後二句以"示現"修辭法，虛擬一個兄弟登高賞菊分香囊而思念自己的情節，立足親人立場來反襯自己對家鄉兄弟的深切思念之情，顯得尤為感人。

阿諛人人喜，直言個個嫌。

註釋 出自明·馮夢龍《警世通言·一窟鬼癩道人除怪》。

點評 此言世人都喜歡聽阿諛奉承的好話，而聽不進忠心逆耳的直言。

凡有血氣，皆有爭心。

註釋 出自先秦《左傳·昭公十年》。

點評 凡是有血性的人，都會有爭強好勝之心。此言人性中有好爭的一面。

非我族類，其心必異。

註釋 出自先秦《左傳·成公四年》季文子引《史佚之志》。族類，同族之人。

點評 不是我們同族的人，他們的想法必定不與我們相一致。此言外人有異心，不可相信。後來則擴大運用，成為排斥其他民族人的藉口。

富而不驕者鮮。

註釋 出自先秦《左傳・定公十三年》。者，…（的）人。鮮，少。

點評 富貴了而不得意傲人的人很少。此言可謂一針見血地道出了人類得意便會忘形的人性弱點。

福善之門莫美於和睦，患咎之首莫大於內離。

註釋 出自漢・班固《漢書・東平思王劉宇傳》。之，的。門，指途徑、方法。患，禍患。咎，災禍。內離，內部不團結。

點評 臻至福善的途徑沒有甚麼比和睦更重要的，導致禍患的首敵便是內部離心離德。此言和睦團結才有力量，家庭才會興旺。

父母之心，人皆有之。

註釋 出自先秦《孟子・滕文公下》。父母之心，指愛子女之心。

點評 愛護子女的心，每個人都有。此言愛子女之心乃是人的天性。

父不慈，則子不孝；兄不友，則弟不恭；夫不義，則婦不順。

註釋 出自北齊・顏之推《顏氏家訓・治家》。慈，慈愛。則，那麼、就。友，友愛。義，情義。

點評 父親不慈愛，那麼子女就不孝；兄長不友愛，弟妹就不會對他有恭敬之心；丈夫沒有情義，妻子就不會順從。此言家庭成員恪守父慈子孝、兄友弟恭、夫義妻順的行為規範，才會家庭和睦、長幼有序。

父子有親，君臣有義，夫婦有別，長幼有敍，朋友有信。

註釋 出自先秦《孟子・滕文公上》。敍，順序。

點評 父子之間有親情，君臣之間有忠義，夫妻之間有區別，老少之間有順序，朋友之間有信任。這是孟子所提出“五倫”規範，也是做人最基本的人倫天理。

呱呱之子，各識其親。

註釋 出自漢・揚雄《法言・寡見》。呱呱，嬰兒啼哭之聲。親，父母。

點評 呱呱墜地的孩子，就能各自識別自己的父母。此言孩子與父母關係親切的天然性。

骨肉之親，析而不殊。

註釋 出自漢·班固《漢書·武五子傳》。骨肉，指兄弟。之，的。析，分。殊，斷絕。

點評 兄弟的親情，即使分開也不會斷絕。此言兄弟親情的難以割捨。

會桃花之芳園，序天倫之樂事。

註釋 出自唐·李白《春夜宴從弟桃花園序》。序，敍。

點評 此寫春夜聚會於桃花之園，共敍兄弟天倫親情的歡樂場景。

積善之家，必有餘慶；積不善之家，必有餘殃。

註釋 出自先秦《周易·坤》。積善，積累善行。之，的。餘慶，指先人積下的福澤。餘殃，指先人種下的惡果、禍患。

點評 積累善行的家庭，一定會給兒孫留下福澤；行惡的家庭，一定會給後代遺下禍患。此言意在勸人行善止惡。

家必自毀，而後人毀之。

註釋 出自先秦《孟子·離婁上》。之，指家庭。

點評 一個家庭的毀壞，必定是先起於自己，然後別人才有可乘之機。此言家庭內部要團結，不要讓他人的離間有可乘之機。

嫁女莫望高，女心願所宜。

註釋 出自唐·李益《雜曲》。高，指高門大户。宜，適宜。

點評 此言嫁女不應該眼睛只盯着高門大戶、一心想着富貴榮華，而應該更多地考慮女兒自己的心願與情感要求。這是頗合現代婚姻觀念的先進意識。

落地為兄弟，何必骨肉親。

註釋 出自晉·陶淵明《雜詩十二首》之一。落地，出生。

點評 此言關係親近、情誼深厚不必是兄弟關係。其意是強調只要情投意合，朋友情誼也勝過兄弟親情。此與《論語》中所說的“四海之內皆兄弟也”，其義相通。

貧賤之知不可忘，糟糠之妻不下堂。

註釋 出自漢・班固《後漢書・宋弘傳》引古語。貧，窮困沒金錢。賤，卑鄙沒地位。之，的。知，知己、朋友。糟，釀酒後的殘滓。糠，穀皮。糟糠之妻，一起吃糟嚥糠的妻子，即一起過貧苦日子、共度生活難關的結髮妻子。不下堂，不被休棄。

點評 此言貧賤之時、生活艱難之時所結下的情誼最純真、最可貴，不能背棄。

妻子好合，如鼓琴瑟。

註釋 出自先秦《詩經・小雅・常棣》。

點評 此言夫妻之道在於情投意合，就像琴瑟演奏，需要和諧協調。

窮而思達，人之情也；卑而應高，物之理也。

註釋 出自唐・盧照鄰《同崔少監作雙槿樹賦》。窮，不得意。達，成功、得意。…也，古漢語的一種判斷句形式，相當於“…是…”。卑，低。應，應和。

點評 不得意時想着得意，這是人之常情；低處應和高山之音，這是事物的常理。此以低谷回音為喻，說明“人往高處走”、積極要求進步的合理性。

人情同於懷土，豈窮達而異心。

註釋 出自漢・王粲《登樓賦》。窮，指失意、潦倒。達，得意、成功。

點評 此言人都有懷念故土之情，不會因為得志或失意而有所不同。意謂對鄉土的眷戀是所有人都一樣的。

人情卻似飛絮，悠揚便逐春風去。

註釋 出自宋・晏幾道《梁州令》。

點評 此以飛絮隨風飄盪不定的形象為喻，深刻地揭示了人情的反覆無常。

人心之不同，如其面焉。

註釋 出自先秦《左傳・襄公三十一年》載子產語。焉，句末語氣助詞。

點評 人心的不同，就像人的臉各不相同一樣。此言人心是難以估摸的，與俗語所說“知人知面不知心”有共通之處。

人心之變，有餘則驕，驕則緩怠。

註釋 出自先秦《管子・重令》。餘，指富裕。則，就。

點評 人心的變化都是有規律的，富裕了就會驕奢；而一驕奢，為人處事就會輕忽怠慢。此言人性“富則驕，驕則怠”的弱點。俗語“飽暖思淫慾”，說的也是類於此的人性弱點。

人之至親，莫親於父子。

註釋 出自漢・班固《漢書・高帝紀》。至，最。莫，沒有。於，比。

點評 人最親近的關係，沒有超過父母與子女的關係。此言父母與子女的親近關係乃源於天然，其意是強調天倫與人性。

人之性如水焉，置之圓則圓，置之方則方。

註釋 出自《意林》引《物理論》。焉，句末語氣助詞。則，就。

點評 人的情性就像是水，放在圓形器物內就是圓的，放在方的器物裏便是方的。此言人的情性是能夠在不同的環境熏陶中予以改變的。

上山擒虎易，開口告人難。

註釋 出自元・高則誠《琵琶記・王娘剪髮賣髮》。告，求。

點評 此以上山擒虎與開口求人作比，突出強調了求人之難。意在感歎人情淡薄，世人多沒有助人為樂之心。

食、色，性也。

註釋 出自先秦《孟子・告子上》記告子之語。食，飲食。色，男女之事。性，本性。也，構成判斷的語氣助詞。

點評 飲食和男女之事，這是人的本性。這是告子的名言，其意是肯定“人慾”的合理性、正當性。

事有切而未能忘，情有深而未能遣。

註釋 出自唐・王勃《秋夜於綿州群官席別薛昇華序》。切，切身。

點評 此言事情關己則難以超脱，情到深處則難以自拔。

十年生死兩茫茫，不思量，自難忘。

註釋 出自宋・蘇軾《江城子》詞。

點評 妻子已死十年，自己貶謫於萬里之外。生死異路，彼此音訊茫茫。但是，夫妻生活的點點滴滴，不必刻意回憶，自能一一浮現於眼前。此乃通過平緩敘事的口氣，將對亡妻的無限深情不露痕跡而又淋漓盡致地展露出來。特別是“不思量，自難忘”六字，平淡之中見深情，真可謂力有千鈞，最能撼動人們的心。

誰言寸草心，報得三春暉。

註釋 出自唐・孟郊《遊子吟》。寸草，指小草。草心，指新生小草抽出的嫩芽。三春，指初春、仲春、暮春，泛指春季。暉，陽光。

點評 此以“寸草心”比喻子女對母愛回報的微不足道，以“三春暉”比母愛的博大無邊與無私。此句意在頌揚母愛的偉大而無私。

太山之路能摧車，若比人心是坦途。

註釋 出自唐・白居易《太行路》。太山，即泰山。摧，毀壞。若，如果。

點評 此以泰山能夠毀壞車輪的難行之路與人心對比，強調突出世上“唯有人心最險惡”之意。

天可度，地可量，唯有人心不可防。

註釋 出自唐・白居易《天可度》。

點評 此以天地的可度量與人心的不可防作對比，意在突出強調人心的險惡情狀。

同慾者相憎，同憂者相親。

註釋 出自漢·劉向編《戰國策·中山策》。

點評 此言人有相同的利益追求，就會有矛盾鬥爭；有相同的憂慮患難，就會團結一心。意謂人可以患難與共，卻不可以共用利益。

同貴相害，同利相忌。

註釋 出自先秦《素書·安禮章》。

點評 地位尊貴相當的人，彼此就會互相傾軋；有相同利益追求的人，就會彼此排斥。這是自古以來的世情，究其原因，乃在於利益的衝突。

惟將終夜長開眼，報答平生未展眉。

註釋 出自唐·元稹《遣悲懷三首》之三。惟將，只有。長開眼，指徹夜不眠而思念。一說"長開眼"是指鰥魚，是詩人自誓終生鰥居而不再娶。平生，一輩子。未展眉，指沒有開心歡樂過。

點評 此寫詩人對亡妻深切的思念之情。以"終夜長開眼"與"平生未展眉"形式上的相對仗，實際要表達的是今日與以前、自己與亡妻的往事今情之悲哀。

巫峽之水能覆舟，若比人心是安流。

註釋 出自唐·白居易《太行路》。安流，平穩的水流。

點評 此以巫峽能夠翻船的急流與人心相比，突出強調人心的險惡之狀。

無官一身輕，有子萬事足。

註釋 出自宋·蘇軾《賀子由生第四孫》。

點評 此言脱離宦海的輕鬆之情與含飴弄孫的天倫之樂。

兄弟讒鬩，侮人百里。

註釋 出自先秦《國語・周語中》。讒，說別人的壞話。鬩，不和、爭吵。侮，欺負。

點評 兄弟之間難免有不和，但是若有外人來欺負，一定會團結起來禦敵於百里之外的。此言兄弟手足之情不比尋常的關係。

兄弟不睦，則子姪不愛。

註釋 出自北朝齊・顏之推《顏氏家訓・兄弟篇》。睦，和睦。則，那麼。愛，友愛。

點評 兄弟之間不和睦，那麼子姪一輩就不會相互友愛。此言兄弟之間的和睦直接影響到他們下一代的關係。意在強調兄弟之間一定要和睦相處，以給下一代作出榜樣。

兄弟敦和睦，朋友篤信誠。

註釋 出自唐・陳子昂《座右銘》。敦，敦促、督促。篤，堅定。

點評 兄弟之間要講究和睦，朋友之間要堅守信任與誠實。此言兄弟與朋友兩種不同關係得以維繫的基礎。

休辭客路三千遠，須念人生七十稀。

註釋 出自宋・洪浩父《寄子》。休，不要。辭，推辭。須，必須、應該。念，想到。稀，少。

點評 此是一位父親勸說遠在他鄉的兒子回鄉探親的話，意在告誡其子：遠在三千里外的異鄉，回來確實不易，但是應該想想父親已經是七十多歲的人了，還能活幾年？難道做兒子的還要以路遠難回作藉口嗎？

宴爾新婚，如兄如弟。

註釋 出自先秦《詩經・邶風・穀風》。宴，安閒、快樂。宴爾，快樂的樣子。

點評 初結為伉儷，幸福樂無比；相敬如賓客，相親如兄弟。此寫新婚的快樂與夫婦如兄弟的感情。

養兒待老，積穀防饑。

註釋 出自明・馮夢龍《警世通言・宋小官團圓破氈笠》。

點評 此以養兒防老與積穀防饑並舉，意在説明養育子女對於防備老病的意義。

以小人之慮，度君子之心。

註釋 出自南朝宋・劉義慶《世説新語・雅量》。慮，心思。度，推測。

點評 此言以自己的想法去推測比自己格調高的人的想法是不可靠的。意謂格調高的人與格調低的人，想法是不同的，看問題的角度、做事情的方法，都是有差異的。人們常説"以小人之心，度君子之腹"，即源於此。

飲食男女，人之大慾存焉；死亡貧苦，人之大惡存焉。

註釋 出自先秦《禮記・禮運》。焉，句末語氣助詞。

點評 吃飯喝水和男歡女愛，都是人類最基本的本能與慾望；死亡和貧苦，都是人類所最不喜歡的。此言人類都有生存的物質需要與生活的精神需要（男女之情），都有嫌惡死亡貧苦的本能。

知子莫如父。

註釋 出自先秦《管子・大匡》。知，了解。子，指子女。莫，沒有。

點評 對子女了解的深入，沒有能超過做父親的了。此言父子之間關係的密切與父親對子女深切的關愛之情。

世態人情

愛之欲其生，惡之欲其死。

註釋 出自先秦《論語・顏淵》載孔子語。

點評 愛一個人，恨不得讓他長生不老；恨一個人，巴不得他馬上就死掉。此言人都有好走極端、不能理性冷靜的人性弱點。

卑不謀尊，疏不間親。

註釋 出自漢・韓嬰《韓詩外傳》卷三。卑，指地位低的人。謀，圖謀、打主意。尊，指地位高的人。疏，指關係疏遠的人、外人。間，離間。親，指有血親關係的人。

點評 地位低的人不要打地位高的人的主意，外人不要離間別人家的骨肉親情。此言說的是一種做人的世故。因為在中國的歷史傳統中，講究尊卑有序、重視骨肉親情，已經成為全社會公認的習俗與規約。

別人求我三春雨，我去求人六月霜。

註釋 出自明・馮夢龍《警世通言・桂員外途窮懺悔》。

點評 此言別人求你辦事容易，你要去求別人辦事就非常難。“三春雨”，是比喻易得；“六月霜”，是形容難求。此以春雨與夏霜為喻，形象生動地說明了人情世態冷淡的情狀。

才不能逾同列，聲不能壓當世。

註釋 出自唐・柳宗元《與肖翰林俛書》。逾，超過。同列，同僚、同輩。

點評 此言意謂一個人的才學超過同輩，聲譽蓋過當世，就會遭人嫉妒而難以做人。

邇來父子爭天下，不信人間有讓王。

註釋 出自唐・陸龜蒙《和襲美泰伯廟》。邇來，近來。讓王，遜讓王位。

點評 此言為了爭奪天下和權位，自古以來就是沒有父子之情的。揆之於中國歷史，弑父殺兄之事不絕於聞，證明此言確是一個顛撲不破的真理。

翻手作雲覆手雨，紛紛輕薄何須數。君不見管鮑貧時交，此道今人棄如土。

註釋 出自唐・杜甫《貧交行》。輕薄，不莊重。管鮑，指春秋時代的管仲與鮑叔牙，管仲家貧，鮑叔牙屢屢相助，合夥經商從不計較管仲多分錢財。後又推薦管仲而為晉國之相。

點評 此詩通過現實人情的澆薄與古代管鮑之交的純樸對比，揭示了世風日下、人心不古的世道人情。

浮雲世態紛紛變，秋草人情日日疏。

註釋 出自金・趙秉文《寄王學士子端》。

點評 此以浮雲飄忽不定喻世態的變化莫測，以秋草日枯日疏喻人情的日益淡薄，形象生動地對世態之炎涼、人情之澆薄作了深刻揭示。

富貴則人爭趣之，貧賤則人爭去之。

註釋 出自南朝宋・范曄《後漢書・朱穆傳》。趣，同"趨"。

點評 一個人富貴了，那麼人人都爭相投奔他；一個人貧困潦倒了，那麼人人都爭相離開他，避之唯恐不及。此語所揭示的世人嫌貧愛富、趨炎附勢的世情真相，自古及今皆然。

畫虎畫皮難畫骨，知人知面不知心。

註釋 出自元・孟漢卿《魔合羅》第一折。

點評 此言乃是慨歎人心險惡莫測。意在提醒世人處世謹慎。

戒心之易忘，而驕心之易生。

註釋 出自宋・蘇轍《陸贄》。之，放在主謂語之間，取消句子的獨立性。

點評 此言一個人的警戒之心易於鬆懈，而驕傲之心則易於滋生。這也是人之本性，因此在為人處世時就要注意時刻提醒自己莫放鬆警戒之心，莫滋生驕傲之情。

江頭未是風波惡，別有人間行路難。

註釋 出自宋・辛棄疾《鷓鴣天》詞。

點評 此言江頭的風波雖是險惡，但較之世態人情的險惡情形還是略遜一籌。意謂人心不古、世態險惡，為人處世實在不易。

酒肉兄弟千個有，落難之中無一人。

註釋 出自明・馮夢龍《古今小説・吳保安棄家贖友》。

點評 此言意在慨歎世上少有真情實意的朋友，常見的只有安樂時候的孤朋而無危難時節相助的摯友。

昆弟世疏，朋友世親。

註釋 出自漢・王符《潛夫論・交際》。昆弟，兄弟。世，一生、一輩子。疏，疏遠。

點評 兄弟之間一輩子疏遠，而朋友之間一生相親。此言有時朋友情誼反而比兄弟情誼持久的現象。因為兄弟之間難免有利益的衝突，而朋友之間則少了這層糾紛，所以朋友之情反而能持久維持。

鄰富雞長往，莊貧客漸稀。

註釋 出自唐・姚合《原上新居》。莊，莊園、住處。

點評 前句寫雞長往於往富鄰家的細節，意在説明“莊貧客漸稀”的原因，從而形象生動地揭示出世人嫌貧愛富、人情澆薄的世態真相。

美女入室，惡女之仇。

註釋 出自漢・司馬遷《史記・外戚世家》引諺語。惡女，醜女。

點評 美女進門，就會招致醜女的仇恨。

面結口頭交，肚裏生荊棘。

註釋 出自唐・孟郊《擇友》。結，交，皆是結交之意。荊棘，有刺的灌木，比喻心中不懷好意。

點評 此言乃在揭示世人結交的虛偽性：口上面上是朋友，內心打着壞主意。

木秀於林，風必摧之；堆出於岸，流必湍之；行高於人，眾必非之。

註釋 出自三國魏・李康《運命論》。堆，水中沙堆。湍，水勢急、急流的水。非，非議、攻擊。

點評 林中有一樹高於其他樹木，那麼它一定會首當狂風而摧折；水中有沙堆高於堤岸，那麼一定會首當其衝被急流沖掉；德高高過眾人，眾人一定會因嫉而非議中傷他。此以高木、沙堆為喻，形象生動地闡明了這樣一個世態人情的真理：才高德隆肯定成為眾矢之的，為眾人所不容。俗語"槍打出頭鳥"、"出頭的椽子先爛"，也是這個意思。

鳥窮則啄，獸窮則攫，人窮則詐。

註釋 出自先秦《荀子・堯問》。窮，困窘。則，就。攫，鳥用爪抓取、奪取。

點評 鳥被逼得走投無路之時就會用嘴啄人，獸到困窘之時就會用爪抓人，人到窮困潦倒之時就會設計騙人。此以鳥獸困窘之時的行為為喻，説明人到窮困潦倒之時便會放棄道德操守的原因。意謂人有詐偽之情乃是生計生存壓力的結果。因此，要解決人的道德問題，首先就要解決人的溫飽等基本生存問題。

匹夫無罪，懷璧其罪。

註釋 出自先秦《左傳・桓公十年》。匹夫，普通民眾。其，他的。

點評 普通民眾本無罪，但若懷藏玉璧，就是他的罪行了。此語原指錢財易使人招災惹禍，後引申比喻因才高德隆而遭人嫉妒迫害。此與三國魏人李康所説的名言"木秀於林，風必摧之；堆出於岸，流必湍之；行高於人，眾必非之"（《運命論》）同義。

其母好者其子抱。

註釋 出自先秦《韓非子・備內》。好，美好，此指得寵。

點評 母親得寵，她的孩子也會多被疼愛。此言男人會因愛其母而及於其子的世俗人情，即人的“愛屋及烏”心理。

千里鵝毛意不輕。

註釋 出自宋・黃庭堅《謝陳適用惠送吳南雄所贈紙》。鵝毛，代指極輕微的禮物。

點評 此言送禮不在多少、不在貴重與否，關健是表達一份對對方的敬重或親近之情。宋人邢俊臣“物輕人意重，千里送鵝毛”（《臨江仙》詞）的詩句，還有今天常說的俗語“千里送鵝毛，禮輕人意重”，表達的都是這個意思。

清官難斷家務事。

註釋 出自清・吳敬梓《儒林外史》第二十九回。斷，斷訟、決案。

點評 此言家庭內部的糾紛是最難以決斷其是非曲直的。

曲妙人不能盡和，言是人不能皆信。

註釋 出自漢・王充《論衡・定賢》。和，唱和、回應。言是，說出真相。

點評 曲調高雅妙絕，並不是有很多人能夠欣賞理解的；一針見血地道出事情的真相與本質，也並不是能令所有人都能相信的。此言曲高和寡乃是常事，揭示真相未必能讓糊塗人了解。意在慨歎世上品味高雅者少、平庸糊塗者多的世情。

人面咫尺，心隔千里。

註釋 出自明・蘭陵笑笑生《金瓶梅詞話》第八十一回。

點評 此言經常見面的人也是彼此心有隔膜的。“咫尺”，形容距離之近；“千里”，強調心理隔膜之大。

人情旦暮有翻複，平地倏忽成山溪。

註釋 出自明・劉基《梁甫吟》。翻複，翻覆、反覆。倏忽，迅速、極快。

點評 此以平地與山溪轉換之快來比喻人情反覆之快，意在指斥人心不古、世態炎涼的現實社會。

日中有錢人所羨，日夕餓死人誰憐？

註釋 出自清・屈復《鄧通錢》。

點評 此寫在有錢與無錢兩種情況下、從“日中”到“日夕”短暫時間內所遭遇的世人眼光的轉換，道出了世態人情的澆薄、炎涼真相。

柔則茹之，剛則吐之。

註釋 出自先秦《詩經・大雅・烝民》。茹，吃。

點評 柔軟之物就吞下，剛硬之物則吐出。這話本是以吞吃食物為喻，批評世上一些人欺軟怕硬的庸俗處世態度。後來也用以喻指一個人善於適應情勢，隨機應變地處理複雜的事情，帶有褒義色彩。

事修而謗興，德高而毀來。

註釋 出自唐・韓愈《原毀》。

點評 事情辦好了，誹謗也就隨之而來；德高於眾，毀譽之言自就難免。這是韓愈所揭示的人性的弱點與敗壞的世態人情真相。

勢敗休云貴，家亡莫論親。

註釋 出自清・曹雪芹《紅樓夢》第五回。

點評 權勢敗落就別再說尊貴之時的往事，家破之時別指望還有骨肉親情。此語意在揭示世態無常、人情澆薄的真相。

世途旦復旦，人情玄又玄。

註釋 出自北朝周・庾信《傷王司徒褒》。旦復旦，一天又一天。玄又玄，非常玄妙難懂。

點評 此言儘管久經人生路途，但對於人情世態的奧妙還是弄不明白。意謂世道人情非常複雜玄妙，做人實在太難。

世情看冷暖，人面逐高低。

註釋 出自明・施耐庵《水滸傳》第三十七回。

點評 此言世態人情的冷暖全看人的地位身份，好臉色與壞臉色是因人而異的。意在揭示人情的冷淡與世人的勢利態度。

世人逐勢爭奔走，瀝膽墮肝惟恐後。

註釋 出自唐・李頎《行路難》。瀝，濾、滴下。惟，只。

點評 此官世人攀龍附鳳、趨炎附勢而惟恐落後的心態。意在揭示人心之不古、世態之炎涼的人間真相。

天道夷且簡，人道險而難。

註釋 出自晉・陸機《君子行》。夷，平。簡，簡易。

點評 此以"天道"與"人道"對比，強調世道之險難，意在警醒世人當謹慎處世。

天地莫生金，生金人競爭。

註釋 出自唐・孟郊《弔國殤》。

點評 此言錢財是引發人們勾心鬥角、相互爭奪的根源。同時揭示了這樣一個世態人情真相：在財貨面前，人性的弱點立即會暴露無遺。

天下熙熙，皆為利來；天下攘攘，皆為利往。

註釋 出自漢・司馬遷《史記・貨殖列傳》。熙熙、攘攘，都有是形容人來人往、非常熱鬧的景象。

點評 天下眾生芸芸，熙熙攘攘混跡於世上，無非都是為了一個"利"字。這是司馬遷對自古以來人類"重利好貨"之世態人情的深刻揭示。

萬兩黃金容易得，知心一個也難求。

註釋 出自清・曹雪芹《紅樓夢》第五十七回。

點評 此以"萬兩黃金"與"知心一個"作對比，在誇張中強調說明了世上少有知心朋友的世俗人情。

文章憎命達。

註釋 出自唐・杜甫《天末懷李白》。命達，命運亨達。

點評 這是杜甫為李白懷才不遇的命運而悲歎之句，表面只是說李白文學才華那麼好卻被命運所捉弄的個人遭際，實則揭示了人的才華與人的遭際之間深刻的矛盾現實。有文學才華或有特別才幹的人往往仕途不通，空有滿腹經綸而喟歎，這在歷史上是屢見不鮮的。這種現象看似不可思議，實則有其深刻的社會原因。因為有才華或才幹者要麼因恃才傲物的個性而不能見容於平庸之輩，要麼才高逼人而令眾人油然而起妒忌、讒害之心。

戲場也有真歌泣，骨肉非無假應酬。

註釋 出自清・俞樾《齊物詩》。

點評 此以戲場不乏真情來反襯骨肉反無真情，使人更能對世態人情的真相有個深刻的理解。

相識滿天下，知心能幾人？

註釋 出自明・馮夢龍《警世通言・俞伯牙摔琴謝知音》。

點評 此言彼此相識並非就是朋友，真正知心的朋友是難得一見的。意在慨歎世情澆薄、人心不古。

孝衰於妻子。

註釋 出自先秦《鄧析子・轉辭》。衰，衰退。妻子，老婆、孩子。

點評 對父母的孝順會因有了老婆孩子而有所衰退。此與民間俗語“有了老婆忘了娘”所說義同，皆道出了世道人情的真相。

眼邊無俗物，多病也身輕。

註釋 出自唐・杜甫《漫成二首》。俗物，指俗人。

點評 此寫詩人老病無人探訪、雖顯寂寞倒也輕鬆的心情，其意是慨歎世態炎涼的人情世故。

一死一生，乃知交情；一貧一富，乃知交態；一貴一賤，交情乃見。

註釋 出自漢・司馬遷《史記・汲鄭列傳》載廷尉翟公《署門》聯語。乃知，才知道。

點評 此言在生死、貧富、貴賤等交替變動的關鍵時刻，才能看出人情世態的本質。這是漢廷尉翟在解職歸鄉即將復出之前，感慨於罷官時門可羅雀、復出時門庭若市的世態人情而寫於門上的聯語。意謂交情的深淺與真假，只有到了關鍵時刻才能得以檢驗。

一年三百六十日，風刀霜劍嚴相逼。

註釋 出自清・曹雪芹《紅樓夢》第二十七回。

點評 此乃小說中人物林黛玉《葬花詞》中的一句，借風霜如刀劍般摧殘花朵，暗指世道人心的險惡。

一斗米養個恩人，一石米養個仇人。

註釋 出自清・吳敬梓《儒林外史》第二十二回。

點評 此言小的恩惠使人感戴，大的恩惠反而讓人記仇的世態人情，其所揭示的是人的慾望難以滿足、過分好意有時反而不得好報的世俗真情。

衣莫如新，人莫如故。

註釋 出自先秦《晏子春秋・內篇雜上五》。

點評 衣服不如新的好，朋友沒有舊交好。此言意在強調人在情感上都有戀舊的傾向。

遠不間親，新不間舊。

註釋 出自先秦《管子・五輔》。間，疏遠、離間。親，父母、親人。

點評 外人離間不了父子、母子親情，新交親不過故交。此言父母與子女之間的關係最親近，朋友關係中老友勝過新友。意在提醒世人千萬別做離間他人骨肉親情與老友舊交友情的事。

朝真暮偽何人辨，古往今來底事無。

註釋 出自唐・白居易《放言五首》。底事，何事。

點評 早上道貌岸然像個正人君子，晚上就成了陽奉陰違的偽君子，古往今來甚麼事沒有？此言是慨歎世態人情的虛偽。

志道者少友，逐俗者多儔。

註釋 出自漢·王符《潛夫論·實貢》。儔，伴侶。

點評 有志於追求“道”的就很少有朋友，追逐世俗趣味的夥伴就很多。意謂求道者少、求利者多是世俗人情的常態。也就是説，志存高遠的高人少，庸俗低級的俗人多。此與“曲高和寡”之義略同。

眾口鑠金，三人成虎。

註釋 出自先秦《鄧析子·轉辭》引古語。鑠，熔化。三人，指眾人。古代“三”表示“多”的概念。

點評 如果眾口一詞，那麼就是金子也能被熔化；街上本無虎，但許多人都説有，那麼大家就會相信街上真有虎了。此言乃是感歎人言的可畏，意在勸人慎防被小人暗算。

眾口鑠金，積毀銷骨。

註釋 出自漢·司馬遷《史記·張儀列傳》。鑠，熔化。銷，熔化金屬。

點評 眾人的嘴巴能夠把金子熔化，眾人的譭謗能讓一個清白的人毀滅得連骨頭也不剩。此以比喻與誇張修辭法，極言人言的可畏。意在勸人處世務須謹慎，防止小人讒言毀譽。

名也者，相軋也；知也者，爭之器也。

註釋 出自先秦《莊子·人間世》。也，句中語氣助詞，幫助停頓。…者，…也，古漢語的一種判斷句形式，相當於“…是…”。軋，傾軋、排擠。知，同“智”。器，工具。

點評 名譽，是引起人相互傾軋的禍根；智慧，是人們你爭我奪的工具。此言名譽與智慧都不是甚麼好東西，應該摒棄。如此，人類社會才會安寧。這是道家主張“與世無爭”的觀點。

輕諾必寡信，多易必多難。

註釋 出自先秦《老子》第六十三章。寡信，少信任。多易，低估事情的難度。

點評 輕易許諾，就一定難以兑現諾言，結果就會有信任危機；總是把事情看得太簡單，就會在處理的過程中覺得困難重重。此言意在提醒世人為了取信於人，切不可輕易許諾；為了順利地完成艱巨的工作，就應事先把問題想得周到些。

功遂身退，天之道也。

註釋 出自先秦《老子》第九章。遂，成功。天，指天然。道，指規律。也，句末語氣助詞，幫助判斷。

點評 大功告成，便全身而退，這是符合自然規律的。此言意在勸勉世人功成不要貪戀富貴權位，而應該急流勇退，從權勢富貴的世俗圈內退出，回歸自然，做一個逍遙自在的人；之所以要立功做大事，那只是為了證明自己有這個能力，而不是為了權位或富貴。這是道家的思想，非常富有哲理。但是，歷史上很少有人能真正懂得，並真正做到，結果只能落得個“飛鳥盡，良弓藏；狡兔死，走狗烹”的結局。春秋時代的越國功臣文種如此，漢代開國功臣韓信也是如此。而像范蠡、張良那樣參透此理，功成而退者極少。

光陰時機

不貴尺之璧，而重寸之陰，時難得而易失也。

註釋 出自漢・劉安《淮南子・原道訓》。貴，以…為貴。也，句末語氣助詞，幫助判斷。

點評 不以一尺長的璧玉為貴，而看重一寸長的光陰，是因為時間難得而容易失去。此言璧玉等是有價之寶，而時間則是無價之寶，意在勸人珍惜時間。

不先審天下之勢而欲應天下之務，難矣。

註釋 出自宋・蘇洵《審勢》。審，考察。勢，時勢、時機。欲，想。應，應對。務，事情。矣，句末語氣助詞。

點評 不先觀察清楚天下的時勢，而想從容應對天下之事，這就難了。此言順應時勢、把握良機對於做成大事的重要性。

長繩難繫日，自古共悲辛。

註釋 出自唐・李白《擬古十二首》之三。繫，拴住、打結。

點評 此言繩子再長也難拴住太陽，所以自古以來人們只能徒然感傷時光易逝。意在感歎時光易逝、光陰難留。

蹉跎莫遣韶光老，人生唯有讀書好。

註釋 出自宋・翁森《四時讀書樂》。蹉跎，光陰白白地過去。莫遣，別讓。韶光，美好時光。老，指流逝。

點評 此言要珍惜美好時光，不要蹉跎歲月，抓緊青春年少時光好好讀書。意在勸人惜時、勤學。

得時者昌，失時者亡。

註釋 出自先秦《列子・說符》。時，時機。昌，指成功。亡，指失敗。

點評 抓住了良機的人就能成功，錯失良機的人就會失敗。此言時機對於做事成敗的決定作用。

東隅已逝，桑榆未晚。

註釋 出自唐・王勃《秋日登洪府滕王閣餞別序》。隅，角落。東隅，指東邊，即太陽升起的地方。桑榆，指西邊，太陽落下的地方。

點評 此言早上旭日初升的時光錯過了，還有傍晚夕陽晚照的時光。意謂錯過某段時光並不要緊，要緊的是要善於抓住時間，把失去的時光補回來。

富貴比於浮雲，光陰逾於尺璧。

註釋 出自唐・楊炯《王勃集序》。比於，就像。逾於，超過。尺璧，借指大的寶物。

點評 富貴如浮雲，轉瞬即逝；光陰勝尺璧，乃是無價之寶。此言意在告誡世人：光陰是世界上最可寶貴的東西，應當倍加珍惜。

高築牆，廣積糧，緩稱王。

註釋 出自《明史・朱升傳》。

點評 這是朱升在朱元璋打下徽州後徵詢意見時給朱元璋所提的建議。意謂在天下局勢還未明朗時，不要急於稱王稱帝，以免成為眾矢之的而淪為被動。明智的做法是鞏固已佔有的城池，積糧屯兵，等待時機到來再付諸行動，那時就能一舉成功，消滅群雄，一統天下。朱元璋從諫如流，後來果然成功了。

光陰似箭催人老，日月如梭趲少年。

註釋 出自元・高明《琵琶記》第六齣《牛相教女》。趲，趕（路）、催促。梭，織布之梭。

點評 前句以箭行之快比喻時間過去之快，後句以織布梭穿行之快比喻日月流逝之速。“催人老”，是感歎人生易老；“趲少年”，是誡勉少年珍惜時光。意在告誡人們時光不待人、一寸光陰一寸金。“光陰似箭，日月如梭”，即源於此。

幾回天上葬神仙，漏聲相將無斷絕。

註釋 出自唐•李賀《官街鼓》。漏，古代計時用的漏壺。漏聲，即報時之聲。相將，相繼。

點評 此二句乃是在感歎生命有涯、時光無限的矛盾中，表達了一種“志士惜日短”的心情。“幾回天上葬神仙”，是感傷人生苦短。但不直説，而是神仙也要死，且天上已葬了幾回。這是折繞修辭法的運用，使表意顯得婉轉。“漏聲相將無斷絕”，寫時間延續不斷，既有感歎時光無情之意，又有相形對比中感歎人生有涯之意。

及時當勉勵，歲月不待人。

註釋 出自晉•陶淵明《雜詩十二首》之一。勉勵，努力。待，等。

點評 此言要趁着適當的時間努力進取，否則會錯過大好時光而後悔不已。

來日苦短，去日苦長。

註釋 出自晉•陸機《短歌行》。苦，可惜。

點評 未來的日子已經不多了，而過去的時光卻很多。此言乃是歎息人生瞬息而過之辭，在表達惜時之意的同時，也表露了對生命短暫的哀傷之情。

莫待閒，白了少年頭，空悲切。

註釋 出自宋•岳飛《滿江紅》詞。

點評 此言意在勸勉世人立志成業要趁早，免得白頭無成空悲傷。

莫倚兒童輕歲月，丈人曾共爾同年。

註釋 出自唐•竇鞏《贈王氏小兒》。倚，倚仗。丈人，指年老的男子。爾，你。同年，相同的年紀。

點評 不要倚仗自己年紀小就不珍惜時光，老伯也曾與你一樣年輕過。此言意在勸勉年少之人不要自恃富有青春而輕忽時光，而應珍惜每一寸光陰奮發有為。

青春須早為，豈能長少年。

註釋 出自唐・孟郊《勸學》。青春，指年青時代。

點評 此言青春時光應該早作努力、奮發有為，因為一個人的少年時代不可能常駐不去。意在勸人珍惜時光、努力學習。

人壽幾何？逝如朝霜。時無重至，華不再陽。

註釋 出自晉・陸機《短歌行》。逝，去、消逝。重至，再來。華，花。再陽，此指再開花。

點評 人的壽命有多長？快得就如太陽一出就逝去的秋霜。時光不能去而重來，花謝不能年內再開。此以秋霜、落花為喻，形象生動地說明了時間一去不可返的道理，同時表達了對生命短暫的深深無奈之情。

日月逝矣，歲不我與。

註釋 出自先秦《論語・陽貨》。日月，指時間、時光。逝，流逝、過去。矣，了。歲，時間。不我與，即"不與我"。與，給。

點評 時光都流逝了，歲月是不等人的。這是陽貨勸說孔子出仕（出來做官）之語，闡明的是這樣一個人生道理：要想有所作為，切莫錯過時機，時間是不等人的。

日月擲人去，有志不獲騁。

註釋 出自晉・陶淵明《雜詩十二首》。擲，指拋棄。獲騁，此指實現。

點評 時光離人而去，有志不能實現。此乃歎息時間苦短、大志難伸之辭，惜時之中有抱怨。

少壯不努力，老大徒傷悲。

註釋 出自《漢樂府・長歌行》。老大，年老。徒。徒然、空自。

點評 此句原意是說榮華不久，當及時行樂，不要老而後悔。後代引此句，勸人趁着年少好好努力，不要老而無成，空自傷悲。

少年辛苦終身事，莫向光陰惰寸功。

註釋 出自唐・杜荀鶴《題弟姪書堂》。

點評 此言少年時代的刻苦努力是為終身的事業奠定基礎，因此千萬不能懶惰而虛度半寸光陰。意在勸少年努力學習、切莫浪擲光陰。

少年安得長少年，海波尚變為桑田。

註釋 出自唐・李賀《嘲少年》。安得，怎能。

點評 後句言滄海變桑田的巨變事實，意在呼應前句，告誡少年們時間不是靜止不動的，人也不可能永遠都富有青春，應該趁着少年時光奮發進取。否則，結果只能是白了少年頭，空悲切。

盛年不再來，一日難再晨。

註釋 出自晉・陶淵明《雜詩十二首》。盛年，青壯年。再，又一次。

點評 美好的青壯年時代不可能再重回，就像一天沒有兩個早晨一樣。此言意在勸人及時要努力，切莫錯過大好時光。

逝者如斯夫，不捨晝夜。

註釋 出自先秦《論語・子罕》。逝者，指過去的時間。如，像。斯，這，此指流去的河水。捨，停，棄。

點評 過去的時光就像這滔滔不絕的河水，日夜不停地流淌而去了。這是孔子以河水比喻時間，感歎人生苦短、時光荏苒之語。

時乎時，不再來。

註釋 出自漢・班固《漢書・蒯通傳》。時，時機。乎，感歎詞，這裏相當於“啊”。

點評 時機啊時機，過了就不再有了。此言時機不可錯失，良機不會再來。

時止則止，時行則行，動靜不失其時。

註釋 出自先秦《周易・艮》。時，時機。止，消失。則，就。行，來到。

點評 時機過了就要停止行動，時機到了就要抓緊行動；是立即開始行動還是暫時按兵不動，都是要看時機的。此言意在強調時機對於行動成功的重要性。“相機而動”，也是這個意思。

時詘則詘，時伸則伸。

註釋 出自先秦《荀子・仲尼》。時勢、時機。詘，通“屈”。則，就。

點評 時機不利就暫時委屈等待一下，時機到了就抓緊良機大施手腳。此言要成大事，就要根據時機決定行動。像“大丈夫能屈能伸”、“相機而動”，都是這個意思。

事之難易，不在大小，務在知時。

註釋 出自秦・呂不韋《呂氏春秋・孝行覽・首時》。之，的。務，追求。時，時機。

點評 事情成功的難易度，不在事情的大小，而在於是否能抓住良機。意在強調時機對做事成功的重要性。

失之東隅，收之桑榆。

註釋 出自《後漢書・馮異傳》。隅，角落。東隅，指東邊，即太陽升起的地方。桑榆，指西邊，太陽落下的地方。

點評 此言錯過了早上的時光，還可抓住傍晚的時光。意謂早上有所失，晚上則有所得。進一步言之，乃是喻指失利於先而得勝於後、失敗於此而勝利於彼。

歲月不居，時節如流。

註釋 出自晉・陳壽《三國志・吳書・孫韶傳》裴松之註引《會稽典錄》。不居，不停留。

點評 歲月不停留，時間如流水。此言時間易逝、歲月難留。意在勸人惜時。

歲月易盡，光陰難駐。

註釋 出自唐・王勃《守歲序》。駐，停留。

點評 歲月易逝去，光陰難挽留。此言意在勸人珍惜時間，切莫虛度歲月。

天不再與，時不久留。

註釋 出自先秦《呂氏春秋・孝行・首時》。再，第二次。與，給。

點評 上天不會多給一次機會，時光也不會久留。此言時間、時機寶貴，應當珍惜。

天與不取，反受其咎；時至不迎，反受其殃。

註釋 出自漢•劉向《説苑•談叢》。與，給。取，接受。咎，災禍。至，到。

點評 上天賜給良機而不抓住，就會反受天意的懲罰；時機來了而不把握，就會反受貽誤良機所帶來的禍殃。此言是否能夠把握良機對於事業成敗的決定性作用。

王母桃花千遍紅，彭祖巫咸幾回死。

註釋 出自唐・李賀《浩歌》。王母，神話中仙女。王母桃花，即王母所種桃花，傳說其桃“三千年一開花，三千年一生實”。彭祖，傳說中的人物，生於夏代，商末尚存，年過八百。巫咸，傳說為上古堯帝之臣，擅醫，長壽。

點評 前句寫仙界時間的悠長（王母桃花三千年才開一次，竟然開了千遍，極言仙界生命之無限），後句寫人間生命的有限（彭祖、巫咸雖是長壽，王母桃花開一次，他們就要死幾回，概指人間生命之短暫）。二句皆以用典修辭法，在對比中暗寫襯中“生也有涯”、“人生幾何”的感慨。

為君持酒勸斜陽，且向花間留晚照。

註釋 出自宋・宋祁《玉樓春》詞。

點評 此以擬人修辭法，將“斜陽”、“晚照”人格化，使它們具有人的生命情態（可以對之“勸酒”挽留，可以對花有留戀之意），從而間接地表達出詩人惜時惜春的深切之情。

物貴尺璧，我重寸陰。

註釋 出自南朝宋・謝惠連《祭禹廟文》。尺璧，借指比較大的寶物。寸陰，借指極短的光陰。

點評 就物而言，以尺璧為貴；對人來說，寸陰難得。此言光陰比甚麼都珍貴，乃是世上的無價之寶。意在勸人珍惜時光，努力進取。

勿謂寸陰短，既過難再獲。勿謂一絲微，既緇難再白。

註釋 出自清・朱經《青己》。勿，不要。謂，說。既，已經。緇，黑色。

點評 不要說寸陰太短，過去了就再也難以挽回了；不要說一根絲微不足道，但是被染黑了之後就再也不能變白了。此以染絲為喻，形象生動地闡明了一個道理：時光如流水，一去不復返，一寸光陰一寸金，寸金難買寸光陰。

一寸光陰一寸金。

註釋 出自唐・王貞白《白鹿洞二首》。

點評 此以比喻修辭法，以金喻時間，強調時間對人的重要性，既形象生動，又深刻精警，是有名的勸世之言。全詩是寫詩人珍惜時間專心讀書的情形及其感悟，其詩云："讀書不覺已春深，一寸光陰一寸金。不是道人來引笑，周情孔思正追尋。"

一生復能幾，倏如流電驚。

註釋 出自晉・陶淵明《飲酒二十首》。倏，迅速、極快。

點評 人的一生能有多長時間呢？快得就像流逝的閃電一樣瞬息即過。此乃歎息時光易逝、人生苦短之辭，

已見松柏摧為薪，更聞桑田變成海。

註釋 出自唐・劉希夷《代悲白頭翁》。

點評 參天古柏衰枯而成柴薪，這是眼前之所見之景；現今的茫茫大海原是遠古時代桑樹成行的無邊良田，這是聽說的傳聞。以所親見之景與傳聞之說對照敘寫，其對時光無限、人壽幾何的慨歎之意便凸顯出來。

知者善謀，不如當時。

註釋 出自先秦《春秋穀梁傳·僖公二十二年》。知，同“智”。當時，適合時機、把握時機。

點評 有智慧的人善於謀劃，還不如把握良機。此言把握良機比人為的努力更有效、更重要。

昨日之日不可追，今日之日須臾期。

註釋 出自唐·盧仝《歎昨日》。須臾，一會兒、極短的時間。

點評 此言過去的時光已不可能再挽回，但現在能把握的時間一點兒也不能放過。此與楚國隱士接輿規勸孔子的話“往者不可諫，來者猶可追”有相通之處。

奮發進取

安得倚天劍，跨海斬長鯨。

註釋 出自唐・李白《臨江王節士歌》。安得，怎麼能。

點評 此以希望得倚天寶劍跨海斬鯨為喻，表達了詩人希望有機會一展才華、建功立業的雄心壯志。

不可以年少而自恃，不可以年老而自棄。

註釋 出自明・馮夢龍《警世通言・老門生三世報恩》。恃，依靠。

點評 此言不管年老或年少都應當奮發進取，年輕人不要自以為富有青春而不積極努力，年老者不要認為時日不多而放棄進取。因為世上有大器早成者，也有大器晚成者。年輕人雖富有青春，但不努力，也是以難成大器的；年老者雖時日不多，但堅持不懈的努力，還是有大器晚成的希望。

垂頭自惜千金骨，伏櫪仍存萬里心。

註釋 出自元・郝經《老馬》。櫪，馬槽。

點評 此以千里馬自喻，說明自己有經國濟世之才，雖然年老，但仍有報國之雄心壯志。“千金骨”，是用《戰國策・燕策一》郭隗規諫燕昭王重金招賢納士時所講的一個故事，說古代一個君王用千金求千里馬，三年不得。後有人主動要求出去尋訪。結果三個月尋訪到一匹，但是馬已死。於是他用五百金買回了死馬之頭。歸來君王責怪他。他說死馬君王都肯用重金買，更何況活馬呢？天下一定會有千里馬來送大王。果然，不到一年，君王就求得了三匹千里馬。這裏詩人說自己是“千金骨”，這是比喻，意在表明是個才幹不凡之人，但卻至今仍是英雄無用武之地，這是懷才不遇之言。

大丈夫當如此也！

註釋 出自漢・司馬遷《史記・高祖本紀》。也，句末語氣助詞。

點評 這是劉邦年輕時代看見秦始皇巡幸天下的威儀時脱口而出的心聲，淋漓盡致地表現了劉邦作為一代雄主早已蓄藏胸中的大志。

大丈夫當雄飛，安能雌伏？

註釋 出自南朝宋・范曄《後漢書・趙典傳》。安能，怎麼能。

點評 男子漢應當像雄鳥那樣展翅搏擊蒼穹，而不應當像母鳥那樣蜷伏巢中。此言男子漢應有奮發進取的志氣，不應退縮不前。

獨立三邊靜，輕生一劍知。

註釋 出自唐・劉長卿《送李中丞之襄州》。三邊，唐代幽州、并州、燕州並稱三邊，此泛邊塞。

點評 此乃讚頌李中丞仗劍守邊、志在安定邊塞、報效國家、視死如歸的英雄氣概。

腹中貯書一萬卷，不肯低頭在草莽。

註釋 出自唐・李頎《送陳章甫》。草莽，指民間、社會低層。

點評 此言滿腹經綸，就應該有一番作為，而不應該埋沒在社會低層而一事無成。表現了唐代士子普遍的積極進取的時代精神，

苟懷四方志，所在可遊盤。

註釋 出自晉・歐陽建《臨終詩》。苟，如果、假使。遊盤，遊歷盤桓。

點評 此言若人有四海為家之志，走到哪裏都可安身立命，並作出一番事業。

苟無濟代心，獨善亦何益。

註釋 出自唐・李白《贈韋秘書子春》。苟，如果。濟代，濟世。獨善，加強自身修養。亦，也。

點評 此言為人沒有經世濟民的雄心，只顧加強自身修養、潔身自好是於世無補的。意謂要有積極入世的態度，勇於進取，做大官，做大事，治國安邦，造福於民。

古今之成大事業大學問者，必經過三種之境界：“昨夜西風凋碧樹，獨上高樓，望盡天涯路”，此第一境也；“衣帶漸寬終不悔，為伊消得人憔悴”，此第二境也；“眾裏尋他千百度，驀然回首，那人卻在，燈火闌珊處”，此第三境也。

註釋 出自清・王國維《人間詞話》。

點評 此借用古典詩詞的三個名句形象地說明了成大事業、大學問所要經過的三種境界：一是要站得高，望得遠，即視野要開闊；二是要有專心致志、矢志不渝的精神；三是要在別人尋而未得之處發現問題，使人有恍然大悟之感。

會當凌絕頂，一覽眾山小。

註釋 出自唐・杜甫《望嶽》。“會當”是唐代口語，意思是“一定要”。

點評 此借登山以抒懷，道出了古往今來志士仁人寧靜致遠、追求卓越、敢於俯視一切的心胸氣魄，是“男兒當自強”的同義語。

會挽雕弓如滿月，西北望，射天狼。

註釋 出自宋・蘇軾《江城子》詞。會，一定。天狼，指天狼星，古人認為主侵略，故常代指侵略者。

點評 此乃詞人意欲掃清西夏、立功西北的心志表達，表現了詞人報國進取的壯心。

即今江海一歸客，他日雲霄萬里人。

註釋 出自唐・高適《送桂陽孝廉》。歸客，此指科舉考試落第而歸的士子。雲霄萬里，指前程無量。

點評 現在因科舉考試落第而成為落拓潦倒的歸客，但日後一定會飛黃騰達、前程無量。這是鼓勵朋友的話，也是對朋友寄予希望的由衷之言，表現了朋友間的殷殷之情。

老驥伏櫪，志在千里；烈士暮年，壯心不已。

註釋 出自漢・曹操《步出夏門行・龜雖壽》。驥，千里馬、駿馬。櫪，馬槽。烈士，指有理想、有抱負的仁義志士。不已，不停止。

點評 此乃曹操以老馬自喻，表達了自己年老之時建功立業的壯志豪情不減當年的心聲。一個矢志進取、奮發有為的政治家形象由此躍然紙上。

老當益壯，寧知白首之心；窮且益堅，不墜青雲之志。

註釋 出自唐・王勃《秋日登洪府滕王閣餞別序》。益，更。寧，豈、哪裏。窮，不得志、失意。青雲之志，指奮發向上的大志。

點評 年老雄心更壯，哪裏會意識到人已到暮年；失意潦倒之時意志更加堅定，不會喪失奮發進取的壯志豪情。這是王勃在滕王閣雅集宴上向眾賢表白自己心跡之語，希望得到眾賢薦引而有一番作為。

莫道桑榆晚，微霞尚滿天。

註釋 出自唐・劉禹錫《酬樂天詠老見示》。桑榆，指西邊，太陽落下的地方。

點評 此以夕陽西下猶有滿天彩霞為喻，形象而真切地表達了詩人老當益壯、雄心不已的豪情。

男兒何不帶吳鈎，收取關山五十州。

註釋 出自唐・李賀《南園十三首》。吳鈎，古代吳國所產的一種武器，代指鋭利的武器。

點評 此言男子漢大丈夫應該立功沙場，為國家收復山河。意在鼓勵人們立功邊塞，積極進取。

寧為有聞而死，不為無聞而生。

註釋 出自唐・柳宗元《上揚州李吉甫相公獻所著文啟》。有聞，有名、有聲譽。

點評 此言大丈夫在世應該奮發有為、不畏艱難，做一番轟轟烈烈的大事業，而不應默默無聞地生活一輩子。

青雲衣兮白霓裳，舉長矢兮射天狼。

註釋 出自戰國楚・屈原《九歌・東君》。青雲衣，是太陽所穿上衣。白霓裳，指以白虹為下衣。兮，句中語氣助詞，相當於“啊”。天狼，指天狼星，舊說主侵略的惡星。

點評 青雲上衣白虹裳，舉起長弓射天狼。這是屈原借神話想象的形式所表達的保衛楚國、反擊秦國侵略的決心，豪情萬丈，慷慨激昂，讀之不禁使人被其愛國熱情所深深感染。

人生富貴當自取，況有長才文甚武。

註釋 出自元・楊載《古牆行》。文甚武，指超過武略的文韜。

點評 此言只要有積極進取之心，功名富貴都是不難獲取的。更何況自己還有別人所不及的文韜長才，何愁不能有用武之地，建功立業呢？意謂對自己要有信心，事業就能成功，理想就能實現。

少小雖非投筆吏，論功還欲請長纓。

註釋 出自唐・祖詠《望薊門》。投筆吏，指東漢班超。班超初時為人做刀筆吏，後投筆從軍，定西域三十六國，封定遠侯。請長纓，指西漢終軍之事。終軍十八歲即被選為博士弟子。上書言國事，被漢武帝任為謁者給事中，遷諫大夫。後出使南越，請受長纓，願羈縛南越王來見武帝。

點評 此言自己雖然不是從小就有班超那樣有投筆從戎、立功邊疆的大志，但卻有終軍那樣殺敵立功而報效國家之心。表現了詩人意欲立功邊塞、報效國家、建功立業之志。這是通過“用典”修辭法表達自己的情志，以班超、終軍之典說事，既顯出自己報國志向之大，也使表情達意顯得婉約而富才氣。

生有高世名，既沒傳無窮。

註釋 出自晉・陶淵明《擬古九首》。既，已經。沒，死。

點評 此言一個人應該生前有高世之名，死後要流芳百世。意謂為人當積極進取，不可沒有追求。

十年窗下無人問，一舉成名天下知。

註釋 出自金·劉祁《歸潛志》七引古人語。

點評 此言讀書人十年寒窗苦讀默默無聞，但一旦科舉考試成功便會名聞天下。意在鼓勵讀書人要耐得住讀書時的清苦，以求日後的成功。

我今垂翅附冥鴻，他日不羞蛇作龍。

註釋 出自唐·李賀《高軒過》。

點評 此以垂翅不能高飛的大雁和蟄伏的蛇為喻，說明暫不得意的人只要機會到了，定能如大雁一樣一飛衝天、像蛇變飛龍一樣騰空而去。意在鼓勵暫時失意者要處困境而不墜青雲之志，等待時機而奮發有為。

心懍懍以懷霜，志眇眇而臨雲。

註釋 出自晉·陸機《文賦》。懍懍，嚴肅。以，而。懷霜，比喻心地純潔。眇眇，通"渺渺"，遠。臨雲，即凌雲。

點評 懷純潔之心，存高遠之志。此言修身立志之事。

心如老驥常千里。

註釋 出自宋·陸游《赴成都》。驥，千里馬、駿馬。

點評 此乃詩人以千里馬老而思馳千里為喻，表達了自己報效國家矢志彌堅、壯心不已的愛國情懷。

心隨朗日高，志與秋霜潔。

註釋 出自唐·李世民《經破薛舉戰地》。

點評 此乃唐太宗李世民自道其胸懷如日大志、身有高潔品行之言，表現了一代英主超凡脫俗的豪邁氣概。

虛死不如立節，苟殞不如成名。

註釋 出自唐·王勃《上百里昌言疏》。虛死，指無謂的死。苟殞，指苟且死去。

點評 與其沒價值地死去，不如用寶貴的生命換取一個好的名節；與其苟且地死去，不如留着寶貴的生死，建一番功業而流芳百世。此言為人要積極進取，生也如此，死亦如此。

燕雀安知鴻鵠之志哉？

註釋 出自漢・司馬遷《史記・陳涉世家》。安知，怎麼知道。鴻，大。鵠，天鵝。哉，呢。

點評 這是秦末首舉義旗反秦的陳涉之語。陳涉少時曾與人一起替人種地，談到未來時，他的夥伴都嘲笑他，他便作了這樣一個比喻。一來清楚地表達了自己宏大的理想，二來也委婉地批評了夥伴們目光短淺、胸無大志。後來，他首舉義旗反秦，並建立了大楚政權，證明他確是"鴻鵠"，而不是"燕雀"。

仰天長笑出門去，我輩豈是蓬蒿人？

註釋 出自唐・李白《南陵別兒童入京》。蓬蒿人，指蟄居於社會下層的人。

點評 李白一直胸有大志，有積極入世的人生態度，很想一展平生才學，做出一番事業。然而一直沒有機遇。在他四十二歲時（即天寶元年，公元 742 年），唐玄宗宣詔他入京，他認為機會終於來了。於是，壓抑不住極度興奮之情，揮毫寫下了《南陵別兒童入京》一詩，表達了自己即將走上仕途、實現人生理想的滿心喜悅之情。這兩句詩看起來有點小人得意的格調，但確能反映他內心真切的情狀。同時也從另一個側面表現了李白積極進取的人生態度。

永憶江湖歸白髮，欲回天地入扁舟。

註釋 出自唐・李商隱《安定城樓》。欲回天地，比喻做一番大事業。

點評 此言淡薄名利、歸隱江湖固然是一種人生境界，但對於有志者不妨先做出一番驚天動地的大事業，然後再急流勇退、扁舟散髮歸隱江湖（如助越王勾踐滅吳的范蠡）。

有席捲天下、包舉宇內、囊括四海之意，併吞八荒之心。

註釋 出自漢•賈誼《過秦論》。宇內、四海、八荒，都是指天下。

點評 此寫秦孝公銳意改革，力圖一舉消滅天下諸侯、一統天下的雄心大志。“席捲”、“包舉”、“囊括”、“併吞”四個動詞的運用，都是採比喻修辭法，不僅非常形象，更帶有一種奪人的氣勢，生動地凸顯出秦孝公一代雄主的形象。

有志者事竟成。

註釋 出自南朝宋•范曄《後漢書•耿弇傳》。竟，終究。

點評 此言只要有志氣，想達到的目標總有實現的一天。

願將腰下劍，直為斬樓蘭。

註釋 出自唐•李白《塞下曲六首》。樓蘭，漢代西域一個國名，此代指西北強敵。

點評 此言揮劍斬敵、立功邊塞之志，表現了唐代士子普遍的積極進取的人生態度與時代精神。

願乘長風破萬里浪。

註釋 出自《宋書•宗慤傳》。願，希望。

點評 這是南朝宋人宗慤之語，以乘風破浪為喻，表達了希望建功立業、有所作為的願望與志向。

丈夫志四海，萬里猶比鄰。

註釋 出自三國魏•曹植《贈白馬王彪》。志，志向。四海，天下。猶，好像。比鄰，隔壁鄰居。

點評 此乃詩人贈別白馬王曹彪之句，意在說明他們的兄弟之情、朋友之情並不會因為山水相隔而疏遠，只要彼此心中互念，身在萬里之遠，也像是比鄰而居。並勉勵曹彪要有大丈夫志在四方的胸襟，正確對待朋友、兄弟之別。後來唐代詩人王勃有二句名詩“海內存知己，天涯若比鄰”，即由此化用而來，成為贈友的千古名言。

丈夫為志，窮當益堅，老當益壯。

註釋 出自南朝宋・范曄《後漢書・馬援傳》。窮，不得志、失意。益，更。

點評 大丈夫立志做事，失意時志向更加堅定，年老時壯心不已。此言大丈夫既然立志要做一番大事業，就要經得住考驗，不論甚麼情況下都要堅持到底、持之以恆。

丈夫貴兼濟，豈獨善一身。

註釋 出自唐・白居易《製布裘》。貴，貴於。兼濟，指治國安邦、經世濟民。獨善一身，指加強自身修養、潔身自好。

點評 此言大丈夫應該有經世濟民的社會責任感，不能只顧自己修身養性、潔身自好就算完事了。意謂大丈夫不能“只掃自家門前雪”，還得管管“他人瓦上霜”，要有為國家、為社會盡力的積極的人生態度。

志不立，天下無可成之事。

註釋 出自明・王守仁《教條示龍場諸生》。

點評 此言立志是成功的第一步。所謂立志，就是制定一個奮鬥的目標。如果一個人沒有奮鬥目標，他就不會有奮鬥的動力。結果，必然無所事事，一事無成。

志行萬里者，不中道而輟足；圖四海者，非懷細以害大。

註釋 出自晉・陳壽《三國志・吳書・陸遜傳》。中道，半路。輟，停。圖，圖謀。懷細，着眼於小處。

點評 志在萬里的，不會中途停下前進的腳步；志在奪取天下的，不會着眼於小處而壞了大事。此言志向遠大的人要有闊大的胸懷，要有堅持不懈努力的精神。

壯心未與年俱老，死去猶能作鬼雄。

註釋 出自宋・陸游《書憤》。

點評 此句乃是詩人抒發自己人至老境但報國雄心壯志不減當年的豪情壯志。此與李清照的名句“生當為人傑，死亦為鬼雄”同義。

自知者不怨人，知命者不怨天。

註釋 出自先秦《荀子 · 榮辱》。

點評 了解自己的人不埋怨別人，達觀知命的人不埋怨上天對自己不公。此言有志之士不必怨天尤人，要想有所作為，就應該自己奮發努力。

自信豪放

長風破浪會有時，直掛雲帆濟滄海。

註釋 出自唐・李白《行路難》。會，一定、應當。雲帆，指像雲彩一樣的白帆。濟，渡。

點評 此以乘長風而破萬里浪、揚高帆而渡滄海為喻，表達了詩人堅信自己會有機會一展才幹、建功立業、報效國家的豪邁之情。此與他的另一句名句“天生我材必有用”同義。

長嘯激清風，志若無東吳。鉛刀貴一割，夢想騁良圖。

註釋 出自晉・左思《詠史八首》其一。鉛刀，指很鈍的刀。良圖，良好的希望。

點評 放聲長嘯，能激起清風陣陣，志氣超邁，哪裏還有東吳的存在呢？鉛刀雖鈍，尚希望有一割之用，更何況自己雖不敢説有改天換地的大才，但還是希望一展抱負，實現平生經世濟民之理想。其志存高遠的志向與為國報效的熱情，感人至深。

大風起兮雲飛揚，威加海內兮歸故鄉。安得猛士兮守四方？

註釋 出自漢・劉邦《大風歌》。兮，句中語氣助詞，約略相當於“啊”。海內，天下。安，怎麼。猛士，指勇猛的戰將。

點評 劉邦打敗楚霸王項羽而建立漢王朝後，又有淮南王英布反漢之事起。劉邦出馬親征，終平英布之亂。得勝途中返回故里沛縣，與鄉親飲酒作樂，擊筑而歌，遂有此詩。全詩三句，既毫不掩飾地表露了其蕩平天下群雄、一統天下的得意之情，也情不自禁地表達出一代開國之君對國家安危的憂慮之情與思得良將的急切之情。

但用東山謝安石，為君談笑靜胡沙。

註釋 出自唐・李白《永王東巡歌》。東山謝安石，即東晉謝安，官至宰相，曾指揮謝玄等率軍大敗前秦軍隊，取得歷史上有名的“淝水之戰”的勝利。謝安曾隱居於會稽東山，故世有謝東山之稱。胡沙，指唐玄宗時代胡人安祿山、史思明所發動的“安史之亂”。君，此指永王。

點評 此語乃是詩人以謝安自比，意謂自己有經天緯地之才，可以助永王平定“安史之亂”，表達了他急切的建功立業的心情，同時也體現了其豪邁慷慨的為人風格。

海到天邊天作岸，山登絶頂我為峰。

註釋 出自清・林則徐題福州鼓山聯語。

點評 此以觀海、登山為喻，表達了詩人自信豪放、積極進取的人生態度。

橫槊賦詩男子事，征西誰為謝諸曹。

註釋 出自金・李汾《雪中過虎牢》。橫槊賦詩，行軍途中橫戈吟詩。這是用曹操的典故。《舊唐書・杜甫傳》：“曹氏父子鞍馬間為文，往往橫槊賦詩。”《三國演義》寫赤壁之戰時即有曹操橫槊賦詩的情節。征西，也是用曹操的典故。《三國志・武帝紀》註：“欲為國家討賊立功，欲望封侯作征西將軍，然後題墓道言：‘漢故征西將軍曹侯之墓’，此其志也。”謝，推辭。謝諸，謝之於。曹，曹操。謝諸曹，指要與曹操比一比。

點評 此言像曹操那樣橫槊賦詩、馳騁沙場，本就是一個大丈夫男子漢應有的志向；像曹操一樣立志報國，有封侯而拜征西將軍的念頭，也是應該的。這是通過詠歎曹操之事而表達詩人立志報國、建功立業的決心，也表達了要與曹操等英雄人物一比高低的豪情。

回狂瀾於既倒，支大廈於將傾。

註釋 出自宋・蘇軾《告文宣王文》。回，挽回。既，已。支，支撐。

點評 挽回即將傾頂而下的狂浪，支撐起即將倒塌的大廈。此言偉人於危難之際的大作為，也是有志男兒的志向。

寄言燕雀莫相啅，自有雲霄萬里高。

註釋 出自唐·李白《觀放白鷹二首》。啅，聒噪。

點評 希望燕子麻雀們不要再聒噪不休，我白鷹自有展翅萬里、搏擊雲霄的志向與能力。這是以白鷹規勸燕雀的口吻來暗寫詩人有別人不了解的才幹與志向，表達了積極入世、奮發進取的人生態度。

將軍下馬力排山，氣捲黃河酒中瀉。

註釋 出自元·楊維楨《鴻門會》。

點評 此寫將軍的英雄豪邁氣概。前句通過誇張修辭法，強調了將軍的力大無比；後句以誇張修辭法凸顯了將軍飲酒的豪爽氣概。

李白一斗詩百篇，長安市上酒家眠。天子呼來不上船，自稱臣是酒中仙。

註釋 出自唐·杜甫《飲中八仙歌》。上船，唐代長安方言，意為扣上衣服鈕扣。

點評 此寫李白飲酒後詩思如泉湧、醉酒後天子叫不應的豪情與為人。第一句突出表現李白的酒量與詩才，第三句表現的是李白的狂放不羈的個性。

滿堂花醉三千客，一劍霜寒十四州。

註釋 出自唐·貫休《獻錢尚夫》。

點評 此乃讚頌吳越王錢鏐禮賢下士、賓客盈門，仗劍取兩浙的英雄豪邁之氣。據説貫休和尚獻此詩，其意是為了向吳越王要塊地造佛寺，吳越王要貫休改“十四州”為“四十州”，意欲稱帝天下。貫休不從，乃逃往四川。

匹馬西從天外歸，揚鞭只共鳥爭飛。

註釋 出自唐·岑參《送崔子還京》。

點評 此寫從萬里邊塞策馬歸京的豪邁與欣喜之情。“天外歸”，代指出發地離長安之遠；“共鳥爭飛”，寫歸京心情之切與速度之快。

青槐夾兩道，白馬如流星。

註釋 出自唐・王昌齡《少年行二首》之一。

點評 此寫少年在春日之中策馬奔馳於夾槐大道之上迅急如流星的情景。"青槐夾兩道"，是寫景，突出的是春日裏大地的生機；"白馬如流星"，是寫人，突出的是少年的豪放之情。寫景又寫人，情景交融中勾畫出一幅生動的少年春日縱馬的生動圖畫。

如欲平治天下，當今之世，捨我其誰也？

註釋 出自先秦《孟子・公孫丑下》。如，如果。欲，想。平治，安定。捨，除了。其，句中語氣助詞。也，句末語氣助詞。

點評 如果想使天下安定，當今的天下，除了我，還有誰呢？這是孟子在回答充虞路的問題時所發的豪邁之語，表現出了孟子作為戰國時代儒家代表人物那種積極的入世、進取精神。後世人常常引"捨我其誰"，表達慷慨豪邁之氣。

上馬擊狂胡，下馬草軍書。

註釋 出自宋・陸游《觀大散關圖有感》。狂胡，指金人。草，寫、草擬。軍書，軍隊戰伐文告。

點評 此乃詩人自詡"上馬能征戰、下馬能擬文"的傑出才華，強烈地表達了希望殺敵立功、恢復中原的自信與豪情。

身經戎馬心逾壯，天入風霜氣更豪。

註釋 出自金・李汾《雪中過虎牢》。戎馬，指代戰爭。

點評 身經百戰壯心更甚，風霜雖惡豪氣更高。此乃詩人自道不畏艱難、殺敵報國的雄心豪氣。

世間富貴應無分，身後文章合有名。

註釋 出自唐・白居易《編集拙詩成一十五卷因題卷末戲贈元九李二十》。

點評 此言雖然富貴不可求，但自己詩文方面還是有些成就的，相信青史留名還是有可能。此乃詩人對於自己志向與作品價值的評價，表現出對自己作品有充分自信的豪邁之情。

提兵百萬西湖上，立馬吳山第一峰。

註釋 出自金・完顏亮《題畫屏》。西湖上，代指南宋都城臨安(今杭州)。

點評 此乃金主完顏亮立志起兵南下、一舉消滅南宋、統一天下的豪壯之語。不僅口氣大，而且詩句的氣勢也大，"提兵百萬"、"立馬吳山"已是豪氣干雲了，更有駐兵、立馬地點（"西湖上"、"第一峰"）的刻意強調，遂將一個不可一世的金主形象自畫了出來。讀之不禁讓苟且偷安的南宋統治者倒吸口涼氣，膝蓋為之一軟。

天生我材必有用。

註釋 出自唐・李白《將進酒》。

點評 "天生我材必有用"是李白人生價值的宣言，也是每個人應該堅持的人生信條。只要對自己有絕對的信心，不妄自菲薄，最終都會有所作為。

天下才有一石，曹子建獨佔八斗，我得一斗，天下共分一斗。

註釋 出自宋・無名氏《釋常談・八斗之才》引謝靈運之語。石，古代度量單位，一石合十斗。曹子建，曹植，三國魏人，曹操之子。

點評 謝靈運此語，在極力推崇曹植的蓋世才華的同時，也不無自豪地誇耀了自己，表現出了對自己才華的自信。

王侯將相寧有種乎？

註釋 出自漢・司馬遷《史記・陳涉世家》。寧，難道。種，種子。乎，嗎。

點評 王侯將相難道都像是種子一樣一代傳一代嗎？這是陳涉在舉旗反秦前說的話，是對現政權（秦帝國）與現存的社會制度提出的強烈疑問。意謂窮人也能當家，也能做王侯將相。表達了其非同一般的識見與敢作勇為的豪氣。

為天地立心，為生民立道，為去聖繼絕學，為萬世開太平。

註釋 出自宋・張載《語錄拾遺》。心，指良知。生民，百姓。道，儒家所說的"道"。去聖，往聖、往日的聖人，指孔孟等人。絕學，失傳的學問、獨到的學問。此指孔孟之學。

點評 為天下人樹立良知，為萬民建立"道"統，繼承往聖的遺志，為後代開闢永久的太平局面。此言繼承孔孟聖人遺志，恢復失去的儒學道統、重新喚起人們的良知、為天下建立起一個永久安定太平的基礎，乃是每一個有良知的士人所應有的志向。其所表現出來的"捨我其誰"的社會責任感，着實讓千百年來的中國知識分子深受鼓舞。

我願掃開萬里雲，日月光明天尺五。

註釋 出自元·王冕《秋夜雨》。尺五，指代近在眼前。天尺五，指天氣好。

點評 希望滿天烏雲快散去，綿綿秋雨快結束，讓日月重放光明，讓大地天朗風清。此乃詩人所寫祈求秋雨過去、天氣返晴的願望實際表達了他掃除匈奴、一統寰宇的願望。

挾書萬里朝明主，仗劍三年別故鄉。

註釋 出自明·瞿佑《歸田詩話》卷下"宗陽宮望月"條所載元代詩人楊載詩句。

點評 此寫書生萬里赴京、仗劍報國的豪邁之情。前句以"挾書"點出書生朝主的進見禮是治國安邦之策，突出的是其"文韜"；後句以"仗劍"點出了書生報國的方法是馳騁沙場，強調的是其"武略"。前句"朝明主"與後句"別故鄉"相對，意在凸顯書生"報國重於愛家"的精神境界。由此，將一位文韜武略兼備、赤膽忠心報國的書生形象表現了出來。

興酣落筆搖五嶽，詩成笑傲凌滄洲。

註釋 出自唐·李白《江上吟》。滄洲，指隱者居處。

點評 此乃以誇張修辭法説自己落筆的宏大氣勢與成詩的高遠意境。

欲傾天上河漢水，淨洗關中胡虜塵。

註釋 出自宋·陸游《夏夜大醉醒後有感》。河漢，銀河。胡虜，指金人。

點評 此寫詩人志在掃除金人、恢復中原故土的壯志與豪情。

張旭三杯草聖傳，脫帽露頂王公前，揮毫落紙如雲煙。

註釋 出自唐・杜甫《飲中八仙歌》。張旭，唐代著名的書法家，以草書名世，世稱“草聖”。揮毫，揮筆。

點評 此寫張旭酒後脫帽露頂、以髮為筆而着墨、龍飛鳳舞寫草書的豪情與風采。

壯志飢餐胡虜肉，笑談渴飲匈奴血。

註釋 出自宋・岳飛《滿江紅》詞。胡虜、匈奴，此皆指金人。

點評 此寫詩人意欲驅除金人、恢復中原故土、重振大宋雄風的決心與豪情。

濯鱗滄海畔，馳騁大漠中。獨步聖明世，四海稱英雄。

註釋 出自晉・張華《壯士篇》。濯鱗，指像魚一樣自由的遨游。獨步，天下稱第一，超出同類，沒有人可比的。聖明世，指清明的盛世。四海，天下。

點評 像魚自由遨游於大海，像駿馬馳騁於大漠，獨步於天下，稱雄於四海。其所表現的是壯士極度的自信與豪邁之情。

左眄澄江湘，右盼定羌胡。功成不受爵，長揖歸田廬。

註釋 出自晉・左思《詠史八首》其一。眄，斜着眼睛看。澄，使澄清。江湘，長江、湘江流域，代指東吳。定，使平定。羌胡，代指西北強敵。爵，爵位。揖，作揖。歸田廬，歸故鄉。

點評 前二句表現的是詩人統一天下、建功立業的宏大理想，後二句則表明了其不圖富貴、功成身退的人格追求。

曠達行樂

寶劍直千金，被服麗且鮮。鬥雞東郊道，走馬長楸間。

註釋 出自三國・魏・曹植《名都篇》。直，值。被服，所穿衣服。走馬，跑馬。楸，一種落葉喬木，幹高葉大，夏季開花。

點評 此寫京洛少年鬥雞走馬行樂之事。

對酒當歌，人生幾何？譬如朝露，去日苦多。

註釋 出自漢・曹操《短歌行》。朝露，早上的露珠。去日，過去了的歲月。苦多，恨多。

點評 人生苦短，猶如早上的露珠，再者過去的歲月又是苦難太多，而今再不抓住機會及時行樂，再待何時？

服食求神仙，多為藥所誤。不如飲美酒，被服紈與素。

註釋 出自漢・無名氏《驅車上東門》。服食，吃、飲用。被服，穿。紈、素，都是質地柔軟的絲織品。

點評 此言乃在勸人莫信神仙，千萬別信長生不老之術。及時行樂，吃好穿好，才是正經。

功名富貴若長在，漢水亦應西北流。

註釋 出自唐・李白《江上吟》。若，如果。亦，也。

點評 此以"絕語"修辭法（通過預設不可能實現的條件，從而否定在此條件下的結果，肯定地表達與此前提相反的觀點），表達了詩人不相信功名富貴能夠長久的觀點。意謂既然功名富貴不能長久，那麼不如瀟灑自在地生活，不必"摧眉折腰事權貴"，汲汲於功名而喪失自己的人格。

何以解憂，唯有杜康。

註釋 出自漢・曹操《短歌行》。唯有，只有。杜康，相傳為古代的造酒者，這裏借指酒。

點評 後人稍不快意，便好以酒澆愁、借酒解憂，其依據就在於曹操此言。

何須論得喪，才子詞人，自是白衣卿相。

註釋 出自宋・柳永《鶴沖天》詞。得喪，得失。白衣，指沒有官職的百姓。卿相，公卿、宰相，代指高官。

點評 何必斤斤計較於名利得失，不做官，做個才子詞人，也可算得是沒有官職的“卿相”，同樣可以實現人生的價值。這是詞人柳永自道心曲之語，鮮明地表現了一個特立獨行的封建文人曠達而自信的人生觀。

紅顏棄軒冕，白首臥松雲。

註釋 出自唐・李白《贈孟浩然》。紅顏，指年輕時代。軒，高大的車駕。冕，帽子。軒冕，代指官位爵祿。白首，指年老時。臥松雲，臥於青松白雲之下，指隱居山中。

點評 此言乃是詩人謳歌朋友孟浩然淡泊於富貴榮華、醉心於世外隱居生活的灑脱人生觀的頌詞。

今日不知來日事，人生可放酒杯乾？

註釋 出自元・楊維楨《漫成》其二。

點評 既然不能預知未來之事，何必整天憂和愁，今日有酒今日醉，豈不快哉？這是詩人所表述的人生觀，也是他及時行樂思想的表露。

酒債尋常行處有，人生七十古來稀。

註釋 出自唐・杜甫《曲江二首》其二。行處，到處。稀，稀少、稀罕。

點評 此二句與曹操“人生幾何，對歌當歌”之義相同，都有倡導及時行樂之意。不過，曹操是今日有酒今日醉，杜甫是今日無酒賒着醉，相對於曹操，杜甫顯得更瀟灑些。後句今人引用時多意謂七十歲是高壽，能活到七十歲非常不容易。雖然就現代醫學與人的平均壽命現狀來説，這話顯得有些過時，但它卻真實地反映了中國古代人的壽命現狀。

千金散盡還復來。

註釋 出自唐・李白《將進酒》。

點評 中國人都會説這樣一句俗語：“錢財是身外之物，生不帶來，死不帶去。”意思是勸人不要把錢財看得太重。這層意思，與李白“千金散盡還復來”的詩句，其義一矣，皆是達觀的財富觀。

勸君莫惜金縷衣，勸君須惜少年時。有花堪折直須折，莫待無花空折枝。

註釋 出自唐・無名氏《雜詩》。莫，不要。堪，能。直，就。

點評 此詩的意思，用一句話概括，就是“行樂要趁年少時”。其所表現的是典型的“今日有酒今日醉”的及時行樂思想，與曹操“對酒當歌，人生幾何”之的意蘊相通。此詩在中唐時代非常流行，據杜甫《杜秋娘詩》及自註記載，唐憲宗元和年間鎮海節度使李錡最愛此詩，並命侍妾杜秋娘在酒宴上演唱。

人生達命豈暇愁，且飲美酒登高樓。

註釋 出自唐・李白《梁園吟》。達命，即達觀地對待命運。暇，空暇、空閒。

點評 人生不順意，乃是平常。只要能以達觀的態度對待之，自可放開胸襟，登高樓觀美景，飲美酒享受人生，哪會有時間憂愁呢？“人生達命豈暇愁，且飲美酒登高樓”，正是以此自勉，表達了一種積極的人生態度，同時也帶有一種詩人一以貫之的及時行樂思想。

人生得意須盡歡，莫使金樽空對月。

註釋 出自唐・李白《將進酒》。金樽，指很名貴的酒器。

點評 此二句所要表達的意思，與曹操的“對酒當歌，人生幾何”相同，都是宣揚一種及時行樂的思想。但是，“金樽”、“對月”二詞所構成的意境，卻將飲酒詩意化，頗能讓人回味。

忍把浮名，換了淺斟低唱。

註釋 出自宋・柳永《鶴沖天》詞。

點評 寧可將仕途前程的浮名拋卻一邊，也要填詞作曲，與青樓歌女淺斟低唱，快樂度日。這是柳永自道心志之語，表現了其放縱不羈、特立獨行的性格特點，體現了其曠達瀟灑的人生態度。

生年不滿百，常懷千歲憂。晝短苦夜長，何不秉燭遊？

註釋 出自漢・無名氏《生年不滿百》。秉，拿、執。

點評 此乃勸人及時行樂之言。人生不會超過百年，卻要為子孫想着千年之後的事，這又何必、何用呢？兒孫自有兒孫福，何必為他做馬牛？想通了這層道理，白天行樂還嫌時間不夠呢！若此，不妨徹底放達，秉燭夜遊。

生存華屋下，零落舊山丘。先民誰不死？知命復何憂！

註釋 出自三國・魏・曹植《箜篌引》。華屋，指華貴的宮殿。先民，先人。復，又。

點評 此乃感歎人無論生前如何優遊富貴，仍終究還是免不了一死。世上無人不死，達觀知命，想通了這一層還有甚麼可以憂愁的呢？其意是在勸人達觀知命、及時行樂。

壽命非松喬，誰能得神仙。遨遊快心意，保己終百年。

註釋 出自三國・魏・曹丕《芙蓉池作》。松喬，松柏與喬木，皆是壽命很長的樹木。

點評 此言乃在勸人莫信神仙之事，還是及時行樂為好。此與其父曹操所宣揚的"對酒當歌，人生幾何"的及時行樂思想如出一轍。

萬事銷身外，生涯在鏡中。

註釋 出自唐・李益《立秋前一日覽鏡》。銷，通"消"，消失，消亡。

點評 人有春風得意之時，也有悵然失意之時。失意之時，若能覽鏡自照，幡然自省，忘了過去，自然也能煩惱不生，未嘗不是一件好事。這便是此二句給今人的啟發。

臥橫玉簫泛歸舟，吹散萬斛江南愁。

註釋 出自元・楊載《次韻虞彥高遊陽明洞》。

點評 泛舟江湖之上，本已是瀟灑至極了，還要橫臥舟上吹玉簫，那是何等的逍遙與灑脫呢！真的是這樣曠達灑脫嗎？後句“吹散萬斛江南愁”則交待了其中的原因，原來詩人是要逃避現實的不如意，才想起效仿古人扁舟泛遊。其字裏行間所透露出的辛酸可見矣。雖然是不得已而後的故作灑脫，但畢竟是一種解脫現實憂愁的辦法，真能“臥橫玉簫泛歸舟”，又何嘗不是人生的另一種境界呢？

細推物理須行樂，何用浮榮絆此身？

註釋 出自唐‧杜甫《曲江二首》其一。物理，事物的道理。

點評 此二句的主旨，就是要求人們拋棄一切的功名利祿與虛榮之心，以出世的態度來追求人世的快樂、追求絕對的身心自由。與曹操“人生幾何，對酒當歌”之句相比，少了幾分消極頹廢之氣，多了幾分道家飄然出世之風。

尋詩人去留僧舍，賣畫錢來付酒家。

註釋 出自清‧敦敏《贈曹雪芹》。

點評 此寫曹雪芹雖溫飽難以保證，仍不失文人情趣與曠達的情性：尋詩而留連山水，詩成而留題僧舍；賣畫換得錢，買醉於酒家。

一生大笑能幾回，斗酒相逢須醉倒。

註釋 出自唐‧岑參《涼州館中與諸判官夜集》。斗酒，一斗酒。

點評 中國古代有句話，說人生有四大快事，分別是：“久旱逢甘霖，他鄉遇故知，洞房花燭夜，金榜題名時”。與朋友在邊塞相遇，自是人生一大快事，豈能不“酒逢知己千杯少”，喝它個一醉方休呢？“一生大笑能幾回，斗酒相逢須醉倒”二句，表現的正是此意。雖然有些借酒澆愁、今日有酒今日醉的消極意味，但卻充滿了豪爽之情，令人深受感染。

中觴縱遙情，忘彼千載憂。且極今朝樂，明日非所求。

註釋 出自晉‧陶淵明《遊斜川》。中觴，觴中，即杯中。縱，放縱。

點評 此句意在勸人及時行樂，頗與“今日有酒今日醉，明日愁來明日愁”的思想同調。

贈言勵志

薄於當世而榮於後世。

註釋 出自唐・柳宗元《與楊京兆憑書》。

點評 此言在生前不得意的人，往往留名於後世。其意是鼓勵那些暫處於困境的人不要沮喪，要相信歷史的公正無私，好好做事，好好做人。

不是一番寒徹骨，爭得梅花撲鼻香？

註釋 出自元・高明《琵琶記・旌表》。爭得，怎能。

點評 此以梅花香自苦寒來為喻，説明了一個人要有一番大作為，就須經過艱苦的歷練。

不可以一時之得意，而自誇其能；亦不可以一時之失意，而自墜其志。

註釋 出自明・馮夢龍《警世通言・鈍秀才一朝交泰》。

點評 此言與今日所説“勝不驕，敗不綏”同義，意在告誡世人成功、順利之時要保持頭腦清醒；失敗、挫折之時要不墜青雲之志。

功名只向馬上取，真是英雄一丈夫。

註釋 出自唐・岑參《送李副使赴磧西官軍》。

點評 此言大丈夫要做英雄，就要到邊塞從軍，一刀一槍，殺敵立功，從而博得封妻蔭子的功名富貴。這是詩人的見解，也是唐代大多數讀書人鋭意進取的人生觀，更是盛唐人普遍的價值觀，是特定的時代風氣的體現，充溢了一種積極向上、奮發進取的時代精神。

君不見高陽酒徒起草中，長揖山東隆准公。

註釋 出自唐・李白《梁甫吟》。高陽酒徒，指秦末漢初的儒生酈食其。草中，指民間、社會下層。長揖，古代一種大禮。隆准，高鼻子。隆准公，指漢高祖劉邦。

點評 酈食其本是一介書生，雖然有治國安邦的奇才，但一直屈居社會底層。秦末劉邦起事成功後，酈食其前去投奔劉邦，被向來看不起儒生的劉邦大大羞辱了一番，但最終酈食其還是以自己出眾的治國安邦謀略征服了劉邦，使劉邦對之深為敬服並視為上賓。上面二句詩敍述的便是這段歷史故事，其意是勉勵目前還屈居社會下層的有志之士（當然更包括詩人自己）不必自暴自棄，應該像酈食其那樣勇於進取，最終成就一番事業。

立大事者，不惟有超世之才，亦必有堅忍不拔之志。

註釋 出自宋‧蘇軾《鼂錯論》。不惟，不僅。

點評 此言做大事的人，不僅要有過人的才能，也要有承受挫折而堅忍不拔的意志。意在鼓勵世人做大事，就要不怕挫折，要有“打掉牙齒和血吞”容忍力和愈挫愈勇、百折不撓的意志。

良田無晚歲，膏澤多豐年。

註釋 出自三國魏‧曹植《贈徐幹》。歲，收成。晚歲，收成不好。膏澤，肥沃潤澤，指肥田沃土。

點評 是良田，就不擔心沒有好收成；是沃土，就肯定多豐年。此以良田沃土必致豐年為喻，激勵朋友是幹才必能出人頭地、大有可為。

莫愁前路無知己，天下誰人不識君？

註釋 出自唐‧高適《別董大二首》其一。

點評 是金子總會放光，是英雄總會有用武之地。詩人送別朋友董大的上述二句贈別語，正是說出了這個道理。前句是勸慰，慰的是一代琴界聖手的落泊失意之情；後句是讚頌，頌的是友人才華德望之隆。勸慰之中有鼓勵，質樸之中見真淳。真可謂是一語揾盡英雄淚、片言鼓起才士氣。

男兒志兮天下事，但有進兮不有止。

註釋 出自清‧梁啟超《志未酬》。兮，句中歎詞，相當於“啊”。但，只。

點評 此言男子漢大丈夫應該為了天下事而勇往直前。

千淘萬漉雖辛苦，吹盡狂沙始到金。

註釋 出自唐・劉禹錫《浪淘浪九首》。漉，過濾。

點評 此以淘沙得金為喻，說明了這樣一個做人的道理：經得起考驗才能成大器。意在鼓勵世人要經得起挫折，經風雨，見世面，才能成大器，有所作為。

強者不自勉，或死而泯滅於無聞；弱者能自力，則必有稱於後世。

註釋 出自宋・歐陽修《尚書屯田員外郎張君墓表》。勉，盡力、努力。或，也許。則，那麼。必，一定。

點評 能力強的人如果不努力，也許一生碌碌無為，死後默默無聞；能力弱的人如果能夠不斷努力，那麼就一定有所建樹，被後世稱道。此言意在鼓勵強者要努力，弱者要有信心。只要不懈努力，不論強者弱者，終會有所成就。

士而懷居，不足以為士矣。

註釋 出自先秦《論語・憲問》。士，古代統治階層中的知識分子。而，卻。懷居，指留戀家室的安逸。不足以，即不配。為，做。矣，了。

點評 既想立志為士，卻又貪戀家室之安逸，那就不配做士了。這是孔子對心中的士所作的期待。這話與後世所說的"大丈夫當以四海為家"的話基本同義。皆是勉勵男兒要有志在天下的雄心，不可貪圖安逸。

太山在前而不見，疾雷破柱而不驚。

註釋 出自宋・歐陽修《六一居士傳》。

點評 此以比喻修辭法，形象地說明了做事要專注，不為外界干擾影響的道理。

天行健，君子以自強不息。

註釋 出自先秦《周易・乾》。天行，即天道，指日月星辰的變化、四季交替循環等。健，強壯有力。

點評 天道剛健，生生不息；君子應該效仿天道，不斷努力，奮發有為。此以天體運行的規律作引喻，勉勵世人努力不懈、積極進取。

無為在歧路，兒女共沾襟。

註釋 出自唐・王勃《送杜少府之任蜀州》。歧路，即岔路，指分手之處。

點評 此二句是勉勵朋友別為離別傷感，同時也是在勸慰自己，是與朋友共勉的贈語。

無冥冥之志者，無昭昭之明；無惛惛之事者，無赫赫之功。

註釋 出自先秦《荀子・勸學》。冥冥、惛惛，皆指精神專一的樣子。志、事，在此都指意志。昭昭，明達貌。赫赫，顯盛貌。

點評 沒有專心一意的心志，就不會思想明達；沒有專一不移的意志，就不會取得大的成就。此言專心致志的品質是思想明達、事業成功的保證。

賢者不得志於今，必取貴於後。

註釋 出自唐・柳宗元《寄許京兆孟容書》。必，一定。

點評 賢能、賢德的人在當世不得志，在身後一定能留下好名聲。這是鼓勵那些不得志的人，不過也確實説出了一個歷史的真相。在人類歷史上，生前默默無聞，死後聲譽雀起者大有人在。如漢代飛將軍李廣，一生經歷無數戰役，卻始終封不了侯，但是，千百年以來，中國人哪個不知道“但使龍城飛將在，不教胡馬度陰山”的詩句？又如南宋抗金英雄岳飛，雖披堅執鋭，所向披靡，差點成就了“直搗黃龍府，與諸君痛飲耳”的目標，最後卻被奸佞小人秦檜欺負，以“莫須有”的罪名處死。他一生得意嗎？可是，他死後，中國人哪一個不歌頌他，不為他抱怨，不會吟詠他的《滿江江》而熱血沸騰？再如唐代大詩人李白，雖然自信“天才我材必有用”、“我輩豈是蓬蒿人”，但結局不僅還是“蓬蒿人”，而且還“水中撈月”死於江中，連普通人壽終正寢的結局也沒達到。他能不怨嗎？然而，他死後，千百年來中國人説到中國文學，説到唐詩，誰能不提他？今日三歲的小孩都能背出他“舉頭望明月，低頭思故鄉”的詩句。這些歷史事實，豈能不有力地證明柳宗元“賢者不得志於今，必取貴於後”的論斷是無可置疑的嗎？

要為天下奇男子，須歷人間萬里程。

註釋 出自明馮夢龍《東周列國志》第三十四回。

點評 此言要有一番大作為，就須經受嚴酷的考驗與艱苦的磨練。“萬里程”是誇張，也是比喻，意指艱苦的人生歷程與歷煉。

宜守不移之志，以成可大之功。

註釋 出自宋・蘇軾《賜太師文彥博乞致仕不允斷來章批答》。宜，應該。

點評 此言要成大事業，就要有堅定不移的志向。意在鼓勵世人越是艱難的時刻，越要抱定志向不可改變。

一息尚存，此志不容稍解。

註釋 出自清・程允升《幼學瓊林・身體》。解，同“懈”。

點評 此與今日所說的“生命不息，戰鬥不止”同義，皆是鼓勵人們朝着既定的奮鬥目標堅持不懈地努力。

丈夫非無淚，不灑離別間。

註釋 出自唐・陸龜蒙《別離》。

點評 中國古代交通不便，出門一次不易，因此與親友離別之時淚灑衣襟，也屬人之常情。但是，要做大丈夫，要做一番大事業，就必須離別親友，甚至要拋妻別子，義無反顧出門去。此二句之意在於勉勵天下男兒應當堅強，不要兒女情長，更不要為別離哭哭啼啼。所言與唐初王勃詩句“無為在岐路，兒女共沾襟”（《送杜少府之任蜀州》）同義。

做第一等人，幹第一等事，說第一等話，抱第一等識。

註釋 出自明・呂坤《續小兒語》。

點評 此言做人應該志存高遠、胸襟闊大，同時立意要高、眼光要遠、膽氣要豪，如此，才能成就大業，青史留名。

人格氣節

不揜賢以隱長，不刻下以諛上。

註釋 出自先秦《晏子春秋・內篇上二十》。揜，遮蔽、覆蓋。以，而。刻下，苛刻於下屬。諛上，巴結討好上司。

點評 不壓制賢能之士而掩蓋他的長處，不苛刻於下屬而討好巴結上司。此言為人應該正派，切不可妒賢忌能、欺下媚上。

不妨舉世無同志，會有方來可與期。

註釋 出自宋・陸游《衰疾》。不妨，無礙。舉世，天下。同志，指志同道合的人。會有，一定有。方來，將來。可懷期，可以期待。

點評 即使現在全天下沒有一個與我志同道合的人也無妨，相信將來一定有可以期待的同道出現。此言遭遇現實的困境仍應守志不移，決不向邪惡勢力低頭，更不應與其同流合污。表達的是詩人特立獨行、矢志不移的人格追求。

不食嗟來之食。

註釋 出自漢・戴聖《禮記・檀弓下》。嗟，呵斥之聲。嗟來之食，指帶有侮辱性的施捨。

點評 餓死也不吃帶有侮辱性施捨的食物。後引申之，表示氣節與人格比生存更重要。

不畏義死，不榮幸生。

註釋 出自唐・韓愈《清邊郡王楊燕奇碑文》。畏，怕。義死，為義而死。不榮，不以為榮。幸生，僥倖而生。

點評 不怕為義而死，不以僥倖苟活為榮。此言為義而死才是光榮的，不顧道義而苟且生存，活着也不是甚麼光彩的事。

財賄不以動其心，爵祿不以移其志。

註釋 出自明・羅貫中《三國演義》第二十七回。財賄，即金錢財物。以，因。爵祿，指官位。移，改變。此二句的正常語序應是“不以財賄動其心，不以爵祿移其志”。

點評 此言人格高尚的君子是不會因為金錢、官位而改變其心志的。

餓死事小，失節事大。

註釋 出自《河南程氏遺書》卷二十二下載程頤語。

點評 此言人的生存問題固然重要，但是人的名節操守更為重要。此語對中國傳統士大夫與知識分子影響極大，並成為許多志士仁人為了理想而甘願赴湯蹈火甚至獻出生命而不惜的原動力，也是他們能夠“殺身成仁”、保守名節的座右銘。

非梧桐不止，非練實不食，非醴泉不飲。

註釋 出自先秦《莊子・秋水》。非，不是。止，棲息。練實，竹實。醴泉，味同甜酒的泉水。

點評 此言鵷雛（鳳凰一類的神鳥）是一種不同尋常的鳥，不是梧桐樹就不棲息，沒有竹實就不吃，不是醴泉就不喝。後世引此語多是以鵷雛比喻有氣節的高潔之士，讚揚他們不隨流俗、潔身自好的高貴品質。

富貴不能淫，貧賤不能移，威武不能屈，此之謂大丈夫。

註釋 出自先秦《孟子・滕文公下》。淫，亂、邪惡。移，改變。屈，屈服。謂，叫。

點評 富貴不能亂我心，貧賤不能改我志，威武不能屈服人，這才叫大丈夫。這是孟子關於人格修養的名言。其對中國歷代志士仁人磨勵意志、修身養性曾產生了巨大的影響作用。

高節人相重，虛心世所知。

註釋 出自唐・張九齡《和黃門盧侍御詠竹》。

點評 此乃以雙關修辭法，明裏寫竹子節高、心虛的特徵；暗裏則是借物寫人，歌詠的是高風亮節與虛懷若谷的君子形象。

苟利國家生死以，豈因禍福避趨之。

註釋 出自清・林則徐《赴戍登程口占示家人》。苟，如果。以，因為。"苟利國家生死以"，正常的語序是"苟以利國家生死"，"生死"是偏義複詞，只取"死"義，説"生死"，是為了湊足音節，構成對仗。後句的"禍福"，也是偏義複詞，只取"禍"義而不取"福"義。

點評 如果因為有利於國家而死，豈能因為是禍而避開呢？這是林則徐因"虎門銷煙"而被革職發配新疆前對家人所表達的心聲，表現了以國家利益為重、不計個人利名得失榮辱的崇高思想境界與高風亮節。

苟非吾之所有，雖一毫而莫取。

註釋 出自宋・蘇軾《前赤壁賦》。苟，如果。非，不是。吾，我。雖，即使。莫，不。

點評 如果不是我所有的東西，即使是一分一毫也不輕取。此言君子清廉自持的人格追求，正是《禮記》所説的"臨財不苟得"的境界。

貴者雖自貴，視之若塵埃；賤者雖自賤，重之若千鈞。

註釋 出自晉・左思《詠史八首》。賤，指地位低的人。若，如、像。千鈞，代指極重。古代以三十斤為一鈞。

點評 權貴雖然自以為尊貴，但我卻視之為塵土；身處社會最下層雖然微不足道，但我自以為人格高尚重若千鈞。此言權勢地位並不能使人高貴，地位卑微也並不意味着自己毫無價值；只要人格高尚，雖賤猶貴。此乃詩人所表達的貴賤觀，與世俗大異其趣，字裏行間，充溢着詩人高潔的人格追求。

見義勇為，不計禍福。

註釋 出自宋・蘇軾《陳公弼傳》。計，考慮。

點評 為了道義與正義而勇於行動，而不考慮自己的禍福。這是作者讚頌陳公弼人格品德，也是對君子人格節操的要求。

見勢不趨，見威不惕。

註釋 出自明・馮夢龍《東周列國志》第十八回。趨，趨前。惕，害怕。

點評 見權勢不攀附趨奉，見威權不屈從懼怕。此言不附權勢、不屈威權的人格境界。

君子可招而不可誘，可棄而不可慢。

註釋 出自隋・王通《文中子・禮樂》。

點評 君子可因國家需要而應招服務，但不可以金錢利益相引誘；君子可以被棄而不用，但不可對之態度輕慢。此言君子應當堅守“可殺而不可辱”、“可棄而不可慢”的原則。

可使寸寸折，不能繞指柔。

註釋 出自唐・白居易《李都尉古劍》。

點評 此乃以古劍為喻，形象地表明了詩人寧折不屈的人格追求。“繞指柔”，比喻非常柔軟，指代為了名利而百般獻媚於權勢的人。

渴不飲盜泉水，熱不息惡木陰。

註釋 出自晉・陸機《猛虎行》。盜泉，泉水名。《尸子》：“孔子至於勝母，暮矣而宿；過於盜泉，渴矣而不飲，惡其名也。”不息，不休息於、不納涼於。惡木，不好的樹。《管子》：“夫士懷耿介之心，不蔭惡木之枝。”

點評 渴了也不喝盜泉之水，熱了也不在惡木下納涼。其意在強調人要有志氣和堅貞的品格。

狂者進取，狷者有所不為也。

註釋 出自先秦《論語・子路》。狂者，指行為放蕩不羈、縱情任性之人。狷者，指行為拘謹，但性情耿直，不肯同流合污之人。有所不為，指不做壞事。也，句末語氣助詞。

點評 狂者有奮進取之心，狷者品行高尚，能夠潔身自好，絕不會做壞事。這是孔子對“狂”、“狷”兩種性格的交友對象的評價。

良將不怯死以苟免，烈士不毀節以求生。

註釋 出自晉·陳壽《三國志·魏書·龐德傳》。怯死，怕死。以，而。苟，苟且。烈士，指有氣節、積極建功立業、視死如歸的人。節，氣節、名節。

點評 良將不怕死，不為活着而苟且偷生；有志之士不毀棄自己的名節而求苟延殘喘。此言氣節、人格重於生命。意在勉勵世人珍惜名節與人格。

臨難忘身，見危致命。

註釋 出自唐·柳宗元《唐故特進南公睢陽廟碑》。致命，獻出生命。

點評 遇到危難忘記自身安全，見到危險不怕獻出生命。此言為了正義與理想可以置生死於度外的人格氣節。

臨財毋苟得，臨難毋苟免。

註釋 出自漢·戴聖《禮記·曲禮上》。臨，面對、遇到。毋，不要。苟，苟且。難，災難。

點評 面對非分不當的財物，不要放棄做人的原則而苟且獲取；面對災難禍患，不要放棄道義而苟且貪生。此言財物、生命固然重要，但做人的原則與人格氣節更重要。

路見不平，拔刀相助。

註釋 出自明·施耐庵《水滸傳》第四十四回。

點評 此寫古代俠義之士扶危助弱的義氣行為。今日路見不平當然不必也不可能再"拔刀"，但是為了維護社會正義，挺身而出與壞人壞事作鬥爭，還是應該的。

曲生何樂，直死何悲？

註釋 出自唐·韓愈《奉送嚴公入朝十韻》。

點評 委曲求全而生，何來快樂？正直不阿而死，何悲之有？此言有人格尊嚴地活着才有快樂，否則就是極大的悲哀，雖生猶死。意在強調人的人格尊嚴比生死重要。今日說"寧可站着死，決不跪着生"，正是此意。

人生自古誰無死，留取丹心照汗青。

註釋 出自宋・文天祥《過零丁洋》。丹心，赤誠之心。汗青，指史書。古代用竹簡刻字，然後烘烤竹簡使出水分，便於保存。

點評 不畏生死為報國，要留忠心寫史冊。在人生安全處於極度危險的情況下，詩人首先想到的是國家與民族，想到的是如何堅持氣節、捨身報國，這正是此詩句之所以深切感人的原因所在，也是千百年來能夠激勵無數的中華兒女在國家危難之時奮臂而起、勇赴國難、捨身報國的原因所在。

三軍可以奪帥也，匹夫不可奪志也。

註釋 出自先秦《論語・子罕》。三軍，指一個大國的軍隊。奪帥，指喪失主帥。匹夫，一個男人，此指最普通的老百姓。奪志，改變志向。也，句末語氣助詞。

點評 一國的軍隊可以使它失去主帥，但是一個普通的男子的志向卻是不可改變的。這是孔子的名言，它曾激勵了中國古往今來無數的志士仁人在艱難困苦的環境中不為利害所動，堅守名節，最終成為名垂青史的烈性好男兒。

生當為人傑，死亦為鬼雄。

註釋 出自宋・李清照《烏江》。

點評 楚霸王項羽由於剛愎自用，在秦末逐鹿中原的爭霸中最終敗給了劉邦。兵敗垓下之後儘管仍有捲土重來的機會，他因羞於渡過烏江見江東父老而自刎於烏江邊上，讓千古有識之士為之扼腕長歎。儘管如此，他那光明磊落的性格、那叱咤風雲的豪氣、那"力拔山兮氣蓋世"的英勇氣概、那"破釜沉舟"與"背水一戰"的破秦赫赫戰功，卻是抹殺不了的歷史現實。上述二句正是基於這些歷史事實而對項羽的評價，其對項羽的人格與功績的推崇之意可謂淋漓盡致。

時窮節乃見，一一垂丹青。

註釋 出自宋‧文天祥《正氣歌》。時窮，指時勢艱難。乃，才。一一，(每一個) 都。丹青，指畫。垂丹青，指流傳後世。

點評 此言在艱危的時局中才能表現出一個的人格氣節，能夠經受考驗的人都會流芳百世。意在鼓勵世人做人要有氣節，要有青史留名的志向。

失身取高位，爵祿反為恥。

註釋 出自清‧沈德潛《詠史》。失身，指失去人格氣節。爵祿，代指官位、金錢。

點評 此言為取得爵祿而不惜出賣人格氣節，那是為人所不齒的。意謂人格與氣節對人的重要性遠非爵祿等世俗的身外之物重要得多。

受屈不改心，然後知君子。

註釋 出自唐‧李白《贈韋侍御黃裳二首》。心，指意志、心志、理想。

點評 此言受到冤屈而不怨天尤人，一如既往地堅守原來的志向節操，這才是真君子。強調君子應該以堅守人格節操為其本色。

守道而忘勢，行義而忘利，修德而忘名。

註釋 出自宋‧蘇軾《文與可字說》。道，指儒家所宣揚的價值觀。勢，權勢。

點評 為了堅守“道”的底線而不屈從於權勢，為了踐行“義”而不受利益的誘惑，為了修養“德”而不追求俗世的虛名。此言君子以“守道”“行義”“修德”為人生追求的人格理想。

誰人得似張公子，千首詩輕萬戶侯。

註釋 出自唐‧杜牧《登九峰樓寄張祜》。得似，能夠像。萬户侯，食邑萬户的列侯，喻指高官厚祿。

點評 此二句意思是説，這個世上還有誰像張公子（祜）一樣，把詩看得比爵封萬戶侯還重呢？“千首詩”與“萬戶侯”都是誇張的説法，前者極言詩作之多，後者極言地位之尊貴。但是，一個動詞“輕”字，卻將二者聯繫起來並作了比較，由此不露痕跡地讚美了張公子人格的清純高尚、非比俗眾。

死猶未肯輸心去，貧亦其能奈我何？

註釋 出自明・黄宗羲《山居雜詠》。猶，還、仍然。輸心，違背良心。亦，也。奈我何，拿我沒辦法。

點評 面對死亡還不能讓我違背自己的意願理想，那麼貧困又豈能難倒我呢？此言乃是表達作者為了理想"死亡不屈節"、"貧賤不移志"的人格追求。

歲寒，然後知松柏之後凋也。

註釋 出自先秦《論語・子罕》。歲，年。歲寒，一年的寒冷時節。之，放在主謂語之間，取消句子的獨立性。凋，凋零、凋謝。也，句末語氣助詞。

點評 只有到了最嚴寒的時候，才知道松、柏之葉是最後凋零的。這是孔子以松、柏歲寒而凋比喻君子獨立不羈的高尚人格之語。

太阿之劍，犀角不足齒其鋒；高山之松，霜霰不能渝其操。

註釋 出自唐・張九齡《與李讓侍御書》。太阿，傳説中的古代寶劍。犀角，指犀牛之角。齒，通"齧"，咬，此指磨損。霰，小雪珠。渝，改變。操，節操。

點評 太阿寶劍，犀牛角再硬也挫不了它的劍鋒；高山松柏，霜雪再大也不能改變其傲霜鬥雪、挺立不凋的本性。此乃以寶劍、高松的特質為喻，形象地寫出了特立獨行、高風勁節的君子形象。

泰山崩於前而色不變。

註釋 出自宋・蘇洵《心術》。

點評 此以比喻修辭法寫臨危不懼、處變不驚的人生態度。後世多用以形容高潔之士守志不移的人格魅力。

義死不避斧鉞之誅，義窮不受軒冕之榮。

註釋 出自漢・劉向《新序・義勇》。義死，為義而死。斧鉞，古代的兩種武器。誅，殺。義窮，為義而失意。軒冕，古代高官的官車官服，此代指高官厚祿。

點評 如果為義而死，雖殺頭之刑不避；如果為義而失意潦倒，不接受高官厚祿的尊榮也是值得的。此言為了“義”可以不避生死，可以不要高官厚祿。意在強調“義”對做人的重要性。

意之所向，雖金石莫隔。

註釋 出自宋・蘇軾《葆光法師真讚》。雖，即使。隔，阻隔。

點評 意志所向，即使是金石也不能阻斷。此以比喻修辭法，形象生動地表明為了真理、理想而百折不撓的人格追求。

有死之榮，無生之辱。

註釋 出自先秦《吳子・論將》。

點評 將領寧可光榮而死，不可屈辱地活着。此言將領要有人格氣節，不可投敵變節。

在山泉水清，出山泉水濁。

註釋 出自唐・杜甫《佳人》。

點評 此以泉水的在山與出山清濁度不同為喻，形象地闡明了這樣一個人生道理：看淡名利（在山，即以出世的態度遠離世俗），就能保持自己高尚的人格；看重名利（出山，即以入世的態度與世俗同流合污），就會失去清厲的節操。

在上不驕，在下不諂。

註釋 出自宋・王安石《上龔舍人書》。在上，指處於高位。在下，指處於下位。驕，傲慢。諂，討好、獻媚。

點評 做大官不得意傲人，不可一世；做小吏不討好獻媚，不要人格。此言做官事小，做人要緊，高尚的人格比仕途的飛黃騰達更重要。

朝與仁義生，夕死復何求？

註釋 出自晉・陶淵明《詠貧士七首》之四。與，追求。復，又、還。

點評 早隨仁義一起生，晚上死了又何妨？此與孔子所說“朝聞道，夕死可矣”同義，表達的是詩人對仁義追求的堅貞之志。

振衣千仞崗，濯足萬里流。

註釋 出自晉・左思《詠史八首》其五。振衣，抖落衣服上的灰塵。仞，八尺為仞。濯足，洗腳。

點評 振衣於千仞之崗，濯足於萬里長流，是詩人幻想中的隱居生活，更是一種滌除塵世污垢、不與世人同流合污的人格追求。

直如朱絲繩，清如玉壺冰。

註釋 出自南朝宋・鮑照《代白頭吟》。朱，紅色。

點評 此言為人應當剛直不阿、人品應當潔白無瑕。前句以"朱絲繩"喻為人的剛直，後句以"玉壺冰"喻人品的潔白無瑕，皆是運用比喻修辭法，表意生動形象，鮮明地凸顯了詩人的人格追求。

忠不避危，愛無惡言。

註釋 出自先秦《晏子春秋・外篇七之十一》。

點評 為了忠義而避危難，為了仁愛而不説厭惡別人之言。此言為了踐行"忠"、"愛"的理想，當有忍辱負重、臨危不畏的精神。

子美千間廈，香山萬里裘。

註釋 出自清・葉璐《讀杜白二集》。子美，即杜甫。香山，即白居易。

點評 此暗用杜甫詩句（《茅屋為秋風所破歌》："安得廣廈千萬間，大庇天下寒士俱歡顏"）和白居易詩句"(《新製布裘》："安得萬里裘，蓋裹周四垠；穩暖皆如我，天下無寒人"），以二人詩中所表達的心志凸顯二人的的心胸，從而歌頌其高尚的人格追求。

縱死俠骨香，不慚世上英。

註釋 出自唐・李白《俠客行》。

點評 為了行俠仗義，縱然死了也會青史留名，為人們所稱道，不愧為人中英傑。此言為正義而死的意義。

人生感悟

繁華有憔悴，堂上生荊杞。

註釋 出自三國魏・阮籍《詠懷八十二首》其三。堂，殿堂。荊杞，荊、杞都是一種雜樹。

點評 繁華也有消歇的時候，高堂也會衰敗而生荊杞等雜樹。此言世上一切皆在變化之中，榮衰並不是永久不變的，意在勸人看淡俗世的繁華。

古來英雄士，俱已歸山阿。

註釋 出自明・劉基《薤露歌》。俱，都。山阿，山谷。歸山阿，死的婉稱。

點評 此言不管當初如何叱咤風雲、不可一世的人，終究還是免不了一死。意在勸人將功名事業看淡，不必那麼執着痛苦。

何意百煉剛，化為繞指柔。

註釋 出自晉・劉琨《重贈盧諶》。何意，哪裏想到。剛，即鋼。

點評 此乃以堅剛的百煉之鋼化為柔軟得可以繞指的物體作比，感歎人在歷經多次失敗後的無奈。

恢恢六合間，四海一何寬。

註釋 出自晉・歐陽建《臨終詩》。恢恢，廣大、寬廣之貌。六合，天地。四海，天下。一何，何等。

點評 此乃感歎天地之大，人之渺小，意在勸人應有開闊的胸襟和達觀的人生態度。

結駟列騎，所安不過容膝；食方丈於前，所甘不過一肉。

註釋 出自先秦《韓詩外傳》。駟，同駕一輛車的四匹馬。結駟，套上四匹馬拉的馬車。列騎，排列騎兵儀仗。安，安居。容膝，指僅夠容膝的居室。食方丈，指吃飯時食物擺滿面前食案有一丈見方。甘，認為好吃。

點評 車馬成隊，浩浩盪盪，排場聲勢雖大，但坐在車上的人也不過只佔據他身體能佔的一小塊地方；山珍海味，擺滿食案，能吃進主人肚子的也不過一碗肉而已。此言意在勸人應該把身外之物看得達觀一些，不必太過於追求俗世的榮華。

老少同一死，賢愚無複數。

註釋 出自晉・陶淵明《形影神三首・神釋》。

點評 此言人皆有一死，不論老少、賢愚。一語道出客觀的真理與自然規律，對世人幻想成道成仙是一種警醒。

力田不如逢年，善仕不如遇合。

註釋 出自漢・司馬遷《史記・佞幸列傳》。力田，努力耕作。逢年，遇到好年成。善仕，會做官。遇合，遇到知音，此指得到君王的賞識。

點評 努力耕作不如遇到一個風調雨順的好年景，那樣不費多少力氣也能有個好收成；會做官、會鑽營、會做事，不如遇到一個賞識你的好君王，那就一步登天了。此以力田不如逢年為喻，說明仕道的順利不在自己的努力，而在於有沒有賞識你的人。

鳥之將死，其鳴也哀；人之將死，其言也善。

註釋 出自先秦《論語・泰伯》。之，助詞，用在主謂語之間，取消句子的獨立性。其，指示代詞，牠的。鳴，叫聲。也，句中語氣助詞，無義。哀，悲哀。善，善良。

點評 鳥兒將死，叫聲會顯得悲哀；人快死時，言語也會善良友好。這是孔子學生曾子的話。以鳥比人，形象地揭示了人在生命行將結束時心理上的變化，同時也強調了人性有善良的一面：即使生前是十惡不赦的惡人，在生命的最後關頭良知也會有所覺醒。

人生無百歲，百歲復如何？

註釋 出自明‧劉基《薤露歌》。

點評 此言人的生命是有限的，不必對壽命有過高的預期，更不必追求那虛無飄渺的長生不老的目標。人生的意義並不在於生命的長短，而在於生活的質量。

人生天地間，忽如遠行客。

註釋 出自漢‧無名氏《青青陵上柏》。忽，恍惚。如，像。

點評 人生如寄，人生如過客。此乃自古以來無數賢哲對生命與人生的感歎，感宇宙之無限，歎人生之短暫。

人生天地間，如白駒之過隙，忽然而已。

註釋 出自先秦《莊子‧知北遊》。白駒，白馬，此喻陽光。忽，迅速的樣子。而已，罷了。

點評 人生在世就像陽光穿過雲層的縫隙，只是瞬間罷了。此以比喻修辭法形象地說明了天地永恆、人生有限的哲理。

人生寄一世，奄忽若飆塵。

註釋 出自漢‧無名氏《今日良宴會》。寄，寄居。“人生寄一世”與“人生如寄”，皆是言人生如同旅舍寄宿，匆匆一夜而已，極言人生之短暫。奄忽，急遽、迅速。若，像。飆，自下而上的暴風。飆塵，捲在暴風中的灰塵。

點評 此以捲在暴風中的灰塵比喻人生世上的短暫與微不足道，透露着深深的人生無奈感。

人生非金石，豈能長壽考？奄忽隨物化，榮名以為寶。

註釋 出自漢‧無名氏《回車駕言邁》。考，老。長壽考，即長壽。奄忽，倏忽。隨物化，死亡。榮名，美好的名聲。

點評 此言乃在闡發這樣一個人生道理：人生苦短，肉體很快會消亡，但是美好的名聲則可長留人間。其意乃在勸人修德。

人生忽如寄，壽無金石固。萬歲更相疊，聖賢莫能度。

註釋 出自漢・無名氏《驅車上東門》。忽，恍惚。如，像。“人生忽如寄”，意指人生一世，恍惚就像旅舍寄宿，匆匆一夜而已。極言人生之短暫。萬歲，借指永恆。疊，更疊、更替。度，超越。

點評 人生苦短，猶如寄宿，匆匆一夜，便要出門。人命脆弱，不比金石。年復一年，更疊永恆。聖人賢哲，概莫能外。此乃歎息生命之短暫，人生之如夢。

人生處一世，去若朝露晞。

註釋 出自三國魏・曹植《贈白馬王彪》。去，離開（人世）。晞，乾、乾燥。

點評 此乃感歎人生之短暫，猶如朝露之易乾。

人生若塵露，天道邈悠悠。

註釋 出自三國魏・阮籍《詠懷八十二首》其三十二。若，像。塵露，灰塵與朝露。天道，指宇宙。邈，遠。悠悠，悠遠貌。

點評 此以灰塵與朝露比喻人生的渺小與短暫，以與天地宇宙的永恆相對比，表達了一種“生也有涯”的人生觀。

人生若浮寄，年時忽蹉跎。

註釋 出自晉・張華《輕薄篇》。若，像。浮，指浮萍。寄，住旅舍。忽，快速。

點評 此言乃感歎人生如浮萍無根，又如寄住旅舍匆匆而過，年華易逝，韶華難駐。

人家見生男女好，不知男女催人老。

註釋 出自唐・王建《短歌行》。人家，別人。男女，指兒女。

點評 此言兒女雖好，但在兒女成長的過程中，自己也一天天變老。

三皇大聖人，今復在何處？

註釋 出自晉·陶淵明《形影神三首·神釋》。三皇，指上古時代的帝王，有很多種說法（如伏羲、神農，燧人等等）。復，又。

點評 此乃詩人對生死問題的看法，對當時盛行的長生成仙之說是一種反動。

生前富貴草頭露，身後風流陌上花。

註釋 出自宋·蘇軾《陌上花三首》。身後，死後。風流，此指功業。陌，田間小路。

點評 生前的富貴榮華就像是草頭上的露水，轉瞬即會被太陽曬乾；即使是千古的功業死後也會像田間路旁的野花，過不了多久即會凋謝，被人遺忘。此言意在勸人將功名富貴看淡，大可不必那麼執着地孜孜以求。

行行行，行行且止；坐坐坐，坐坐何妨。

註釋 出自浙江奉化休休亭聯語。

點評 人生短短幾個秋，雖然過於短暫，但是也應該靜下心來思考一下生命的意義，享受生活的樂趣。

一年始有一年春，百歲曾無百歲人。

註釋 出自唐·崔敏童《宴城東莊》。曾無，無、還無。

點評 一年的開始總有一個春天，但百年之中也未曾見過有一個百歲之人。此乃慨歎宇宙無窮、人生苦短之語。

倚南窗以寄傲，審容膝之易安。

註釋 出自晉·陶淵明《歸去來兮辭》。以，而。審，明白。容膝，指僅夠容膝的居室，形容居室狹小。之，的。易安，易於安身。

點評 倚於南窗，笑傲塵世熙往攘來；蝸居小室，心中平靜坦然自適。這何嘗不是一種崇高的人生境界？

在生本求多子孫，及有誰知更辛苦。

註釋 出自唐・張謂《代北州老翁答》。在生，指未生孩子之時。及，等到。

點評 此言未養孩子時希望子孫滿堂，等到有了孩子，才知撫育孩子的辛苦。此言多子並非多福，而是多苦多累。這是古人對於多子女之累的切身感悟。

縱浪大化中，不喜亦不懼。應盡便須盡，無復獨多慮。

註釋 出自晉・陶淵明《形影神三首・神釋》。縱浪，投身於。大化，指自然的變化。亦，也。無復，不必。

點評 生死是自然的規律，該來的就來，不必懼怕，也不必多慮。這是詩人對生死問題的看法，非常達觀。

文學藝術

矮人看戲何曾見，都是隨人説短長。

註釋 出自清・趙翼《論詩五絕》之一。

點評 此以矮人看戲為喻，批評那些沒有獨到眼光與識見者人云亦云地亂評詩文的作風。意在強調文學評論要有真知灼見，切不可拾人牙慧、人云亦云。

筆不停綴，文不加點。

註釋 出自漢・禰衡《鸚鵡賦》。加點，指不增刪修改。

點評 此乃誇言一個人才思敏捷、作文一氣呵成。

避席畏聞文字獄，著書都為稻粱謀。

註釋 出自清・龔自珍《詠史》。避席，古人席地而坐，離座起立，表示敬意，叫“避席”。文字獄，指封建時代統治者為了迫害打擊某些文人而故意從其詩文中尋章摘句，羅織罪名，然後予以迫害、構成冤案的事件。稻粱，代指生計。謀，謀劃、打算。

點評 此言文人起坐之間都怕聞聽文字獄的事，而之所以仍要舞文弄墨、著書立説，那完全是為了生計的需要。

別裁偽體親風雅，轉益多師是汝師。

註釋 出自唐・杜甫《戲為六絕句》之六。別裁，區別、裁剪。偽體，指因襲模仿之作。親，親近、學習。風雅，指《詩經》中“國風”與“大雅”、“小雅”，指反映現實生活的好作品。

點評 此言乃是闡明文學創作中的創新與繼承的關係問題。“別裁偽體”，意在努力消除因循模仿，提倡的是鋭意創新；“轉益多師”，意在博採眾長，努力學習前人創作的經驗，強調的是繼承。前句提倡“親風雅”，意在強調文學創作要言之有物，要反映生活，表達真情實感；後句所説的“汝師”，乃是“轉益多師”後的“師無定師”，強調的是學習前人的創作經驗不要泥於一家，要廣泛學習。

不以文害辭，不以辭害志。

註釋 出自先秦《孟子・萬章上》。以，因為。文，指文字。害，損害、誤解。辭，指詞句。志，思想、作品主旨。

點評 不能因為文字而誤解了的詞句，也不能因為某些詞句而影響了對詩的主旨原意的正確理解。意謂對文學作品的理解與評論不可拘泥於作品表面的文字，而應善於透過文字看出作者的真意與作品所要真正想傳達的主旨。此乃孟子對如何評論鑒賞《詩經》而發的議論，也是後世文學評論者奉為圭臬的文學批評原則。

不薄今人愛古人，清詞麗句必為鄰。

註釋 出自唐・杜甫《戲為六絕句》之五。今人，指齊梁間的庾信和初唐四傑為代表的近代詩人。古人，指齊梁以上的文人。

點評 此言既表現了詩人兼採眾體、不分古今，努力學習前人一切有益的文學創作經驗的態度，同時也提出了一個文學創作的理念：崇尚古調而不排斥新聲，重“清詞麗句”而不輕忽“凌雲健筆”。

倉頡為書，而天雨粟，鬼夜哭。

註釋 出自漢・劉安《淮南子・本經訓》。倉頡，相傳為黃帝的史官，文字的創造者。書，文字。雨粟，天下粟。

點評 倉頡創造出文字，上天為之降粟，鬼神夜哭。此言意在強調文字創造的重要意義：文字創造出來後會道破天機，鬼神也為之發愁。

嘈嘈切切錯雜彈，大珠小珠落玉盤。

註釋 出自唐・白居易《琵琶行》。

點評 前句運用摹聲修辭法，以“嘈嘈”、“切切”兩個摹聲詞描寫琵琶彈奏中兩種不同旋律交錯的聲音形象。後句以比喻修辭法，寫出了琵琶之聲的清脆悅耳的聽覺形象，同時“珠”與“玉盤”還有一種特殊的視覺形象。由此，便讓讀者由聽覺形象及於視覺形象，展開豐富的聯想，從而體味到“京城琵琶女”琴聲獨特的韻味。

乘之愈往，識之愈真。如將不盡，與古為新。

註釋 唐·司空圖《詩品·纖穠》。乘，指接近。之，它，指大自然。愈，越。往，深入、接近。識，認識。真，真切。如，像。與，和。

點評 越是接近自然，那麼對自然美景的認識就越深入、越真切；詩歌創作就像是有了源源不斷的的源泉，就能使詩的意境光景常新，從而創作出與古代名篇相媲美的佳作。此言詩境創造的規律。引申之，可以説明對於任何事情，只要持鋭意創新的精神，就能發現平常事物的不平常來，進而有所創新，臻至一種新的境界。

池塘春草謝家春，萬古千秋五字新。

註釋 出自金·元好問《論詩三十首》之二十九。

點評 南朝宋的著名詩人謝靈運《登池上樓》有名句曰："池塘生春草，園柳變鳴禽"，歷來為人所傳誦。此二句乃是評讚謝靈運詩作的，意在讚賞其詩句自然清新的風格與平淡之中見雋永的藝術境界。

出新意於法度之中，寄妙理於豪放之外。

註釋 出自宋·蘇軾《書吳道子畫後》。法度，規則。

點評 此言乃是讚揚唐代畫家吳道子的畫既能在遵守一定規則的同時翻出新意，又能豪放不拘之中寄託無限的妙趣。

春花秋月冬冰雪，不聽陳言只聽天。

註釋 出自宋·楊萬里《讀張文潛詩二首》之一。陳言，陳詞濫調。天，指天然。

點評 此言作詩出語造言要出於自然，隨文變化，就像春有花、秋有月、冬有冰雪一樣，切不可一味沿用前人或他人的陳詞濫調。

村村有畫本，處處有詩材。

註釋 出自宋·陸游《舟中作》。畫本，指繪畫所依據的自然對象。詩材，作詩的素材。

點評 此言處處留心生活、取法於大自然，便有取之不盡的詩畫題材與靈感。意在強調自然萬物與社會生活對於文藝創作的影響作用。

大弦嘈嘈如急雨，小弦切切如私語。

註釋 出自唐・白居易《琵琶行》。

點評 此二句之妙在於摹聲與比喻並用，生動形象地再現了琵琶大小弦不同的聲音特徵與旋律。前句先以摹聲詞“嘈嘈”摹擬琵琶大弦之聲，再與“急雨”之聲相比。後句先以“切切”摹琵琶小弦之聲，再與人的“私語”之聲相比。“嘈嘈”、“切切”兩個摹聲詞的運用，增加了聽覺美感；而“急雨”、“私語”的比喻，則既有聽覺形象，又有視覺形象。

但肯尋詩便有詩，靈犀一點是吾師。

註釋 出自清・袁枚《遣興》。靈犀，即心靈。

點評 前句是說只要留心事事處處都有詩意，後句是說大自然就是自己的老師。唐人李商隱有詩句“身無彩鳳雙飛翼，心有靈犀一點通”(《無題二首》之一)，說的是男女之間的心靈契合與感應。這裏詩人化而用之，表達的是自己與大自然之間的聲氣相通，更顯詩人對自然的熱愛之情。

丹青難寫是精神。

註釋 出自宋・王安石《讀史》。丹青，指繪畫。中國古代繪畫的原料是丹與青，故以丹青代指繪畫。寫，描繪。

點評 此言繪畫最難的是畫出人物的精神氣，而不是外形。也就是說，繪畫求形似不難，而求神似則很難。意謂“神似”是繪畫的最高境界。

杜詩韓筆愁來讀，似倩麻姑癢處抓。

註釋 出自唐・杜牧《讀韓杜集》。杜詩，指杜甫的詩。韓筆，指韓愈的散文。倩，請人做事。麻姑，傳說中的仙女，手指像鳥爪。

點評 此以比喻修辭法，形象地說明了憂愁之時讀杜詩韓文特有的暢快之感，意在讚揚杜詩韓文特有的藝術魅力。

二句三年得，一吟雙淚流。

註釋 出自唐·賈島《題詩後》。

點評 此言作詩推敲字句的辛苦情狀。現代雖然不再作律詩，但是要寫好文章，這種字斟句酌的認真態度仍然是需要的。

豐而不餘一言，約而不失一辭。

註釋 出自唐·韓愈《上襄陽于相公書》。豐，繁豐。約，簡約。

點評 文字繁豐但不多一言，行文簡約但不少一辭。此言乃是強調寫文章不論是追求"繁豐"風格還是"簡約"風格，都要遵循"恰到好處"的原則。

高談則龍騰豹變，下筆則煙飛霧凝。

註釋 出自唐·盧照鄰《悲才難》。

點評 此乃以誇張修辭法寫善於言談與寫作所顯現的奇特的表達效果，意在強調說寫都應該講究修辭，講究表達的藝術。

隔靴搔癢讚何益，入木三分罵亦精。

註釋 清·鄭燮自題聯語。

點評 此言文學藝術的評論，關鍵要一針見血地道出其優劣所在。即使是入骨三分的批評，只要是客觀的、實事求是的，也比隔靴搔癢的溢美之辭要對作者的助益大得多。

功夫在詩外。

註釋 出自宋·陸游《示子遹》。

點評 此言在文學創作上要想取得成就，不僅在於文字功夫的修養上，而在於社會生活的積累，要有對生活、人生、社會等的深刻體認。

關雎樂而不淫，哀而不傷。

註釋 出自先秦《論語·八佾》。關雎，《詩經》中的首篇，寫男女之情。淫，過分、無節制。傷，悲傷、哀傷。

點評《關雎》這首詩寫男女之情歡樂而不放蕩，表達男求女而不得之情有哀婉色彩但無悲傷情調。這是孔子對《詩經》首篇風格的評價。從中可以看出他推崇“中庸之道”的美學思想。

國家不幸詩家幸，賦到滄桑句便工。

註釋 出自清・趙翼《題元遺山集》。賦，寫詩。滄桑，指歷經世事變化的磨難。工，指詩歌創作的最高境界。

點評 此言文學家要寫出不朽的文學作品，就必須有豐富的社會生活閱歷，對社會生活乃至苦難有深刻的體認。這樣，才能有真情實感打動讀者之心，有深刻獨到的思想讓人從中得到教益。“孤獨出詩人”，也是這個道理。因為人在順境之中，往往缺乏對於生活乃至苦難的深刻體認，因而也就不可能寫出有真情實感、言之有物的好作品，其不能打動讀者自在情理之中。

黃鶴樓中吹玉笛，江城五月落梅花。

註釋 出自唐・李白《與史郎中欽聽黃鶴樓上吹笛》。黃鶴樓，在今武漢蛇山，相傳有仙人騎鶴而過，故名黃鶴樓。江城，即江夏，今之湖北武漢。落梅花，即《梅花落》，笛曲名。

點評 悠揚動人的《梅花落》的笛曲從樓上隨風而下，就像在五月的江夏灑下了紛飛的梅花。此乃以比喻修辭法描寫笛曲的優美動人效果。

江山代有才人出，各領風騷數百年。

註釋 出自清・趙翼《論詩五絕》之一。才人，指有才華的詩人。

點評 此言任何有名的詩人都不可能永遠獨領文壇風騷，意在表達這樣一個道理：一個時代有一個時代的文學，一個時代有一個時代的文學代表人物。

精騖八極，心遊萬仞。

註釋 出自晉・陸機《文賦》。精、心，皆指思想、想象。騖，縱橫奔馳。八極，八方，指極遠之處。萬仞，指極高。仞，古代的長度單位，八尺為一仞。

點評 此言寫文章構思要充分發揮想象力，不要為時空所限制。

看是尋常最奇崛，成如容易卻艱辛。

註釋 出自宋・王安石《題張司業詩》。奇崛，指風格勁拔、奇異。

點評 此言表面雖只是評説張司業之詩的風格特點，實則道出一個文學創作的道理：平常之中見奇崛最是不易。

慷慨歌謠絶不傳，穹廬一曲本天然。

註釋 出自金・元好問《論詩三十首》其七。絕不傳，絕跡不流傳。穹廬一曲，指北朝民歌《敕勒歌》："敕勒川，陰山下。天似穹廬，籠蓋四野。天蒼蒼，野茫茫，風吹草低見牛羊。"

點評 慷慨豪邁的歌謠已經絕跡不傳了，現在只有一曲《敕勒歌》能夠流傳至今，那是因為它的創作出於"天然本色"。此乃詩人讚頌《敕勒歌》之句，從中也表明了詩人對於詩歌創作的美學觀：自然天成、不事雕琢，才是第一流作品。

孔子成《春秋》，而亂臣賊子懼。

註釋 出自先秦《孟子・滕文公下》。

點評 孔子作史書《春秋》，一字褒貶足以讓破壞周公禮法的諸侯感到害怕。這是孟子誇説孔子史筆的巨大力量。

口則務在明言，筆則務在露文。

註釋 出自漢・王充《論衡・自紀》。務，務求、力求。明言，説清楚。露文，寫得有文采。

點評 口頭的表達務求要清楚明白，書面的表達務求有文采。此言説話與寫作不同的要求。

立片言而居要，乃一篇之警策。

註釋 出自晉・陸機《文賦》。片言，形容極少的文字。要，指文章的關鍵之處。警策，指文章中最精闢、精彩的部分。

點評 此言在文章的關鍵之處要有精闢、精彩的語句以凸顯其意，為文章添彩，以期給讀者留下深刻的印象。

李白一杯人影月，鄭虔三絕畫詩書。

註釋 出自金・趙秉文《寄王學士子端》。

點評 前句用李白詩典。李白有《月下獨酌》詩曰：“花間一壺酒，獨酌無相親。舉杯邀明月，對影成三人。”後句用唐代鄭虔典。鄭虔的詩書畫在唐代都極有成就，被唐玄宗推為“三絕”。此二句表面是讚頌李白與鄭虔的成就，實是借推崇李白與鄭虔而讚揚金代學士王庭筠（即王子端）在詩書畫三個方面的獨到成就。

羚羊掛角，無跡可求。

註釋 出自宋・嚴羽《滄浪詩話》。

點評 據説羚羊睡覺時將角掛在樹上，腳不沾地，以防天敵襲擊。此乃以羚羊的生活習性為喻，形容詩歌超脱、玄妙的意境。

蓬萊文章建安骨，中間小謝又清發。

註釋 出自唐・李白《宣州謝眺樓餞別校書叔雲》。蓬萊，漢時將政府藏書的地方稱為“道家蓬萊山”，此處的“蓬萊”是指唐代的秘書省。李白之叔李雲在此任職，故此處代指李雲。建安骨，即“建安風骨”，指東漢建安時代以曹氏父子及建安七子為代表的俊爽剛健的詩文風格。小謝，指南朝齊的詩人謝眺，此乃詩人李白自比。

點評 前句讚李雲詩風有俊爽剛健的“建安風骨”，後句是説自己的詩可比謝眺之詩的清新秀發。此乃論詩之風格的名句，意在強調“剛健”與“清新”的風格各有其所長，都是值得肯定的風格特色。

片言可以明百意，坐馳可以役萬里。

註釋 出自唐・劉禹錫《董氏武陵集紀》。明，説明、表達清楚。坐馳，指想象。役萬里，指驅使萬里之物，即想象能及於萬里之外的人與事。

點評 此以誇張修辭法稱讚董氏妙筆生花、想象豐富。

清水出芙蓉，天然去雕飾。

註釋 出自唐・李白《經亂離後天恩流夜郎憶舊遊書懷贈江夏韋太守良宰》。芙蓉，荷花。雕飾，指文章的雕鑿修飾。

點評 此以荷花出水為喻，強調詩歌創作應以"自然"為美的原則，反對在文辭上過分雕飾講究。

情欲信，辭欲巧。

註釋 出自先秦《禮記・表記》。

點評 要想使自己的真實情感為別人所相信，就要注意表達方式，使言辭表達具有藝術性。此乃強調言語表達中必須重視修辭的意義。

三月不知肉味。

註釋 出自先秦《論語・述而》。

點評 三個月吃肉就吃不出香味來，這是《論語》記述孔子在齊國聽了《韶》樂之後的反應。這當然是誇張，但由此可以看出孔子愛好音樂，也真正懂得欣賞高雅藝術。後世引用此語，表示一個人對某事專注、着迷的程度

善為文人者，富於萬篇，貧於一字。

註釋 出自南朝梁・劉勰《文心雕龍・練字》。

點評 會寫文章的人，寫起文章萬篇也不在話下，但是有時卻為找不到一個恰當的字詞而無比苦惱。此言寫文章中"煉字"的不易。

賞由物召，興以情遷。

註釋 出自唐・王勃《採蓮賦》。興，興趣、興致。以，因為。遷，遷移、改變。

點評 喜悦讚賞之情起之於景物的感召，情趣興致因為感情而發生變化。此言大自然的景物會讓人心生感動欣悦之情，但是人的情感卻也能左右對大自然景物的欣賞情趣。

身在江南圖畫裏，令人卻憶米元暉。

註釋 出自明・張以寧《題米元暉山水》。米元暉，即米友仁，南宋著名畫家與書法家，北宋著名畫家與書法家米芾的長子。

點評 此乃讚頌米友仁山水畫逼真的境界。但是，詩人不直說，但也不說米友仁的山水畫就像江南山水一樣逼真，而是逆向作比，說置身於江南，看着秀麗醉人的山水，就想起了米友仁的山水畫。這是繞着彎子誇米友仁的山水畫好，屬於修辭上的折繞手法。

聲振林木，響遏行雲。

註釋 出自先秦《列子・湯問》。響，聲音。遏，阻止。

點評 此以誇張修辭法極言音樂高亢清亮、感物動人的效果。

師其意不師其辭。

註釋 出自唐・韓愈《答劉正夫書》。師，學習、模仿。

點評 對於古人的文章，要學習其精神內涵，不要亦步亦趨地模仿其辭句等形式上的東西。此言借鑒學習前人文學創作的經驗要着眼於內容精神方面，而不宜重在形式皮毛方面。

詩可以興，可以觀，可以群，可以怨。

註釋 出自先秦《論語・陽貨》。詩，指《詩經》。興，指聯想、想象。觀，觀察。群，合群。怨，諷刺。

點評 學習《詩經》，可以培養想象力，可以提高觀察力，可以增強群體意識，可以掌握諷刺批評的語言技巧。這是孔子對《詩經》價值的整體認識與學習《詩經》意義的闡發。

詩言其志也，歌詠其聲也，舞動其容也。

註釋 出自先秦《禮記・樂記》。也，用於句末，幫助判斷。

點評 詩是表達思想感情的，歌是把詩的內容詠唱成曲調的，舞是將詩的內容形諸於動作的。此言詩、歌、舞三種文藝形式的區別與作用。

詩三百，一言以蔽之，曰：思無邪。

註釋 出自先秦《論語・為政》。詩，指《詩經》。經孔子刪定的《詩經》共305首，言“三百”，是概指。蔽，概括。曰，叫作。

點評《詩經》三百篇，概括一句話，就是思想純正無邪。這是孔子對《詩經》的高度評價之語，也是後世《詩經》之所以成為“十三經”之一的原因所在。

詩言志，歌永言，聲依永，律和聲。

註釋 出自先秦《尚書・舜典》。志，心志、思想感情。永，同“詠”。

點評 詩是表達思想感情的，歌所詠唱的是表達思想感情的言辭，聲調要依照詠唱的內容而定，音律要與聲調相和諧。此言作詩詠歌要合聲律的原理。

詩情無限景無窮。

註釋 出自宋・曾肇《題多景樓》。

點評 此言詩情與景致的互動關係：觸景能生情，情發而景美。

詩畫本一律，天工與清新。

註釋 出自宋・蘇軾《書鄢陵王主薄所畫折枝二首》其一。天工，指自然而不造作。

點評 此言作詩作畫都是一樣的，都以“天工”與“清新”為最高境界。所謂“天工”，就是造語用筆要自然，不要矯揉造作；所謂“清新”，就是要有新意，讓人有耳目一新之感。

詩之外有事，詩之中有人。

註釋 出自清・黃遵憲《人境廬詩草自序》。

點評 此言作詩貴於言外意，從中可以讓人推知詩所反映的社會生活情狀；作詩要有真情實感，應該讓讀詩人由詩讀出詩人內在的情愫與所欲表達的意向。

詩家總愛西昆好，獨恨無人作鄭箋。

註釋 出自金・元好問《論詩三十首》之十二。西昆，此指李商隱的詩。鄭箋，指漢代鄭玄為《詩經》所作的註解。

點評 此言李商隱的詩雖然很好，可惜沒有人像鄭玄為《詩經》作註那樣為他的詩作註解。意謂李商隱的詩風隱晦難懂，需要用心體味。

詩家氣象貴雄渾。

註釋 出自宋・戴復古《論詩十絕》之三。氣象，指氣勢與景象，此指詩的風格。

點評 此言詩歌應該具有雄渾剛健的風格。

思風發於胸臆，言泉流於唇齒。

註釋 出自晉・陸機《文賦》。胸臆，胸中。

點評 文思像風一樣由胸中而起，言辭像泉水奔流於唇齒之間。此言文學創作時靈感出現就會文思暢達、妙筆生花。

思若泉湧，文若春華。

註釋 出自唐・張說《齊黃門侍郎盧思道碑》。若，像。春華，春天開的花。

點評 此言乃是形容一個人文思暢達、文筆華美之辭。

思若雲飛，辯同河瀉。

註釋 出自唐・楊炯《大周明威將軍梁公神道碑》。

點評 文思如天上飛雲，口才無礙就像黃河一瀉千里。此乃以比喻修辭法誇說梁公文思敏捷、辯才無礙的出眾才華。

首章標其目，卒章顯其志。

註釋 出自唐・白居易《新樂府序》。章，相當於現代的段落。卒，最後。目，題目。志，主題思想、主旨。

點評 以詩的首句為題，在詩的結束部分再予以強調，從而突出詩的主旨。這是講新樂府詩的作法，雖是說詩，對其他文章篇章結構的規劃也有參考意義。

書不盡言，言不盡意。

註釋 出自先秦《周易·繫辭上》。書，指文字。言，指言辭。意，指思想或情感。

點評 文字並不能完全表達要説的話，説出來的話也不能完全反映所要表達的思想。此言語言對思想反映的局限性。正因為如此，日常生活中常有"言不達意"的情況發生。

搜盡奇峰打草稿。

註釋 出自清·原濟《苦瓜和尚語錄》。

點評 此乃清代著名畫家石濤（即原濟）對繪畫的見解，意在強調繪畫要師法大自然，並反覆觀察、體驗。

彈箏奮逸響，新聲妙入神。

註釋 出自漢·無名氏《今日良宴會》。箏，樂器，類於瑟。奮，發出、揚起。逸響，超越尋常的奔放的聲音。新聲，指當時流行的歌曲。

點評 此乃寫以箏奏流行樂曲的美妙高絕。

天下之至文，未有不出於童心焉者也。

註釋 出自明·李贄《童心説》。至文，最好的文章。童心，指像兒童一樣的純潔的心，即真心。

點評 此言天下最好的文章都是出於有真情實感的人筆下的。其意乃在強調文學創作要有真情實感，不可"為賦新詞強説愁"，寫些矯情的文字。

惟陳言之務去。

註釋 出自唐·韓愈《答李翊書》。惟，只。陳言，陳詞濫調。之，結構助詞，將賓語提前。務，一定。去，去除。

點評 一定要把陳詞濫調去掉。此言乃是強調寫文章不能因循模仿，應當鋭意創新。

未畫之前，不立一格；既畫以後，不留一格。

註釋 出自清・鄭燮《題畫・亂蘭亂竹亂石與王希林》。格，指某種風格、模式。

點評 此言動手作畫之前心中要有敢於創新、不拘泥於古人成法的志向；畫完以後，要能看不出留有前人某一種風格的痕跡。意謂繪畫要勇於創新，不拘泥於成法，要有常畫常新的新鮮感。

為文有三多：看多、做多、商量多。

註釋 出自宋・陳師道《後山詩話》。商量，指與人切磋交流。

點評 此言寫好文章的三個途徑：多讀前人與他人作品，從中領悟、學習其有益的東西；多寫多練習，在寫作實踐中積累直接經驗；多與他人交流切磋，便能有所啟發。應該說，這是有關寫作的經典之論。

文章，經國之大業，不朽之盛事。

註釋 出自三國魏・曹丕《典論・論文》。

點評 文章是經世治國的大業，也是不朽的盛事。此言文章的作用，雖有所誇張，但可見曹丕作為一代帝王對於文學的重視。

文章合為時而著，歌詩合為事而作。

註釋 出自唐・白居易《與元九書》。合，應當。

點評 此言文學創作要因時因事而為，也就是要有現實意義，不能為文章而文章。這種現實主義的文學創作觀點與唐人韓愈、柳宗元等人提倡的"文以載道"的思想是一致的。

文章千古事，得失寸心知。

註釋 出自唐・杜甫《偶題》。

點評 此言意在強調對於做文章要有正確的態度。"千古事"，是誇張，意在強調文章的重要性，意謂不可草率馬虎而隨意為之；"寸心知"，是說文章的好壞應該自己心中有數，對於自己的才華要有自知之明，不可自高自大。意謂做文章的人應該時刻保有一種謙虛的心態。

溫柔敦厚，詩教也。

註釋 出自先秦《禮記·經解》。敦厚，寬厚。詩，此指《詩經》。教，教化、主旨。也，句末語氣助詞。

點評 溫柔敦厚是《詩經》所要傳達的主旨。這是古人對於《詩經》評價。

我手寫我口，古豈能拘牽。

註釋 出自清·黃遵憲《雜感》。拘牽，指限制。

點評 此言寫作要用自己的表達真實地表達自己的思想與情感，不必拘泥於前人的陳規舊體。意謂寫作要有創新意識，不能墨守成規，這樣才能建立起自己鮮明而獨特的風格。

嬉笑怒罵，皆成文章。

註釋 出自宋·黃庭堅《東坡先生真讚》。

點評 此言乃是讚揚蘇軾文章有真情流露，所寫文字都能深切感人。這一境界歷來被視為文學創作的最高層次，不是每個人都能企及的。

下筆則煙飛雲動，落紙則鸞回鳳驚。

註釋 出自唐·盧照鄰《釋疾文·粵若》。

點評 此乃以誇張修辭法寫文采飛動的文章所顯現的奇特效果，其意在於強調寫文章應該講究修辭，講究表達的藝術。

謝朝華於已披，啟夕秀於未振。

註釋 出自晉·陸機《文賦》。謝，謝絕、摒除。朝華，即朝花。已披，指花已開過。啟，開啟。夕秀，指晚開之花。未振，指未開之花。

點評 摒除前人用過的陳詞濫調，就像拋棄已經開放過的朝花；創意造言，力求寫出新意，就像催放晚開之花一樣。此乃以花開為喻，強調說明了文學創作的一個基本原則：務去陳言，銳意創新。

胸中之竹，並不是眼中之竹也；手中之竹，又不是胸中之竹也。

註釋 出自清·鄭燮《題畫·竹》。胸中之竹，指上升到理性認識階段的竹。眼中之竹，指現實之中的竹。手中之竹，指畫出的竹。

點評 此言繪畫事物來源於生活，又不同於現實生活中的事物，而是經過作者藝術加工後的事物。而事物畫成後，又與作者理念中的事又有了距離，這是因為受到繪畫當時作者主觀能動性的影響。

修辭立誠，在於無愧。

註釋 出自南朝梁・劉勰《文心雕龍・祝盟》。修辭，講究辭采，此指寫文章。

點評 此言寫文章應該要有真情實感，這樣才能不負讀者而問心無愧。

學書當自成一家之體。

註釋 出自宋歐陽修《學書自成家說》。書，書法。

點評 此言學習書法要在學習他人精髓的基礎上有所創新，最終自成一家之體。也就說，學習書法既要有所繼承，又要勇於創新。

學盡百禽語，終無自己聲。

註釋 出自宋・張舜民《百舌》。

點評 此言意在強調文學創作要銳意創新，要有自己的風格與個性，切不可一味模仿他人。

雅有所謂，不虛為文。

註釋 出自唐・元稹《和李校書新題樂府二十首並序》。雅，甚、很。有所謂，指言之有物、文章有充實的內容。

點評 此言雖是讚揚李紳樂府詩言之有物、不無病呻吟的文風，但也由此強調了一個文學創作的基本原則，這便是不能寫無病呻吟、言之無物的文章，更不能“為賦新詞強說愁”。

言之無文，行而不遠。

註釋 出自先秦《左傳・襄公二十五年》引孔子語。

點評 言語表達沒有文采，就不能流傳廣遠。此言說話作文應該講究修辭，講究表達方式。

一語天成萬古新，豪華落盡見真淳。

註釋 出自金‧元好問《論詩三十首》其四。真淳，真實、純樸。

點評 此乃讚頌陶淵明詩歌風格之語。認為陶淵明的詩皆是出於自然天成，沒有人工斧鑿的痕跡，沒有那種“為賦新詞強說愁”的矯揉造作感。因此，讀陶淵明的詩有如喝陳年老酒之感，越久越香。這裏既可以看出詩人對陶詩的推崇之意，也體現了詩人詩歌創作的思想：自然天成、質樸真淳，才是第一流的作品。

一唱萬夫歎，再唱梁塵飛。

註釋 出自晉‧陸機《擬東城一何高》。萬夫，萬人。梁塵，指歌聲振動屋梁，梁上灰塵為之飛動。

點評 此以誇張修辭法極言歌唱者歌喉不同凡響的魅力。

吟安一個字，撚斷數莖鬚。

註釋 出自唐‧盧延讓《苦吟》。

點評 此言作詩時撚鬚苦吟、字斟句酌的辛苦之狀。

餘音繞梁欐，三日不絕。

註釋 出自先秦《列子‧湯問》。梁欐，房屋的梁棟。

點評 此言音樂結束後的餘音不絕的美感，“三日不絕”、“餘音繞梁”都是誇張的說法。意在誇言音樂的美妙不凡。

鴛鴦繡了從教看，莫把金針度與人。

註釋 出自金‧元好問《論詩三首》其二。從教看，指隨便看。金針，比喻詩歌創作的技巧、方法。度與人，傳給人。

點評 此以繪畫與繡花為喻，說明了這樣一個詩歌創作的道理：寫出的好詩是供人隨意欣賞的，但是卻難以將寫作的技巧都傳給他人（也有人說是不願把技巧傳給他人）。意謂文學創作是一種創造性勞動，並不是“技巧”可以概括的。

中州萬古英雄氣，也到陰山敕勒川。

註釋 出自金・元好問《論詩三十首》其七。中州，指中原，也即中國。陰山敕勒川，指北朝民歌《敕勒歌》："敕勒川，陰山下。天似穹廬，籠蓋四野。天蒼蒼，野茫茫，風吹草低見牛羊。"

點評 此言中國自古以來也有許多充滿英雄氣概的豪邁激越風格的詩歌，但與這首遊牧民族的《敕勒歌》相比，還是遜色了不少。這是詩人對《敕勒歌》慷慨激昂風格的推崇之語，同時也表明了詩人的詩歌創作的美學觀：詩歌應該充滿陽剛之氣，有豪邁之風。

狀難寫之景如在目前，含不盡之意見於言外。

註釋 出自宋・歐陽修《六一詩話》引梅聖俞語。狀，描摹。目前，眼前。

點評 此言文學創作中寫景、述意的兩種境界，前者要求的是逼真，後者要求的是婉轉。

縱橫正有凌雲筆，俯仰隨人亦可憐。

註釋 出自金・元好問《論詩三十首》之二十一。

點評 此言詩歌創作要有自己的個性，要有信筆縱橫、自成一家的風格，而不應亦步亦趨地模仿前人或他人。

自然・風光

天地山水

白日依山盡，黃河入海流。

註釋 出自唐・王之渙《登鸛雀樓》。

點評 夕陽冉冉依山落，黃河奔流東入海。此乃詩人登樓所見的景象。兩句十字雖皆平常用字，但所寫出的景象卻像一幅濃縮的畫卷，讓人有一種咫尺萬里之感。其闊大的景象、遼遠的視野、雄渾的氣勢，讀之不禁讓人心胸頓開，油然而生對祖國山河的熱愛之情。

白雲回望合，青靄入看無。

註釋 出自唐・王維《終南山》。回望，遠望。合，指滿佈。青靄，青色的霧靄。入，指走近。

點評 此寫終南山遠望白雲密佈，走近山頂則又霧靄頓消的景象。意謂終南山遠望與近觀景色各不相同。

北望燕雲不盡頭，大江東去水悠悠。

註釋 出自宋・汪元量《湖州歌》。燕雲，指來自北方的雲。

點評 此寫天上浮雲無盡、地下大江東流的景象。天上之雲與地上之水映照，使雲水融為一體，不盡的浮雲與悠悠的流水兩相輝映，使浮雲更見飄逸之態，使流水更顯悠悠之情。

奔濤振石壁，峰勢如動搖。

註釋 出自唐・岑參《青山峽口泊舟懷狄侍御》。

點評 此寫青山峽口兩岸壁立、驚濤奔湧、聲振山嶽的氣勢。

蒼山斜入三湘路，落日平鋪七澤流。

註釋 出自元・揭傒斯《夢武昌》。蒼山，指青山。三湘，指洞庭湖周圍及湘江流域地區。七澤，指古代楚國諸湖泊及雲夢古澤，此處代指眾湖泊。

點評 蒼山斜入通往三湘的路途之中，落日的餘暉平鋪於七澤水面之上。此寫從武昌所見楚天楚地的壯闊景象。"斜入"，寫蒼山的連綿不斷；"平鋪"，寫七澤之水的平靜之狀（有波浪則無平鋪的視覺形象）。所寫景象氣勢雄渾、視野遼闊，讀之讓人心胸頓開，情不自禁醉倒於楚山楚水之中。在形式上，"蒼山"對"落日"，一青一紅，色彩感非常鮮明；"三湘路"對"七澤流"，一陸一水，概括性非常強。讀來不僅音律優美，視覺對比感也非常強。

草色無空地，江流合遠天。

註釋 出自唐・劉長卿《清明後登城眺望》。

點評 此寫春日碧草滿目、水天相連的景象。前句寫草色無邊，意在突出強調春天的勃勃生機與無限的生命力；後句寫大江遠去、水天相連，意在突出天地無限、宇宙無限的意旨。前句寫靜景，後句寫動景，動靜結合，畫面生動，氣象闊大。

潮吞淮澤小，雲抱楚天低。

註釋 出自金・党懷英《奉使行高郵道中》（之一）。淮澤，指淮河與高郵湖。楚天，指南方的天空。

點評 此寫潮漲連湖平、雲合天空低的景象。前句寫淮河潮水湧入高郵湖的情景，表現的是淮水吞湖的壯闊場面。後句寫浮雲萬里，天地相連的景象。前後兩句配合，遂將河湖連成一片、天地融為一體，從而營構出一種闊大雄渾的境界，別帶一種大金國雄視江南的氣勢。

潮平兩岸闊，風正一帆懸。

註釋 出自唐・王灣《次北固山下》。

點評 前句寫長江潮平水靜、岸野寬闊之景，後句寫順水行舟、心情舒暢之情。兩句雖都是寫景，但其意卻是景中寓情，表達的是詩人駐舟北固山下欣賞長江之景的歡悅之情。此二句有時也可以引申運用，形容好的環境會使事情的進展非常順利。

初驚河漢落，半灑雲天裏。

註釋 出自唐・李白《望廬山瀑布》。河漢，銀河。

點評 此以銀河落、雲在天比喻廬山瀑布落差之大與顏色之白。二句皆是運用誇張修辭法，意在突出強調，從而加深讀者對廬山瀑布的印象。

春江潮水連海平，海上明月共潮生。

註釋 出自唐・張若虛《春江花月夜》。

點評 前句寫江流入海、海潮漲江、江海相連的雄宏之景，後句寫明月在天、影隨潮動的舒緩之景。前句表現的是波瀾壯闊的意境，後句表現的是靜閒優雅的情調，有張有弛，猶如一曲和諧的樂曲。

大壑隨階轉，群山入戶登。

註釋 出自唐・王維《韋給事山居》。壑，山溝、山谷。

點評 此二句的正常語序應是“轉階隨大壑，入戶登群山”，意謂居於山上，行走需要轉過深谷拾級而上，登堂入室要翻越重重山峰。此乃寫山居的環境及其辛苦的情狀。

大江寒見底，匡山青倚天。

註釋 出自唐・白居易《題潯陽樓》。寒見底，指冬天江水清澈見底。匡天，指廬山。

點評 此寫冬季江水清澈見底、廬山遠望高聳入雲的景象。

大江來從萬山中，山勢盡與江流東。

註釋 出自明・高啟《登金陵雨花台望大江》。

點評 此寫從雨花台所見長江流出於萬山之中、山勢隨江水往東延伸的景象。前句寫江水的來歷，後句寫山體的走向。“盡與江流東”，言山體走向與江流方向一致，由此山水相襯，更顯江水浩盪與山體延伸的遒勁之勢。

淡掃明湖開玉鏡，丹青畫出是君山。

註釋 出自唐・李白《陪族叔刑部侍郎曄及中書賈舍人至遊洞庭》。君山，洞庭湖內。

點評 此寫洞庭湖水面如鏡、湖中君山青翠如畫的優美景色。

登高壯觀天地間，大江茫茫去不還。

註釋 出自唐・李白《廬山謠寄盧侍御虛舟》。

點評 此以擬人修辭法，寫出了登臨廬山遠觀長江浩浩東流、一去不返的壯觀景象。"去"、"還"字本都是用以寫人，這裏用以寫長江之水，是為擬人。

地與山根裂，江從月窟來。

註釋 出自唐・杜甫《瞿塘懷古》。月窟，此指天上。

點評 此寫瞿塘峽兩岸絕壁峭立、江水自上奔湧而下的景象。前句寫瞿塘峽從山中裂出的陡峭之狀；後句寫瞿塘峽江水落差之大、水流之急。

地拔雙崖起，天餘一線青。

註釋 出自明・潘問奇《金棺峽》。

點評 此以誇張修辭法寫金棺峽拔地而起、陡峭而狹的情狀。

地平江動蜀，天闊樹浮秦。

註釋 出自唐・杜甫《奉和嚴中丞西城晚眺十韻》。

點評 此寫城上遠眺所見蜀中景象：成都平原一望無際、蜀江震天動地流過城外，遠望天闊無礙、遠樹之上便是秦地。前句寫城上俯視所見，後句寫城上遠望之景。"蜀"、"秦"對舉，既交待了蜀秦二地山水相連的地理特點，也暗示出登城所見視域之廣。同時，借景抒情，表達了詩人"安史之亂"後人在蜀地，心繫長安（唐都就在秦中）的家國之情。

東臨碣石，以觀滄海。水何澹澹，山島竦峙。

註釋 出自漢・曹操《步出夏門行》其一。臨，到、迫近。碣石，此指漢代右北平郡驪成縣（今河北省樂亭縣西南）西南之大碣石山。滄海，即大海，因海水色蒼，故稱滄海。澹澹，水波起伏之貌。竦，同“聳”，高起之狀。峙，突起之貌。

點評 此乃曹操登臨碣石山而見海波湧動、山島聳峙之景。

洞庭秋月生湖心，層波萬頃如鎔金。

註釋 出自唐・劉禹錫《洞庭秋月行》。

點評 此寫洞庭湖月映湖心、波濤洶湧、水染月色的晚景。“層波萬頃”，乃是誇張，意在突出洞庭湖水波濤洶湧之狀；“如鎔金”，乃是比喻，描寫月光映照湖水之色。

峨眉山月半輪秋，影入平羌江水流。

註釋 出自唐・李白《峨眉山月歌》。平羌，指平羌江，即青衣江。

點評 此寫秋夜半輪殘月高掛於峨眉山巔，月影、山影倒映江水之中的景象。前句寫天上，後句寫地下；前句寫靜態之山、月，後句寫動態之江流。由此，一幅秋夜山水殘月圖活然而現。

翻飛千尋玉，倒瀉萬斛珠。

註釋 出自濟南千佛寺瀨玉泉亭聯語。尋，古代長度單位，八尺為一尋。千尋，形容極長、極高。斛，古代度量單位，十斗為一斛。萬斛，形容極多。

點評 此以珠玉比瀨玉泉之色，以“千尋”、“成斛”誇張其湧出地面的水柱之高、水量之大。

飛流直下三千尺，疑是銀河落九天。

註釋 出自唐・李白《望廬山瀑布》。

點評 此二句乃是寫廬山瀑布的壯觀景象。前句以誇張修辭法，直寫瀑布懸空而下的壯觀氣勢。“飛”字狀其從天而降之態，“直下”，狀其陡直與落差之大；“三千尺”，極言瀑布高度之大。後句將飛流直下的瀑布比作是從九天落下的銀河，這是比喻，也是誇張，不僅雄奇新異，而且生動形象。

分野中峰變，陰晴眾壑殊。

註釋 出自唐・王維《終南山》。分野，指界域。壑，山溝。殊，不同。

點評 此寫終南山中峰南北便屬不同界域，同一時間山谷陰晴也會有所不同。意在強調終南山之大與氣候情況的複雜多樣。

峰攢望天小，亭午見日初。

註釋 出自唐・岑參《酬成少尹駱穀行見呈》。攢，聚在一起。亭午，正午。

點評 此寫群峰輻輳，行人在山中視野受阻，直到正午才能見到頭頂上的太陽。意謂山高峰密。

分明峰頭樹，倒插秋江底。

註釋 出自唐・岑參《峨眉東腳臨江聽猿懷二室舊廬》。

點評 此寫秋日江水澄碧、兩岸峰頂之樹影倒映入江的景象，由此將山水融為了一體。堅挺形象的峰頂之樹融入秋江之水，便也增添了些許的柔和色彩。因此，秋景便少了點傷感色彩，而多了些溫馨的氣息。

風乍起，吹皺一池春水。

註釋 出自南唐・馮延巳《謁金門》詞。

點評 此寫風生水起的自然景象，但卻寫得別有情趣。"皺"本是指人的皮膚運動的堆積，而詞人卻將風吹而水起漣漪比作"皺"，這是將無情事物有情化，故格外新穎而引人興味。正因為詞句在平常情物藝術化方面有獨到之處，故歷代為人所傳誦。甚至在作者當時也因此名聲大噪，以致南唐元宗李璟還特意當面向作者提及此句。陸游《南唐書・馮延巳傳》記曰："元宗嘗因曲宴內殿，從容謂曰：'"吹皺一池春水"，何干卿事？'延巳對曰：'安得如陛下"小樓吹徹玉笙寒"之句？'"

浮天水送無窮樹，帶雨雲埋一半山。

註釋 出自宋・辛棄疾《鷓鴣天》詞。

點評 前句寫春水漲江，浩盪無涯，兩岸樹木隨水綿延，無窮無盡的景象；後句寫遠山隱隱，又被帶雨之雲遮去一半的朦朧景象。前句說"水送樹"，後句言"雲埋山"，都是擬人修辭法，都是將非人的事物人格化，從而凸顯出水、樹相伴、雲山相依的形象。

高峰夜留景，深谷晝未明。

註釋 出自唐・孟郊《遊終南山》。

點評 此寫終南山谷深山高及其幽明不同的情景：夜幕降臨，高峰之上還有落日的餘暉；旭日東升，陽光普照大地，幽谷尚處黑暗之中。

谷靜秋泉響，岩深青靄殘。

註釋 出自唐・王維《東溪玩月》。靄，雲霧。

點評 前句寫山谷幽靜之態，但不直寫，而是以"秋泉響"來反襯；後句寫山岩深邃之狀，但不直說，而以"青靄殘"來反襯。這是以"烘雲托月"法來寫景的，通過對比效應凸顯所要表達的主旨：谷靜、岩深。

廣澤生明月，蒼山夾亂流。

註釋 出自唐・馬戴《楚江懷古》五律三章其一。廣澤，指洞庭湖。

點評 "廣澤生明月"，寫的是浩瀚的洞庭湖水波不興，天上明月朗照，水中倒影映漾；"蒼山夾亂流"，寫的是洞庭湖周圍的山色與眾流匯入湖中、奔騰不息的景象。前句寫靜景，後句寫動景。兩句動靜結合，描繪出一幅動中有靜、靜中有動的月夜、山湖、江流渾然一體的風景畫，讓人不禁為之陶醉，浮想聯翩。同時，也讓人由此及彼，聯想到張九齡的"海上生明月，共涯共此時"(《望月懷遠》)、杜甫的"星垂平野闊，月湧大江流"(《旅夜書懷》)等名句所描寫的景象。

海曙雲浮日，江遙水合天。

註釋 出自宋・魏慶之《詩人玉屑》引唐人劉滄詩句。

點評 此寫曙光初露，太陽從海平面上升起，就像是被浮雲托起一般；匯入大海的江水則遙遙遠來，形成水天相連的景象。這種旭日升海上、江天遙相合的景象，氣象極其闊大，畫面也非常豐富，有海、有江、有雲、有朝霞、有天、有朝陽，天地相融，江海相連，雲蒸霞蔚，讀之令人情不自禁地生發出無限的聯想與回味。

海上濤頭一線來，樓前指顧雪成堆。

註釋 出自宋・蘇軾《望海樓晚景》。濤頭，浪頭。指顧，指點顧盼之間，形容極短的時間之內。

點評 此寫海浪由遠而近、迅速形成巨大波浪的景象。"一線來"是寫海浪由遠而近、由小而大的生成過程；"雪成堆"是比喻修辭法，形容浪頭如堆、顏色如雪的形象。

寒樹依微遠天外，夕陽明滅亂流中。

註釋 出自唐・韋應物《自鞏洛舟行入黃河即事寄府縣僚友》。明滅，忽明忽暗。

點評 此二句寫詩人舟行黃河之中所見深秋之景。前句以"遠天外"，既極言所見"寒樹"之遙遠，又極言黃河兩岸平原的一望無際。後句以"夕陽"與"亂流"兩個特定的悲涼境象，寫出了詩人夕陽西下時舟行於忽明忽暗的黃河亂流之上的悲秋之情。前句寫遠景，凸顯的是冬日天高地遠、風寒樹枯的靜景；後句寫近景，呈現的是夕陽西下、餘暉在水、或明或暗的動景。由此，遠景與近景結合，動態與靜態映襯，一幅冬日蒼涼蕭瑟的圖畫便呈現在人們面前。前句的"寒"、後句的"亂"二字，移情於物，尤其能凸顯出詩人悲秋心境。

河源怒觸風如刀，剪斷朔雲天更高。

註釋 出自唐・温庭筠《塞寒行》。河源，指黃河的發源地。朔，指北方。

點評 此寫黃河河源地區風既寒且急，吹散了北方的浮雲，使天空顯得更朗更高。前句比喻與擬人修辭法並用，以“怒觸”比黃河河水的咆哮奔湧之狀，以“刀”喻河源之風的快與寒。後句運用擬人修辭法，將風人格化，用“剪斷”寫朔風吹雲的情狀，生動而形象，予人以豐富的聯想。

橫看成嶺側成峰，遠近高低各不同。

註釋 出自宋·蘇軾《題西林壁》。

點評 此寫廬山從不同角度看有不同形態的美。此句引申後，也可以比喻對某一個問題或事物的看法，從不同的角度看會有不同的結果。

橫空過雨千峰出，大野新霜萬葉枯。

註釋 出自唐·耿湋《九日》。

點評 此寫深秋時節（重陽節）秋雨洗長空、眾峰現崢嶸、曠野望無邊、秋霜萬樹枯的景象。雖然畫面寫的是深秋蕭瑟之景，但詩人運用誇張修辭法，以“千峰出”、“萬葉枯”來寫遠山與近樹，氣象非常闊大，因而整個畫面並不給人以蒼涼之感，而是讓人對秋日之景別有一種感受。

湖清霜鏡曉，濤白雪山來。

註釋 出自唐·李白《送友人尋越中山水》。

點評 前句寫湖水清澈如鏡，後句寫波濤如雪山奔湧。二句皆是運用了比喻修辭法，由此使所寫湖水、波濤的形象顯得異常生動。

黃河遠上白雲間，一片孤城萬仞山。

註釋 出自唐·王之渙《涼州詞》。仞，長度單位，古代以七尺或八尺為一仞。

點評 前句寫黃河源遠流長，氣勢磅礴，猶如出自雲端，構成了一幅蒼茫遼闊的遠景；後句則是近景特寫。“片”、“孤”、“萬仞”三詞，“擴大誇張”與“縮小誇張”並用相形，突出了此城之孤危。兩句都採用了由下向上仰視的視角，有力地凸顯了黃河河源的遼遠，所守之城的孤危。地僻遼遠，城自孤危，因果關係非常清楚。由此，就為下面兩句"羌笛何須怨楊柳，春風不度玉門關"作了鋪墊，邊地之苦寒，征人思鄉離情之悲，也就益發得以強化了。

黃河西來決崑崙，咆哮萬里觸龍門。

註釋 出自唐・李白《公無渡河》。決，沖開。

點評 此寫黃河從崑崙山發源，由西到東奔出龍門峽的氣勢。"決崑崙"與"咆哮萬里"都是誇張修辭法，意在突出強調黃河水勢的浩大。

黃河萬里觸山動，盤渦轂轉秦地雷。

註釋 出自唐・李白《西嶽雲台歌送丹丘子》。山，此指華山。轂，車輪中心的圓木，可以插軸。盤渦轂轉，指水流形成的漩渦就像車輪飛轉一樣。秦地，指古代秦國所在的區域，此指西嶽華山一帶。

點評 前句用誇張修辭法，寫黃河的源遠流長與水勢浩大、撼動華山的氣勢；後句用比喻與誇張修辭法，描寫黃河水流湍急的形貌與水聲如雷、震動三秦大地的氣勢。

黃河九曲天邊落，華嶽三峰馬上來。

註釋 出自明・黃滋《送李佑之赴陝西參議》。華嶽，指華山。三峰，指華山的蓮花、仙人掌、雁落三峰。

點評 前句寫登華山遠望黃河源遠流長、曲折東流的壯觀之景；後句寫從馬上看迎面而來的華山三峰的雄偉之狀。"九曲"、"天邊落"皆是誇張之辭。前者極言黃河曲折前進的路線；後者極言黃河源頭的遙遠無際。前句寫黃河，後句寫華山，山河相襯，於對比中愈顯黃河之遼闊蒼遠，愈顯華山之高大雄奇。山河相映，相得益彰。

黃河落天走東海，萬里寫入胸懷間。

註釋 出自唐・李白《贈裴十四》。寫，同"瀉"。

點評 前句寫黃河飛流直下、浩浩盪盪奔向大海的氣勢；後句寫詩人胸容萬里的闊大胸襟。以景抒情，以情喻景，在寫黃河的氣勢中映現詩人胸襟氣度，在詩人氣度胸襟裏凸顯黃河的壯闊景象。

江流天地外，山色有無中。

註釋 出自唐·王維《漢江臨泛》。

點評 此二句乃是寫漢江及其兩岸風光。前句寫漢江之水的源遠流長，後句寫漢江兩岸青山時隱時現、蒼茫悠遠之狀。看似淡淡的筆墨，卻勾勒出了一幅意境優美的山水畫卷。"天地外"言江水流得極遠；"有無中"寫遠山若隱若現之貌，突出的也是一個"遠"字。兩句雖然分寫山與水，但都突出了一個"遠"字。妙的是，句中有"遠"意，字面無"遠"字，這便是中國傳統文學所推崇的"不着一字，盡得風流"的境界。

江流有聲，斷岸千尺，山高月小，水落石出。

註釋 出自宋·蘇軾《後赤壁賦》。

點評 此乃蘇軾月夜所見長江赤壁段的景象。短短十六字，江水、斷岸、高山、明月、暗石俱在，有聲有色（江流之聲、明月之色），有起有伏（潮落、石出），內涵非常豐富，意象極其闊大，猶如一幅咫尺萬里的圖畫，令人歎為觀止。

江帶峨眉雪，川橫三峽流。

註釋 出自唐·李白《經亂離後天恩流夜郎憶舊遊書懷贈江夏韋太守良宰》。

點評 此寫峨眉山積雪夏季融化而流入長江三峽的景象。

江間波浪兼天湧，塞上風雲接地陰。

註釋 出自唐·杜甫《秋興八首》。兼天，連天。

點評 此寫秋天江水波浪翻湧、震天動地與來自北方（塞上）的風雲遮天蔽日的景象。"兼天湧"言波浪之高；"接地陰指陰雲籠罩四野。二者都是運用誇張修辭法，意在突出強調，以期給人留下深刻印象。

江作青羅帶，山如碧玉簪。

註釋 出自唐·韓愈《送桂州嚴大夫同用南字》。簪，古代男女用來綰住頭髮或把帽子別在頭髮上的一種針形首飾。

點評 此寫桂林山水之美：江水碧綠，猶如一條羅帶蜿蜒飄動；山峰高聳，猶如一根根碧玉之簪映人眼簾。

鏡湖俯仰兩青天，萬頃玻璃一葉船。

註釋 出自宋・陸游《漁父》。

點評 此寫鏡湖水清澈、湖面開闊、水天一色的景象。前句寫水清，青天映於湖水之中，與天上的青天呼應，故給人"兩青天"之錯覺；後句言水面的開闊與湖水的潔白，"一葉船"是比喻，將船比作一片樹葉，意在對比中突出強調湖面的廣闊。"萬頃"是誇張，直言湖面的寬廣。"玻璃"是比喻，言湖水的潔白透明。

驚濤拍岸，捲起千堆雪。

註釋 出自宋・蘇軾《念奴嬌》詞。

點評 此以誇張與比喻修辭法寫長江波濤洶湧的情狀，氣勢雄渾，給人的印象非常深刻。"千堆雪"，其"千堆"是誇張，言其浪峰之多；"雪"是比喻，是寫波浪顏色之白。

舉頭紅日近，回首白雲低。

註釋 出自宋・寇準《詠華山》。

點評 前句寫仰視所見，以距離太陽之近反襯華山之高；後句寫俯瞰所見，以人在雲中凸顯華山的高聳入雲。

君不見黃河之水天上來，奔流到海不復回。

註釋 出自唐・李白《將進酒》。

點評 此以誇張修辭法寫黃河源頭之高遠及奔流到海的壯觀氣勢。

曠野看人小，長空共鳥齊。

註釋 出自唐・岑參《酬崔十三侍御登玉壘山思故園見寄》。

點評 前句寫曠野之廣闊，以"人小"為襯而凸顯之；後句寫天空之澄碧，以"鳥齊"的視覺效果而暗示之。前句是遠望之景，寫的是大地；後句是仰望之景，寫的是長空。前後配合，於是天與地、曠野與長空便渾然一體地交融起來，構成了一幅生動的風物圖軸。

連峰去天不盈尺，枯松倒掛倚絕壁。

註釋 出自唐・李白《蜀道難》。去天，離天。盈，滿。

點評 此以誇張修辭法極言出入蜀中群山之高聳險峻之狀，令人對出入蜀中之不易有深刻印象。

兩岸青山相對出，孤帆一片日邊來。

註釋 出自唐・李白《望天門山》。

點評 前句以擬人修辭法，是將青山人格化，以一個“出”字寫活了天門山漸行漸近、映入眼簾的動態情狀，形象生動。後句以“日邊來”暗示舟行來自下游，以“一片”暗示江面之闊。由此，構擬了一幅天門山張開雙臂歡迎來自日邊舟子的圖畫。在這幅圖畫中，既有青山，也有紅日；既有船，也有人；既有“青山相對出”，又有“人從日邊來”，畫面色彩豐富，動中有靜，讓人情不自禁想進入畫中，身臨其境。

林疏放得遙山出，又被雲遮一半無。

註釋 出自宋・趙師秀《數日》。遙山，遠山。

點評 此言林密視線被遮，偶因林疏處望得遠山之影，卻又被浮雲遮去一半。意謂山遠林密、浮雲遮目。

林斷山更續，洲盡江復開。

註釋 出自南朝齊・王融《江皋曲》。洲，水中的陸地。

點評 此寫一山過後又一山，小洲過盡江更闊的景象。與宋人陸游的詩句“山重水複疑無路，柳暗花明又一村”有異曲同工之妙。

樓倚霜樹外，鏡天無一毫。

註釋 出自唐・杜牧《長安秋望》。

點評 前句寫樓高，以“樹外”暗示之，同時也交待了所寫景色的時節為深秋，有“霜”字表現之。後句寫秋日天高氣爽、碧空如洗、明亮如鏡的景象。前句寫遠視之景，後句寫仰望之景，前句寫地上，後句寫天上，如此前後配合，便將天地、樓樹連接到一起，從而交織成一幅生動的秋日風物圖畫。

廬山東南五老峰，青天削出金芙蓉。

註釋 出自唐·李白《望廬山五老峰》。芙蓉，蓮花。

點評 此寫廬山五老峰的陡險與秀麗之貌。“削出”言五老峰之陡險就像刀削出的一樣；“金芙蓉”言五老峰的秀麗就像盛開的金色蓮花一般。

落木千山天遠大，澄江一道月分明。

註釋 出自宋·黃庭堅《登快閣》。

點評 此寫群山落葉蕭蕭、天穹遼闊茫茫、江水澄澈清碧、明月朗照的秋夜景象。前句寫天與山，後句寫月與江；前句是遠望與仰視所見，後句是俯視與仰望所見。如此多角度的配合，遂將天與地、山與水、樹與月等諸象都統攝於其中，從而交織成了一幅生動的秋夜江月山水圖。

落日千帆低不度，驚濤一片雪山來。

註釋 出自明·李攀龍《送子相歸廣陵》。低不度，指船降帆停泊不走。

點評 此寫夕陽西下、眾船停泊，江濤湧起，其高如山、其白如雪的景象。“千帆”，即千船，是借代，以“帆”代“船”。“千帆”，也是誇張，言船多，並非實指。“雪山”，是比喻，描寫波浪之高與浪花之白。前句寫落日與停船，是靜景之中有動景，“低不度”的“千帆”為靜，“落日”是動。動靜結合，遂使動者益動，靜者益靜，對比效果非常明顯。後句寫波濤，着重的是它的形狀與顏色，形象感非常強。另外，以“一片”與“雪山”搭配，只及“一片”而不及其餘，乃是反襯之法，意在“窺一孔而知全豹”，凸顯整個江中波濤洶湧之狀。

明月松間照，清泉石上流。

註釋 出自唐·王維《山居秋暝》。

點評 此寫山間靜謐安寧的境界與純粹天然的情趣。“明月松間照”言山中只有明月、青松，意謂夜靜無人；“清泉石上流”言泉水石上流過有聲，意謂別無他聲。二句旨在寫山中夜晚靜謐安寧、萬籟無聲的意境，但字面上卻沒有一個“靜”字，只是通過兩個景物描寫的細節暗寓出這層旨意，可謂達到了中國傳統文學所追求的“不着一字，盡得風流”的最高境界。

莫言下嶺便無難，賺得行人錯喜歡。正入萬山圈子裏，一山放出一山攔。

註釋 出自宋·楊萬里《過松源晨炊漆公店》。

點評 此寫群山無數、山行辛苦之狀。詩以擬人修辭法表達，以“賺”、“攔”等人的動作行為來寫山，使艱苦漫漫的山行增添了詩意與情趣，讀之也有愉悦之感。

南山塞天地，日月石上生。

註釋 出自唐·孟郊《遊終南山》。

點評 前句以“塞天地”的誇張之辭，極言終南山之高峻；後句以“石上生”形容日月升起的方位，是折繞地誇説終南山的廣大無邊，看不到日月真正升起的所在。

噴壁灑素雪，空蒙生晝寒。

註釋 出自唐·李白《送王屋山人魏萬還王屋》。

點評 此言瀑布噴灑於峭壁之上就如白雪一樣，水霧空濛使白晝裏也生寒意。前句寫瀑布的視感，後句寫瀑布的觸感。視感與觸感結合，使人有一種身臨其境之感，彷彿如見瀑布之白，如感瀑布之寒。

平蕪萬里無人去，落日千山空鳥飛。

註釋 出自唐·劉長卿《登松江驛樓北望故園》。蕪，叢生的草。平蕪，指平坦的草地。

點評 此寫平野茫茫無人煙、夕照眾山鳥空飛的荒涼景象。“萬里”與“千山”，乃是誇張的說法，皆是虛指。所寫雖是哀景，但其氣象卻是非常闊大，別有一種蒼涼壯闊之美。

氣蒸雲夢澤，波撼岳陽城。

註釋 出自唐·孟浩然《臨洞庭湖贈張丞相》。雲夢澤，古代大澤，範圍極廣，包括今湖北省東南部、湖南省北部的低窪之處，現已不存。岳陽城，在湖南，洞庭湖東岸。

點評 此寫洞庭湖壯闊的氣勢：湖水升騰的霧氣可以籠罩整個雲夢之澤、風起波湧能撼動岳陽之城。此二句都是運用誇張修辭法，以超常的語言表達了其對洞庭湖的觀感，給人的印象非常深刻，成為與杜甫“吳楚東南坼，乾坤日夜浮”二句齊名的詠洞庭湖名言。方回《瀛奎律髓》記載說：“予登岳陽樓，此詩大書左序毬門壁間，右書杜詩，後人不敢複題也。劉長卿有句云：‘疊浪浮元氣，中流沒太陽’，世不甚傳，他可知也。”

乾坤浮一氣，今古浸雙丸。

註釋 出自清·張照《觀海》。

點評 前句寫海天茫茫，天地渾然的形象；後句寫太陽、月亮倒映於海中的形象。“雙丸”，是比喻朝升夜落的太陽與夜升日落的月亮倒映於大海中的形象。“今古”，是說日月交替的亙古性。因此，此二句既是寫景，也是感歎大自然現象的永恆性。

檣出江中樹，波連海上山。

註釋 出自唐·孟浩然《廣陵別薛八》。檣，船上的桅杆。

點評 前句寫船大檣高之狀，船上的桅杆超過江中沙洲上的樹杪；後句寫江海相連的浩大氣象，江水匯入海中又延及於海島。這兩句不僅寫出了行船與江流的動感，也寫出了江海的闊大氣象。畫面之中不僅有船、有樹、有江、有海、有山、有波，同時也隱含了江中的沙洲、海上的島嶼以及船中之人的形象。意象極為豐瞻，讓人回味不盡。

青山橫北郭，白水繞東城。

註釋 出自唐・李白《送友人》。郭，在城的周邊加築的一道城牆。

點評 此二句寫景敍事，妙在對仗工整。從聲律上看，依古音標準，前句是“平平平仄仄”，後句是“仄仄仄平平”。從概念詞性上看，“青山”對“白水”，同是地理類名詞相對，同時也包含了顏色詞（“青”與“白”）相對。“北郭”對“東城”，同時城郭類相對，同時也包含了方位詞（“北”與“東”）相對。“橫”對“繞”，是動詞相對，但都用得恰到好處，分別寫出了山與郭、水與城的關係。從形象上看，青山橫郭，有一種堅實感；白水繞城，則有一種纏綿感。而這種形象正好暗合了對友人離別的依依不捨之情，是借青山有情、白水有意巧妙地表達出了詩人對即將離去的友人的深切留戀之情。

秋風蕭瑟，洪波湧起。日月之行，若出其中；星漢粲爛，若出其裏。

註釋 出自漢・曹操《步出夏門行》其一。蕭瑟，風吹樹木之聲。之，的。行，運行。若，像。其中，指海中。星漢，銀河。

點評 此乃曹操寫東臨碣石所見海天秋色之景，歷來傳為寫景妙筆。

泉聲咽危石，日色冷青松。

註釋 出自唐・王維《過香積寺》。危，高。

點評 泉水流於高石之中，彷彿有嗚咽之聲；陽光照在青翠古松之上，讓人卻有寒冷之意。泉聲不會嗚咽，青松也不會寒冷，詩人之所以這樣寫，那是詩人在凝神觀照眼前事物時產生了“移情”作用，於是將其個人的情緒與感受移注到泉、松之上的結果。由於詩句帶有了詩人強烈的情緒色彩，所以讀來也最易感染人，讓人由此及彼，感受到詩人內在的情緒變化，從而與詩人達成情感的共鳴。

人行明鏡中，鳥度屏風裏。

註釋 出自唐・李白《清溪行》。度，這裏指穿行、飛過。

點評 此二句是寫安徽池州清溪山水的名句。“人行明鏡中”，其意是說人乘船行於清溪之中，猶如行於明鏡之中。這是以“明鏡”喻清溪水之清亮、透碧清澈；“鳥度屏風裏”，是說飛於清溪谷中，如同飛在屏風之中。這是把清溪兩岸的群山比作“屏風”。

人間桂花落，夜靜春山空。

註釋 出自唐・王維《鳥鳴澗》。桂花，有兩種說法：一指春桂，二指月亮。

點評 此寫人自悠閒花自落、夜靜山空萬籟寂的景象，表現的是一種寧靜、清幽的自然情趣。

日暮北風吹雨去，數峰清瘦出雲來。

註釋 出自宋・張耒《初見嵩山》。

點評 此寫嵩山夕陽西下、風吹雨去、數峰出雲的晚景。以“清瘦”寫山峰，乃是擬人修辭法，既顯出高峰之高，又具人格化，讀之使人對嵩山更有親近之感。

日落江湖白，潮來天地青。

註釋 出自唐・王維《送邢桂州》。

點評 此寫夕陽西下之後江湖一片白茫茫、夜潮湧起之時天地一派青碧色的景象。“日落”對“潮來”，是寫動態過程；“白”對“青”，是寫水與天的靜態顏色；“江湖”對“天地”，是闊大氣象的相對。由此，一幅氣韻生動而壯觀的山水圖卷便呈現在人們面前。

颯颯松上雨，潺潺石中流。

註釋 出自唐・王維《自大散以往深林密竹磴道盤曲四五十里至黃牛嶺見黃花川》。颯颯，指風聲。潺潺，流水聲。

點評 此寫雨打松葉、水流石中的聲音，是以反襯手法突出表現山林幽谷的靜謐情狀。“颯颯”與“潺潺”，都是摹聲詞，分別描摹雨打松葉與水流石間的聲響，讓人有如聞其聲的現場感。

三山半落青天外，一水中分白鷺洲。

註釋 出自唐·李白《登金陵鳳凰台》。三山，在金陵（今南京）西南長江邊上，距城約五十里，三峰並列，南北相連。白鷺洲，在金陵之西的長江之中，將長江水道一分為二。"一水中分白鷺洲"的句法，是為了詩的平仄，正常的語序是"白鷺洲中分一水"。

點評 前句寫三山的若隱若現，突然了其遠觀的飄渺神秘之感；後句寫白鷺洲中分江水的中流砥柱的力量，是寫景也是寫自已的精神。前句遠景與後句近景，前後配合，寫出了金陵古都山河壯麗、氣象闊大的神韻。至於聲音形式上，也是非常的完美。"三山"對"一水"，"半落"對"中分"，"青天"對"白鷺"，對仗工整，絲絲入扣。據説，此二句是仿自唐人崔顥《黃鶴樓》中"晴川歷歷漢陽樹，芳草萋萋鸚鵡洲"，但崔詩情調蒼涼，而李詩則顯得氣勢闊大。

三萬里河東入海，五千仞嶽上摩天。

註釋 出自宋·陸游《秋夜將曉出籬門迎涼有感》。河，指黃河。仞，古代長度單位，相當於七尺或八尺。嶽，指華山。摩，接近、逼近。

點評 前句寫黃河源遠流長，"三萬里"乃是誇張，意在強調黃河從發源地往東入海的流程之長；後句寫西嶽華山之高，"五千仞"與"上摩天"都是誇張之辭，意在凸顯華山高聳入雲的形象。

山鳴谷應，風起水湧。

註釋 出自宋·蘇軾《後赤壁賦》。

點評 此寫赤壁附近山高谷深、風高浪急之景。

山隨平野盡，江入大荒流。

註釋 出自唐·李白《渡荊門送別》。

點評 此二句乃是寫船出三峽、渡過荊門山之後的長江兩岸的景象。前句寫兩岸沃野平疇的一望無際，後句寫江水一瀉千里、奔騰遠去的氣勢。前句之"隨"，後句之"入"，以擬人修辭法讓青山與江水有了人的生命情態，在極強的動感中寫活了山水。

山從人面起，雲傍馬頭生。

註釋 出自唐・李白《送友人入蜀》。

點評 此二句乃是寫入蜀棧道之高、之險、之窄的情形。前句寫人行棧道之上，兩旁青山猶如貼着了人臉，這是極言棧道之窄。後句寫雲氣傍馬頭而生，是極言棧道之高，是建在高聳入雲的山崖之上。既寫了高，又寫了險。二句都是運用誇張修辭法，通過極言入蜀棧道之高、窄、險，讓人對“蜀道之難”有了真切深刻的印象。

山月臨窗近，天河入戶低。

註釋 出自唐・沈佺期《夜宿七盤嶺》。

點評 此二句乃是寫七盤嶺之高。但是，不直言其高，而是以誇張修辭法，以“山月臨窗”、“天河入戶”兩個情景描寫，不僅在烘托中寫出了七盤嶺的高聳入雲，而且還以這兩個特定的情景予人以無限的聯想。

山無重數周遭碧，花不知名分外嬌。

註釋 出自宋・辛棄疾《鷓鴣天》詞。無重數，無數重。周遭，周圍。

點評 此寫山多、花繁難知名。“周遭碧”，言周圍皆是青綠之色；“不知名”，言花多花繁，難以窮盡。

山青滅遠樹，水綠無寒煙。

註釋 出自唐・李白《秋登巴陵望洞庭》。滅，湮滅、使分辨不清。

點評 此寫洞庭湖秋日周邊山青依舊、水綠如故的景象。意謂洞庭湖秋天而無秋意，仍然春意盎然。

山臨青塞斷，江向白雲平。

註釋 出自唐・王維《送嚴秀才還蜀》。

點評 前句寫關塞青青、高山巍巍之景，後句寫大江東去、天水相連的景象。前句寫山，突出的是視覺形象，“青塞斷”言山之高阻斷了關塞；後句寫水，強調的也是視覺形象，“白雲平”，言大江奔湧、無邊無際的氣勢。如此，前後配合，便構成了一幅生動的山水圖軸。

山光悅鳥性，潭影空人心。

註釋 出自唐・常建《題破山寺後禪院》。

點評 此以“移就”修辭法寫對破山寺後禪院山水的感觀，表現的是詩人對破山寺山光、潭影之美的深切感動之情。鳥兒不是人類，自然沒有對“山光”有“悅”之感；“潭影”只是物映水中的客觀物象，並不能主動使人心如何。但是，詩人卻通過“移情作用”，將自己對山光、潭影的感覺及體悟移注到山光、潭影本身，這就使詩句的表達顯得新穎別致，讓讀者有了更多的解讀空間，從而大大提升了詩句的審美價值。

上下天光，一碧萬頃。

註釋 出自宋・范仲淹《岳陽樓記》。

點評 此寫“春和景明，波瀾不驚”之時洞庭湖水天一色、寬闊無垠的景象。前句寫藍天映於湖水之中，使水天一色；後句用誇張修辭法，極言湖面的開闊廣大。兩句八字所構擬的闊大氣象，不禁令人浮想聯翩，心曠神怡。

聲驅千騎疾，氣捲萬山來。

註釋 出自浙江海寧觀潮亭聯語。

點評 此誇張修辭法寫錢塘潮水襲來時那種排天倒海、氣吞山河的氣勢。

聲喧亂石中，色靜深松裏。

註釋 出自唐・王維《青溪》。

點評 前句寫水流亂石之中，但不見“水”字；後句寫風起樹動，古松巍然不動，寫“風”而不見“風”。這種寫景正是中國傳統文學所追求的“句中有其意，字面無其詞”的境界，也是詩詞婉約蘊藉風格的最高追求。

十里青山遠，潮平路帶沙。

註釋 出自宋・仲殊《南柯子》詞。

點評 此寫江畔十里青山、潮平之後路有積沙的景象。前句寫靜景，後句寫動感。雖然沒有直寫潮起時的景象，但“路帶沙”的結果，則清楚地昭示了江潮洶湧的過程。動靜結合，一張一弛，將自然界的美景盡現於眼前。

數峰清苦，商略黃昏雨。

註釋 出自宋・姜夔《點絳唇》詞。商略，醞釀。

點評 此寫冬日山峰蕭瑟荒落，黃昏時分山雨欲來的景象。詞人寫這一景象之時並不直寫，而是通過擬人修辭法，將山峰人格化，以“清苦”寫冬日之山的蕭條景象，以“商略”寫雨雲醞釀將成之狀，頓使平常的敍事顯得生動起來。

誰謂江水廣？一葦可以航。

註釋 出自三國・魏・曹丕《廣陵觀兵》。謂，説。江水，指長江。廣，廣闊。葦，指束葦之筏。航，渡過。

點評 此二句乃是化自《詩經・衛風・河廣》之“誰謂河廣？一葦杭之”。

水光瀲灩晴方好，山色空濛雨亦奇。欲把西湖比西子，淡妝濃抹總相宜。

註釋 出自宋・蘇軾《飲湖上初晴後雨》。瀲灩，水波相連的樣子。亦，也。西子，指春秋時代的美女西施。

點評 前二句是直寫西湖水波盪漾、細雨濛濛、山色空靈的景象；後二句是評論，以古越國的美女比喻西湖，就近取譬，真切而自然地表達了對西湖非同尋常的美之熱愛之情。同時，由於西施所特有的歷史內涵，也讓詩的意境與意蘊更加豐富。

水清石出魚可數，林深無人鳥相呼。

註釋 出自宋・蘇軾《臘日遊孤山訪惠勤惠思二僧》。

點評 此寫魚游水中、鳥呼林間的恣意情態，意在凸顯孤山的清幽之境，用的是反襯之法。

水心如鏡面，千里無纖毫。

註釋 出自唐·白居易《初領郡政衙退登東樓作》。水心，水面。纖毫，指漣漪、波紋。

點評 此寫廣闊的水面一平如鏡、漣漪不起的靜謐之景。前句是比喻，寫水面的平靜與水色之白；後句是誇張與比喻，"千里"是誇張，言水面之闊廣。"無纖毫"也是誇張，言微波不起之狀。

水國舟中市，山橋樹杪行。

註釋 出自唐·王維《曉行巴峽》。樹杪，樹梢。

點評 此寫長江三峽兩岸的景象：集市成於水中船上、兩岸山橋如在樹上。

水從天漢落，山逼畫屏新。

註釋 出自唐·李白《贈崔秋浦三首》。天漢，銀河。

點評 此寫飛流直下、山色如畫的景象。前句是誇張，意在突出強調水流落差之大；後句是比喻，意在形象生動地展現山色的優美。

水流曲曲樹重重，樹裏春山一兩峰。

註釋 出自清·鄭燮《濰縣竹枝詞》。

點評 此言河水曲折流於茂密的樹林之中，舟中之人被遮斷了視線，只能從樹叢縫隙中偶爾窺見一二山峰。此二句意在表現樹密隱春山的意境。

水是眼波橫，山是眉峰聚。

註釋 出自宋·王觀《卜算子》詞。

點評 水像美人的目光流盼閃動，山像美人的眉峰收放聚攏。此乃以美人之眉眼分別比喻山水之句，造詞新穎，比喻出人意料，但又貼切形象。

四面生白雲，中峰倚紅日。

註釋 出自唐・李白《望黃鶴樓》。

點評 此寫夕陽照主峰、雲霧繞山生的景象。寫景之中也點出了“山高”的主旨。

崧高維嶽，駿極於天。

註釋 出自先秦《詩經・大雅・崧高》。崧，又作“嵩”，指中嶽嵩山。維，是。嶽，特別高大的山。駿，通“峻”，高。極，至。

點評 巍峨大山是嵩嶽，高高聳立入雲端。這是寫嵩嶽之高，運用誇張修辭法，極盡鋪張揚厲之能事，讓人由此對嵩嶽雄偉之勢有了深刻印象。

松間沙路淨無泥，蕭蕭暮雨子規啼。

註釋 出自宋・蘇軾《浣溪沙》詞。子規，即杜鵑鳥，俗稱布穀鳥。

點評 前句寫雨後松間小徑沙潔路淨的情形，後句寫暮雨瀟瀟、杜鵑聲聲的景象。前句寫視覺形象，後句寫聽覺形象（“子規啼”有聲，暮雨“蕭蕭”，是以“蕭蕭”摹擬下雨之聲），兩相結合，形聲兼備，構成了一幅雨洗松徑、鳥啼雨中的生動圖畫。

泰山嵯峨夏雲在，疑是白波漲東海。

註釋 出自唐・李白《早秋單父南樓酬竇公衡》。嵯峨，山勢高峻。

點評 此寫泰山高聳入雲，環繞山頂的白雲就像是東海上漲起的白波之景象。此乃用誇張和比喻修辭法描寫泰山高峻之貌。

啼鳥忽臨澗，歸雲時抱峰。

註釋 出自唐・王維《韋侍郎山居》。

點評 此寫山中的清幽之境。前句寫啼鳥的悠閒自在之態，以一“忽”字生動地表現了啼鳥臨澗隨意而沒有時間局限性的特點；後句寫山中浮雲的飄忽不定之狀，“時”字的運用，表明的正是其不定性；“抱”字的運用，則通過擬人化的手段將浮雲人格化，從而突出了人與雲的親密關係。由此，通過浮雲的悠閒情態折射出隱居山中之人的閒逸之情。

天邊樹若薺，江畔洲如月。

註釋 出自唐・孟浩然《秋登萬山寄張五》。薺，薺菜。

點評 此二句寫日暮所寫江畔之景。前句將遠處的樹木比作薺菜，比喻新穎，以樹的遠觀之細突出了一個“遠”字，暗合“天邊”的辭面。後句也是運用比喻，將日暮中的江邊沙洲比作月亮，但究意是沙白如月色，還是沙洲形狀如月牙，不得而知。

天門中斷楚江開，碧水東流至此回。

註釋 出自唐・李白《望天門山》。天門，即指天門山，是今安徽當塗縣東梁山（古稱博望山）與和縣西梁山的合稱。因兩山夾江對峙，形若一座天然的門户，故稱“天門”。楚江，長江流過舊時楚國的江段。

點評 前句說天門中斷是因楚江沖開，乃是極言江水奔騰咆哮之勢；後句寫江水撞擊兩岸而激起回流之景，乃是突出強調天門山對江水強大的約束之力。兩句配合，既凸顯了江水之浩盪洶湧，又突出了天門山山勢之險峻。山得水急之襯愈顯其險，水得山險之托愈見其急。

天寒遠山靜，日暮長河急。

註釋 出自唐・王維《齊州送祖三》。

點評 前句寫秋日樹木凋零，遠山顯得蕭條疏落之狀；後句寫夕陽西下，大河奔流的景象。前句寫山的變化，突出的是視覺感受；後句寫水的不息，強調的是聽覺印象。

天長落日遠，水淨寒波流。

註釋 出自唐・李白《登新平樓》。

點評 此寫冬日天高地遠、夕陽西下，寒風吹波、河清水淨的景象。前句寫遠望之景，後句寫俯視之見。前後配合，天地、山水、落日、流水盡在其中矣，構成了一幅氣韻生動的冬日風景畫。

天清遠峰出，水落寒沙空。

註釋 出自唐・李白《峴山懷古》。

點評 此寫秋季天高氣爽、遠山盡現，河流水枯、唯餘寒沙的景象。雖是蕭瑟的秋景，但畫面上遠景與近景的配合、遠山與寒水的映襯都非常工整，別有一種蒼涼而闊大的氣象。

萬壑有聲含晚籟，數峰無語立斜陽。

註釋 出自宋・王禹偁《村行》。壑，溝。籟，從孔穴中發出的聲音。

點評 此寫千溝萬壑晚籟聲聲、夕陽之中群峰靜靜的景象。前句寫聽覺形象，後句寫視覺形象，兩相結合，讓人有如臨其境之感。

未能拋得杭州去，一半勾留是此湖。

註釋 出自唐・白居易《春題湖上》。此湖，指西湖。勾留，逗留。

點評 此言自己留戀杭州而不返的原因有一半是為了西湖。這是運用"折繞"修辭法，讚美西湖景色的醉人。

無邊天作岸，有力浪攻山。

註釋 出自清・趙翼《渡太湖登馬跡山》。

點評 此寫太湖一望無際、驚濤拍岸的氣象。前句言太湖湖面的寬闊，"無邊"是直言，"天作岸"是曲說。後句言太湖風浪之大，"浪攻山"，是擬人，也是誇張，極言太湖的波浪動地撼山的力量。

吳山青，越山青，兩岸青山相對迎。

註釋 出自宋・林逋《相思令》。

點評 此寫吳越江南之地到處都是青山，相對的青山就像人相互迎接的樣子。這是以擬人修辭法，將青山人格化，從而使青山與人類更接近，更顯親切可愛。

吳楚東南坼，乾坤日夜浮。

註釋 出自唐・杜甫《登岳陽樓》。坼，裂開。乾坤，指天地。

點評 東南的吳、楚兩地因它而裂分為二，天地似乎皆浮於其中。這是杜甫寫洞庭湖的名句，雖語帶誇張，但卻生動地凸顯了洞庭湖非比尋常的闊大氣勢，讀之讓人不禁為之心潮澎湃。

夕陽天外雲歸盡，亂見青山無數峰。

註釋 出自唐·楊凝《秋原野望》。

點評 此寫夕陽西下雲彩褪隱、青山無數盡現眼前的晚景。

西嶽崢嶸何壯哉，黃河如絲天際來。

註釋 出自唐·李白《西嶽雲台歌送丹丘子》。西嶽，即華山。崢嶸，此指山勢高峻的樣子。哉，感歎詞，相當於現代的"啊"。

點評 前句寫華山高峻巍峨的氣勢，後句寫黃河遠望如絲線的形象。前句是直寫，後句是誇張，意在說明黃河發源地之高遠，強調黃河的源遠流長。

閒花滿岩谷，瀑水映杉松。

註釋 出自唐·王維《韋侍郎山居》。

點評 前句寫岩谷的清幽自然之態，"閒花"之"閒"尤為傳神；後句寫山中白水綠樹相映成趣的景象。水是動的，且有聲響；杉松是靜的，是無聲的。兩兩對比，動靜之景在同一句中渾然交融，遂使詩句的意境大開。

閒上山來看野水，忽於水底見青山。

註釋 出自宋·翁卷《野望》。

點評 此寫登山觀水、觀水見山的雅趣。所寫雖是平淡的情事，但讀來卻極富生活情趣，原來生活中抬眉低頭之間都是那麼趣味橫生。

小溪清水平如鏡，一葉飛來細浪生。

註釋 出自宋·徐璣《行秋》。

點評 此寫小溪水清、平靜之狀。"清水"，是直言小溪之水的清澈；"平如鏡"，是比喻，形容水面平靜之狀。後句是誇張，言一片樹葉都能掀起波浪，意在突出強調小溪水面的平靜與漣漪不起的情狀。

星垂平野闊，月湧大江流。

註釋 出自唐・杜甫《旅夜書懷》。

點評 此寫平野遼闊、星垂天際，江水奔流、月映波中的夜中景象，表達的是詩人旅途之中觀賞天地山水的欣悦之情。“星垂”，言極遠；“月湧”，言月隨波動。“平野闊”與“大江流”，一寫遠景，一寫近景，但都呈現出了闊大的氣象。

鴨頭綠一江浪花，魚尾紅幾縷殘霞。

註釋 出自元・無名氏《中呂・滿庭芳》。

點評 此寫綠水紅霞交映生輝之景。前句是比喻，將一江浪花比作是鴨頭上的綠色羽毛，意在突出江水的碧綠之色；後句也是比喻，是將晚霞比作是魚尾上的紅色，意在突出晚霞的鮮活之性。

煙抹平林水退沙，碧山西畔夕陽家。

註釋 出自金・周昂《晚望》。

點評 此寫薄霧生平林、水退見沙灘、夕陽傍青山、遠處見人家的景象。兩句十四字，就像是由四組鏡頭組接起來的一段電影畫面，有動感有靜態，有山有水，有煙霧有霞光，有青色有紅光，畫面非常豐富，給人以無限的回味空間。

岩泉萬丈流，樹石千年古。

註釋 出自唐・陳子昂《酬暉上人夏日林泉》。

點評 此以誇張修辭法極言岩泉流水之大與樹石的年頭之久。“萬丈”與“千年”皆是誇張之辭，而非實指。“萬丈流”對“千年古”，乃是數量詞組相對；“岩泉”對“樹石”，乃是名詞相對。形式工整，視聽覺形象皆佳。

遙看洞庭山水色，白銀盤裏一青螺。

註釋 出自唐・劉禹錫《望洞庭》。

點評 此寫洞庭湖與湖中君山的景象。“白銀盤”，乃是比喻洞庭湖水之白；“一青螺”，乃是比喻君山青翠挺拔的形象。以白銀盤裏盛放青螺，比喻洞庭湖與湖中的君山，不僅形象新穎，更由此而予人以無限的聯想與回味，從而大大拓展了詩句的意境與表意內蘊。

野曠沙岸淨，天高秋月明。

註釋 出自南朝宋·謝靈運《初去郡》。

點評 此寫秋夜月明天高、野闊水淨的景象。前句寫平視遠望所見平野、沙岸、河流之景，後句寫仰視遙望所見秋空碧淨、朗月在天的景象。如此天地結合、上下相映，繪就了一幅氣韻生動的秋夜朗月淨沙、天高野曠的圖畫。

野曠天低樹，江清月近人。

註釋 出自唐·孟浩然《宿建德江》。

點評 前句言遙望原野之上，視野極其開闊，天際線彷彿低於遠樹；近俯江中，江水澄碧，明月映於水中，彷彿與人更加親近。前句寫所遠望之景，後句寫近觀與俯視之見，遠近結合，原野、碧天、遠樹、清江、明月、詩人都和諧地融合於一幅圖畫之中，不僅意象闊大，畫面豐富，而且亦使詩句的氣韻更為生動。

夜宿月近人，朝行雲滿車。

註釋 出自唐·岑參《酬成少尹駱穀行見呈》。

點評 此言人行於山上好像離月亮很近，朝起行路好像白雲滿車。這是通過誇張修辭法，極言山高之狀。

夜江霧裏闊，新月迥中明。

註釋 出自南朝陳·陰鏗《五洲夜發》。

點評 此寫霧裏看江、遠中望月的感覺。江因霧因夜而朦朧，益發顯得寬闊無涯；月雖初弦，遠望卻格外分明。前句寫朦朧闊大之景，後句寫高遠明亮之色，朗月與霧江上下對襯，益顯朦朧者更加朦朧，明亮者更形明亮，對比反差的效果特別明顯，因而給人的視覺刺激也就特別強，讓人留下的印象也就特別深刻。

依然極浦生秋水，終古寒潮送夕陽。

註釋 出自清・彭孫遹《重建滕王閣落成》。浦，水邊、岸邊。終古，亙古以來。

點評 此寫站在滕王閣上所見的景象：秋水在遙遠的前方無邊無際，寒潮伴夕陽的晚景亙古不變。這既是寫景，更是在感歎歷史。

一千里色中秋月，十萬軍聲半夜潮。

註釋 出自唐・趙嘏《錢塘》。

點評 此寫八月中秋月色下錢塘潮壯觀的景象。二句正常的語序應該是"一千里中秋月色，十萬軍半夜潮聲"，之所以寫成上述情形，乃是為了適合詩的平仄要求。"中秋"，交待錢塘潮發生的時間。"一千里色"，是誇張，寫月色的皎潔，視野極其闊大。"十萬軍聲"，是比喻，也是誇張，突出強調錢塘潮洶湧澎湃的氣勢。

一片清江水，中涵萬古情。

註釋 出自宋・鮑當《松江夜泊》。涵，包涵。

點評 此以比擬修辭法，將江水人格化，以寄託詩人的萬古情思。

一水護田將綠繞，兩山排闥送春來。

註釋 出自宋・王安石《書湖陰先生壁》。闥，小門。排闥，推門。

點評 此寫一水繞田、兩山春到的景象，以擬人修辭法，通過"護"、"將"、"繞"、"排闥"、"送"等動詞，將山水人格化，使青山綠水有了人的生命情態，更形親切可愛。

一丘一壑也風流。

註釋 出自南宋・辛棄疾《鷓鴣天》詞。丘，土山。壑，山溝。風流，指風光美好。

點評 以"風流"寫丘壑，既突出了丘壑之美，也拉近了人與自然的距離，凸顯了詩人對自然的熱愛之情。

一帶江山如畫，風物向秋瀟灑。

註釋 出自宋・張升《離亭燕》。

點評 此寫秋日山水、風物之物，寄寓了對秋天深深的歡悦之情，與古代詩人對秋常懷悲愁的尋常思路大不一樣。

陰風怒號，濁浪排空；日星隱耀，山嶽潛形。

註釋 出自宋・范仲淹《岳陽樓記》。怒號，怒吼。隱耀，指日月星辰都隱去了光輝。潛形，形影不見。

點評 此寫連月陰雨時節洞庭湖風高浪急、日月無輝、山嶽遁形的景象。

飲馬長城窟，水寒傷馬骨。

註釋 出自漢・陳琳《飲馬長城窟》。長城窟，即長城下一泉窟。酈道元《水經注》説："余至長城，其下有泉窟，可飲馬，古詩《飲馬長城窟行》，信不虛也。"

點評 此寫長城窟泉水之寒，意在渲染邊地之苦寒。

欲識潮頭高幾許，越山渾在浪花中。

註釋 出自宋・蘇軾《八月十五看潮五絕》。幾許，多少。越山，指杭州附近的山峰，因杭州屬於古代越國之地。渾，簡直。

點評 此寫八月十五錢塘潮氣吞山河的壯觀氣勢。

餘霞散成綺，澄江靜如練。

註釋 出自南朝齊・謝眺《晚登三山還望京邑》。綺，有花紋的絲織品。練，白色的熟絹。

點評 落日餘霞散射開來，就像鋪開的錦緞一般；澄澈的江水靜靜地流淌着，蜿蜒而去，就像是一匹白色的素絹。此以比喻修辭法寫餘霞、靜江，造語新穎，形象生動，歷來為人們所傳誦。

遠峰帶雲沒，流煙亂雨飄。

註釋 出自南朝梁・鮑至《奉和往虎窟山寺》。

點評 此寫遠山掩於雲霧之中、煙霞伴隨山雨飄灑的景象。

遠峰帶雨色，落日搖川光。

註釋 出自唐·岑參《林臥》。

點評 此寫夕陽西下、遠山煙繞霧罩、近水波光粼粼的景象。前句寫遠景，着眼於山與霧；後句寫近景，着眼於水與光。如此遠近結合，遂使畫面豐富生動起來，使人視覺收放之間都有無限的美感。

遠山芳草外，流水落花中。

註釋 出自唐·司空曙《題鮮于秋林園》。

點評 碧草連天，遠山隱隱；落花紛紛，小溪潺潺。前句由近而遠，由草而山；後句由遠而近，由水而花。兩種視角兩種絕對不同的景象，區區十字所勾勒出來的畫面卻異常豐富，色彩也非常鮮明。

月明三峽曙，潮滿九江春。

註釋 出自唐·沈佺期《巫山高》。九江，即指長江，說“九江”是為了與前句“三峽”對仗。

點評 前句寫三峽山高谷深，旭日升起之時仍然不見曙光，而只見明月在天的景象；後句寫春天水漲，潮滿大江的景象。前句寫天上，後句寫地上，前後映照，水光天色，盡在其中矣。

雲氣噓青壁，江聲走白沙。

註釋 出自唐·杜甫《禹廟》。青壁，長滿青苔的石壁。

點評 此二句之妙在於運用擬人修辭法，將“雲氣”與“江聲”人格化，使其分別有“噓”、“走”的動作，且動感極強，將雲氣、江聲（江水之聲）寫活。

雲霧潤蒸華不注，波濤聲震大明湖。

註釋 出自元·趙孟頫題濟南趵突泉濼源堂聯語。華不注，即華不注山。

點評 此寫趵突泉泉水湧出地面、氣蒸雲天、聲過波濤的壯觀氣勢。

雲山海上出，人物鏡中來。

註釋 出自唐·李白《贈王判官時余歸隱居廬山屏風疊》。

點評 前句寫山之高峻，山頂之上雲霧繚繞，山頂猶如浮於海上一般；後句寫水之清，水清如鏡，人物猶如置身鏡中。運用比喻修辭法，形象生動地凸顯出了廬山屏風疊山水的勝境。

雲開巫峽千峰出，路轉巴江一字流。

註釋 出自明·吳本泰《送人之巴蜀》。巴江，指四川巫山縣到湖北巴東縣一帶的長江。

點評 前句寫雲霧散開後巫峽周邊千峰競出之景；後句寫長江在巫山與巴東一帶曲折東流之後奔流直下的景象。前句寫山，後句寫水，山水相襯，愈顯峽谷之深、眾峰之高、水流之急。

浙江八月何如此，濤似連山噴雪來。

註釋 出自唐·李白《橫江詞六首》。浙江，指錢塘江。

點評 此寫錢塘江八月潮水洶湧澎湃的壯觀景象。“濤似連山”是比喻兼誇張，寫的是錢塘潮的氣勢；“噴雪”是比喻，寫的是錢塘潮水與浪花的顏色。

浙中山色千萬狀，門外潮聲朝暮時。

註釋 出自唐·劉長卿《送陶十赴杭州攝掾》。

點評 此寫杭州周圍山色變化無窮、杭州城外朝暮潮起潮落之景。前句寫山色，後句寫潮聲。由此，便構成了一幅有聲有色的山水圖卷。

秩秩斯干，幽幽南山。

註釋 出自先秦《詩經·小雅·斯干》。秩秩，水流的樣子。斯，這。干，通“澗”，溪流。幽幽，深遠的樣子。南山，即終南山，在今天陝西西安市南。

點評 溪流潺潺流將去，南山幽深在遠方。此寫身邊之水與遠處之山，遠近結合，山水相間，加以“疊字”修辭法的運用，頓使平常的寫景變得親切有味起來。

最愛東山晴後雪，軟紅光裏湧銀山。

註釋 出自宋・楊萬里《雪後晚晴》。軟紅光，指柔和的陽光。銀山，指白雪覆蓋的山峰。

點評 此寫東山雪後初晴、夕照柔和、白雪皚皚的景象。

最愛湖東行不足，綠楊蔭裏白沙堤。

註釋 出自唐・白居易《錢塘湖春行》。湖，指西湖。白沙堤，即今所説的西湖白堤，又稱斷橋堤。

點評 此寫春天柳樹成蔭、人行於湖東白堤之上的愉悦之情。“綠楊”與“白沙”在句中自對，給詩的意境別添了豐富的色彩感。

日月星辰

白日曜青春，時雨靜飛塵。

註釋 出自三國魏・曹植《侍太子坐》。曜，通“耀”，照耀。青春，指濃綠的大地。

點評 此寫太陽照大地、陣雨洗飛塵的景象。雖是平常的寫景之句，但卻氣象闊大，給人回味的空間相當大。

白日淪西阿，素月出東嶺。

註釋 出自晉・陶淵明《雜詩十二首》。淪，落。阿，大山。素，白。

點評 此寫日落西山、月升東嶺的景象。在寫景中暗寓了天地永恆、時光易逝的人生感悟。詩句以“白日”對“素月”，以“西阿”對“東嶺”，不僅形式上對仗工整，而且在對襯中擴大了詩句所表現的畫面空間，使詩的意象、氣象顯得闊大遼遠。

殘星數點雁橫塞，長笛一聲人倚樓。

註釋 出自唐・趙嘏《長安晚秋》。

點評 此寫月落星殘、塞雁南飛、人倚高樓、長笛悲秋的景象。“殘星”、“雁橫塞”、“長笛一聲”、“人倚樓”所表現的意象，雖然帶有一種淡淡的的哀愁，讀之讓人頓生悲秋之情，但前後二句形聲兼具的意象（“殘星數點”是寫形象，“雁橫塞”則形象之中有聲音；“長笛一聲”寫聲音，“人倚樓”則是寫形象），卻讓人有如見其形、如聞其聲的現場感。

長安一片月，萬戶擣衣聲。

註釋 出自唐・李白《子夜吳歌四首》。擣衣，指將織好的布帛放在砧上用杵捶擊，使其柔軟，然後再裁剪做成衣物。

點評 此寫長安月夜千家萬戶擣衣之聲，意在抒發人在異鄉的鄉思之苦。

翠影紅霞映朝日，鳥飛不到吳天長。

註釋 出自唐・李白《廬山謠寄盧侍御虛舟》。吳天，指吳國，江西廬山舊屬吳國。

點評 前句總攝廬山日出時的全景，後句寫廬山與吳天之遼闊。“鳥飛不到”，極寫廬山之高；“吳天長”，寫登臨廬山所見視野的開闊。用筆錯綜變化，寫景富有層次感，在動態變化（日升、鳥飛）中寫出了廬山的景色之美。

丹霞夾明月，華星出雲間。

註釋 出自三國・魏・曹丕《芙蓉池作詩》。

點評 此寫紅霞與明月相映、明星出沒於雲間的優美天象。前句寫色彩，後句寫動感。兩相結合，使所寫的天象畫面更加豐富多彩。

冬日賴其溫，夏日畏其烈。

註釋 出自明・馮夢龍《東周列國志》第四十八回。

點評 此言冬日讓人覺得溫暖、夏日酷烈讓人望而生畏。晉人杜預所言“冬日可愛，夏日可畏”（見《左傳・文公七年》註），說的也是這個意思。

東西生日月，晝夜如轉珠。

註釋 出自唐・元稹《苦雨》。

點評 此以比喻修辭法描寫日月東升西落、日夜交替不息的景象，在敘事寫景中使人由日月天地的永恆而聯想到人類的生生不息。

東廂月，一天風露，杏花如雪。

註釋 出自宋・范成大《秦樓月》。

點評 此寫月上東廂、滿天風露、杏花盛開的夜景。以天上之月與地上杏花交相輝映，在對襯中使月光越發顯得皎潔，使杏花之白更加耀眼；以現實的露與虛擬的雪（杏花）相對，不僅使所寫畫面意象顯得豐富，更在意象對比中讓人展開豐富的聯想想象，從而大大擴添了詞句的審美價值。

二十四橋明月夜，玉人何處教吹簫？

註釋 出自唐·杜牧《寄揚州韓綽判官》。二十四橋，是古代揚州的勝蹟之一。但有二說，一說二十四橋即吳家磚橋，相傳古代有二十四位美人吹簫於橋上而得名；一說揚州城裏所有的橋，共二十四座。玉人，也有兩種理解：一是指美麗高潔的女子；二是喻風流俊美的才子。

點評 此二句之所以千古傳誦，是因為它所寫的意境讓人有多種理解，形象大於思想。從詩題來說，這二句可以理解為：在揚州這樣的風流之地，每當秋天月明之夜，你（指友人韓綽）會在甚麼地方教歌妓吹簫取樂呢？這是詩人臨別揚州之時調侃友人之語，同時也表達了自己對揚州這個風流溫柔之鄉的懷念之情。但是，由於"二十四橋"自古以來就與美女吹簫的傳說相聯繫，"玉人"又可理解為歌妓舞女，還有"明月夜"特定的意境，遂使詩的內涵頓然豐富起來，給人聯想的空間就擴大了，意境也深遠了。這便是詩句意象"模糊"的美。

俯視清水波，仰看明月光。天漢回西流，三五正縱橫。

註釋 出自三國·魏·曹丕《雜詩二首》其一。天漢，銀河。回西流，銀河轉西，表示夜已深。三五，泛指群星。

點評 此寫夜深所見之星空景象：月映水中、銀河西轉、群星縱橫。

更深月色半人家，北斗闌干南斗斜。

註釋 出自唐·劉方平《月夜》。半人家，指月亮西斜、月光半入人家。闌干，縱橫交錯的樣子。此指隱退之意（闌，殘餘）。

點評 此寫夜深月斜、北斗隱退、南斗橫斜、月光入戶的景象。

寒砧萬戶月如水，塞雁一聲霜滿天。

註釋 出自元·薩都剌《題揚州驛》。砧，搗衣石。寒砧，指秋夜搗衣之聲。

點評 此寫月光如水、萬家砧聲、北雁南飛、霜露滿天的秋夜之景。

虹隨餘雨散，鴉帶夕陽歸。

註釋 出自唐・儲嗣宗《秋墅》。

點評 此寫雨收虹散、夕陽西下、鴉雀歸林的景象。

火雲洗月露，絶壁上朝暾。

註釋 出自唐・杜甫《貽華陽柳少府》。火雲，紅雲。暾，剛出來的太陽。絕壁上朝暾，語序應是"朝暾上絕壁"。

點評 此寫紅雲滿天、月華露盡、朝日上壁的景象。

江天一色無纖塵，皎皎空中孤月輪。

註釋 出自唐・張若虛《春江花月夜》。纖，細小。皎皎，明亮的樣子。

點評 此寫月圓如輪、光照江天、水光天影、渾然一體的春夜景象。

今人不見古時月，今月曾照古時人。

註釋 出自唐・李白《把酒問月》。

點評 此言月亮的永恆性，意在慨歎人生的短暫性。

可憐九月初三夜，露似真珠月似弓。

註釋 出自唐・白居易《暮江吟》。可憐，可愛。真珠，珍珠。

點評 此以比喻修辭法寫深秋之夜月似彎弓、露似珍珠的景象。九月初三並不是甚麼特別的日子，但是詩人以"露似真珠月似弓"一句，將這一天寫得讓人終身難忘。"露似真珠"、"月似弓"，各是一個比喻，將秋夜新月初照下露珠閃爍的光澤，新月初升、如弓高懸的情景壓縮於一句之中，從而以景補敘，強化了前句所說"九月初三夜"的"可憐"（可愛）之意。

可憐今夜月，不肯下西廂。

註釋 出自金・王庭筠《絕句》。可憐，可愛。

點評 此以比擬修辭法將月亮人格化，使月亮帶有人的生命情態，從而通過寫月亮的有情而暗寫出看月人癡望月華不肯入眠的深情。

磊落星月高，蒼茫雲霧浮。

註釋 出自唐·杜甫《發秦州》。磊落，多而雜亂的樣子。

點評 此寫群星紛呈、月升高空、雲霧蒼茫的景象。

梨花院落溶溶月，柳絮池塘淡淡風。

註釋 出自宋·晏殊《寓意》。溶溶，指月色柔和、溫潤的樣子。

點評 此寫月光柔和、灑滿梨花院落，晚風輕吹、拂起池塘柳絮的夜景。兩個寫景之句不用任何一個動詞，全由名詞或名詞性短語鋪排在一起，猶如電影“蒙太奇”手法，意象開闊，意境深遠，留給讀者的想象空間也顯得更多。同時，疊字“溶溶”與“淡淡”的運用，不僅生動地再現了月色的柔和與晚風的輕微之態，也使詩句在對仗形式上更趨工整、在音律上別添了許多美感。

明月照高樓，流光正徘徊。

註釋 出自三國魏·曹植《怨歌行》。流光，指月光如水般流動。

點評 此寫明月照樓，月華如水，光影徘徊於高樓之上的夜景。“流光”是比喻，“徘徊”是擬人。

明月卻多情，隨人處處行。

註釋 出自宋·張先《菩薩蠻》。

點評 此以擬人修辭法，將明月人格化，從而形象地寫出了明月普照大地、無處不見的形象。

明月淨松林，千峰同一色。

註釋 出自宋·歐陽修《自菩提步月歸廣化寺》。

點評 此寫明月朗照、松林如洗、千峰同色的夜景。

明月幾時有？把酒問青天。

註釋 出自宋·蘇軾《水調歌頭》詞。把，拿、持。

點評 此句的正常語序是“把酒問青天，明月幾時有”。此以“明月幾時有”居前表達，突出強調的是對明月的盼望之情。而盼望明月的背後，則是寄予了詞人希望月圓而與弟弟蘇轍團聚的深切之情。

明月出天山，蒼茫雲海間。

註釋 出自唐・李白《關山月》。

點評 此寫明月初升、雲海蒼茫的景象。明月掛於天山，已經顯得遙不可及了；而兼之以蒼茫雲海的烘托，則使明月更顯一種朦朧之美。由此，讓人對這天山之上、雲海之中的明月有一種"馬上看壯士，月下看美人"的距離感。因為有距離，益顯明月的美不可及。

明月隱高樹，長河沒曉天。

註釋 出自唐・陳子昂《春夜別友人》。長河沒曉天，指微明的天空使銀河顯得不明顯。

點評 此寫月隱樹間、天色微明、星漢不朗的景象。

明月有情還約我，夜來相見杏花梢。

註釋 出自清・袁枚《春日雜詩》。

點評 此以擬人修辭法將明月人格化，形象生動地寫出了明月映杏花的春夜之景。

明月別枝驚鵲，清風半夜鳴蟬。

註釋 出自宋・辛棄疾《西江月》詞。別枝，指旁出的小枝。

點評 此寫明月輝映、驚起別枝之鵲，清風徐來、夜半蟬驚而鳴的景象。前句着重表現的是月光的明亮，以"驚鵲"暗襯出這層意思(鵲以為月光是日光才會驚起)；後句着重要表現的是清風之涼，以"鳴蟬"烘托出此意（蟬燥熱時鳴叫，秋涼時也鳴叫)。前句寫視覺形象，後句寫聽覺形象。如此，視聽覺形象結合，讓人有一種如臨其境之感。

暮靄生深樹，斜陽下小樓。

註釋 出自唐・杜牧《題揚州禪智寺》。靄，雲氣。

點評 此寫雲氣籠樹、夕陽隱於小樓之後的晚景。表現的是一種朦朧、靜謐的美感。

七八個星天外，兩三點雨山前。

註釋 出自宋·辛棄疾《西江月》詞。

點評 天暗星稀、欲雨而止，這都是常見的天象，本沒有甚麼好寫。但是，在詞人筆下，通過對仗工整的形式，通過“天外”與“山前”兩詞所營造的闊大遼遠的意境，遂使平常的天象描寫頓然顯得生動起來，讓人有無窮的聯想空間。

秋天萬里一明月，西風吹夢飛關河。

註釋 出自金·李純甫《送李經》。

點評 此乃望月懷人之句。前句“萬里一明月”，所要表現的是闊大的視覺形象；後句“吹夢飛關河”，表現的是悠遠的夢中之境。前句句首冠以“秋天”，既交待了望月的時間，也說明了“萬里一明月”的視覺形象得以產生的原因（秋天天高氣爽）。後句句首用“西風”一詞，既使“飛關河”有了着落，也使送友人帶有深深的淒切之感。

缺月掛疏桐，漏斷人初靜。

註釋 出自宋·蘇軾《卜算子》詞。缺月，指上弦月或下弦月，不圓的月亮。漏斷，指夜深，古代以漏壺計時，壺中水滴完便是深夜。

點評 此寫夜深人靜、梧桐葉疏、月掛其上的情景。動詞“掛”寫月亮懸於樹間的情狀，由於這句精彩之筆，讀來格外形象生動。

日華川上動，風光草際浮。

註釋 出自南朝齊·謝朓《和徐都曹出新亭渚》。日華，太陽的光彩。風光，是“光風”的語序倒置，指雨後日出，陽光照在草木上泛出的光澤。

點評 此寫陽光照着波光粼粼的河面、雨後的草木上，閃着熠熠光輝的景象。

日出而林霏開，雲歸而岩穴暝。

註釋 出自宋・歐陽修《醉翁亭記》。霏，雨雪或煙雲很盛的樣子。林霏，林中的霧氣。暝，幽暗、昏暗。

點評 此寫早晚山中的景色：日出林霧散、日落山中暗。

三五明月滿，四五蟾兔缺。

註釋 出自漢・無名氏《古詩十九首・孟冬寒氣至》。三五，指陰曆的每月十五。四五，指陰曆的每月二十。蟾兔，指月中傳說的蟾蜍、玉兔，代稱月亮。

點評 此寫十五月圓、二十月缺的天象規律。由天象的細微變化，體現了妻子對遠在他鄉的丈夫的苦苦的思念。

山虛風落石，樓靜月侵門。

註釋 出自唐・杜甫《西閣夜》。

點評 此寫山林蕭條、風吹過石，夜深樓靜、月光入戶的景象。

參橫斗轉欲三更，苦雨終風也解晴。

註釋 出自宋・蘇軾《六月二十日夜渡海》。參橫斗轉，指參星打橫、斗星轉向，意謂時間的推移。苦雨，指久下不停之雨。終風，一整天都颳個不停的風。解，懂得。

點評 此寫時至三更、參橫斗轉、雨住風停的天象。後句將風雨人格化，說它們有善解人意的特性，這是擬人修辭法的運用，不但使表達顯得形象生動，也表達了詩人對雨住風息的欣喜之情。

數點雨聲風約住，朦朧淡月雲來去。

註釋 出自宋・賀鑄《蝶戀花》詞。約，制約。

點評 此寫風起雨住、月出雲中的景象。

爍爍三星列，拳拳月初生。

註釋 出自漢・無名氏詩（舊題《李陵贈蘇武詩》）。爍爍，光亮閃耀貌。三星，指參宿三星。拳拳，此指彎彎貌。

點評 此寫初月與參宿三星輝映天空之景。"爍爍"狀參宿三星明亮閃爍之狀，拳拳寫初生之月彎彎之形。

松排山面千重翠，月點波心一顆珠。

註釋 出自唐·白居易《春題湖上》。

點評 此寫松樹林立成排、翠色重疊，月映水中，猶如珍珠的春夜景色。

天下三分明月夜，二分無賴是揚州。

註釋 出自唐·徐凝《憶揚州》。無賴，這裏不是貶義，而是愛極的昵稱，有"可愛"之義。

點評 此言天下月色三分，揚州獨佔二分，意在讚美揚州的月色之美。見月思人，乃是人之常情。尤其是情人之間，對此更是敏感。因為花前月下，是情人們最浪漫的時空所在。"天下三分明月夜，二分無賴是揚州"二句，通過側筆極寫揚州月色的可愛，以此表現對揚州、對佳人的難捨之情。其所創造的"月色惱人"的意境，對後世宋代王安石寫出"春色惱人眠不得，月移花影上欄杆"之句，無疑是有直接影響的。至於"三分"、"二分"的說法，對宋人蘇軾"春色三分，二分塵土，一分流水"的名句創造，也不能說沒有直接影響。

天河夜轉漂回星，銀浦流雲學水聲。

註釋 出自唐·李賀《天上謠》。浦，水邊，岸邊；小河流入江海的入口處。

點評 此二句乃是寫星空之景。前句寫視覺，以"漂"字將天河坐實為"河"，想象奇特，動感極強。後句寫聽覺，以"浦"字形象地寫出天河也有匯入大海的入口，並以擬人修辭法形容飄過天河河口的雲彩學着水流之響發出潺潺之聲。由此，視覺與聽覺形象交相輝映，共同構擬出了一幅"有聲有色"的天庭圖畫，讓人思之味之，浮想聯翩。

迢迢牽牛星，皎皎河漢女。

註釋 出自漢・無名氏《迢迢牽牛星》。迢迢，遙遠貌。皎皎，明亮貌。牽牛星，即天鷹星座主星，即河鼓二，俗稱扁擔星，在銀河之南。河漢，即銀河。河漢女，指織女星，在銀河之北，與牽牛星相對。中國古代神話傳說中的牽牛為夫，織女為婦，二人相思，隔河相見，即說的是此二星。

點評 "迢迢"狀牽牛星之遙遠，"皎皎"寫織女星之明亮。其實這二句運用的是"互文"修辭法，"迢迢"與"皎皎"在二句中互文見義，兩個疊音詞是同時狀寫牽牛星與織女星的，即迢迢且皎皎的牽牛星與織女星。

五更鼓角聲悲壯，三峽星河影動搖。

註釋 出自唐・杜甫《閣夜》。鼓角，指古代軍中用以報時或發號施令的鼓聲和號角聲。

點評 此詩是杜甫大曆元年（766）居於夔州西閣時所作。其時，"安史之亂"雖已平定，但西川軍閥混戰不斷，吐蕃也時有侵擾。"五更鼓角聲悲壯"一句，以"五更"與"鼓角聲"相匹配，暗示出時局的緊張，不然何以"五更"時分還有"鼓角聲"？"聲悲壯"寫聲音，突出的是詩人對時局憂慮之深，以致五更不眠，才從鼓角聲中聽出了"悲"。"三峽星河影動搖"一句，寫的則是星夜的三峽之景：天上星光燦爛，三峽波光粼粼，銀河倒映於江水之中，水天一色。這又是一幅多麼美麗的景象呢！何以前句寫悲，後句卻突兀地寫喜呢？這是詩人有意以美景襯悲情，使悲情益發更悲的修辭策略。

夕陽無限好，只是近黃昏。

註釋 出自唐・李商隱《樂遊原》。只是，就是，正是。

點評 夕陽西下，殘陽如血，彩霞滿天，這何嘗不是一種美景呢？詩人此二句所寫，正是這種黃昏時分的美景，表達的是一種欣喜的心境。可是，由於歷來很多詩家誤解了唐代的"只是"一詞，將其等同於近現代"只不過"、"但是"之義的"只是"，於是這兩句詩便變成了詩人消極頹廢心境的反映。由此，後人引用此二句時往往也就落足於歎惜人生晚景的層面上了。

夕陽一片寒鴉外，目斷東南四百州。

註釋 出自宋・汪元量《湖州歌》。四百州，代指南宋的統治區域。目斷，望斷。

點評 此乃詩人在南宋滅亡後被押往元都燕京（今北京）途中所寫之句。前句是寫夕陽西下、寒鴉飛天的景象，後句是寫詩人循着寒鴉飛動、夕陽西下的方向深情回望南宋故土的形象。這兩句寫景，雖意不在寫景，而是為了以景襯情，表現詩人對故國的無限留戀之情，但其所勾勒的景象卻充滿了一種蒼涼淒美之感，境界也顯得特別闊大，讀之讓人回味無窮，感慨不已。

細煙生水上，圓月在舟中。

註釋 出自唐・祖詠《過鄭曲》。

點評 此寫夜晚江上水汽上騰、明月照舟的景象。

溪漲清風拂面，月落繁星滿天。

註釋 出自宋・陸游《夏日六言》。

點評 此寫拂曉前溪流漲水、清風送爽、月落西天、繁星點點的景象。

星臨萬戶動，月傍九霄多。

註釋 出自唐・杜甫《春宿左省》。萬户動，指宮殿的千門萬户星光閃耀。九霄，指極高的天宇。

點評 此寫星耀宮殿、月在天穹的景象。前句寫宮殿之高大，後句寫月亮之深遠。

煙中列岫青無數，雁背夕陽紅欲暮。

註釋 出自宋・周邦彥《玉樓春》詞。岫，峰巒。煙中列岫，指煙霧籠罩下的群山。青無數，濃綠之景綿綿不絕。雁背夕陽，指夕陽照射在雁背之上。紅欲暮，指西天被夕陽染紅、天色行將傍晚。

點評 此寫遠山無數、青翠欲滴，雁飛夕陽中、紅霞滿西天的景象。

灩灩隨波千萬里，何處春江無月明。

註釋 出自唐・張若虛《春江花月夜》。灩灩，水光閃動的樣子。

點評 此寫明月在天、光映春江、江流千里的春夜之景。

夜深靜臥百蟲絶，清月出嶺光入扉。

註釋 出自唐・韓愈《山石》。百蟲絕，指所有蟲鳴之聲都停止了。扉，門。

點評 此寫夜深人靜、萬籟俱寂、明月出嶺、清光入戶的情景。

一道殘陽鋪水中，半江瑟瑟半江紅。

註釋 出自唐・白居易《暮江吟》。瑟瑟，深碧色。

點評 此二名寫夕陽美景，甚是傳神。"一道殘陽鋪水中"，寫夕陽照射在江面的情景，但是卻不用"照"字，而選"鋪"字，既暗中點出了"殘陽"此時已到了貼近地平線的高度，又表現了秋日的夕陽光照柔和、安閒，既形象，又傳神。"半江瑟瑟半江紅"，以江水的半碧半紅，暗寫出秋江緩緩流動、江面時有微波、水光瞬息萬變的景象。於"不着一字"中將秋日夕陽西下時的秋江之美與詩人自己的欣喜之情表露無遺。

一輪秋影轉金波，飛鏡又重磨。

註釋 出自宋・辛棄疾《太常引》詞。秋影，指中秋的月亮。金波，指月光。

點評 此寫中秋的月亮皎潔明亮，彷彿是剛磨過的銅鏡一樣。比喻形象新穎，使平淡情事充滿了特別的情趣。

應嫌素面微微露，故着輕雲薄薄遮。

註釋 出自宋・徐俯《鷓鴣天》。素面，此指皎潔的月亮。着，派遣。

點評 此寫薄雲遮月之景。但詩句不直寫，卻以擬人修辭法將月亮人格化，說月亮略露雲層是素面微露、是故意派遣雲彩薄遮的緣故。由此，原本平淡的寫景生動形象起來。

月光無情本無恨，何事對我空茫茫？

註釋 出自金·邊元鼎《八月十四日對酒》。

點評 此寫望月惆悵之情。月光本非人，本來就無所謂情與恨，但是詩人卻故意特別提出"情"、"恨"二字。這是"此地無銀三百兩"的表達法，欲蓋彌彰地洩露出自己望月惆悵的情感。

月光如水水如天。

註釋 出自唐·趙嘏《江樓感舊》。

點評 此以兩個比喻句捏合在一起而成一句詩，形象生動地描寫了月光皎潔、水天一色的夜景。

月皎疑非夜，林疏似更秋。

註釋 出自南朝梁·庾肩吾《奉和春夜應令》。

點評 此寫初春之夜所見月色與夜景。前句寫明月的皎潔，讓人覺得是白天，突出的是"月明"；後句寫樹木初發，疏落如同秋日落葉之時，說明是"初春"。

月出驚山鳥，時鳴春澗中。

註釋 出自唐·王維《鳥鳴澗》。時，不時、偶爾。

點評 此寫月明野靜的春夜之景。前句寫月出使鳥兒誤以為又到了白天，嚇得不敢棲息，意在突出明月的皎潔；後句寫山澗之中不時響起一二鳥鳴之聲，突出的是春夜山澗的靜寂。

月色醉遠客，山花開欲燃。

註釋 出自唐·李白《寄韋南陵冰余江上乘興訪之遇尋顏尚書笑有此贈》。開欲燃，指花開得像火一樣紅。

點評 此寫春夜月色映山花的景象。前句寫月色皎潔迷人之態，以"醉遠客"強調之；後句寫山花顏色紅豔之狀，以"開欲燃"形容之。

月色更添春色好，蘆風似勝竹風幽。

註釋 出自唐・賈至《別裴九弟》。

點評 此寫月色皎潔、蘆風清幽的春夜之景。

月色溶溶夜，花陰寂寂春。

註釋 出自金・董解元《西廂記諸宮調》卷一。溶溶，此指月色柔和的樣子。寂寂，此指寂靜的樣子。

點評 此寫月色柔和、花陰重重、微風不起的春夜景象。“溶溶”和“寂寂”皆是運用疊字修辭法，前者寫月色柔和之情態，後者暗示寂靜無風之情形。

月上西陵千里闊，漁舟夜火隔沙明。

註釋 出自唐・李侍御《浪淘沙》散句。

點評 此寫月上西陵、朗照千里，漁舟夜泊、漁火映沙之景。前句寫遠景，後句寫近景，前句重在天上，後句重在水中，由此構成了天上與地上、山上與水中、月亮與夜火兩兩映照的圖畫，意境開闊，層次分明。

月出於東山之上，徘徊於斗牛之間。

註釋 出自宋・蘇軾《前赤壁賦》。斗牛，指二十八宿中的斗宿與牛宿。

點評 此以擬人修辭法，將月亮人格化，不說月亮在斗宿與牛宿兩星之間移動，而以寫人的動詞“徘徊”以狀其移動之貌，使表達生動形象起來，讀來也倍覺親切有味。

雲光侵履跡，山翠拂人衣。

註釋 出自唐・裴迪《華子崗》。履跡，足跡。雲光，指落日的餘暉。

點評 此寫落日餘暉追着詩人腳步慢慢沒於華子崗的情景以及山色青翠得幾乎能觸手可及的感覺。由於運用了擬人修辭法，以動詞“侵”、“拂”與“雲光”、“山翠（山色）”匹配，將非人類的無情之物——落日餘暉與山色寫活了，讓人頓感親切、備感溫馨。

崢嶸赤雲西，日腳下平地。

註釋 出自唐・杜甫《羌村三首》。日腳，指夕陽西下時透過雲層而投下的光柱。

點評 滿天紅雲恰似重峰疊嶂，崢嶸奇偉；夕陽的餘暉透過雲層灑落而下，好像生腳要落地。此以擬人修辭法寫紅雲、落日的景象，想象奇特，生動形象。

風霜雨雪

春潮帶雨晚來急，野渡無人舟自橫。

註釋 出自唐・韋應物《滁州西澗》。

點評 此寫春日黃昏驟雨起、曠野寂廖、無人渡的景象。所寫雖是生活常景，但“春潮帶雨”、“野渡無人”所表現的意境卻顯得清幽、自然，給人以豐富的想象，其所體現的生活情趣也讓人味之再三。

村連三峽暮雲起，潮送九江寒雨來。

註釋 出自唐・杜牧《江上逢友人》。寒雨，指潮水濺起的水霧寒意逼人。

點評 此寫峽村相連、暮雲四起，潮起水漲、水寒襲人之情景。

風生於地，起於青蘋之末。

註釋 出自戰國楚・宋玉《風賦》。蘋，多年生水生蕨類植物。末，指葉尖。

點評 風由地面而生，開始為人察覺是在青蘋的葉尖之上。此言風發生的過程。

隔簾春雨細，高枕曉鶯長。

註釋 出自唐・柳中庸《幽院早春》。

點評 此寫簾外春雨細細、枝上黃鶯曉啼的早春之景及詩人高枕酣眠的情狀。

好雨知時節，當春乃發生。

註釋 出自唐・杜甫《春夜喜雨》。當，乃，才。

點評 此寫春雨按時節而至的節候特點。説雨有“知”，這是將雨人格化，是擬人修辭法，表達的是詩人對春雨適時而至的喜悦之情。而“雨”前以“好”修飾，則正明顯地表達出這一情感。

忽如一夜春風來，千樹萬樹梨花開。

註釋 出自唐·岑參《白雪歌送武判官歸京》。

點評 此二句乃是寫塞外苦寒，八月飛雪之景。由於詩人運用比喻修辭法，將“胡天八月”一夜之間便大雪茫茫的情景比作是春風一夜吹開了千萬樹梨花，比得新穎，又比得貼切（“梨花”與“雪”都是潔白之色），頓使悲苦之情化為溫暖的春意，讓人心蠢蠢然，意欣欣然。

花雨晴天落，松風終日來。

註釋 出自唐·劉長卿《集梁耿開元寺所居院》。

點評 此寫開元寺花落如雨、松風終日的景象。

驚風亂颭芙蓉水，密雨斜侵薜荔牆。

註釋 出自唐·柳宗元《登柳州城樓寄漳汀封連四州》。颭，風吹使顫動。芙蓉，荷花。薜荔，常綠灌木。薜荔牆，指爬滿薜荔的牆壁。

點評 此寫風生水起、荷花顫動，薜荔滿牆、密雨斜打的景象。

雷聲千嶂落，雨色萬峰來。

註釋 出自明·李攀龍《廣陽山道中》。嶂，高峻陡峭如屏障一樣的山峰。

點評 此寫雷聲如千峰崩落、雨勢如萬山迎面撲來的氣勢。二句皆是運用誇張修辭法，以此凸顯雷雨的氣勢，給人留下強烈的印象。

暮雨朝雲幾日歸，如絲如霧濕人衣。

註釋 出自唐·楊憑《春情》。

點評 此寫春日多雨多雲、雨細如絲、雨密如霧的情狀。

暮景蕭蕭雨霽，雲淡天高風細。

註釋 出自宋·柳永《佳人醉》詞。霽，雨雪停止，雲霧散，天放晴。

點評 此寫雨過天晴、天高雲淡、和風細柔的晚景。

暮色千山入，春風百草香。

註釋 出自宋・蘇軾《雨晴》。

點評 此寫千山暮色、春風輕拂、百草吐香的晚景。

清風破暑連三日，好雨依時抵萬金。

註釋 出自元・王惲《過沙溝店》。破暑，消除暑熱之氣。依時，按時。

點評 前句說清風能解除暑熱的作用，後句言適時降雨對農業生產的重要性。"抵萬金"，乃是誇張修辭法，極言好雨的可貴。

清風徐來，水波不興。

註釋 出自宋・蘇軾《前赤壁賦》。徐，慢、緩。興，起。

點評 此寫長江月夜微風習習、風平浪靜的景象。這是以寫景來表現一種靜謐、悠閒的情調。

山中一夜雨，樹杪百重泉。

註釋 出自唐・王維《送梓州李使君》。杪，樹枝的細梢。

點評 此二句是寫巴中夜雨後的景致。前句重在抽象、概括，後句則重在具體、形象。"山中一夜雨"，到底下得是大還是小，不得而知。"樹杪百重泉"，則給出了答案：山間有泉百道而出，遠觀猶如從樹杪上飛瀉而下。由此，既暗寫出山勢之高、夜雨之大，又形象地描繪了百泉飛流直下的壯觀之勢。形象之中有聲音，讓人回味不已。

山風吹空林，颯颯如有人。

註釋 出自唐・岑參《暮秋山行》。颯颯，風吹動的聲音。

點評 此寫山風蕭瑟、寒林有聲的秋日之景。

山雨欲來風滿樓。

註釋 出自唐・許渾《咸陽城西樓晚眺》。

點評 此句本是寫天陰欲雨前的氣象，由於其所構擬的意境的多義性，今日多以此句比喻重大事變即將發生前的凝重氛圍，可謂既生動又形象。

微雨洗高林，清飆矯雲翮。

註釋 出自晉・陶淵明《乙巳歲三月為建威將軍使都經錢溪》。飆，暴風。矯，舉起、抬起來。翮，羽毛中間的硬管。雲翮，此代指鳥。

點評 此寫微雨淨樹、風疾托鳥的景象。

微雨池塘見，好風襟袖知。

註釋 出自唐・杜牧《秋思》。

點評 此寫微雨着水、秋風動袖之景。

細雨濕衣看不見，閒花落地聽無聲。

註釋 出自唐・劉長卿《別嚴士元》。

點評 此寫雨細不察、花落無聲兩個細節，意在以此為喻，表達對朋友依依不捨但卻深藏不露的留戀之情。之所以對朋友的離別之情要表現得深藏不露，那是怕增添朋友臨別的傷感之情，而這正是對朋友懷有深情的表現。可謂是靜水流深、此時無聲勝有聲。

斜影風前合，圓紋水上開。

註釋 出自唐・李嶠《雨》。

點評 此寫風吹樹影合、水上漣漪起的景象。

迅風拂裳袂，白露沾衣襟。

註釋 出自漢・王粲《七哀詩三首》其二。迅，快。裳，下衣。袂，衣袖。

點評 此寫秋風拂裳、白露沾襟之景，本是讓人傷感的意象，然此二句讀之則不失一種淒涼之美。

一風三日吹倒山，白浪高過瓦官閣。

註釋 出自唐・李白《橫江詞六首》。瓦官閣，瓦官寺，又名升元閣。在今南京市，為南朝梁代所建，高約二十四丈。

點評 此寫長江風大浪高之狀。“一風三日”，乃是“三日一風”的倒序，意謂長江風多；“吹倒山”，是誇張，意在強調長江邊的風大。後句也是誇張，強調長江的波浪之大。這兩句詩雖是誇張之句，卻寫出了長江風浪的氣勢，也反襯出瓦官閣的高聳之狀，因為高處才顯風，處低則風微。

雨洗平沙靜，天銜闊岸紆。

註釋 出自唐・杜甫《舟中出江陵南浦奉寄鄭少尹審》。紆，曲。天銜闊岸，指天與河岸連成一體。

點評 此寫雨後無人、平沙如洗、岸闊水曲、水天相接的景象。

雨打梨花深閉門。

註釋 出自宋・李重元《憶王孫》詞。

點評 此寫雨打梨花、深院閉門之景。

雨過不知龍去處，一池草色萬蛙鳴。

註釋 出自明・劉基《五月十九日大雨》。龍去處，古人認為龍能行雲雨。

點評 前句寫夏天的陣雨來得快而去得快的情景。後句寫雨後池塘漲水、草色青碧、萬蛙齊鳴的景象。前句突出陣雨快猛的氣勢，後句強調的是雨後田野的寧靜。"萬蛙鳴"是誇張，雖然表面是寫鬧，實則以蛙聲反襯四野之靜謐。此與南朝梁人王籍《入若耶溪詩》"蟬鳴林逾靜，鳥鳴山更幽"的意境相同，都是以鬧寫靜的妙筆。

朝雲不歸山，霖雨成川澤。

註釋 出自三國・魏・曹植《贈丁儀》。

點評 此寫雲與雨之間的關係，同時也透露了深切的憂農之情。

最是秋風管閒事，紅他楓葉白人頭。

註釋 出自清・趙翼《野步》。

點評 此言秋風吹紅了楓葉，也愁白了人頭。意在抒發悲秋感傷之情。秋天楓葉紅，乃是極其平常的自然現象，但是詩人以擬人修辭法將秋風人格化，不僅使平淡的敘事生動形象起來，同時也使其所抒發的悲秋之情有了更強的藝術感染力。

雲霞霧露

白雲千里萬里，明月前溪後溪。

註釋 出自唐・劉長卿《苕溪酬梁耿別後見寄》。

點評 此寫白雲滿天、明月映溪的夜景。“千里萬里”，指的是天空到處都是白雲浮動；“前溪後溪”，指的是水中到處都是明月的倒影。

殘虹收度雨，缺岸上新流。

註釋 出自南朝陳・張正見《後湖泛舟》。度雨，指陣雨。缺岸，指被沖出缺口的堤岸。新流，剛漲起的雨水。

點評 此寫陣雨驟收、殘虹在天、水漲堤缺的情景。

斷霞散彩，殘陽倒影，天外雲峰，數朵相倚。

註釋 出自宋・柳永《玉山枕》詞。

點評 此寫斷霞散光彩、夕陽投影斜、雲峰如相倚的自然景觀。

斷霧時通日，殘雲尚作雷。

註釋 出自隋・楊廣《悲秋》。

點評 此寫雨後霧散日出、殘雲浮動、雷聲隱隱之情景。

二三點露滴如雨，六七個星猶在天。

註釋 出自元・圖帖睦爾《途中偶吟》。

點評 此寫露水偶滴、殘星在天的景象。有意識地以數位“二三”、“六七”入詩，不僅新穎別致，而且最能凸顯其旅途之苦、出門之早。

飛霞半縷，收盡一天風和雨。

註釋 出自宋・王灼《減字木蘭花》詞。

點評 此寫雨過風住、彩霞散去之景。

谷口雲迎馬，溪邊水照人。

註釋 出自唐·岑參《陪使君早春東郊遊眺》。

點評 此寫谷口雲低、溪水清澈之狀。前句以擬人修辭法，將雲人格化，使其有“迎”的動作、行為，遂使平淡的敍事生動形象起來。

虹收青嶂雨，鳥沒夕陽天。

註釋 出自唐·李商隱《河清與趙氏昆仲宴集得擬杜工部》。嶂，高聳險峻如同屏障一樣的山峰。沒，消失。

點評 此寫雨後彩虹出、遠山霧氣收、鳥飛夕陽中的情景。

寒沙蒙薄霧，落月去清波。

註釋 出自唐·杜甫《將曉二首》。

點評 此寫拂曉時分沙寒霧籠、明月西斜、水無月影的景象。

黃雲萬里動風色，白波九道流雪山。

註釋 出自唐·李白《廬山謠寄盧侍御虛舟》。九道，古謂長江流到潯陽分為九條支流。雪山，指江水翻滾，波濤堆積如雪山。

點評 前句用誇張修辭法，寫出了廬山山高風大、黃雲萬里、瞬息萬變的氣象變化；後句以比喻修辭法，寫出了站在廬山遠觀長江波濤翻滾、堆積如雪山、奔流不息的壯觀景象。

回看天際下中流，岩上無心雲相逐。

註釋 出自唐·柳宗元《漁翁》。

點評 此明寫漁翁順流而下、回看天際岩雲的悠然情態，暗則寄託了詩人對現實政治鬥爭與官場傾軋的厭惡之情，追求一種飄逸超脱的人生境界。

霽霞散曉月猶明，疏木掛殘星。

註釋 出自宋·林仰《少年遊》。霽，雨雪停止、雲霧散、天放晴。霽霞，此指雲霧。猶，還。疏，稀疏的樹木。

點評 此寫黎明前雲霧消散、曉月猶明、殘星在樹的景象。“疏木”，表明所寫乃是秋日之景。動詞“掛”寫殘星懸於樹間的形態，不僅生動，而且形象，給人以豐富的聯想空間。

零落殘雲片，風吹掛竹溪。

註釋 出自唐·李白《曉晴》。

點評 此寫風吹雲散、殘雲掛竹，映於溪水的景象。

露濕寒塘草，月映清淮流。

註釋 出自南朝梁·何遜《與胡興安夜別》。

點評 此寫夜深露降、塘草濕寒、月映淮河、水流脈脈的景色。

暮從碧山下，山月隨人歸。

註釋 出自唐·李白《下終南山過斛斯山人宿置酒》。

點評 此以擬人修辭法，將暮色與山月人格化，形象地寫出了暮色降臨之時明月升天、照人有影的景象。

晴雲如擘絮，新月似磨鐮。

註釋 出自唐·韓愈《晚寄張十八助教周郎博士》。擘，大拇指、分開。擘絮，撕開的棉絮。磨鐮，指鐮刀。

點評 此寫晴日浮雲如散絮、新月似鐮刀的夜景。浮雲、新月本是平常所見之景，此以比喻修辭法將浮雲與新月分別比作散絮、鐮刀，遂使表達形象生動。

晴雲似絮惹低空，紫陌微微弄袖風。

註釋 出自唐·杜牧《長安雜題長句六首》。

點評 此寫晴空低垂、浮雲似絮，小徑花繁、輕風吹袖之景。動詞“惹”、“弄”，分別將雲、風人格化，形象地寫出了雲、風與人的親切關係，表達了詩人對晴雲、微風的喜悅之情。

天上浮雲似白衣，斯須改變如蒼狗。

註釋 出自唐·杜甫《可歎》。斯須，須臾、一會兒。蒼，灰白色。

點評 此寫天上浮雲由白到蒼的變化情景。詩句以比喻修辭法寫之，遂使平常的寫景敍事頓然顯得形象生動起來。

天接雲濤連曉霧，星河欲轉千帆舞。

註釋 出自宋・李清照《漁家傲》。雲濤，雲彩翻騰如波濤。曉霧，拂曉前的晨霧。星河，銀河。千帆，指眾星，是將眾多星星比作銀河中的船。

點評 此寫拂曉前天上雲彩翻騰、晨霧迷漫、銀河西移、眾星競動的景象。

無限旱苗枯欲盡，悠悠閒處作奇峰。

註釋 出自唐・來鵠《雲》。作奇峰，指浮雲變化作奇峰之狀。

點評 此言浮雲悠悠、變幻無窮，好看卻不中用，不能行雲作雨，滋潤旱枯欲死的莊稼。

西北有浮雲，亭亭如車蓋。

註釋 出自三國・魏・曹丕《雜詩二首》其二。亭亭，聳立貌。車蓋，車蓬。

點評 此以車蓋比喻浮雲之狀，形象生動，令人覺得如在目前。

纖雲四捲天無河，清風吹空月舒波。

註釋 出自唐・韓愈《八月十五夜贈張功曹》。纖，細。河，銀河。

點評 此寫中秋之夜皓月當空、銀河無光、細雲舒捲、清風吹空的景色。

向晚尋征路，殘雲傍馬飛。

註釋 出自唐・杜甫《重題鄭氏東亭》。向晚，傍晚。

點評 前句寫傍晚還在趕路的辛苦，後句寫殘雲流動的樣子。寫雲而以"殘"字，乃是以景寫情，強調日暮行路的悲苦之情。

葉低知露密，崖斷識雲重。

註釋 出自南朝齊・謝眺《移病還園示親屬》。

點評 此寫露重葉低、崖陡雲多之景。

野火初煙細，新月半輪新。

註釋 出自南朝陳·江總《秋日登廣州城南樓》。野火，指野外燒田之火，秋天燒去田中榛莽，代替施肥。

點評 此寫傍晚新月初上、半輪在天，農夫燒田、野火嫋嫋的景色。

因風離海上，伴月到人間。

註釋 出自唐·于鄴《孤雲》。

點評 此寫浮雲飄動、伴月而行的情景。

雲生樑棟間，風出窗戶裏。

註釋 出自晉·郭璞《遊仙詩十四首》其二。

點評 此寫詩人嚮往的隱居環境，其幽靜與閒適的情調，讀之令人嚮往不已。

雲掩初弦月，香傳小樹花。

註釋 出自唐·杜甫《遣意二首》。初弦月，即上弦月。

點評 此寫浮雲掩月、暗香過樹的夜景。

雲破月來花弄影。

註釋 出自宋·張先《天仙子》詞。

點評 此寫月亮鑽出雲層、風吹花動影亦動的情景。此句之所以成為傳誦千古的名句，是因為運用了擬人修辭法，將花人格化，將花影隨風而動的情景說成是花有意"弄"影，表達新穎生動，使平常的寫景添了許多情趣。

雲心初破月窺樓，翠眉相映晚山秋。

註釋 出自宋·洪適《浣溪沙》詞。翠眉，此指蒼翠的遠山。

點評 此寫雲破月出、月光入戶、遠山相映、秋意濃郁的景象。

雲散月明誰點綴，天容海色本澄清。

註釋 出自宋·蘇軾《六月二十日夜渡海》。

點評 此寫雲散月出、海天一色的景象。

雲翻一天墨，浪蹴半空花。

註釋 出自宋・陸游《冒雨登擬峴台觀江潮》。蹴，踢、踏。

點評 此寫烏雲翻滾、浪拋半空的景象。前句運用比喻修辭法，形象地寫出了雲黑如墨的情狀；後句運用誇張修辭法，極力鋪排江潮的磅礴氣勢。

重露成涓滴，稀星乍有無。

註釋 出自唐・杜甫《倦夜》。

點評 此寫露成水滴、月落星稀的景象。

四時節令

爆竹聲中一歲除，春風送暖入屠蘇。千門萬戶曈曈日，總把新桃換舊符。

註釋 出自宋・王安石《元日》。一歲除，一年過去。屠蘇，指用屠蘇草浸泡的酒，舊時認為喝了此酒便可驅邪消災。曈曈，旭日初升的樣子。新桃，即桃符。古代習俗，在一年初一用桃木板寫神荼、郁壘二神名，懸於門旁以驅鬼鎮邪。後以桃符為春聯的別名。

點評 此寫舊曆新年的情景：在春風送暖的季節，家家戶戶燃放爆竹，飲用以屠蘇草浸泡的酒，以此辭舊迎新。在旭日初升的時候，家家戶戶將門上的舊桃符予以更新，以寓一元復始、萬象更新之意，期待着新的一年有着更美滿的生活。

碧雲天，黃葉地，秋色連波，波上寒煙翠。

註釋 出自宋・范仲淹《蘇幕遮》詞。寒煙翠，指碧雲天與秋水一色，遠望像綠色的煙霧。

點評 此寫藍天白雲、黃葉滿地、秋水浩淼、寒煙凝翠的秋天景象。雖是寫秋景，卻意境闊大，讀之使人並不感到有衰颯悲傷之氣，而是一種闊大雄渾的美。元人王實甫《西廂記》中有名句"碧雲天，黃花地"，正是化自於此。

不知細葉誰裁出，二月春風似剪刀。

註釋 出自唐・賀知章《詠柳》。

點評 此寫二月春風的巨大力量。春風吹，春氣動，萬物復蘇，草木萌芽，楊柳葉翠，此乃自然現象。但是，詩人卻故意以"不知細葉誰裁出"之句提出疑問，然後以比喻修辭法，將春風比喻成是一個巧手美女手中的"剪刀"，將垂柳細葉一一裁出。由此，將"春風"擬人化，既使表意形象生動，又強調了春風異乎尋常的自然力。

不覺春風換柳條。

註釋 出自唐・韓滉《晦日呈諸判官》。

點評 此寫對春天不知不覺間到來的喜悅之情。

不知庭霰今朝落，疑是林花昨夜開。

註釋 出自唐・宋之問《苑中遇雪應制》。霰，小雪珠。

點評 此寫冬日庭雪如林花的景觀。花是春日開放，雪是冬天降落，以雪比林花，不僅新穎，而且頓使所寫冬日之景有了溫暖之感。

殘雪暗隨冰筍滴，新春偷向柳梢歸。

註釋 出自宋・張耒《春日》。冰筍，指冰棱，形狀似筍。

點評 此寫冰雪消融、春回大地、柳梢新綠的早春景象。

殘雲收夏暑，新雨帶秋嵐。

註釋 出自唐・岑參《水亭送華陰王少府還縣》。嵐，山上的霧氣。

點評 此寫夏天陣雨過後雲殘暑消、霧生山巒的景象。

殘暑蟬催盡，新秋雁帶來。

註釋 出自唐・白居易《宴散》。

點評 殘暑之氣在蟬聲中漸漸遠去，秋色秋意在北雁南飛的叫聲中不期而至。此寫夏去秋來的物候特徵。

草樹知春不久歸，百般紅紫鬥芳菲。

註釋 出自唐・韓愈《晚春》。芳菲，花草芳香。

點評 此寫暮春時節花草樹木最為繁盛的景象。詩句以擬人修辭法將花草樹木人格化，借說它們知道春事不久行將結束而格外爭奇鬥豔的心理描寫以突出詩人自己惜春愛春的心情。

長江春水綠堪染，蓮葉出水大如錢。

註釋 出自唐・張籍《春別曲》。

點評 此寫暮春景象：江水如染綠、蓮葉剛出水。

長風萬里送秋雁，對此可以酣高樓。

註釋 出自唐・李白《宣州謝眺樓餞別校書叔雲》。酣，酒喝得很暢快。

點評 此寫坐高樓、對長風、望秋雁而盡情飲酒的豪情雅興。相對於一般人對秋風、望雁飛，便會有一種秋來人老的頹廢情緒，詩人縱酒送雁的舉動則是一種積極的人生態度。

池塘生春草，園柳變鳴禽。

註釋 出自南朝宋・謝靈運《登池上樓》。變，換。鳴禽，叫喚的鳥。

點評 此言春天到臨，池塘邊綠草萌生、園中柳上又換了另一種鳥叫之聲。這是描寫春天物候變化的句子，看起來是平常的寫景，句子也沒有特別的修辭技巧，但讀來卻讓人有一種"人人眼中有，個人筆下無"的感覺。前句寫"春草"卻特別強調"池塘"，這是為了突出一個早春的"早"字。池塘有溫潤的地利之便，草萌芽得要比他處早。後句所寫，與唐人白居易《錢塘湖春行》所寫"幾處早鶯爭暖樹，誰家新燕啄春泥"的意境相同，但卻不直寫柳枝吐芽，而是通過別換了一種鳥聲來側面表現。這正是詩人善於藏巧於拙，於平易處表現奇崛的高明之處。鍾嶸《詩品》引《謝氏家錄》說："康樂每對惠連，輒得佳語。後在永嘉西堂，思詩竟日不就，寤寐間忽見惠連，即成'池塘生春草'。故嘗云：'此語有神助，非我語也'。"（康樂，即康樂公，謝靈運的封爵；惠連，即謝惠連，謝靈運的從弟）。

池上碧苔三四點，葉底黃鸝一兩聲。

註釋 出自宋・晏殊《破陣子》詞。

點評 此寫時序漸近清明之時，池畔碧苔初生、樹間黃鸝聲老的景象。前句寫碧苔初生，言雨水漸多；後句寫黃鸝聲少，言春天已至尾聲（黃鸝初啼是初春，春去則不啼）。"三四點"，言碧苔之少；"一兩聲"，言其聲漸稀。"三四點"、"一兩聲"相對，不僅對仗工整，而且都是表示少的數量詞，暗中點出春事即將消歇的信息。因為青苔生長最盛之時在春天，黃鶯叫得最歡的是早春，唐人白居易有詩句"幾處早鶯爭暖樹"，描寫的正是這種物候特徵。

春耕夏耘，秋穫冬藏。

註釋 出自漢・班固《漢書・食貨誌》。耘，耕作。

點評 春天耕作，夏天除草，秋天收穫，冬天儲藏。此是古人總結的生產與生活經驗。

春葩含日似笑，秋葉泫露如泣。

註釋 出自北齊・劉晝《劉子・言苑》。葩，花。泫，水珠下滴。

點評 春天的花就像含着太陽而笑，秋天的樹葉垂露下滴就像是哭泣。此以比喻修辭法寫春秋時節賞花觀樹的不同情感體驗。花非人，自然不會笑；露非人，當然也不會哭。花笑露泣，這是觀賞者的移情心理作用。

春風桃李花開日，秋雨梧桐葉落時。

註釋 出自唐・白居易《長恨歌》。

點評 此寫春秋兩季不同的景觀與感受，前是樂景，後是哀景。

春風賀喜無言語，排比花枝滿杏園。

註釋 出自唐・趙嘏《喜張渢及第》。

點評 此寫春風催春至、杏花開滿園的初春景象。以擬人修辭法寫春風，將其人格化，尤見其親切有味。

春風自恨無情水，吹得東流竟日西。

註釋 出自宋・蘇軾《往年宿瓜步夢中得小詩錄示民師》。東流，東流之水。竟日，整日。

點評 此言春風惱怒無情的流水將落花隨同春天一起帶走，所以報復性地吹得東去的流水整日向西回流。此以擬人修辭法，將春風人格化，以此表達詩人對春天離去的惆悵之情。

春風春雨花經眼，江北江南水拍天。

註釋 出自宋・黃庭堅《次元明韻寄子由》。經，過。

點評 此寫大江南北到處都是春風催花開、春雨漲江河的春日景象。“花經眼”，讓花為主動，人為被動，突出的是花事之盛；“水拍天”，是誇張的寫法，強調的是春水漲江的氣勢。

春晚綠野秀，岩高白雲屯。

註釋 出自南朝宋·謝靈運《入彭蠡湖口》。春晚，指暮春、春深。屯，聚集。

點評 此寫暮春時節原野之上蔥綠秀麗、山峰之巔浮雲如駐的景象。

春色惱人眠不得，月移花影上欄杆。

註釋 出自宋·王安石《春夜》。得，能。

點評 此寫春色喜人、春夜不眠、月下看花的雅興。“春色惱人”，乃是“倒反”修辭法的運用，正話反說，將詩人對春色的喜愛之情特別地予以強調出來。

春陰垂野草青青，時有幽花一樹明。

註釋 出自宋·蘇舜欽《淮中晚泊犢頭》。

點評 春日的天空，時有陰雲籠罩四野的青青之草，讓人有一種壓抑之感；但是不時有一樹清幽之花綴滿枝頭，讓人看了頓有一種豁然開朗之感。此以草暗花明對比，有開有合，使所寫春日之景色彩更為鮮明、豐富。

春到人間草木知。

註釋 出自宋·張栻《立春偶成》。

點評 此言春天的到來盡顯於草青木榮之上。

春城無處不飛花，寒食東風御柳斜。日暮漢宮傳蠟燭，輕煙散入五侯家。

註釋 出自唐·韓翃《寒食》。春城，指春天的長安城。寒食，指寒食節，一般在冬至後一百零五天，清明節前兩天。據説此節是春秋時代晉文公為了紀念抱樹而燒死於綿山的功臣介子推，所以這天禁止百姓生火為炊，只吃冷食。御柳，指皇宮中的柳樹。漢宮，此指唐皇宮。傳蠟燭，指寒食節這天禁火，只有得到皇帝特許的近臣權貴才能點蠟燭。五侯，有兩種說法，一說指東漢梁冀一族五侯。二說指東漢桓帝時同一天封單超等五個宦官為侯。

點評 前句是泛寫整個長安城到處都是一片春天的景象。第二句是特寫，以御柳為抓手予以描寫，由一點而及其餘。第三四句寫宮內不同於宮外的風俗特點：民間禁火，宮內點燭。表面是敘事，實則是暗含指責封建等級特權的意思。

但將酩酊酬佳節，不用登臨恨落暉。

註釋 出自唐・杜牧《九日齊山登高》。但，只。酩酊，醉得迷迷糊糊的樣子。酬，酬答、應對。登臨，登高。落暉，落日的餘暉。

點評 重陽節是家人團聚、登高、賞菊的日子，人在異鄉，與家人團聚不成，還可以登高而望故鄉。但是，詩人決定放棄登高，因為登高望故鄉，遙不可及，只能徒增惆悵。為了免得遷怒於落暉，還是把自己喝醉了，也就算打發了這個重陽佳節。

東風夜放花千樹，更吹落，星如雨。

註釋 出自宋・辛棄疾《青玉案》詞。東風，春風。花千樹，指燈火之多如同千樹花開。星，此指焰火。

點評 遍地燈火，就像是春風催開了千樹繁花一樣；無數的焰火衝天而起再落下，就像是耀眼的星星從天而降。此乃寫上元燈節（正月十五）火樹銀花的景象。由於運用了比喻修辭法，描寫就顯得格外生動形象，讓人有如臨其境之感。

東風隨春歸，發我枝上花。

註釋 出自唐・李白《落日憶山中》。

點評 此寫東風起、春天到、花兒開的物候特徵。“發我枝上花”，將“我”與“枝上花”搭配，可見詩人是將自己比樹，表現出鮮明的親近自然、與自然融為一體的情趣。

東風好作陽和使，逢草逢花報發生。

註釋 出自唐·錢起《春郊》。陽和，春氣。陽和使，報春的使者。

點評 此寫春天東風起而花開草綠的物候景象。詩人將東風比作是報告春天到來的使者，以擬人修辭法將東風人格化，從而借寫東風報信的殷情而抒發對春天到來的欣喜之情。

東風有信無人見，露微意、柳際花邊。

註釋 出自宋·蘇軾《一叢花》詞。信，音訊、消息。

點評 此言東風送春悄無痕跡，只在花柳枝頭最早露出一點蛛絲馬跡。這是以擬人修辭法寫春天的物候特徵。

對瀟瀟暮雨灑江天，一番洗清秋。

註釋 出自宋·柳永《八聲甘州》詞。瀟瀟，指雨聲。

點評 此寫黃昏時分秋雨瀟瀟、江天為之一洗、空氣清新涼爽的秋日之景。

多少綠荷相倚恨，一時回首背西風。

註釋 出自唐·杜牧《齊安郡中偶題二首》。

點評 此寫秋日西風吹、一池綠荷盡東傾的景象。

二月湖水清，家家春鳥鳴。

註釋 出自唐·孟浩然《春中喜王九相尋》。

點評 此寫二月到處鳥鳴水清的仲春景象。

二月風光濃似酒，小樓新濕青紅。

註釋 出自宋·葛勝仲《臨江仙》。青紅，指綠葉與紅花。

點評 此寫小樓雨後花紅葉綠令人陶醉的春日之景。

繁枝容易紛紛落，嫩蕊商量細細開。

註釋 出自唐·杜甫《江畔獨步尋花七絕句》。繁枝，繁盛的花枝。

點評 此寫繁盛的花枝上落花紛紛、嫩蕊新芽不斷開放的春日之景。“紛紛”狀落花之多，“細細”寫嫩蕊慢慢開放之狀，生動形象，且樂感很強。

芳樹無人花自落，春山一路鳥空鳴。

註釋 出自唐・李華《春行即興》。

點評 此寫春天山中靜謐的景象：空山無人、鳥鳴聲聲、芳樹葱綠、花兒自開自落。

芳菲消息到，杏梢紅。

註釋 出自宋・賀鑄《小重山》詞。芳菲，花草芳香，此指春天。

點評 此言杏花枝頭紅便是春天到來的消息。意謂杏花是報春的使者。

芳菲歇去何須恨，夏木陰陰正可人。

註釋 出自宋・秦觀《三月晦日偶題》。芳菲，花草的芳香。恨，遺憾。夏木，夏日的樹木。可，合宜、合適。

點評 此言春天過去不必有遺憾，夏天樹木濃蔭的涼爽也正合人意。

楓葉荻花秋瑟瑟，閒雲潭影日悠悠。

註釋 出自清・阮元題江西百花洲聯語。荻，多年生草木植物，與蘆葦相似，秋天開紫花。

點評 此聯乃集前人名句而成。上句取自唐人白居易《琵琶行》詩“潯陽江頭夜送客，楓葉荻花秋瑟瑟”，下句集自唐人王勃《滕王閣》詩“閒雲潭影日悠悠，物換星移幾度秋”。兩句雖皆集自前人名句，但卻妙合自然，寫盡了秋日百花洲的美景，讀之不禁讓人神往。

鳳簫聲動，玉壺光轉，一夜魚龍舞。

註釋 出自宋・辛棄疾《青玉案》詞。鳳簫，指能引來鳳凰的簫聲。玉壺，此指月亮。光轉，月光普照。魚龍，指魚形、龍形的花燈。

點評 鳳簫聲聲動人心，月光皎潔照大地，魚燈龍燈通宵舞。此寫上元燈節（正月十五）月光明亮、歡聲雷動的熱鬧景象。

風弱知催柳，林青覺待花。

註釋 出自唐·盧僎《歲晚還交台望城闕成口號先贈交親》。

點評 東風微弱知是催柳吐芽返綠，樹木返青知是等待花兒開放。此言東風是柳綠的媒介，花開在綠後。

風老鶯雛，雨肥梅子，午陰嘉樹清圓。

註釋 出自宋·周邦彥《滿庭芳》詞。鶯，指黃鶯。雛，幼鳥。

點評 在夏日之風的吹拂下，小鶯已經長大；在夏日充足的雨水的滋潤下，梅子已然成熟；高大的樹木，在正午陽光的照射下於地面投下清涼的圓形樹蔭。此寫夏日鳥長、梅熟、綠蔭蔽地的景象。

風定小軒無落葉，青蟲相對吐秋絲。

註釋 出自宋·秦觀《秋日》。軒，長廊。

點評 此寫風停樹靜、秋葉不落、青蟲吐絲的秋日景象，頗有一種靜謐閒淡的情趣。

紛紛紅紫已成塵，布穀聲中夏令新。

註釋 出自宋·陸游《初夏絕句》。紅紫，指花。布穀，即布穀鳥，又名杜鵑鳥。

點評 落花紛紛化作塵、杜鵑聲中初夏至。此寫春夏交替的季候特徵。

芙蓉露下落，楊柳月中疏。

註釋 出自南朝齊·蕭慤《秋思》。芙蓉，荷花。

點評 此寫深秋時節月上中天、秋露降落、荷葉枯敗、楊柳枝疏的景象。雖然有些蕭條，但不失詩意之美。唐人李商隱“留得枯荷聽雨聲”所寫的意境之所以為歷代文人所欣賞，其道理正在於此。

高鳥黃雲暮，寒蟬碧樹秋。

註釋 出自唐·杜甫《晚秋長沙蔡五侍御飲筵送殷六參軍歸澧州覲省》。

點評 暮雲飛度、鳥兒高飛、寒蟬淒切、碧樹凋零。此寫深秋蕭瑟之景。

隔牖風驚竹，開門雪滿山。

註釋 出自唐・王維《冬晚對雪憶胡居士家》。牖，窗户。

點評 此寫冬夜風雪之大的情形。

過雨荷花滿院香，沈李浮瓜冰雪涼。

註釋 出自宋・李重元《憶王孫》詞。沈，沉。沈李浮瓜，指浸泡於冰涼泉水中的瓜果。

點評 此寫陣雨打荷滿院香、涼鎮瓜果透心涼的夏日景象與生活情趣。

寒隨一夜去，春逐五更來。

註釋 出自唐・史青《應詔賦得除夜》。

點評 此寫冬去春來的季節輪替及其喜悦之情。

寒涼應節至，蟋蟀夜悲鳴。

註釋 出自漢・無名氏詩（舊題《李陵贈蘇武詩》）。應節，隨着節候。

點評 此寫初秋的節候變化特徵。

寒雪梅中盡，春風柳上歸。

註釋 出自唐・李白《宮中行樂詞八首》。

點評 此寫冬盡春來的的物候特徵：寒冬在梅花盛開後便告隱退，柳樹在春風吹拂下吐芽便是春天的腳步走近。

寒山轉蒼翠，秋水日潺湲。

註釋 出自唐・王維《輞川閒居贈裴秀才迪》。寒山，指秋天的山。轉蒼翠，翠綠與灰白之色轉換，指秋天樹葉顏色的改變。日，一天天。潺湲，水慢慢流動的樣子。

點評 此寫秋日山上樹木由綠變黃、山間流水潺潺的景象。

寒潭映白月，秋雨上青苔。

註釋 出自唐・劉長卿《遊休禪師雙峰寺》。

點評 此寫雙峰寺寒潭映月、秋雨濕苔的秋夜之景。

寒塘映衰草，高館落疏桐。

註釋 出自唐·王維《奉寄韋太守陟》。

點評 此寫深秋塘水生寒、衰草連天、梧桐葉落、房舍突兀的景象。前句寫水、草，後句寫樹、屋；前句是遠景，後句是近景。遠近結合，水草與樹屋並舉，畫面豐富生動，雖是深秋蕭瑟之景，但卻不失蒼涼的淒美情調。

寒風摧樹木，嚴霜結庭蘭。

註釋 出自漢·樂府古辭《古詩為焦仲卿妻作》。結，凝結。

點評 此寫寒風摧樹、霜凝庭蘭的冬日之景。

寒天催日短，風浪與雲平。

註釋 出自唐·杜甫《公安縣懷古》。

點評 此以誇張修辭法寫天寒日短、風浪滔天的冬日景象。

紅杏枝頭寒食雨，燕子泥新，不住飛來去。

註釋 出自宋·毛滂《蝶戀花》。寒食，寒食節，一般在清明前兩天。據說是晉文公為了紀念抱樹燒死的功臣介子推，故此日家家禁煙，只吃冷食，故名寒食。燕子泥新，燕子啣新泥築巢。

點評 此寫寒食節時燕子忙築巢、春雨濕紅杏的情景，頗富詩情畫意，讀之讓人陶醉。

湖上小桃三百樹，一齊彈淚過清明。

註釋 出自清·郭麐《積雨》。彈淚，指雨滴從樹葉花瓣上落下。

點評 此以擬人修辭法，將桃樹人格化（樹彈淚），側筆寫出了清明時節人在異鄉的深切思鄉之情。

黃梅時節家家雨，青草池塘處處蛙。

註釋 出自宋·趙師秀《有約》。

點評 此寫梅雨時節雨意綿綿、梅子黃熟、池塘草青、蛙聲陣陣的夏日江南之景。“家家”、“處處”兩個疊字的運用，使所描寫的景象顯得更加意味充足。

火樹銀花合，星橋鐵鎖開。

註釋 出自唐・蘇味道《正月十五夜》。火樹銀花，此指花燈煙火。星橋，裝點有花燈的橋，遠遠看去就像星星點點。鐵鎖開，指唐代的宵禁制度在正月十五日的夜晚予以解除。

點評 此寫唐代元宵節煙火花燈彙聚恰似火樹銀花、橋飾花燈就如繁星點點的盛況。

幾許歡情與離恨，年年並在此宵中。

註釋 出自唐・白居易《七夕》。幾許，幾多、多少。此宵，指七月七日晚上，即七夕。民間傳說此日是牛郎、織女渡過銀河相會的唯一一次機會。

點評 此詠牛郎與織女七夕相會的喜憂之情。喜的是，分離一年後終於相聚了；憂的是，短暫的相會後又是痛苦的長時間分離。

佳節又重陽，玉枕紗廚，半夜涼初透。

註釋 出自宋・李清照《醉花陰》詞。紗廚，即紗帳。

點評 此寫重陽節（九月九）天氣漸涼的節候特徵。

江浦雷聲喧昨夜，春城雨色動微寒。

註釋 出自唐・杜甫《遣悶戲呈路十九曹長》。

點評 此寫春雷催雨、略動春寒的節候特點。

江山不夜月千里，天地無私玉萬家。

註釋 出自元・黃庚《雪》。不夜，指月明、雪亮，夜晚如同白晝。玉，比喻雪白如玉。

點評 此寫明月照千里、飛雪入萬家的雪夜之景。

節近重陽念歸否，眼前籬菊帶秋風。

註釋 出自唐・皇甫冉《寄權器》。

點評 九月九重陽節，是家人團聚、登高、賞菊的時光，然而節近重陽，獨在異鄉，看着眼前籬前的菊花在秋風中怒放，卻不能歸家，情何以堪？然而詩人卻故意反問一句“念歸否”，益發使人傷感：不是不念歸，而是路遙遙難歸。

金井梧桐秋葉黃，珠簾不捲夜來霜。

註釋 出自唐·王昌齡《長信秋詞五首》。不捲，指捲不掉。

點評 此寫梧桐黃葉落、晚霜逼人來的深秋景象。

今夜偏知春氣暖，蟲聲新透綠窗紗。

註釋 出自唐·劉方平《夜月》。

點評 此寫大地復蘇、蟲聲陣陣的春夜情景。

今歲今宵盡，明年明日催。寒隨一夜去，春逐五更來。

註釋 出自唐·史青《應詔賦得除夜》。

點評 此寫除夕在一年中的特殊意義：今宵過後是明年，寒夜過後春天來。

荊溪白石出，天寒紅葉稀。

註釋 出自唐·王維《闕題二首》。

點評 此寫深秋時節溪水枯落而石出、天寒山樹紅葉稀的景色。

枯桑知天風，海水知天寒。

註釋 出自《漢樂府·飲馬長城窟行》。

點評 此寫桑枯秋日至、海水透寒意的深秋季候特點。

狂風落盡深紅色，綠葉成蔭子滿枝。

註釋 出自唐·杜牧《悵詩》。子，果實。

點評 此寫詩人暮春的惆悵之情。或說此詩別有用意，意在感傷他早年所鍾愛的女子別嫁他人、結婚生子。因此前句表面是說狂風掃盡了繁花，實際是雙關女子已經嫁人、青春不再；後句表面是說樹綠成蔭、結滿果實，實際關合的是女子已經有了家庭、兒女滿堂。

睏人天氣近清明。

註釋 出自宋・蘇軾《浣溪沙》詞。睏，睏乏、想睡覺。

點評 此寫時近清明時的春睏生理反應。與此相類的，還有夏睏，民間有句俗語説“人到夏至邊，走路要人牽”，説的就是此時人容易犯睏的生理反應。

六出飛花入戶時，坐看青竹變瓊枝。

註釋 出自唐・高駢《對雪》。六出，指雪花，因雪花晶體呈六角形。瓊，美玉。

點評 此言當雪花飛入戶內時，再看外面的竹子已由青變白，彷彿成了美玉之枝。此乃寫冬日對竹賞雪的雅趣。

綠陰生晝靜，孤花表春餘。

註釋 出自唐・韋應物《遊開元精舍》。

點評 綠樹的濃蔭使白晝顯得格外安靜，孤殘的花朵顯示出時令已是春盡夏至。此寫春末夏初的物候特徵。

閭庭多落葉，慨然知已秋。

註釋 出自晉・陶淵明《酬劉柴桑》。閭，里巷。庭，庭院。慨然，感慨的樣子。

點評 此寫詩人秋天見落葉滿地而感慨傷感之情。

落盡梨花春又了，滿地殘陽，翠色和煙老。

註釋 出自宋・梅堯臣《蘇幕遮》詞。了，完、盡。翠色和煙老，植物的嫩綠色隨着暮靄而變成深綠色。

點評 此寫梨花落盡、殘陽鋪地、葉色變化的春日晚景。花落、夕陽的意象皆是哀景，以此寄託詞人對“落花流水春去也”的傷春惆悵之情。

落霞與孤鶩齊飛，秋水共長天一色。

註釋 出自唐・王勃《秋日登洪府滕王閣餞別序》。鶩，野鴨子。齊，一起。共，和。

點評 此寫秋天登臨滕王閣所見到的南昌勝景。據説，作者當時寫出此兩句時，主人閻公聞之拍案而歎道："此真天才也，當垂不朽矣！"其實，這兩句也是有所本的，它是仿照北周文學家庾信《馬射賦》中的"落花與芝蓋齊飛，楊柳共春旗一色"。不過，王勃雖僅改寫了其中的七個字，句式結構完全沒變，但卻推陳出新，勝出原句多矣。原句説落花與芝蓋（車蓋）齊飛，難免有勉強造作的痕跡。而王勃的仿句則將紅霞、白鳥、藍天三色相襯，使詩的意境畫面更形豐富生動。同時，讓無生命的落霞與有生命的孤鶩並舉，畫面更生動。秋水與長天一色，也貼切自然，給人以豐富的聯想。

落葉西風時候，人共青山都瘦。

註釋 出自宋·辛棄疾《昭君怨》。西風，指秋風。共，與。青山瘦，指山林葉落蕭條的樣子。

點評 此寫秋風掃落葉、山林皆蕭瑟的秋日之景。"人共青山瘦"，是擬人修辭法，將青山人格化，生動形象地寫出了青山葉落成秋山的蕭條景象，從而凸顯了悲秋感傷的主旨。

亂雲低薄暮，急雪舞迴風。

註釋 出自唐·杜甫《對雪》。亂雲低薄暮，即薄暮亂雲低。迴風，指迴旋之風。

點評 此寫黃昏時分陰雲低垂、迴風吹得急速而下的大雪漫天飛舞的景象。

馬踏春泥半是花。

註釋 出自唐·竇鞏《襄陽寒食寄宇文籍》。

點評 此寫寒食節時春雨綿綿、落花滿地的情景。

滿眼遊絲兼落絮，紅杏開時，一霎清明雨。

註釋 出自南唐·馮延巳《蝶戀花》詞。遊絲，春天蟲類所吐的絲飛舞在空中。落絮，飄蕩的柳絮。一霎，一會兒。

點評 此寫春天遊絲與柳絮共舞、紅杏花開清明雨的景象。

滿城風雨近重陽。

註釋 出自宋・釋惠洪《冷齋夜話》卷四所載宋人潘大臨詩句。

點評 重陽節應是天高雲淡、神清氣爽、把酒賞菊、其喜洋洋的好日子，然而時近重陽，卻是滿城風雨，這是何等的敗興？讓人陡增幾許的傷感。

滿眼不堪三月暮，舉頭已覺千山綠。

註釋 出自宋・辛棄疾《滿江紅》詞。不堪，不能忍受。

點評 此言滿眼都是暮春時節的景象，抬頭所見則是千山濃綠的景色。意在感歎春天即將過去，表達的是一種留不住春天的惜春、傷春的無奈之情。

孟冬寒氣至，北風何慘慄。

註釋 出自漢・無名氏《孟冬寒氣至》。孟冬，指舊曆冬季的第一個月，即陰曆十月。慘慄，寒極貌。

點評 此寫初冬的節候特點。

明月照積雪，朔風勁且哀。

註釋 出自南朝宋・謝靈運《歲暮》。朔風，北風。勁，強勁。哀，指淒厲。

點評 此寫冬夜冷月照雪、北風淒厲的景象。

木落雁南度，北風江上寒。

註釋 出自唐・孟浩然《早寒江上有懷》。

點評 此寫黃葉飄零、北雁南飛、北風起、江水寒的深秋之景。

南園桃李花落盡，春風寂寞搖空枝。

註釋 出自唐・楊凌失題詩句。

點評 此寫桃李花落盡、枝上無花朵的暮春之景。“春風寂寞”的擬人修辭法，將春風人格化，明寫春風，實寫詩人對“落花落水春去也”的惜春心情與傷春惆悵。

暖日晴風初破凍，柳眼梅腮，已覺春心動。

註釋 出自宋・李清照《蝶戀花》詞。柳眼梅腮，指柳樹吐芽就像人睜開了眼睛、梅花由白轉紅就像女子的腮紅。

點評 此寫在暖風晴日的催動下殘冬過去、柳綠梅紅、春天來臨的景象。此以擬人修辭法寫之，將梅柳人格化，使人倍感其親切可愛。

氣變知時易，不眠知夕永。

註釋 出自晉・陶淵明《雜詩十二首》。氣，氣候。時，季節。易，改變、變化。夕，夜。永，長。

點評 氣候變化了才知季節已輪換，輾轉不成眠才知黑夜之漫長。此乃對季節及時間的體認之辭。

侵陵雪色還萱草，漏洩春光有柳條。

註釋 出自唐・杜甫《臘日》。侵、陵，皆"侵犯"之義。萱草，即忘憂草，古人以為此草可以使人忘記憂愁。雪色，指冬天。

點評 萱草露出地面，冬天也就過去了；柳條吐芽，春天也就到來了。此言春天到來的物候特徵：萱草生、柳枝綠。萱草侵陵雪色、柳條洩漏春光，都是擬人修辭法，將草木人格化，使表達更加生動形象。

晴日暖風生麥氣，綠陰幽草勝花時。

註釋 出自宋・王安石《初夏即事》。麥氣，指麥子成熟的氣息。

點評 此寫初夏時節風送麥香、繁花已謝、綠樹成蔭、幽草萋萋的夏日景象。

清明時節雨紛紛，路上行人欲斷魂。借問酒家何處有，牧童遙指杏花村。

註釋 出自唐・杜牧《清明》。清明，時間大致在農曆三月初三，寒食節後兩天。斷魂，指極度的傷感。

點評 清明節本是家人團聚或闔家上墳祭拜祖先的日子，然而詩人卻是行旅之人，孤身一人在千里之外，而且此時還下着綿綿不絕的春雨，這怎麼不叫詩人悲從中來，感到無限的傷感呢？於是，想起了借酒澆愁。那麼，酒何處可找，自然是酒店。於是，自然逼出三四兩句的一問一指。前二句寫春雨行路遇清明的傷感之情，以疊字"紛紛"摹寫春雨綿綿不斷的情狀，以"斷魂"誇張凸顯"每逢佳節倍思親"的極度傷感之情。後二句寫憂愁的解決之道，以一問一指的戲劇性情節予以展現，給人以無限的回味空間。

秋聲萬戶竹，寒色五陵松。

註釋 出自唐・李頎《望秦川》。

點評 此寫秋天萬物蕭條，唯有松竹在秋風寒霜中屹立不敗。既是寫景，也是借景抒發對高尚君子人格的讚美之情。

秋色無遠近，出門盡寒山。

註釋 出自唐・李白《贈盧司户》。無，無論。寒山，指沒有生氣、落盡樹葉、令人望之而生寒意的山。

點評 此寫深秋之時觸目盡是秋色寒山的蕭條景象。

秋風萬里動，日暮黃雲高。

註釋 出自唐・岑參《鞏北秋興寄崔明允》。

點評 此寫黃昏時分秋風強勁，攪動萬里黃塵，遮天蔽日的景象。

秋陰不散霜飛晚，留得枯荷聽雨聲。

註釋 出自唐・李商隱《宿駱氏亭寄懷崔雍崔兗》。

點評 此言秋天的陰霾不散，似有雨意，故秋霜也降得晚了；荷賴無霜而幸留枯葉，若是下雨，倒是可聽雨打枯荷之聲。前句是寫眼前之景，後句則是由景而生臆測之辭。秋陰不散，是否一定就會下雨，未必。因此雨打枯荷實際只是詩人的一種期待，凸顯的是詩人秋日羈旅的寂寞與無聊之情。《紅樓夢》中寫林黛玉非常欣賞這一句，其實正是曹雪芹為中國歷代文人寫心。

秋宵月色勝春宵，萬里霜天靜寂寥。

註釋 出自唐・戎昱《戲題秋月》。宵，夜。寂寥，寂靜。

點評 此言秋日天高氣爽，秋夜月色明亮皎潔勝過春夜。

秋景有時飛獨鳥，夕陽無事起寒煙。

註釋 出自宋·林逋《孤山寺端上人房寫望》。有時飛獨鳥，即時有獨鳥飛。起寒煙，指陽光折射下的山水景物就像煙霧一般，讓人不禁生出一種寒意。

點評 此寫孤鳥獨飛、夕陽西下、寒煙遠起的秋日之景，頗有一種孤寒哀傷的情調。

秋容老盡芙蓉院，草上霜花勻似剪。

註釋 出自宋·秦觀《木蘭花》詞。芙蓉，即荷花。

點評 此以擬人與比喻修辭法，寫荷花凋謝、秋意漸濃、草上着霜、均勻似剪的秋日景象。

人煙寒橘柚，秋色老梧桐。

註釋 出自唐·李白《秋登宣城謝眺北樓》。

點評 炊煙嫋嫋，橘柚帶寒，秋意漸濃，梧桐葉黃。此寫深秋蕭條之景。

日長籬落無人過，惟有蜻蜓蛺蝶飛。

註釋 出自宋·范成大《四時田園雜興》。惟，只。蛺蝶，蝴蝶。

點評 此寫初夏白晝漸長、院落無人、蜻蜓蝴蝶自在飛的田園靜謐之景。

日暖泥融雪半消，行人芳草馬聲驕。

註釋 出自唐·杜牧《宣州送裴坦判官往舒州時牧欲赴官歸京》。

點評 此寫日暖凍土解、殘雪猶未消、行人芳草外、馬鳴聲似驕的早春景象。

日往月來，星移斗換。

註釋 出自明·馮夢龍《古今小說·明悟禪師趕五戒》。

點評 此言四季節令的推移變化就在日升月落、星斗轉換中悄無聲息而又有規律地進行着。

軟草平莎過雨新，輕沙走馬路無塵。

註釋 出自宋・蘇軾《浣溪沙》詞。莎，莎草，一種多年生草本植物。走馬，跑馬。

點評 此寫雨過天青、青草細軟、走馬如飛、塵土不起的雨後春景。

弱柳千條杏一枝，半含春雨半垂絲。

註釋 出自唐・溫庭筠《題望苑驛》。弱柳，指剛剛吐芽返綠的柳樹。垂絲，指柳樹垂下的像絲一樣的細枝。

點評 此寫初春時節弱柳垂枝、杏花含雨的盎然生機。

山明水淨夜來霜，數樹深紅出淺黃。

註釋 出自唐・劉禹錫《秋詞二首》。深紅出淺黃，由淺黃轉為深紅。

點評 此寫林木經霜而黃葉轉紅、露珠未乾更顯山明水淨的秋日景象。

山色淺深隨夕陽，江流日夜變秋聲。

註釋 出自清・宋琬《九日同姜如龍王西樵程穆倩諸君登慧光閣飲於竹圃分韻》。變秋聲，指由於秋季為枯水期，河水奔流之聲聽來也與夏季有所不同。

點評 此言夕陽西下、山色隨之而由淺而深；江河奔流，日夜水流之音都顯秋聲。雖是寫秋天蕭條之景，但有聲有色，讀來也別有一種淒切的美感。

是處紅衰翠減，苒苒物華休。

註釋 出自宋・柳永《八聲甘州》詞。是處，到處。紅，指花。翠，指綠葉。紅衰翠減，指花謝葉落。苒苒，草盛的樣子。華，精華、美好的東西。物華，此指美景。休，衰歇。

點評 此寫秋日到處花謝葉衰、美景不在的景象。

樹樹秋聲，山山寒色。

註釋 出自北周・庾信《譙國公夫人步陸孤氏墓誌銘》。秋聲，指秋風之聲。寒色，指草木枯萎蕭條之色。

點評 此以“樹樹”、“山山”兩個疊字極力描寫秋風寒色無所不在的蕭條景象。

樹樹皆秋色，山山唯落暉。

註釋 出自唐‧王績《野望》。唯，只。落暉，夕陽的餘暉。

點評 此寫秋日樹黃葉落、夕陽在山的景象，雖然有些悲涼，但卻有一種淒美的意境，令人低回再三。

霜嚴衣帶斷，指直不得結。

註釋 出自唐‧杜甫《自京赴奉先縣詠懷五百字》。霜嚴，霜濃。指直，手指凍僵而不能打彎。不得，不能。

點評 此言衣帶欲凍斷、指直不能彎，意在強調天氣的極度寒冷。

誰揮鞭策驅四運？萬物興歇皆自然。

註釋 出自唐‧李白《日出入行》。四運，指四季。

點評 此言季節輪換、萬物興衰都源自自然規律。

誰將平地萬堆雪，剪刻作此連天花。

註釋 出自唐‧韓愈《李花二首》。

點評 此以誇張與比喻修辭法，極寫積雪之厚、上與天齊、雪堆形似連天花的景象。

水聲冰下咽，沙路雪中平。

註釋 出自唐‧劉長卿《酬張夏雪夜赴州訪別途中苦寒作》。咽，嗚咽。

點評 前句以擬人修辭法將水聲人格化，凸顯天氣之冷；後句直敍積雪之厚。以此，給人留下了冬日苦寒的深刻印象。

宿雨朝來歇，空山秋氣清。

註釋 出自唐‧李端《茂陵山行陪韋金部》。宿雨，昨夜之雨。朝來，早上。

點評 此寫雨過天晴、空氣清新的秋日山中之景。

颯颯東風細雨來，芙蓉塘外有輕雷。

註釋 出自唐・李商隱《無題四首》。颯颯，風聲。

點評 此寫春天東風颯颯、細雨濛濛、輕雷陣陣的天氣特徵。

四時有不謝之花，八節有長青之草。

註釋 出自清・李汝珍《鏡花緣》第一回。八節，古人以立春、立夏、立秋、立冬、春分、夏至、秋分、冬至為八節。

點評 此乃誇言名園四季花草不絕之辭。

四時更變化，歲暮一何速。

註釋 出自漢・無名氏《古詩十九首・東城高且長》。更，交替。歲暮，一年結束。一何，何等、多少。速，快。

點評 四時交替變化，一年過得怎麼這樣快。這是感歎時光易逝之辭。

桃花春水淥，水上鴛鴦浴。

註釋 出自五代前蜀・韋莊《菩薩蠻》詞。淥，水清。

點評 此寫桃花盛開、鴛鴦戲水於清澈河水之中的春日景象。

啼鶯舞燕，小橋流水飛紅。

註釋 出自元・白樸《天淨沙・春》。飛紅，飛花。

點評 此寫春天鶯歌燕舞、落花飛過小橋隨水流去的景象。

天之於物，春生秋實。

註釋 出自宋・歐陽修《秋聲賦》。之，放在主謂語之間，取消句子的獨立性。生，生長。實，結果實。

點評 大自然（天）對萬物的安排是，春天生長，秋天結果實。此言植物的生長與收穫是依大自然規律而進行的。

天不言而四時行，地不語而百物長。

註釋 出自唐・李白《上安州裴長史書》。

點評 此言天地的無私與偉大，化自《論語・陽貨》所記孔子語："天何言哉？四時行焉，百物生焉，天何言哉"。

天上秋期近，人間月影清。

註釋 出自唐・杜甫《月》。

點評 此寫季節輪替、秋天期近、月白風清的初秋景象。

迢迢新秋夕，亭亭月將圓。

註釋 出自晉・陶淵明《戊申歲六月遇火》。迢迢，遙遠的樣子，此指長。亭亭，此指高高的樣子。

點評 此寫初秋時節夜漸長、月將圓的景象與季候特點。

庭前時有東風入，楊柳千條盡向西。

註釋 出自唐・劉方平《代春怨》。

點評 此寫東風時入庭、吹柳盡西斜的情景。

萬樹江邊杏，新開一夜風。滿園深淺色，照在綠波中。

註釋 出自唐・王涯《春遊曲》。

點評 此寫一夜東風催開了萬樹杏花、滿園深淺不一的杏花倒映在春水之中的春景。

萬葉秋聲裏，千家落照時。

註釋 出自唐・錢起《題蘇公林亭》。落照，夕陽殘照。

點評 此寫萬樹葉落瑟瑟有聲、夕陽西下映照千家的秋日晚景。

萬壑泉聲松外去，數行秋色雁邊來。

註釋 出自元・薩都剌《夢登高山得詩二首》。壑，山溝、山谷。

點評 此言眾泉出谷之聲淹沒在秋風松濤之中，看着幾行南來的北雁始知秋色已漸漸逼近。此雖寫秋天的蕭條之景，卻充滿了闊大的氣象。遠景與近景、聽覺與視覺都配合得很好，讀之有一種宏大而淒切的美感。

萬紫千紅總是春。

註釋 出自宋・朱熹《春日》。

點評 此言春天是百花齊放、姹紫嫣紅的時節。此句正常的語序是“春總是萬紫千紅”。之所以要寫成“萬紫千紅總是春”，因為詩的格律與節拍的要求。

未辭花事駸駸盛，正喜湖光淡淡晴。

註釋 出自元・楊載《暮春遊西湖北山》。駸駸，馬跑得很快的樣子，此指花開得快而繁盛。未辭花事，即“花未辭事”的倒裝，是為了詩句對仗的需要。

點評 雖是暮春時節，繁花並不推辭為春天增色，仍然開得非常繁盛；雖然細雨朦朧，但從北山放眼望去，西湖仍是晴光一片，只是遠望有些略顯淡淺而已。這是寫細雨中西湖的湖光山色。前句用擬人修辭法，用“未辭”二字將花兒人格化，拉近了人與花的距離。由此，與後句詩人“正喜”的情感相呼應，突出表現了詩人暮春時節細雨之中觀賞湖光山色、花柳草木的喜悅之情。

午睡漸多濃似酒，韶華已入東君手。

註釋 出自宋・周邦彥《蝶戀花》詞。韶華，指美好的年華。東君，指春神。

點評 此言到了春天人有嗜睡的生理反應，大好的青春時光都被春神奪走了。意謂春睏奪走了人許多美好的時光。此與唐人孟浩然《春曉》“春眠不覺曉”的詩句在語義上有異曲同工之妙。

細聽春山杜宇啼，一聲聲是送行詩。

註釋 出自南宋・辛棄疾《浣溪沙》詞。杜宇，即杜鵑，俗稱布穀鳥。

點評 此寫人在旅途，聽春天山中杜鵑鳥鳴恰似吟詠送行詩的感覺。

斜陽疏竹上，殘雪亂山中。

註釋 出自唐・韓翃《褚主簿宅會畢庶子錢員外郎使君》。

點評 此寫夕陽照於疏竹之上、積雪殘留遠山之中的冬日晚景。雖然所寫是哀景，但夕陽之紅、疏竹之綠、殘雪之白，三色配合，遂使畫面鮮亮起來，別有一種淒美的詩意與美感。

相逢不用忙歸去，明日黃花蝶也愁。

註釋 出自宋・蘇軾《九日次韻王鞏》。明日，指重陽節後。

點評 此言既然相逢於重陽佳節而對菊飲酒，就不必忙着歸去。重陽過後菊花就要枯萎，蝴蝶也要無花可尋而發愁了。其意是勸友人及時行樂、莫負良辰美景，同時也帶有一種深深的悲秋之情。成語“明日黃花”，即源於此。今人誤解成語，多寫作“昨日黃花”。

小池殘暑退，高樹早涼歸。

註釋 出自唐・沈佺期《夏晚寓直省中》。

點評 此寫夏夜池邊暑退樹涼的情狀。

蕭蕭遠樹疏林外，一半秋山帶夕陽。

註釋 出自宋・寇準《書河上亭壁》。

點評 此寫疏林之外落葉蕭蕭、夕陽殘照映紅了半個山頭的秋日之景。落葉、秋山、夕陽，都是衰颯之景，故讀來別感有一種深深的悲秋之情。

信宿漁人還泛泛，清秋燕子故飛飛。

註釋 出自唐・杜甫《秋興八首》之三。信宿，接連住兩夜。泛，泛舟、漂浮。故，故意。

點評 此寫漁人為捕魚連續兩夜都漂浮於江上，深秋的燕子盤旋於天上，故意繞着漁人飛來飛去的情景。疊字“泛泛”與“飛飛”分別寫出了漁人的辛苦與燕子不畏人的調皮之狀。

喧鳥覆春洲，雜英滿芳甸。

註釋 出自南朝梁・謝朓《晚登三山還望京邑》。洲，水中的小塊陸地。英，花。甸，古代指郊外的地方。

點評 此寫春天的沙洲之上到處是鳥鳴與鮮花盛開的景象。前句着重於聽覺形象，後句着重於視覺形象，因而讀之讓人有一種如臨其境之感。

嚴冬不肅殺，何以見陽春。

註釋 出自唐・呂溫《孟冬蒲津關河亭作》。肅殺，指秋冬季節天氣寒冷、草木枯萎的樣子。

點評 此言經過嚴酷的冬天，才會迎來春暖花開的春天。此與英國詩人雪萊的名言"冬天來了，春天還會遠嗎"(《西風頌》)，有異曲同工之妙。

煙水初銷見萬家，東風吹柳萬條斜。

註釋 出自唐・竇鞏《襄陽寒食寄宇文籍》。煙水，此指煙霧水氣。見，現、顯現。

點評 此寫寒食節時春雨初晴、煙消雲散、萬戶人家、東風吹柳的春日景象。

燕山雪花大如蓆，紛紛吹落軒轅台。

註釋 出自唐・李白《北風行》。軒轅，指黃帝，黃帝稱軒轅皇帝。軒轅台，據說為黃帝擒蚩尤之處。

點評 此寫紛飛的雪花從軒轅台上吹落而下的情景。"燕山雪花大如蓆"，是誇張，也是比喻，突出強調了燕山雪花之大、冬日之寒。

燕子來時新社，梨花落後清明。

註釋 出自宋・晏殊《破陣子》詞。新社，此指春社，即古代在立春後第五個戊日祭祀土神的活動。

點評 此以燕子來、梨花落的物候特徵來交待春社、清明二節的時間，既生動形象，又便於記憶。

燕子不歸春事晚，一汀煙雨杏花寒。

註釋 出自唐・戴叔倫《蘇溪亭》。汀，水邊平地。

點評 此寫暮春時節的物候景象：燕子飛去、杏花盛開、春雨微寒。

楊柳不遮春色斷，一枝紅杏出牆頭。

註釋 出自宋・陸游《馬上作》。

點評 此言楊柳遮不住春色、紅杏報春竄出牆頭。言"一枝"，意謂是早春。"紅杏出牆頭"，以擬人修辭法寫出了紅杏的生命情態，讓人自然聯想到美人窺窗而望的形象。後人以"紅杏出牆"喻指女人行為出軌、別有新歡，應該説是與此形象有關聯的。

陽春佈德澤，萬物生光輝。

註釋 出自漢·樂府古辭《長歌行》。陽春，春天。佈，施。

點評 此言春天對大地萬物的恩惠。

陽春二三月，草與水同色。

註釋 出自晉·樂府古辭《孟珠》。

點評 此寫春天綠草映春水、水與草一色的景象。

夜半酒醒人不覺，滿池荷葉動秋風。

註釋 出自唐·竇鞏《秋夕》。不覺，睡不着。

點評 此寫夜聞秋風吹荷之聲而動悲秋之情。

夜深知雪重，時聞折竹聲。

註釋 出自唐·白居易《夜雪》。

點評 此言夜深雪大，壓斷竹枝。"時聞"表明詩人未眠，暗示出詩人有雪夜賞雪的雅興。

野渡花爭發，春塘水亂流。

註釋 出自唐·李嘉祐《送王牧往吉州謁王使君叔》。野渡，荒野少人的渡口。

點評 此寫野渡花開、春塘水流的自然之趣。"花爭發"，寫花開之盛、之多；"水亂流"，寫春水漫流而不受約束的自然之態。"爭"、"亂"二字皆是人格化的寫法，拉近了自然與人的關係，使所寫的春景更顯親切有味。

野鳧眠岸有閒意，老樹着花無醜枝。

註釋 出自宋・梅堯臣《東溪》。鳧，野鴨。

點評 此寫春天野鴨眠於岸邊的優閒情景與老樹開花頓添活力的情趣。

一年好景君須記，最是橙黃橘綠時。

註釋 出自宋・蘇軾《贈劉景文》。君，對他人的尊稱，相當於"您"。

點評 此寫詩人對深秋果物豐收的喜悅之情。

一夜好風吹，新花一萬枝。

註釋 出自唐・令狐楚《春遊曲三首》。

點評 此寫東風一夜吹、大地復蘇萬花開的春天物候特徵。"一萬枝"，乃是誇張修辭法，強調的是極多，而非實寫。

一夜綠荷霜剪破，賺他秋雨不成珠。

註釋 出自唐・來鵠《偶題二首》。

點評 此言一夜秋霜使綠荷之葉殘破，秋雨打在荷葉之上不能留在葉上而成珠狀。此乃通過寫荷葉殘枯而抒悲秋之情。

一庭春色惱人來，滿地落花紅幾片。

註釋 出自五代後蜀・魏承班《玉樓春》詞。

點評 此寫暮春時節花兒落盡、徒剩綠枝的景象及其詞人惜春、傷春的惆悵之情。

一春常是雨和風，風雨晴時春已空。

註釋 出自宋・陸游《豆葉黃》。

點評 此言一個春天都是風與雨，待到雨過風住時，春天已經過去了。其意是抱怨風雨破壞了人們對春天的興趣。

有時三點兩點雨，到處十枝五枝花。

註釋 出自唐・李山甫《寒食二首》。

點評 此寫三月初寒食節時的春光景象。"有時三點兩雨"，寫出了清明節前夕欲雨而未雨的節候特徵；“到處十枝五枝花”，寫出了暮春時節花事高潮已過的稀稀落落的情景。

遊子春衫已試單，桃花飛盡野梅酸。怪來一夜蛙聲歇，又作東風十日寒。

註釋 出自宋·吳濤《絕句》。試單，指改穿單衣。怪來，奇怪的是。

點評 此寫初夏天氣不穩定、忽暖忽寒的節候特點。

雨色秋來寒，風嚴清江爽。

註釋 出自唐·李白《酬裴侍御對雨感時見贈》。

點評 此寫秋雨有寒意、風厲江水清的秋日景象。

雨徑綠蕪合，霜園紅葉多。

註釋 出自唐·白居易《司馬宅》。蕪，叢生的草。合，滿。

點評 雨後的庭中，小徑上長滿了叢集的綠草；霜後的園中，滿地多是落下的紅葉。此寫秋日庭園雜草叢生、紅葉滿地的荒涼之景。

遠岸秋沙白，連山晚照紅。

註釋 出自唐·杜甫《秋野五首》。

點評 此寫秋水消退、遠岸沙白、山巒連綿、殘陽如血的秋日晚景。

園翁莫把秋荷折，留與游魚蓋夕陽。

註釋 出自宋·周密《西塍廢園》。園翁，看園管園的老人。

點評 此寫勸說留枯荷給游魚的細節，目的是要表達詩人對荷葉的留戀之情與悲秋之感。

雲晴鷗更舞，風逆雁無行。

註釋 出自唐·杜甫《冬晚送長孫漸舍人歸州》。行，行陣。

點評 此寫雲晴鷗飛舞、風逆雁陣亂的冬日晚景。

乍暖還寒時候，最難將息。

註釋 出自南宋・李清照《聲聲慢》詞。乍，忽然。乍暖還寒，指初春忽冷忽熱的天氣。將息，調養。

點評 此言初春天氣忽冷忽熱、很難休養調理的氣候特點。

戰敗玉龍三百萬，敗鱗殘甲滿天飛。

註釋 出自宋・胡仔《苕溪漁隱叢話》前集卷五十四引《西清詩話》所載張元《雪》詩。

點評 此寫飛雪漫天舞的景象。但是詩人不直寫，而是以擬人修辭法，說飛雪漫天舞是天公戰敗玉龍後，玉龍敗鱗殘甲滿天飛的結果。想象奇特，聯想豐富，形象極為生動。

朝來新火起新煙，湖色春光淨客船。

註釋 出自唐・杜甫《清明二首》。朝來，早上。新火起新煙，生火燒飯的炊煙。淨，使明淨。

點評 此寫清明時節旅途中生火早炊時所見湖光春色及其欣喜的心情。

只有一枝梧葉，不知多少秋聲。

註釋 出自宋・張炎《清平樂》詞。

點評 此言只有一枝梧葉在樹，更知秋意正濃。強調一枝在，意在說明其餘皆不在，從而凸顯詞人深深的悲秋之情。

竹外桃花三兩枝，春江水暖鴨先知。

註釋 出自宋・蘇軾《惠崇春江晚景二首》。

點評 此言桃花是最早報春的使者，鴨子是洞悉春天即將到來的先知。後句引申運用，也可以用以表達通過對某些蛛絲馬跡的分析而窺知即將發生的事情的意思。

關塞城郭

荒城背流水，遠雁入寒雲。

註釋 出自唐・郎士元《盩厔縣鄭礒宅送錢大》。

點評 此寫秋天荒城冷寂的景象。前句以“背流水”與“荒”呼應，寫城之荒涼景象。因為在乾旱的北方，有水城便活，無水城便荒。而今連水都背城而流去，這城豈能不荒？後句以“雁入寒雲”與“遠”配合，寫雁之所以遠飛的原因，因為天已秋涼，北雁要避寒。連雁都要避去，這城豈能不荒？這又回過頭來呼應了前句，強調突出了“荒城”之“荒”。

幾處樓台皆枕水，四周城郭半圍山。

註釋 出自宋・王濬《贈五羊太守》。枕水，臨水。

點評 此寫樓台臨水、城郭環山之景。山與水呼應，樓台與城郭並舉，一幅生動的山水城郭圖便躍然紙上矣。

劍閣崢嶸而崔嵬，一夫當關，萬夫莫開。

註釋 出自唐・李白《蜀道難》。劍閣，即劍門，在今四川省劍閣縣北，即大劍山與小劍山之間的一條棧道，又名劍門關，極險固。崢嶸，山勢高峻、突出之貌。崔嵬，山高大而不平之貌。“一夫當關，萬夫莫開”，其語化出於西晉張載《劍閣銘》：“一夫荷戟，萬夫趑趄。”當關，把住關口；莫開，無人能打開。

點評 此寫劍閣棧道之險，以“一夫當關，萬夫莫開”八字概而括之，簡潔有力，對仗工整。“一夫”對“萬夫”，既對得好，又都是誇張，前者是縮小誇張，後者是擴大誇張；“關”與“開”都是動詞，語義相對，構成對仗中的“反對”。兩組詞的對仗，突出了劍門棧道之險與易守難攻。

艱難奮長戟，萬古用一夫。

註釋 出自唐・杜甫《潼關吏》。長戟，古代的一種武器。萬古，自古以來。

點評 此二句是說，潼關天險即使在最艱難的時候，只要有一個守關戰士奮戟而戰，也是千軍萬馬難以逾越的。“萬古”對“一夫”，是以誇張修辭法極寫潼關地勢之險與易守難攻。

京口瓜洲一水間，鐘山只隔數重山。

註釋 出自宋・王安石《泊船瓜洲》。京口，在今江蘇鎮江，處長江南岸。瓜洲，在今江蘇揚州，處長江北岸。鐘山，即今天南京紫金山。

點評 此以寫景敘事表達北渡瓜洲的輕鬆愉悅之情。“一水間”，言舟行迅速，寫出了詩人急切北去的心情；“數重山”，言距離之近，是寫現實的距離，更是寫心理的距離，表達了詩人對金陵山水的親切與依戀之情。因此，此二句看似平淡，實則於尋常敘事中包含了豐富的內涵，讓人味之不盡。

九天開出一成都，萬戶千門入畫圖。

註釋 出自唐・李白《上皇西巡南京歌十首》之二。

點評 此寫唐代成都重要的戰略地位與繁華的都市風光。“九天開出”，言成都成為唐明皇“安史之亂”中避難的“南京”乃是天意；“萬戶千門”，乃是以誇張修辭法極言成都的繁華。

兩京鎖鑰無雙地，萬里長城第一關。

註釋 出自秦皇島山海關聯語。兩京，指北京、盛京（即瀋陽，清朝留都）。鎖鑰，比喻軍事地位重要如同鎖與鑰匙一般。第一關，即山海關。

點評 此寫山海關在軍事地位上的重要性與雄偉氣勢。

樓閣九衢春，車馬千門旦。

註釋 出自唐・宋之問《長安路》。衢，四通八達的大道。

點評 此寫唐代都城長安的壯觀氣勢與繁華景象：和煦的春風吹過縱橫

交錯的通衢大道和鱗次櫛比的樓閣亭台，初升的旭日衝破黎明前的黑暗，將一縷縷金色的陽光灑向千門萬戶，長安城裏頓然車馬喧嚣，熱鬧非凡。

洛陽三月花如錦，多少功夫織得成。

註釋 出自宋・劉克莊《鶯梭》。

點評 此以織錦為喻，寫洛陽三月繁花盛開的景象。讓花開與織錦兩個完全不同的境界聯繫到一起，不僅使表達顯得形象生動，也由此擴張了詩句所寫的意境，讓人有更多的回味空間。

莽莽萬重山，孤城山谷間。

註釋 出自唐・杜甫《秦州雜詩二十首》之七。莽莽，指原野遼闊、無邊無際的樣子，此指群山連綿不斷的樣子。

點評 此寫秦州城所處萬山叢中、山谷之間的地理位置。"莽莽"乃以"疊字"修辭法寫群山連綿不斷之貌，"萬重山"乃是以誇張之筆極言秦州城周圍山峰之眾。

千家簾幕春空在，幾處樓台月自明。

註釋 出自唐・孟賓於《落花》。

點評 此寫暮春時節的感慨之情。"春空在"，言人無情致；"月自明"，言無人觀賞。

千古風流歌舞地，六朝興廢帝王州。

註釋 出自宋・趙希淦《半山寺有感》。六朝，指三國時代的吳、東晉、南朝的宋、齊、梁、陳共六個朝代。

點評 此言建康（今南京）歷來是帝王建都之所，也是風流歌舞、醉生夢死的繁華之都。"千古"對"六朝"，一永恆一短暫，寄寓了深重的歷史滄桑感；"風流歌舞"對"興廢帝王"，形式對仗中寄寓了因果關係的探究之意。可謂是敍事之中有寄慨，平淡之中見非凡。

青海長雲暗雪山，孤城遙望玉門關。

註釋 出自唐・王昌齡《從軍行七首》。青海，指青海湖，在今青海省西寧市。雪山，指祁連山。玉門關，在今甘肅省敦煌西。

點評 此寫孤城與玉門關在西北地區的戰略地位。這兩句所寫的是這樣一幅畫面：青海湖上霧靄蒸騰，使綿延橫亙於河西走廊南面終年積雪的祁連山也為之暗淡無光；越過雪山，霧靄不見了，雪山也不見了，唯餘河西走廊廣闊沙漠中的一座孤城（唐將哥舒翰所築之城，置神威軍戍守）。站在孤城之上，極目遠眺，西邊便是遙對孤城的唐朝軍事要塞玉門關。詩句之所以以兩句十四字描寫如此闊大的畫面，並非要表現西北地域的廣袤，而是要凸顯這一城一關在如此廣袤的西北地區所承擔的異常艱巨的戰略任務：南拒吐蕃，西鎮突厥。

秋風吹渭水，落葉滿長安。

註釋 出自唐・賈島《憶江上吳處士》。

點評 此寫秋日長安的景象。從邏輯上看，“秋風”與“落葉”關係最近，有因果聯繫。但是，詩人卻不説“秋風吹落葉”，而是説“秋水吹渭水”。這是故意拉遠秋風與落葉的關係，含有不忍見秋天之意。然而，畢竟渭水離長安太近，渭水被秋風吹，長安離秋天還能遠嗎？因此“落葉滿長安”也有極大的合理性。由此，自然而巧妙地表達了其悲秋的情懷。

日月光天德，山河壯帝居。

註釋 出自南朝陳・陳叔寶《入隋侍宴應詔詩》。光，光大。帝居，指京都。

點評 此言日月的光輝使上天之德得以光大，險要的山河使京都愈顯壯麗。此乃被隋文帝滅國的陳後主吹拍隋文帝的話，但寫景敍事不落俗套，不失為好詩句。“日月”對“山河”，“天德”對“帝居”，對仗極為工整，不僅意境闊大，氣象雄渾，而且表意恰切，符合“應詔”詩的主旨要求。

三條九陌麗城隈，萬戶千門平旦開。

註釋 出自唐·駱賓王《帝京篇》。麗，使壯麗。隈，山水等彎曲的地方，此指角落。平旦，天剛亮。

點評 此寫唐朝京都長安大街小巷縱橫、黎明之時萬戶千門齊開的壯觀氣勢。

沙場烽火連胡月，海畔雲山擁薊城。

註釋 出自唐·祖詠《望薊門》。胡月，代指唐代契丹所據的東北地區。海，指薊門關南側的渤海。山，指薊門關北翼的燕山山脈。

點評 此二句乃是寫薊門關的險要。前句寫進可攻，"連胡月"便是突出一個"攻"字，描繪的是唐軍勢如破竹的凌厲攻勢與深入胡地的戰爭場面。後句寫退可守，以"海"、"山"、"擁"三字體現。"海畔"寫薊門關憑海的優勢地位；"雲山"寫燕山之高，強調其作為薊門關戰略屏障的不可逾越性。"擁"字更具形象性，將海、山人格化，形象地寫出了薊門關帶山襟海的地形特點。

山河千里國，城闕九重門。

註釋 出自唐·駱賓王《帝京篇》。城闕，指京都。九重門，指帝王居住的宮殿。

點評 此言大唐國土山河千里，大唐都城門有九重。"千里"、"九重"皆非實寫，乃是誇張修辭法，意在誇耀大唐國勢之強盛。

上有天堂，下有蘇杭。

註釋 出自元·奧敦周卿《雙調蟾宮曲二首》之二。蘇杭，指蘇州、杭州。

點評 此以天上之"天堂"與地下之"蘇杭"對舉，其意是在對仗中強調蘇杭風光的優美與生活的富庶，意謂蘇杭即是人間之"天堂"。

勢扼長川萬古雄。

註釋 出自宋·郭瑄《涇州懷古》。扼，扼守、踞守。長川，大江。

點評 此寫涇州城臨江憑險、堅如磐石的氣勢。"萬古雄"，乃是誇張，言此城池險要自古皆然。

石壁千尋險，江流一矢爭。

註釋 出自清・吳偉業《採石磯》。尋，古代長度單位，八尺為一尋。一矢爭，快得可以與箭爭高低。

點評 此寫長江採石磯（在今安徽馬鞍山市長江東岸）江防地理位置的險要情形。前句以"千尋"極言其石壁之高，是誇張修辭法的運用，意在突出強調其不可逾越性。後句以"一矢爭"形容江流的湍急，是比喻修辭法法的運用，形象地表現了其水流奔湧的情形。

萬家流水一城花。

註釋 出自宋・宗澤《至洛》。一城，滿城。

點評 此寫洛陽城家家流水、滿城花發的春日景象。

小市花間合，孤城柳外圓。

註釋 出自宋・唐庚《春歸》。小市，指小的集市。

點評 此二句乃是運用互文修辭法，言孤城小市掩於花柳之間。並非"花間"的只是"小市"，"柳外"的只是"孤城"，而是"花間"、"柳外"與"小市"、"孤城"共處一個時空之中。之所以要分開表述，乃是為了詩歌對仗的需要。

曉看紅濕處，花重錦官城。

註釋 出自唐・杜甫《春夜喜雨》。紅濕，指花被雨淋濕。花重，指花因吸水而下垂。錦官城，指成都。

點評 此寫成都春夜雨過之後到處都見花濕低垂之景。

夜市千燈照碧雲，高樓紅袖客紛紛。

註釋 出自唐・王建《夜看揚州市》。紅袖，代指女子。

點評 此寫揚州夜市繁華的景象。"千燈"運用的是修辭上的誇張法，意在誇言揚州夜市燈光之多；"紅袖"是用借代修辭法代指女子，於表意中突出了女子的服飾特徵，富有形象感；"紛紛"是以"疊字"手法形容進出高樓（指娛樂的青樓酒館）的客人之眾。由此，一幅繁華的揚州夜市圖畫便躍然紙上了。

一夫怒臨關，百萬未可傍。

註釋 出自唐·杜甫《劍門》。一夫，一人。百萬，指百萬人。傍，靠近。

點評 此以"一夫"對"百萬"凸顯劍門關的險要與易守難攻的戰略地位。

遺墟舊壤，數萬里之皇城；虎踞龍盤，三百年之帝國。

註釋 出自唐·王勃《江寧吳少府宅餞宴序》。

點評 此寫江寧城規模之宏大與地理位置之險要。"數萬里"、"三百年"，皆非實指，是誇張修辭法，意在誇說江寧城的氣勢與歷史地位。

遠水兼天淨，孤城隱霧深。

註釋 出自唐·杜甫《野望》。兼天，連天。

點評 此寫碧水連天遠、孤城隱霧中的景象。前句寫站在孤城之上極目遠望所見，表現的是一種廣闊無邊的明朗感；後句寫站在孤城之外回望孤城所見，表現的是一種霧失城池的朦朧感。兩種絕然相反的視覺形象統一於同一幅畫面之中，對比色差極大，不禁讓人思之味之而作無盡的聯想。

岳陽城上聞吹笛，能使春心滿洞庭。

註釋 出自唐·賈至《西亭春望》。

點評 此寫岳陽城之高與城上觀景的喜悅之情。

張袂成帷，揮汗成雨。

註釋 出自漢·劉向《說苑·奉使》。張，展開。袂，衣袖。帷，幕布。

點評 此言齊都臨淄的繁華景象：眾人展開袖子，就能成為幕布；眾人甩甩汗，就能像下雨。此言是誇說人煙稠密、市井繁華的，也可以形容人多力量大。

朝登劍閣雲隨馬，夜渡巴江雨洗兵。

註釋 出自唐・岑參《奉和相公發益昌》。劍閣，即劍門，在今四川省劍閣縣北，即大劍山與小劍山之間的一條棧道，又名劍門關，極險固。巴江，指嘉陵江。

點評 前句寫劍門關之高峻，後句寫蜀中雨水之豐沛。"雲隨馬"、"雨洗兵"，皆是誇張修辭法，詩人的目的是要讀者對其筆下的巴山蜀水留下深刻的印象。

朝光欲動千門曙，麗日初照百花明。

註釋 出自唐・楊師道《闕題》。

點評 此寫唐代京師長安旭日初升、光耀千門、麗日初照、百花明豔的景象。

竹樹夾流水，孤城對遠山。

註釋 出自唐・高適《自淇涉黃河途中作十三首》之四。

點評 竹樹夾流水，給人的感覺是靜謐溫馨；孤城對遠山，給人的感覺是蒼涼孤獨。兩種不同的景色有機地結合在一起，不僅於對比中給讀者以無限的想象空間，體味到兩種不同的美感，同時也生動地寫出了詩人行旅之途心情的變化。

燭天燈火三更市，搖月旌旗萬里舟。

註釋 出自宋・范成大《鄂州南樓》。燭天，照耀天空。

點評 此寫中秋之夜鄂州城的夜景盛況：城裏燈火耀天空、夜市至三更，江上旌旗蔽明月、船隊萬里長。"燭天燈火"、"搖月旌旗"、"萬里舟"，皆是誇張之辭，意在使人對其所寫景象留下深刻印象。

亭台寺閣

殘雪樓台山向背，夕陽城郭水西東。

註釋 出自金・高士談《晚登遼海亭》。

點評 此寫關外暮春夕陽映城郭、殘雪襯樓台的奇異景象。前句寫靜景，描寫的是遠近山巒盡殘雪、山陽山陰是樓台的景象。後句寫動靜，描寫的是夕陽冉冉依城下、郭外河水各西東的景象。前句以“殘雪”領起，後句以“夕陽”冒頭，看似為了對仗，實是為了色彩的映照對襯。由此，動靜結合、紅白相間，便勾畫出了一幅城郭與樓台呼應、殘雪與夕陽相襯的關外暮春圖，不禁讓人觸“景”生情，浮想聯翩，思緒隨着詩人的文字而飛向了關外的白山黑水之間。

蒼蒼竹林寺，杳杳鐘聲晚。

註釋 出自唐・劉長卿《送靈澈上人》。

點評 此寫竹林寺的竹林與鐘聲。“蒼蒼”寫竹林深綠欲滴之色，“杳杳”寫鐘聲悠揚深遠之貌。皆是運用“疊字”修辭法，讀之令人有身臨其境之感，如見如聞竹林寺的竹林與鐘聲。

參差遠岫，斷雲將野鶴俱飛；滴瀝空庭，竹響共雨聲相亂。

註釋 出自唐・駱賓王《冒雨尋菊序》。岫，山洞、山。將，與。俱，一起。滴瀝，象聲詞，水下滴的聲音。

點評 遠山參差交錯，空中殘雲野鶴齊飛；空庭水滴有聲，風吹竹響與雨聲相亂難分。前句寫遠景，後句寫近景；前句寫視覺形象，後句寫聽覺形象。如此遠景與近景結合，視覺與聽覺相對，便生動形象地勾勒出一幅有聲有色的山水圖軸。

層台聳翠，上出重霄；飛閣翔丹，下臨無地。

註釋 出自唐·王勃《滕王閣序》。層台，言滕王閣是多層建築。聳翠，指綠色的瓦簷高高突起。重霄，極高的天空。飛閣，指滕王閣凌空欲飛的形狀。翔丹，指彤彩飛流。無地，指深淵，指滕王閣很高。

點評 前二句採用由下往上看的視角，寫滕王閣高聳入雲、飛簷突起的樣子；後二句採用由上往下看的視角，寫滕王閣彤彩飛動、凌空欲飛的情態。由此，便將滕王閣高大雄偉的氣勢凸顯出來了。

蟬聲集古寺，鳥影度寒塘。

註釋 出自唐·杜甫《和裴迪登新津寺寄王侍郎》。

點評 此寫秋日古寺的淒切景象。蟬聲本就有淒切悲涼之感，況又是來自於古寺；鳥飛秋風中本就有蕭瑟之意象，況又是影映於寒塘之中。所寫古寺景象雖給人以悲涼之感，但其意象從審美的角度看卻不失蒼涼雄渾之美。

長橋臥波，未雲何龍；複道行空，不霽何虹。

註釋 出自唐·杜牧《阿房宮賦》。未雲何龍，沒有雲怎麼有龍，意謂橋高至天。古人有"雲從龍，虎從風"的說法。複道，架於樓閣之間的空中連接通道。霽，雨後或雪後轉晴。

點評 長橋橫臥於水波之上，就像是伴雲而飛的巨龍；複道高懸於空中，就像是雨雪後天空中的彩虹。此乃結合比喻與折繞、誇張等修辭法極言阿房宮建築的宏偉非凡之狀。

車如流水馬如龍，仙史高台十二重。

註釋 出自唐·蘇頲《夜宴安樂公主新宅》。仙史，此指安樂公主。

點評 前句以比喻修辭法寫安樂公主新宅夜宴賓客之眾，後句以誇張修辭法寫公主新宅之高峻雄偉之勢。前句寫與會之人，後句寫開宴之所，由此夜宴的規模與氣氛便皆在其中矣。

出山四望雲木合，但見野鶻盤浮圖。

註釋 出自宋·蘇軾《臘日遊孤山訪惠勤惠思二僧》。四望，向周圍看。雲木合，指雲樹遠望連成一片的樣子。野鶻，一種鷹。盤，盤旋。浮圖，寺塔。

點評 此寫孤山寺高聳入雲、雲樹一體、野鷹盤旋的景象。遠望中，視野裏有山有樹；仰視中，眼中有雲有鷹有塔。前者是靜景，後者是動景。景中見高低，景中有遠近，景中有動靜，彷彿一幅生動的山水畫。

窗含西嶺千秋色，門泊東吳萬里船。

註釋 出自唐·杜甫《絕句四首》其三。

點評 此二句之妙，一在形式上的對仗工整，二在寫景上的氣象闊大。“窗”對“門”，皆是宮室類相對；“西嶺”對“東吳”，都是地名，且“西”與“東”又是方位詞相對；“千秋”對“萬里”，皆是數量詞組相對；“色”對“船”，是名詞相對；“含”對“泊”，是動詞相對。形式上的工整，可謂無懈可擊。至於寫景上，咫尺之窗卻能“含”下西嶺千秋之色，尋常之門卻能“泊”下東吳萬里之船，這是何等闊大的氣象！

帆遠浮天闊，江空得月多。

註釋 出自江蘇鎮江金山樓聯語。

點評 此寫金山樓上所見的景象。上句以“帆遠”、“天闊”寫白天之景，下句以“江空”、“月多”寫夜晚所見，突出的皆是金山樓之高、視野之開闊。

芳春山影花連寺，獨夜潮聲月滿船。

註釋 出自唐·姚合《送無可上人遊越》。

點評 此寫明月朗照、山影迷離、寺花怒放、夜深人靜、潮聲滿船的春夜之景。山影寺花，是寫視覺形象；獨夜潮聲，是寫聽覺形象。前後呼應，形聲兼備，一幅春夜山寺看花、獨夜聽潮的畫面躍然紙上，令人回味無窮。

風篁類長笛，流水當鳴琴。

註釋 出自清・何紹基題蘇州滄浪亭聯語。篁，竹林，泛指竹子。類，類似、像。

點評 此寫滄浪亭風吹竹林瑟瑟有聲、清泉流水叮咚作響的古樸幽雅的環境，讓人頓有一種返樸歸真、回歸自然的感覺。

烽火城西百尺樓，黃昏獨坐海風秋。

註釋 出自唐・王昌齡《從軍行七首》。百尺樓，此指邊境上的烽火台。海風秋，指從青海湖上吹來的寒風使人感到秋天已經來臨。

點評 此寫黃昏登台思鄉之情。“百尺樓”，乃是誇張之辭，明裏是説望鄉人站得高，暗裏則是為了強調望鄉人的故鄉之遠。“黃昏”時間節點的強調，意在凸顯登台人內心的孤獨之感。因為黃昏是鳥入林、人就寢的時候，而主人公卻登台獨坐，聽憑青海湖上的寒風拂面。很明顯，這是主人公為消解思鄉苦悶之情而以身體的折磨作抵抗的努力。由此，將一位戍守邊疆的將士的思鄉之情逼真地再現出來。

高山在前，流水在下，可以俯仰，可以宴樂。

註釋 出自唐・柳宗元《盩厔縣新食堂記》。

點評 此寫盩厔，在今陝西省，現改寫作“周至”。新食堂所處的獨到地位及風光：前有滿目高山，下有流水潺潺。遠眺青山可以養目，近聞流水可以怡情。春暖花開之時，正是宴客遊樂的最佳之地。

孤亭一目盡天涯，俯瞰煙村八九家。

註釋 出自宋・朱熹《再用韻題翠壁》。俯瞰，俯視、望下看。

點評 此寫孤亭高聳，極目遠望，視野極其開闊，炊煙人家盡收眼底之景。“盡天涯”，言望得遠。“俯瞰”，意謂亭高。

姑蘇城外寒山寺，夜半鐘聲到客船。

註釋 出自唐・張繼《楓橋夜泊》。姑蘇城，即今之蘇州。寒山寺，在蘇州城西，建於南朝梁，相傳唐初詩僧寒山曾住此，故名。

點評 此句表面是敘事，實則是寫旅人孤寂難眠之情。既是“夜半”，當是酣眠不覺之時，何以寒山寺的鐘聲還聽得那麼真切呢？“到”字之用，好像是説鐘聲主動送入旅人之耳，實則是反襯聽者主動，是聽者有心去聽。

古木無人徑，深山何處鐘。

註釋 出自唐・王維《過香積寺》。

點評 前句言小徑只有古樹而無人，意謂香積寺清幽安靜；後句言鐘聲不知傳於深山何處，意謂香積寺藏得深。前者着重於形，後句着筆於聲，形聲結合，從而有力地凸顯出香積寺的僻遠幽靜。

桂子月中落，天香雲外飄。

註釋 出自唐・宋之問《靈隱寺》。天香，即異香。

點評 前句是用典，説的是一個神話故事。傳説在杭州靈隱寺和天竺寺，每到天高氣爽之時，便會有像“桂子”一樣的顆粒從月宮中灑落而下，這是暗寫靈隱寺的神秘。後句是實寫，但運用了誇張修辭法，説禮佛的香客所上的香之香氣異常，直飄雲霄，這是暗寫靈隱寺香火之盛。兩句配合，一個神話，一個現實，即將靈隱寺作為佛教聖地的地位突出強調出來了。同時，形式上的對仗工整，也為這二句增色不少。

戶外一峰秀，階前群壑深。

註釋 出自唐・孟浩然《題大禹寺義公禪房》。

點評 此寫大禹寺幽雅的環境：門對秀峰、階臨深壑。前者幽遠，後者幽深，意象極其豐富，能給人以無限的回味與聯想。

畫棟朝飛南浦雲，珠簾暮捲西山雨。

註釋 出自唐・王勃《滕王閣》。畫棟，彩繪的樑棟。南浦，在今南昌市西南。珠簾，珠飾之簾。西山，即南昌山，在今南昌市西北。

點評 此寫滕王閣居高臨遠的氣勢。前句寫南浦朝雲飛上畫棟，是説滕王閣之居高；後句寫西山暮雨捲進珠簾，乃言滕王閣之臨遠。“畫棟”與“珠簾”，則暗示出滕王閣建築之美。前後二句，大處見雲見雨，小處寫棟寫簾，對仗工整，語意連貫，可謂形式與內容俱佳。

江聲猶帶蜀，山色欲吞吳。

註釋 出自江蘇鎮江焦山關廟聯語。猶，好像。

點評 三國時吳、蜀二國一處長江上游，一處長江下游；故下游的江水之聲便好像還帶着蜀國之聲。長江兩岸層巒疊翠，吳國故地好像被吞沒在山色之中。表面上這二句都是寫景，實是雙關蜀將關羽的故事。關羽為蜀將，為劉備鎮守荊州，最後卻為吳國所害，留下無限的悵恨。上句明是寫江水之聲連吳帶蜀，實是寫關羽對蜀漢的深切之情；下句明寫吳國的江山掩於山色之中，實寫關羽意欲吞吳的雄心。

江村片雨外，野寺夕陽邊。

註釋 出自唐・岑參《晚發五渡》。

點評 此寫陣雨過後見江村、夕陽之下有野寺的情景。

階下泉聲答松籟，雲間樹色隱峰螺。

註釋 出自清・康熙帝題薊縣古中盤寺聯語。答，應答。籟，孔穴裏發出的聲音，泛指聲音。松籟，松濤聲。峰螺，指青色的山峰。

點評 此寫中盤寺周圍泉水與松濤聲相應、遠處濃綠的林木與青翠的山巒交相輝映之景，可謂有聲有色，如詩如畫。

旌旗日暖龍蛇動，宮殿風微燕雀高。

註釋 出自唐・杜甫《奉和賈至舍人早朝大明宮》。龍蛇，指旗上所繪龍蛇圖案。

點評 此寫唐朝大明宮早晨的景象：旭日初升，微風習習，旌旗飄動，燕雀高翔。

九天閶闔開宮殿，萬國衣冠拜冕旒。

註釋 出自唐·王維《和賈至舍人早朝大明宮之作》。閶闔，神話傳説中的天門，這裏指唐朝帝王的宮殿之門。萬國衣冠，指穿戴不同服飾的各國使節。旒，本指古代旗幟上懸垂的裝飾品。後又指古代帝王禮帽前後懸垂的玉串。冕旒，帝王禮帽前後懸垂的玉串，這裏代指皇帝本人。

點評 前句以"九天"寫高，以"閶闔"寫神聖，由此將唐王朝宮殿莊嚴神聖的氣勢烘托了出來。後句以"萬國"寫國家之眾，以"拜"寫唐與萬國之間的主從關係，以萬侍一，突出了大唐王朝及其帝王的威儀。這二句寫盛唐早朝之詩，其場面之恢宏闊大，讓人一讀便有恍忽之感，彷彿置身於昔日大唐盛世的朝堂之上。

列宅紫宮裏，飛宇若雲浮。

註釋 出自晉·左思《詠史八首》其五。紫宮，星垣名，比喻皇都。飛宇，飛簷。若，像。

點評 此以誇張與比喻之法寫京都洛陽建築的雄偉高大之貌。

臨水朱門花一徑，盡日鳥啼人靜。

註釋 出自宋·賀鑄《清平樂》詞。朱門，紅門，代指富貴人家。盡日，整天。

點評 此寫大戶人家幽雅靜謐的居住環境。"朱門"、"花"皆有色，"臨水"、"花徑"皆有動感在其中；"鳥啼"即寓意"人靜"，而與"人靜"並提，則使語意反覆，更凸顯出所要強調的靜謐。

樓觀滄海日，門對浙江潮。

註釋 出自唐·宋之問《靈隱寺》。

點評 此二句之妙，一在形式上的對仗極其工整，韻律和諧，樂感極強；二在寫景上氣象闊大，開人眼界，壯人胸懷。因為滄海之日、浙江之潮，一個突出的是視覺，一個突出的是聽覺，遂將登臨靈隱寺所見所聞和諧地合成了一幅有聲有色的宏大畫卷，讓人為之心曠神怡。

樓台處處迷芳草，風雨年年怨落花。

註釋 出自明・曾棨《維揚懷古》。

點評 此寫維揚（揚州）暮春之景。“迷芳草”，言草盛；“怨落花”，言春去。花謝草盛，春日將去，給人的自然是感傷。而“樓台處處”、“風雨年年”，則充滿了歷史的滄桑之感。從而使人由眼前之景聯想到揚州的古往今來，回味聯想的空間頓然擴張開來，讓人無限感慨。

樓台山色裏，楊柳水聲中。

註釋 出自唐・顧非熊《經河中》。

點評 此寫樓台環擁於青山之抱、楊柳倒映於綠水之中的景象。

南朝四百八十寺，多少樓台煙雨中。

註釋 出自唐・杜牧《江南春》。

點評 前句以“四百八十寺”的“擬實”修辭法，突出強調了南朝佛教鼎盛的歷史事實。後句以“樓台”與“煙雨”配對描寫，冠以“多少”的不定語，遂使所寫之景有了一種飄忽淒迷之感，寫景之中有詠歎之感：是不是這裏還有詩人對南朝佞佛風氣與國運短暫的反諷？由此，大大擴張了詩句的內涵與審美價值。

攀雲弄明月，曉星出扶桑。

註釋 出自宋・孫覺《介亭》。扶桑，神話傳說中的樹木。

點評 此寫介亭高高聳立之狀。“攀雲弄明月”，是以誇張修辭法極言介亭之高。“曉星出扶桑”，也是誇張，極言扶桑樹之高。樹在亭傍，誇樹高則是反襯亭高。

平山欄檻倚晴空，山色有無中。

註釋 出自宋・歐陽修《朝中措》詞。平山，指平山堂，在今江蘇揚州，乃歐陽修任職揚州時所建。檻，欄杆。

點評 此寫晴日登臨平山堂遠望群山若隱若現的景象。前句寫平山堂之高，以“倚晴空”表現之；後句寫視野之遠，以“有無中”凸顯之。由此，便將平山堂登臨賞景的妙絕之處表現出來。

千家山郭靜朝暉，日日江樓坐翠微。

註釋 出自唐・杜甫《秋興八首》。

點評 此寫日照群山、城郭靜謐、江樓獨坐、滿眼青翠的春日晨景。

前峰月映半江水，僧在翠微開竹房。

註釋 出自唐・任翻《宿巾子山禪寺》。半江水，指退潮後的錢塘江。翠微，指翠綠的山。

點評 此寫巾子山禪寺的景致：門對前峰、月映江水、寺在山中、僧在竹房。一幅古樸素雅、自然恬淡的山水畫躍然紙上。

清風明月本無價，近水遠山皆有情。

註釋 出自清・梁章鉅題蘇州滄浪亭聯語。

點評 此聯乃集前人名句而成。上句系出於宋人歐陽修《滄浪亭》詩“清風明月本無價，可惜只賣四万錢”，下句出自宋人蘇舜欽《過蘇州》詩“綠楊白鷺俱自得，近水遠山皆有情”。此聯妙在利用前人名句，以擬人修辭法將風、月、山、水人格化，突出了人與自然的親密關係，讀來親切有味。

曲徑通幽處，禪房花木深。

註釋 出自唐・常建《題破山寺後禪院》。

點評 前句言禪房的位置——曲徑通幽處，直言其環境特點：“幽”。後句直接寫景，以景呼應前句，突出一個“幽”字。“花木深”，言禪房藏得深，其意自然是要暗示出“幽”意。兩句配合，表意一曲一直，就將禪房的幽靜環境完全凸顯出來了。成語“曲徑通幽”，即源於此。

山泉散漫繞階流，萬樹桃花映小樓。

註釋 出自唐・元稹《離思五首》之二。

點評 此寫小樓周圍環境的幽雅情貌：山泉漫湧繞階散、小樓掩映桃花中。“萬樹桃花”，乃是誇張，而非實寫，意在強調桃樹之多、桃花之盛。前句寫泉水漫流，突出的是聽覺形象；後句寫桃花盛開，表現的是視覺形象；前句寫動景，後句寫靜景。如此動靜結合、形聲相襯，使花園泉繞的小樓更添幽雅情趣。

深院下簾人晝寢，紅薔薇架碧芭蕉。

註釋 出自唐・韓偓《深院》。

點評 前句寫主人下簾晝眠的幽閒之情，後句寫紅花綠樹相映生輝的美麗之景。彷彿一幅人物寫真畫，人因花樹而有趣，花樹因人而生動。

石橋路上千峰月，山殿雲中半夜鐘。

註釋 出自唐・周元範《寄白舍人兼鶴林招隱二長老》。山殿，指寺院中的大殿。雲中，指山殿極高。

點評 此寫月照千峰、石橋路明，山殿聳立、夜鐘悠揚的夜景。前句寫路、橋、峰、月，後句寫山、殿、雲、鐘，十四字中包含了如此多的景物，且有形有聲，可謂言簡意豐，意境深遠，讓人味之不盡，思之無窮。

水面文章風寫出，山頭意味月傳來。

註釋 出自蘇州網師園濯纓水閣聯語。

點評 此以擬人修辭法寫出了風行水上漣漪起、月照山林景色新的恬靜清幽的意境。

水接西江天外聲，小齋松影拂雲平。

註釋 出自唐・杜牧《題元處士高亭》。

點評 此寫元處士高亭之景致。前句寫從高亭遠望所見所聞：水接西江、濤聲震天；後句寫從高亭回望所見之景：屋處林中、松高及雲。“天外聲”、“拂雲平”，皆是誇張修辭法，前者形容濤聲之大，後者誇説松樹之高。

水通南國三千里，氣壓江城十四州。

註釋 出自宋・李清照《題八詠樓》。南國，指中國南方。氣，氣勢。壓，超過。江城，指婺州城。十四州，指宋代包括婺州在內的兩浙路所轄的兩府十二州。

點評 此寫八詠樓地處水路四通八達的要津、氣勢凌駕於兩浙路十四州所有建築的優越地理位置與高大雄偉之貌。二句皆是運用修辭上的誇張法，極言所要強調的主旨，因此給人的印象特別深。“三千里”與“十四州”，皆是數量詞組相對，形式對仗非常工整。因此，在主旨宏大的基礎上，也給詩句增添了形式美。

四面有山皆入畫，一年無日不看花。

註釋 出自明・祝允明題揚州凝翠軒聯語。

點評 上句寫觀山，着眼的是遠景；下句寫看花，着眼的是近景。上句“四面”着眼的是空間，下句“一年”着眼的是時間。從時間到空間，從遠景到近景，從不同的角度強調突出了凝翠軒優美無比的環境。

松覆山殿冷，花藏溪路遙。

註釋 出自唐・綦毋潛《題鶴林寺》。

點評 此寫鶴林寺松古花幽之景。“松覆山殿冷”，言松樹之高大蔭濃；“花藏溪路遙”，言花隱於溪水遠路之旁。二句十字，通過“松”、“花”的細節特徵，寫盡了鶴林寺環境的古樸幽雅。

塔盤湖勢動，橋引月痕生。

註釋 出自清・吳偉業《過吳江有感》。塔，此指舊時吳江（今江蘇吳江）東門外寧境華嚴講寺內的方塔，七層，高十三丈，方形，故名方塔。橋，此指舊時吳江的垂虹橋，俗名長橋，前臨太湖。東西百餘丈，有七十二孔，中間有垂虹亭。

點評 此寫吳江方塔與垂虹橋的氣勢。前句說方塔高聳，從太湖各個角度都能見到塔的倒影，風生水起，好像整個太湖都圍繞方塔在動盪。這是誇張修辭法，意在凸顯方塔之高。後句說天上之所以看見月痕，好像是由垂虹橋綿長的橋身所投影出來的。這也是誇張修辭法，意在強調垂虹橋之長。如此，便將天地、月湖、塔橋融為一體，在相互映襯中表現了吳江非同尋常的景色。

塔影掛清漢，鐘聲和白雲。

註釋 出自唐・綦毋潛《題靈隱寺山頂禪院》。清漢，指銀河。和，伴隨。

點評 前句言寺塔之高，後句言鐘聲飄揚之遠。二句皆是運用誇張修辭法的妙筆，於鋪張揚厲中寫活了靈隱寺的塔影、鐘聲。前者着筆於形，後者着意於聲。如此形聲兼備，讓人如睹如聞，大有身臨其境之感。

天遠樓台橫北固，夜深燈火見揚州。

註釋 出自宋・楊蟠《陪潤州裴如晦學士遊金山回作》。北固，即北固山，在今江蘇鎮江市北。

點評 此寫樓台橫立於北固山頂，夜深登樓極目遠望，天高視野闊，繁華的揚州燈火彷彿就在眼前的景象。

迢遞高城百尺樓，綠楊枝外盡汀洲。

註釋 出自唐・李商隱《安定城樓》。迢遞，遙遠貌。汀，水邊平地。洲，水中小塊陸地。

點評 前句寫從遠處所見的安定城樓形象，"百尺"是誇張的說法，其意是為了強調突出城樓之高。後句寫從城樓上所見遠處的景象：青枝綠葉無邊無際，水邊之汀、水中之洲觸目皆是。

庭院深深深幾許？楊柳堆煙，簾幕無重數。

註釋 出自宋・歐陽修《蝶戀花》詞。幾許，多少。無重數，無數重。

點評 第一句寫庭院之深，連用三個"深"字，此乃"疊字"修辭法，意在強調凸顯庭院之深邃。第二句寫濃霧中的楊柳情狀，"堆"字既寫出了楊柳之密，也表現了晨霧之濃。第三句寫佳人與外界隔着無數重簾幕，暗寓佳人被禁錮很深之意。第二句寫遠景，第三句寫近景。遠近結合，相互配合，共同回應了第一句的"深"字。由此，由景而意，表達了春色無限而與閨中人無緣的閨怨之情。

萬戶樓台臨渭水，五陵花柳滿秦川。

註釋 出自唐・崔顥《渭城少年行》。五陵，指漢代五位皇帝的陵墓所在處。秦川，指渭水兩岸的關中平原。

點評 此寫唐代長安渭水兩岸樓台林立、平原山陵花柳復蘇的春日景象。

萬籟此都寂，但餘鐘磬音。

註釋 出自唐・常建《題破山寺後禪院》。籟，從孔穴中發出的聲音。萬籟，指各種聲音。但，只。磬，此指佛教的打擊樂器，形狀像缽，用銅製成。

點評 此寫破山寺萬籟俱寂、唯餘鐘磬之聲的幽靜夜境。前句否定一切聲音，後句突出強調鐘磬之聲，於語意矛盾中凸顯了破山寺夜晚的寂靜。

五步一樓，十步一閣；廊腰縵迴，簷牙高啄；各抱地勢，鈎心鬥角。

註釋 出自唐・杜牧《阿房宮賦》。廊腰，指連接各建築的走廊，就像人的腰一樣，故名之曰"廊腰"。縵，無花紋的繒帛。簷牙，屋簷向外突出，就像人的牙齒向外一樣，故曰"簷牙"。高啄，指屋簷尖聳，就像是鳥兒仰首啄物之狀。鈎心鬥角，指阿房宮周圍輔助建築與中心建築相連，屋角對湊，狀如相鬥。

點評 此寫阿房宮建築群的景觀及其結構特點。"五步一樓，十步一閣"，言樓閣之多；"廊腰縵迴"，言走廊縈繞迴繞之美；"簷牙高啄"，言屋簷高聳突出之狀；"各抱地勢，鈎心鬥角"，言各個輔助建築環繞中心建築依地勢而建並相互鈎連對接的情狀。用誇張，給人印象深刻；用比喻，讓人覺得形象生動。由此，將後人不睹不見的阿房宮雄偉壯麗的景觀活靈活現地呈現出來，令人記憶深刻，永久難忘。

西北有高樓，上與浮雲齊。

註釋 出自漢・無名氏《西北有高樓》。

點評 此乃以誇張修辭法寫高樓之高，是漢人描寫宮室之常道。

西風殘照，漢家陵闕。

註釋 出自唐・李白《憶秦娥》詞。西風，指秋風。殘照，指夕陽。陵闕，指皇家陵墓前的建築物。

點評 此以秋風夕陽反襯漢家陵闕的荒涼景象，意在感歎在無情的時光面前任何偉大的人物與歷史功績都是過眼雲煙。

溪山掩映斜陽裏，樓台影動鴛鴦起。

註釋 出自宋・魏夫人《菩薩蠻》詞。

點評 此寫夕陽西下、日光移動、餘霞滿天、溪山盡染、樓台影搖、風生水起、鴛鴦驚飛的晚景。兩句十四字，有山有水，有光有影，有靜景（山），也有動景（流動的溪水、移動的光影、飛起的鴛鴦），動靜結合，山水相映、光影配合，逼真地勾畫出了一幅夕陽溪山、樓台飛鳥的生動圖畫。

下窺指高鳥，俯聽聞驚風。

註釋 出自唐・岑參《與高適薛據登慈恩寺浮圖》。

點評 此乃寫慈恩寺塔之高：向下看可以指到高飛於天空中的鳥兒，向下聽可以聽到塔下呼嘯的風聲。“高鳥”、“驚風”都是誇張的說法，意在強調塔高聳入雲的形象。

閒階有鳥跡，禪室無人開。

註釋 出自唐・李白《尋山僧不遇》。

點評 此言山寺的寂靜無人情景。“有鳥跡”，言久未有人從此台階經過；“無人開”，言僧人已經外出。前寫鳥，後寫人，兩相對照，突出強調了山寺的僻靜之狀。

小院迴廊春寂寂，浴鳧飛鷺晚悠悠。

註釋 出自唐・杜甫《涪城縣香積寺官閣》。

點評 此寫香積寺官閣的清幽、雅致的環境與悠閒、自然的情趣。前句“小院迴廊”，意在凸顯人工之妙，表現的是官閣的雅致；“春寂寂”，以疊字“寂寂”表現春深官閣無人的情境，突出的是官閣的清幽氛圍。後句"浴鳧飛鷺"，寫野鴨在池中浴羽、白鷺在空中飛行之景，意在凸顯官閣周圍環境的自然天趣；"晚悠悠"，以疊字"悠悠"寫鳧鷺之悠閒情態，明是寫鳥，實是借鳥寫人悠閒的心態，突出的是悠閒之情調。

小院無人雨長苔，滿庭修竹間疏槐。

註釋 出自唐・杜牧《即事》。

點評 此寫庭院清幽、雅致的環境。前句寫庭院清幽之境。"小院無人"是"雨長苔"的原因，"雨長苔"是"小院無人"的結果。若是有人，小院之徑又何以能長出苔蘚？後句寫庭院雅致之韻。修竹滿庭雖雅潔之極，但是略顯單調。而修竹間雜幾棵綠槐，那就有"萬綠叢中一點紅"的映襯效果，益顯庭院之景雅韻無限。

須臾滿寺泉聲合，百尺飛簷掛玉繩。

註釋 出自唐・張蕭遠《興善寺看雨》。須臾，一會兒。泉聲合，指雨聲與泉水噴湧之聲合而為一。玉繩，指從屋簷流下的水柱。

點評 此寫興善寺所見急雨如流泉的景象。前句寫聽覺形象，後句寫視覺形象。形聲兼備，給人以身臨其境的感覺。"百尺飛簷"，是誇張修辭法，極言房屋之高；"玉繩"，是比喻修辭法，形象地再現了飛簷流水不絕的情狀。

鴉啼木郎廟，人祭水神祠。

註釋 出自元・揭傒斯《歸舟》。

點評 此寫"人自祭神，鴉自鳴"的景象。兩句各寫一個景象，就像是兩幅畫，通過對仗的形式對接起來後，便合二為一，表現了一種自然而恬靜的情趣。從字句看，"鴉啼"對"人祭"，"木郎廟"對"水神祠"，對仗的工整巧妙，不僅視覺上給人以一種平衡愉悅感，聽覺上也別有一種韻律和諧之美。因此，無論是讀是聽，都能給人以非常深刻的印象。

煙波澹瀁搖空碧，樓殿參差倚夕陽。

註釋 出自唐・白居易《西湖晚歸回望孤山寺贈諸客》。澹瀁，浩瀁。搖空碧，指投映在水中的碧空隨波動盪。

點評 西湖煙波浩瀁，碧空映於水中隨波微動，夕陽的餘暉映襯着參差的樓殿建築。此乃回望孤山寺所見杭州晚景。

煙籠古寺無人到，樹倚深堂有月來。

註釋 出自清・翁方綱題北京陶然亭聯語。

點評 此寫古寺深堂的靜謐幽深。以"無人到"和"有月來"，正反相襯，突出了寺、堂世外桃源般的情境。

野廟向江春寂寂，古碑無字草芊芊。

註釋 出自唐・李群玉《黃陵廟》。野廟，此指荒涼的黃陵廟，在今湖南湘陰縣北洞庭湖畔，是祭祀湘水女神娥皇與女英的廟宇。向江，對江。江，此指湘江。芊芊，草木茂盛樣。

點評 此寫黃陵廟的景致：春江水滿、野廟荒涼，古碑無字、雜草叢生。疊字"寂寂"、"芊芊"的運用，將詩句所要渲染的荒涼冷落的氛圍更加凸顯出來，讀之不禁令人感慨萬千。

野樹蒼煙斷，津樓晚氣孤。

註釋 出自唐・陳子昂《峴山懷古》。津樓，渡口的亭樓。晚氣，晚雲。

點評 此寫晚登津樓所見之景：野樹之色蒼茫如煙，津樓之上晚雲孤閒。"蒼煙斷"，言望得遠；"晚氣孤"，言站得高。站得高，望得遠，則登樓懷古的感慨自然深切沉重了。因此，"斷"、"孤"二字表面雖是寫景，實則是寄寓了深切的感慨之情。

一川花柳擁雕闌，濃綠浮空四面山。

註釋 出自宋・李光《題廣德州三峰樓》。擁，簇擁。雕闌，雕花的欄杆。

點評 此寫三峰樓周圍花柳復蘇、山水環抱。

迎得春光先到來，淺黃輕綠映樓台。

註釋 出自唐・劉禹錫《楊柳枝詞二首》。

點評 此寫登臨樓台所見早春景象。站得高，望得遠，遠近的的早春景象自然可以最先領略。"淺黃輕綠"，寫植物葉子的淺淡顏色，意在凸顯早春的意旨。

映階碧草自春色，隔葉黃鸝空好音。

註釋 出自唐・杜甫《蜀相》。

點評 此寫成都武侯祠春天草綠鳥鳴的情景。"自春色"，言春草自生自長，無人過問；"空好音"，言黃鸝叫聲雖好，可惜無人有心聆聽。"自"、"空"二字都突出強調了武侯祠的荒涼無人景象，意在感喟哲人已去、時光無情。

玉階一夜留明月，金殿三春滿落花。

註釋 出自唐・李白《瑞雪》。

點評 此寫雪後的宮殿景色。前句寫宮殿台階積雪耀眼猶如明月，後句寫宮殿屋頂雪花飛舞如同三春紛飛的落花。比喻新穎，形象感極強。

遠磬秋山裏，清猿古木中。

註釋 出自唐・劉長卿《登思禪寺上方題修竹茂松》。磬，一種石製的敲擊樂器。

點評 此寫深山古寺的清幽環境。寫磬聲遠聞於秋山之中，意在暗示山中之靜；寫猿聲清苦、林木蒼古，意在表現林茂山深。兩句兩個細節的描寫，表面對所要表現的"幽靜"意境"不着一字"，但其意盡在其中矣，這便是中國傳統文學所追求的婉約蘊藉之美。

遠帆春水闊，高寺夕陽多。

註釋 出自唐・許渾《潼關蘭若》。

點評 此二句前句寫水，後句寫山；水中有船，山上有寺；春水廣闊，船行於上；山高寺雄，夕陽最多。雖然簡單十個字，意境卻十分高遠，景物也十分豐富，背景壯闊，簡直就是一幅雄渾而淡雅的山水圖軸。

月來滿地水，雲起一天山。

註釋 出自清・鄭燮題揚州小山月觀。

點評 此聯以比喻修辭法寫小山月觀的夜色。上句寫明月在天，清輝灑地，就像水瀉於地；下句寫風起雲湧，雲頭似群峰競起。寫景非常生動形象，給人以無限的想象空間。

月映竹成千个字，霜高梅孕一身花。

註釋 出自清・袁枚題揚州个園聯語。千个字，指竹林中竹的形象。竹字兩個"个"字合成，竹又像"个"字形狀。霜高，指霜濃。

點評 此聯上句寫月映竹林、交相輝映之趣，下句寫梅花傲霜鬥雪、將開未開之狀。兩句表面是寫景，實則別有寄託，表達的是詩人對竹之勁節虛懷、梅之堅貞高潔品格的歌頌，觀照的是士大夫高潔的精神境界。

雲侵塔影橫江口，潮送鐘聲過海門。

註釋 出自元・陳孚《金山寺》。

點評 此寫金山寺（在今江蘇鎮江）塔的雄姿與寺鐘的悠揚。前句寫寺塔之高，不直說寺塔高聳入雲，而說"雲侵塔影"，讓雲主動，以此凸顯寺塔之高。"橫江口"，是說寺塔的投影能夠橫斷遠處的江口，這是從投影的角度寫寺塔之高，是側筆。後句寫寺鐘的清揚悠遠的音色，說"潮送鐘聲"，是指鐘聲蓋過潮聲，在排除潮聲的干擾後還能傳送遠方，這是"烘雲托月"的筆法，意在凸顯寺鐘聲音的悠揚清越。"過海門"，是直筆誇張，指鐘聲所傳到的地方，明顯地強調寺鐘傳遠之意。前句寫視角形象，後句寫聽覺形象。如此前後配合，形聲兼備，讓人讀之有如臨其境之感，如見塔影，如聞鐘聲。

雲裏帝城雙鳳闕，雨中春樹萬人家。

註釋 出自唐·王維《奉和聖制從蓬萊向興慶閣道中留春雨中春望之作應制》。

點評 前句寫長安帝宮闕大壯麗之勢，後句寫長安民居輻輳密集之狀。前句以“雲裏”冠句首，突出的是帝闕之高與帝王之尊的可望不可及；後句以“雨中”冠句首，凸顯的是民居與春樹如春雨般的觸手可及與親切尋常。

雲湧樓台出天上，風搖鐘磬落人間。

註釋 出自宋·蘇軾題鎮江北固山甘露寺聯語。磬，古代打擊樂器，用石或玉做成，懸在架上演奏。

點評 此寫甘露寺建築之高與環境之幽靜。“出天上”與“落人間”二語同義，皆言寺高。“雲湧樓台”、“風搖鐘磬”，突出的都是自然之物（雲、風），強調的正是寂靜無人的境界。

竹送清溪月，松搖古谷風。

註釋 出自清·董其昌題松江拄頰山房聯語。

點評 此寫山房周圍環境的幽靜清雅，但是動中有靜，“月”、“風”與動詞“送”、“搖”相配合，突出了這種動感。同時“竹送清溪月”，又是擬人修辭法的運用，將無情感的竹人格化，更覺親切有味。

江南塞外

百分桃花千分柳，冶紅妖翠畫江南。

註釋 出自清・張問陶《陽湖道中》。冶紅妖綠，指鮮紅濃綠。

點評 此寫春天江南桃紅柳綠的景色。“百分”、“千分”都是誇張之辭，意在突出桃花開放之盛與楊柳濃綠成蔭的情狀。“冶紅妖翠”，以非褒義的“冶”、“妖”寫顏色，意在説明這樣一個意旨：非妖冶之筆不能畫出江南春色。這是折繞地誇説江南春色之美。

白日地中出，黃河天外來。

註釋 出自唐・張蠙《登單于台》。

點評 此寫塞外所見太陽噴薄而出、黃河源遠流長的壯觀景象。

北風捲地白草折，胡天八月即飛雪。

註釋 出自唐・岑參《白雪歌送武判官歸京》。白草，西北邊地一種有韌性的草，色白，經霜脆而易斷。胡天，指西北邊地的天空。

點評 此寫西北邊塞地區八月北風呼嘯、天寒霜嚴、白草脆折、茫茫大漠、滿天飛雪的景象。意在強調西北邊塞的苦寒氣候與守邊之不易。

邊地春不足，十里見一花。

註釋 出自唐・孟郊《邀花伴》。

點評 此言邊塞之地難見春色。“十里見一花”，不是實寫，而是誇張，意在強調塞外的荒涼。

邊城暮雨雁飛低，蘆筍初生漸欲齊。

註釋 出自唐・張籍《涼州詞》。蘆筍，指蘆葦抽出的嫩芽，狀似竹筍。

點評 此寫西北邊塞秋日景象。前句寫傍晚時分黑雲壓城、暮雨瀟瀟、塞雁低飛的景象，寫景中暗寓出中唐時代西北邊疆並不太平之意。後句寫蘆筍初生的景象，表現的是一種秋天蕭條之中的勃勃生機，凸顯的是一種積極向上的情緒氛圍。前句寫壓抑沉悶之景，後句寫生機勃勃之景；前句寫天上，是遠景與泛寫；後是寫地下，是近景與特寫。如此遠近結合、特寫與泛寫結合、壓抑與活力並在，遂將詩的意蘊大大擴張了，給人以更大的回味空間。

慘慘寒日沒，北風捲蓬根。

註釋 出自唐·戎昱《塞下曲》。蓬根，蓬草之根。

點評 此寫塞外天寒風勁之狀。"慘慘"、"寒"都是人的感覺，用以形容落日，意在形象地說明塞外天氣的寒冷之狀；"捲蓬根"，說連蓬草之根都颳起來了，意在強調說明沙漠之中狂風之勁。

赤焰燒虜雲，炎氛蒸塞空。

註釋 出自唐·岑參《經火山》。虜，古代對西北少數民族的蔑稱。虜雲，指西北地區的雲彩。炎氛，指炎熱之氣。塞空，邊塞地區的天空。

點評 此寫西北邊塞夏日驕陽似火、雲彩彤紅、熱氣蒸騰的景象，表現的是西北邊塞夏日酷熱難當的氣候特點。

重湖疊巘清嘉，有三秋桂子，十里荷花。

註釋 出自宋·柳永《望海潮》詞。重湖，西湖以白堤為界分為裏湖、外湖。巘，山峰、山頂。清嘉，秀麗。三秋，即晚秋。桂子，即桂花。

點評 此寫杭州晚秋時節的優美景致：湖山秀麗、桂花飄香、荷花十里。羅大經《鶴林玉露》卷一載："孫何帥錢塘，柳耆卿作《望海潮》詞贈之⋯。此詞流播，金主亮聞歌，欣然有慕於'三秋桂子，十里荷花'，遂起投鞭渡江之志。"這個記載說金主完顏亮因為聽了柳永《望海潮》中的這個句子而起南侵之意，雖然不足信，但是此句所寫杭州之景對人的感染力是無可置疑的。

春風又綠江南岸，明月何時照我還。

註釋 出自宋·王安石《泊船瓜洲》。

點評 此寫詩人懷念江南，急欲過江回到江南的急切之情。其中“綠”字的煉字，極為有力，將“春風”人格化，以形容詞“綠”充當謂語動詞，形象地突出了“春風”的力量。

春來南國花如繡，雨過西湖水似油。

註釋 出自元・盧摯《中呂喜春來・和則明韻》。

點評 此以比喻修辭法寫南國春花恰似錦繡、春雨滑亮如油的景象。

春雲不變陽關雪，桑葉先知胡地秋。

註釋 出自唐・李昂《從軍行》。陽關，在今甘肅敦煌西南。胡地，指塞外的原少數民族聚居區。

點評 此言塞外氣候惡劣之情狀：春天到了仍見雪，秋天未到桑先枯。

大漠沙如雪，燕山月似鈎。

註釋 出自唐・李賀《馬詩二十三首》其五。

點評 此二句之妙在於以比喻修辭法寫出了邊關月夜的獨特之美：蒼茫大漠，平沙萬里，一望無際。月光朗照之下，就像鋪上了一層皚皚霜雪；在連綿的燕山山脈的襯托下，一彎月牙如金鈎般地高懸於山巔之上。意境靜謐而壯美。

大漠孤煙直，長河落日圓。

註釋 出自唐・王維《使至塞上》。

點評 前句先以一個“大”字寫出了沙漠之廣大無邊，次以一個“孤”字寫出了塞外大漠中景物的單調，再以一個“直”字寫出了烽煙在大漠中垂直向上的勁拔、堅毅之美。後句先以一個“長”字寫出了沒有山巒、沒有林木、一望無際、無遮無擋的大漠之上橫貫而過的黃河之綿長，再以一個“圓”字寫出了落日的溫暖、親切、蒼茫之感。由此，不僅將塞外大漠的奇特壯麗的風光形象生動地描繪出來，而且以其開闊的畫面、雄渾的意境給人以無盡的美感。

堤上遊人逐畫船，拍堤春水四垂天，綠楊樓外出鞦韆。

註釋 出自宋・歐陽修《浣溪沙》詞。畫船，裝飾精美的遊船。樓外，一作“梢外”。

點評 此寫江南都市春色與繁華景象：畫船游弋於水中，遊人戲逐在岸上；春水漲溢無際涯，浪花輕拍着堤岸；小樓隱於綠楊之中，鞦韆出於綠楊之外。有人，有畫船，有水，有青天，有樓，有鞦韆，畫面豐富，意境悠遠，如詩如畫。

東南形勝，三吳都會，錢塘自古繁華。

註釋 出自宋・柳永《望海潮》。形勝，指山川秀美。三吳，指吳興、吳郡、會稽。錢塘，今浙江杭州，南宋時稱臨安。

點評 此言杭州自古以來便是東南山川秀美之地，也是三吳地區的都會所在，繁華景象歷千年而不衰。

斷腸春色在江南。

註釋 出自五代・韋莊《古離別》。

點評 此言江南優美的春色使遠行之人不忍離去。“斷腸”，乃是誇張的說法，意在說明離別江南的悲苦之情，以此凸顯江南春色的美麗絕倫。

孤村芳草遠，斜日杏花飛。

註釋 出自宋・寇準《江南春》。

點評 此寫早春時節的江南景象：碧草連天，視野所及唯見孤村；夕陽依山，杏花隨風冉冉飄盪。前句寫“孤村”，意在強調芳草地之廣大無邊，有意讓孤村與無邊的芳草形成對比，從而使廣者更廣，孤者更孤。後句寫“斜日”，意在通過殘陽如血的顏色與杏花之紅相映照，以斜陽依山冉冉而下的依戀形象寫杏花飄落樹上的依戀之情，從而暗寫出詩人憐花惜春的心情。兩句寫景氣象非常闊大，色彩感也非常鮮明。

關雲常帶雨，塞水不成河。

註釋 出自唐・杜甫《寓目》。關雲，邊關之雲。塞水，邊塞的河流。

點評 此言塞外多雲，雖帶雨氣，卻降水不多，河流常常流不動。意謂邊塞雲多水少，氣候乾旱。

關寒塞榆落，月白胡天風。

註釋 出自唐・李益《送柳判官赴振武》。榆，榆樹。胡天，指塞外的天空。胡，是古代中國對北方或西北少數民族的一種稱呼。

點評 此寫塞外秋天風勁天寒、榆葉飄零、月色蒼白的景象。意在強調塞外的荒涼。

寒沙茫茫出關道，駱駝夜吼黃雲老。

註釋 出自元・陳孚《居庸疊翠》。黃雲，指沙塵暴。

點評 此寫居庸關外的景象。前句寫白天所見的荒涼之景：茫茫沙漠一望無際，出關之道天寒地凍。"寒沙"之"寒"點出了天氣之寒冷；"茫茫"，則寫出了沙漠的廣闊無垠。後句寫夜晚行走於沙漠中的艱苦情狀，但不直寫，而用側筆。寫沙漠難行，以"駱駝夜吼"來表現。駱駝是沙漠之舟，本就適應沙漠的艱苦環境，而今卻在夜中發出低沉的吼聲，其艱難情狀自然可以想見。寫沙塵鋪天蓋地而來的景象，以"黃雲"來比喻，且以"老"字來形容，既凸顯了沙塵的濃厚，又形象地寫出了風捲黃沙的沙漠夜景。

瀚海經年到，交河出塞流。

註釋 出自唐・王維《送平澹然判官》。瀚海，沙漠。經年，一整年。交河，在今新疆吐魯番西北，因兩河相交，繞城而流，故名。

點評 前句寫沙漠的廣漠無邊之景，後句寫交河繞城流出塞外之貌。前句寫沙漠，表現的是一種枯燥與沉悶的情調；後句寫河流，表現的是一種靈動與希望的意蘊。

瀚海闌干百丈冰，愁雲慘淡萬里凝。

註釋 出自唐·岑參《白雪歌送武判官歸京》。瀚海，沙漠。闌干，縱橫交錯之狀。

點評 此寫沙漠無邊、冰雪滿眼、寒雲籠野的邊地風光。表現的是西北邊塞的苦寒情景。

紅杏香中簫鼓，綠楊影裏鞦韆。

註釋 出自宋·俞國寶《風入松》詞。

點評 此寫春日紅杏吐芳，楊柳枝綠，青年女子花中弄簫鼓、樹間盪鞦韆的景象。前句寫聲音，後句寫形象，形聲兼備，給人以身臨其境之感。

黃沙磧裏客行迷，四望雲天直下低。

註釋 出自唐·岑參《過磧》。磧，水中沙堆，此指沙漠。

點評 此寫黃沙漫漫、大漠無邊、雲來雲去、天幕低垂、四望無人的大漠景象。"客行迷"，言大漠之廣大；"直下低"，寫大漠一望無際，地平線看起來很低。

黃沙風捲半空拋，雲重陰山雪滿郊。

註釋 出自遼·趙延壽《失題》。陰山，在今內蒙古自治區境內，此指古代北方高寒地區之山。

點評 此寫塞外冬天之景。前句寫塞外沙塵暴來勢洶湧之狀，後句寫塞外陰雲密佈、大雪漫天之景。凸顯的是塞外氣候條件的惡劣情狀。

回樂烽前沙似雪，受降城外月如霜。

註釋 出自唐·李益《夜上受降城聞笛》。回樂，指唐代的回樂城，在今寧夏回族自治區。烽，指烽火台。受降城，即唐代回樂城的別稱，因唐太宗曾親往靈州接受突厥的投降，故稱"受降城"。

點評 此以比喻修辭法寫回樂烽前與回樂城外月潔、沙白之景。詩以"雪"喻"沙"，以"霜"喻"月"，是寫實，也是寫心，表達的是戍守邊疆的將士望月思鄉的淒涼之情。因為緊接着的二句"不知何處吹蘆管，一夜征人盡望鄉”，將此二句寫景之意作了淋漓盡致地詮註。

疾風衝塞起，沙礫自飄揚。馬毛縮如蝟，角弓不可張。

註釋 出自南朝宋·鮑照《代出自薊北門行》。蝟，同“猥”，刺蝟。角弓，一種用獸角裝飾的弓。不可，不能。張，拉開。

點評 此寫塞外疾風飄沙、馬毛硬如猥毛、角弓不能拉開的苦寒情景。

劍河風急雪片闊，沙口石凍馬蹄脱。

註釋 出自唐·岑參《輪台歌奉送封大夫出師西征》。劍河，唐代西部一個河流名。

點評 此寫西部邊塞風急雪大、沙凍石硬、馬蹄也要脱落的苦寒情狀，讀之令人不寒而慄，深為西征將士勇往直前奔赴前線的精神而感動。

江南可採蓮，蓮葉何田田。

註釋 出自《漢樂府·江南》。田田，蓮葉茂密之貌。

點評 此寫江南採蓮之樂及蓮葉茂盛之狀。

江南佳麗地，金陵帝王州。

註釋 出自南朝齊·謝眺《隋王鼓吹曲·入朝曲》。佳麗，美女。金陵，即今之南京。

點評 此言江南是美女薈萃之地，金陵是歷代帝王定都之所。意在誇説江南與金陵是人傑地靈之地。

江南春色何處好，燕子雙飛故宮道。

註釋 出自唐·劉禹錫《樂天寄憶舊遊因作報白君以答》。故宮道，指南朝故都金陵故宮之道。

點評 此言江南春色以金陵為美。前句設問，後句作答，突出強調了南朝故都金陵的春色之美。但寫春色不見綠水青山，僅着筆於雙飛的燕子留戀地飛在故宮之道上，給人留下了無限的想象空間。

江南二月多芳草，春在濛濛細雨中。

註釋 出自宋·釋仲殊《絕句》。

點評 此言仲春時節正是江南花開草長、春雨綿綿之時。

九月天山風似刀，城南獵馬縮寒毛。

註釋 出自唐·岑參《趙將軍歌》。

點評 前句以比喻修辭法描寫天山九月風寒的程度，讓人如有切膚之感。後句直敍獵馬畏寒的情狀。前者形象，後者理性，前後配合，將邊塞苦寒的情狀真切地表現出來，令人不禁為守邊的將士不畏艱苦精神所感動。

捲地朔風沙似雪，家家行帳下氈簾。

註釋 出自元·薩都剌《上京即事五首》其三。朔風，北風。行帳，遊牧民族隨時遷移的帳篷。氈簾，毛氈做的門簾。

點評 前句寫塞外冬天北風呼嘯、沙漠似雪的景象，後句寫家家下簾禦寒之景。前後兩句意思互相補充，共同表達出塞外冬天苦寒的意蘊。

簾外輕陰人未起，賣花聲裏夢江南。

註釋 出自清·舒瞻《題杏花春雨圖》。

點評 日上三竿，卻仍在牀上。原因何在？原來是睡夢中聽到了江南的賣花之聲。"簾外輕陰"，言太陽已經升起，故地上有樹木投下的輕蔭。"賣花聲"，是以一個特定細節來暗寫江南春日繁花似錦的景象。"夢江南"，折繞地表達了這樣一個意思：江南是個令人魂牽夢縈的好地方。

涼州七里十萬家，胡人半解彈琵琶。

註釋 出自唐·岑參《涼州館中與諸判官夜集》。涼州，在今甘肅武威。

點評 此寫涼州熱鬧繁華景象，意在突出強調邊疆的寧靜與天下太平的盛世氣象。前句是誇張，極言涼州人口之稠密，意在凸顯其繁華；後句也是誇張，表面是強調涼州會彈琵琶的胡人之多，實際要表達的意思是說涼州邊地安寧和樂，胡漢和睦相處，其意是要凸顯邊境安寧無事的盛世景象。在一般人的印象中，總以為西北邊塞是荒涼之地，但此詩所寫涼州人口之眾、弦歌風氣之盛，卻改變了世人的這個印象，讀之不禁讓人對邊塞生活生出無限神往之情。

落日下河源，寒山靜秋塞。

註釋 出自唐・王維《奉和聖制送不蒙都護兼鴻臚卿歸安西應制》。河源，指黃河的源頭地區。

點評 前句寫落日、寫河水，表現的是一種動態之美；後句寫山脈、寫關塞，表現的是一種靜態之美。如此動靜結合，就將秋日邊塞夕陽西下、大河奔流、靜山固塞之景如同一幅山水畫般地規摹出來了，別有一種蒼涼的淒美之感。

莫將邊地比京都，八月嚴霜草已枯。

註釋 出自唐・王縉《九日作》。邊地，邊塞之地。京都，指唐代國都長安。

點評 此寫邊塞之地八月即已霜嚴草枯的惡劣氣候特點。表達守衛邊塞不易的主旨。

暮春三月，江南草長，雜花生樹，群鶯亂飛。

註釋 出自南朝梁・丘遲《與陳伯之書》。

點評 此以“示現”修辭法，將暮春三月的江南景色寫得歷歷在目，彷彿就在眼前，有形象（花草）有聲音（群鶯），讓人有一種身臨其境之感。

暮雲空磧時驅馬，秋日平原好射雕。

註釋 出自唐・王維《出塞》。磧，水中沙堆，此指沙漠。時，不時。雕，鷹類的猛禽。

點評 此寫秋日在空曠的大漠之上縱情馳騁、暮雲之中彎弓射雕的豪邁之情。

扁舟一棹歸何處？家在江南黃葉村。

註釋 出自宋·蘇軾《書李世南所畫秋景》。棹，划船的一種工具。扁舟，小船。

點評 此雖是讚揚朋友畫作之句，卻也是寫江南秋景美色之句。“黃葉村”雖是村名，卻暗含了“黃葉”一詞。這是運用雙關修辭法，一語雙關，將秋日樹葉黃的江南秋景巧妙地呈現出來，婉約蘊藉，給人留下無限想象的空間。“扁舟一棹歸何處”的設問，既表達了駕舟者急切歸去的心情，也暗含了江南秋色的醉人之意。

千里鶯啼綠映紅，水村山郭酒旗風。

註釋 出自唐·杜牧《江南春》。

點評 前句寫江南的春天花紅柳綠、鶯歌燕舞之景，而以“千里”冠之於前，氣象頓然闊大起來，有一種無限美景一望無際、望之不盡之感。後句寫傍水而聚之村落、依山而築之城郭到處酒旗迎風飄動之景，暗示的是江南的富庶與生活的悠閒，讓人頓生無限的豔羨之情。

千里好山青入楚，幾家深樹碧藏樓。

註釋 出自唐·牟融《送徐浩》。楚，指古代楚國之地，此指江南。

點評 此寫春天江南到處青山、碧樹掩樓的景象。前句是泛寫，後句是特寫，遠景與近景結合，就如電影“蒙太奇”，畫面感極強。

青山隱隱水迢迢，秋盡江南草木凋。

註釋 出自唐·杜牧《寄揚州韓綽判官》。隱隱，指遙遠深綠之貌。迢迢，悠遠綿長之貌。

點評 此寫江南暮秋草木凋零、青山依舊、秋水悠悠的景象。秋天雖是令人感傷的季節，但有江南“隱隱”的青山、“迢迢”的綠水，仍能勾起人們對江南美色的無限遐想，別有一種令人陶醉的景致。疊字“隱隱”與“迢迢”，狀山水之貌，視聽覺效果都非常好。

青海戍頭空有月，黃沙磧裏本無春。

註釋 出自唐・柳中庸《涼州曲二首》。戍頭，指戍守之地。磧，水中沙堆，此指沙漠。

點評 此言塞外唯有黃沙漫漫而不見春色，雖也有一輪皓月，但睹之更顯淒涼。“空有月”，正是這種情緒的表露。

窮荒絶漠鳥不飛，萬磧千山夢猶懶。

註釋 出自唐・岑參《與獨孤漸道別長句兼呈嚴八侍御》。磧，水中沙堆，此指沙漠。

點評 此言塞外的荒涼之狀。“鳥不飛”，明言無鳥，實言杳無人跡；“夢猶懶”，明説夢中都不想去，暗寓塞外是極為荒涼之所在。

繞郭荷花三十里，拂城松樹一千株。

註釋 出自唐・白居易《余杭形勝》。

點評 此寫杭州城荷花、松樹繞村郭的優美景致。“三十里”、“一千株”，皆是虛指，運用的是修辭上的誇張法，意在突出強調杭州城荷花、松樹之多。

人人盡説江南好，遊人只合江南老。

註釋 出自五代・韋莊《菩薩蠻》詞。合，應當。

點評 此言遊人到了江南不忍離去，都想終老於此。意在誇説江南之美。

日出江花紅勝火，春來江水綠如藍。

註釋 出自唐・白居易《憶江南》詞。江花，指江邊之花（非指浪花，唐詩中有很多寫江花之句，皆實指花，而非浪花）。

點評 此寫江南春日景象。前句寫朝日初升時霞光萬丈、江邊之花紅豔如火的景象。“江花紅勝火”是比喻（較喻），以火與花的紅豔相比，但不用比喻詞“像”，而用“勝”，是有意在比較中突出強調江花之紅。從而也在突出強調江花之紅的同時，暗寫出旭日初升時那種紅彤彤的形象。後句寫天光山影映水、江水透澈碧綠的景象。“江水綠如藍”是比喻，以藍天之色與碧綠的江水相比，突出強調了江水深綠的程度，同時與“春來”呼應，交待了之所以有此景象的原因。

塞迴連天雪，河深徹底冰。

註釋 出自唐・馬戴《邊將》。迴，遠。

點評 此寫塞上風雪連天、無邊無際，河水浩大、遇寒全凍的景象。前句寫雪大，後句寫冰厚。由此將塞上冰天雪地的景象形象地表現出來，猶如一幅寒塞冰原圖，令人不寒而慄。

塞下秋來風景異，衡陽雁去無留意。

註釋 出自宋・范仲淹《漁家傲》詞。塞下，指塞外。衡陽雁去，衡陽有回雁峰，傳説北雁飛到此處就不再南飛了。

點評 此言塞外秋來萬物盡蕭瑟、大雁往南飛的景象。以“無留意”寫大雁，是比擬修辭法的運用，將雁人格化，説雁不願逗留草原，毫不留戀地飛往南方，意在強調秋天草原的荒涼。

三春白雪歸青塚，萬里黃河繞黑山。

註釋 出自唐・柳中庸《征人怨》。青塚，指西漢王昭君之墓。在今內蒙古呼和浩特境內。傳説塞外草白，獨王昭君墓上之草為青色，故名。

點評 此寫塞外暮春時節白雪皚皚、黃河繞山的景象。前句是寫景之中有感歎，暗寓對王昭君身世的悲慨；後句純是寫景，氣象闊大，動感極強。同時，這二句在對仗方面也極其工整。前句寫白、寫青，後句寫黃、寫黑，而且皆是以地名或專有名詞中的顏色詞相對，自然巧妙，也對詩的視聽覺美感的營構為功不小。

沙平連白雪，蓬捲入黃雲。

註釋 出自唐・王維《送張判官赴河西》。蓬，蓬草。

點評 此寫塞外大漠無邊、白雪連天，風捲沙揚、蓬草飛天的景象。這種塞外風光，雖是生活中難以面對的苦境，但從文學藝術的角度觀賞則別有一種蒼涼、曠遠的美感。

霜花草上大如錢，揮刀不入迷蒙天。

註釋 出自唐・李賀《北中寒》。

點評 此寫塞外天寒之狀。"大如錢"，是比喻，也是誇張，強調的是草上霜花凝結之厚之重；"揮刀不入"，是誇張，意在形象地說明塞外寒氣塞天的迷蒙之狀。

水靜樓陰直，山昏塞日斜。

註釋 出自唐・杜甫《遣興》。陰，陰影。

點評 此寫夕陽西下、樓投直影、水波不興、山色昏暗的塞外晚景。

四面邊聲連角起，千嶂裏，長煙落日孤城閉。

註釋 出自宋・范仲淹《漁家傲》詞。邊聲，指邊塞的各種聲音，如馬嘶聲、風聲等等。角，指號角聲。嶂，高聳險峻如同屏障一般的山峰。

點評 此寫邊塞關城日暮時分的情景：千峰壁立、烽煙直上的遠景之下，一輪紅日冉冉西下，秋風蕭瑟，馬鳴嘯嘯，號角四起，一座邊塞孤城的城門徐徐關閉。其所勾勒的邊塞晚景，就像一幅生動的圖畫，有聲有色，雖然格調有些蒼涼，但意象卻闊大悲壯，讓人有一種身臨其境之感。

濤聲夜入伍員廟，柳色春藏蘇小家。

註釋 出自唐・白居易《杭州春望》。濤聲，此指錢塘江水之聲。伍員，即伍子胥，春秋時代楚國人，曾入吳為相，助吳國打敗楚國和越國。伍員廟，在杭州城內吳山之上。蘇小，即蘇小小，六朝時南齊歌妓，家住錢塘。

點評 此寫杭州城江聲夜作、柳綠春到的景象。詩中點到"伍員廟"、"蘇小家"兩個特定的歷史遺跡，不僅僅是為了對仗的形式需要，更是為了勾起人們對歷史的回味，抒發詩人自己睹物思人的歷史滄桑感。

天蒼蒼，野茫茫，風吹草低見牛羊。

註釋 出自北齊民歌《敕勒歌》。見，同“現”，呈現。

點評 此寫塞外天高地廣、牛羊遍野的景象。詩以疊字修辭法，用“蒼蒼”狀天之高遠，“茫茫”寫草原之廣闊，不僅讀之音律和諧，而且味之更覺其意境闊大。

萬里寒光生積雪，三邊曙色動危旌。

註釋 出自唐·祖詠《望薊門》。三邊，古指幽州、并州、涼州。這裏則泛指東北、北方、西北等邊塞之地。危，高。旌，旗幟。前句正常的語序應該是“萬里積雪寒光生”，之所以這樣倒裝成句，是為了與後句構成對仗。

點評 此寫塞外清晨積雪萬里、寒光耀目、曙色初露、軍旗高揚的景象。前句運用誇張修辭法，以“萬里”突出了幽州邊塞的遼闊空曠與風雪茫茫的景象，在說明了“寒光生”原因的同時，也強調了邊塞生活之“苦”。後句的“三邊”是泛指，意在由此及彼表現邊塞守疆將士高昂的鬥志與嚴整的軍容。寫曙色中的旗幟高高飄揚，雖然見物不見人，但卻突出了守邊將士時刻警惕地守衛着祖國邊疆的形象。因為旗幟正是軍隊的象徵，有旗在，便有人在。前句寫靜景，後句寫動景。動靜結合，遂繪就了一幅生動的邊塞雪晨圖。

細看造物初無物，春到江南花自開。

註釋 出自宋·蘇軾《和荊公絕句》。造物，指造物主，即天。

點評 此言春到江南是悄無聲息的，是自然現象。

閒夢江南梅熟日，夜船吹笛雨瀟瀟，人語驛邊橋。

註釋 出自唐·皇甫松《夢江南》詞。驛，驛站，古代供傳遞公文或消息的人中途休息的地方。

點評 此寫對江南嚮往之夢境：春雨瀟瀟，梅子成熟，夜船響笛聲，人語驛邊橋。意境淒迷，朦朧深邃，如同一幅形聲並茂的山水畫，讓人味之無盡。

煙柳畫橋，風簾翠幕，參差十萬人家。

註釋 出自宋・柳永《望海潮》詞。煙柳，柳如煙，形容柳色無邊無際的樣子。畫橋，如畫一般的橋。

點評 此寫杭州城的繁華景象。"煙柳畫橋"，以柳與橋為着筆點，寫街巷河橋的優美；"風簾翠幕"，以簾、幕為代表，寫民居的精緻。"參差十萬人家"，乃是誇張，極言杭州城人口之稠密，市井之繁華。

野雲萬里無城郭，雨雪紛紛連大漠。

註釋 出自唐・李頎《古從軍行》。

點評 此寫亂雲浮動、不辨城郭，大漠無邊、雨雪紛飛的邊塞冬日景象。前句寫天上，後句寫地下，上下結合，將邊塞惡劣的氣候特徵以淒美蒼涼的筆觸表現出來。

一片傷心金粉地，落花時節到江南。

註釋 出自清・程之鵕《抵金陵》。金粉地，指繁華的古都金陵。

點評 南朝故都金陵曾是有名的金粉之地，但是南朝的各個政權都是在繁華中匆匆謝幕的。因此，到金陵，便會讓人想到這些而感傷不已。何況在落花時節？

一年湖上春如夢，二月江南水似天。

註釋 出自元・迺賢《次段吉甫助教春日懷江南》。

點評 此寫江南春水及水天一色之景。前句寫如夢如幻的江南之春色，後句寫水天一色的江南之春水。"春如夢"與"水似天"，都是運用比喻修辭法。前者以抽象比具象，給人以無限的回味空間；後者以眼前之物（水）比眼外之物（天），將有限之景作了無限的延伸，擴展了詩句的詩境，提升了詩的審美價值。

一路野花開似雪，但聞香氣不知名。

註釋 出自清・吳嵩梁《江南道中》。但，只。

點評 此寫春天走在江南道中繁花似雪、香氣撲鼻的景象。"開似雪"，言花開之盛、花色之白；"不知名"，言花的種類之多。

銀山磧口風似箭，鐵門關西月如練。

註釋 出自唐·岑參《銀山磧西館》。銀山磧，唐代一個沙漠名。鐵門關，唐代塞外一個關塞名。練，白色的熟絹。

點評 此以比喻修辭法寫塞外風勁與月潔之狀。前句表現的是動感與哀情，後句表現的是靜感與閒情。表意生動形象，意象對比非常鮮明，猶如一幅畫，有張有弛，開合有度。

雨恨雲愁，江南依舊稱佳麗；水村漁市，一縷孤煙細。

註釋 出自宋·王禹偁《點絳唇》詞。雨恨雲愁，指江南雨多使人愁。佳麗，此指美麗。

點評 此寫江南春天雨雲籠罩，細雨綿綿，水村漁市，時隱時現，恰似一縷孤煙的景象。"雨恨雲愁"，乃是擬人修辭法，將雨雲人格化，既強調了春日江南雲濃雨多的事實，又使這惱人的春雨季節詩意化。"一縷孤煙細"，乃是比喻修辭法的運用，形象地寫出了春雨綿綿中水村漁市遠望如煙的景象。

羽檄千山靜，羔裘六月寒。

註釋 出自金·周昂《翠屏口七首》(之四)。檄，古代用來徵召、聲討的文書。羽檄，指飛羽傳檄。

點評 此寫金與蒙古成吉思汗軍隊作戰前的塞外環境。前句寫大戰一觸即發前的異常寂靜，暗寫出兩軍按兵不動、互相試探的緊張氣氛；後句寫塞外六月穿皮裘也覺得寒，既是寫塞外氣候的惡劣，也是寫作戰前金軍內心的緊張。"千山靜"的意境讓人覺得無比壓抑，"六月寒"的感覺讓人不寒而慄。

雲霞出海曙，梅柳渡江春。

註釋 出自唐·杜審言《和晉陵陸丞早春遊望》。

點評 此寫江南早春之景。前句寫旭日初升、雲霞出海之景，氣象闊大；後句以擬人修辭法，將梅柳人格化，以動詞"渡"寫活了江南江北春天腳步的不一樣，從而凸顯出江南之春早。

雲出三邊外，風生萬馬間。

註釋 出自明・謝榛《榆河曉發》。三邊，本指西北、北、東北等古代的邊塞地區，此泛指極遠的邊塞地區。

點評 此寫邊塞之景：浮雲飄自於極遠的塞外、風生於萬馬奔騰之間。“三邊”對“萬馬”，不僅形式上顯得工整，在意蘊上也別有寄託，暗寫三邊形勢的緊張之狀。

征鴻一聲起長空，風吹草低山月小。

註釋 出自元・陳孚《居庸疊翠》。征鴻，指飛行的大雁。

點評 此寫居庸關北望所見塞外景象：塞雁夜南飛、聲傳長空外、秋風吹草倒、山月遙望小。

終日風與雪，連天沙復山。

註釋 出自唐・岑參《寄宇文判官》。復，又。

點評 此寫塞外終日漫天風雪、視野之內唯餘沙漠與群山的景象，表現的是邊塞的苦寒與荒涼。

昨夜江南春雨足，桃花瘦了鱖魚肥。

註釋 出自清・孫原湘《觀釣者》。鱖魚，一種名貴的淡水魚。

點評 此寫江南一夜春雨之後桃花落、鱖魚肥的景象。以“瘦”寫桃花被春雨打落而稀疏的情狀，是運用擬人修辭法，表達生動形象。

田園風情

半川雲影前山雨，十里香風晚稻花。

註釋 出自宋・曾紆《寧國道中》。

點評 此寫近處雲影倒映河中，遠處前山雨落紛紛，十里平疇沃野稻花飄香的田園風光，如詩如畫，有色有味。

板橋人渡泉聲，茅簷日午雞鳴。

註釋 出自唐・顧況《過山農家》。

點評 此以“列錦”修辭法，把六個名詞性短語（“雞鳴”是指“雞鳴之聲”）疊砌，像電影“蒙太奇”的鏡頭組合一樣，描繪出一幅寧靜安詳的田園風光圖畫。

薄煙楊柳路，微雨杏花村。

註釋 出自唐・許渾《下第歸蒲城墅居》。

點評 此寫柳色如煙、杏花春雨的田園風光。

柴扉日暮隨風掩，落盡閒花不見人。

註釋 出自唐・元稹《晚春》。柴扉，柴門，指極簡陋的門。

點評 此寫村野清幽寧靜的環境。日暮時分，應該是人歸掩門之時，但是卻不見歸人，柴門只是隨着風的吹動而自動掩了起來；花開應當有人欣賞，可是花兒落盡也不見有人。兩句雖都意在寫“靜”的境界，但表面卻不見一個“靜”字，這就是中國古典文學所追求的“不着一字，盡得風流”的理想境界。

城中桃李愁風雨，春在溪頭薺菜花。

註釋 出自宋・辛棄疾《鷓鴣天》詞。薺菜，一種野生菜蔬。

點評 初春乍暖還寒之際，城中桃李之花還畏寒未開之時，城外溪頭的薺菜花就迎風傲放了。此以薺菜花為特寫對象，在表現薺菜花旺盛生命力的同時，也揭示了這樣一個現象：春天的腳步總是最先到達田野，而非溫暖的城裏。

春風吹蠶細如蟻，桑芽才努青鴉嘴。

註釋 出自唐・唐彥謙《採桑女》。細如蟻，比喻初生之蠶細小如同螞蟻的樣子。努，伸出。青鴉嘴，指桑葉嫩芽像剛出生的烏鴉的青嘴。

點評 此以“細如蟻”、“青鴉嘴”比喻蠶蛹剛生、桑芽初吐時的樣子，新穎生動，使平淡的敍事頓添情趣。

春入平原薺菜花，新耕雨後落群鴉。

註釋 出自宋・辛棄疾《鷓鴣天》詞。薺菜，一種野生菜蔬。

點評 此寫早春雨後花開鳥飛的景象。

村園門巷多相似，處處春風枳殼花。

註釋 出自唐・雍陶《城西訪友人別墅》。枳殼，一種葯用植物。

點評 此寫春風駘蕩、處處鮮花的田園風光。

村徑繞山松葉暗，柴門臨水稻花香。

註釋 出自唐・許渾《晚自朝台津至韋隱居郊園》。柴門，指極簡陋的門。

點評 此寫村傍松山、葉密路暗、房舍臨水、稻花飄香的田園風光。

村靜鳥聲樂，山低雁影遙。

註釋 出自金・元好問《乙卯十一月往鎮州》。

點評 此寫鳥喧村愈靜、雁高山顯低的情景。

登東皐以舒嘯，臨清流而賦詩。

註釋 出自晉・陶淵明《歸去來兮辭》。皐，田澤旁邊的高地。以，而。舒嘯，放聲長嘯。清流，清澈的河水。賦詩，吟詠、創作。

點評 登高而長嘯，臨水則賦詩，此乃何等的風雅，又是何等的閒適？這是詩人田園生活的情趣，也是中國古代無數文人嚮往的隱士生活。

地僻鄉音別，年豐酒味醇。

註釋 出自宋·王操《村家》。僻，偏僻。別，不同。醇，酒味厚、純。

點評 此寫偏僻鄉村的生活情態：方言與眾異，民風樸且淳，豐年釀村酒，自比常酒醇。

渡頭餘落日，墟里上孤煙。

註釋 出自唐·王維《輞川閒居贈裴秀才迪》。渡頭，渡口。墟里，指村落。孤煙，孤直的炊煙。

點評 此寫鄉村傍晚的景象：渡口夕陽紅、村落飄炊煙。雖是平白地寫景，卻有畫一般的意境，落日之紅，炊煙之白，落日之徐徐而下，炊煙之嫋嫋上升，正好形成了強烈的對比，使畫面豐滿而動感十足。

鵝湖山下稻粱肥，豚阱雞塒對掩扉。

註釋 出自唐·張演《社日村居》。稻粱肥，指莊稼成熟。豚阱，豬圈。雞塒，雞窩。掩，關。扉，門。

點評 此寫稻花飄香、五穀豐登、六畜興旺、家不閉戶的田園風光，表現的是太平、富足、祥和的社會景象。

方宅十餘畝，草屋八九間。榆柳蔭後簷，桃李羅堂前。

註釋 出自晉·陶淵明《歸田園居五首》其一。方宅，指傍着住宅之田地。羅，排列。

點評 有田十餘畝、有屋八九間、屋後有榆柳、堂前有桃李，這是詩人理想的田園生活環境，雖是幻想，但讀之仍令人起豔羨之情。

風動葉聲山犬吠，一家松火隔秋雲。

註釋 出自唐·盧綸《山店》。吠，狗叫。松火，古代以松明燃燒照明，故稱松火。

點評 此寫山中店家的幽靜環境。前句寫聽覺形象，後句寫視覺形象。前者表現的是身在其中的親切感，後者則表現一種可望不可及的飄忽感。如此前後配合，形聲兼備，遂描繪出一幅格調清新的山野人家的圖畫。

隔岸兩三家，出牆紅杏花。

註釋 出自宋・魏夫人《菩薩蠻》詞。

點評 此寫隔水遠觀對岸所見的田園風光：傍水村舍兩三家，院中紅杏出牆來。

隔溪春色兩三花，近水樓台四五家。

註釋 出自元・葉顒《題幽居》。

點評 此寫早春幽靜的田園風光。"兩三花"，言花是初放，說明是早春。"四五家"，言人家不多。因為是早春，春水不大，因此"近水樓台"的人家也不會受到水流之聲的干擾。由此，凸顯出隔溪近水的樓台既"幽"且"靜"的氛圍。"兩三花"與"四五家"相對，經由數量詞的呼應，既使對仗形式趨於工整，又由數量詞本身凸顯出"春早"與"人少"的意蘊。

鼓腹無所思，朝起暮歸眠。

註釋 出自晉・陶淵明《戊申歲六月中遇火》。鼓腹，拍着肚子。

點評 此寫鄉居的悠閒情調：吃飽了拍拍肚子，一無所思，早起晚歸眠。

孤煙村際起，歸雁天邊去。

註釋 出自唐・孟浩然《南歸阻雪》。

點評 此寫人在異鄉、雪阻思歸的孤獨之情。但這種情感的展露是通過寫田園之景而實現的。前句以"孤煙"寫所見村莊的孤零之景，明寫村孤，實寫詩人之孤。後句寫歸雁高飛，看似無意間仰頭所見之景，實是有意借雁歸而抒發自己不能歸的痛苦之情。

寒鴉飛數點，流水繞孤村。

註釋 出自隋・楊廣《失題》。

點評 此寫鴉飛空中、水繞孤村的暮秋景象。"飛數點"，言鴉飛之高遠；"繞孤村"，言水流之緩慢。"寒鴉"與"孤村"，皆是將非人的事物人格化，突出表現的是詩人深切的悲秋情懷。

湖邊無處看山色，但愛千家帶雨耕。

註釋 出自清・魏源《高郵州署秋日偶題》。但，只。

點評 此寫秋日看農民雨中耕作的喜悅之情。

蝴蝶雙雙入菜花，日長無客到田家。

註釋 出自宋・范成大《四時田園雜興》。田家，農家。

點評 此寫花自開放蝶自飛、野無行人日偏長的田園景象，表現的是一種靜謐恬淡的境界。

荒村帶返照，落葉亂紛紛。

註釋 出自唐・劉長卿《碧澗別墅喜皇甫侍御相訪》。返照，落日的餘暉。

點評 此寫鄉村荒涼的景象。"荒村"、"返照"、"落葉"三個常用於寫哀景的意象，加上一個寫落葉的摹狀詞"紛紛"，將荒村秋日的荒涼之境淋漓盡致地表現出來。

寂寞柴門人不到，空林獨與白雲期。

註釋 出自唐・王維《早秋山中作》。柴門，指非常簡陋的門。

點評 此寫山居無客到、空林白雲相伴的生活狀態，表現的是一種自然、質樸、快樂的生活情趣。"與白雲期"，是擬人修辭法的運用，將白雲人格化，表達了詩人親近自然、熱愛自然的生活態度，突出其山居寂寞但樂在其中的生活情趣。

雞犬散墟落，桑榆蔭遠田。

註釋 出自唐・王維《千塔主人》。墟落，指村落。

點評 此寫自然、恬靜的鄉村風光。前句以"散"寫雞犬在村落中的行動狀態，後句以"蔭"寫桑榆遮田的情景，表現的都是鄉村自然、恬靜的境界。

江上人家桃樹枝，春寒細雨出疏籬。

註釋 出自唐・杜甫《風雨看舟前落花戲為新句》。江上，江邊。

點評 此寫江邊桃枝沖寒沐雨、破籬而發的景象。在讚頌桃樹的勃勃生機與旺盛生命力的同時，抒發了詩人風雨之中看花的雅興與欣喜之情。

江深竹靜兩三家，多事紅花映白花。

註釋 出自唐・杜甫《江畔獨步尋花七絕句》。

點評 此寫江村恬靜優美的環境。前句是寫環境的靜謐。言“江深”，意謂江流緩，江流緩則無聲。寫“竹靜”，言無風。無風則不起浪，江面更顯靜。“兩三家”，言人少，人少自然靜。後句寫環境的優美，但不直說，而是以擬人修辭法將花人格化，說“紅花映白花”是“多事”，貌似責怪，實際則欲喜還嗔地表達了其讚賞喜悅之情。

近郭亂山橫古渡，野莊喬木帶新煙。

註釋 出自唐・張繼《馮翊西樓》。

點評 此寫蒼涼靜謐的田園風光。動詞“橫”與“帶”，一寫古渡，一寫村莊，都是見物而不見人，表現的是“靜謐”的境界。“亂山”、“古渡”、“野莊”、“喬木”等名詞，則以特定的意蘊與形象淋漓盡致地寫出了“蒼涼”之感。

景翳翳以將入，撫孤松而盤桓。

註釋 出自晉・陶淵明《歸去來兮辭》。景，日光，此指太陽。翳翳，太陽被遮蔽不見的樣子。以，而。盤桓，徘徊、逗留。

點評 此寫觀日、撫松而徘徊不歸的田園閒適生活。

老牛粗了耕耘債，齧草坡頭臥夕陽。

註釋 出自宋・孔平仲《禾熟》。粗，粗粗、基本上。了，結束、完成。齧，啃咬。

點評 此寫老牛耕田任務完成後，夕陽時分臥於坡頭啃草的閒適情態。雖然是農村非常平常的場景，但在詩人筆下卻寫得詩意盎然，老牛也人格化了，讀之讓人也如老牛一樣有一種工作結束後的輕鬆感。

兩岸荔枝紅，萬家煙雨中。

註釋 出自宋・李師中《菩薩蠻》詞。

點評 此寫荔枝夾岸而紅、細雨掩映萬家的春日景象。"荔枝"是可感可見之物，"煙雨"則有虛無飄渺之感；荔枝是紅色，煙雨是白色；"兩岸荔枝紅"是近景，"萬家煙雨中"是遠景。如此虛實結合、紅白相間、遠近並舉，一幅煙雨荔枝圖便躍然紙上。

兩岸山花似雪開，家家春酒滿銀杯。

註釋 出自唐・劉禹錫《竹枝詞九首》。

點評 此寫江邊人家優美的環境與歡樂的生活場景。前句以比喻修辭法將花比雪，寫出了山花怒放的盛況；後句寫銀杯飲酒的細節，以小見大，表現農家的快樂生活。

鄰曲時時來，抗言談在昔。奇文共欣賞，疑義相與析。

註釋 出自晉・陶淵明《移居二首》其一。鄰曲，鄰居。抗言，高聲談笑、高談闊論。在昔，往古之事。共，一起。析，剖析。

點評 此寫鄉居生活的純樸情趣：鄰里往還，談天說地，奇文共賞，疑義相析。一個清靜、恬淡、祥和的世界！

林寒正下葉，釣晚欲收綸。

註釋 出自南朝陳・陰鏗《江律送劉光祿不及》。下葉，落葉。收綸，收起釣魚的絲線。

點評 此寫秋風落葉林木寒、釣者天晚欲歸家的情景。

六月青稻多，千畦碧泉亂。

註釋 出自唐・杜甫《行官張望補稻畦水歸》。畦，田間分出的小區。

點評 此寫六月田野中到處都是青稻、碧水之景。"千畦"是誇張，不僅突出強調了稻田面積之大，也使詩句所描寫的意象更形闊大。

綠樹村邊合，青山郭外斜。

註釋 出自唐・孟浩然《過故人莊》。

點評 前句寫近景，後句寫遠景。“村邊合”，寫的是故人莊的封閉性，突出的是田園之寧靜；“郭外斜”，寫的是村外有郭（城）、有山的開放性，強調的是故人莊寧靜而不偏僻的地理位置。

滿眼兒孫滿簷日，飯香時節午雞啼。

註釋 出自清・汪繹《田家樂》。滿簷日，指陽光灑滿院落。

點評 此寫農家生活的快樂之情。前句以“滿眼兒孫”與“滿簷日”並置，意在以陽光燦爛之景襯托兒孫滿堂的天倫之樂。後句以“飯香”與“雞啼”並提，意在表現豐衣足食、人禽兩旺的景象。

牧童歸去橫牛背，短笛無腔信口吹。

註釋 出自宋・雷震《村晚》。無腔，不成曲調。信口，隨口。

點評 此寫牧童騎牛吹笛的情景，自然而悠然。詩句以“橫”、“信口”二詞特寫牧童的騎牛姿勢與吹笛腔調，其意正是為了凸顯這種自然、悠然的田園生活情調。

農務各自歸，閒暇輒相思。相思則披衣，言笑無厭時。

註釋 出自晉・陶淵明《移居二首》其二。農務，農忙。輒，就。

點評 農忙各自忙活計，農閒彼此就惦記。夜來難眠披衣起，直入鄰家相談笑。此寫鄉村單純、質樸的人際交往方式與恬淡、自然的人際關係。

平疇漲清波，隴麥如人深。

註釋 出自宋・汪藻《避地西亭野步》。疇，已耕種的田地。平疇，平整廣闊的田地。隴，農田中種農作物的行。

點評 青青麥苗隨風起伏，猶如水中波浪湧動；一隴一隴的麥子長得就像人一樣高了。此寫平疇沃野麥浪滾滾之狀，讓人如臨其境，頓生喜悅之情，為農民即將喜獲豐收而高興。

平川沃野望不盡，麥隴青青桑鬱鬱。

註釋 出自宋·陸游《山南行》。平川，平原。沃野，肥沃的田地。隴，農作物種植的行。鬱鬱，草木茂盛的樣子。

點評 此寫沃野千里、麥苗青青、桑樹茂密的田園風光。

阡陌交通，雞犬相聞。

註釋 出自晉·陶淵明《桃花源記》。阡陌，田間小路。南北叫阡，東西叫陌。交通，相互聯通。雞犬相聞，指鄰近村莊的雞鳴狗吠之聲都可以聽見。

點評 田間小路縱橫交錯，遠村近舍雞犬之聲相聞。此寫桃花源中的道路村莊之景，畫出了一幅寧靜安祥的世外景象。

清江一曲抱村流，長夏江村事事幽。

註釋 出自唐·杜甫《江村》。

點評 此寫江村長夏“人自無事江自流”的清幽境界。

人歸一犬吠，月上百蟲響。

註釋 出自元·何中《知非堂夜坐》。吠，叫。

點評 此寫鄉村夜晚寧靜的情景。其妙處是寫靜謐不是直寫無聲，而是以有聲襯無聲，通過寫“動”態而暗寫出“靜”態。寫人歸狗吠，意謂夜裏村中極靜，除了歸人的腳步聲，甚麼聲音也沒有，不然就不會驚起犬吠。寫月明蟲響，意謂入夜萬籟俱寂，甚麼聲響也沒有，以致悄無聲息的月亮升起來也會驚動了百蟲，這是反襯月出前的極度靜謐之境。

人家在何許，雲外一聲雞。

註釋 出自宋·梅堯臣《魯山山行》。何許，何處。

點評 此寫山中人家隱藏之深。“雲外”，是誇張，言人家距離之遠、位置之高。“一聲雞”，言雞而寫家，表現的是一種生機，展露的是一種山行寂寞中遇到人家的希望。

日暮蒼山遠，天寒白屋貧。柴門聞犬吠，風雪夜歸人。

註釋 出自唐・劉長卿《逢雪宿芙蓉山主人》。白屋，茅屋。柴門，指非常簡陋的門。

點評 此寫鄉村貧寒蕭瑟的景象。前兩句將一間茅屋置於日暮蒼山的背景之中，且附帶“天寒”的節候交待，其所表現的貧寒蕭瑟的情境盡在其中矣。後二句寫狗吠人歸的情節，配以“柴門”、“風雪”的環境烘托，其所要表現的歸人的辛苦、生活的貧寒之意蘊俱見於情境之中。

日斜深巷無人跡，時見梨花片片飛。

註釋 出自唐・戴叔倫《過柳溪道院》。

點評 此寫傍晚時分“花自飄落日自斜”的靜謐安寧的田園風光。

桑葉隱村戶，蘆花映釣船。

註釋 出自唐・岑參《尋鞏縣南李處士別業》。

點評 此寫田園自然寧靜的境界。“隱村戶”與“映釣船”，寫的是深藏不露的景象，表現的是寧靜的境界。“桑葉”、“蘆花”，都是鄉間常見的植物，表現的是自然的情調。

山上層層桃李花，雲間煙火是人家。

註釋 出自唐・劉禹錫《竹枝詞九首》。

點評 此寫近山處處花、遠望是人家的田園風光。

山淨江空水見沙，哀猿啼處兩三家。

註釋 出自唐・韓愈《答張十一》。

點評 此寫山水人家的田園風光。前句寫山水，表現的是一種闊大清新的視覺形象；後句寫人家，以哀猿之聲為襯托，表現的是一種淒涼冷清的視聽覺形象。如此前後配合，遂描繪出一幅淒清但不失蒼涼之美的田園風情圖畫。

深巷斜暉靜，閒門高柳疏。

註釋 出自唐・王維《濟州過趙叟家宴》。斜暉，夕陽的餘暉。

點評 此寫一種靜謐恬淡的田園情境。前句寫斜暉脈脈、深巷無人之景，表現的是一種靜謐的境界，句末的"靜"字也在字面上予以點出。後句寫院門緊閉、高柳疏落的景象，表現的是一種無人的境界，突出的是一種"結廬在人境，而無車馬喧"的恬淡。句末的"疏"字，既是寫柳的形象，也含人情疏落之意。

數家茅屋清溪上，千樹蟬聲落日中。

註釋 出自唐・戴叔倫《題友人山居》。

點評 此寫山居的清幽蒼涼之境。前句寫視覺形象，表現的是山居環境的清幽；後句寫視聽覺形象，用"蟬聲"、"落日"兩個特定的意象，從聽覺與視覺兩個方面表現山居的僻靜與蒼涼。"千樹蟬聲"，是誇張，意在凸顯"蒼涼"的氛圍。

水曲山隈四五家，夕陽煙火隔蘆花。

註釋 出自宋・徐積《漁父樂》。山隈，山或水彎曲的地方。

點評 此寫山窮水複處、村舍四五家，夕陽冉冉落、炊煙映蘆花的田園風光。

童子柳陰眠正着，一牛吃過柳陰西。

註釋 出自宋・楊萬里《桑茶坑道中八首》之一。

點評 此寫牧童貪眠於柳蔭之下、牛兒偷過柳蔭之西的情景，頗富悠閒的田園情趣。

土地平曠，屋舍儼然，有良田美池桑竹之屬。

註釋 出自晉・陶淵明《桃花源記》。平曠，平整開闊。屋舍，房屋。儼然，整齊分明之狀。

點評 此寫桃花源中之景，確是一派世外仙地之象。

溪田雨足禾先熟，海樹風高葉已秋。

註釋 出自宋・張耒《登海州城樓》。禾，此指水稻。

點評 此寫晚稻成熟之時已是風高葉落的秋天的季候特點。

夕陽牛背無人臥，帶得寒鴉兩兩歸。

註釋 出自宋・張舜民《村居》。

點評 此寫恬靜安寧的田園風光：夕陽西下、耕牛晚歸，三二寒鴉、立於牛背。表現的是一種自然的天趣。

斜光照墟落，窮巷牛羊歸。

註釋 出自唐・王維《渭川田家》。斜光，夕陽。墟落，村落。窮巷，指閉塞不通的小巷。

點評 此寫夕陽西下、牛羊歸來的晚景。雖是平常的寫景，卻蘊含了"歸依"、"沖淡"的人生哲理。就寫景本身看，則表現了一種靜謐恬淡的境界。

野老念牧童，倚杖候荊扉。

註釋 出自唐・王維《渭川田家》。野老，老農。荊扉，柴門。

點評 此寫黃昏時分老農念着放牧的孩子，拄杖等在柴門前凝望的情景。雖是非常平常的敍事，但其間所透露的天倫親情與人間真情，恰似李白所說的"清水出芙蓉，天然去雕飾"那般自然清新，有一種質樸真淳的美，引人回味。

一徑野花落，孤村春水生。

註釋 出自唐・杜甫《遣意二首》。

點評 此寫田園自然寧靜的景象。"野花落"對"春水生"，不僅對仗工整，而且意象相映成趣。"野花落"，寫花落紛紛的景象，表現的是"往下"的意象；"春水生"，寫春水湧漲的景象，表現的是"向上"的意象；前後配合，共同表現了大自然新陳代謝的景象，前者是"謝"，後者是"代"。

一路稻花誰是主，紅蜻蛉伴綠螳螂。

註釋 出自宋·樂雷發《秋日行村路》。

點評 此寫蜻蛉螳螂飛逐稻花、漫天起舞的景象。後句強調蜻蛉之紅、螳螂之綠，意在與前句所寫稻花之白作顏色上的比對，從而凸顯詩句意境上的色彩感。

遠草平中見牛背，新秧疏處有人蹤。

註釋 出自宋·楊萬里《過百家渡》。

點評 此寫牛牧於遠野之上、人勞作於秧田之中的田園景象。

悅親戚之情話，樂琴書以消憂。

註釋 出自晉·陶淵明《歸去來兮辭》。悅，對…感到喜悅。之，的。情話，有人情味的閒話。樂，以…為樂。琴書，彈琴讀書。以，而。

點評 此寫詩人歸鄉後與親戚閒話人間事、彈琴讀詩書以消磨時光的生活情趣。

遠上寒山石徑斜，白雲生處有人家。

註釋 出自唐·杜牧《山行》。

點評 此寫山行所見景象：秋山蕭瑟、石徑細斜，白雲浮動、遙見人家。表現的是一種田園生活的靜謐自然的情調。

月下江流靜，荒村人語稀。

註釋 出自唐·錢起《江行無題一百首》。

點評 此寫寧靜的田園夜景。前句直接以“靜”字點出主旨意蘊，後句則以“荒村”和“人語稀”兩個場景將“靜”予以具體化，從而將月夜靜謐的境界表現出來。

稚子就花拈蛺蝶，人家依樹繫鞦韆。

註釋 出自宋·王禹偁《寒食》。稚子，幼兒。就，接近、靠近。拈，捉。蛺蝶，蝴蝶。依，傍、靠。繫，拴、綁。

點評 此寫幼兒捉蝶、鞦韆依樹的田園寧靜安祥之景象，如詩如畫，動感極強。

竹喧歸浣女，蓮動下漁舟。

註釋 出自唐・王維《山居秋暝》。竹喧，指竹林裏的喧嘩聲。浣女，洗衣的女子。

點評 此寫日暮竹林喧嘩、浣女歸家，蓮葉搖動、漁舟返航的鄉野晚景，就像一幅生動的山水人物畫，有竹有蓮，有男有女，有聲有色（聲是喧嘩之聲，色是竹、蓮之色），讀之讓人神往不已。從語序上說，這兩句應該寫成"竹喧浣女歸，蓮動漁舟下"。之所以寫上"竹喧歸浣女，蓮動下漁舟"，是律詩格律與平仄相對的需要。

竹徑有時風為掃，柴門無事日常關。

註釋 出自唐・朱慶餘《歸故園》。柴門，指極簡陋的門。

點評 前句寫風掃竹徑的細節，意謂竹徑無人行走；後句寫柴門常關，意謂院落無人居住。兩句合起來，表現了故園荒廢已久的意旨。其所寫之意境雖有蕭條、蒼涼的色彩，但又不失清幽、雅致的本色，風掃竹徑的細節尤其能凸顯這一點。

自種自收還自足，不知堯舜是吾君。

註釋 出自宋・王禹偁《畲田調》。堯、舜，上古聖君，此借指當朝皇帝。吾，我。君，國君。

點評 此寫農民自種自收、自給自足，不問政事的心態。

花柳草木

愛惜芳心莫輕吐，且教桃李鬧春風。

註釋 出自金・元好問《同兒輩賦未開海棠二首》。

點評 此言海棠花開於桃李花謝之後。但詩人並不這樣直寫，而是以擬人修辭法將海棠花人格化。前句説海棠花遲遲不開是因為愛惜芳心，就像美人不肯輕向情人吐露心曲一樣，這是擬人，同時也有比喻的成份在其中；後句也是擬人，將桃花、李花盛開説成是“鬧春風”，以動詞“鬧”賦予它們人的行為動作，從而凸顯出海棠花猶如一個“旁觀者清”的清醒者的形象。

岸葦新花白，山梨晚葉丹。

註釋 出自唐・鄭愔《貶降至汝州廣城驛》。丹，紅。

點評 此寫秋天河岸蘆花白、山上楓葉紅的景象。前句寫水旁，後句寫山上；前句寫近景，後句寫遠景；前句寫白，後句寫紅。兩相對比，遠近結合、山水相襯、紅白相映，一幅生動的秋景圖便活然眼前了。

百葉雙桃晚更紅，窺窗映竹見玲瓏。

註釋 出自唐・韓愈《題百葉桃花》。百葉桃花，指一種觀賞類的桃花。

點評 夕陽西下，紅霞滿天，園中兩株百葉桃樹上盛開的花兒顯得更紅；而兩株桃樹則在隔窗綠竹的映襯下更顯玲瓏可愛之態。此乃寫桃花映夕陽、綠竹襯桃樹的晚景。“窺窗”，是運用擬人修辭法，將桃樹人格化，從而突出強調其旁枝臨窗的優美之姿以及與竹林相映成趣的玲瓏之態。

白雲抱幽石，綠筱媚清漣。

註釋 出自南朝宋・謝靈運《過始寧墅》。幽石，幽僻遙遠的山石。筱，小竹。清漣，河水清澈而有漣漪的樣子。

點評 白雲環繞着遠處幽深的山石，碧綠的新竹隨風搖曳，彷彿是在討好清澈的河水與水面上的漣漪。白雲繞山、綠竹映水，本也是非常平常之景，但詩人以擬人修辭法將白雲與綠竹都予以人格化，使其有“抱”、“媚”等人的行為動作，於是非人類的白雲、綠竹便有了人的生命情態，表達由此形象生動起來，令人不禁浮想聯翩，有味之無窮之感。

碧玉妝成一樹高，萬條垂下綠絲絛。

註釋 出自唐・賀知章《詠柳》。碧玉，中國古代詩詞中常寫的美女，泛指年輕美貌的女子。絲絛，絲帶。

點評 此二句是寫早春楊柳之作。“碧玉妝成一樹高”一句，是運用比擬修辭法，將早春的垂柳比作是年輕美貌的美女碧玉，說她被妝扮的婷婷嫋嫋；“萬條垂下綠絲絛”，則運用比喻修辭法，將柳樹垂下的柳條比作是美女碧玉裙子上飄着的絲帶。由此，無生命的垂柳頓然有了人的生命情態，早春二月的垂柳形象便活了起來。

不搖花已亂，無風花自飛。

註釋 出自南朝梁・柳惲《詠薔薇》。

點評 此寫薔薇花花朵全開、無風自落的情景。

不肯畫堂朱戶，春風自在楊花。

註釋 出自宋・王安石《清平樂》詞。楊花，即柳絮。畫堂朱户，指富貴人家。

點評 此寫春風吹柳絮而漫天飛舞的景象。“不肯”，乃是擬人修辭法，將柳絮人格化，以生動地彰顯出柳絮不願阿諛富貴的形象（不落於畫堂、不入於朱戶）。其實，這是詞人以柳絮自比，是自己的人格比況。

不是花中偏愛菊，此花開盡更無花。

註釋 出自唐・元稹《菊花》。

點評 此言菊花開後再無別的花可開了。表面是說菊花是花中唯一能夠

"笑到最後"者，實則是借讚揚菊花傲霜鬥寒的特性，來歌頌高潔品德的君子。

不知牆外夜來梅，忍寒添得疏花否？

註釋 出自宋·侯寘《踏莎行》詞。疏花，少許的花朵。

點評 此句之妙乃是不直言期盼梅花開放之意，而是以問代答，用疑問的口氣表達出詞人對期盼梅花早開的強烈之情。

蒼龍日暮還行雨，老樹春深更着花。

註釋 出自清·顧炎武《又酬傅處士次韻》。蒼龍，指雨雲。着花，開花。

點評 此寫薄暮之時春雨落、老樹晚春花更發的景象。蒼龍行雨，帶有一種神話的色彩；老樹開花，帶有令人驚喜的情感。由雨及樹，由樹及花，由日暮到春深，因果關係清楚，意境更是開闊，讓人由景生情，浮想聯翩。

草色青青柳色黃，桃花歷亂李花香。

註釋 出自唐·賈至《春思二首》。

點評 此寫草色碧綠、柳葉嫩黃、桃花盛開、李花飄香的早春景象。"柳色黃"，言柳樹剛吐新芽，暗示是早春；"桃花歷亂"，是以"亂"形容桃花盛開、令人目亂之狀。

草色侵官道，花枝出苑牆。

註釋 出自唐·張繼《洛陽作》。

點評 此寫洛陽春天官道兩旁綠草如茵、宮苑之內花枝招展的景象。"侵"字與"出"字，都是帶有主動色彩的動詞，用以描寫綠草與花枝更是傳神。前者突出的是綠草蔓延、綿綿不絕的景象，後者強調的是花繁葉茂、春色難藏的情景。

草短花初拆，苔青柳半黃。

註釋 出自唐·柳中庸《幽院早春》。拆，開。

點評 此寫初春綠草破土、花蕾初開、苔蘚泛青、柳芽半黃的景象，突出的都是早春的“早”字，讓人感知到的則是勃勃的生機與旺盛的生命活力。

草暖雲昏萬里春，宮花拂面送行人。

註釋 出自唐・李賀《出城寄權璩楊敬之》。

點評 此寫春天日暖草碧、浮雲低垂、春光萬里、宮花滿枝的景象。後句是擬人修辭法，將宮花人格化，使其具有人的生命情態，於是在借物中寄託了送別友人的依依之情。

長松落落，卉木濛濛。

註釋 出自漢・杜篤《首陽山賦》。落落，勁拔挺立的樣子。卉木，草木。濛濛，茂盛的樣子。

點評 此寫首陽山上古松勁拔、草木茂盛。寫景之中對周代隱居於此、不食周粟而餓死於首陽山中的高士伯夷、叔齊的高潔人格寄予了深摯地讚賞之情。

城邊流水桃花過，簾外春風杜若香。

註釋 出自唐・劉禹錫《寄朗州温右史曹長》。杜若，一種香草。

點評 此寫桃花逐水流過城東、杜若香氣隨風吹入人家的景象。前句寫桃花、流水，是視覺形象；後句寫春風、香草，是觸覺與嗅覺形象。

城中桃李須臾盡，爭似垂楊無限時。

註釋 出自唐・劉禹錫《楊柳枝詞九首》。須臾，一會兒、極短的時間。爭似，怎麼像。

點評 此言桃李花開美在一時，而楊柳青枝綠葉之美則具有長久性。表面是比較桃李與楊柳的生命力，實則另有寄託。其中的“桃李”是指政敵，“垂楊”是指自己。意謂迫害自己、逼使自己離京的政敵得勢只在一時，而自己的政治生命將會永存。

春色滿園關不住，一枝紅杏出牆來。

註釋 出自宋・葉紹翁《遊園不值》。

點評 此言從出牆的一枝紅杏便可窺見春天即將到來。言“一枝紅杏”，而不言數枝，意在突出此時尚是早春，還不是杏花盛開的時節。“關不住”，乃是擬人修辭法的運用，是將非人類、無生命的“春色”人格化，從而形象地表現出春天腳步不可阻擋。

春色三分，二分塵土，一分流水。

註釋 出自宋·蘇軾《水龍吟》詞。

點評 此句意謂春天已去。但作者並不這樣表述，而是將春色剖分為三分，說二分已隨楊花葬入塵土之中，一分已隨水流去。也就是說，春色三分都不存在了。其所表達的是“無可奈何春去也”的深深傷春之情。從來源上看，這種將春色三分的說法，應該說不是蘇軾的首創，而是源自宋初詞人葉清臣《賀聖朝》詞中的“三分春色二分愁，更一分風雨”。如果追溯得更遠，唐代詩人徐凝的《憶揚州》詩句“天下三分明月夜，二分無賴是揚州”，也與此有關。

春蘭秋菊，各一時之秀也。

註釋 出自宋·洪興祖《楚辭·九歌·禮魂》補註引古語。也，句末語氣助詞，幫助判斷。

點評 春天的蘭花與秋天的菊花，都各是其特定時段的名花。此言除了說明花開有時的事實，還別有一層寓意：任何東西，再好也有時效性，有時間的局限。

春似酒杯濃，醉得海棠無力。

註釋 出自宋·周紫芝《好事近》詞。

點評 此言春深海棠花紅之狀。前句是比喻，以“酒杯濃”比喻春意濃，暗示時已暮春。後句是擬人，將海棠盛開、花朵下垂的樣子比作人醉酒後的疲乏之態，使平常的寫景頓然形象生動起來，讀之令人由此及彼而生發出無限的聯想想象。

春風不解禁楊花，濛濛亂撲行人面。

註釋 出自宋·晏殊《踏莎行》詞。楊花，指柳絮。

點評 此以擬人修辭法，將“春風”人格化，將柳絮滿天飛的過錯歸咎於春風，說是春風沒有盡到責任，不懂得制止柳絮。雖然表達悖理，但卻無理而妙，將平常的情事寫得異常有趣。“亂撲行人面”，也是擬人修辭法，乃是將“楊花”人格化，讓它有人的行為動作“撲”，由此柳絮落人面的平常之事顯得頓然有味起來。

春盡絮花留不得，隨風好去落誰家。

註釋 出自唐・劉禹錫《楊柳枝詞九首》。

點評 此寫春去柳絮飛、隨風漫天舞的景象。“落誰家”，乃言飛舞的方向飄移不定，意在凸顯其漫天飛的形象。

待到秋來九月八，我花開後百花殺。衝天香陣透長安，滿城盡帶黃金甲。

註釋 出自唐・黃巢《不第後賦菊》。

點評 此詩表面是說秋高九月，菊花開放，百花盡凋，長安城中到處都是金黃色的菊花，香氣四溢。實則是借物言志，表達了詩人進士落第之後憤恨不平之情與決心推翻李氏唐朝、取而代之的豪情壯志。其中“百花殺”、“黃金甲”二詞都是運用“雙關”修辭法，表面是說花，實則是暗寓披盔帶甲推翻唐朝之深意。寫菊花之詩古來很多，但從這個角度來寫，不僅構象新穎，而且暗寓深意非常巧妙，實在是不多見的。

島花開灼灼，汀柳細依依。

註釋 出自唐・李白《送客歸吳》。汀，水邊平地。

點評 此乃寫花開柳舞之景。前句以“灼灼”寫花開燦爛、耀人眼目之狀，後句以“依依”狀柳枝柔弱、隨風而動之貌，皆是以“疊字”修辭法來生動地狀物寫景，讓人如見如睹，歷歷在目。

顛狂柳絮隨風舞，輕薄桃花逐水流。

註釋 出自唐・杜甫《絕句漫興九首》。

點評 此寫暮春時節柳絮漫天飛、花落隨水流的景象。桃花飄落隨水流、柳絮慢慢逐風舞，這都是春天常見的景象，本無可寫。作者將柳絮與桃花都擬人化，使其帶有人的生命情態，於是原本非人類的柳絮與桃花都成了有情之物，柳絮能夠"巔狂"，桃花具有"輕薄"之性。由此，頓然打開意境，讓人情不自禁地作由此及彼的無限聯想，味之無窮。

東風着意，先上小桃枝。

註釋 出自宋·韓元吉《六州歌頭》詞。東風，指春風。着意，特意。

點評 此言春天的到來首先呈現於桃花枝頭。意謂桃花是報春的使者。

獨倚欄杆凝望遠，一川煙草平如剪。

註釋 出自宋·謝逸《蝶戀花》詞。

點評 此寫登高望遠、滿眼碧草的景象。"一川"，是滿地之意；煙草，表面是說草地猶如鎖在煙霧之中，實則是說草地無邊無際；"平如剪"，是比喻遍地碧草都是一般高的整齊之貌。前句說倚欄望得遠，後句寫草色如煙，都是意在強調草地的無邊無際。

短短桃花臨水岸，輕輕柳絮點人衣。

註釋 出自唐·杜甫《十二月一日三首》。

點評 此寫春日桃花傍水開、柳絮飛舞沾人衣的景象。"短短"，言桃樹之矮小，意在突出其可愛之狀；"輕輕"，言柳絮飛舞之慢。

芳草鮮美，落英繽紛。

註釋 出自晉·陶淵明《桃花源記》。英，花。

點評 此乃作者所寫世外桃源之景。

芳蹊密影成花洞，柳結濃煙花帶重。

註釋 出自唐·李賀《春懷引》。蹊，小徑。

點評 前句寫小徑花盛、垂條似洞的景象，後句寫柳色無邊、花壓枝頭的景象。"成花洞"，乃是比喻，寫開滿鮮花的小徑之上兩旁花枝垂下，交相搭掛，使小徑遠看就像一個花洞。"濃煙"，也是比喻，寫柳色無邊，遠望如煙的景象。“花帶重”，是寫花壓枝頭，枝條垂下的樣子。

風吹梅蕊鬧，雨細杏花香。

註釋 出自宋・晏幾道《臨江仙》詞。

點評 此寫東風初渡、梅花盛開、春雨細細、杏花飄香的初春景象。“梅蕊鬧”，是以擬人修辭法，將梅花盛開的過程人格化，不用動詞“開”，而用動詞“鬧”，使梅花盛開的氣勢與花開的過程更加逼真形象。前句寫梅花風中開放，後句寫杏花雨中飄香。前者剛，後者柔，兩相配合，聽覺、視覺、觸覺、味覺俱在，意象非常豐富，讀來令人趣味無窮。

風含翠筱娟娟淨，雨浥紅蕖冉冉香。

註釋 出自唐・杜甫《狂夫》。翠筱，翠竹。娟娟，姿態美好的樣子。浥，沾濕。紅蕖，荷花。冉冉，柔弱下垂的樣子。

點評 此寫風吹翠竹搖曳多姿、雨濕荷花低垂飄香的景象。前句寫綠竹，後句寫紅荷，意象上對比色彩極為鮮明；前句寫風，後句寫雨，不僅對仗工整，而且從邏輯上將兩句所寫內容巧妙地聯繫到了一起，遂使寫景狀物非常自然，沒有為了對仗而對仗的痕跡。兩句都運用了“疊字”修辭法，前句用“娟娟”寫翠竹隨風而動之態，後句用“冉冉”寫雨打荷花低垂之狀，形象感非常強。

拂雲百丈青松柯，縱使秋風無奈何。

註釋 出自唐・岑參《感遇》。柯，樹枝。

點評 此言青松高大挺拔，淒厲的秋風也難以動搖其根本。“拂雲”、“百丈”，都是誇張之辭，意在渲染強調青松的高大。此句表面是寫景，實則是借松樹而抒發對特立獨行、不隨波逐流的高潔之士的禮讚之情。

高枝百舌猶欺鳥，帶葉梨花獨送春。

註釋 出自唐・杜牧《殘春獨來南亭因寄張祜》。百舌，鳥名。

點評 此寫暮春時節百舌鳥鳴於高枝深綠之中、眾花謝盡梨花獨放之景。寫景中對暮春時節“春去也”表露了深深的惋惜與惆悵之情。

故作小紅桃杏色，尚餘孤瘦雪霜姿。

註釋 出自宋・蘇軾《紅梅》。孤瘦，指梅枝乾枯、花朵稀疏的樣子。

點評 此寫紅梅雖然色帶桃杏之紅，但仍保留了孤枝疏花、傲霜鬥雪的姿態。意謂紅梅雖有桃杏之豔，但骨子裏仍是傲霜鬥雪的性格。

海棠不惜胭脂色，獨立濛濛細雨中。

註釋 出自宋・陳與義《春寒》。

點評 此寫海棠花開於濛濛細雨中、花紅恰似美人塗過的胭脂。“胭脂色”，讓人由花及人，想起美人兩腮紅紅的姿色；“細雨中”，讓人由花在雨中的低垂之態，聯想到美人低頭回首的朦朧嬌羞之美。

海棠開後春誰主，日日催花雨。

註釋 出自宋・李彌遜《虞美人》。

點評 此言海棠花開之後，春天腳步漸遠去，花謝如雨，春去也。

寒花帶雪滿山腰，着柳冰珠滿碧條。

註釋 出自唐・元稹《西歸絕句十二首》。着，沾。

點評 前句寫花帶冰雪之景，後句寫柳沾冰珠之狀。倒春寒的冰雪雖然對花柳有影響，但是雪映春花、冰着碧柳卻也是一種異乎尋常的美景，讀來不僅不讓人心生寒意，卻有一種審美的愉悦之感。

含風鴨綠粼粼起，弄日鵝黃嫋嫋垂。

註釋 出自宋・王安石《南浦》。鴨綠，指像鴨頭綠色一樣的溪水。粼粼，流水清澈的樣子。鵝黃，指柳芽初葉的嫩綠之色。嫋嫋，草木柔弱細長的樣子。

點評 春風吹拂下，碧綠的溪水清波泛起；陽光照耀中，嫩綠的柳枝低垂搖曳。前句寫春風溪水，後句寫陽光楊柳。色彩豐富，意境開闊。“粼粼”、“嫋嫋”兩個疊字的使用，不僅生動地再現了水波盪漾、柳條依依的情狀，同時也為詩句增添了聲律上的美感。

荷香銷晚夏，菊氣入新秋。

註釋 出自唐・駱賓王《晚泊》。

點評 荷花之香送走了夏日最後的暑氣，菊花之香迎來了新一輪的秋涼。此乃寫花與季節的關係。

荷風送香氣，竹露滴清響。

註釋 出自唐・孟浩然《夏日南亭懷辛大》。

點評 前句寫嗅覺，後句寫聽覺，但二句都暗含了視覺形象。因荷香，必然讓人聯想到荷葉荷花；由竹葉露下之聲，必然讓人聯想到竹露點點的視覺形象。由此，荷葉、綠竹、竹露、清風、荷香、滴露之聲等等便有機地交織到一起，構成了一幅有聲有色的圖畫。

荷盡已無擎天蓋，菊殘猶有傲霜枝。

註釋 出自宋・蘇軾《贈劉景文》。

點評 秋風中，水面上不見了形如傘蓋的荷葉；風霜中，菊花雖凋，卻還有枝幹傲霜鬥寒。此以荷菊對比，意在凸顯菊花傲霜鬥寒品性的同時表達對朋友人格的禮讚之情。

何須淺碧深紅色，自是花中第一流。

註釋 出自宋・李清照《鷓鴣天》詞。

點評 此言桂花雖然沒有淺綠深紅的豐富色彩，卻以金黃之色堪稱花中一流。這雖是詞人個人對桂花的認知，卻表露了其對桂花真摯的喜愛之情。

紅入桃花嫩，青歸柳葉新。

註釋 出自唐・杜甫《奉酬李都督表丈早春作》。

點評 此寫早春桃花初開、柳葉剛綠之狀。“桃花嫩”，言桃花初開；“柳葉新”，言柳葉剛綠。二者都突出了一個重點：早春。

花枝草蔓眼中開，小白長紅越女腮。

註釋 出自唐·李賀《南園十三首》。越女，此指春秋時代越國美女西施。

點評 此寫草木之花在春風的吹拂下一天天由白變紅，就像美麗的西施之腮。這是以人比物，屬於比喻修辭法。因為花的由白變紅與少女臉色的由白變紅有相似性。於是，詩人就在觀花賞春的凝神觀照中將二者聯繫到一起，生動形象地寫出了草木之花漸次開放的真切情景，讀來讓人思之無限，味之無窮。

花鬚柳眼各無賴，紫蝶黃蜂俱有情。

註釋 出自唐·李商隱《二月二日》。花鬚，指花蕊。柳眼，指剛吐芽的柳葉。無賴，此指無心（與後面"有情"相對）。

點評 此以擬人修辭法，將花蕊、柳葉、紫蝶、黃蜂人格化，使其帶有"無賴"、"有情"等人的生命情態，從而形象生動地再現了蜂蝶逐花柳的景象。

花燃山色裏，柳臥水聲中。

註釋 出自宋·范成大《清明日狸渡道中》。

點評 此寫春天山中花紅、水邊柳綠的景象。"燃"是比喻花開紅豔如火的樣子，"臥"是寫柳傍水生的樣子。前句寫花，後句寫柳；花中見山色，柳中聞水聲，意象豐富，形聲兼備，如同一幅畫。

槐柳蕭疏繞郡城，夜添山雨作江聲。

註釋 出自唐·羊士諤《登樓》。

點評 此寫槐柳繞城、夜雨漲江的春日景象。前句寫形，後句寫聲，形聲結合，讓人如睹如聞，大有一種身臨其境之感。

黃花金獸眼，紅葉火龍鱗。

註釋 出自元·楊顯之《臨江驛瀟湘秋雨雜劇》。

點評 此乃運用比喻修辭法描寫菊花與楓葉的顏色，意在突出深秋時節菊花與楓葉的顏色特徵。"黃花"是指菊花，"紅葉"是指楓葉，二者都屬於植物，詩人則以屬於動物類的"金獸眼"、"火龍鱗"為喻體分別與之匹配，不僅形象地再現了菊花的金黃之色與楓葉的火紅之色，而且讓人由此及彼，展開豐富的聯想，想到傳說中的金眼獸與火龍鱗，從而大大拓展了詩句所描寫的意境。

蕙蘭有恨枝尤綠，桃李無言花自紅。

註釋 出自宋・歐陽修《舞春風》。

點評 此寫蕙蘭花謝而葉綠、桃李花正開的春日景象。前句用的是擬人修辭法，將蕙蘭人格化。以"恨"寫蕙蘭，表面說的是蕙蘭花謝的事實，實則表達的是詩人對蕙蘭花謝的惋惜之情。後句也是運用了擬人修辭法，將桃李人格化，讓它們有"無言"、"自（自主、自在）"等人類的動作行為，不僅寫出了桃李之花靜靜開放的狀態，也讓所寫的桃李形象鮮活起來。

澗松寒轉直，山菊秋自香。

註釋 出自唐・王績《贈李征君大壽》。

點評 松柏生澗底，嚴寒更勁拔；野菊生秋山，無人花自香。此表面是寫松菊，實則是借松、菊而寫人高潔的品行。

江上雪初消，暖日晴煙弄柳條。

註釋 出自宋・吳億《南鄉子》詞。

點評 此寫早春雪消、風輕、日暖、柳青的景象。"弄"字寫柳條隨風搖曳的情狀極為生動，將春風人格化，用的是擬人修辭法。句中雖然沒有"風"字，但春風已在其中矣。

蕉葉半黃荷葉碧，兩家秋雨一家聲。

註釋 出自宋・楊萬里《芭蕉雨》。

點評 此言芭蕉葉與荷葉在秋風秋雨中雖顏色有別：一個半黃、一個青碧，但是秋雨滴芭蕉與秋雨打荷葉，聲音則是一樣的。前句寫視覺形象，後句寫聽覺形象。前後配合，將不一樣的顏色與一樣的聲音統一起來，遂繪就了一幅有聲有色的秋雨芭蕉荷葉圖。

接天蓮葉無窮碧，映日荷花別樣紅。

註釋 出自宋・楊萬里《曉出淨慈寺送林子方》。

點評 此寫連片無際的荷葉碧綠青翠、荷花映日分外紅豔的景象。前句寫荷葉，突出的是其無邊無際的壯闊景象；後句寫荷花之紅，以紅日為襯托，目的是凸顯其分外嬌豔之色。

徑草漸生長短綠，庭花欲綻淺深紅。

註釋 出自唐・鮑溶《春日》。

點評 小徑之草漸生，嫩綠長短不齊；庭院之花欲開，顏色深淺不一。此寫春日小徑之草與庭院之花的生長情狀。前句寫小徑、雜草，後句寫庭院、紅花。前句寫綠，後句寫紅。由此在最少的文字中寫出了最為豐富的景物與顏色（草色有嫩老、花色有深淺），一幅絢麗多彩的春日圖軸躍進然紙上。

驚飆拂野，林無靜柯。

註釋 出自晉・殷仲文《解尚書表》。飆，暴風。柯，樹枝。

點評 此寫狂風掠野、樹隨風動的景象。雖是平常的寫景之句，但形式上對仗工整，讀來顯得氣韻生動。

臘後花期知漸近，寒梅已作東風信。

註釋 出自宋・晏殊《蝶戀花》詞。東風，指春風。信，信使。

點評 此言進入臘月之後，臘梅開放的花期就要到了，這時離春天也就不遠了，因為臘梅就是春天的信使。此以植物開放的特點説明冬去春來的規律，與西人所説"冬天來了，春天還會遠嗎"有異曲同工之妙。

蘭秋香不死，松晚翠方深。

註釋 出自唐・李群玉《贈元綋》。

點評 此言蘭花秋天香氣不減，松樹冬日青翠之色正深。表面是寫植物的自然特性，實則借物寫人，表達了對朋友高尚人格的高度讚賞。因為在中國古代，蘭花、松柏都是作為君子的形象出現的，具有特立獨行、不媚世俗的特徵。

冷燭無煙綠蠟乾，芳心猶捲怯春寒。

註釋 出自唐・錢珝《未展芭蕉》。

點評 此二句是詠芭蕉之名句。芭蕉未展，形狀如何？色澤如何？“冷燭無煙綠蠟乾”一句，以“冷燭”、“綠蠟”為喻，原來不可知的未展芭蕉形象頓然生動形象起來。但是，詩人並未就此打住，而是進一步以擬人修辭法，將未展芭蕉比擬成含羞的少女，說其未展的芭蕉之心是少女的芳心；說未展的芭蕉捲曲之狀是因為“怯春寒”，將物擬人。

梨花千樹雪，楊葉萬條煙。

註釋 出自唐・岑參《送楊子》。

點評 此寫春日梨花盛開、色白如雪，楊柳葉綠、遠望如煙的景象。“千樹”、“萬條”，皆是誇張之辭，意在強調梨花、楊柳之多，連成一片，無邊無際的樣子。

離離原上草，一歲一枯榮。

註釋 出自唐・白居易《賦得古原草送別》。離離，草生長茂盛之貌。

點評 此寫古原之上春來綠草如茵、秋來枯草連天，年年如此，歲歲循環的自然規律。雖然是平常的寫景，但其中卻蘊含了對自然、人生的深刻體認，這從後兩句“野火燒不盡，春風吹又生”的評論中尤其看得明白。

連林人不覺，獨樹眾乃奇。

註釋 出自晉・陶淵明《飲酒二十首》。乃，才。

點評 連片成林的樹木沒有甚麼新奇的景觀，巍然獨立、高大勁拔的蒼松才會引人注目。此乃讚頌青松之句，寫景之中寄予了對特立獨行的高士的禮讚之意。

林花掃更落，徑草踏還生。

註釋 出自唐・孟浩然《春中喜王九相尋》。

點評 前句寫落花掃不盡，意謂林中花兒多；後句寫小徑上的草被人踏死而再生，意在強調其生生不息的精神。

林花着雨燕支濕，水荇牽風翠帶長。

註釋 出自唐·杜甫《曲江對雨》。着，附着、沾。燕支，即胭脂，古代女子的化妝品。荇，荇菜，一種多年生水草。

點評 此寫林中花兒沾雨後就像美人的胭脂濕了一樣，水中的荇菜被風吹動就像一條翠綠的長帶。此以比喻修辭法寫風雨中的花草之狀，新穎獨到、形象生動。

柳葉亂飄千尺雨，桃花斜帶一溪煙。

註釋 出自清·吳偉業《鴛湖曲》。

點評 此寫細雨連天、風動柳葉、桃花帶雨、滿溪煙靄的景象。“千尺雨”，乃是誇張修辭法，強調突出春雨的綿綿不絕。“一溪煙”，乃是比喻，寫濛濛細雨使滿溪之水彷彿籠罩於煙霧之中的景象。

柳色黃金嫩，梨花白雪香。

註釋 出自唐·李白《宮中行樂詞八首》。

點評 此寫初春時節皇家園林中柳吐新芽、嫩黃如金，梨花如雪、香氣四溢的景象。二句都是通過比喻修辭法，將柳葉、梨花之色分別與黃金、白雪作了牽連搭掛，由此讓人由此及彼展開豐富的聯想，從而大大拓展了詩句的意境，提升了寫景之句的審美情趣。

柳絲嫋嫋風繅出，草縷茸茸雨剪齊。

註釋 出自唐·白居易《天津橋》。嫋嫋，草木柔弱細長的樣子。繅，把蠶繭放在滾水裏抽絲。茸茸，草初生的樣子。

點評 此寫早春時候春風輕拂、柳芽初綻，春雨細潤、綠草初發的景象。“風繅出”是以熱水中抽絲來比喻柳絲初綻、葉細如絲的樣子；“雨剪齊”，也是個比喻，是說綠草齊刷刷地破土而出的樣子就像是被雨剪齊的一樣。春天柳枝吐芽、小草泛綠，都是常見的自然現象，但是詩人通過兩個比喻，將平常景物藝術化，遂使草木的形象生動起來，讀之讓人興味盎然。

柳垂江上影，梅謝雪中枝。

註釋 出自宋・晏幾道《臨江仙》詞。

點評 此言當楊柳吐芽、枝垂江水之時，便是臘梅凋謝、冬去春來之時。前句寫春景，有柳、有水、有倒影，給人以欣欣向榮之感；後句寫冬景，有梅，有雪，有寒枝，使人頓生寒意之中盼春光之意。"柳垂"、"梅謝"，都是動態感非常強的意象，暗寓了冬去春來的運動規律。"江上影"與"雪中枝"，都是可以入畫的意象，可能讓人產生無限的聯想與想象。而且對仗工整，視聽覺美感也很強。

流光容易把人拋，紅了櫻桃，綠了芭蕉。

註釋 出自宋・蔣捷《一剪梅》。流光，指流逝的春光。

點評 前句感歎春光易逝，後句寫櫻桃紅、芭蕉綠之景。兩句表面看似意不相屬，實則是借植物的成熟而暗點出季節的推移，表達春天將去，詞人傷春惜春的惆悵之情。

綠楊煙外曉寒輕，紅杏枝頭春意鬧。

註釋 出自宋・宋祁《玉樓春》。

點評 此寫初春時節天氣微寒、綠楊如煙、杏花滿枝的景象。其中後一句寫春意漸濃，所用的動詞"鬧"，將非人類的抽象概念"春意"人格化，賦予其動感，遂使平常的語意表達頓然生動形象起來。

綠竹含新粉，紅蓮落故衣。

註釋 出自唐・王維《山居即事》。新粉，指新竹破土後竹皮上所生的粉狀物。故衣，指脱落的蓮花瓣。

點評 前句寫綠竹破土而出之象，後句寫紅蓮花瓣脱落之狀。"含新粉"，寫的是綠竹欣欣向榮的新生情狀；"落故衣"，寫的是紅蓮花紅而衰的衰落形象。前句寫生的喜悦，後句寫亡的悲哀。前後對比，以喜襯悲，以悲映喜，以"綠"對"紅"，以"含"對"落"，以"新粉"對"故衣"，不僅詩句形式上對仗工整，而且意境上也相輔相成、相映成趣。

綠竹入幽徑，青蘿拂行衣。

註釋 出自唐·李白《下終南山過斛斯山人宿置酒》。青蘿，一種植物。

點評 此寫小徑通幽、綠竹旁路、青蘿拂衣的景象。幽雅的景色描寫中透出詩人欣喜的心情。

綠垂風折筍，紅綻雨肥梅。

註釋 出自唐·杜甫《陪鄭廣文遊何將軍山林十首》。

點評 此寫風吹筍斷、雨潤紅梅的景象。此二句詩的正常語序應該是"風折綠筍垂，雨肥紅梅綻"，之所以寫成上述形式，是詩歌格律（平仄）對仗的需要。

露帶山花落，雲隨野水流。

註釋 出自唐·張喬《送蜀客》。

點評 此寫落花含露、流水映雲的景象。寫景之中有抒情，落花含露與流水映雲，都含有豐富的意象，與送別朋友的依依之情相關。花含"露"，那是眼淚的象徵；流水映雲，那是依依不捨的意境。

亂花漸欲迷人眼，淺草才能沒馬蹄。

註釋 出自唐·白居易《錢塘湖春行》。

點評 此二句乃是寫西湖早春之景。"亂花漸欲迷人眼"，以"亂"、"迷人眼"前後配合，暗寫出西湖周圍繁花似錦的景象。寫花繁茂，不用"繁"而用"亂"，尤其能突出花之多而茂。"淺草才能沒馬蹄"，以"淺草"、"沒馬蹄"並舉，同義反覆，其要突出的是早春時節草的柔嫩，從而交待出西湖邊遊人騎馬的原因是踏青尋春。

落絮無聲春墮淚，行雲有影月含羞。

註釋 出自宋·吳文英《浣溪沙》詞。

點評 前句寫柳絮伴隨春雨飄落無聲之景，後句寫浮雲飄飄而時遮月影之狀。"春墮淚"，是比喻，是說春雨淅瀝而下猶如人流淚，表達不僅形象生動，而且內含對春天即將過去的深深歎惜之情。"月含羞"，是擬人的寫法，將月亮人格化，不僅暗點出月亮時被浮雲遮去的事實，也使所寫的月亮形象具有人格化，讓人頓生無限的聯想，迅速將其與嬌羞的少女聯繫起來。

落花如有意，來去逐輕舟。

註釋 出自唐・儲光羲《江南曲四首》。如，像。

點評 此寫落花隨水流的景象。但是，詩人卻不直寫，而是運用擬人修辭法，將落花人格化，使其帶有人的生命狀態，"落花隨水"便轉換成了"落花逐舟"的景象，從而婉約地表達出詩人憐花惜春的深切之情。

落紅不是無情物，化作春泥更護花。

註釋 出自清・龔自珍《己亥雜詩》。落紅，落花。

點評 花開而謝，乃是自然現象，非常平常。可是，詩人卻以擬人修辭法，將花人格化，説它落地化泥是為了護花，賦予花以深情深義。於是，平常的情事頓然形象生動起來，讓人回味，更讓人由此及彼，想到了教師育人、甘為人梯的精神。

滿階芳草綠，一片杏花香。

註釋 出自宋・劉彤《臨江仙》詞。

點評 此寫春日碧草盈階、杏花飄香的景象。"滿階"，言綠草之盛；"一片"，是言少而強調多，意在通過強調"一片"花香而凸顯"眾片"之更香。

梅花落盡桃花小，春事餘多少。

註釋 出自宋・葉夢得《虞美人》詞。

點評 前句寫初春時節梅花剛落、桃花初開之景。後句寫春初至而憂春盡，意在表達詩人惜春愛春之深情。

梅子流酸濺齒牙，芭蕉分綠上窗紗。

註釋 出自宋・楊萬里《閒居初夏午睡起》。

點評 此乃寫初夏時節梅子將熟、芭蕉漸綠的景象。前句是虛寫，通過寫想象中的味覺感受，表現出不在眼前的物候景象（初夏時節的梅子將熟而未熟）。後句是實寫，再現的是芭蕉濃綠、綠映窗紗的景象。

梅須遜雪三分白，雪卻輸梅一段香。

註釋 出自宋・盧梅坡《雪梅》。遜，差一點、次一點。

點評 此句雖意在寫梅花的白與香，但卻不直寫，而是通過梅、雪的對比，間接地寫出梅花花朵之白與花開之香的主旨。由此，讓讀者在對比中加深對其所寫梅花白而香的形象的認識。

木欣欣以向榮，泉涓涓而始流。

註釋 出自晉・陶淵明《歸去來兮辭》。木，樹。欣欣，草木旺盛的樣子。以，而。涓涓，水流細小的樣子。

點評 此寫初春草木茂盛、泉水細流之景。成語"欣欣向榮"，即源於此。

嫩竹猶含粉，初荷未聚塵。

註釋 出自南朝陳・徐陵《侍宴》。粉，指新竹破土時竹皮上所生的粉狀物。

點評 此乃寫嫩竹破土與新荷出水的形象。"猶含粉"，是寫春竹破土而出、筍粉猶存的原始狀態，突出其"嫩"。"未聚塵"，是寫初荷出水未久、一塵不染的形象，突出的是"新"。

寧可枝頭抱香死，何曾吹落北風中。

註釋 出自宋・鄭思肖《寒菊》。

點評 此言菊花的本性：寧枯死於枝頭而不會隨風吹落。此詩句表層語義是說菊花耐寒不落的特性，深層語義則是禮讚那些寧死不屈的堅貞君子。這是"雙關"修辭法的運用，文約而意長。

鋪落花以為茵，結垂楊而代幄。

註釋 出自唐・宋之問《春遊宴後部韋員外韋曲莊序》。茵，墊子或褥子。幄，帳幕。

點評 此寫春遊坐於落花之上與垂柳之下的情景。前句寫落花之多，暗點出是暮春；後句寫垂楊之盛，也是暮春的節候特徵。

前村深雪裏，昨夜一枝開。

註釋 出自唐・齊己《早梅》。

點評 此寫臘梅早開之句。其中數詞“一”的運用最是傳神，通過“一”的唯一無二將所要突出的“早梅”開放地“早”義鮮明地凸顯出來。據説原詩是作“數枝”的，後來鄭谷將之改為“一枝”，齊己也因此尊鄭谷為“一字師”。

青青河畔草，鬱鬱園中柳。

註釋 出自漢・無名氏《青青河畔草》。鬱鬱，茂盛之狀。

點評 “青青”狀河畔之草，“鬱鬱”寫園中之柳，無限的春意皆見之於兩個疊音詞上。

青青河邊草，悠悠萬里道。

註釋 出自晉・傅玄《青青河邊草篇》。悠悠，遠貌。

點評 “青青”寫河邊草之色，“悠悠”狀萬里道之長。疊詞之用，形象與聲音俱在。

清香傳得天心在，未許尋常草木知。

註釋 出自明・方孝孺《畫梅》。天心，指天然的純真本性。

點評 此言梅花的天然清香所寄託的人之天然情性，不是普通草木可知的。意在讚頌梅花的清幽高潔品性，同時也是借物寫心，表達了詩人自己對高潔的人格追求。

晴川歷歷漢陽樹，芳草萋萋鸚鵡洲。

註釋 出自唐・崔顥《黃鶴樓》。歷歷，清晰分明的樣子。萋萋，指草茂盛的樣子。

點評 此寫黃鶴樓上所見之景象：遠望江漢平原一望無垠，日朗天清，漢陽遠樹歷歷在目；近觀鸚鵡洲上，花紅葉綠，芳草連天。疊字

“歷歷”、“萋萋”的運用，前者狀遠樹清晰可見之貌，後者寫芳草茂盛之狀，讓人有如臨其境之感。“漢陽樹”與“鸚鵡洲”相對，不僅形式上對仗工整，而且意境上融為一體，使詩句所描繪的境界更為闊大，讓人回味的空間更大。

日中荷葉影亭亭，雨裏芭蕉聲簌簌。

註釋 出自元‧薩都剌《雨傘》。簌簌，雨聲。

點評 此寫陽光下的荷葉與雨中芭蕉的形象。二句皆運用了疊字修辭法，前者以“亭亭”狀荷葉日中高聳挺立之貌，後者以“簌簌”寫雨打芭蕉之聲，讓人如臨其境，如睹其形，如聞其聲，現場感極強。

日日春光鬥日光，山城斜路杏花香。

註釋 出自唐‧李商隱《日日》。

點評 前句言春意一天天濃郁起來，好像是與一天天溫暖起來的陽光在比賽；後句寫山城之路曲曲彎彎，路旁杏花香氣襲人。

柔條紛冉冉，落葉何翩翩。

註釋 出自三國‧魏‧曹植《美女篇》。紛，眾多。冉冉，指柔弱貌。翩翩，指飛動貌。

點評 此乃寫桑樹之句。“冉冉”狀柔條萬千之貌，“翩翩”寫落葉飛動之境，形象感極強。

颯颯西風滿院栽，蕊寒香冷蝶難來。他年我若為青帝，報與桃花一處開。

註釋 出自唐‧黃巢《題菊花》。颯颯，風聲。西風，秋風。蕊寒香冷，指在寒冷的天氣中吐蕊飄香。青帝，指春神。報，判定。一處，一起。

點評 此詩是詠菊花之作，其意是説，菊花迎着秋風，在嚴寒中吐蕊飄香，但卻沒有蜂蝶來採花，殊不公平；如果自己是春神，一定要將菊花的開放期提前到與桃花同時，以還菊花一個公平的待遇。

菊花開放於秋天九月，乃是自然現象；菊花是植物，也不會因為自己花開卻無蜂蝶來熱鬧而生發不公平之感。但是，詩人卻偏要從此角度着筆，通過替菊花打抱不平的筆觸，既達到了歌頌菊花傲霜鬥寒、寒中送香的品性，也借物寫心，表達了詩人立志要改變世界的宏願。“青帝”一詞雖是春神的別稱，但詩人何嘗沒有暗指人間帝王之意？

掃地可憐花更落，捲簾無奈燕還來。

註釋 出自宋·賀鑄《海陵西樓寓目》。可憐，可惜。無奈，沒辦法、無法。還來，回來。

點評 春盡花落、春去燕飛，這乃自然現象。但是，詩人卻不願春去，於是看到落花滿地就去掃，希望掃去落花而留住春天，這是一種癡情的表現。然而，落花掃盡花又落，詩人無奈。於是，改變為了找回春天的感覺，詩人此寫掃去落花更有花、捲簾迎燕燕不來的情景。表達的是一種對春去而不歸的惆悵之情。

山花如繡頰，江火似流螢。

註釋 出自唐·李白《夜下征虜亭》。繡頰，即繡面，亦稱花面。唐代有少女妝飾面頰的風俗。這裏是以“繡頰”代指繡頰少女。江火，即漁火，江中夜晚行船上所點之燈火。

點評 此二句之妙在於比喻新穎貼切。前句以繡頰少女比月下江岸的山花，突出了山花的朦朧美；後句以流螢比江中的漁火，既突出了江面之遼闊，又凸顯了明月之皎潔，使漁火相形黯淡不顯。

山花照塢復燒溪，樹樹枝枝盡可迷。

註釋 出自唐·錢起《山花》。塢，此指四面高中間低的山地。

點評 此言山花映山、映水，滿山樹木也因之映襯得令人醉迷。“照塢”與“燒溪”，都是誇張修辭法，寫山花的紅色照亮了山塢、映紅了溪水的樣子。

山城過雨百花盡，榕葉滿庭鶯亂啼。

註釋 出自唐・柳宗元《柳州榕葉落盡偶題》。

點評 以柳州二月"春半如秋"的反常景物（"百花盡"、"鶯亂啼"）特寫，將詩人遭貶受抑、身處"瘴癘之地"的淒苦、煩憂心境凸顯無遺。

始憐幽竹山窗下，不改清陰待我歸。

註釋 出自唐・劉長卿《晚春歸山居題窗前竹》。憐，愛。

點評 此以擬人修辭法將竹人格化，形象生動地寫出了翠竹傍窗、清蔭可愛之狀。

疏花個個團冰雪，羌笛吹他不下來。

註釋 出自元・王冕《素梅》。羌笛，此代指北風。因為羌笛是西北少數民族的樂器，羌笛之聲吹來的地方自然是代指北方。夾帶羌笛之聲的風，自然只能是冬天的北風或西北風。

點評 此寫梅花花朵被冰雪凍住，風吹不落的景象。雖然所寫是平常之景，但卻表達得非常有藝術性。"疏花"，言梅花開花不多，意在突出這幾朵梅花開得早。"團冰雪"，是指梅花被冰雪包裹凍住的樣子，用"團"字，形象感非常強。後句的意思是說北風吹不落枝上梅花，但詩人卻不如此直接表達，而是以"羌笛"代指北風，讓人由此及彼，聯想到北風發源的遙遠之地，由風聲聯想到羌笛之聲。這樣，詩句的意境頓然闊大起來，審美價值也就大大提升了。

疏影橫斜水清淺，暗香浮動月黃昏。

註釋 出自宋・林逋《山園小梅》。

點評 此乃寫梅花的千古名句。"疏影"，寫其花朵稀疏之狀，暗含"花不在多在密，而在美和香"之意。"橫斜"，寫其枝條飄逸不拘的形象，意在突出其超逸的神韻。"暗香"，言其花香有心近聞而不得，無心遠聞則異香，意在突出其與眾不同之品格。"浮動"，是將香氣比水，形象感特別強，是化抽象為具體的妙筆。"水清淺"與"月黃昏"，是寫梅花開放的環境，也是從側面對梅花品格進行的烘托。“水清淺”，言水清澈見底，意在凸顯梅花高潔的品格；“月黃昏”，寫夜色的朦朧感，意在烘托梅花可望不可及的超逸形象。短短兩句十四字，可謂將梅花的高潔、清幽、芳香、超逸的品格與神韻寫盡。北宋著名文學家歐陽修就曾評價說：“前世詠梅者多矣，未有此句也。”（《六一詩話》）司馬光也認為此二句“曲盡梅之體態”。（《溫公詩話》）南宋詩人陳與義還專門寫了一首《和張矩臣水墨梅》詩讚揚此二句說：“自讀西湖處士詩，年年臨水看幽姿。晴窗畫出橫斜影，絕勝前村夜雪時。”即認為林逋此二句超過了唐齊己《早梅》詩中的名句“前村深雪裏，昨夜一枝開”。其他如辛棄疾、王十朋等南宋著名文學家也都有詩詞詠歎此二句。林逋的此二句詠梅詩雖然藝術成就很高，淵源有自的。據考證，五代南唐詩人江為曾有殘句“竹影橫斜水清淺，桂香浮動月黃昏”。

衰草淒淒一徑通，丹楓索索滿林紅。

註釋 出自金·董解元《西廂記》卷六。淒淒，草茂盛的樣子。索索，同“瑟瑟”，形容風吹樹葉之聲。

點評 此寫秋天滿眼枯草、唯餘一道，秋風瑟瑟、滿林楓紅的景象。“淒淒”、“索索”兩個疊字的運用，前者寫枯草連天的蕭條形象，後者狀秋風嘯林的淒厲之聲，讓人頓有如臨其境之感。“一徑通”，以道路細小反襯草地的廣闊無際；“滿林紅”，以楓葉之紅側寫出秋意之濃。

松柏本孤直，難為桃李顏。

註釋 出自唐·李白《古風》。

點評 松柏巍然獨立、枝幹筆直，其給人的印象是蒼勁挺拔、嚴肅孤直，沒有桃李之花那樣的媚人之態。此句表面是在禮讚松柏不同於桃李的勁挺孤直之美，實則是借景抒懷，表達的是對不肯媚俗的孤直之士的禮讚之情。

素心常耐冷，晚節本無瑕。

註釋 出自清·許廷榮《白菊》。瑕，玉上的斑點，代指缺點。

點評 此二句乃是運用雙關修辭法，表面寫白菊性本耐寒、花白無瑕，內裏則是歌頌那些心地純潔、守節不渝的君子。"素心"，可以作"白色的花心"理解，也可以作"純潔之心"理解；"晚節"表面可以作"秋晚時節"理解，也可作"人到晚年的氣節"理解。"無瑕"表面可作"菊花顏色純正"理解，也可作"君子道德無瑕疵"理解。如此一語而具兩層意蘊，不僅使詩句雋永耐讀，而且也大大拓展了詩的意境。

歲老根彌壯，陽驕葉更陰。

註釋 出自宋・王安石《孤桐》。彌，越。

點評 此寫梧桐年代愈久而根鬚愈壯，太陽越是酷烈而愈是枝繁葉茂、濃蔭蔽日。表面是寫樹，實則借物寫心，表達了詩人"烈士暮年，壯心不已"的報國豪情。

他家本是無情物，一向南飛又北飛。

註釋 出自唐・薛濤《柳絮》。他家，此指柳絮。

點評 此寫柳絮漫天飛舞、沒有方向的樣子。柳絮飛舞，這本是春天非常平常的景象，但是詩人運用擬人修辭法，將柳絮人格化，說它飄飛不定是"無情"，這就使無生命的柳絮有了人的生命情態，讓人產生了極其豐富的聯想，平常情事頓然有情有味起來。

苔痕上階綠，草色入簾青。

註釋 出自唐・劉禹錫《陋室銘》。

點評 台階之上生出新綠的苔蘚、打開窗戶映入眼簾的是連天的碧草。此乃詩人自誇居室清幽雅致之句，讀之不禁令人心嚮往之。"上"、"入"都是動作感很強的動詞，帶有鮮明的主動性，從而更能凸顯苔蘚爬階、草色入眼的逼人氣勢與主動情態，不僅形象生動，更能讓人從中體會到春天給人帶來的無限生機與活力。

桃之夭夭，灼灼其華。

註釋 出自先秦《詩經・周南・桃夭》。夭夭，茂盛而美麗的樣子。灼灼，鮮亮的樣子。

點評 桃葉茂盛而美麗，桃花燦爛而鮮亮。此乃寫桃花盛開的美麗景象。

桃蹊李徑年雖古，梔子紅椒豔復殊。

註釋 出自唐・杜甫《寒雨朝行視園樹》。梔子，春、夏開花的一種植物。

點評 前句言桃花、李花都是人們喜歡的花，所以它們樹下都被人們踏出了蹊徑。後句言梔子花與紅椒雖然不被人們注意，但卻鮮豔異常，頗有與眾不同的風姿。此乃通過對比，強調梔子花、紅椒也是別有意味的花類，值得人們欣賞。

桃葉映桃花，無風自婀娜。

註釋 出自晉・王獻之《桃葉歌》。

點評 此寫桃葉與桃花紅白交相映、無風自婀娜的情態，雖是平常之景，倒也親切可愛。

桃花記得題詩客，斜倚春風笑不休。

註釋 出自金・元好問《楊柳》。

點評 唐代詩人崔護有一首《題都城南莊》詩："去年今日此門中，人面桃花相映紅。人面不知何處去，桃花依舊笑春風"。這首詩在歷史上之所以有名並流傳廣泛，是因為它背後還有一段動人的愛情故事。崔護進士考試落選，心情鬱悶，到都城南莊踏青散心，口渴而至一家求水。開門者為一姑娘，二人一見傾心，彼此有意。第二年同樣的時候，崔護忽記去年之事，復往尋之，未見姑娘，乃於其門上題詩一首而回。姑娘見詩，思念而死。其父大哭之時，崔護又來莊上，聞哭聲而至其家，見死者正是自己心愛的姑娘，於是撫屍大哭，姑娘復活。於是二人結為夫婦。（事見五代孟棨《本事詩》）上面二句詩即化自崔護詩的三四句，吟詠的正是此事。雖化自崔詩，但卻別有寄慨。詩以擬人修辭法將桃花人格化，說桃花記得歷史上很多想模仿崔護的題詩客也題詩表情，結果卻讓桃花倚風而笑。這明顯是借桃花而表達詩人自己的意見，即認為題詩得佳人的事是不可複製的，如果一味作不切實際的幻想而模仿重複，只能落得被世人笑話的結局。

桃花香，李花香，淺白深紅，一一鬥新妝。

註釋 出自宋・秦觀《江城子》詞。鬥，比。

點評 此寫桃李之花香飄醉人、色彩繽紛。“鬥新妝”，乃是擬人修辭法，是將桃花、李花人格化，從而形象生動地呈現桃花、李花花開深淺不一、爭奇鬥豔的景象。

桃花亂落如紅雨。

註釋 出自唐・李賀《將進酒》。

點評 此寫桃花紛落的景象。“亂落”，言桃樹花開之盛、花落之多；“如紅雨”，乃是比喻，形容紅豔的桃花從天而降、綿綿不絕的情狀。

桃花復含宿雨，柳綠更帶朝煙。

註釋 出自唐・王維《田園樂》。

點評 此寫桃花帶雨、晨霧籠柳之景。

桃花一簇開無主，可愛深紅映淺紅。

註釋 出自唐・杜甫《江畔獨步尋花七絕句》。

點評 此寫江畔野外桃花盛開、顏色深淺不一的情狀。

天街小雨潤如酥，草色遙看近卻無。

註釋 出自唐・韓愈《早春呈張十八員外二首》其一。天街，指皇城中的街道。

點評 前句以比喻修辭法，將早春的毛毛細雨對大地萬物的滋潤比作奶油潤人，比得新穎，寫出了對早春細雨的欣喜之情。後句寫早春細雨過後春草透芽，若有若無的景象，突出了早春之“早”與新草的生機無限，寄予的是對早春的讚美之情。對此，後二句作了清楚地詮釋：“最是一年春好處，絕勝煙柳滿皇都”。因為煙柳滿皇都之時，也就是春天即將離去之時。而早春卻有無限的春光在後頭，所以詩人用“絕勝”（遠遠超過）二字。

亭亭山上松，瑟瑟谷中風。風聲一何盛，松枝一何勁。

註釋 出自漢・劉楨《贈從弟三首》其二。亭亭，聳立貌。瑟瑟，風吹樹枝之聲。一何，何等。盛，大、強勁。勁，強勁、堅強。

點評 此乃以松的品格激勵其堂弟信守高潔、堅貞、抱持寧靜致遠的志向。

唯有牡丹真國色，花開時節動京城。

註釋 出自唐・劉禹錫《賞牡丹》。

點評 前句將牡丹比作冠絕天下的美女，意在讓人由美女而聯想到牡丹，從而對牡丹之美產生豐富的聯想。後句寫京城賞花的盛況，由人們對牡丹的普遍熱愛而從另一個側面反襯牡丹的非比尋常。

無聊最苦梧桐樹，攪動江湖萬里心。

註釋 出自元・戴表元《秋晝》。無聊，指寂寞。

點評 此寫秋天梧桐葉落，被秋風吹得滿天飄舞，使身在萬里江湖飄零的詩人心裏更是傷感。前句寫梧桐樹“無聊”、“最苦”，這是擬人修辭法的運用，表達詩人淪落萬里江湖的悲傷之情。後句“江湖”，是借代淪落江湖之人。“萬里”，是誇張，是說離家之遠，意在強調詩人悲秋思鄉的傷感之情。

無風楊柳漫天絮，不雨棠梨滿地花。

註釋 出自宋・范成大《碧瓦》。

點評 此寫暮春時節柳絮漫天舞、棠梨之花落滿地的景象。言“無風”，乃是強調柳絮漫天飛舞的盛況。無風尚且漫天舞，那麼有風又如何，意在其中矣。說“不雨”，乃是意在凸顯花落繽紛的景象。沒有下雨，棠梨之花就紛落滿地，那麼雨打梨花，又是如何一番景象呢？

梧桐真不甘衰謝，數葉迎風尚有聲。

註釋 出自宋·張耒《夜坐》。

點評 此寫秋天梧桐葉落、數葉尚存、瑟瑟有聲的情景。秋風掃落葉，這本是自然界極其平常的景象；但是，詩人以擬人修辭法將梧桐人格化，説它有“不甘”之情，有“迎風”之舉。

溪上東風吹柳花，溪頭春水淨無沙。

註釋 出自元·趙孟頫《溪上》。

點評 此寫暮春時節溪上風光。前句寫溪上春風輕拂，柳絮飛揚之景；後句寫溪頭春水青碧，泥沙盡淨之狀。前句所表現的是一種自由自在的情調，後句所表現的是一種一塵不染的境界。

小桃初破兩三花，深淺散餘霞。

註釋 出自宋·李彌遜《訴衷情》詞。

點評 此寫桃花初開、顏色深淺不一，就像夕陽西下時的餘霞一般。前句寫早春之“早”，“兩三花”，説明桃花沒到盛開之時，春意未濃。“散餘霞”，是比喻，意在生動地再現桃花初綻而深淺不一的形象。

小樓一夜聽春雨，深巷明朝賣杏花。

註釋 出自宋·陸游《臨安春雨初霽》。

點評 此言春雨過後杏花開的節候特徵。前句是寫實，後句是想象。現實中的小樓聽雨是那麼富有情調，那麼想象中的深巷賣花，又有怎樣的意味呢？

小園桃李東風後，卻看楊花自在飛。

註釋 出自宋·王令《洊洊》。楊花，即柳絮。

點評 此寫小園春光輪替的景象：桃花謝、李花落，春風又吹柳絮飛。“自在飛”，乃是擬人修辭法，將柳絮人格化，從而生動地凸顯出其漫天飛舞而毫無目標的形象。

新年鳥聲千種囀，二月楊花滿路飛。

註釋 出自北周·庾信《春賦》。囀，鳥婉轉地叫。楊花，即柳絮。

點評 此寫早春二月鳥鳴於樹間、柳絮飛滿路上的情景。"千種囀"，乃是誇張，意在強調鳥鳴的婉轉動聽。

杏子梢頭香蕾破，淡紅褪白胭脂涴。

註釋 出自宋·蘇軾《蝶戀花》詞。涴，被泥玷污、弄髒。

點評 此寫杏花枝頭花蕾綻開後，花色漸由淡紅轉為白色的樣子。"胭脂涴"，是個比喻，是説杏花由淡紅轉白，就像是胭脂被玷污了一樣。

尋常一樣窗前月，才有梅花便不同。

註釋 出自宋·杜耒《寒夜》。

點評 此寫窗前明月在天、窗下梅花初發的情景。寫景中不露痕跡地表露出詩人寒夜賞梅的欣喜之情。

嫣然一笑竹籬間，桃李漫山總粗俗。

註釋 出自宋·蘇軾《寓居定惠院之東雜花滿山有海棠一株，土人不知貴也》。嫣然，笑容美好的樣子。

點評 此寫海棠花開於竹籬之間清麗高雅之態。"嫣然一笑"，是以美人比海棠花開燦爛之態，乃是擬人修辭法的運用。"桃李漫山"，本是非常美麗的景象。但是，對比於海棠，則有"總粗俗"之感。這是以桃李之美襯托海棠之美，乃是烘雲托月之法，意在凸顯海棠花與眾不同的清雅之姿。

燕草如碧絲，秦桑低綠枝。

註釋 出自唐·李白《春思》。

點評 此寫春天到處都是碧草如茵、桑樹枝綠的景象。"燕草"、"秦桑"，都是借代的説法，並非實指燕國的草、秦國的桑，而是列舉二地以概括全國，從而凸顯春天無論東西南北都是一派春光的景象。"如碧絲"，是比喻，形容草綠而細的樣子。"低綠枝"，是寫桑葉壓彎樹枝的樣子，凸顯的是桑葉長得茂盛的情狀。

楊柳青青溝水流，鶯兒調舌弄嬌柔。

註釋 出自金・元好問《楊柳》。

點評 此寫柳色青青、流水潺潺、鶯試初聲的春日景象。"青青"狀楊柳之色，"嬌柔"寫黃鶯啼叫之聲。前後兩句配合，遂繪就了一幅"有聲有色"的春日楊柳黃鶯流水圖，讀之讓人有一種如臨其境的現場感。

搖搖弱柳黃鸝啼，芳草無情人自迷。

註釋 出自唐・溫庭筠《經西塢偶題》。

點評 此寫柳枝嫩綠、黃鸝初啼、芳草連天的早春景象。"搖搖"，用疊字修辭法寫柳枝細嫩、弱不禁風之狀，暗中點出早春的"早"字。"弱柳"、"黃鸝啼"，都是早春時候的物候特徵，也是暗中含"早"意。後句言"芳草無情"，意在說人有情，這為"人自迷"作了註腳，表達了詩人對早春景象的欣喜之情。

遙知不是雪，為有暗香來。

註釋 出自宋・王安石《梅花》。

點評 前句以否定式比喻修辭法寫梅花顏色的潔白形態，後句補敘前句"不是雪"的原因，自然逼出"梅花香自苦寒來"的真理。

野桃含笑竹籬短，溪柳自搖沙水清。

註釋 出自宋・蘇軾《新城道中》。

點評 此寫竹籬短矮、野桃傍之而開，水清沙白、柳依水而搖的景象。"含笑"，乃是擬人修辭法，將野桃花開人格化，從而讓人由物及人，想起美人含笑的倩影，擴展詩歌寫景的意境。

一樹春風千萬枝，嫩於金色軟於絲。

註釋 出自唐・白居易《楊柳枝詞》。

點評 此二句寫垂柳之風姿，可謂妙絕千古。"一樹春風千萬枝"，以誇張修辭法，寫出了春風催柳發，柳枝千絲萬縷之茂盛狀；"嫩於金色軟於絲"，以比喻修辭法，寫出了柳葉初發，其色如金，柳枝細柔猶如絲縷之狀。二句配合，遂將春風中的垂柳生機勃發、鮮嫩誘人、輕盈婀娜之美寫得栩栩如生、觸手可及。

一樹櫻桃帶雨紅。

註釋 出自南唐・馮延巳《羅敷豔歌》。

點評 此寫櫻桃雨中紅熟的景象。一枚櫻桃紅豔可愛還是平常，而一樹櫻桃盡紅，則就別是一番景象了。若襯以濛濛春雨為背景，那又是一番甚麼景象呢？

一川松竹任橫斜。

註釋 出自南宋・辛棄疾《江城子》詞。川，平地。任，任性、任意。

點評 以擬人修辭法，通過一個"任"字將一川松竹自然生長、橫斜生姿的鮮活形態栩栩如生地表現了出來，讓人頓生愛憐之心。

一片水光盡入戶，千竿竹影亂登牆。

註釋 出自唐・韓翃《張山人草堂會王方士》。

點評 此寫水光入戶、竹影在牆的景象。"盡入戶"、"亂登牆"，乃是將水光與竹影人格化，是擬人修辭法，突出了水光、竹影的生動形象。

一片暈紅才着雨，幾縷柔柳乍如煙。

註釋 出自清・納蘭性德《浣溪沙》詞。暈紅，指雨後海棠色澤朦朧之狀。才，剛剛。着雨，被雨淋過。乍，忽然。

點評 此寫海棠與楊柳雨後之姿。

一叢香草足礙人，數尺遊絲即橫路。

註釋 出自北朝周・庾信《春賦》。遊絲，春天飄盪於晴空裏的一種細絲。

點評 此寫春光的美好，讓人流連忘返。但是它妙在不從正面着筆，而以"礙人"、"橫路"等負面含義的詞將香草、遊絲人格化，以此顯出香草、遊絲的無賴而又留人有方的形象。

一番桃李花開盡，唯有青青草色齊。

註釋 出自宋·曾鞏《城南》。

點評 此寫暮春時節桃李花謝、碧草連天的景象。

一節復一節，千枝攢萬葉。我自不開花，免撩蜂與蝶。

註釋 出自清·鄭燮《板橋題畫·竹》。

點評 前二句寫竹之節節往上、千枝萬葉的樣子；後二句將竹與花作比，意在強調竹的清雅脱俗的品格。寫竹之中也寄託了詩人高雅脱俗的人格追求。

有情芍藥含春淚，無力薔薇臥曉枝。

註釋 出自宋·秦觀《春日》。

點評 此寫一夜春雨之後芍藥帶雨、薔薇在枝的景象。詩句運用擬人修辭法，將芍藥花、薔薇花人格化，遂使它們有了人的生命情態(“含春淚”、“臥曉枝”)，平淡情事頓然有了無限的情趣，讓人味之不盡。

雨後卻斜陽，杏花零落香。

註釋 出自唐·溫庭筠《菩薩蠻》。

點評 此寫雨後天晴、夕陽在山、杏花零落、香氣四溢的景象。

雨荒深院菊，霜倒半池蓮。

註釋 出自唐·杜甫《宿贊公房》。

點評 此寫秋雨連綿使深院之菊顯得落寂荒涼，秋霜無情使半池蓮花為之傾倒的情景。寫景中表露了對菊、蓮行將衰歇的深切惋惜之情。

圓荷浮小葉，細麥落輕花。

註釋 出自唐·杜甫《為農》。細麥，指剛抽穗的麥子。

點評 前句寫荷葉葉圓、尚浮於水面的樣子，後句寫麥子剛剛抽穗揚花的情狀。前句寫荷葉動於水中，後句寫麥花揚於空中，兩相對比，兩相映襯，遂使畫面更趨豐滿。“小”與“輕”都帶有輕柔的感覺，“葉”與“花”都是令人愉悅的意象，“浮”是向上的動作，“落”是向下的運動，如此各各構成對比映襯，更使詩句的內涵趨於豐滿，意境趨於闊大。

月朧朧，一樹梨花細雨中。

註釋 出自宋・陳克《豆葉黃》詞。朧朧，朦朧。

點評 此寫月夜細雨中看梨花的朦朧之美。雨中看花，本就有隔霧看花的朦朧之感，況又是朦朧的月夜。由此，梨花帶雨的朦朧形象就更顯朦朧了。

沾衣欲濕杏花雨，吹面不寒楊柳風。

註釋 出自宋・釋志南《絕句》。杏花雨，指春雨。楊柳風，指春風。

點評 前句寫春雨霏霏、密如牛毛、沾衣欲濕的景象；後句寫春風習習、吹面而不覺其寒的體感。“杏花雨”代“春雨”，“楊柳風”代“春風”，不僅使詩句對偶工整，而且也使詩句更具形象感，讓人情不自禁地聯想到春雨中杏花飄落、春風中楊柳輕舞的形象。

枝間新綠一重重，小蕾深藏數點紅。

註釋 出自金・元好問《同兒輩賦未開海棠二首》。

點評 此寫海棠花未開、花蕾紅豔藏於綠葉之中的景象。“一重重”，是寫海棠葉綠之狀，也是為了呼應後句“小蕾深藏”，同時也是為了襯托“數點紅”的“小蕾”。這兩句雖都未寫到海棠花開之狀，卻給人以無限的聯想想象，比實寫海棠花更有詩意，更有令人反覆回味的情趣。

中庭月色正清明，無數楊花過無影。

註釋 出自宋・張先《木蘭花》詞。楊花，指柳絮。

點評 前句寫月色皎潔，後句寫柳絮細白。月色與柳絮彼此映襯，益顯月色之皎潔、柳絮之細白。這就好像是月下看美人益顯其美，馬上看壯士益顯其壯。

竹影和詩瘦，梅花入夢香。

註釋 出自金·王庭筠《絕句》。

點評 此寫詩人居住環境的清幽淡雅。前句是比喻，獨出心裁地將竹與詩聯繫搭掛到一起，形象地寫出了竹的清瘦之影與詩人詩風的清雅之韻，給人以豐富的聯想。後句寫梅花之香的非比尋常，不以直筆敍寫，而是說入夢都感受到其香味，這是運用折繞修辭法婉轉地表達其意，給人以更多回味的空間。

竹色溪下綠，荷花鏡裏香。

註釋 出自唐·李白《別儲邕至剡中》。

點評 前句寫翠竹青青、溪水碧綠之景，後句寫溪水如鏡、荷花飄香之狀。前句以翠竹映水寫竹色之綠與溪水之清，是相互襯托；後句寫溪水一平如鏡、無風而水中有香，乃是暗寫荷花之香。“鏡裏”，是個比喻，是說溪水一平如鏡的樣子。

鳥獸蟲魚

巴東三峽巫峽長，猿鳴三聲淚沾裳。

註釋 出自北魏・酈道元《水經注・江水》引漁歌。巴東，古代郡名，在今四川東部。三峽，指瞿塘峽、巫峽、西陵峽。

點評 此言三峽綿長、兩岸猿啼之聲淒切，令人感傷。

白鷗自信無機事，玄鳥猶知有歲華。

註釋 出自元・趙孟頫《溪上》。無機事，指人捕鳥的機心。玄鳥，指燕子。猶，還。有歲華，指燕子春來報春。

點評 前句寫白鷗盤旋而下與人親近之景，後句寫燕子春到即飛臨人家之象。此句在寫鳥自由自在的同時，也寄寓了自己本意不想為官卻不得不做的不自由悲苦之情。

白鷺行時散飛去，又如雪點青山雲。

註釋 出自唐・李白《涇溪東亭寄鄭少府諤》。行時，排列成隊飛行時。

點評 此以"雪點青山雲"作比，寫白鷺列隊飛行後散開時的情形，既形象生動，又突出了白鷺顏色之白和飛行之高之遠("點"、"雲")。

採得百花成蜜後，為誰辛苦為誰甜。

註釋 出自唐・羅隱《蜂》。

點評 此言蜜蜂採花釀蜜全為他人。在表面指責蜜蜂只知辛苦而不知享受的同時，卻高度歌頌了蜜蜂無私高尚品格。

草色連雲人去住，水紋如縠燕差池。

註釋 出自唐・杜牧《江上偶見絕句》。去住，來往。縠，縐紗之類的絲織品。差池，參差。

點評 此寫春日草色連天、人來人往、風生水起、燕飛參差的景象。

草枯鷹眼疾，雪盡馬蹄輕。

註釋 出自唐•王維《觀獵》。疾，快、銳利。

點評 此寫雪後將軍策馬縱鷹打獵的英武場面。

蟬噪林逾靜，鳥鳴山更幽。

註釋 出自南朝梁•王籍《入若耶溪》。噪，指蟬鳴叫。逾，越、更。

點評 此寫林靜、山幽的境界，但卻從蟬噪、鳥鳴的角度來寫，這是以喧囂反襯幽靜的烘托法，以動表靜。因為偶爾的一聲兩聲蟬噪與鳥鳴雖打破了寂靜的氛圍，卻更顯出原本的清幽之境。

出自幽谷，遷於喬木。

註釋 出自先秦《詩經•小雅•伐木》。幽谷，深谷。喬木，大樹。

點評 鳥兒本出幽靜谷，一飛高棲大樹巔。這雖是純粹的寫景之句，但是它所具有的意象，使它成為後代生動的隱喻，喻指人要有所進取，就要選擇環境。"喬遷"一詞，即源於此句。

初生牛犢不怕虎。

註釋 出自明•羅貫中《三國演義》第七十四回引俗語。犢，小牛。

點評 此言剛出生的小牛不知道老虎的厲害而沒有畏懼之心。常用以形容年輕人沒有太多世故、敢作敢為的衝勁。

穿花蛺蝶深深見，點水蜻蜓款款飛。

註釋 出自唐•杜甫《曲江二首》。蛺蝶，蝴蝶的一種，翅有鮮豔的色斑。款款，緩慢的樣子。

點評 此寫蝴蝶飛於繁花之中、蜻蜓戲於水面之上的春日景象。"深深"狀花叢深密之貌，"款款"寫蜻蜓悠閒之狀，皆是疊字修辭法的運用，使所寫之景形象生動、狀溢目前。

垂緌飲清露，流響出疏桐。居高聲自遠，非是藉秋風。

註釋 出自唐•虞世南《蟬》。緌，下垂的帽帶。垂緌，此指蟬下垂的觸鬚。流響，指蟬聲。藉，借助。

點評 前二句寫蟬餐風飲露、聲傳於疏桐之外的情景。後二句借此而評論，表面是說蟬聲傳遠不是借秋風之力，實則借物寫人，強調人有聲名不是靠別人吹噓，而是源自本身的高尚品德。

春水初生乳燕飛，黃蜂小尾撲花歸。

註釋 出自唐・李賀《南園十三首》。

點評 此寫雛燕初飛、黃蜂撲花的春日景象。

促織甚微細，哀音何動人。

註釋 出自唐・杜甫《促織》。促織，即蟋蟀。

點評 此言蟋蟀叫聲不大，卻淒切悲涼。

大鵬一日同風起，摶搖直上九萬里。

註釋 出自晉・陶淵明《擬古九首》。同風，隨風。摶搖直上，此指沖天而起。

點評 此寫大鵬隨風而起，一飛沖天的氣勢。乃是化自於《莊子・逍遙遊》中的名句"鵬之徙於南冥也，水擊三千里，摶扶搖而上者九萬里"。

丹雞被華采，雙距如鋒芒。願一揚炎威，會戰此中唐。

註釋 出自漢・劉楨《鬥雞詩》。丹雞，指鬥雞。被，披。華采，指鬥雞五彩絢麗的羽毛。雙距，指鬥雞的兩隻腳爪。鋒芒，刀鋒箭芒。願，希望。炎威，高漲的威風。中唐，指中庭，即鬥雞的場所。

點評 此寫鬥雞不同凡響的外形與不可一世的好鬥氣勢。

稻熟江村蟹正肥，雙螯如戟挺青泥。

註釋 出自明・徐渭《題螃蟹詩》。螯，螃蟹等節肢動物的第一對腳，像鉗子，能開合，能取物。戟，古代的一種兵器，長杆上附有月牙狀的利刃。挺，拔、拔出。

點評 此寫稻子成熟之時江村蟹肥、雙鉗如戟拔出青泥的情狀。

地迥鷹犬疾，草深狐兔肥。

註釋 出自唐‧崔顥《古遊俠呈軍中諸將》。迥，遠。疾，快。

點評 此寫秋天鷹犬獵狐兔的情景。

獨鶴歸何晚，昏鴉已滿林。

註釋 出自唐‧杜甫《野望》。

點評 此寫孤鶴晚歸、烏鴉滿林的黃昏景象。

鵝鴨不知春去盡，爭隨流水趁桃花。

註釋 出自宋‧晁沖之《春日》。趁，追逐。

點評 此寫落花隨流水、鵝鴨爭相追逐的春日景象。

伐木丁丁，鳥鳴嚶嚶。

註釋 出自先秦《詩經‧小雅‧伐木》。丁丁，伐木之聲。嚶嚶，鳥鳴之聲。

點評 伐木於山聲丁丁，鳥鳴嚶嚶相和鳴。此二句之妙在於以摹聲修辭法寫出伐木與鳥鳴之聲，讓人有一種如聞其聲的親歷感。

鳳凰集南嶽，徘徊孤竹根。於心有不厭，奮翅凌紫氛。

註釋 出自漢‧劉楨《贈從弟三首》其三。集南嶽，指傳說中的神鳥鳳凰生長於南方的丹穴山。不厭，不足。凌，飛。紫氛，指九天雲霄。

點評 此寫鳳凰棲、食不同於凡鳥的生活習性，以及牠鄙棄“鳥為食亡”之俗，不滿足於“竹實”之食，展翅淩雲，一飛沖天的形象，意在鼓勵堂弟要振作向上，要有絕世超俗的高遠之志。此句對所有有志之士都有勵志作用。

蜂蝶紛紛過牆去，卻疑春色在鄰家。

註釋 出自唐‧王駕《雨晴》。

點評 此寫蜂、蝶逐花的春日景象。

風急天高猿嘯哀，渚清沙白鳥飛回。

註釋 出自唐・杜甫《登高》。渚，水中間的小塊陸地。

點評 此寫天高風急、猿鳴聲哀，洲清沙白、白鳥盤旋的秋日景象。

風翻白浪花千片，雁點青天字一行。

註釋 出自唐・白居易《江樓晚眺景物鮮奇吟玩成篇寄水部張員外》。字一行，雁飛成陣，或成"人"字形，或作"一"字形。

點評 風吹白浪，猶如花朵千片；雁飛高空，遠望好像一個小點；雁飛成行，就像空中文字一行。此寫風吹浪花起、雁陣如字高空上的景象。

風輕粉蝶喜，花暖蜜蜂喧。

註釋 出自唐・杜甫《敝廬遣興奉寄嚴公》。

點評 此寫微風輕拂、蝴蝶翻飛，日暖花開、蜜蜂嗡嗡的景象。

翡翠鳴衣桁，蜻蜓立釣絲。

註釋 出自唐・杜甫《重遊何氏五首》。翡翠，指翡翠鳥。桁，檁子。衣桁，即衣架。釣絲，釣魚杆上的絲線。

點評 此寫鳥鳴於衣架、蜻蜓立於釣絲的景象，表現的是其與人相親的形象。

孤飛一片雪，百里見秋毫。

註釋 出自唐・李白《觀放白鷹二首》。一片雪，指白鷹顏色如雪。秋毫，指鳥獸秋天新長出的細毛。

點評 此寫白鷹獨飛天上、羽毛如雪、秋添細毛分明可見的情景。前句是比喻，形容白鷹羽毛之白；後句是誇張，極寫所長新毛之明顯。由此，將白鷹的形象清晰地表現出來。

寒波淡淡起，白鳥悠悠下。

註釋 出自金・元好問《潁亭留別》。白鳥，指白鷺之類的鳥。

點評 此寫河水泛微波、飛鳥盤旋下的景象。表現的是一種悠閒恬靜的自然之趣。詩用疊字修辭法，以“淡淡”狀寒波之色，以“悠悠”寫白鷺慢慢盤旋而下之狀，讓人有一種如臨其境之感。

好鳥迎春歌後院，飛花送酒舞前簷。

註釋 出自唐・李白《題東溪公幽居》。

點評 此寫東溪公居住環境之幽雅。前句寫鳥鳴於後院，是寫動物，着眼於聲音；後句寫花飛於前簷，灑入酒中，是寫植物，着眼的是形態。前後配合，畫面豐富多彩，有聲亦有色。

好是日斜風定後，半江紅樹賣鱸魚。

註釋 出自清・王士禎《真州絕句》。鱸魚，一種淡水魚。體側扁，鱗細，銀灰色，背部和背鰭上有小黑斑，肉味鮮美。紅樹，指楓樹，秋天楓葉變紅。

點評 此寫夕陽西下、秋風暫息，紅葉映江、鱸魚上市的秋日景象。

紅鯉二三寸，白蓮八九枝。

註釋 出自唐・白居易《草堂前新開一池養魚種荷日有幽趣》。

點評 此寫草堂前紅鯉尚小、白蓮初開的景象。“二三寸”，言魚之小；“八九枝”，言白蓮之疏。從對偶形式上看，“二三寸”對“八九枝”，都是數量詞相對，極其工整。

花際裴回雙蛺蝶，池邊顧步兩鴛鴦。

註釋 出自唐・劉希夷《公子行》。裴回，即徘徊。顧步，指一邊走一邊回頭看。

點評 此以擬人修辭法寫出了蝴蝶雙飛於花際、鴛鴦調情於池邊的生動形象，給人以無限的聯想。

寂寞小橋和夢過，稻田深處草蟲鳴。

註釋 出自宋・陳與義《早行》。和夢過，帶着睡意走過。

點評 此寫小橋寂寞、行人倦乏、稻禾正盛、蟲鳴其中的夏夜景象。

幾處早鶯爭暖樹，誰家新燕啄春泥？

註釋 出自唐・白居易《錢塘湖春行》。

點評 二句之妙在於寫出了江南地區從秋冬沉睡中復蘇過來的春意，以及詩人在春季到來的乍喜之情。初春時節，物候的變化很多，但是，詩人卻只選擇鶯鳴於樹、燕啄新泥兩個典型細節來寫。"幾處早鶯爭暖樹"，以擬人修辭法，將鶯人格化。"爭暖樹"既寫出了鶯的鮮活生命情態，也在表現鶯的欣喜之情的同時，點出了一個早春的"早"(說"幾處"而不言"處處"、言"誰家"而不說"家家"，都是暗寓出"早"意)。

江頭楊柳暗藏鴉，江上鵝兒浴淺沙。

註釋 出自宋・蕭梅坡《清明日早出太平門》。

點評 此寫鴉眠江頭楊柳之上、鵝理羽毛於江上淺沙的景象。"藏"、"浴"二字，皆是擬人修辭法，將鴉、鵝人格化，從而突出表現了其親切可愛的形象。

盡日無人看微雨，鴛鴦相對浴紅衣。

註釋 出自唐・杜牧《齊安郡後池絕句》。紅衣，指鴛鴦的彩色羽毛。

點評 此寫微雨野外無人煙、鴛鴦水中理羽毛的情景。

近人積水無鷗鷺，時有歸牛浮鼻過。

註釋 出自宋・黃庭堅《病起荊江亭即事十首》。

點評 此言鷗鷺畏人而不聚積於近人的水面，而只有歸牛才露出鼻子浮過水面。

孔雀東南飛，五里一徘徊。

註釋 出自漢・無名氏《孔雀東南飛》。

點評 以孔雀徘徊不進喻劉蘭芝被婆母休歸時那種對家與丈夫依依不捨之情，形象令人感動。

蘭溪三日桃花雨，半夜鯉魚來上灘。

註釋 出自唐·戴叔倫《蘭溪棹歌》。蘭溪，在今浙江蘭溪縣西南。桃花雨，指桃花開時的多雨時節。

點評 此寫桃花開時雨水足、鯉魚半夜上淺灘的情景與季候特徵。

兩個黃鸝鳴翠柳，一行白鷺上青天。

註釋 出自唐·杜甫《絕句四首》其三。

點評 前句寫近景，後句寫遠景。遠近結合，將陽春三月晴空萬里，一碧如洗，鳥語花香，生機盎然的自然之趣如畫般地展現出來，讓人睹物感時，心生欣悅之情。“黃鸝”、“白鷺”是動物，“翠柳”是植物，“青天”是背景，“鳴”是聲音，“上”是動作，動靜結合，畫面非常豐富；“黃”、“白”、“翠”、“青”四個顏色詞的運用，則給這幅春天的景色畫別添了鮮豔絢麗的色彩感。

兩兩三三白鳥飛，背人斜去落漁磯。

註釋 出自元·楊載《宿濬儀公湖亭》其二。白鳥，指白鷺之類的鳥。磯，江河邊上突出的岩石。漁磯，指漁人垂釣之處。

點評 此寫白鷺悠閒翻飛的景象。“兩兩三三”，既是寫鳥的數量，更是寫鳥飛的悠閒之狀；“背人斜去”，看是寫鳥兒怕人而飛去，實是寫鳥兒不畏人而逗人（“斜飛”）的情景。通過鳥之悠閒可愛的情態巧妙地寫出了詩人回歸自然、輕鬆愉快的心情。

涼風繞曲房，寒蟬鳴高柳。

註釋 出自晉·陸機《擬明月何皎皎》。

點評 時屆初秋，涼風乍起，蟬鳴高柳，時帶寒切之聲。此乃以哀景寫詩人久客他鄉的思歸之情。

林鶯啼到無聲處，青草池塘處處蛙。

註釋 出自宋·曹豳《春暮》。

點評 此寫黃鶯已老、林中無聲，池塘草青、蛙聲四起的春末夏初景象。

柳花還漠漠，江燕正飛飛。

註釋 出自唐・韓愈《送李六協律歸荊南》。漠漠，寂靜無聲的樣子。

點評 此寫初春時節江燕翻飛、柳花飄舞的景象。“漠漠”與“飛飛”，皆是疊字，前者狀柳花飄落無聲之貌、後者寫江燕翩翩而飛之狀。

柳梢聽得黃鸝語，此是春來第一聲。

註釋 出自元・楊載《到京師》。

點評 此言柳梢頭黃鸝的叫聲，是春天到來的象徵。

留連戲蝶時時舞，自在嬌鶯恰恰啼。

註釋 出自唐・杜甫《江畔獨步尋花七絕句》。恰恰，指鶯叫宛轉動聽之聲。

點評 此寫蝶戲花枝、流連翻飛，鶯啼樹上、宛轉嬌柔的早春景象。

露濕鷗衣白，天光雁字青。

註釋 出自清・王猷定《螺川早發》。鷗衣，鷗鳥的羽毛。雁字，指大雁飛行所形成的“人”字形隊陣。

點評 此寫秋日清晨鳥宿洲上羽毛濕、雁飛長空隊陣齊的景象。“露濕”、“雁”都暗中交待了節候；“鷗衣白”、“天光青”，則暗寫出清晨的時間點。表意含蓄，令人味之無窮。同時“鷗衣白”與“雁字青”相對，對仗非常工整，色彩對比也非常鮮明，使詩句別添了一種音樂美與色彩美。

露濃山氣冷，風急蟬聲哀。

註釋 出自隋・楊廣《悲秋詩》。

點評 此寫露濃風涼、蟬聲淒切的秋日景象。

綠遍山原白滿川，子規聲裏雨如煙。

註釋 出自宋・翁卷《鄉村四月》。山原，山和原野。白，此指春水。子規，杜鵑鳥，俗稱布穀鳥。

點評 此寫鄉村四月山原濃綠、春水滿川、杜鵑聲聲、細雨如煙的景象。

亂鴉畢竟無才思，時把瓊瑤蹴下來。

註釋 出自南宋・辛棄疾《鷓鴣天》詞。瓊瑤，比喻積雪。蹴，踢、踩。

點評 此寫亂鴉積聚梅樹之上，將枝上積雪踏下的景象。說亂鴉"無才思"，是擬人修辭法。通過對眾鴉亂踏梅花枝頭雪行為的指斥，以此表現詞人對梅枝積雪的欣賞之情。

亂鴉投落日，疲馬向空山。

註釋 出自唐・劉長卿《恩敕重推使牒追赴蘇州次前溪館作》。

點評 此寫夕陽西下、群鴉歸林，疲憊之馬、猶過空山的情景。意在強調旅人的辛苦。

馬疾過飛鳥，天窮超夕陽。

註釋 出自唐・岑參《武威送劉單判官赴安西行營便呈高開府》。天窮，天遠。

點評 此言馬行快於飛鳥、夕陽彷彿是在天空之外。此乃以誇張修辭法，極寫馬行的飛快與夕陽遙遠的景象。

明月皎夜光，促織鳴東壁。

註釋 出自漢・無名氏《明月皎夜光》。皎，潔白明亮。促織，蟋蟀。

點評 以皎潔明亮的月光反襯促織清夜的獨鳴，益見夜之清寂。

漠漠水田飛白鷺，陰陰夏木囀黃鸝。

註釋 出自唐・王維《積雨輞川莊作》。漠漠，廣遠空濛的樣子。水田，指積水的平野。陰陰，指茂盛幽深的樣子。夏木，夏天的樹木。囀，鳥婉轉地叫。黃鸝，即黃鶯。

點評 此寫夏日白鷺飛於水田之上、黃鶯啼於樹蔭之間的閒靜景象。前句寫鷺飛，是取形態；後句寫鸝啼，是取聲音。如此形聲結合，畫面遂由此生動起來。鷺為白色，鸝為黃色，黃白交映，畫面色彩頓時豐富起來。"漠漠"、"陰陰"兩個疊字的運用，一寫水田的廣闊與空濛，一寫夏木的茂盛與幽深。前者使詩句所書寫的畫面顯得意象開闊，後者則使畫面意象顯得幽深。此二句是化用唐人李嘉祐“水田飛白鷺，夏木囀黃鸝”，為此，唐人李肇批評王維“好取人文章嘉句”(《國史補》卷上)。但是，“漠漠”、“陰陰”兩個疊字的增添，則是相當成功的。宋人葉夢得評論說：“此兩句好處，正在添‘漠漠’、‘陰陰’四字，此乃摩詰為嘉祐點化，以自見其妙。如李光弼將郭子儀軍，一號令之，精彩百倍。”(《石林詩話》卷上)。從修辭學的角度看，這是“仿擬”修辭法。

莫倚高枝縱繁響，也應回首顧螳螂。

註釋 出自唐・陸龜蒙《聞蟬》。莫，不要。縱繁響，縱情地鳴叫。顧，回頭看。

點評 此言蟬只知縱情高鳴於高枝之上，而不考慮還有螳螂可能隱蔽其後的危險。引申可以表達這樣一個意思：一個人不要自鳴清高，自以為得意，要時刻警惕身邊的危險。

泥融飛燕子，沙暖睡鴛鴦。

註釋 出自唐・杜甫《絕句二首》。

點評 此寫春天泥融土濕，燕子歸來啣泥築巢；天暖日麗，鴛鴦雙睡於沙洲的景象。

鳥宿池邊樹，僧敲月下門。

註釋 出自唐・賈島《題李凝幽居》。

點評 此二句本是平常的寫景敘事：鳥兒夜宿池邊之樹，老僧借宿月下敲門。只是由於它有一個典故，故在歷史上特別有名。據說有一次賈島騎驢趕路，忽得“鳥宿池邊樹，僧敲月下門”二句，頗為得意。但是，對於是用“推”還是“敲”字猶豫不決。一邊走一邊想，結果衝撞了京兆尹（即京師最高行政首長）韓愈。韓愈得知原委，尋思良久，覺得用“敲”更好。由此，中國文壇就多了一個“推敲”佳話。其實，這二句之所以出名也還因為：一是對仗工整，是“對偶”中的“工對”，視聽效果都非常好。二是“敲”字用得好，它帶有“力輕而清脆”的特徵，在月夜中顯得尤其響亮，符合生活常情。用“推”字，則既不見響聲，又顯得魯莽，不符合生活常理。同時，也只有“敲”出響聲，才能驚動池邊樹上的宿鳥，由此推出“鳥宿池邊樹”的結論。

鵬之徙於南冥也，水擊三千里，摶扶搖而上者九萬里。

註釋 出自先秦《莊子·逍遙遊》。之，放在主謂語之間，取消句子的獨立性。徙，遷移。冥，通“溟”，海。也，句中語氣助詞，幫助停頓。摶，把東西捏聚成團。此指旋轉。扶搖，指旋風。

點評 大鵬遷移於南海，拍擊水浪三千里，掀起旋風而沖天直上，高達九萬里。此寫大鵬展翅飛翔、沖天而起的氣勢。當然，這只是莊子想象中的大鵬形象。

翩翩新來燕，雙雙入我廬。

註釋 出自晉·陶淵明《擬古九首》。廬，房屋。

點評 此寫春天新燕翩翩翻飛、雙雙入室的景象。

平岡細草鳴黃犢，斜日寒林點暮鴉。

註釋 出自宋·辛棄疾《鷓鴣天》詞。犢，小牛。

點評 此寫平岡草細、夕陽西下、小牛鳴叫、寒鴉歸林的晚景。

潛魚躍清波，好鳥鳴高枝。

註釋 出自三國·魏·曹植《公宴》。

點評 此寫魚躍鳥鳴之景，一上一下，交相輝映，皆可見聲。

羌管一聲何處曲，流鶯百囀最高枝。

註釋 出自唐·温庭筠《題柳》。羌管，即羌笛，古代中國西北少數民族的一種形似笛子的吹奏樂器。流鶯，飛鶯。囀，鳥婉轉地叫。

點評 此寫鶯啼婉轉高枝上、動聽如同吹羌笛。

青鳥啣葡萄，飛上金井欄。美人恐驚去，不敢捲簾看。

註釋 出自唐·捧劍僕《詩》。

點評 此寫鳥啣葡萄的情景與美人悦鳥的心情。

晴絲千尺挽韶光，百舌無聲燕子忙。

註釋 出自宋・范成大《初夏》。晴絲，即春夏飄浮於晴空中的遊絲，乃為蟲類所吐之絲。韶光，美好的光陰，此指春光。百舌，鳥名，立春後鳴叫，夏至後即停止叫聲。

點評 此寫初夏時節遊絲飄飛、百舌鳴歇、燕子忙的景象。"挽韶光"、"燕子忙"，乃是運用擬人修辭法將晴絲、燕子人格化，從而使所寫景物更顯生動形象。"挽韶光"的擬人寫法，不僅生動形象，而且凸顯了詩人對春日將去的留戀之情。

泉清鱗影見，林密鳥聲幽。

註釋 出自唐・崔翹《鄭郎中山亭》。鱗，指魚。幽，幽遠。

點評 此寫魚游於清泉之裏、鳥鳴於密林之中的景象。

犬吠寒煙裏，鴉鳴夕照中。

註釋 出自唐・劉長卿《贈西鄰盧少府》。吠，狗叫。

點評 此寫夕陽西下、寒煙驟起、狗吠鴉鳴的晚景。

卻繞井欄添個個，偶經花蕊弄輝輝。

註釋 出自唐・杜甫《見螢火》。

點評 此寫螢火蟲繞井而飛，影入井水中，偶經花蕊而使其熠熠生輝的景象。

山風起寒木，野雀亂秋榛。

註釋 出自南朝梁・柳惲《奉和竟陵王經劉瓛墓下》。榛，一種落葉的喬木。

點評 此寫秋風吹枯樹、野雀亂林中的秋日景象。

舍南舍北皆春水，但見群鷗日日來。

註釋 出自唐杜甫《客至》。舍，房屋。但，只。

點評 此寫春日到處綠水盪漾、群鷗翻飛的景象。

數叢沙草群鷗散，萬頃江田一鷺飛。

註釋 出自唐・溫庭筠《利州南渡》。

點評 此寫鷗散於沙草叢中、鷺飛於江田之上的景象。

水深魚極樂，林茂鳥知歸。

註釋 出自唐・杜甫《秋野五首》。

點評 此寫魚兒歡樂地游於深水之中、鳥飛知倦而暮歸於茂林的景象。同時，也以此生動地說明了魚與水、鳥與林相互依存的密切關係。

素石何磷磷，水禽浮翩翩。

註釋 出自晉・成公綏《行詩》。素石，白石。何，何等。磷磷，水中現石之貌。翩翩，輕盈浮動之貌。

點評 白石出水，水鳥浮游，一動一靜，構成了一幅生動的風景畫。"磷磷"寫河中白石之狀，"翩翩"狀水鳥浮水之態，形象生動。從聲音角度看，兩個疊字的運用，又使詩句別添了一種珠落玉盤的音律之美。

潭清疑水淺，荷動知魚散。

註釋 出自唐・儲光羲《釣魚灣》。

點評 此寫潭水清澈、魚戲荷間的景象。

桃花細逐楊花落，黃鳥時兼白鳥飛。

註釋 出自唐・杜甫《曲江對酒》。時，時而。兼，與…一起。

點評 此寫桃花隨楊花而落、黃鳥與白鳥齊飛的春日景象。前句寫植物，後句寫動物。前句寫地下，後句寫空中。而且桃花的紅色與鳥的黃、白之色也形成了色彩的對比。由此詩所構擬的意象便更形闊大、畫面也更加豐富多彩。

啼鳥有時能勸客，小桃無賴已撩人。

註釋 出自宋・辛棄疾《浣溪沙》詞。勸客，指鳥聲動聽，客人為之駐足傾聽。無賴，指調皮。撩，挑逗。

點評 此寫鳥聲動聽、小桃喜人的春日景象。"勸客"、"無賴"、"撩人"，都是擬人修辭法，將鳥、桃人格化，以此凸顯其親切可愛之貌。

萬頃湖天碧，一星飛鷺白。

註釋 出自唐・皮日休《秋江曉望》。

點評 此寫秋日水天一色、白鷺孤飛的景象。前句寫闊大之象，後句高遠之象。前句"萬頃"突出了湖天之廣闊，後句"一星"凸顯出白鷺飛之高遠。前句寫"碧"，後名寫"白"。由此畫面不僅開闊，而且色彩也顯得豐富。

萬壑樹參天，千山響杜鵑。

註釋 出自唐・王維《送梓州李使君》。

點評 此二句之妙，以"示現"修辭法，大膽地想象李使君即將赴任的梓州自然風光之美，讓人為之神往不已。同時，"萬壑"與"千山"的誇張表達，不僅加深了讀者的印象，也在詩的對仗上構成了和諧工整的形式美感。從形象上看，前句寫的是視覺，後句寫的是聽覺。視覺與聽覺配合起來，便使詩句所創造的闊大氣象與悠遠氣韻渾然一體，從而構成了一幅清雅無比的詩意圖畫。

維鵲有巢，維鳩居之。

註釋 出自先秦《詩經・召南・鵲巢》。維，句首語氣詞。鵲，喜鵲。鳩，即鳲鳩，也叫布穀鳥，或說是指八哥。居，居住。

點評 喜鵲一枝一草築成巢，鳲鳩歡歡喜喜來居住。這是以鵲築巢、鳩居住的自然天性比喻男娶女嫁、男子築室迎娶女子入住的正當性。後衍化而成的成語"鳩僭鵲巢"、"鳩佔鵲巢"，其意多比喻安享其成或強佔他人的勞動成果，帶有貶義色彩。

無端陌上狂風起，驚起鴛鴦出浪花。

註釋 出自唐・劉禹錫《浪淘沙九首》。陌，田間小路。陌上，此指平地。

點評 此寫平地風陡起、驚起鴛鴦飛的情景。

五更疏欲斷，一樹碧無情。

註釋 出自唐・李商隱《蟬》。疏，指蟬聲力竭。

點評 此寫蟬鳴一夜、樹碧依舊的情景。詩以擬人修辭法，將樹人格化，說蟬鳴一夜，聲嘶力竭，而樹綠如故，毫不領情。

西風吹墮紅蕖裏，照見鴛鴦自在眠。

註釋 出自清・安期《流螢詞》。蕖，荷花。

點評 此寫鴛鴦雙眠於秋荷之中，忽被一陣秋風吹落而擾了清夢的情景。

西塞山前白鷺飛，桃花流水鱖魚肥。

註釋 出自唐・張志和《漁歌子》。西塞山，在今浙江吳興縣西。桃花流水，指桃花花落之時。鱖魚，現多寫作"桂魚"，是一種名貴的淡水魚。

點評 此言白鷺群飛、流水逐花之時，正是吃鱖魚的最佳時節。前句寫山寫鷺，有動有靜，有綠有白；後句寫桃花流水鱖魚，都是動態描寫，但有哀樂之分。桃花流水，讓人傷感；鱖魚正肥，則讓人歡欣。前句寫高寫遠，後句寫低寫深。因此這兩句寫景之作，意象極為闊大而深遠，色彩也異常豐富。

西園一點紅猶小，早被蜂兒知道。

註釋 出自宋・毛滂《調笑令》詞。紅，指花。

點評 此寫花兒初開蜜蜂便來，言其對花的敏感。說"蜂兒知道"，這是擬人修辭法，由此拉近人與蜂的距離，表達一種自然的天趣。

細雨魚兒出，微風燕子斜。

註釋 出自唐・杜甫《水檻遣心二首》。

點評 此寫細雨之中而魚浮於水面、微風之時而燕飛於天空的春日景象。

啣泥燕子迎風絮，得食魚兒趁浪花。

註釋 出自宋・張震《鷓鴣天》詞。趁，追逐。

點評 此寫風吹飛絮、燕子築巢，魚兒得食、戲逐浪花的暮春景象。

香稻啄餘鸚鵡粒，碧梧棲老鳳凰枝。

註釋 出自唐・杜甫《秋興八首》。

點評 此寫鸚鵡啄稻粒、鳳凰棲碧梧的景象。此二句正常的語序應該是：鸚鵡啄餘香稻粒，鳳凰棲老碧梧枝。但是，為了律詩的對仗，故改變了語序，反有一種對仗工整、新穎奪人的效果。

曉鴉無數盤旋處，綠樹枝頭一線紅。

註釋 出自明・唐寅《曉起圖》。曉鴉，指早上的烏鴉。一線紅，指一抹朝霞。

點評 此寫曉鴉盤旋、綠樹霞映的夏日晨景。

小荷才露尖尖角，早有蜻蜓立上頭。

註釋 出自宋・楊萬里《小池》。

點評 此寫荷葉初露水面、蜻蜓立於其上的情景。

雄雞一聲天下白。

註釋 出自唐・李賀《致酒行》。白，亮。

點評 此言公雞報曉天即亮。

燕子家家入，楊花處處飛。

註釋 出自唐・孟浩然《賦得盈盈樓上女》。

點評 此寫春日到處燕舞花飛的情景。

燕知社日辭巢去，菊為重陽冒雨開。

註釋 出自唐・皇甫冉《秋日東郊》。社日，包括春社與秋社，是古代祭祀土地與穀神的節日。此指秋社。

點評 此寫秋社時節北燕南飛、雨中菊開的景象。詩以擬人修辭法，將燕與菊人格化（“知社日”、“冒雨開”），拉近了人與自然的距離，使所寫之景親切有味。

煙柳濛濛鵲做巢，青青弱草帶斜橋，鶯聲多在杏花梢。

註釋 出自宋・呂渭老《浣溪沙》詞。濛濛，即朦朦，看不清的樣子。弱草，指剛返青的嫩草。

點評 此寫煙柳朦朧、嫩草青青、小橋斜立、鵲築巢於柳中、鶯啼於杏花枝頭的早春景象。

煙添柳色看猶淺，鳥踏梅花落已頻。

註釋 出自唐・戴叔倫《和汴州李相公人日喜春》。

點評 此寫柳芽初吐、春色尚淺、鳥兒踏枝、梅花頻落的早春景象。

簷前花覆地，竹外鳥窺人。

註釋 出自唐・祖詠《清明宴司勳劉郎中別業》。覆，蓋。

點評 此寫劉郎中別業（別館）的優雅環境。"花覆地"，言其簷前花開之盛；"鳥窺人"，言鳥在竹外而不畏人。前句寫靜，後句寫動；前句寫植物，後句寫動物。內容與形式上都對仗工整，讀之不僅意境優美，而且聲音悅耳動聽。

野戍孤煙起，春山百鳥啼。

註釋 出自北周・庾信《至老子廟》。戍，防守邊疆。野戍，此指野地的營壘。煙，炊煙。

點評 此寫曠野無人、孤煙上起、山林濃綠、百鳥齊鳴的春日景象。前句寫哀景，後句寫樂景，哀樂相襯，突出詩人面對老子廟而感時傷懷之情。

野禽喧曙色，山樹動秋聲。

註釋 出自北齊・蕭慤《經山寺》。喧，喧嘩。曙色，天色將明。

點評 此寫秋日的早晨曙色初露、眾鳥喧鬧、秋風吹樹、山谷傳音的景象。

野花叢發好，谷鳥一聲幽。

註釋 出自唐・王維《過感化寺曇興上人山院》。

點評 此寫野花叢發、花紅葉茂；鳥鳴山中、空谷更幽的春日之景。

野花成子落，江燕引雛飛。

註釋 出自唐・殷遙《春晚山行》。成子，結籽。雛，指幼燕。

點評 此寫春日花落籽熟、燕引雛飛的情景。

夜深露濕簟，月出風驚蟬。

註釋 出自唐・岑參《送永壽王贊府徑歸縣》。簟，竹蓆。

點評 此寫夜深露濃、風月驚蟬的情景。

一寸二寸之魚，三竿兩竿之竹。

註釋 出自北周・庾信《小園賦》。

點評 此寫小園之中魚小、竹疏之景。“一寸二寸”，言魚之小；“三竿兩竿”，寫園竹之疏。數量詞相對仗，形式整齊，讀來格外有味。

一雁下投天盡處，萬山浮動雨來初。

註釋 出自清・查慎行《登寶婺樓》。

點評 此寫風雨來臨之前大雁投地避雨、萬山雨中飄搖的景象。

飲馬魚驚水，穿花露滴衣。

註釋 出自唐・元稹《早歸》。

點評 此寫飲馬河中、水清魚驚，花露濃濃、穿花濕衣之景。

鶯嘴啄花紅溜，燕尾點波綠皺。

註釋 出自宋・秦觀《如夢令》詞。紅溜，指花從鶯嘴中滑落而下。綠皺，指燕尾點水激起漣漪。

點評 此寫鶯啄花飛落、燕尾掠水起漣漪的春日景象。

遊蜂掠盡粉絲黃，落蕊猶收蜜露香。

註釋 出自宋・蘇軾《王進叔所藏畫跋尾・山茶》。掠，此指採。粉絲黃，指黃色的花心。猶，還。

點評 此寫遊蜂採花、落蕊不遺的情景。

魚戲新荷動，鳥散餘花落。

註釋 出自南朝齊·謝朓《遊東田》。

點評 此寫魚戲池中荷葉動、鳥散枝頭殘花落的暮春景象。

魚躍青池滿，鶯吟綠樹低。

註釋 出自唐·李白《曉晴》。

點評 此寫青池水滿、魚躍其中，綠樹叢集、黃鶯低吟的景象。

魚吹細浪搖歌扇，燕蹋飛花落舞筵。

註釋 出自唐·杜甫《城西陂泛舟》。筵，筵席。

點評 此寫魚吹細浪、人搖歌扇，燕蹋樹枝、飛花落筵的春日景象。

魚在深泉鳥在雲，從來只得影相親。

註釋 出自唐·項斯《贈別》。

點評 此以鳥投影在水，將天上之鳥與水中之魚聯繫起來，由此天上地下融為一體，水光鳥影與魚互動，從而將畫面寫活，顯得意蘊無窮。

雨中山果落，燈下草蟲鳴。

註釋 出自唐·王維《秋夜獨坐》。

點評 此寫雨打樹果落、入夜草蟲鳴的秋夜景象。

浴鳥沿波聚，潛魚觸釣驚。

註釋 出自唐·陸詠《陸渾水亭》。

點評 此寫鳥順着波浪而聚浴、魚觸到釣鈎而驚走的情景。

鴛鴦盪漾雙雙翅，楊柳交加萬萬條。

註釋 出自唐·白居易《正月三日閒行》。交加，指柳枝交錯。

點評 此寫鴛鴦雙戲於水中、楊柳枝條縱橫的景象。

遠水白雲度，晴天孤鶴還。

註釋 出自元・倪瓚《對酒》。

點評 此寫白雲浮於遠水之上、孤鶴飛於晴空之中的景象。所寫境界極其闊大，但闊大的背景之上只有一隻孤鶴，對比中則使畫面更顯淒涼。

月明星稀，烏鵲南飛，繞樹三匝，何枝可依。

註釋 出自三國魏・曹操《短歌行》。烏鵲，即烏鴉。匝，周。依，棲。

點評 此寫月夜烏鴉擇枝而棲的情景。明裏是寫景，暗裏則寄託詩人對如何重整山河、成就大業的憂慮之情。

雲開孤鳥出，浪起白鷗沈。

註釋 出自唐・朱慶餘《留別盧玄休歸荊門》。鳥，指白鷗。

點評 此寫鷗鳥高飛沖天、搏擊風流的情景。

雲無心以出岫，鳥倦飛而知還。

註釋 出自晉・陶淵明《歸去來兮辭》。以，而。岫，峰巒。

點評 此寫雲彩緩緩地浮過峰巒、鳥兒暮倦而歸山林的景象。“雲無心”、“鳥倦知還”，都是擬人修辭法，將雲、鳥人格化，以凸顯詩人陶醉於大自然，與自然萬物融為一體的忘我之態。

朝菌不知晦朔，蟪蛄不知春秋。

註釋 出自先秦《莊子・逍遙遊》。朝菌，一種早上長而晚上死的菌類植物。晦，黑夜。朔，白天。蟪蛄，即蟬，春生夏死，夏生秋死。春秋，指代一年。

點評 朝菌不知有白晝與黑夜之分，寒蟬不知有一年的概念。此言朝菌與寒蟬的生命非常短暫。引申之，也可比喻一個人見少識寡、孤陋寡聞。

雉雊麥苗秀，蠶眠桑葉稀。

註釋 出自唐・王維《渭川田家》。雉，野雞。雊，野雞叫。

點評 此寫麥苗青青野雞鳴、桑樹葉稀蠶正眠的春日景象。

蜘蛛雖巧不如蠶。

註釋 出自宋·胡仔《苕溪漁隱叢話》前集卷二十五《西清詩話》引宋人王禹偁語。

點評 此言蜘蛛雖然也能吐絲而織成精巧的網，但不及蠶吐絲能夠給人帶來衣被之益。

中庭地白樹棲鴉，冷露無聲濕桂花。

註釋 出自唐·王建《十五望夜寄杜郎中》。

點評 此寫霜灑中庭、露濕桂花、烏鴉棲樹的秋夜景象。

眾鳥高飛盡，孤雲獨去閒。

註釋 出自唐·李白《獨坐敬亭山》。

點評 前句所寫仰望鳥飛天外的景象，正是中國歷代文人都非常欣賞的“目送歸鴻，手揮五弦”（三國魏·嵇康《四言贈兄秀才入軍十八首之十四》二境界之一），表現的是文人那種多愁善感、觸景生情的情懷。後句以擬人修辭法將浮雲人格化，使其具有人的生命情態（“孤”、“閒”），不露痕跡地表現了詩人對大自然和生活濃濃的熱愛之情。由此水到渠成地自然導出下面直抒胸臆的兩句：“相看兩不厭，只有敬亭山。”

竹批雙耳峻，風入四蹄輕。

註釋 出自唐·杜甫《房兵曹胡馬》。批，削。峻，高而陡峭，此指馬耳很尖的樣子。

點評 雙耳尖尖如竹削，四蹄奮奔起輕風。此寫胡馬耳尖如削、奔跑如飛的樣子。

自來自去樑上燕，相親相近水中鷗。

註釋 出自唐·杜甫《江村》。

點評 此寫春日燕飛於樑上、鷗戲於水中的景象。

人文·社會

治國安邦

安危在是非，不在於強弱。

註釋 出自先秦《韓非子・安危》。

點評 國家的安危在於執政者明辨是非，而不於國力的強弱。因為強弱是可以轉化的，而是非則是不可顛倒的。如果一個執政者是非不分，國家政治必然混亂，即使是國力強大，也會不斷內耗而削弱，終至滅亡。

安而不忘危，存而不忘亡，治而不忘亂。

註釋 出自先秦《周易・繫辭下》引孔子語。

點評 天下安寧不能忘記有危險，國家存在不能忘記有滅亡的可能，天下大治不能忘記有天下大亂的隱患。這是孔子對當政者所提出的勸告，也是治國安邦的金玉之言。與成語"居安思危"義同。

不患貧而患不均，不患寡而患不安。

註釋 出自先秦《論語・季氏》。此二句或作"不患寡而患不均，不患貧而患不安"，從語義上看似乎不通，此據清人俞樾《群經平議》改。患，擔心、怕。貧，貧窮。均，平均。寡，少。安，安定。

點評 不怕貧窮，就怕貧富不均；不怕國小民少，就怕社會不安定。這是孔子對治國的見解，主張縮小貧富差距，消除社會不安定因素。

不以天下之病而利一人。

註釋 出自漢・司馬遷《史記・五帝本紀》。以，用。之，的。病，弊病。利，有利於。

點評 不能以天下的弊病為代價換取一個人的好處。這是上古明君堯帝臨死前決定不將天下傳給自己兒子而傳給舜帝時所說的話，表現出一個明君賢主"天下為公"的坦蕩無私的闊大胸懷。

不苟一時之譽，思為利於無窮。

註釋 出自宋・歐陽修《偃虹堤記》。苟，苟且。

點評 此言公共設施、基礎工程的建設不能只貪一時的虛名，要考慮到長遠造福於民的目標。

創業難，守業難，知難不難。

註釋 清・吳敬梓《儒林外史》第二十二回引對聯（上聯是"讀書好，耕田好，學好便好"）。

點評 此言治家的道理，卻也說出了治國的道理。創業立國，江山易色，天翻地覆，固然是一件很難做成的大事；但是，要守住既成的基業，要使國家長治久安，其難度則更大。因為立國是一個短暫的奮鬥過程，而治國則是一個長期的任務，天長日久，稍有懈怠，國家便有危機。但是，有一點，只要立國者、治國者首先意識到其困難的存在，思想上重視，就能克服困難；持之以恆，便能最終走向成功。

從諫如順流。

註釋 出自漢・班彪《王命論》。從，聽從。

點評 接受別人的意見並採納，就像是順流之水一樣的快。此言治國安邦者要有認真聽取別人意見的雅量與胸襟。

存亡在虛實，不在於眾寡。

註釋 出自先秦《韓非子・安危》。虛實，指國力的強弱。眾寡，指人口的多少。

點評 國家的存亡，關鍵在於國家實力的強弱，而不在其人口的多少。

防民之口，甚於防川。

註釋 出自先秦《國語・周語上》。甚，超過。川，河流。

點評 阻止人民對國政的議論，比防止河流決堤還要難。此言治國安邦要傾聽人民的呼聲而改進工作，決不能堵住人民的嘴，不讓人民說話。

公正無私，一言而萬民齊。

註釋 出自漢・劉安《淮南子・修務訓》。

點評 此言統治者能夠做到公正無私，就能使天下之人萬眾一心。其意是強調公正無私對於統一民眾思想行動的重要意義。

獲罪於天，無所禱也。

註釋 出自先秦《論語・八佾》。禱，向神求福的一種迷信活動。也，語氣助詞。

點評 得罪了上天，那是求拜甚麼神也沒用了。這話原是孔子借天比國君，闡明其王權神聖不可侵犯的思想。後世將“天”作大自然理解，即人類得罪了大自然，那是要受到大自然的懲罰，那時祈求任何幫助都是無用了。

兼聽則明，偏信則暗。

註釋 出自宋・司馬光《資治通鑒・唐紀九・貞觀二年》載唐太宗語。

點評 多方面聽取意見就會開明，偏聽偏信一面之辭就會糊塗。這是唐太宗之語，體現了一代英主闊大的胸襟與明智的執政思想。

街談巷說，必有可採。

註釋 出自晉・陳壽《三國志・魏書・陳思王植傳》註引《典略》。

點評 大街小巷中人們的議論談話，一定有可以採納的有益之處。此言治國安邦要重視人民的聲音，了解人民的想法，並虛心地對其合理之論予以採納。

居安思危，思則有備，有備無患。

註釋 出自先秦《左傳・襄公十一年》。居安，處於安全的狀態。備，準備。患，憂患。

點評 身處安全之境要考慮到危險的情形，考慮到危險的情況就會有所防備，有防備便就沒有憂患了。這是魏絳與晉侯對話時所提出的觀點，其意是強調治國要有長久的考慮，不能局限於眼前，應該有未雨綢繆、防患於未然的意識。成語“居安思危”、“有備無患”，都是源於此。今天這話不僅指治國，也指為人處事等各個方面。

君子務本，本立而道生。

註釋 出自先秦《論語・學而》。君子，指道德修養高的人，即“有德者”。有時也指社會地位高的人，即“有位者”。務，致力、從事、追求。本，根本。道，是中國古代抽象的哲學概念，指天地萬物產生的總根源。這裏指“仁道”。

點評 君子做事總是着眼於根本性的東西，只有抓住了根本，那麼仁道也就建立起來了，社會就和諧安定了。這是孔子提倡“仁道”的理由。這句話如果要作泛化的理解，那就是哲學上抓主要矛盾的觀點。

寬以濟猛，猛以濟寬，政是以和。

註釋 出自先秦《左傳・昭公二十年》載孔子語。寬，寬厚，指仁政。猛，嚴厲，指嚴厲的治國手段與措施。濟，幫助。是以，因此。

點評 此言寬厚的治國措施與嚴厲的治國手段配合使用，政局就會因此而和諧，國家就會因此而太平。就是治國安邦既要有惠民政策，又要有嚴厲的法制手段。成語“寬猛相濟”，即源於此。

老有所終，壯有所用，幼有所長，矜寡孤獨廢疾者皆有所養。

註釋 出自先秦《禮記・禮運》。矜，通“鰥”，指年老而無妻者。寡，年老喪偶者。孤，年幼喪父者。獨，年老喪子者。廢，身體殘廢者。疾，有病者。

點評 老年人都有一個好的晚年，壯年人能才盡其用，未成年人都能健康成長，年老無妻者、年老喪偶者、年幼喪父者、年老喪子者、身體殘廢者、身有疾病者，都能得到奉養。這是儒家“天下大同”的理想，也是治國安邦的最高境界。

民之所好，好之；民之所惡，惡之。

註釋 出自漢・戴聖《禮記・大學》。民，老百姓。之，它。好，喜歡。惡，厭惡。

點評 老百姓所喜歡的，就提倡它；老百姓所厭惡的，就禁止它。此言治國安邦要想所老百姓之所想，愛老百姓之所愛，恨老百姓之所恨，以此贏得民心，從而實現國家長治久安的目標。

名不正，則言不順。

註釋 出自先秦《論語·子路》。名，名份。則，就。言，說。不順，不通。

點評 名份不正，道理就講不通。這是孔子著名的"正名"論，是從政治角度講名份的，目的在於恢復周公禮法。後世講"正名"，多是泛化的概念。主要是指凡事找一個冠冕堂皇的理由而已。如日常所說的"名媒正娶"，其實就是這種思想在現實生活中的反映。

溥天之下，莫非王土；率土之濱，莫非王臣。

註釋 出自先秦《詩經·小雅·北山》。溥，古本作"普"。莫非，沒有不是。王土，指周王的土地。率，自、從。率土之濱，指四海之內。古人認為中國四周都是海，從四面海濱開始的土地都是中國的。王臣，指周王的臣民。

點評 普天之下皆王土，四海之內皆王臣。這是宣揚周王朝的神聖性及其王權的神聖不可侵犯。歷代統治者都要引此語，目的只有一個，就是宣揚自己政權的合法性與神聖性，讓其他人不要妄生非分之想。

其身正，不令而行；其身不正，雖令不從。

註釋 出自先秦《論語·子路》。其，指示代詞，此指當權者。身正，道德高尚。令，命令。行，暢通、順利。雖，即使。從，服從、聽從。

點評 當權者自身道德高尚，即使不疾言厲色地下命令，政令也暢通無阻，事情也辦得順順利利；當權者自身若是無德之人，即使疾言厲色地下了命令，屬下也不會聽從而把事情辦好。這是孔子有關為官之道的言論，強調當政者加強自身道德、以身作則的重要性。

千羊之皮，不如一狐之腋；千人之諾諾，不如一士之諤諤。

註釋 出自漢・司馬遷《史記・商君列傳》引古語。諾諾，指聽話、順從的樣子。諤諤，直言爭辯的樣子。

點評 一千隻羊的皮加起來，也抵不上一隻狐的腋毛暖和；一千個唯唯諾諾的人，還抵不上一個正言直諫之士。此以羊狐之皮的差異為喻，說明直言忠諫之士的難得。

任重者其憂不可以不深，位高者其責不可以不厚。

註釋 出自宋・王安石《節度使加宣徽》。

點評 此言擔當國家重任的人對國事憂慮很深，處於權力高峰的人對國家興亡的責任很大。意謂擔大任就要憂國憂民、在其位必須善謀國政。

上因天時，下盡地利，中用人力。

註釋 出自漢・劉安《淮南子・主術訓》。因，憑藉。天時，時機、時勢。

點評 此言治國安邦要善於順應天時、善於利用地利、人才，才能把事情做好。孟子有句言："天時不如地利，地利不如人和"，強調的正是"天時"、"地利"、"人和"對於事業成功的重要意義。

上滿下漏，患無所救。

註釋 出自先秦《尉繚子・戰威》。滿，指富。漏，指貧，貧富不均。

點評 做官的人富可敵國，老百姓衣食不周，那麼禍患就無法避免了。此言貧富不均是造成社會動亂的根本原因。

上下不和，雖安必危。

註釋 出自先秦《管子・形勢》。雖，即使。

點評 此言統治集團內部不團結，或統治者與廣大人民不能同心同德，那麼即使暫時天下無事，國家也一定會有危險。意在強調上下同心同德對於國家安危的重要性。

上有好者，下必有甚焉者矣。

註釋 出自先秦《孟子·滕文公上》。甚，超過。焉、者、矣，皆是句末語氣助詞。

點評 統治者有甚麼愛好，民眾一定會群起而效仿，甚至會走得更遠。此言統治者有愛好不妨，但必須是健康的，否則會帶壞整個社會風氣。意在強調統治者要謹慎其愛好。

上貴見肝膽，下貴不相疑。

註釋 出自唐·杜甫《奉送魏六丈佑少府之交廣》。貴，重視。肝膽，此指真心相待。

點評 做領導的能夠真心待人，那麼他的下級就不會以懷疑的目光看人。此言領導者是否對人有肝但相照的雅量，會直接影響到他的下級對人的態度。

省事不如省官。

註釋 出自宋·蘇軾《擬殿試策題二首》。

點評 與其為了節省國家開支而不辦事，不如精兵簡政，裁剪冗員。意謂不能因為節省財政開支而採取不辦事的消極辦法，使修關國計民生的事業停滯不前；積極有效的辦法，應該是任用賢官能吏，努力把事情做好。

思所以危則安矣，思所以亂則治矣，思所以亡則存矣。

註釋 出自《新唐書·魏徵傳》載魏徵語。所以，…的原因。則，那麼、就。矣，語氣助詞，相當於“了”。

點評 思考隱患存在的原因，那麼國家就會安定；思考可能產生動亂的原因，那麼天下就會太平；思考可能導致國家覆亡的原因，那麼江山就能永固。這是魏徵勸諫唐太宗治國安邦的“三思論”，其主旨是強調治國安邦要有居安思危的意識，要有防患於未然的戰略前瞻性。

天下之患，最不可為者，名為治平無事，而其實有不測之憂。

註釋 出自宋・蘇軾《晁錯論》。之，的。患，禍患。最不可為者，指最危險的情況。名，表面上。治平，太平。不測之憂，不可預測的憂患。

點評 天下的禍患，最危險的情況是表面上太平無事，實際上卻隱藏了巨大憂患。這話的意思是告誡宋朝統治者，治國應當要有憂患意識，不要為表面的太平所迷惑，要有防患於未然的措施。這話放在任何時代，都是治國不二的經驗。

天下猶人之體，腹心充實，四支雖病，終無大患。

註釋 出自西晉・陳壽《三國志・魏書・杜畿傳》。猶，像。四支，即“四肢”。雖，即使。

點評 國家之事，有大有小，有大枝有末節。治國者應該分清主次，循其輕重緩急，有序處理之，國家機器的運轉自然有條不紊，天下自然太平。這個道理雖然簡單，但並不是人人都能懂得的。但是這句話，卻能以人體為喻，通過“腹心”與“四肢”之於人體重要性的比較，將治國的主要矛盾與次要矛盾的關係作了形象生動的闡述，讓人頓然有如醍醐灌頂，茅塞頓開之感。

天下大勢之所趨，非人力之所能移也。

註釋 出自宋・陳亮《上孝宗皇帝第三書》。移，改變。也，句末語氣助詞。

點評 天下時勢發展的大勢與方向，不是人力所能改變。意謂治國安邦要順應時勢發展的趨勢。此與“識時務者為俊傑”之義相通。

天變不足畏，祖宗不足法，人言不足恤。

註釋 出自《宋史・王安石傳》載王安石語。畏，怕。法，效法。恤，顧忌、害怕。

點評 天道的改變不足以畏懼，前代既有的法律制度不必照搬，改革中出現的反對聲音也不必害怕。這是王安石關於改革的名言，意謂治國安邦要有與時俱進的意識，要有力排眾議的魄力，要有無私無畏的精神，根據已經變化了的社會現實，革新政治，建立起一套新的符合社會現實、有利於社會發展的政治法律制度。表現了一個勇於探索、銳意進取、大膽革新的政治家的膽魄。

為政猶沐，雖有棄髮，必為之。

註釋 出自先秦《韓非子・六反》引諺語。為政，從事政治、治國。猶，像。沐，洗髮。雖，即使。必，一定。之，它。

點評 治國從政，就像洗頭一樣，即使會掉下一些頭髮，但頭髮也一定要洗。此以洗髮為喻，形象地說明了這樣一個道理：治國安邦的過程中，總有出現這樣那樣的問題，但只要有利於國家的長遠發展，事情就一定要做下去，不可因噎廢食，縮手縮腳，不敢有所作為。

為政之要，曰公曰清。

註釋 出自宋・林逋《省心錄》。為政，從政。之，的。要，關鍵、原則。曰，叫做。

點評 從政的關鍵就是要做到"公正"、"清廉"。此言"公正"、"清廉"在為官從政中的重要性。

為國者當務實。

註釋 出自宋・蘇軾《民賦敍》。為國，治國；務，從事，致力；務實，從事或討論具體的工作。

點評 治國者，首要的是要解決民生問題，即解決老百姓的衣、食、住、行等實際問題。因此，空談仁、義、禮、知、信，或者還有甚麼廉、恥，都是空的。管子早就說過："倉廩實而知禮儀"。萬民不飢不寒，國家何愁不治，天下何愁不太平。"為國者當務實"，可算是說到了治國的根本上。

為國不可以生事，亦不可以畏事。

註釋 出自宋・蘇軾《因擒鬼章論西羌夏人事宜箚子》。為國，治國。亦，也。

點評 治國當剛柔相濟，儒、道二家之術並用。對內應當寬輕簡便，清靜無為，不要窮折騰；對外要審時度勢，於外敵當用猛則用猛，不可畏首畏尾。然而，這一簡單的治國道理，宋朝的皇帝們卻是不懂的，以至內有王安石變法不當而民益貧，政益亂；外有遼與西夏咄咄逼人之憂不斷。蘇軾感而生慨，確為至論。

為之於未有，治之於未亂。

註釋 出自先秦《老子》第六十四章。為，做、處理。於，在。未有，沒有發生之時。治，治理。未亂，沒有變亂之時。

點評 處理事情應當在問題還沒出現的時候，治理國家應當在變亂還沒發生的時候。這是老子的見解，其治國的理念非常清楚，即是“防患於未然”。

威與信並行，德與法相濟。

註釋 出自宋・蘇軾《張世矩再任鎮戎軍》。濟，幫助。

點評 此言做官既要有嚴厲的一面鎮住屬下，又要有誠信讓人心服；既要對屬下關心體貼，又要依法公正辦事，不徇私情。

文武並用，長久之術也。

註釋 出自漢・司馬遷《史記・酈生陸賈列傳》記陸賈諫漢高祖劉邦之言。之，的。也，句末語氣助詞。

點評 太剛則易折，太柔則太弱，只有剛柔相濟，才能無往而不勝。“文武並用”的治國之術，妙處就在剛柔相濟，所以它是保證國家長治久安的法寶。

賢路當廣而不當狹，言路當開而不當塞。

註釋 出自《宋史・喬行簡傳》。

點評 此言舉賢任能的途徑要擴大，聽取意見的渠道要暢通。如此，才能有利於任賢、納諫而治國安邦。

挾天子以令天下，天下莫敢不聽。

註釋 出自先秦《戰國策・秦策一》。挾，挾制、用強力逼迫別人執行某事。莫，沒有人。聽，聽從。

點評 挾制天子，打着天子的旗號、借天子之名對天下人發號施令，天下人沒有敢不聽的。此言奸佞之臣裹挾天子所佔有的政治上的優勢。這雖然是歷來被人唾罵的手腕，卻為中國歷代強力政治家一再運作。因為表面理由冠冕堂皇，故能屢屢收效。

興天下之利，除天下之害。

註釋 出自先秦《墨子・兼愛下》。之，的。

點評 此言治國安邦的目標就是使天下人得利，使天下人免除痛苦禍害。

行事見於當時，是非公於後世。

註釋 出自《明太祖寶訓》卷六載明太祖朱元璋語。

點評 執政者所採取的一系列治國安邦的政策與措施，付諸實施是在他施政的當時當代；但是，究竟得當與否，功過如何，後世自有公評。這是明太祖對於治國安邦的見解，意謂執政者治國安邦應該盡心盡力，政策與措施的出台都要謹慎為之，要經得起歷史的檢驗。

意莫高於愛民，行莫厚於樂民。

註釋 出自先秦《晏子春秋・內篇問下二十二》。意，指思想。莫，沒有。

點評 沒有比愛民的思想境界更高了，沒有比使老百姓安樂的行為更仁厚了。此言治國安邦應以“愛民”、“樂民”為要務。

意莫下於刻民，行莫賤於害民。

註釋 出自先秦《晏子春秋・內篇問下二十二》。刻，刻薄、苛刻。

點評 沒有比刻薄地對待人民更低下的思想境界，沒有比殘害人民更低賤的行為。此言治國安邦要愛護人民、造福於民，切不可有“刻民”的思想，更不能有“害民”的行為。否則，便會為人民所拋棄。

憂勞可以興國，逸豫可以亡身。

註釋 出自宋・歐陽修《伶官傳序》。逸豫，指安逸。

點評 憂心於國事，國家就能興盛；耽於安樂，連自己身家性命也難保。此言安國、保身都要有憂患意識，絕不可一味沉溺於享樂之中。

戰戰兢兢，如臨深淵，如履薄冰。

註釋 出自先秦《詩經・小雅・小旻》。戰戰兢兢，形容因害怕而微微發抖的樣子。如，像。履，踏、踩。

點評 政局危危心如焚，整天憂慮膽戰兢，就像走到深淵邊，又像過河踏薄冰。這句話本是寫一位周大夫對周王昏庸誤國的憂慮之情。後來成為三個成語，皆是形容做事非常謹慎、絲毫不敢有半點懈怠的心態。

治大國若烹小鮮。

註釋 出自《老子》第六十章。若，像；烹，煎；鮮，魚。

點評 中國人講究美食，相信中國人很多都有烹飪常識，烹魚煎魚，沒有試過手藝，恐怕也是見過的。但是，治國，特別是治大國，恐怕是絕大部分的中國人都沒有概念的。雖然中國人自古以來崇尚“官本位”，但執政治國，很多人是沒有經驗的。那麼，到底如何治國，特別是治大國呢？“治大國若烹小鮮”，老子的這句話以烹小魚為喻，不僅生動，而且形象地給指明了方向與原則：治大國，就像烹煎小毛魚一樣，千萬不可多折騰。也就是說，治大國，“清靜無為”就好，讓老百姓安適自謀，社會順其自然發展就行了。這一治國理念雖然不一定人人都贊成，但中國歷史上最強盛的漢代，其“文景之治”倒確確實實是這一理念實踐的結果。可見，老子的話是有道理的。

周雖舊邦，其命惟新。

註釋 出自先秦《詩經・大雅・文王》。邦，國。其，它的。惟，語氣助詞，無義。

點評 周原來雖然是商朝的一個屬國，但現在它接受了新的天命。意謂周既是一個舊邦，也是一個新國，形勢變化了，它就要承前啟後、繼往開來，擔負起新的歷史使命，使國家永續發展。

愛國報國

報國之心，死而後已。

註釋 出自宋・蘇軾《杭州召還乞郡狀》。已，停止。

點評 此語與諸葛亮“鞠躬盡瘁，死而後已”之語同義，乃是真心報國者應取的態度。

楚雖三戶能亡秦，豈有堂堂中國空無人。

註釋 出自宋・陸游《金錯刀行》。“楚雖三户能亡秦”，典出於《史記・項羽本記》：“楚雖三户，亡秦必楚。”乃為戰國時楚國民謠，表達了楚國人對秦人滅楚的仇恨之意與復國的決心。中國，此指宋朝。

點評 前句以“用典”修辭法，用歷史的事實論證了只要堅定信心、抗金終必成功的信念；後句運用設問修辭法，以強烈而不庸置疑的口氣強調了抗金復國之士不乏其人。以此，鼓勵南宋統治者不要喪失鬥志，鼓勵國人抗戰到底，直到滅金，光復故國而後止。

春愁難遣強看山，往事驚心淚欲潸。四百萬人同一哭，去年今日割台灣。

註釋 清・丘逢甲《春愁》。遣，排除、消除。強，勉強。潸，即潸然，流淚的樣子。四百萬人，指當時台灣人口為四百萬。去年今日，指光緒二十一年（即 1895 年)4 月 17 日，清政府全權代表李鴻章與日本首相伊藤博文在日本馬關（即下關）春帆樓簽定《馬關條約》，將台灣割讓給日本的這一天。

點評 此寫詩人為祖國寶島被割讓、台灣人民被日本人殘酷蹂躪而痛心疾首的悲哀之情。春天看山，本是一件賞心悦目的快事。但是，而今青山依舊在，青山的主人卻換了人。這如何不讓詩人觸景生情，由山而及事，想到當年割台之日台灣四百萬人民失聲痛哭的那一幕？

但使龍城飛將在，不教胡馬度陰山。

註釋 出自唐・王昌齡《出塞二首》其一。龍城，有兩種解釋，一指匈奴祭天處，在今蒙古境內；一指盧龍城，為漢代右北平郡所在地，即今河北省喜峰口附近一帶。飛將，本指漢代大將李廣，這裏泛指能鎮守邊關的將領。陰山，在今內蒙古境內。

點評 此二句以"用典"修辭法，真摯地表達了渴望李廣再世、邊關永寧之情。雖然有憂慮色彩，但不失雄渾之氣，讀來讓人頓生熱血報國的豪邁之情。

風塵三尺劍，社稷一戎衣。

註釋 出自唐・杜甫《再經昭陵》。風塵，比喻紛亂的社會或漂泊江湖的境況。社稷，國家。戎衣，戎裝、戰袍，此以戎衣代指着戎衣之人，即戰士。

點評 雖身處江湖，但報國之心不泯，時刻想着提起手中三尺之劍，奔赴疆場，做保衛國家社稷的一名戰士。"風塵"對"社稷"，一顯地位之低，一顯目標之大；"三尺劍"對"一戎衣"，以"劍"、"衣"為數量詞組的中心詞，突出報國者的戰士身份。二句對仗工整，韻律和諧，朗朗上口。

風聲、雨聲、讀書聲，聲聲入耳；家事、國家、天下事，事事關心。

註釋 出自出自明・顧憲成為無錫東林書院所題聯語。

點評 顧憲成等東林黨人雖被奸臣魏忠賢黨羽排擠出"廟堂"之外，但是他們處"江湖"之遠，仍不忘國家之憂，聚眾講學，議論朝政，表現出了中國傳統士大夫心繫國家、以天下為任己任的闊大胸懷。因此，這副表明東林黨人心懷的聯語，數百年來一直被中國知識分子視作立世做事、為學做人的座右銘。

感時思報國，拔劍起蒿萊。

註釋 出自唐・陳子昂《感遇詩三十八首》。感時，感慨時事。蒿，香蒿，又叫"青蒿"，二年生草本植物；萊，藜，一年生草本植物。蒿萊，指草野，喻指位居民間。

點評 雖然不處"廟堂之高"，而在"江湖之遠"，只是一介草野之民，但是每每感慨時事，為國家而憂，就會熱血沸騰，拔劍而起。這種書生報國之情，正是中華民族生生不息，振作有為的源泉所在。與宋人陸游"位卑未敢忘憂國"之語同義。

國仇未報壯士老，匣中寶劍夜有聲。

註釋 出自宋・陸游《長歌行》。

點評 恨有千千萬，但人生最大的恨莫過於亡國之恨。金人攻陷宋朝故都汴京，宋朝痛失中原故土，對於任何一個有良知的人，都會切齒痛恨，思欲報之。詩人一生以恢復中原為志，但由於南宋統治者苟且偷安，不思進取，故詩人此志終其一生也無法實現。"國仇未報壯士老"，正是詩人大志難伸的悲歎之語。儘管感於現實，詩人無可奈何，一次又一次地失望。但他並不因此而放棄自己的理想。"匣中寶劍夜有聲"一句，以側筆寫寶劍，暗襯詩人夢中猶在重燃報國仇的希望之火。其英雄遲暮、壯心不已、報國之志不泯的愛國情懷，躍然於紙上。

胡塵未盡不為家。

註釋 出自唐・韓翃《送劉將軍》。胡，本指中國古代西北或北方少數民族，後泛指外國。胡塵，指北方外來入侵者所引發的戰亂。不為家，不成家。

點評 國難當頭，有志男兒，自當先國後家。故漢代名將霍去病有"匈奴不滅，無以家為"的名言。"胡塵未盡不為家"一句，與霍去病之語同義。

黃沙百戰穿金甲，不斬樓蘭終不還。

註釋 出自唐・王昌齡《從軍行七首》。樓蘭，漢代時西北地區一個國家名，此代指唐代西北勁敵。

點評 此寫戍守西北邊疆的艱苦情狀與將士們誓死保家衛國的決心。前句七字內涵極其豐富，概括力也極強。"黃沙"，點出西北邊疆艱苦的生活環境。"百戰"，暗示出戰爭之頻繁。"穿金甲"，既可以理解為寫將士守邊時間之久（連堅固的金甲也被黃沙磨穿），也可以理解為戰爭的殘酷（連金甲也被刺穿）。後句用“樓蘭”借代西北之敵突厥與吐蕃，不僅讓人聯想到西漢樓蘭國的強大，讓人思接千古，認識到自古以來西北邊疆的難以守衛，而且也由此強調了守衛西北邊塞的不易。由此，讓人為將士們在如此艱難的情況下還有“不斬樓蘭終不還”的雄心而深切感動。

僵臥孤村不自哀，尚思為國戍輪台。

註釋 出自宋・陸游《十一月四日風雨大作二首》其二。尚，還；戍，戍守、防守、駐守；輪台，古地名，亦為國名。漢武帝時，輪台國為李廣利所滅，置使者校尉，屯田於此。在今新疆輪台東南。這裏借指宋代北方邊疆。

點評 此詩句是詩人遭彈劾罷官歸山陰（今浙江紹興）鄉間，冬日臥病在牀時，聞風雨大作，感慨而作。“僵臥”，言病體沉重，牀上輾轉反側已是不便了；“孤村”，既是寫環境，也是寫心境，突出處境之艱難、心情之鬱悶；但是“不自哀”三字緊承“僵臥孤村”而下，則突出了詩人處逆境而壯心不泯的崇高精神境界。不僅壯心不已，而且“尚思為國戍輪台”，為恢復中原失地而殺敵，為國駐守最艱苦的邊疆。要知道，此時詩人已是六十八歲的高齡，又蒙不白之冤而放逐歸鄉，這又是何等崇高的精神境界呢！

鞠躬盡力，死而後已。

註釋 出自三國蜀・諸葛亮《後出師表》。鞠躬，彎身行禮，這裏指小心謹慎的樣子。 已，停止。

點評 為了國家而處事謹慎，如履薄冰，克盡心力，努力到生命的最後一刻，雖是諸葛亮出征前向後主劉禪所表的忠心，但也是他一生盡忠職守的真實寫照。由此，“鞠躬盡力，死而後已”一語便成了千古以降無數忠臣義士赤心報國的座右銘。

居廟堂之高，則憂其民；處江湖之遠，則憂其君。

註釋 出自宋・范仲淹《岳陽樓記》。廟堂，指朝廷。居廟堂，指在朝廷做官。則，就。其，他的。江湖，指民間。處江湖，指做平民百姓。

點評 在朝廷為官，身在權力的巔峰，就憂慮天下百姓的溫飽；辭官為民，處於遙遠的山林，就憂慮起國君的安危。此乃作者自道心曲之語，表現了一個有責任感的封建士大夫做官憂民、辭官憂君的思想痛苦及崇高的精神境界。

捐軀赴國難，視死忽如歸。

註釋 出自三國魏‧曹植《白馬篇》。捐軀，捨棄生命。赴，奔赴、投入。忽，輕意的樣子。歸，回家。

點評 國家有難，挺身而出，勇赴沙場，不畏生命之憂，視死亡如同回家一樣從容，這是何等的豪邁！“為國捐軀”、“勇赴國難”、“視死如歸”三個成語，皆是由此二句詩而來。

路曼曼其修遠兮，吾將上下而求索。

註釋 出自戰國‧楚‧屈原《楚辭‧離騷》。曼曼，遠的樣子。其，句中語氣詞，無義。修，長。兮，語氣助詞，相當於“啊”、“呀”。求索，求，求取。

點評 路途漫漫征程遠，我將努力探尋之。這是屈原以行路為喻，表達自己為了探索救國救民的真理而不懈努力的決心。

每憤胡兵入，常為漢國羞。

註釋 出自唐‧陳子昂《感遇詩三十八首》。每，每當；胡，本指古代中國西北部少數民族，後泛指外國。漢國，即中國。

點評 在冷兵器時代，馬背上的民族如匈奴、鮮卑等相對於漢人政權有武力上的優勢。因此，漢人政權往往會受到來自西北部或北部少數民族的侵襲。正因為如此，漢族士大士常常有一種堂堂大中華而為“胡人”欺凌的羞辱感。“每憤胡兵入，常為漢國羞”正是說出了中國古代漢族士大夫的這種心聲。

十年磨一劍，霜刃未曾試。

註釋 出自唐‧賈島《劍客》。霜刃，像霜一樣白的鋒利劍刃。

點評 此二句名義上是寫劍與劍客，實際是另有寄託。“十年磨一劍”，是側筆寫此劍之非同一般。“霜刃未曾試”的“霜刃”，則緊承前句，進一步強化了此劍的鋒利無比。“未曾試”，也是側筆而寫，表現的是“劍客”躍躍欲試的一種情態。不過，這一切都是表面的。實際上，“十年磨一劍，霜刃未曾試”二句真正要表達的是這樣一種意向：自己寒窗苦讀十年，已經滿腹經綸，胸中有足夠的治國安邦的雄才大略，正想拿出來試試。這種急欲報國進取的意思，如果結合其後面的二句：“今日把試君，誰有不平事”，那就是再清楚不過了。詩貴含蓄，此二句寫詩人報國心志，妙就妙在含蓄蘊藉，不露痕跡，讓人有足夠的回味空間。現在引用“十年磨一劍”，常說明其人在某一方面用功至深、用力之專。

誰憐愛國千行淚，說到胡塵意不平。

註釋 出自清・梁啟超《讀陸放翁集》。胡塵，指異族入侵者的入侵。

點評 此句雖是作者感慨宋人陸游終其一生也未見宋朝北伐成功、恢復中原的一天，只得空流“愛國千行淚”，其實何嘗不是借此感慨自己身處大清王朝搖搖欲墜、外國列強對中國虎視眈眈、蠶食鯨吞的現實。“說到胡塵意不平”，何嘗只是指陸游，而不是自己呢？

天下興亡，匹夫有責。

註釋 出自清・吳趼人《痛史》第十回。天下，即國家；匹夫，一個人，泛指普通人。

點評 人有貴賤貧富，地分東西南北，但國家是天下人的國家，人人有份，有國才有家。因此，對於國家興亡之事，每個國民都應以主人翁的精神積極參與，絕不可置身局外。上面二句說的正是此意。它雖化自明末清初學者顧炎武《日知錄》卷十三《正始》的“保天下者，匹夫之賤，與有責焉耳矣”之句，但因以對偶句為之，文字上更通俗，遂比原句更為流行，真可謂是“青出於藍而勝於藍”，頗有點鐵成金之妙。

王師北定中原日，家祭無忘告乃翁。

註釋 出自宋・陸游《示兒》。王師，王者之師，這裏指宋朝的軍隊；無忘，不要忘記；乃翁，你的父親，此為詩人自稱。

點評 恢復中原，驅逐金人，實現國家的統一，是陸游矢志一生的追求。但是，到他八十五歲生命即將終結之時，他也沒能實現這個目標。因此，在病榻彌留之際，他給兒子留下了這首《示兒》詩作為遺囑，希望生前沒能見到北定中原，死後子孫有一朝一日能在家祭時能夠以"王師北定中原"的捷報告慰於他的靈前。大凡人之將死，交待子孫的都家事，而非國事。而詩人以恢復中原的願望囑託於子孫，自古以來，何曾有之？其報國愛國情懷又是何等地感人，其不能親見國家統一的悵恨又是何等之深！

位卑未敢忘憂國。

註釋 出自宋·陸游《病起書懷》。位卑，地位低下；未敢，不敢。

點評 有沒有愛國之心，那是不分貴賤、貧富的。如果一個人因為自己貧而賤就不愛國，那麼到了他富而貴時，他也未必就能愛國。即使那時他真的愛國，恐怕愛的也是他的富貴和既得利益而已。"位卑未敢忘憂國"一句，之所以在中國千百年來深入人心，關鍵在於道出了真愛國的崇高境界。

先天下之憂而憂，後天下之樂而樂。

註釋 出自宋·范仲淹《岳陽樓記》。

點評 憂在天下人之先，樂在天下人之後。這是作者所表達的心繫天下、獻身人民的心志，體現了一個封建士大夫崇高的精神境界，也是作者人格的象徵。

閒居非吾志，甘心赴國憂。

註釋 出自三國魏·曹植《雜詩六首》。

點評 在歷史上，大家都知道曹植是才高八斗的文士。其實，他在政治上也是非常有抱負的。"閒居非吾志，甘心赴國憂"的詩句，就明確地昭示了他的志向不在"閒居"，悠哉遊哉地過貴公子的清閒生活，而是向漢人班超那樣投筆從戎，報效國家，以建不世之功。

小來思報國，不是愛封侯。

註釋 出自唐·岑參《送人赴安西》。小來，自小以來。

點評 “學得百般藝，賣與帝王家”，那不是報國，而是求官，為的是自己的榮華富貴。唯有“小來思報國，不是愛封侯”，才是真正的愛國、報國。詩人這二句，既是勉勵赴安西戍邊的友人，也是對天下讀書人提出的要求。

胸中有誓深於海，肯使神州竟陸沈？

註釋 出自宋・鄭思肖《二礪》。肯，豈肯；神州，指中國；陸沈，陸地下沉或沉沒，比喻國土淪喪。

點評 南宋王朝偏安江左，中原大好河山長期淪陷於金人的鐵蹄之下。到了鄭思肖所在的南宋末期，蒙古軍隊又不斷往南進逼。在此山河淪陷，國家風雨飄搖之際，有志之士，熱血男兒，何人不為國家擔憂，何人不想奔赴沙場，殺敵衛國？“胸中有誓深於海，肯使神州竟陸沈”二句，正是寫出了國家危難時期愛國之士憂國、報國的真切之情。

一寸山河一寸金。

註釋 出自《金史・左企弓傳》記左企弓諫金太祖完顏阿骨打之語。其文曰：“太祖既定燕，從初約，以與宋人。企良獻詩，略曰：‘君王莫聽捐燕議，一寸山河一寸金。’太祖不聽。”

點評 以金喻山河，且以“一寸”言之，極言山河國土之珍貴，不可隨便讓與他人。此乃千古不易之真理。因為萬物可以再生，但國土失之便不可再得。清人黃遵憲改其句而為“寸寸山河寸寸金”，強調的也是此意。

一心中國夢，萬古下泉詩。

註釋 出自南宋・鄭思肖《德祐二年歲旦》。中國夢，指希望南宋恢復中原故土、統一中國的理想。下泉詩，指《詩經・曹風》中的《下泉》篇，其詩反映的是曹國人民在大亂之後求安思治之情。

點評 以《詩經》中的詩篇暗寓其愛國之心，使表意更見深沉蘊藉。

憂國孤臣淚，平胡壯士心。

註釋 出自宋・陸游《新春》。平胡，指驅逐金人。

點評 驅逐金人，恢復大宋故土，救中原父老於水火，是陸游終其一生的志向。然而，南宋統治集團中始終是乞和苟安者居多，所以詩人只能鬱鬱一生。"孤臣淚"，言主戰恢復故土者寡。"孤臣"憂國，只能空自流淚；"壯士心"，言自己殺敵報國壯懷不已。"孤臣淚"對"壯士心"，突出了大志難伸的苦痛之情。"憂國"對"平胡"，則明確點出了南宋強國的重點應落在"平胡"上。這是詩人為南宋所籌之國策，於此益見其愛國情感之深。

欲為聖朝除弊事，肯將衰朽惜殘年？

註釋 出自唐·韓愈《左遷至藍關示姪孫湘》。聖朝，即唐朝。弊事，指唐憲宗迎佛骨之事。肯，豈肯。惜殘年，顧惜年老的生命。

點評 唐憲宗佞佛，曾"令群僧迎佛骨於鳳翔，御樓以觀，舁入大內，又令諸寺遞迎供養。"結果，老百姓群起效之，"焚頂燒指，百十為群；解衣散錢，自朝至暮。轉相仿效，惟恐後時。老少奔波，棄其業次。"(韓愈《論佛骨表》)，韓愈認為憲宗崇佛之為不妥，遂上表諫止，指出："若不即加禁遏，更歷諸寺，必有斷指臠身以為供養者。傷風敗俗，傳笑四方，非細事也。"這就是韓愈所說的"弊事"。萬沒想到，出於一片愛國忠君之心，韓愈"欲為聖朝除弊事"的舉動，卻激怒了唐憲宗。"一封朝奏九重天，夕貶潮州路八千"。韓愈第一天上表進諫，第二天就遭唐憲宗貶謫潮州之罰。但是，韓愈並不因此而後悔，而是寫下了《左遷至藍關示姪孫湘》以明心志：只要是利國利民之事，不惜拚卻老命也要去做。上面二句，即是此意，表現了一代志士凜凜不可犯的錚錚風骨。

願得此生長報國，何須生入玉門關。

註釋 出自唐·戴叔倫《塞上曲二首》。願，希望；生，活着；玉門關，漢置，漢唐時皆是西北重要的戰略要塞，在今甘肅省敦煌縣西。

點評 唐人王之渙有《涼州詞》一首說："黃河遠上白雲間，一片孤城萬仞山。羌笛何須怨楊柳，春風不度玉門關。"說的就是玉門關生存環境的艱難。但是，詩人卻為了實現"此生長報國"的願望，甘願在"春風不度"的玉門關堅守一輩子，並且不準備活着進入玉門關，這是何等感人的報國之志？讀來不禁讓人為之心靈顫動。

立法執法

安樂則生，痛則思死。棰楚之下，何求而不得？

註釋 出自漢・路溫舒《尚德緩刑書》。棰，短木棍。楚，打人的荊條。棰楚，指刑具。

點評 人在安樂之時都會珍惜生命，但在痛楚之時則自然會想到一死了之，以求解脫。因此，刑具拷打之下，想要甚麼口供，那是無求而不得的。此言意在強調執法時切不可濫施嚴刑以逼取口供，那樣必然造成屈打成招的冤案。

褒有德，賞有功，古今之通義。

註釋 出自漢・班固《漢書・張湯傳》。褒，褒揚、表彰。之，的。通義，普遍的道理。

點評 表彰有德之人，獎賞有功之人，這是古往今來的普遍道理。此言褒賞有德、有功之人的正當性。

不賞私勞，不罰私怨。

註釋 出自先秦《左傳・昭公五年》。私勞，指對自己有恩勞之人。私怨，指跟自己有怨恨之人。

點評 執法時不能枉法讓那些對自己有私恩的人無功受賞，也不能讓那些跟自己有私怨的人無過而受罰。此言意在強調賞罰要依法而行，不能憑個人恩怨。即公私要分明、賞罰要公正。

不賞無功，不養無用。

註釋 出自漢・桓寬《鹽鐵論・散不足》。

點評 不獎賞無功之人，不養育無用之人。此言獎賞要得當，意在激勵人們立功上進、奮發有為。

不因怒以誅，不因喜以賞。

註釋 出自先秦《太公陰謀》。以，而。誅，懲罰。

點評 不因個人一時之怒而隨意懲罰人，不因自己一時之喜而獎賞人。此言執法不能憑感情用事，務必要依法辦事、按功過客觀事實行賞施罰。

法與時轉則治，治與世宜則有功。

註釋 出自先秦《韓非子·心度》。法、治（第二個"治"），皆指法律制度、法令。轉，流轉、變動。治（第一個"治"），國家安定、太平。宜，適宜。有功，有成效。

點評 法律制度要與時俱進，根據變化了的時勢有所更張以適應變化了的世情，這樣國家才會安定太平，法治才有成效。此言法律制度要與時俱進，根據形勢變化作適當的修訂。

法立而不犯，令行而不逆。

註釋 出自漢·班固《漢書·賈誼傳》。逆，違背。

點評 法律制度一旦確立下來，就不允許觸犯；政令一旦發出，就不允許有所違背。此言法律與政令神聖不可侵犯的地位。

法貴止奸，不在過酷。

註釋 出自北朝魏·郭祚《奏奸吏逃刑止徙妻子》。貴，貴於。止，制止。奸，奸邪之事。

點評 法令貴於能制止奸邪之事的發生，而不在過分嚴酷。此言法令的懲處力度要適度。

法不阿貴，繩不撓曲。

註釋 出自先秦《韓非子·有度》。法，法律。阿，偏袒、迎合。貴，指有權勢的人。繩，木匠用以裁彎取直的墨繩。撓，同"橈"，彎曲。撓曲，指隨彎曲之物而彎曲。

點評 法令不迎合有權勢的人，就像墨繩不遷就彎曲之木一樣。此以類比之法，闡明了法律的執行應該公正，堅持法律面前人人平等的原則。

法施於人，雖小必慎。

註釋 出自宋・歐陽修《春秋論下》。施，施行、執行。雖，即使。必，一定。

點評 法律是執行到具體的人，因此，即使是很小的案件也要謹慎處理。此言執法要謹慎，防止對無辜者造成物質上或精神上乃至生命上無可挽回的損失。

法之不行，自上犯之。

註釋 出自漢・司馬遷《史記・商君列傳》。

點評 法律的不能推行，那是因為統治者自己首先不執行，立法而又自己帶頭犯法。此言意在強調要想推行法律制度，統治者自己要帶頭守法，為民眾做知法守法的榜樣。

奉法者強，則國強；奉法者弱，則國弱。

註釋 出自先秦《韓非子・有度》。奉法者，執法者。強，指執法意識強、執法態度堅決。國強，指國力強大。弱，指執法意識弱、執法態度不堅決。國弱，國力弱小。

點評 執法者執法態度堅決，國家就會強大；反之，國力就會弱小。此言執法者的態度堅決與否和國家的強弱有着密不可分的關係，可謂言之有理。因為執法態度堅決，國家就會安定；國家安定了，社會生產就會穩步發展，國力豈能不強。反之，有法不依，國家動亂不已，社會生產如何能夠進行，國力豈能增強？

家有常業，雖饑不餓；國有常法，雖危不亡。

註釋 出自先秦《韓非子・飾邪》引諺語。常業，固定的產業。雖，即使。饑，荒年。餓，餓死。常法，固定的法令，即成文法。危，危險、危機。亡，亡國。

點評 家中有固定的產業，即使遇到荒年，也不至於餓死；國家有成文法規，即使有時出現危機，也不至於亡國。此言建立完備的法律制度對於保證國家長治久安的重要意義。

禮禁未然之前，法施已然之後。

註釋 出自漢·班固《漢書·司馬遷傳》。禮，禮儀、教化。禁，禁止。未然，還沒有成為事實、還未發生的事情或情況。施，施行、執行。已然，已經成為事實、已經發生的事情或情況。

點評 建立禮儀制度，目的在於教化民眾，防患於未然；建立法律制度，則是為了糾彈已然發生的罪惡，防止犯罪現象的蔓延。此言禮儀制度與法律制度在治國安邦的過程中是互為表裏的。

令苛則不聽，禁多則不行。

註釋 出自先秦《呂氏春秋·離威·適威》。令，法令。苛，苛嚴。則，就。聽，聽從。禁，禁令。行，執行。

點評 法令苛酷，老百姓就不聽從；禁令過多，老百姓就不執行。此言立法時設刑要適當，設禁時要適度，否則令酷令繁，不能適用，不能推行，等於無法。

令在必信，法在必行。

註釋 出自宋·歐陽修《司門員外郎李公謹等磨勘改官制》。令、法，皆指法令。必，一定。信，講信用。行，推行、執行。

點評 此言法令確立後就一定要有法必依，違法必究。

人命至重，難生易殺。

註釋 出自晉·陳壽《三國志·魏書·王朗傳》。至，最。

點評 人命最為重要，殺一個人容易，但讓一個人死而復生就難了。此言司法過程中要慎判死刑，以免錯殺枉殺。現代司法對於判處死刑者往往要反覆審核，原因正在於此。

善懲不如善政，善賞不如善教。

註釋 出自漢·李固《對策後復對》。

點評 善於執法懲罰犯罪之人，不如善於施政理政不讓人犯罪；善於獎賞守法行善之人，不如善於教育、教化民眾，提高他們的自覺性。此言賞罰不是目的，關鍵是要把國家治理好，把人民教育好，使天下沒有犯罪之人，這才是最高境界。

善無微而不賞，惡無纖而不貶。

註釋 出自晉・陳壽《三國志・蜀書・諸葛亮傳》。微，小。纖，細。無微、無纖，皆是不論多麼細小的意思。貶，貶斥。

點評 善行無論多麼細小也要獎賞，惡行無論多少不起眼也要貶斥。此言賞罰不論大小，都要嚴格執行。

賞不加於無功，罰不加於無罪。

註釋 出自先秦《韓非子・難一》。加，施加。無功，指無功之人。無罪，指無罪之人。

點評 獎賞不濫施於無功之人，刑罰不濫施於無罪之人。此言賞罰要根據事實，不可妄自施與。

賞罰不信，則禁令不行。

註釋 出自先秦《韓非子・外儲說左上》。信，講信任。禁令，法律禁止某些事的條令。行，推行、被執行。

點評 賞罰不講信任，那麼想令行禁止是作不到的。因為立法者可以不講信任，有法不依、有令不行，那麼要大家守法也就沒有說服力了。

賞當則賢人勸，罰得則奸人止。

註釋 出自漢・劉向《說苑・君道》。當，得當、恰當。則，那麼、就。勸，受鼓勵。得，恰當。止，受遏制。

點評 獎賞得當，那麼賢人就會受到激勵而繼續行善；處罰得當，那麼奸人就會懼而停止作惡。此言賞罰對於勸善抑惡的作用。

賞一以勸百，罰一以懲眾。

註釋 出自隋・王通《文中子・立命》。一，代指少數人。百，代指多數人。以，表示目的的連詞。勸，鼓勵、激勵。懲，懲戒。

點評 獎賞少數人是為了激勵多數人，處罰個別人是為了懲戒大多數。此言賞罰的目的在於勸懲眾人。

賞務速而後有勸，罰務速而後有懲。

註釋 出自唐・柳宗元《斷刑論》。務，務必、一定要。速，快、及時。勸，鼓勵、激勵。懲，懲戒。

點評 獎賞和懲罰都一定要及時，然後才能發揮激勵或懲戒作用。此言賞罰及時的重要性。

世不患無法，而患無必行之法。

註釋 出自漢・桓寬《鹽鐵論・申韓》。患，憂慮、怕、愁。必行之法，一定執行的法律。

點評 世上不愁沒有法律制度，而只怕有法不依、有法而不依法堅決執行。此言立法不難，難在嚴格執法。今日批評“有法不依”、“執法不嚴”的現象，正是此意。

惟教之不改，而後誅之。

註釋 出自宋・蘇轍《新論中》。惟，只有。教，教育。之，他，指犯法之人。誅，譴責、處罰、殺死。

點評 對於違法之人，首先應當予以教育，如果教而不改，然後再行處罰。此話意在強調對於輕度違法之人要先行批評教育，允許人犯錯誤，也要允許人改正錯誤。也就是說，法律制度的真諦在讓人不違法，而不是只是處罰人。

刑罰不中，則民無所措手足。

註釋 出自先秦《論語・子路》。中，恰當。則，那麼。措手足，放置手腳。

點評 刑罰不恰當，那麼老百姓就不知所措了。此言強調執法務必要公允，這樣才能發揮法律殺一儆百的效果。

刑在禁惡，法本原情。

註釋 出自宋・歐陽修《論大理寺斷獄不當箚子》。刑，刑罰。在，在於。惡，罪惡。本，根本。原，推究。情，實情、案情。

點評 刑罰的目的在於禁止罪惡，法律的真諦在於推究實情。此言執法要本着實事求是的精神，探明每一個案子的真相，以便正確判決與量刑。

刑過不避大臣，賞善不遺匹夫。

註釋 出自先秦《韓非子・有度》。刑過，懲罰有罪之人。遺，遺漏。匹夫，指最平常的百姓。

點評 依法懲罰有罪之人要不避權貴，獎賞有功之人要不遺漏貧賤普通之人。此言賞罰要依據一定的客觀標準，堅持法律面前人人平等的原則。

一民之軌，莫如法。

註釋 出自先秦《韓非子・有度》。一民，統一人民的思想與行為。之，的。軌，法則、法度。莫，沒有。法，法律、法度。

點評 此言法律、法令對於統一人民思想、規範人民行為、維護國家穩定方面的重要性。

以物與人，物盡而止；以法活人，法行無窮。

註釋 出自宋・蘇軾《乞免五穀力勝稅錢箚子》。以，用。與，給。活人，使人活。行，推行。

點評 以實物救濟人，用完也就用完了；但是，若是以立法幫助人，法律推行開去，就能無限地幫助人。此言建立起一套好的法律制度遠比施捨實物幫助一兩個人要有效得多，強調的是立法的意義。

有功而不賞，則善不勸；有過而不誅，則惡不懼。

註釋 出自漢・劉向《說苑・政理》。則，那麼。善，指行善之人。勸，受鼓勵。誅，處罰。惡，指惡人。懼，怕。

點評 有功勞而不獎賞，那麼行善之人就受不到鼓勵；有過錯而不處罰，那麼惡人就不會有所畏懼。此言意在強調賞罰對於懲惡揚善的作用。

約之以禮，驅之以法。

註釋 出自宋・蘇洵《張益州畫像記》。約，約束。之，指老百姓。驅，驅使、治理。

點評 以禮儀制度來約束老百姓，以法律制度來治理老百姓。此言對老百姓的統治要禮制與法制並用，二者互相配合，從而共同完成維護封建統治秩序的目標。

執法而不求情，盡心而不求名。

註釋 出自宋・蘇洵《上韓樞密書》。求，講求。

點評 執法務要嚴格，而不能講私情；奉職要盡心盡力，而不能追求虛名。此言執法官員要以公正、敬業之心對待自己的職守，為國效力、克己奉公。

罪疑惟輕，功疑惟重。

註釋 出自先秦《尚書・大禹謨》。

點評 對有罪之人進行處罰，若有懷疑之處，不妨從輕量刑；對有功之人進行表彰，如果對其功勞有疑問，則不妨從重獎賞。此言不冤枉有罪者，不虧待有功者。獎懲分明，才能彰顯法律的作用。

經濟民生

倉廩實則知禮節，衣食足則知榮辱。

註釋 出自先秦《管子・牧民》。廩，儲藏穀物的倉庫。實，殷實、充滿。則，就。

點評 糧食滿倉，老百姓就會懂得禮節；衣食無憂，老百姓就會知道榮辱。此言文明礼儀必須建立在一定的物質基礎之上。

從農論田田夫勝，從商講賈賈人賢。

註釋 出自漢・王充《論衡・程材篇》。從，和、跟。農，農民。田，指農耕之事。田夫，農民、農夫。商，商人。賈，經商、做生意。賈人，商人。勝、賢，都是"好"、"優秀"、"內行"之意。

點評 跟農民談農耕之事，那麼肯定是農民內行；跟商人談論生意經，肯定是商人經驗豐富。此言"術業有專攻"、"行行出狀元"的道理。

穀太賤則傷農，太貴則傷末。

註釋 出自宋・蘇軾《乞免五穀力勝稅錢劄子》。則，那麼。農，農民。末，指工商業者。

點評 穀物價格太低，那麼勢必對種糧的農民造成傷害；穀物價格太貴，那麼對工商等行業的衝擊太大。此言穀物的定價要合理，從而保證農業與工商等業都能平衡發展。

貴出如糞土，賤取如珠玉。

註釋 出自漢・司馬遷《史記・貨殖列傳》。出，指賣出。取，指買進。

點評 貨物價格貴到極點時，就要像對待糞土一樣將貨物出清；貨物賤到極點時，就要像對待珠玉一樣將其買進。

國無三年之食者，國非其國也。

註釋 出自先秦《墨子・七患》。之，的。食，糧食。非，不是。

點評 國家沒有三年的糧食儲備，那麼國家就不成其國家了。此言吃飯問題對於維繫國家命運的重要性。

積之涓涓，而泄之浩浩。

註釋 出自宋・王安石《風俗》。之，指財富。涓涓，水流細小的樣子。泄，排泄。浩浩，水勢盛大之貌。

點評 此以水流比喻財富的積累需從一點一滴聚起，非常不易；但是，花費起來卻如奔騰之水，一去而不復返。此言財富聚之不易、用之無度，意在強調注意節用。

節用儲蓄，以備凶災。

註釋 出自南朝宋・范曄《後漢書・肅宗孝章帝紀》。節用，此指節約糧食。凶，指荒年。災，災難。

點評 節約糧食，多作儲蓄，以備荒年或災難時所用。此言儲蓄備荒的道理。

決千金之貨者不爭銖兩之價。

註釋 出自漢・劉安《淮南子・說林訓》。決，決定、議定。千金，代指非常大的數目。銖，古代重量單位，二十四銖為一兩。銖兩，指代非常小的數目。

點評 做大意的人不在小的方面計較。此言做生意要着眼大節的道理，用在為人處事方面也是如此。

利之所在，天下趨之。

註釋 出自宋・蘇洵《上皇帝書》。趨，快走、奔向。

點評 利益所在的地方，就是大家奔走爭奪的方向。此言好利、趨利乃是人類的本性。

強本節用，則人給家足之道。

註釋 出自漢・司馬遷《史記・太史公自序》。強本，加強農業。節用，節約開支。則，就。給，豐足。之，的。道，方法、途徑。

點評 加強農業生產，節約開支，才是實現老百姓人人豐衣足食的途徑。此言加強農業生產與節約開支是兩大富國富民之道。

人棄我取，人取我與。

註釋 出自漢・司馬遷《史記・貨殖列傳》。棄，放棄、拋棄。取，拾取、收進。與，給與。

點評 別人不要的貨物我買進，別人買進的貨物我賣出。然後待價而沽，在供不應求時適時拋出，就能獲取最大利益。這是中國古人總結出來的經商牟利之道。

善為國者，藏之於民。

註釋 出自晉・陳壽《三國志・魏書・趙儼傳》。為國者，治國的人。之，此指物產或財富。

點評 善於治國的人，不會積聚天下所有的財富於國家，而是讓民眾也殷實富裕。此言治國當注意藏富於民的道理。

聖人非不好利也，利在於利萬人；非不好富也，富在於富天下。

註釋 出自唐・白居易《策林二》。聖人，此指堯、舜、禹等上古聖君。非，不是。也，句中語氣詞，表停頓。

點評 聖人並不是不喜歡利，而是追求利在天下萬民；聖人不是不喜歡富，而是要追求使天下人皆富。此言聖人治天下以天下人皆富為目標的闊大胸襟。

生財有大道：生之者眾，食之者寡；為之者疾，用之者舒，則財恆足矣。

註釋 出自《禮記・大學》。道，原則。之，指財富。者，⋯（的）人。食，指消耗。為，指生產。疾，快。舒，慢。則，那麼。恆，永遠。足，充足。矣，語氣助詞，相當於"了"。

點評 創造財富有一個大的原則：創造財富的人多，消耗財富的人少；創造財富的人創造得很快，消耗財富的人消耗得慢，那麼財富就永遠都用不完了。此言治國安邦要堅持“開源節流”的原則，即：既要重視財富的創造，也要重視節省開支。這樣，才能國強民富。

食足貨通，然後國實民富。

註釋 出自漢・班固《漢書・食貨志》。食，食物。足，充足。貨，貨物。通，流通。實，殷實。

點評 食物充足，貨物流通，然後才能國家殷實、百姓富裕。此言發展農業與商業才是國家與百姓實現富裕的根本途徑。

水廣者魚大，山高者木修。

註釋 出自漢・劉安《淮南子・説山訓》。廣，大。木，樹。修，長。

點評 水面浩大才有大魚，山高林密才有大樹。此言事物與其環境的密切關係。

水處者漁，山處者木，谷處者牧，陸處者農。

註釋 出自漢・劉安《淮南子・齊俗訓》。

點評 處於水上的人就以捕魚為業，處於山林的人就以伐木為業，處於山谷、河谷地帶的人就以放牧為業，處於大陸平原地區的人就以從事農耕為業。此言人要根據自然條件與所處的環境選擇適當的職業，也就是要因地制宜。

無伎不可以為工，無貲不可以為商。

註釋 出自唐・柳宗元《上湖南李中丞干廩食啟》。伎，通“技”，技術、技能。工，工匠。貲，通“資”，資財、錢財。

點評 沒有技能就做不了工匠，沒有資金就做不了商人。此言技術與資金對於從事手工業與商業的重要意義。

一夫不耕，天下受其飢；一婦不織，天下受其寒。

註釋 出自南朝宋・范曄《後漢書・王符傳》。夫，男子。

點評 此言農桑耕織對天下穩定的重要性。

因天下之力，以生天下之財；取天下之財，以供天下之費。

註釋 出自宋・王安石《上皇帝萬言書》。因，憑藉。費，消費、開支。

點評 國家憑藉天下人之力，來增加天下的財富；國家徵取天下人的財富，又用以供天下人開支。此言國家財富要取之於民、用之於民。現代國家徵稅之後發展公益事業，造福於民，正是這一思想的體現。

用於國有節，取於民有制。

註釋 出自宋・蘇軾《葉嘉傳》。節，節制。制，限制。

點評 國家的開支要有節制，徵賦徵稅於民要有限制。此言意在倡導節約，減輕民眾負擔，具有鮮明的民生關懷色彩。

用貧求富，農不如工，工不如商。

註釋 出自漢・司馬遷《史記・貨殖列傳》。用，因為、由於。工，做工匠。商，做商人。

點評 因為貧困而求致富，那麼務農不如做工，而做工又不如經商。此言經商是發家致富的最好途徑。

治國之道，必先富民。

註釋 出自先秦《管子・治國》。之，的。道，方法、途徑。必，一定。

點評 治國的途徑，首先必須使老百姓富裕起來。此言解決民生問題的重要性。統治者只有首先解決了老百姓的溫飽問題，老百姓都衣食無憂了，天下才能太平，國家才能大治。

足天下之用，莫先乎財；繫天下之安危，莫先乎兵。

註釋 出自宋・歐陽修《本論》。足，使充足。天下，指國家。之，的。用，用度、開支。莫，沒有。先乎，先於，比…重要。繫，關涉、維繫。兵，軍事。

點評 要使國家財力、用度充足，沒有比增加財富更重要的了；維繫國家安全，沒有比重視軍事更要緊的了。此言財富、軍事實力對國家的重要性。

軍事外交

安得壯士挽天河，淨洗甲兵長不用。

註釋 出自唐・杜甫《洗兵馬》。安得，怎麼才能。挽，拉、挽住。天河，銀河。甲兵，鎧甲與兵器。

點評 此寫刀槍入庫、馬放南山、從此永遠沒有戰爭的良好願望，既反映了詩人期望和平的思想，也反映了唐代人民厭惡戰爭的普遍情緒。

班聲動而北風起，劍氣衝而南斗平。

註釋 出自唐・駱賓王《代李敬業傳檄天下文》。班聲，即馬鳴聲。南斗，即二十八星宿中的斗星，斗宿與牛宿是吳地的星空分野，代指吳地。

點評 戰馬嘶鳴，北風蕭蕭，聲動天地；寶劍的寒光閃閃，肅殺之氣衝斗宿，吳地為之平復。此寫想象中討伐武則天的唐軍勢如破竹的氣勢。

敗軍之將，不可以言勇；亡國之大夫，不可以圖存。

註釋 出自漢・司馬遷《史記・淮陰侯列傳》。之，的。言，談論。圖，謀劃。存，存國、救國。

點評 失敗的將軍沒資格談論勇氣二字，亡國的大臣，沒能力再謀劃救國的事了。此言將軍的職責是鼓勇而勝敵，大夫的職責是為國出謀劃策，既然已經戰爭都失敗了、國家都滅亡了，說明他們都失職了，何來資格與能力奢談勝利與救國呢？漢・劉向《說苑・談叢》有“敗軍之將，不可言勇；亡國之臣，不可言智”之語，其義同此。

白骨露於野，千里無雞鳴。

註釋 出自漢・曹操《蒿裏行》。

點評 此寫東漢末年軍閥混戰造成的中原慘像，讀之不禁令人深深反思戰爭的殘酷性。

百戰百勝，非善之善者也；不戰而屈人之兵，善之善者也。

註釋 出自先秦《孫子・謀攻》。百，是虛指，指所有。非，不是。善之善，好中最好的。者也，古代漢語判斷句形式之一，相當於"…是…"。屈人，使人屈服。兵，軍隊。

點評 每仗必勝，這並不是用兵作戰中最高的境界；不必動用軍隊就能使敵人屈服的，才是用兵的最高境界。此言戰爭要善於運用謀略，要不戰而勝敵人才是良策。

必死則生，幸生則死。

註釋 出自先秦《吳子・治兵》。必死，指抱着必死的信念。則，那麼、就。幸生，抱着僥倖求生的想法。

點評 作戰抱有必死的信念，那麼也許能夠死裏得生；抱着僥倖求生的想法，那麼就只有死路一條。此言作戰抱必死的信念就會勇往直前，殺敵獲勝就能求得生存。反之，患得患失，則必死無疑。

兵者，百歲不一用，然不可一日忘也。

註釋 出自先秦《鶡冠子・近疊》。兵，戰爭、軍事。百歲，虛指，指代很長時間。一日，一天，此為虛指，指時刻、每時每刻。不一用，用不到一次。然，但是、然而。不可，不能。…者…也，古代漢語判斷句形式，相當於"…是…"。

點評 戰爭是很長時間都發生不了一次的，但是卻一天也不能忘記有戰爭發生。此言戰爭雖然應當避免，但是戰備卻要常備不懈，這才能夠保證國家的安全。自古及今，古今中外，各國都發展軍事力量，其意並不在真的願意戰爭，而是用以戰爭準備。《説文解字》解釋"武"字的含義是"以戈止武"，即以武力制止戰爭，就是"武"。戰爭不可打，但要防。

兵者，所以討暴，非所以為暴。

註釋 出自漢·劉安《淮南子·本訓經》。兵，軍隊、戰爭。所以，用來。

點評 戰爭是用來討伐暴行的，不是用來施行暴行的。此言戰爭要有保衛和平、維持正義的正義性。

兵以詐立，以利動。

註釋 出自先秦《孫子·軍爭》。兵，戰爭。以，因為、憑藉。詐，欺詐。立，指成功。利動，為利益所驅動。

點評 戰爭是要靠欺詐而取勝的，戰爭的發動是因為國家利益的驅動。此言戰爭中用計欺敵的決定性作用與戰爭的原因。

兵無常勢，水無常形。

註釋 出自先秦《孫子·虛實》。兵，軍隊。勢，陣勢。形，形狀。

點評 軍隊臨敵作戰沒有固定不變的陣勢，就像水沒有固定的形狀一樣。此以水無常形比喻戰爭中排兵佈陣沒有具體可依的不變模式，用兵者要適應形勢有所變化，不能固守教條。

兵在精，不在眾。

註釋 出自宋·歐陽修《翰林侍讀學士右諫議大夫楊公墓誌銘》。在，在於。眾，多。

點評 此乃強調軍隊的戰鬥力在於兵精而不在兵多。

兵義無敵，驕者先滅。

註釋 出自晉·陳壽《三國志·魏書·袁紹傳》。兵，戰爭。義，正義、道義。

點評 戰爭具有正義性，就會天下無敵；驕傲的軍隊，必定會首先滅亡。此言戰爭的正義性是取勝的重要法寶，驕兵必敗是兵家應該時時牢記的箴言。

兵雖詭道，而本於正者，終亦必勝。

註釋 出自宋・蘇洵《用間》。兵，戰爭。詭道，欺詐之道。本於正，出於正當目的。亦，也。

點評 戰爭雖然屬於詭詐之道，但是如果基於正當目的，最終也還是能夠取勝的。此言意在強調戰爭要有正義性。

不備不虞，不可以師。

註釋 出自先秦《左傳・隱公五年》。備，準備。虞，預料、謀劃。師，出兵。

點評 沒有準備，沒有謀劃，是不能出兵的。此言戰爭中作好充分的攻守準備、進行周密的攻守謀劃的重要性。

川原宿荒草，墟里動新煙。

註釋 出自金・辛愿《亂後》。宿荒草，指隔年的荒草，或指戰亂中死的友人之墳墓。《禮記・檀弓上》有云："朋友之墓有宿草而不哭焉"。墟里，指村落。

點評 此寫戰亂之後滿眼荒涼的景象。前句寫原野荒草連天、墳墓纍纍的景象，"荒涼"之意盡在景中矣。後句寫村落炊煙新起之景，看似充滿生機，但因為是剛"動新煙"，這意味着之前村落沒有炊煙。這是從反面側寫村落在戰亂破壞下全無人煙的荒涼景象，對前句所寫的"荒涼"之意作了進一步的補充。

但得將軍能百勝，不須天子築長城。

註釋 出自唐・胡皓《大漠行》。但得，但願。不須，不必。

點評 但願將軍能夠百戰百勝，那麼天子就不必費心費錢再修長城了。此言名將對於保衛國家的重要性，表達的是對名將的渴望之情。

簞食壺漿，以迎王師。

註釋 出自先秦《孟子・梁惠王下》。簞，盛飯的圓形竹器。食，食物。漿，米汁。王師，王者之師。指正義者的軍隊。

點評 以竹器盛飯，以水壺盛米汁，來迎接王者之師。這是孟子與齊宣王談到戰爭時所說到的話。意為正義的戰爭是能得到老百姓的擁護支援的。成語"簞食壺漿"，即源於此，意為老百姓犒勞軍隊。

伐國不問仁人，戰陣不訪儒士。

註釋 出自南朝宋‧范曄《後漢書‧崔駰傳》。仁人，仁義之人。儒士，讀書人、儒家學派的人。

點評 戰伐之事不要去徵求有仁義之心的人與儒生。此言跟反對戰爭的人談論戰爭是沒有結果的，更不會從中獲得破敵立功的教益。

凡交，近則必相靡以信，遠則必忠之以言。

註釋 出自先秦《莊子‧人間世》。凡，凡是、大凡。交，外交。則，就。必，一定。靡，通"摩"。相靡，即，相互依賴。以，用。信，信用。忠，忠誠。言，言語。

點評 凡是國家之間的外交，近鄰之國一定要相互依賴，講究信用；遠鄰之國則要言而有信，務必要忠於承諾。因為國家之間的外交靠的就是兩國的相互信任以及對承諾的信守。

烽火連三月，家書抵萬金。

註釋 出自唐‧杜甫《春望》。烽火，指戰爭。家書，家信。抵，值。

點評 此寫戰亂中渴望得到家書的急切之情。"萬金"，乃是誇張，意在強調戰亂中家人音訊的難得。

輔車相依，唇亡齒寒。

註釋 出自先秦《左傳‧僖公五年》。輔車，車輪的兩條直木，以增強輪輻的承重支力。一說是指面頰。車，指車子。一說指牙牀骨。

點評 輔與車相互依存，嘴唇沒了，牙齒就要受寒。這是虞國之臣宮之奇勸諫虞侯不可借道給晉侯滅虢時所引用的古語，闡明的是弱小鄰國之間相互依存的關係。後來，虞侯沒聽從宮之奇的諫勸，虞國果被晉侯滅了。

攻人以謀不以力，用兵鬥智不鬥多。

註釋 出自宋・歐陽修《准詔言事上書》。以，用、靠。

點評 攻擊敵人靠的是計謀而不是蠻力，用兵的真諦在於與敵人比智慧，而不是比人眾。此言戰爭中應以智取勝的道理。

攻其不備，出其不意，此兵家之勝，不可先傳也。

註釋 出自先秦《孫子・計》。其，代詞，此指敵人。不備，沒有準備。不意，沒有預料。兵家，軍事家。之，的。勝，指獲勝的秘訣。不可，不能。先傳，事先洩露。也，句末語氣助詞。

點評 在敵人沒有準備的時候發起進攻，在敵人不曾預料的情況下出擊，這是軍事家克敵制勝的秘訣，事先絕不可外洩。此言出其不意的軍事謀略一定要注意保密的重要性。

國雖大，好戰必亡；天下雖安，忘戰必危。

註釋 出自先秦《司馬法・仁本》。雖，即使。

點評 國家再強大，如果好戰而不知收斂，國家也必然會滅亡；天下即使安定無事，如果完全忘記戰備，那麼國家必定有危險。此言對於戰爭要有正確的認識，既不能忘記戰爭而高枕無憂，也不能好戰而無休無止。

黑雲壓城城欲摧，甲光向日金鱗開。

註釋 出自唐・李賀《雁門太守行》。

點評 前句以比喻與誇張修辭法寫敵兵大軍壓境的兇猛之勢。“黑雲”，是比喻敵兵之眾，黑壓壓一片。“壓城”與“城欲摧”，是誇張，極言敵軍來勢之兇猛。後句用比喻修辭法寫守軍整裝守衛、嚴陣以待的威武之態。“甲光向日”，是指黑雲間忽然射出的日光折射到守軍盔甲之上。“金鱗開”，指盔甲在日光照射下金光閃閃的樣子。這兩句，無論是寫敵兵，還是寫守軍，都顯得氣勢磅礡，堪稱是寫景敘事的妙筆。特別是前一句，成為人們耳熟能詳的成語，常喻指某種惡勢力一時得勢而使局面變得緊張的樣子。

懷惡而討，雖死不服。

註釋 出自先秦《春秋穀梁傳·昭公四年》。懷，懷有。惡，惡行。討，討伐。雖，即使。

點評 自己有惡行，卻去討伐別人，別人即使死了，也不會心服的。這是《穀梁傳》引孔子之語，其意是強調正人先要正己。討伐別國應當出師有名，要以正義伐非正義。

幾時拓土成王道，從古窮兵是禍胎。

註釋 出自唐·李商隱《漢南書事》。王道，儒家所説的以仁義取天下、治天下的理想。窮兵，窮兵黷武。

點評 此言為開疆拓土而發動戰爭是不符合“王道”思想的，自古以來好戰都是亡國的禍根。其意在於警告唐代統治者開疆拓土也要有個止境，如果一味窮兵黷武下去，必然會導致亡國滅身的下場。

將在外，君令有所不受。

註釋 出自漢·司馬遷《史記·司馬穰苴列傳》。

點評 將軍在外執行軍事任務，國君的命令有時可以不必接受執行。此言將領要根據戰場形勢作出準確判斷，堅定不移地掌握軍事行動的主導權，切不可因國君之命而亂了方寸，導致戰爭失利。

近者説，遠者來。

註釋 出自先秦《論語·子路》。近者，近處的人，此指本國人民。説，通“悦”，高興、喜悦。遠者，遠處的人，此指他國的人民。

點評 讓本國民眾高興滿意，讓他國的民眾敬仰歸附。這是孔子在回答葉公問政時所提出的治國理想。其中心思想是要求統治者加強道德建設，以德治國、以德收萬民之心。成語“近悦遠來”即源於此。

可憐無定河邊骨，猶是春閨夢裏人。

註釋 出自唐·陳陶《隴西行四首》之二。無定河，黃河中游支流，在陝西省北部。

點評 此言丈夫早就戰死於無定河邊化成一堆白骨，而他的妻子還完全不知情，還是春夢中思念着他。此言戰爭給有情人帶來的悲劇。以“河邊骨”對“夢裏人”，一個是那麼恐怖，一個是那麼富有詩意，兩相襯托，益發顯其悲，令人情不自禁地對可恨的戰爭詛咒不已。

困獸猶鬥，窮寇勿遏。

註釋 出自唐・張九齡《敕幽州節度張守珪書》。困獸，遭圍困的野獸。猶，還。窮寇，走投無路的敵人。遏，阻止、阻擋。

點評 遭圍困的野獸還要與人作最後的一搏，因此對於走投無路的敵人不可追得太急、阻擋得太嚴。此言要給走投無路的敵人留下點逃生的希望，否則他們作拚死一搏，對於追擊者傷害更大。

騮馬新跨白玉鞍，戰罷沙場月色寒。

註釋 出自唐・王昌齡《出塞》。騮馬，即驊騮，千里馬。

點評 前句寫千里馬與眾不同的裝飾，表面寫馬，實是借馬而寫人的與眾不同。後句則用誇張修辭法，突出強調戰馬主人的英勇威武。但是，“月色寒”的效果，則既有人的功勞，也有馬的功勞。因此，這二句還有“寶馬配英雄”的意蘊在其中。

樓船夜雪瓜洲渡，鐵馬秋風大散關。

註釋 出自南宋・陸游《書憤》。樓船，指高大的戰船。瓜洲渡，在今江蘇揚州南，運河流入長江之處，是宋時重要的軍事要津。鐵馬，指披着鐵甲的戰馬。大散關，在今陝西省定雞縣大散嶺上。

點評 此二句乃是寫南宋對金兩次重要的戰役。二句之妙在於不用一個動詞、虛詞、助詞等，全以名詞或名詞性短語並置成句，以電影“蒙太奇”式的手法生動形象地再現了南宋對金作戰大捷的經過、方式、地點等，給人以豐富的想象空間。

落日照大旗，馬鳴風蕭蕭。

註釋 出自唐・杜甫《後出塞五首》其二。蕭蕭，指風聲。

點評 此寫日暮時分邊塞軍營晚景。前句是視覺形象，所寫的“落日”、“大旗”，都是紅色，見之讓人頓生一種壯烈之感；後句是聽覺形象，所寫的“馬鳴”、“風蕭蕭”，皆是悲聲，聞之讓人頓生一種悲壯之感。由此，一幅夕陽與戰旗相映、戰馬嘶叫與朔風蕭蕭之聲彼此應和的邊塞日暮行軍圖畫便“有聲有色”地呈現在讀者面前。

憑君莫話封侯事，一將功成萬骨枯。

註釋 出自唐·曹松《己亥歲二首》其一。憑，即“請”、“求”之義。

點評 唐代在“安史之亂”之後，又遭黃巢起兵之變，不僅長城內外，而且大江南北都是烽火連天，民不聊生。但是，在這場內亂之中，卻有不少人因此而加官進爵，封侯拜將了。詩人認為這種個人的榮譽與成功，不是國家與人民之福，也不是個人的榮耀，它是建立在天下百姓的苦難與無數將士的白骨之上的。尤其是“一將功成萬骨枯”一句更是令人深思，“一”與“萬”，孰多孰少？“功成”與“骨枯”，又是怎樣的反差？以“骨”代人，更讓人見到了戰爭的殘酷性。

葡萄美酒夜光杯，欲飲琵琶馬上催。醉臥沙場君莫笑，古來征戰幾人回？

註釋 出自唐·王翰《涼州詞二首》之一。葡萄美酒，指西域所產之酒，代指最好的酒。夜光杯，指周穆王時代西胡以白玉精製而成的酒杯，此指最精美的酒杯。沙場，戰場。古來，自古以來。

點評 此寫軍中飲宴的歡樂氣氛，以及將士們豪放爽朗的性格，表現的是一種積極樂觀的精神。但是，對於此詩的解讀，歷來存在不同意見。這主要是對“琵琶馬上催”與三四句勸酒語的理解有歧見。有人說“琵琶馬上催”，就是坐在馬上彈琵琶給大家飲酒助興（認為西域胡人彈琵琶本來就是坐在馬上的）；也有人說是彈琵琶催大家馬上出發。三四兩句的勸酒語，有人認為是“故作曠達”、“故作豪飲之詞”，實際要表達的是悲傷之情，帶有反戰情緒。

千里而戰，兵不獲利。

註釋 出自漢・司馬遷《史記・韓長孺列傳》。兵，戰爭。

點評 千里奔襲而與敵人交戰，戰爭是不能獲利的。此言遠距離奔襲作戰是不可取的。因為長途行軍會讓士兵精疲力竭，而這正好給敵人提供了一次以逸待勞、一舉殲滅的機會。

親仁善鄰，國之寶也。

註釋 出自先秦《左傳・隱公六年》。親仁，親近仁義。善鄰，與鄰國友好相處。之，的。寶，寶貝，此指最重要的事。也，句末語氣助詞。

點評 與仁義之人親近，與鄰國和平友好相處，這是國家最重要的事情。這是陳國大夫五父諫勸陳侯與鄭國修好的話。

秦時明月漢時關，萬里長征人未還。

註釋 出自唐・王昌齡《出塞二首》其一。

點評 有戰爭，便會有陣亡。因此，"萬里長征人未還"也屬正常。但是，"秦時明月漢時關"一句，以互文修辭法（"秦時明月"，既指秦，也包括漢；"漢時關"，既指漢，也包括秦），通過"明月"與"關"這兩個自古永恆的物象將古今聯繫起來，從而將"萬里長征人未還"的原因予以了歷史的闡釋，暗中點出此關在禦敵衛國中不同尋常的戰略地位以及守之不易的原因。於是，自然而然的逼出下面的兩句"但使龍城飛將在，不教胡馬度陰山"，其對能夠出現鎮守邊塞的大將的渴望之情呼之欲出。

三年笛裏關山月，萬國兵前草木風。

註釋 出自唐・杜甫《洗兵馬》。三年，虛指，泛指多年。關山月，一種戍邊將士感傷離別、懷念家鄉的曲子。萬國，指全國各地。草木風，草木生風。

點評 多年戍守邊塞的生活，在《關山月》的笛聲中思念着家鄉、念叨着家人，不勝憂傷；國家動亂，到處是兵，人心惶惶，風吹草動，人們也會膽戰心驚。此寫戰爭給將士與人民帶來的苦難。此詩寫於唐乾元二年（759）春二月，即唐軍克復長安、洛陽二京之後。

前句寫"安史之亂"三年來戰士們笛咽關山的艱難歲月；後句寫大唐軍隊在回紇等軍隊的幫助下勢如破竹克復兩京，就如風吹草伏一般。以"萬國兵"誇說大唐軍隊之盛，以"草木"喻安慶緒困守鄴城的困境。前句是追昔，突出一個"悲"字（《樂府解題》："關山月，傷離別也"）；後句是撫今，表現的是一個"喜"字。二句配合，極盡抑揚頓挫之致，將詩人激動而複雜的心情表露無遺。因此明人胡應麟評此二句說："以和平端雅之調，寓憤鬱淒戾之思，古今壯句者難及此。"（《詩藪》卷五）

三春白雪歸青塚，萬里黃河繞黑山。

註釋 出自唐・柳中庸《征人怨》。青塚，即王昭君墓，在今內蒙古境內。傳說塞外草白，惟獨昭君墓上之草是青色，故稱青塚。黑山，唐時屬單于都護府，亦在今內蒙古境內，近青塚。

點評 此詩寫征人之怨，但是全詩四句沒有出現一個"怨"字。詩的前兩句是"歲歲金河復玉關，朝朝馬策與刀環"，寫征人長年東征西戰、無休無止之苦。"三春白雪歸青塚，萬里黃河繞黑山"兩句，仍是寫征人之怨，但以寫景抒發其情。前句寫暮春（三春）時節白雪堆於青塚的奇特景象，暗示出邊地的苦寒；後句以黃河圍繞黑山而流的地理描寫，暗示出征人轉戰跋涉之苦。兩句在表意上都體現了含蓄蘊藉的風格，達到了中國傳統詩歌所追求的"不着一字，盡得風流"的化境。在形式上，此二句也非常有特色。"三春"對"萬里"相對，"白雪"對"黃河"、"青塚"對"黑山"、"歸"對"繞"，詞性上非常一致，屬於嚴格的工對。特別是兩句中出現"白"、"青"、"黃"、"黑"四種顏色，使詩的色彩感非常豐富且鮮明，富有美感。動詞"歸"、"繞"用於寫物，將"白雪"、"黃河"人格化，形象感非常強。

三十六策，走是上計。

註釋 出自唐・李延壽《南史・王敬則傳》。策，計策。走，跑。

點評 三十六計，逃是上計。這話的真正含義是：在敵強我弱，萬不得已的情況下，為了保存實力，以圖捲土重來、東山再起，暫時採取撤退的戰略。

善戰者，因其勢而利導之。

註釋 出自漢・司馬遷《史記・孫子吳起列傳》。因，根據。勢，形勢、情勢。導，經導。之，指戰爭進展。

點評 善於用兵作戰的人，總能根據戰場形勢的發展而向有利於自己的方向引導。此言戰爭中主動把握戰機的重要性。成語"因勢利導"，即源於此。

善用兵者，屈人之兵而非戰也；拔人之城而非攻也。

註釋 出自先秦《孫子・謀攻》。屈，使屈服。也，句末語氣助詞。

點評 善於用兵的人，使敵人屈服而不用作戰，攻陷敵人城池而不用衝鋒陷陣。此言戰爭的最高境界是"不戰而屈人之兵"，即以謀略戰勝敵人。

上兵伐謀，其次伐交，其次伐兵，下政攻城。

註釋 出自先秦《孫子・謀攻》。上兵，上等的軍事謀略。謀，謀略。交，外交。下政，下策。

點評 第一等的軍事謀略是擊敗敵人的用兵謀略，其次是挫敗敵人的外交聯盟，再次是攻擊敵人的軍隊，最下策是攻擊敵人的城池。此言用兵之略的不同境界。

師必有名。

註釋 出自先秦《禮記・檀弓下》。師，指出師、出動軍隊、打仗。必，一定。名，理由、名義。

點評 此言發動戰爭一定要找到一個說得出的正當理由。這是古今中外發動戰爭者的共識。因此放眼古今，放眼世界，許多戰爭發動者即使發動的是侵略戰爭、不義戰爭，他們也往往先要找些對方的錯並歷數其罪惡，以此為自己出兵行動找一個冠冕堂皇的理由，從而贏得人心，在聲勢上、心理上做到理直氣壯。

師克在和不在眾。

註釋 出自先秦《左傳·桓公十一年》。師，軍隊。克，戰勝。在，在於。和，團結。

點評 軍隊能克敵制勝，在於內部團結，而不於人多。此言軍隊內部只有團結一致才有戰鬥力的道理。與孟子所說的"天時不如地利，地利不如人和"意思略同。

數戰則民勞，久師則兵弊。

註釋 出自先秦《戰國策·燕策一》。數，屢次。則，那麼、就。勞，疲勞。師，動兵。兵，軍隊。弊，疲憊。

點評 屢次用兵作戰，那麼老百姓就會感到勞苦；用兵過久，那麼軍隊就會疲憊。此言戰爭勞民傷財，不宜用兵過久、過頻，要愛惜民力、兵力。

朔風傳金柝，寒光照鐵衣。

註釋 出自南朝梁·橫吹曲辭《木蘭詩二首》之一。朔風，北風。柝，巡夜打更用的梆子。金柝，指刁斗，古代軍中的一種炊具，白天用以炊飯，晚上用來打更報時。寒光，清冷的月光。鐵衣，指鎧甲。

點評 此寫戰士在北風勁吹的寒冷之夜，穿着冰冷的鎧甲守衛軍營的辛苦之狀。

天涯靜處無征戰，兵氣銷為日月光。

註釋 出自唐·常建《塞下曲四首》其一。兵氣，指戰爭的氣象。

點評 天涯地角皆安靜，從此不再有征戰；戰爭風雲不起，日月普照寰宇。這是詩人所構擬的和平景象，是唐代的人們祈盼天下和平的心聲。

田園寥落干戈後，骨肉流離道路中。

註釋 出自唐·白居易《自河南經亂關內阻饑兄弟離散各在一處因望月有感聊書所懷》。寥落，空虛、冷落。干戈，指代武器，此指戰爭。骨肉，指代親人。

點評 經過戰亂之後，田園荒蕪蕭條、村中冷落無人，親人流離失所於他鄉異地的道路之上。此寫戰爭給農業生產與人民生活的巨大破壞。

投之亡地然後存，陷之死地然後生。

註釋 出自先秦《孫子・九地》。之，指將士。亡地，死地、絕境。

點評 此言戰爭中把將士置於絕境，讓他們沒有退路可以選擇，就能激起他們的鬥志，從而置生死於度外，打敗敵人，求得生存。楚霸王項羽在鉅鹿之戰中創造的"破釜沉舟"、"背水一戰"的戰例，就是孫子這一戰術的成功運用。

退如山移，進如風雨。

註釋 出自先秦《吳子・應變》。

點評 軍隊的撤退行動要如山嶽移動一樣穩健，軍隊的攻擊行動要如急風驟雨一樣迅速。此言強調軍事撤退最忌驚惶失措，以給敵人的追擊以可乘之機；軍隊的攻擊行動貴在神不知鬼不覺，以使敵人措手不及。

萬鼓雷殷地，千旗火生風。

註釋 出自唐・高適《塞下曲》。殷，震動。

點評 萬鼓齊鳴猶如雷霆萬鈞，聲震大地；千旗迎風飄揚，恰似火借勁風。此以旗鼓兩個細節描寫軍威軍容。"萬鼓"、"千旗"，並非實寫，而是一種誇張的表達，意在突出鼓多、旗多。

萬里無人收白骨，家家城下招魂葬。

註釋 出自唐・張籍《征婦怨》。

點評 此寫征婦無法收葬萬里以外的丈夫的屍骨，只得城下招魂而空葬的悲慘之情。"萬里"寫出了征人戰死之地的遙遠與荒涼，"家家"道出了怨婦人數之多。其對戰爭之害的血淚控訴，皆見於字裏行間矣。

為將之道，當先治心。

註釋 出自宋・蘇洵《心術》。之，的。道，原則、訣竅。心，心志、思想。治心，統一思想。

點評 做將領的原則，應當是首先統一士兵的思想。此言治軍首先要重視統一思想。

洗兵海島，刷馬江洲。

註釋 出自晉・左思《魏都賦》。洗兵，洗兵器。

點評 此寫解鞍歇馬之景，表現的是一種“刀槍入庫，馬放南山”的境界，也與先秦《尚書・武成》篇所説的“歸馬於華山之陽，放牛於桃林之野”的理想境界相通。其實，這兩句不僅意境高遠，讀之令人心曠神怡，而且對仗也極其工整，視聽覺效果也極佳。據説，晚清重臣張之洞就極為欣賞這二句。光緒二十八年（1902），他在巡察儀徵鹽務時，想為十二圩鹽棧寫一副對聯。想了很久，不得其詞。後來他選取了南朝張融《海賦》中的兩句“積雪中春，飛霜暑路”作為上聯，但是卻又對不出下聯。於是求教當時的揚州宿儒李審言。李審言想到了晉人郭璞《江賦》中有“總括漢泗，兼包淮湘”二句，覺得可以對得上《海賦》中的這兩句。但張之洞沒有採納，最後他自己選擇了左思《魏都賦》中的這兩句，由此湊成了鹽棧的一副對聯：“積雪中春，飛霜暑路；洗兵海島，刷馬江洲”。鹽是白色，既像雪，又像霜；而鹽務人員的忙碌，則又像是洗兵、刷馬。真可謂妙極！

蕭蕭馬鳴，悠悠旆旌。

註釋 出自先秦《詩經・小雅・車攻》。蕭蕭，馬長鳴之聲。悠悠，旌旗輕輕飄動貌。旆，古代旗邊上下垂的裝飾品。旌，古代一種五色羽毛裝飾的旗子。旆旌，泛指旗幟。

點評 駿馬蕭蕭鳴，旌旗悠悠飄。這是寫周宣王東巡洛邑、大會諸侯的排場。以“蕭蕭”狀馬鳴之聲，“悠悠”寫旌旗招展之狀，有聲有形，生動地凸顯了周宣王東巡的氣勢。此乃用摹聲修辭法，讓人對所寫戰場上的軍容有如臨其境、如聞其聞之感。後來李白的名句“蕭蕭班馬鳴”（《送友人》），即據此添一字而成。

興師十萬，日費千金。

註釋 出自漢・班固《漢書・主父偃傳》。興師，起兵。日，每天。費，消費。千金，虛指，指國家開支極大。

點評 起兵十萬，每天所要耗費的國家開支是非常巨大的。此言戰爭需要強大的財政支援，對國家民眾生活都有巨大影響，意在強調不要輕易興師發動戰爭。今日説戰爭是拚國家財力，也是這個意思。俗語説“大炮一響，黃金萬兩”，説的既是戰爭可以掠奪他國巨大的財富，同時也要消耗自己巨大的財力。

養兵千日，用在一朝。

註釋 出自明・施耐庵《水滸傳》第六十一回。

點評 此言國家供養軍隊的意義在於緊急情況下能夠發揮作用。

野蔓有情縈戰骨，殘陽何意照空城。

註釋 出自金・元好問《岐陽三首》之二。縈，縈繞。戰骨，戰死者的白骨。

點評 此以野蔓繞戰骨、殘陽照空城兩個典型細節，生動形象地再現了岐陽之役後戰場上的淒慘景象。特別是“野蔓”、“戰骨”、“殘陽”、“空城”四個詞本身所表現的意象，都是足以讓人引發極度悲哀的意象，讀之最能讓人生出無限的感傷。

一日縱敵，數世之患。

註釋 出自先秦《左傳・僖公三十三年》。一日，指一時。縱，放走。數世，指長久。之，的。患，禍患、後患。

點評 敵人一旦被放走，那將成為永久的禍患。此言對於敵人決不能心慈手軟，決不能予以喘息的機會，使其有東山再起、捲土重來的可能，否則只能給自己留下後患。成語“縱虎為患”，説的也正是這個意思。

一鼓作氣，再而衰，三而竭。

註釋 出自先秦《左傳·莊公十年》。鼓，擊鼓。古代軍隊以擊鼓為進攻的信號。作氣，鼓起勇氣、振作。再，第二次。衰，衰退。三，指第三次。竭，盡。

點評 第一次擊鼓進攻，士兵精神振作、勇氣最盛；第二次擊鼓進攻，士兵的勇氣開始衰退；第三次再擊鼓進攻，士兵的士氣已經喪失殆盡了。此言戰爭中勇氣、士氣的重要性。這是曹劌論戰的名言，他的另的一句名言正好可以作這句話的註腳："戰者，勇氣也"，意思是：打仗靠的就是血勇之氣。

以正治國，以奇用兵。

註釋 出自《老子》第五十七章。正，正道，正常、正當的方法；奇，非正常、特別的方法，即奇計妙策。

點評 治國就是要建立規範，讓人民遵之守之，國家才能安定，國運才能長久。但是，這規範應該是讓萬民覺得是正常、正當的，是為民造福的"正道"、"正策"，而不是"邪術歪道"。同時，身為治國者，還應率先垂範，身正、心術正，才能以德服人，萬民擁戴。但用兵則不同，若以"正"用兵，那就必然失敗。因為用兵之事，是與敵人你死我活的相爭，只能求結果，而不能顧手段。《孫子兵法》裏有"實則虛之，虛者實之"，就是足可詮釋"以奇用兵"思想的名言。至於曹操所說的"兵不厭詐"，雖通俗，卻一語中的。"以正治國，以奇用兵"，形式上對仗工整，"治國"對"用兵"，"奇"對"正"，絲絲入扣，朗朗上口，易記易誦。同時，"奇""正"之說，還閃耀着辯證法思想。

以戰去戰，雖戰可也。

註釋 出自先秦《商君書·畫策》。以，用。去，除去、制止。雖，即使、儘管。也，句末語氣助詞。

點評 用戰爭制止戰爭，儘管手段還是戰爭，但也是可以的。此言只要戰爭的出發點是好的，具有正義性，就未嘗不可。

以虞待不虞者勝。

註釋 出自先秦《孫子・謀攻》。虞，謀劃好、事先有準備。

點評 以謀劃好的軍事行動來應對沒有謀劃沒有準備的軍事行動的，就能勝利。此言戰爭一定要有準備、有謀劃，不打無準備之仗。

以逸待勞，兵家之大利也。

註釋 出自宋・歐陽修《言西邊事宜第一狀》。…也，古代漢語判斷句形式之一，相當於"…是…"。

點評 此言以逸待勞是軍事家所追求的最大利益。

遠人不服，則修文德以來之。

註釋 出自先秦《論語・季氏》。遠人，指周邊少數民族的人。則，那麼、就。文德，指仁義禮樂的政教。來，使來，即招致。之，他們。

點評 遠方的少數民族不臣服，那麼就修仁義禮樂的政教來感化、同化他們，使他們歸化。這是孔子對於解決與周邊少數民族關係的政治主張，其主旨是加強自己的道德修養，以德感化未開化的民族，使其臣服。

運籌策帷帳之中，決勝於千里之外。

註釋 出自漢・司馬遷《史記・高祖本紀》。籌，古代計算的工具。策，古代占卜用的蓍草。運籌策，此指謀劃軍事行動。帷帳，指軍中大帳。

點評 軍中大帳之中謀劃好，就可以在千里之外的決戰中獲勝。此言乃是劉邦讚揚謀士張良的話，後來泛指善於運用謀略的軍事家或謀略家。同時，這話也表明了這樣一個道理：要想取得日後的決戰勝利，就要早早作好戰備謀劃。

戰不必勝，不可以言戰；攻不必拔，不可以言攻。

註釋 出自先秦《尉繚子・攻權》。必，一定。拔，攻取。

點評 開戰而不一定能勝，就不要輕言戰爭；攻城不能必取，就不要輕言進攻。此言要打有把握之仗。

戰捷之後，常苦輕敵。

註釋 出自晉・陳壽《三國志・吳書・陸遜傳》。苦，被…所苦。

點評 戰鬥取得勝利之後，常常會因為驕傲輕敵而吃苦頭。此言勝利後務必要保持頭腦清醒，不可輕敵麻痹。

知彼知己，百戰不殆。

註釋 出自先秦《孫子・謀攻》。知，了解。彼，他，此指敵人。百，虛指，指每一次。殆，危險。

點評 了解敵人的情況，也知道自己的家底，那麼不管打多少仗都不會失敗的。此言戰爭中對敵人與自己情況全面了解的重要性。現代戰爭注重情報搜集與分析，就是基於這個原理。

人本民心

安土重遷，黎民之性；骨肉相附，人情所願。

註釋 出自漢・班固《漢書・元帝紀》。安土，指故土。重，難。遷，遷移。黎民，百姓。之，的。性，本性、天性。骨肉，指親人。相附，相互依靠。所願，所希望的。

點評 故土難於割捨，這是老百姓的天性；親人團聚、相互依靠，這是人類情感的需要。此言意在勸統治者要尊重人民的情感與天性，順勢而為，不可逆向操作而失民心。

不以一己之利為利，而使天下受其利；不以一己之害為害，而使天下釋其害。

註釋 出自明・黃宗羲《原君》。釋，消除。

點評 此言做國君要有把天下百姓的利害得失放在首位的闊大胸懷，要為萬民造福，為天下除害，使天下百姓受其利，讓全國人民避其害，而不是時刻把個人的利害得失放在心上。

長太息以掩涕兮，哀民生之多艱。

註釋 出自先秦・屈原《離騷》。太息，歎息。以，而。兮，感歎語氣詞，相當於“啊”。

點評 長久的歎息而掩袖哭泣，都是為着人民生活的艱難而悲哀。這是屈原自道心曲之辭，體現了一個封建士大夫對人民生活艱難的深切同情與憂慮之情。

得道者多助，失道者寡助。

註釋 出自先秦《孟子・公孫丑下》。道，正義、道義。者，（的）人。

點評 正義在手的，就會得到多數人的幫助；失去道義的，就會很少有人幫助。此言掌握正義、道義對於爭取人心、民意，從而取得勝利的重要性。

得人者昌，失人者亡。

註釋 出自唐·楊炯《唐幼將軍魏哲神道碑》。人，指人心、民心。昌，昌盛。

點評 得人心就會昌盛，失人心就會滅亡。此言建立政權、治國安邦要順應民心才能成功和長久。

國不務大，而務得民心。

註釋 出自漢·劉向《説苑·尊賢》。務，追求、力求。

點評 國家不追求國土廣大，而應該追求得民心。此言得民心乃是治國安邦的首要任務。

國以民為本，民以穀為命。

註釋 出自南朝宋·范曄《後漢書·張奮傳》。本，根本、基礎。穀，穀物、糧食。

點評 國家以人民為根本，人民以穀物為生命。此言人民對於國家的重要性就如穀物之於人的生存一樣，意在強調其“以民為本”的治國思想。

國正天心順，官清民自安。

註釋 出自明·馮夢龍《警世通言·金令史美婢酬秀童》。正，指治國作氣端正。天心，此指民心。

點評 治國者作風端正，天下民心就順暢；做官的清正廉潔，老百姓就會安居樂業，天下太平。此言要使民心安定、天下太平，為君為官的要自己先端正作風作出榜樣。

敬賢如大賓，愛民如赤子。

註釋 出自漢·班固《漢書·路温舒傳》。如，像。大賓，上賓。赤子，嬰兒。

點評 敬重賢能之士就像對待上賓，愛護人民就像照顧嬰兒。此言意在強調執政者要有敬賢愛民之心。

君非民不立，民非穀不生。

註釋 出自晉・陳壽《三國志・吳書・吳主傳》。非，沒有。穀，穀物、糧食。生，生活、生存。

點評 國君沒有人民就無所立，人民沒有糧食就無法生存。此以民無穀不生作類比，強調"君以民立"的民本思想。

力可以得天下，不可以得匹夫匹婦之心。

註釋 出自宋・蘇軾《潮州韓文公廟碑》。力，指武力、強力。匹夫，一個人。匹夫匹婦，代指普通百姓。

點評 可以憑武力取天下，但是不能以武力征服一個普通百姓的心。此言爭取民心是最難的事，也是最重要的事。對於執政者來說，治國的當務之急是順應民心。馬上得天下，不能再在馬上治之。

民為貴，社稷次之，君為輕。

註釋 出自先秦《孟子・盡心下》。社稷，指庇佑國家的土穀之神。

點評 老百姓最為重要，社稷之神次之，國君的地位最輕。這是孟子的名言，其強烈的"民本"思想非常顯明，這在中國封建歷史上也是最為寶貴的。今日強調"以人為本"的治國理念，正是源於孟子的這一思想。

民惟邦本，本固邦寧。

註釋 出自先秦《尚書・夏書・五子之歌》。惟，句中語氣詞，幫助判斷。邦，國家。本，根本、根基。固，穩固。寧，安寧。

點評 人民是立國的根基，只有根基穩固了，國家才會安寧。這是太康荒淫失政後，其五個弟弟所作《五子之歌》中談"為君之道"的話。

民以食為天。

註釋 出自漢・班固《漢書・酈食其傳》。食，吃飯問題。天，比喻最重要的事情。

點評 老百姓以吃飯為頭等大事。這話強調的是治國當先以解決人民溫飽問題為目標。

去民之患，如除腹心之疾。

註釋 出自宋·蘇轍《上皇帝書》。之，的。

點評 去除老百姓所引以為患的，就像是除去自己心腹中的大病一樣。此言統治者要時刻把民眾的疾苦放在心頭，想人民之所想，急人民之所急。

人所歸者天所與，人所畔者天所去。

註釋 出自南朝宋·范曄《後漢書·申屠剛傳》。人，指老百姓。歸，歸附、擁護。與，幫助。畔，同"叛"，叛離。去，離去、拋棄。

點評 老百姓所擁戴的人就是上天要幫助的人，老百姓所叛離的人就是上天要拋棄的人。此言民心即天意的道理，意在勸誡統治者要以民心為依歸，切不可違逆民心而為所欲為。

水所以載舟，亦所以覆舟。

註釋 出自漢·張衡《東京賦》。所以，用以、用來。亦，也。覆，傾覆。

點評 水可以用以承載船舶，也可以將船隻傾覆。此以水舟的關係比喻君與民的關係，強調的是統治者必須愛民，不然老百姓可以擁戴他做統治者，也可以將他推翻。

順人者昌，逆人者亡。

註釋 出自南朝宋·范曄《後漢書·申屠剛傳》。人，人民，此指民心。

點評 順應民心的就會興盛，違背民心的就會滅亡。此言民心對於一個政權能否穩固統治的左右作用。

天下人管天下事。

註釋 出自清·無名氏《三俠五義》。

點評 此與"天下，乃天下人之天下"同義，亦與"國家興亡，匹夫有責"同義，但更顯主動性，大有以天下為己任、捨我其誰的胸襟。

天下非一人之天下也，天下人之天下也。

註釋 出自先秦《呂氏春秋・孟春紀・貴公》。非，不是。之，的。也，句末語氣助詞。

點評 天下不是一個人的天下，而是天下人的天下。這話在兩千多年前說出，其所透露出的"民本"、"民主"與"國家興亡，匹夫有責"的思想。

天地之性，人為貴。

註釋 出自先秦《孝經・聖治》。之，的。性，事物的固有特點。

點評 天地所生萬物之中，人是最尊貴的。這是孔子的見解，體現了難能可貴的"人本"思想。

天時不如地利，地利不如人和。

註釋 出自先秦《孟子・公孫丑下》。天時，指有利於攻守的氣候條件。地利，指有利於攻守的地形上的優勢。人和，指團結一心的士氣、民心。

點評 此以層遞修辭法，通過對比"天時"、"地利"、"人和"的重要性，一層層遞進，從而強調了"人和"所具有的壓倒性重要性。它既體現孟子的"民本"思想，也講出了治國為政的核心內容。

為天下者，不慢其民。

註釋 出自先秦《慎子》內篇。為天下者，治理天下的人。慢，輕慢、輕視。

點評 治理天下的人，是不會輕慢他的老百姓的。這話的意思是統治者應該尊重人民，不要自以為是，更不可魚肉百姓。

為吏者，人役也。

註釋 出自唐・柳宗元《送寧國范明府詩序》。為吏，做官。人役，別人的僕役。者…也，古代漢語判斷句形式之一，相當於"…是…"。

點評 做官就是給老百姓做僕役。今天說官員是人民的公僕，正是此意。

享天下之利者，任天下之患；居天下之樂者，同天下之憂。

註釋 出自宋·蘇軾《賜新除中大夫守尚書右丞王存辭免恩命不允詔》。任，擔負、承擔。居，享受。

點評 此言享受天下的利益安樂，就應該對天下人負起責任，除天下人之患，解天下人之憂。即"食君之祿，擔君之憂"。

一人之心，千萬人之心也。

註釋 出自唐·杜牧《阿房宮賦》。之，的。…也，古代漢語判斷句形式之一，相當於"…是…"。

點評 一個人的心，也就是千萬人的心。此言人同此心的道理，意在勸統治者要推己及人，站在千千萬萬人的立場上看問題，以制定恰當的治國安邦之策。

與民同其樂者，人必憂其憂；與民同其安者，人必拯其危。

註釋 出自晉·陳壽《三國志·魏書·武文世王公傳》註引《魏氏春秋》。者，(的) 人。必，一定、必然。憂其憂，以其憂為憂。

點評 在快樂的時候能夠想到與老百姓共同分享的人，老百姓一定在他憂難之時為其分憂；在安定無事的時候能夠與老百姓共同分享利益的人，老百姓在他危難之時一定會全力援手予以拯救的。此言執政者只有首先考慮到老百姓的利益訴求，才能在國家危難之時得到他們的全力相助。也就是説，執政者必須時刻牢記，利益關涉到民心。

政之所興，在順民心；政之所廢，在逆民心。

註釋 出自先秦《管子·牧民》。政，指國政、國家。之，放在主謂語之間，取消句子的獨立性。所興，興盛的原因。所廢，廢弛、覆滅的原因。

點評 國家興盛的原因，在於順應民心；國家覆滅的原因，在於拂逆民意。此言民心對於國家存亡的重要性，其意乃在強調這樣一個歷史的經驗；得民心者得天下，失民心者失天下。

政無舊新，以便民為本。

註釋 出自宋・蘇轍《傅堯俞御史中丞》。政，指政體、政治制度。便民，方便人民。本，根本。

點評 政治制度無論新舊，一切要以方便人民為出發點。此言方便人民才是施政的最終目的，體現的是“以民為本”的思想。

眾怒難犯，專慾難成。

註釋 出自先秦《左傳・襄公十年》。犯，觸犯。專慾，一個人的私慾。

點評 眾人的共憤是難以觸犯的，個人的私慾是很難得逞的。此言執政者要以人民的愛憎為愛憎，要認真體察人民的愛憎而及時調整統治方略。

眾之所助，雖弱必強；眾之所去，雖大必亡。

註釋 出自漢・劉安《淮南子・兵略訓》。眾，眾人。之，放在主謂語之間，取消句子的獨立性。所助，所幫助的人。雖，即使。必，一定、必然。所去，所背離的人。

點評 眾人合力相助的人，即使目前力量弱小，也一定會逐漸強大起來；遭到眾人所背離的人，即使他目前力量強大，也必然由強變弱，最終走向滅亡。此言乃在強調得人心的重要性。

足寒傷心，民寒傷國。

註釋 出自漢・荀悅《申鑒・政體》。足，腳。心，指心臟。民寒，指老百姓貧困。

點評 腳受風寒會傷及心臟，老百姓貧寒會於國家有害。此以“足寒傷心”為喻，形象地說明了執政者要關心民生問題的重要性，闡述了“只有民富才能國強”的道理。

禮義仁廉

不學禮，無以立。

註釋 出自先秦《論語・季氏》。立，立身。

點評 不學習禮，就無法處世立身。此言學禮對於做人的重要性。禮的作用在於確定行為規範，因此學習禮，也就是學習為人處世的行為規範。

當仁不讓於師。

註釋 出自先秦《論語・衛靈公》。當，面對。仁，指仁德之事。讓，謙讓。師，老師。

點評 面對仁德之事，即使是老師，也不必謙讓。這是孔子鼓勵學生要勇於為仁行仁的話。成語"當仁不讓"，即源於此。其意是説，面對應做之事要勇於承擔而不推諉。

多行不義必自斃。

註釋 出自先秦《左傳・隱公元年》記鄭莊公語。必，一定。斃，因病或傷而倒下，引申為死。

點評 不義的事做多了一定會自食惡果而滅亡。此言意在勸人多行仁義，不要違背道義。

公生明，廉生威。

註釋 出自明・貞庵主人《官箴碑》。

點評 公正就會明察，清廉就會有威信。此言做官堅守了"公"、"廉"兩條基本原則，沒有被人拿住的把柄，沒有愧疚在內心，自然眼明心亮、明察秋毫，自然堂堂正正、不怒自威。

好學近乎知，力行近乎仁，知恥近乎勇。

註釋 出自先秦《禮記・中庸》。近乎，接近於。知，通"智"。

點評 喜愛學習就接近於智慧了，努力實踐就接近於仁，知道羞恥就接近於勇了。此言意在強調君子修身要從"好學"、"力行"、"知恥"做起。

見義不為，無勇也。

註釋 出自先秦《論語·為政》。義，指合乎正義的事。為，做。勇，勇氣。也，語氣助詞。

點評 遇有正義之事而不去行動，這是沒有勇氣的表現。這是孔子以批評的口氣在倡導人們要有為正義而獻身的精神。這種精神，在中國古代武俠小說中，即表現為俠士的"路見不平，拔刀相助"舉動。"見義勇為"亦源於此。

進不失廉，退不失行。

註釋 出自先秦《晏子春秋·內篇·問上》。進，指做官、升官。廉，廉潔。退，指不做官。行，指做人應有的品德。

點評 做官不忘廉潔自律，為民不忘道德修養。此言做官與做人應有的原則。

君子喻於義，小人喻於利。

註釋 出自先秦《論語·里仁》。君子，道德高尚者。小人，道德低下者。喻，明白、懂得。於，對於。義，道義、真理。利，利益、私利。

點評 君子着眼的是道義，小人關注的是私利。這是孔子比較君子與小人不同的精神境界時所發的一番議論。其提倡"義"的意思不言而喻。中國傳統價值觀中有"重義輕利"一說，即源於孔子之說。

老而謝事，古之禮也。

註釋 出自宋·蘇轍《文彥博乞致仕不許不允批答二首》。謝事，辭去職事。…也，古代漢語判斷句形式之一，相當於"…是…"。

點評 老了就辭去職位，這是古代的禮法。此言老而退休乃是天經地義的事。貪棧戀位之人，當以此為鑒。

禮之用，和為貴。

註釋 出自先秦《論語·學而》。之，的。用，功用。

點評 禮的功用，以達到"和"為最高境界。這是孔子弟子有子的觀點，闡明的是制禮作法對於治理天下的意義。認為先王制訂一套"禮"的制度，其意是在調和社會矛盾，以達到萬民和諧的目標。這一觀點，對中國人、中國歷史發展進程皆影響甚深。客觀上說，強調"和為貴"，對調和社會矛盾，促進社會穩定有積極意義；但若不講原則，一味"和為貴"，消極作用也就不言而喻了。因此，今日談"和為貴"，也是要有所揚棄的。

禮尚往來。往而不來，非禮也；來而不往，亦非禮也。

註釋 出自先秦《禮記·曲禮上》。尚，崇尚、重視。…也，古代漢語判斷句形式之一，相當於"…是…"。往，去。亦，也。

點評 禮崇尚有來有往。有去而不來，這是不符合禮的原則的；有來而無去，這也是不符合禮的原則。此言"禮"是促進人際關係互動的行為規範。

禮從宜，使從俗。

註釋 出自先秦《禮記·曲禮上》。從，服從、遵循。宜，恰當、合宜。使，出使。

點評 行禮要遵循適宜的原則，出使要尊重對方的習俗。此言行禮與出使所要遵守的原則。

禮失而求諸野。

註釋 出自漢·班固《漢書·藝文志》。失，失傳。諸，之於。野，此指民間、下層社會。

點評 原本風行於上層社會的禮樂制度失傳了，現在反而要到下層社會去找尋。此言草野民間往往是禮樂制度保存得最為持久的地方。今天常用來表示原本是某一事物的發明者或某一制度產生的源頭反而要向學習傳承它的學習者借鑒學習了。如中國古代的一些禮儀、典章制度今天蕩然無存，反而在近鄰日本有所保留，便是這種情況。

蒞官之要，曰廉曰勤。

註釋 出自宋・胡太初《晝簾緒論・盡己》。蒞，到。蒞官，做官。之，的。要，要領、關鍵。曰，叫。

點評 做官的關鍵是“清廉”與“勤政”。此言意在提倡做官一要清廉不徇私，二要勤政以愛民。

千金未必能移性，一諾從來許殺身。

註釋 出自唐・戎昱《上湖南崔中丞》。移性，改變本性。許，答應。

點評 再多的金錢也未必能夠改變志士的氣節、本性，他們從來就是一諾千金而不惜獻出自己的生命。此寫重義之士臨財不改性、殺身以成義的浩然正氣。

清風兩袖去朝天，不帶江南一寸錦。

註釋 出自明・況鍾《勸農詩》。朝天，朝見天子。一寸錦，代指江南的物產。

點評 此句表達的是詩人居官清廉、坦蕩無私的心志。

人固有一死，或重於泰山，或輕於鴻毛。

註釋 出自漢・司馬遷《報任少卿書》。固，本來。或，有的。鴻毛，大雁的羽毛。

點評 人本來都是要死的，但是有的人死得有價值，好比泰山一樣重；有的人死得沒有意義，好比雁毛一般輕。此以比喻修辭法說明了兩種不同的死及其價值。後世常以此句鼓勵人們為正義的事業而獻身。

仁者無敵。

註釋 出自先秦《孟子・梁惠王上》。

點評 仁愛的人無人能夠抵敵。此言“仁”在治國安邦中的巨大力量，意在勸國君對人民行“仁”道。

仁者莫大於愛人，知者莫大於知賢，政者莫大於官賢。

註釋 出自《大戴禮記・主言》。莫大於，沒有比…重要。知，通“智”。政，指從政、執政。官賢，讓賢能的人做官。

點評 講仁愛的人，沒有比做到關愛他人更重要；崇尚智慧的人，沒有比了解賢能者更重要；對於執政者來說，沒有比重任賢能的人更重要。此言“愛人”、“知賢”、“任賢”才是行“仁”、用“智”與執政的關鍵內容。

仁者在位而仁人來，義者在朝而義士至。

註釋 出自漢・陸賈《新語・思務》。在位、在朝，皆指執政、做官。至，來。

點評 仁德的人執政，便會有仁德的人前來相助；正直有道義感的人執政，便會有義士前來相投。此言執政者本人加強道德修養對政治、社會風氣的影響作用。

仁者不以盛衰改節，義者不以存亡易心。

註釋 出自晉・陳壽《三國志・魏書・曹爽傳》裴松之註引皇甫謐《列女傳》。以，因為。

點評 仁愛的人不會因為盛衰而改變節操，講道義的人不會因為存亡而改變心志。此言意在強調堅守“仁”、“義”要有矢志不移的意志，不因環境或條件的改變而改變。

仁則人親之，義則人尊之。

註釋 出自先秦《尸子・君治》。則，就。親，親近。之，他。

點評 有仁愛之心，人們就會親近他；有正義感，人們就會尊敬他。此言仁、義是受人尊崇的兩種美德。

生亦我所欲也，義亦我所欲也，二者不可得兼，捨生而取義也。

註釋 出自先秦《孟子・告子上》。亦，也。欲，想、要。…也，古代漢語判斷句形式之一，相當於“…是…”。得兼，能夠兼顧。

點評 生命是我所想要的，道義也是我想要的。如果兩者不能同時兼顧，那麼我捨棄生命而保全義。此言義是高於一切的東西。成語“捨生取義”，即源於此。

士見危致命，見得思義。

註釋 出自先秦《論語・子張》記子張語。致命，獻出生命。得，利益。

點評 士見有危難就會捨身赴死，見到利益就想到道義。此言士應有的崇高道德品質。

死必得所，義在不苟。

註釋 出自晉・陳壽《三國志・吳書・周魴傳》裴松之註引徐眾評。必，一定。苟，苟且、馬虎。

點評 死一定要死得有意義，為了道義而不苟且偷生。此言不必作無謂的犧牲，但也不能不顧道義而苟且偷生。也就是說，死要死得值得，活要活得有尊嚴。

投我以桃，報之以李。

註釋 出自先秦《詩經・大雅・抑》。投，投擲、贈送。報，回贈、報答。

點評 你以鮮桃贈予我，我以李子相回贈。這話是說往來贈答、禮尚往來是人與人之間或朋友之間應有的禮儀。今日所說的“投桃報李”，即由此而來。

為富不仁矣，為仁不富矣。

註釋 出自先秦《孟子・滕文公上》。為，做、行。矣，句末語氣助詞。

點評 做富人的不會行仁義，行仁義的不會富裕。此言“仁”與“富”是有矛盾的，不可得而兼之。因為富者喜歡聚斂財富、盤剝窮人，仁者喜歡仗義疏財、救濟窮人。成語“為富不仁”，即源於此，是批評富人不肯行仁義善事。

我自橫刀向天笑，去留肝膽兩崑崙。

註釋 出自清・譚嗣同《獄中題壁》。去留，指戊戌變法失敗後留下來赴難的人與前往日本避難的人。崑崙，崑崙山，此指康有為和自己。

點評 此寫在維新變法失敗後願意從容赴死的大無畏精神，認為康有為、梁啟超前往日本避難以圖將來和自己留下來為變法而死以喚醒國人都是高尚的行為，就像是兩座巍峨的崑崙山一樣。

以仁安人，以義正我。

註釋 出自漢·董仲舒《春秋繁露·仁義法》。以，用。安人，使別人安。正我，端正自己。

點評 以仁使別人安定，以義端正自己的言行。此言意在強調"行仁在於愛人、取義在於正己"的政治理念。

以仁為富，以義為貴。

註釋 出自晉·陳壽《三國志·魏書·文帝紀》裴松之註引《獻帝傳》。

點評 此言意在強調"仁"、"義"在立世為人方面的重要價值。

遺生行義，視死如歸。

註釋 出自先秦《呂氏春秋·季冬·士節》。遺，遺失、拋棄。生，生命。行義，做符合道義、正義之事。視，看待。如，像。歸，回家。

點評 為了正義的事業，可以拋棄生命，把死亡看成回家一般。此言意在提倡一種為了行義而甘棄生命的人生價值觀。成語"視死如歸"，即源於此。

志士仁人，無求生以害仁，有殺身以成仁。

註釋 出自先秦《論語·衛靈公》。志士，指有崇高理想的人。仁人，指仁德的人。無，沒有、不。以，而。

點評 有志之士與仁德之人，不會因為貪生怕死而損害仁德，只會為了完成仁德而勇於獻身。這話是孔子自述其獻身理想的願望與決心，也是對所有志在求仁、成仁之士所提出的希望。其"殺身成仁"的崇高道德追求不僅深深地激勵了中國幾千年來無數的志士仁人為正義、為理想而獻身，而且也為世人提出了一個"堅持正義與真理，俯仰無愧於天地"的做人原則。成語"殺身成仁"，亦源於此。

君子千里同風。

註釋 出自宋・普濟編《五燈會元》卷七。

點評 此言是道德高尚的君子，無論何在何處，都可為人楷模，受到人們的尊重與景仰。意在勉勵世人加強自身道德修養。

忠孝誠信

不忠不信，何以立於天地之間。

註釋 出自明・馮夢龍《東周列國志》第五十回。

點評 此言沒有“忠”與“信”，便無立足於世的資格，意在強調“忠”、“信”對於一個人處世立身的重要性。

不寶金玉，而忠信以為寶。

註釋 出自漢・戴聖《禮記・儒行》。寶，以…為寶。

點評 不以金玉為寶，而以忠信為寶。此言忠信是遠比金玉重要的。其意是提倡以忠信為做人的根本原則。

誠心，而金石為之開。

註釋 出自漢・韓嬰《韓詩外傳》。之，指誠心。

點評 心誠，那麼金石也為此而裂開。此以誇張修辭法說明心誠的力量。成語“精誠所至，金石為開”，即源於此。

大人者，不失其赤子之心者也。

註釋 出自先秦《孟子・離婁下》。大人，指道德高尚的人。其，他的。赤子之心，指像嬰兒一樣的天真純樸之心。者也，句末用以構成判斷的語氣助氣。

點評 所謂的“大人”，就是那些不失嬰兒般天真純樸之心的人。這是孟子的話，其意是在提倡赤誠為人的道德規範。

大丈夫以信義為重。

註釋 出自明・羅貫中《三國演義》第五十回。信義，指誠信、義氣。

點評 此言講誠信、講義氣是一個人能成為大丈夫的必備條件，其意是要世人堅守“信”、“義”二字為做人的基本原則。這是曹操在華容道被關羽追堵封殺時說服關羽放他一馬時所說的話，結果關羽真的感於曹操舊日之恩而放走了曹操。其言之所以能使關羽置軍師諸葛亮的軍令於不顧，就在於關羽本是義氣干雲之人。中國人自古以來之所以那麼推崇關羽，甚至關羽被封為關帝，原因也是由於關羽的忠義。

父母在，不遠遊，遊必有方。

註釋 出自先秦《論語・里仁》。方，指確切的方位、去向。

點評 父母健在，不遠遊他鄉。如果迫不得已一定要遠出，也要告知父母確切的去向。這是孔子教導天下為人之子者的名言。雖然今天不一定適用，但是“兒行千里母擔憂”的道理，還是千古不易的。

父母之年，不可不知也。一則以喜，一則以懼。

註釋 出自先秦《論語・里仁》。年，年齡。也，語氣助詞。一，一方面。以，而。懼，害怕、擔心。

點評 父母的年齡，做子女的不能不知道。一來為他們的健康長壽而高興，一來為他們垂垂老矣而擔憂。這是孔子告知天下人如何做子女的明訓。

疾風知勁草，板蕩識誠臣。

註釋 出自唐・李世民《賜蕭瑀》。疾，快、迅猛。勁，剛勁有力。板蕩，指代亂世。《詩經》中有《板》、《蕩》二篇，皆是反映亂世社會的，故後世常以此二篇指代亂世與社會動盪。誠臣，忠臣。

點評 此以疾風與勁草的關係為喻，說明了亂世中才能顯示出忠臣的本色。後句多用以說明這樣一個做人的道理：一個人的人格節操只有在最艱難的情況下才能顯現出來。與俗語“路遙知馬力”有相通之處，與“滄海橫流，方顯出英雄本色”同義。

祭之豐，不如養之薄也。

註釋 出自宋・歐陽修《瀧岡阡表》。之，放在主謂語之間，取消句子的獨立性。也，句末語氣助詞。薄，菲薄。

點評 與其死後祭祀豐厚，不如在他生前予以適當的奉養。此言意在強調對待父母要重奉養、輕厚祭，孝敬父母要在其生前。

教民親愛，莫善於孝；教民禮順，莫善於悌。

註釋 出自先秦《孝經·廣要道》。莫，沒有。善於，比…好。禮順，恭敬、順從。悌，敬重兄長。

點評 教導民眾相親相愛，沒有比君王自己親身行孝更好的了；教導民眾恭敬順從，沒有比君王自己敬愛兄長作出榜樣更好的了。這是孔子就君王“行孝”對治國化民的作用所發表的見解。強調的是君王應該躬行孝道，禮敬他人，為天下作出榜樣，從而達到移風易俗、安定天下的目標。

老者安之，朋友信之，少者懷之。

註釋 出自先秦《論語·公冶長》。老者，老年人。安，安定、安樂。之，指示代詞。信，信任。少者，年幼者。懷，愛護、照顧。

點評 使老人安樂地度過晚年，使朋友之間都能互相信任，使年幼者都能得到關愛照顧。這是孔子跟學生所表達的自己的志向，既表現了他一以貫之的政治理想，也體現了他個人崇高的精神境界與人格魅力。

立身行道，揚名於後世，以顯父母，孝之終也。

註釋 出自先秦《孝經·開宗明義章》。立身，指生活於世上。道，指儒家所說的真理道義。顯，彰顯。之，的。終，終極。…也，古漢語判斷句形式之一，相當於“…是…”。

點評 立身於世，踐行道義，揚美名於後世，以彰顯父母之名，這是孝的終極目標。此言做出成就、有益於社會，才是最大的孝道。

馬先順而後求良，人先信而後求能。

註釋 出自漢·劉安《淮南子·說林訓》。

點評 看馬要先看牠是否馴服，然後再考察牠是否有日行千里的能力；用人要先看他是否有誠信，然後再考察他是否有才能。此以求馬先求順為喻，形象地説明了一個用人的道理：一個人才的誠信品質比他的能力更重要，如果沒有誠信，他的能力越強，做出的壞事就越多，危害就越大；就像一匹駿馬，如果不溫馴，跑得越快，就會摔人越重。

面譽者不忠，飾貌者不情。

註釋 出自漢・戴德《大戴禮記・文王官人》。面譽者，當面討好奉承他人的人。飾貌，掩飾真情的人。不情，不是真情，即不誠實。

點評 當面説好話的人是沒有忠信的，掩飾真情的人是沒誠信的。此言為人要講忠、誠，但不能虛情假義、矯裝掩飾。“當面譽人是小人，背後讚人是君子”，也是此意。

人之行，莫大於孝。

註釋 出自先秦《孝經・聖治》。之，的。行，品行。莫，沒有。

點評 人的品行，沒有比孝顯得更重要了。這是孔子強調“孝”在人的品德修養中的首要地位。今天雖然不再把“孝”上升到政治層面予以強調，但是“孝”作為一個人基本的品行與行為規範，則是必須堅守的道德底線。

人而無信，不知其可也。大車無輗，小車無軏，其何以行之哉？

註釋 出自先秦《論語・為政》。而，如果。其，他。可，此指怎麼樣。大車，指牛車。輗，牛車轅端與衡（即車轅前橫木）相接的關鍵（活鍵）。小車，指馬車。軏，馬車車轅前端和車衡相銜接的關鍵（即木銷）。何以，怎麼。行，走。哉，疑問語氣詞，相當於“呢”。

點評 一個人如果沒有誠信，不知他能做出甚麼來？就像牛車沒有輗，馬車沒有軏，如何能夠馳騁向前進呢？這是孔子以牛車、馬車軸承的重要性比喻人有誠信的重要性，形象生動，有力地闡明了誠信對於一個人立身處世的重要性。

上好信，則民莫敢不用情。

註釋 出自先秦《論語・子路》。則，那麼。莫，沒有。情，真實的情況。

點評 統治者喜歡講誠實，那麼老百姓就沒人不説真心話而弄虛作假。此言講誠信要從統治者自己做起，要以身作則、率先垂範，才能影響民眾與社會風氣。

慎終追遠，民德歸厚矣。

註釋 出自先秦《論語・學而》。慎終，謹慎地料理好父母的喪事。追遠，恭敬地祭祀祖先。民德，民心。歸厚，歸於忠厚。矣，句末語氣助詞，相當於"了"。

點評 謹慎地料理好父母的喪事，恭敬地祭祀祖先，這樣就能使民心歸於淳厚了。這是孔子學生曾子的話，其意是強調孝道對統治人民的作用。

受人之託，忠人之事。

註釋 出自明・馮夢龍《警世通言・王嬌鸞百年長恨》。

點評 接受了別人的請託，就要信守諾言，替人完成所請託之事。此言承諾之事應該兑現，不可失信於人。

信，國之寶也，民之所憑也。

註釋 出自明・馮夢龍《東周列國志》第三十八回。…也，古代漢語判斷句的一種形式，相當於"…是…"。憑，憑藉，此指依靠。

點評 信任是國家之寶，也是人民的依靠。此言堅守"信"的原則對於治國安邦的重要性。

言必信，行必果。

註釋 出自先秦《論語・子路》。言，説話。必，一定。信，誠信。行，做事。果，果斷。

點評 説話一定要有誠信，做事一定要果決。這是孔子對"士"所提出的最低的要求。"言必信"，就是説話算數。其實這一點不僅是"士"應當做到，也是所有人應有的基本品德。"行必果"，就是做事不要優柔寡斷。這是一個人能夠處世成功的關鍵因素之一。

言不可食，眾不可弭。

註釋 出自先秦《國語・晉語二》。食，此指不算數。弭，消除、停止。

點評 說話不能不算數，否則老百姓的怨恨就難以消除。此言統治者治國安邦務必要信守諾言。

自古皆有死，民無信不立。

註釋 出自先秦《論語・顏淵》。無信，不信任。立，指國家成立、存在。

點評 自古以來任何國家都有餓死人的事，因此死並不可怕，怕的是一個國家的人民不相信政府。如此，則這個國家就危險了。這是孔子在回答學生子貢有關“食”、“兵”、“信”三者哪一個更重要時所發表的政治見解。孔子認為，對於一個國家，人民有飯吃（即“足食”）、軍備充足（即“兵足”）、人民能信任政府（即“民信之”）都很重要，但是如果三者之中迫不得已非要除掉兩項，首先是“去兵”（裁撤軍隊），其次是“去食”（捨棄糧食，即人民的溫飽），但是“民信之”這一條不能除。因為人民對政府不信任，這個國家就根本不能成立了。

自古驅民在信誠，一言為重百金輕。

註釋 出自宋・王安石《商鞅》。驅民，管理人民。

點評 此乃通過詠歎戰國秦相商鞅為了取信於民而推行新法，以百金讓老百姓扛木之事，生動地說明了一個治國安邦的道理：要想令行禁止，要想推行統治者的治國理念，實現統治者的意志，最重要的便是取信於民。

智勇剛毅

聰者聽於無聲，明者見於無形。

註釋 出自漢・班固《漢書・伍被傳》引古語。聰，指耳朵靈敏。明，指眼睛好。

點評 耳靈的人能在無聲之中聽出聲音，眼尖的人能在事物處於細微狀態下就能發現。此以眼耳看物聽聲為喻，說明最聰明的人能防患於未然，觀察事物、為人處事要有預見性。

大膽天下去得，小心寸步難行。

註釋 出自明・馮夢龍《警世通言・趙太祖千里送京娘》。

點評 此以行路為喻，闡明了這樣一個做人的道理：人只要有勇氣，就能做成大事；過分謹慎怕事，便會一事無成。從歷史上看，事實也確是如此。漢高祖劉邦、明太祖朱元璋等許多朝代的開國帝王之所以成功，就是因為他們有一無所懼的勇氣，敢為天下先，故能成其事。相反，中國歷史上也曾有諸如黃巢等文人造反之事，但最終都沒成就大業，究其原因就在於他們勇氣不足，臨事優柔寡斷。俗語"秀才造反，十年不成"的話，說的正是這個道理。

明者遠見於未萌，而智者避危於無形。

註釋 出自漢・司馬相如《上書諫獵》。

點評 明智者在事情還未萌芽時就已預見到，智慧者能在危險還未構成時便已避開了。此言能夠防患於未然的人才算得上是明智慧之人。

輕死以行禮謂之勇，誅暴不避強謂之力。

註釋 出自先秦《晏子春秋・內篇・諫上》。以，因為。謂，叫做。

點評 因為按禮行事而置生死於度外，這叫做勇；誅罰強暴、扶小濟弱，這叫做力。此言出於正義、維護真理的武力行為，才能算是有勇力。

柔亦不茹，剛亦不吐。

註釋 出自先秦《詩經・大雅・烝民》。茹，吃。

點評 軟的也不吃進去，硬的也不會吐出來。此以吃物為喻，說明做人不能欺軟怕硬，要有原則性。

捨得一身剮，敢把皇帝拉下馬。

註釋 出自清・曹雪芹《紅樓夢》第六十八回。剮，中國古代一種極刑，把人體割碎。

點評 此以捨身而冒犯皇帝為喻，生動形象地闡明了這樣一個道理：只要有豁出去的勇氣，便甚麼事都敢做。意謂做大事要有過人的大膽量。

雖千萬人，吾往矣。

註釋 出自先秦《孟子・公孫丑上》孟子引曾子之語。雖，即使。吾，我。往，前進。矣，句末語氣助詞。

點評 即使敵方有千軍萬馬，我也會勇往直前。這是曾子的話。表現的是一種為正義事業臨危不懼、勇往直前的大無畏獻身精神。

畏首畏尾，身其餘幾？

註釋 出自先秦《左傳・文公十七年》引古語。

點評 顧頭顧尾，中間還剩餘多少？此乃動物的本性為喻，說明了這樣一個道理：一個人過於謹慎，沒有一點豁出去的勇氣，那麼他將一事無成。意在鼓勵人們努力進取、奮勇而前。

下下人有上上智。

註釋 出自《六祖法寶壇經・行由》。

點評 此言地位極低的人也會有極其高的智慧。此與“智者千慮，必有一失；愚者千慮，必有一得”的格言有相通之處。意謂不要輕視地位低的人，智慧的高低是與地位高低沒有必然聯繫的。

一人投命，足懼千夫。

註釋 出自先秦《吳子·厲士》。投命，拚命。足懼，足以讓畏懼。千夫，千人。

點評 一人拚命，千人畏懼，這便是勇氣的力量。因此，春秋時代曹劌論戰說"戰者，勇氣也"，正是這個意思。戰爭與打鬥，靠的都是血氣之勇，自古皆然。

勇者不逃死，智者不重困。

註釋 出自南朝宋·范曄《後漢書·寇榮傳》。重困，第二次陷入困境。

點評 此言勇者是不會臨難而避死的，智者是不會第二次陷入同樣的困境的。意謂勇者為了維護正義真理，早已看淡了生死問題；智者之所以為智者，是因為他善於吸取經驗教訓而不犯同樣的錯誤。

愚者有備，與知者同功。

註釋 出自漢·劉安《淮南子·人間訓》。知，通"智"。

點評 愚蠢平庸的人做事有準備，能與有智慧的人取得相同的成就。此言凡事預作準備的重要性。

知者不惑，仁者不憂，勇者不懼。

註釋 出自先秦《論語·子罕》。知，通"智"。者，（的）人。惑，困惑。憂，憂愁。懼，怕。

點評 智慧的人沒有困惑，仁愛的人沒有憂慮，勇武的人不會膽怯。此言"智"、"仁"、"勇"的三種不同境界，也是孔子對"君子"所作的三個方面的要求。按照孔子的說法，只有同時兼具"智"、"仁"、"勇"三種品德者，才能稱為君子。

知者不倍時而棄利，勇士不怯死而滅名。

註釋 出自《戰國策·齊策六》。知，通"智"。倍，通"背"，違背。

點評 此言智者不會放過良機而去爭取所想獲取的利益，勇士不會因為怕死而錯過成名的機遇。意謂智者獲利、勇者成名，都要善於抓住機會。

知人者智，自知者明。

註釋 出自先秦《老子》第三十三章。

點評 對別人有深刻了解的，這是有智慧的人；對自己有清楚了解的，這叫明白人。此言知人、知己才是明智之人。孫子兵法在強調“知己知彼，百戰不殆”的戰略原則時，將“知己”置於“知彼”之前，這是因為自己身在局內，當局者迷，最難看清自己。俗語“旁觀者清，當局者迷”，說的正是此理。至於成語“自知之明”，更是強調這一點，其來源也由此。

智莫大於闕疑，行莫大於無悔。

註釋 出自漢・劉向《說苑・談叢》。闕疑，存疑，對於不明白的事不忙於下結論。

點評 最大的智慧是對於有疑問的事情不忙於匆匆下結論，姑且先擱置一下；最明智之舉是對所要做的事認真考慮後再付諸行動，做完之後沒有後悔。此言最明智的人慮事周密、處事周到，不匆忙行事，就不會有後悔之事。

智者千慮，必有一失；愚者千慮，必有一得。

註釋 出自漢・司馬遷《史記・淮陰侯列傳》。必，一定、必定。

點評 再有智慧的人考慮得再周到也會有不周之處，再愚蠢的人多作思考也會有獨到的心得與出人意表的好主意。意謂有智慧是相對的，不可輕視平常人甚至愚笨之人的智慧，要有寬大的胸懷察納雅言，集思廣益。此語源《晏子春秋・內篇雜下十八》“聖人千慮，必有一失；愚人千慮，必有一得”。“千慮”、“一得”、“一失”，都是虛指，強調的是“極多”與“極少”之意。

智足以周知，仁足以自愛。

註釋 出自宋・蘇軾《賀歐陽少師致仕啟》。周，周遍、全部。

點評 有智慧的人足可以了解一切，有仁義之心者足可以自我節制、自我珍重。此言智、仁的兩種不同境界。

智貴乎早決，勇貴乎必為。

註釋 出自宋·蘇軾《代侯公說項羽辭》。貴乎，貴於、可貴處在於。

點評 有智慧的人貴於早作決斷，勇敢的人貴於知道應該做的事就一定去做。此言智者貴於有預見，並早作謀劃；勇者貴於當做必做，決不優柔寡斷。

志士不忘在溝壑，勇士不忘喪其元。

註釋 出自先秦《孟子·滕文公下》。不忘，不怕。其，他的。元，頭、腦袋。

點評 為了堅持正義，有志之士不怕棄屍溝壑，勇敢之士不怕掉腦袋。這是孟子的名言，曾激勵着中國歷代無數的志士、仁人為堅持正義、追求真理而奮不顧身。

育才用人

安危在出令，存亡在所任。

註釋 出自漢・司馬遷《史記・楚元王世家》引古語。出令，指所制定的法令。所任，指所任用的官員。

點評 國家安危在於法令的制定是否得當，國家的存亡在於所任用的人才是否稱職。這是強調法令與人才在治國安邦中的重要性。

不以求備取人，不以己長格物。

註釋 出自唐・吳兢《貞觀政要・任賢》。求備，要求完美。格，糾正、要求。

點評 此言選拔任用人才要從大處看人，不可求全責備，以完人要求所選拔的人才，如此便會選拔不出人才；選拔任用人才的當權者自己才高過人固然可貴，但切不可以自己的長處要求所有被選拔者，否則也是選拔不出人才的。

不以人之所短棄其所長。

註釋 出自晉・陳壽《三國志・吳書・諸葛恪傳》。以，因。短，指缺點或短處。長，指優點、長處。

點評 此言選拔或任用人才要着眼於大的方面，不能只看到被選拔對象的小的缺點而忘了他的大優點。如果優點是主要的，缺點是次要的，那麼就應該毫不猶豫地予以錄用，切不可因噎廢食，因小棄大，放棄了一個優秀可用的人才。

大匠無棄材，尋尺各有施。

註釋 出自唐・韓愈《送張道士》。大匠，指高明的木匠。尋，八尺，指代大材。尺，指代小材。

點評 在高明的木匠手裏是沒有甚麼廢棄不能用的材料，大材小材都各有其獨到的作用。此乃以比喻修辭法，以材料比人才，形象生動地闡明了這樣一個用人的道理：人才有各種各樣，雖然有高下優劣之分，但卻沒有有用與無用之説。只要用人者善用其長，即使是雞鳴狗盜之徒也能發揮出其他人才所不可比擬的大作用。

得十良馬，不若得一伯樂；得十良劍，不若得一歐冶；得地千里，不若得一聖人。

註釋 出自秦·呂不韋《呂氏春秋·不苟論·讚能》。不若，不如。伯樂，春秋時代秦國人，善於相馬。歐冶，即歐冶子，春秋時代越國人，善鑄劍。聖人，指傑出的人才。

點評 得到十匹駿馬，還不如得到一個善相馬的伯樂；得到十把寶劍，還不如得到一個善鑄劍的歐冶；得土地千里，還不如得到一個能治國安邦的英才。此以引喻修辭法，通過得駿馬不如得伯樂、得寶劍不如得歐冶作類比，形象有力地説明了求取英才對於治國安邦的重要性。

芳林新葉催陳葉，流水前波讓後波。

註釋 出自唐·劉禹錫《樂天見示傷微之敦詩晦叔三君子皆有深分因成是詩以寄》。芳，花草。

點評 此以花草樹木之葉的新陳代謝、流水後浪推前浪為喻，形象地説明了人才也有新舊交替的道理。意在勸人要有扶植年輕人、培養後進的雅量。

官在得人，不在員多。

註釋 出自唐·吳兢《貞觀政要·擇官》註引《通鑒》載唐太宗語。

點評 此言選任官員關鍵在於得當，而不在人多。

海產明珠，所在為寶；楚雖有才，晉實用之。

註釋 出自晉·陳壽《三國志·吳書·張紘傳》裴松之註引《吳書》。所在，所到之處。實，句中語氣助詞，用以加強語氣，無義。

點評 產於海中的明珠，所到之處都被視為寶物；人才雖然產於楚國，但晉國也可以任用他們。此以明珠人人以為寶為喻，形象生動地說明只要是人才就會到處受歡迎，到處有人用，不受國別和地域的限制。

後生可畏，焉知來者之不如今也？

註釋 出自先秦《論語・子罕》。後生，指年輕人。畏，敬畏。焉，怎麼。來者，後來者，即年輕人。之，放於主謂語之間，取消句子的獨立性。今，指現在的人。也，語氣助詞。

點評 年輕人是可敬畏的，怎麼知道他們就不如這些老人呢？這是孔子對年輕人的評價，也是對年輕人的鼓勵，突出地表現了孔子關愛、獎掖年輕人的長者仁者風範。成語"後生可畏"，即源於此。

黃金累千，不如一賢。

註釋 出自《意林》引《傅子》。累千，指極多。

點評 再多的黃金，也抵不上一個賢才。此以黃金與賢才對比，強調了賢才難得之意。

家貧則思良妻，國亂則思良相。

註釋 出自漢・司馬遷《史記・魏世家》。則，就。思，想念。良相，代指傑出的治國人才。

點評 此以"家貧思良妻"作比，說明了國家處於危急狀態下傑出的治國英才對於"挽大廈之將傾"的作用。其意是強調傑出人才的作用只有在危急關頭才能淋漓盡致地表現出來。

教之、養之、取之、任之，有一非其道，則足以敗亂天下之人才。

註釋 出自宋・王安石《上皇帝萬言書》。之，指代人才。道，方法。則，那麼。

點評 教育人才、培養人才、選拔人才、任用人才，其中有一個環節的方法有錯誤，那麼就足以毀掉天下的人才。此言對於人才的教育、培養、選擇、任用等環節，統治者都要認真對待，不可犯錯，否則治國安邦便會無才可用。

舉爾所知。爾所不知，人其捨諸？

註釋 出自先秦《論語・子路》。舉，舉薦。爾，你。知，了解。其，句中語氣助詞。捨，捨棄。諸，之乎。之，指他。乎，疑問代詞，相當於"嗎"。

點評 舉薦你所了解的人。你不了解的人，由他人舉薦（即難道別人會捨棄他嗎）。這是孔子教育學生仲弓舉才用賢的方法。

君子用人如器，各取所長。

註釋 出自宋・司馬光《資治通鑒・唐紀八・貞觀元年》。

點評 這是唐太宗與封德彝談舉賢時所說的話，意謂任用人才不必求全責備，取其所長，授之以相應的職位，把事情辦好，就是人盡其才了。不同的人才就像形狀大小各不相同的器皿，本身沒有甚麼高下優劣之分，只要使用者用得恰當，那就是最好的。這一用人觀既可見出唐太宗用人的明智，也體現了其用人的器量與胸襟。

君子不以言舉人，不以人廢言。

註釋 出自先秦《論語・衛靈公》。君子，此指地位高的人，即當政者。以，因為。舉，舉薦、提拔。言，前一個"言"指言談，後一個"言"指正確的意見。廢，黜棄。

點評 君子當政，不因為一個人的一句話而提拔或舉薦他，也不因他的人品不好而廢棄他的正確的意見。此言君子舉賢用人要實事求是，不能感情用事。這是孔子談如何選拔人才的言論，顯示了他用人的雅量與胸襟。

良弓難張，然可以及高入深；良馬難乘，然可以任重致遠。

註釋 出自先秦《墨子・親士》。張，拉開。及高，到達高處。入深，射到深處。任重，負重。致遠，到達遠方。

點評 好弓不易拉，但可以射得高、射得深；駿馬不好騎，但可以負重而至千里。此以良弓難張、良馬難騎為喻，形象生動地說明了這樣一個人才任用的道理：真正優秀的人才都是既有獨到的見解與才幹，也有特立獨行的個性。雖然不易任用，更不易駕馭，但卻能真正把事情辦好，能夠做成大事業。因此，當權者、用人者必須要有雅量，要有容人之心。

內稱不辟親，外舉不辟怨。

註釋 出自先秦《禮記・儒行》。稱，稱讚，此指舉薦。辟，同“避”。

點評 舉薦人才內不避親近之人，外不避仇怨之人。此言為國舉才薦賢要依有沒有才能為依據，而不能以關係親疏而定。

偏聽生奸，獨任成亂。

註釋 出自漢・司馬遷《史記・魯仲連鄒陽列傳》。

點評 偏聽一面之辭，就會生出奸情；只任用一個人，就會釀成禍亂。此言治國不能偏聽偏信，防止被奸人迷惑；也不能過分信任某一個人，讓他權利過大，以致尾大不掉，導致禍亂。

千金何足惜，一士固難求。

註釋 出自元・迺賢《南城詠古》。

點評 此言真正傑出的人才是不能用金錢的價值來衡量的。其意是推崇人才在治國安邦中的獨特作用。

千里馬常有，而伯樂不常有。

註釋 出自唐・韓愈《雜説》之四。伯樂，春秋時代秦國人，善相馬。

點評 此以千里馬與伯樂的關係為喻，説明人才易得而慧眼識人者難得的道理。

求賢若不及，從善如轉圜。

註釋 出自宋・蘇軾《呂惠卿責授建寧軍節度使副使本州安置不得簽書公事》。轉圜，轉動圓形之物，喻極易而無阻。

點評 訪求賢才就像是來不及一樣，聽取有益的建言就像是轉動圓物那樣順暢自然。此言賢明之君對於人才、諫言的明智態度。

取士之方，必求其實；用人之術，當盡其材。

註釋 出自宋·歐陽修《詳定貢舉條狀》。之，的。方、術，皆指方法。

點評 選拔人才的方法，一定要所選之人具有真才實學；用人的方法，應當將人才放到最適當的位置，以使其充分發揮其才幹。此言選拔人才要重在才學，任用人才要人盡其才。

身賢者，賢也；能進賢者，亦賢也。

註釋 出自漢·劉向《說苑·臣術》。…者，…也，古代漢語的一種判斷句形式，相當於"…是…"。身，自身、自己。進，推薦。亦，也。

點評 自己賢能，是賢者；能夠推薦賢才的，也是賢者。此言薦賢與自賢對於國家來說具有同等重要的意義。

十步之間，必有茂草；十室之邑，必有俊士。

註釋 出自漢·王符《潛夫論·實貢》。

點評 十步之內，一定會有茂盛之草；即使是只有十戶人家的小城，也一定不乏有才之人。此以茂草與俊士並舉，以引喻修辭法，生動形象地說明了只要有任用賢才之心，世上是不難發現賢能之人的。

識珍者必拾濁水之明珠，賞氣者必採穢藪之芳蕙。

註釋 出自《意林》引《抱朴子》。穢藪，指污穢聚集之地。蕙，蕙蘭。

點評 真正識珠者一定能從濁水中找尋到明珠，真正懂得鑒別氣味者一定能從污穢聚集之地採摘到香氣異常的蘭草。此以從濁水、穢藪中尋珠覓蘭為喻，生動形象地說明了真正傑出的人才往往藏於社會的底層，成長於艱苦的環境之中。

時危始識不世才。

註釋 出自唐·杜甫《寄秋明府博濟》。不世才，難得一見的人才。

點評 此言只有在危難之時才能知道誰是真正難得的人才。今天常說"滄海橫流，方顯出英雄本色"，正是此意。

試玉要燒三日滿，辨材須待七年期。

註釋 出自唐・白居易《放言五首》。

點評 前句是說，是不是真玉，燒滿三日便知。後句是說，是豫木（枕木）還是章木（樟木），要長到七年才能分辨得出來。這兩句是以比喻修辭法，生動形象地說明了這樣一個道理：一個人要有高尚的節操，是要經過一定的磨練；一個人是否有才能，是要經過長期的觀察。俗語"真金不怕火來煉"、"路遙知馬力，日久見人心"，所說的意思皆與此相通。

世有伯樂，然後有千里馬。

註釋 出自唐・韓愈《雜說》之四。伯樂，即春秋時代的孫陽，善於相馬。

點評 此言千里馬雖然客觀上是存在於世的，可是在沒有伯樂出現時，是沒人知道哪匹馬是千里馬。此以相馬為喻，說明世上的人才多的是，只是需要有慧眼識人的人去發現。

世上豈無千里馬，人間難得九方皋。

註釋 出自宋・黃庭堅《過平輿懷李子先時在并州》。九方皋，古代善於相馬的人。

點評 此以千里馬與九方皋的關係為喻，說明優秀的人才並不難得，難得的是能慧眼識才者。

使雞司夜，令貍執鼠，皆用其能。

註釋 出自先秦《韓非子・揚權》。司，負責、掌管。貍，此指貓。執，捉。

點評 讓公雞負責打鳴報時，讓貓捉鼠，這都是發揮其特長。此以雞報時、貓捉鼠為喻，形象生動地說明了這樣一個任人的道理：人各有不同的才能，關鍵要用其所長，在關鍵時刻發揮作用。

他山之石，可以攻玉。

註釋 出自先秦《詩經・小雅・鶴鳴》。攻，琢治。

點評 此以他山之石也可用來雕琢玉器為喻，來說明他國人才也能為己所用。形象生動，說明力強。後世由此引申，也有借鑒別人的經驗為己所用之意。

天將降大任於是人也，必先苦其心志，勞其筋骨，餓其體膚，空乏其身，行拂亂其所為，所以動心忍性，曾益其所不能。

註釋 出自先秦《孟子‧告子下》。降，託付。大任，重大的職責。是人，這個人。也，句末語氣詞。必，一定。苦，使…苦。心志，心、心理、思想。勞，使…勞累。餓，使…飢餓。空乏，使…困乏。拂亂，擾亂。曾，同“增”。

點評 上天要將重大的職責託付給這個人，那麼一定會讓他精神備受痛苦，筋骨備受勞頓，腸胃備受飢餓之苦，身體備受困乏之累，並使他的每一個行動都受到干擾而不如意。以此來震動他的心意，堅韌他的性情，增強他的能力。這是孟子關於如何歷練人才的名言。今天說傑出的人才只有在逆境中才能成長起來，人要成大器，必須經受歷練甚至磨難，也是這個意思。

危莫危於任疑。

註釋 出自《素書‧本德宗道章》。莫，沒有。任疑，任用有疑問、不可靠的人。

點評 最大的危險沒有比任用有問題的人更大。此言任用有問題的人會造成不可挽回的損失，因此務須避免。

我勸天公重抖擻，不拘一格降人才。

註釋 出自清‧龔自珍《己亥雜詩》。天公，指最高統治者。抖擻，指振作。降人才，選拔人才。

點評 此乃詩人對清朝統治者所發出的不拘一格選拔人才的強烈呼聲。

宣父猶能畏後生，丈夫未可輕年少。

註釋 出自唐‧李白《上李邕》。宣父，指孔子。猶，還。畏後生，語出於《論語‧子罕》載孔子語“後生可畏，焉知來者不如今也”。丈夫，指有識之士。

點評 連聖人孔子都知道敬畏年輕人，那麼，如果他是有識見者，他還有甚麼理由輕視年輕人呢？此以孔子敬畏後生為例，說明有見識的人是不會輕忽年輕人的。年紀大小與才能才幹如何並沒有直接關係。

選士用能，不拘長幼。

註釋 出自晉・陳壽《三國志・蜀書・秦宓傳》。

點評 選拔人才、任用能人，不可拘泥於年齡的大小。此言選用人才要唯才是舉，要突破世俗的舊框框。

以天下與人易，為天下得人難。

註釋 出自先秦《孟子・滕文公上》。與，給。得人，選擇傑出的治世之才。

點評 把天下讓給別人容易，但是為天下選擇一個可以治國安邦的人才則就不易了。這是孟子關於國君之德的觀點，其意是強調國君不僅要有讓賢之心，更要有為國舉賢的雅量，這才是真的大公無私。

以天下之大，託於一人之才，譬若懸千鈞之重於木之一枝。

註釋 出自漢・劉安《淮南子・說林訓》。譬若，好像。千鈞，喻指極重之物。鈞為古代重量單位，三十斤為一鈞。木，樹。

點評 以偌大的一個國家託付給一個有才能的人，就好比將千鈞之重的物體懸掛於一根樹枝之上。此乃以掛重物於樹枝為喻，形象生動地說明了這樣一個用人的道理：國家安危事大，無論一個人的才能有多大，也包攬不了天下之事。因此，治國安邦一定要充分發揮各種不同人才的作用，讓大家協同努力，切不可指望個別能人幹才。與"不能將所有的雞蛋放在一個籃子裏"有異曲同工之妙。

一年之計，莫如樹穀；十年之計，莫如樹木；終身之計，莫如樹人。

註釋 出自先秦《管子・權修》。之，的。計，計劃、謀劃。莫如，不如。樹穀，種植穀物。樹木，植樹。樹人，培養人才。

點評 “樹穀”、“樹木”關係到人的溫飽生計，固然是重要的，但是相比於培養人才，則其重要性要顯得輕得多。此是以“層遞”修辭法，逐層鋪墊，以強調人才培養在治國安邦方面獨一無二的重要性。今日強調辦教育的重要性時常說一句名言：“十年樹木，百年樹人”，即源於此。

英雄者，胸懷大志，腹有良謀，有包藏宇宙之機，吞吐天地之志者也。

註釋 出自明·羅貫中《三國演義》第二十一回。…者，…也，古代漢語判斷句形式之一，相當於“…是…”。

點評 這是曹操與劉備“青梅煮酒論英雄”時對英雄所下的定義。意謂英雄人物既要有宏大的志向，也要有過人的智謀，更要有氣吞山河的氣勢與魄力。

用人不以名譽，必求其實。

註釋 出自宋·歐陽修《太尉文正王公神道碑銘》。

點評 任用人才務必不要被其人所謂的名譽所影響，一定要詳細考察其實際的才學。此言所謂的名譽是靠不住的，一個人的名譽好壞與其才幹大小並不成正比例；用人是為了做事，因此用人應該以真才實學為第一考量。

用人之道，要在不疑。

註釋 出自宋·歐陽修《論任人之體不可疑劄子》。之，的。道，方法。要，關鍵。

點評 任用人才的方法，關鍵是用而不疑。此言用人要有一顆誠懇不疑的心，這樣所用的人才才會一心一意為其效力。否則，用人者三心二意，疑神疑鬼，不能放手讓被用的人施展才幹，事情肯定辦不好。同時，被用的人因用人者對自己有疑慮，勢必產生不被信任的屈辱感，如此做事勢必就會三心二意，才不為其所用，事情也是辦不好的。今日常說“用人不疑，疑人不用”，正是這個意思。

用人之知去其詐，用人之勇去其怒，用人之仁去其貪。

註釋 出自先秦《禮記・禮運》。知，通"智"。詐，欺詐。去，摒棄、揚棄。貪，此指濫、過分。

點評 任用有智慧的人，要注意發揮其機智的長處，去其因機智而可能衍生的奸詐因素；任用勇武的人，要充分發揮其勇氣可嘉的優點，去其因血氣之勇而容易動怒的缺點；任用仁德之人，既要看到其博愛天下的胸懷，也要防止其濫愛而縱容了惡人。此言任用人才要取其長而去其短，從而充分發揮所用人才的最大效益。

有非常之人，然後有非常之事；有非常之事，然後有非常之功。

註釋 出自漢・班固《漢書・司馬相如傳》。非常之人，指傑出的人才。非常之事，指重大的事。非常之功，指巨大的功勞。

點評 此言有才能超群的人，才能做出驚天動地的大事；有驚天動地的大事，才能成就蓋世奇功。此以修辭學上的"頂真"修辭法，非常嚴密地闡述了人、事、功之間的關係。

玉經琢磨多成器，劍拔沈埋便倚天。

註釋 出自五代・王定保《唐摭言・慈恩寺題名遊賞賦詠雜記》。倚天，指倚天之劍，即寶劍。

點評 玉經過打磨才能成器，劍從沉埋於深泥中拔出而仍完好無損便是寶劍。此以玉、劍為喻，形象地説明了真正傑出的人才是要經過磨練甚至艱難的考驗。

治世不得真賢，譬猶治病不得真藥也。

註釋 出自漢・王符《潛夫論・思賢》。真賢，真正傑出的人才。譬猶，好像。也，句末語氣助詞，幫助判斷。

點評 治理國家得不到真正傑出的人才，就好比是治病沒有得到有效的藥一樣。此以治病得藥為喻，形象地説明了治國要用英才的道理。

只看後浪催前浪，當悟新人換舊人。

註釋 出自宋・釋文珦《過苕溪》。

點評 此言一個人只要觀察一下後流推前浪的自然現象，就應該領悟到老人要被年輕人所替代的道理。意在勸人要有前賢讓後賢、獎掖後進的雅量。

擇之以才，待之以禮。

註釋 出自宋·蘇洵《廣士》。

點評 此言選拔人才應以才能為標準，對待人才以禮為先。

學習教育

半畝方塘一鑒開，天光雲影共徘徊。問渠那得清如許，為有源頭活水來。

註釋 出自宋・朱熹《觀書有感二首》之一。鑒，鏡。渠，它。那，哪。如許，如此、這樣。為，因為。

點評 前二句寫景，言池塘雖小，僅有半畝，但卻清流深幽，天光雲影都反映於其中。後二句是評論，說出了塘小而景美的原因：因為有活水從源頭滾滾而來，故水清而深，能夠映出天光雲影。"清如許"，既指池水之清，也包含了池水深幽之意。因為若池水不深，則不能照出天光雲影。"半畝方塘"，還有隱喻"書本"之意，這也是詩所要表達的深層意蘊。也就是說，詩人所要寫的並不是池塘之景，而是說讀書明理的樂趣。

飽食、暖衣、逸居而無教，則近於禽獸。

註釋 出自《孟子・滕文公上》。則，那麼。

點評 吃得飽、穿得暖、住得安逸而不接受教育，那麼這種人活在世上就與禽獸差不多。此言意在強調學習對於人的重要性。

飽食終日，無所用心，難矣哉！

註釋 出自先秦《論語・陽貨》。飽食，吃得飽。終日，整天。無所用心，不動腦筋、不思考問題。矣，語氣助詞。哉，感歎語氣詞，相當於"啊"。

點評 整天吃得飽飽的，甚麼也不想，要想有所成就，難啊！這是孔子教育學生的話。認為一個人生活條件優越，就會滋生懶惰思想，變得滿足現狀，不思進取，最終便無所成就。其意是勸人當奮發有為，逆境成才。

博學而篤志，切問而近思，仁在其中矣。

註釋 出自先秦《論語‧子張》。博學，廣泛地學習。篤，堅定。篤志，堅守志向。切問，懇切地提問。近思，考慮自己力所能及的事。矣，了。

點評 廣泛地學習各種知識，堅守自己的志向，對於不懂的事要懇切地求教他人，並常常思考自己力所能及要做的事，那麼仁德也就在其中了。這是孔子學生子夏的話，講的自我修養的四個方面。成立於 1905 年的中國著名高等學府復旦大學選取“博學而篤志，切問而近思”十個字為校訓，至今仍激勵着一代又一代莘莘學子。

博學之，審問之，慎思之，明辨之，篤行之。

註釋 出自先秦《禮記‧中庸》。之，指學習考察的對象。審問，詳盡的詢問。慎思，謹慎地思考。明辨，清楚地辨析。篤行，堅定地履行、實踐。

點評 廣泛地學習，以窮通天下古今之理；詳盡地詢問，以解決學習中的困惑；謹慎地思考，以防好高騖遠之病；清楚地辨析，以免真偽的混同；堅定地踐行，以學以致用、在實踐中予以檢證。這是孔子關於如何治學、求道的名言，與《論語‧子張》篇中所說“博學而篤志”義近。

博學而不窮，篤行而不倦。

註釋 出自《禮記‧儒行》。篤行，堅定地實行。

點評 廣泛地學習而沒有窮盡之時，堅定地踐行而孜孜不倦。此言強調學者對於治學、求道應有的態度，闡發學習無止境、實踐不放鬆的思想。

博觀而約取，厚積而薄發。

註釋 出自宋‧蘇軾《雜說‧送張琥》。

點評 博覽群書而汲取其精華，注重知識積累而謹慎表露。此言讀書應當廣博，但要善於汲取其中的精華而為己所有，不能入寶山空手而歸；高深的學問是靠日積月累而來，有了足夠的知識積累，才能將自己的心得謹慎地表達出來。成語"博觀約取"、"厚積薄發",即源於此。

不憤不啟,不悱不發。舉一隅不以三隅反,則不復也。

註釋 出自先秦《論語·述而》。憤,鬱結於心。指思考問題不得其解而憂悶的樣子。啟,啟發、開導。悱,想説而又説不出的難堪樣子。隅,角落、靠邊的地方。一隅,此指一個方面。反,同"返",此指回答。則,就。復,再、繼續。也,句末語氣助詞。

點評 學生不到苦思冥想而不得其解的憂悶之時,別去啟發他;不到欲説還休、欲言又止的窘迫之時,別去開導提示他。跟他講了一個方面,他不能由此及彼地類推到其他方面,就不要再教他了。這是孔子對自己教學方法的一個總結。成語"舉一反三"、"觸類旁通",也源於此。

不言而信,不怒而威,師之謂也。

註釋 出自漢·韓嬰《韓詩外傳》。謂,叫。也,句末語氣助詞,幫助判斷。

點評 不必説話就能使人產生信任感,不必發怒就讓人心生敬畏之意,這就叫老師。此言師有師道,要做一個令人尊敬的老師就應該表率其身、言傳身教,讓學生從心眼裏佩服。

不能則學,不知則問。雖知必讓,然後為知。

註釋 出自漢·韓嬰《韓詩外傳》。則,就。雖,即使。必,一定。讓,謙讓。知(最後一個),通"智"。

點評 不會的就學習,不知道的就問。即使已經明白了,也一定要有謙讓的態度,然後才算是真正明白道理的智者。此言勤於學習、不恥請教、虛懷若谷對於成為博學多能的智者的重要意義。

不一則不專,不專則不能。

註釋 出自宋·蘇軾《應制舉上兩制書》。則,就。

點評 不專攻一藝就不能成為專家,不能成為專家也就難於將事做好。此言學業要有專攻,才能學有所成。

不取亦取，雖師勿師。

註釋 出自清・袁枚《續詩品三十三首・尚識》。

點評 此言向別人學習，既要取法於他，又不可全盤接受；以別人為師，既要向他學習知識，又不可毫無疑議地照單全收。意謂跟人學習，要汲取別人說得合理的知識與見解，批判揚棄其不合理的見解。也就是要有獨立的思考，這樣才能學到真正有益的知識。

藏書萬卷可教子，遺金滿籯常作災。

註釋 出自宋・黃庭堅《題胡逸老致虛庵》。籯，竹筐。

點評 此言教子讀書可以使其上進，可保家澤綿延長久；而遺下萬貫家財給子孫，不僅無益子孫上進，反而招致災禍。此言意在強調對於孫孫的愛重在教育的思想。此語乃是化自《漢書・韋賢傳》所引諺語"遺子黃金滿籯，不如一經"。

常玉不琢，不成文章；君子不學，不成其德。

註釋 出自漢・班固《漢書・董仲舒傳》。文章，指玉上的花紋。君子，此指有地位的人。

點評 平常的玉石，如果不加以雕琢打磨，就不會有光彩照人的花紋；有地位的人如果不注意學習，就不能使自己的道德臻至完美。此言以打磨玉石為喻，說明君子需要學習才能完善道德修養的道理。

大道以多歧亡羊，學者以多方喪生。

註釋 出自先秦《列子・說符》。以，因為。歧，岔路。方，方法、學說。生，本性。

點評 大道因為岔路太多而使羊迷失了路徑而走失，治學的人因為學說或方法太多無所適從而迷失了本性或自我。此以大道多歧而亡羊為喻，形象地說明了學說或方法太多對學者治學的負面影響。意在強調學者應該有獨立的思考能力，有辨別正偽的能力。

導人必因其性，治水必因其勢。

註釋 出自三國魏・徐幹《中論・貴言》。導，教導、教育。必，一定。因，根據。

點評 教育學生一定要根據其情性特點，這就像治水一定要根據地勢高低特點而予以疏導一樣。此以"治水"比喻"導人"，生動形象地說明了教書育人要"因材施教"的道理。

弟子不必不如師，師不必賢於弟子。聞道有先後，術業有專攻，如是而已。

註釋 出自唐・韓愈《師説》。弟子，學生。不必，不一定。賢於，超過、勝於。如是，如此。

點評 學生不一定不如老師，老師也不一定就勝過學生。只是學習道理、接受教育有先後之別，各人有自己專門的鑽研，各有所長。如此而已，別無他因。此言做老師的要有自知之明，不可自以為是，處處擺老師的架子，而應該虛心向他人學習，甚至要有向學生學習的雅量。否則，必然固步自封，不能進步，就難以為人之師了。

讀書破萬卷，下筆如有神。

註釋 出自唐・杜甫《奉贈韋左丞丈二十二韻》。萬卷，是誇張，極言其多。有神，有神助。

點評 此二句雖是杜甫自述早年博學多才、下筆萬言之言，但卻由此闡明了一個讀寫關係的道理：只有平時多讀書，才能文思如泉湧。

讀書百遍，而義自見。

註釋 出自晉・陳壽《三國志・魏書・王肅傳》註引《魏略》。百遍，是虛指，指很多遍。

點評 此言書多讀幾遍，不必別人講解，其中的含義也能領悟得出來。這是中國古代強調通過多讀而領悟所學內容的教學方法，也有一定的道理。

讀書本意在元元。

註釋 出自宋·陸游《讀書》。元元，百姓。

點評 此言讀書要經世致用，要對天下蒼生有益。意謂不要死讀書，要活學活用，要對天下的經濟民生有益，造福於人民。

獨學而無友，則孤陋而寡聞。

註釋 出自先秦《禮記·學記》。則，那麼。陋，見識淺。

點評 獨自學習而無切磋交流的學友，那麼勢必會識見淺陋、見聞不廣。此言學習過程中的交流切磋是提升學習效果的重要途徑。

兒孫自有兒孫福，莫與兒孫作遠憂。

註釋 出自元·關漢卿《包待制三勘蝴蝶夢雜劇》楔子。莫，不要。與，給。

點評 此與"兒孫自有兒孫計，莫與兒孫作馬牛"同義，也是講如何培養子女的獨立性與自我能力的培養問題。

耳限於所聞，則奪其天聰；目限於所見，則奪其天明。

註釋 出自明·王夫之《讀通鑒論》卷十。則，那麼、就。天聰、天明，指天然的聰明稟賦與資質。

點評 僅限於親耳所聞、親眼所見的東西，那麼就會使天生的聰明資質受到限制而得不到充分發揮。此言一個人除了要重視親自實踐的直接經驗，還應該重視從讀書中獲取有益的間接經驗。人類之所以會一代比一代聰明、社會發展之所以一代比一代快速，其根本原因就是後人不斷地從前人實踐所獲得的經驗中學習到了許多有益的東西，不必再親自實踐與摸索一次，這就是間接經驗對於人類發展的作用。讀書明理、讀書獲知，正是接受前人間接經驗最便捷的方式。

發憤忘食，樂以忘憂，不知老之將至。

註釋 出自先秦《論語·述而》。發憤，決心努力。以，而。之，放在主謂語之間，是為取消句子的獨立性。至，到。

點評 學習、工作發憤努力起來可以忘了吃飯，一旦有所領悟、有所收穫便會忘了一切憂愁，甚至連老境將至也察覺不到。這是孔子自述其人生態度的話。這是一種奮發進取、樂觀積極的人生態度。

非其地，樹之不生；非其意，教之不成。

註釋 出自漢・司馬遷《史記・日者列傳》。非，不是。樹，種植。意，情趣。

點評 不是適合的土地，種植了穀物或植物也不長；不符合他的情趣，教育他也沒有成效。此以種植為喻，説明教育要因材施教，要針對受教育者的志向與情趣進行有的放矢地教育。

父母之愛子，則為之計深遠。

註釋 出自先秦《戰國策・趙策四》。之，放在主謂語之間，取消句子的獨立性。子，指子女。則，就。之（第二個），他們，指子女。計，考慮、謀劃。

點評 父母如果真的愛護子女，就應該為他們考慮得深刻長遠。此言父母教育子女要着眼於長遠，有意識地培養子女的能力，甚至可以讓他們吃苦受鍛煉，切不可一味溺愛。

古者易子而教之，父子之間不責善。責善則離，離則不祥莫大焉。

註釋 出自先秦《孟子・離婁上》。古者，古代的人。易子，交換孩子。責善，要求好。離，隔離、隔閡。則，就。焉，句末語氣助詞。

點評 古代的人都是交換孩子而教育，這是為了避免父子之間因相互求其好而生埋怨之情。相互求其好，就會互相責備而感情有隔閡，感情有了隔閡，這就是父子間最大的不幸了。這是孟子關於如何教育子女的名言。

古人學問無遺力，少壯功夫老始成。

註釋 出自宋・陸游《冬夜讀書示子聿》。

點評 此言古人學問高深者都是平時學習不遺餘力的，要想老有所成，那麼少壯時代就要努力。意在鼓勵其子要趁年輕之時努力學習、心無旁騖，以期日後學有所成。

故書不厭百回讀，熟讀深思子自知。

註釋 出自宋·蘇軾《送安惇落第詩》。故書，舊書。子，古代對男子的尊稱，相當於今天所說的"您"。

點評 對於以前所讀過的書不妨再多讀幾遍，讀熟了就自然明白了其中的深義奧旨。這是蘇軾勸說朋友之言，也是指導朋友如何讀書的經驗之談，體現了古人對於讀書方法的共同體認，與"書讀百遍，其義自見"同義。

觀書貴要，觀要貴博。博而知要，萬流可一。

註釋 出自南朝宋·顏延之《庭誥》。要，要點、重點。

點評 讀書貴於抓住要點，抓住要點則需要博學多知。博學而能抓住重點，那麼所掌握的各種知識就可以融匯貫通，從而形成自己完整的知識體系。此言如何讀書抓住要點，並開拓視野，如何融會貫通，最終建立自己獨立完整的知識體系的方法。

觀天下書未遍，不得妄下雌黃。

註釋 出自北朝齊·顏之推《顏氏家訓·勉學》。不得，不能、不可。雌黃，礦物名，可作顏料，古代用以塗改文字，後引申為信口更改、隨便亂說。

點評 此言對沒有讀夠一定數量的書、對前人的見解沒有徹底了解，是不能隨便亂下結論、亂發議論的。意謂書要多讀、話要謹慎；應當謙虛向學，不可妄自尊大。

國之將興，尊師而重傅。

註釋 出自漢·班固《漢書·蕭望之傳》。傅，指傳授技藝的人，此與師同義，也指老師。

點評 一個國家將要興盛，一定會尊重老師的。此言尊師重教對於國家興盛的重要性。

好讀書，不求甚解。

註釋 出自晉·陶淵明《五柳先生傳》。

點評 此乃陶淵明自言自己讀書的方法：喜歡讀書，但不拘泥於表面的字句，而是追求精神實質的領會。這種讀書方法，本來是一種非常高的境界，是褒義的。後來語義有了演化，現在多指讀書只求了解個大概，不肯作深入地研究。語義由原來的褒義變成了貶義。成語“不求甚解”，現在多取此貶義。

好問則裕，自用則小。

註釋 出自先秦《尚書·仲虺之誥》。則，就。裕，豐富。自用，自以為是。

點評 有疑就問，那麼學問就會越來越淵博；自以為是，那麼知識就會越來越貧乏。此言意謂學習上要有謙虛好問的精神，切不可自以為是、固步自封。

惑而不從師，其為惑也，終不解矣。

註釋 出自唐·韓愈《師説》。惑，困惑。從，跟隨、請教。也，句末語氣詞，幫助判斷。矣，句末語氣詞，相當於“了”。

點評 學習中有困惑，如果不請教老師，那麼困惑永遠都是困惑，始終是解決不了的。此言學習中遇到困惑及時請教老師的重要性，同時也強調了老師對學生學習予以指導的作用。

講之功有限，習之功無已。

註釋 出自清·顏元《顏李遺書·總論諸儒講學》。

點評 靠老師講授而獲取知識的功效是有限的，靠自己學習而獲取知識的空間是無限的。此言意在強調學習要靠自己，不能寄望於老師。

教學相長。

註釋 出自先秦《禮記·學記》。

點評 此言教與學是個相互促進的過程。此與《禮記·學記》的另一句話“學，然後知不足；教，然後知困”是互為表裏的。

教人至難，必盡人之材，乃不誤人。

註釋 出自宋·張載《語錄抄》。至，最。必，一定。乃，才是。

點評 教育他人是最難的事，一定要使被教育者徹底發揮出其長才，這才算不誤人子弟。此言為人師之難，強調教育要因材施教的意義。

教人治人，宜皆以正直為先。

註釋 出自宋·王安石《洪範傳》。教人，指做老師。治人，指做官。宜，應該。

點評 無論是為人之師，還是做一方父母官，都應該把做人正直放在首位。此言"正直"乃是做人的根本。教育人目的應該幫助人們確立正直的人格觀，治民的目的應該使人民正直守法。

盡信書，不如無書。

註釋 出自先秦《孟子·盡心下》。盡信，完全相信。書，指《尚書》。

點評 完全相信《尚書》上所說的，那還不如沒有《尚書》。這是孟子關於如何讀上古典籍《尚書》的觀點。其意在於強調讀古人的書要學會分辨真偽是非，不可拘泥於書上的文字，更不可完全相信書上所說的一切。後來"書"泛化成一切之書，其所包含的哲理就更明顯了。

經師易求，人師難得。

註釋 出自《北周書·盧誕傳》。經師，指精通儒家某一經典的老師。人師，指能教學生如何做人的老師。

點評 此言為人之師有兩個境界，一是傳授某一方面的知識或技能，一是善於循循善誘、教導學生做一個合格之人。前者易於做到，後者難以企及。意謂在教書育人的過程中，育人比教書更難，也更重要。

君子不器。

註釋 出自先秦《論語·為政》。君子，這裏是指有才學者。

點評 君子不應該成為一個容器，僅局限於容器中所有。這是孔子以比喻修辭法，闡明治學不應局限於某一個方面，要有博古通今的大格局的道理。因為一個人如果眼界太小，知識面太狹窄，他的見識肯定不會大，更不會有創新的思想或作為。

君子於其所不知，蓋闕如也。

註釋 出自先秦《論語・子路》。君子，有道德的人。於，對於。其，他。蓋，句首發語詞，無義。闕，通"缺"，即缺而不言、存疑。如，形容詞詞尾，表示"…的樣子"。也，句末語氣助詞。

點評 君子對於他所不知道的東西，就姑且存疑，不亂發表意見。這是孔子教育學生子路的話，與其"知之為知之，不知為不知，是知也"的名言同義，都是勸人不要不懂裝懂，更不要不懂而亂發表意見。這種求真務實的學風，是應該提倡的。

敏而好學，不恥下問。

註釋 出自先秦《論語・公冶長》。敏，聰明。恥，以…為恥，恥於。下問，向地位低的人請教。

點評 聰明而有好學之心，並能謙虛地向地位不及自己的人請教。這是孔子對君子在學問人格方面所提出的要求。其實，並非一定是君子非要如此不可，一般人如果若想有所成，也應當如此。因為只有虛心好學，且有不恥下問的胸襟，才能真正受益，才能使自己有所進步。

目不能兩視而明，耳不能兩聽而聰。

註釋 出自先秦《荀子・勸學》。明，眼睛亮。聰，耳朵好。

點評 眼睛同時看兩樣東西不可能都看得清楚，耳朵同時聽兩種聲音不可能都聽得清晰。以此觀物、聽音為喻，說明學習要專心致志才能有良好的效果。

能理亂絲，乃可讀書。

註釋 出自晉・雜歌謠辭《楊泉引里語》。乃，才。可，能。

點評 能夠理清亂絲，才能讀得進書。此言讀書要有定力，要能平心靜氣，不可浮躁。

人若志趣不遠，心不在焉，雖學無成。

註釋 出自宋·張載《經學理窟·義理》。若，如果。焉，於此。雖，即使。

點評 一個人如果沒有遠大的志向，學習時思想不專注於所學的東西之上，那麼即使學了也不會有甚麼收穫。此言一個人如果想學有所成，就要從思想深處深刻認識到學習的重要性，養成對學習濃厚的興趣，同時要有專心致志、心無旁騖的學習態度。

人之患，在好為人師。

註釋 出自先秦《孟子·離婁上》。患，毛病。好，喜歡。

點評 人的毛病在於喜歡做別人的老師。這是孟子批評人性弱點的話，其意是強調為人應有謙虛之德，切不可自以為是，總想教訓別人。

人之為學，不可自小，又不可自大。

註釋 出自清·顧炎武《日知錄》卷七。之，結構助詞，放在主謂語之間，取消句子的獨立性。

點評 此言一個人讀書治學，既不能自卑而怯於發表自己獨到的見解，也不能狂妄自大而信口開河。也就是説，讀書治學要有客觀冷靜的態度，既要對自己的觀點有信心，也要有謙虛地接受別人合理見解的雅量。

人非生而知之者，孰能無惑？

註釋 出自唐·韓愈《師説》。孰，誰。

點評 人不是生來就知道一切的，誰能沒有困惑呢？此言意在強調説明這樣一個道理：一個人有困惑是正常的，但有困惑就應該學習，向老師請教。

入之愈深，其進愈難，而其見愈奇。

註釋 出自宋·王安石《遊褒禪山記》。

點評 此以遊山越往上往深越難而所見風光越奇為喻，形象地闡明了這樣一個道理：在學習上，對某一問題鑽研得越深，就感到理解越難，但是一旦弄通其間的道理，便會有別人難有的獨到心得。其意是鼓勵人們讀書要作深入地思考，要在艱難處思索，從而形成自己獨到的思想。

三人行，必有我師焉。擇其善者而從之，其不善者而改之。

註釋 出自先秦《論語・述而》。三人，指多人，三是虛指。行，同行、同道。必，一定。焉，於之。即"在其中"。其，指示代詞，此指他們。善者，指好的地方，即優點。從，跟從、師從、學習。之，指示代詞，指它。不善，指缺點。改，改正。

點評 多人同行，其中肯定有值得我向他學習的人。選取他的優點而學之，發現他的缺點而改之。這是孔子談學習的名言。其所提出的"師無定人"、"擇善而從"的學習原則，永遠都是應該牢牢記取的金玉之論。

善歌者使人繼其聲，善教者使人繼其志。

註釋 出自先秦《禮記・學記》。

點評 善於唱歌的，會使人情不自禁地跟着唱和；善於教育他人的，會使學生接受其思想理念，並自覺地繼承其志向與思想。此言能讓自己的學術與思想得以繼承並發揚光大，才是最好的老師。

少成若天性，習貫成自然。

註釋 出自《漢書・賈誼傳》。少成，小時候教養而成。若，像。貫，同"慣"。

點評 少年時代教養而成的習慣，就會像天生的一樣，習慣了就習以為常。此言良好的習慣要從小培養。

少而好學，如日出之陽；壯而好學，如日中之光；老而好學，如炳燭之明。

註釋 出自漢・劉向《説苑・建本》。如，像。炳燭，點蠟燭照明。

點評 少年時代就好學，就像是初升的旭日；壯年好學，就像是正午時分的陽光；晚年好學，就像是點着蠟燭照明的光線。這是春秋時代盲樂師師曠勸諫晉平公晚年學習的話。它以三個比喻説明了不同階段好學的境界，意在鼓勵晉平公即使是老了才意識到學習的重要性也還是不晚，燭光之明雖不及朝陽與午陽，但總比黑暗好。

身不正，則人不從。

註釋 出自先秦《尸子·神明》。則，那麼。從，服從。

點評 自身做人不正，那麼就難以服眾。此言要教育別人，首先自己要以身作則、率先垂範。意在強調言教不如身教的重要性。

生而同聲，長而異俗，教使之然。

註釋 出自先秦《荀子·勸學》。使之然，使他們這樣。

點評 人生下來哭聲相同，但長大後卻習慣風俗不同，這是教育的結果(所受不同的教育使他們這樣)。此言後天教育對人的重要影響。

聖人無常師。

註釋 出自唐·韓愈《師説》。常，固定。

點評 聖人沒有固定的老師。也就是説，能夠虛心向一切人學習的人才能成為聖人。意在鼓勵人們虛心向學，不必拘泥於傳統的“師”的觀念。

仕而優則學，學而優則仕。

註釋 出自先秦《論語·子張》載子夏語。仕，做官。則，就。

點評 做官行有餘力，就要加強學習；學問淵博，也可以考慮去做官。這是孔子學生子夏的見解，這話的後半句雖然自古以來就不為一些清高的讀書人所認可，但是其中的道理也是不能抹殺的。因為做官就是要管理國家，而管理國家、從事政治，沒有相當的智力與學問，那是不可能做好的。

師者，所以傳道、受業、解惑也。

註釋 出自唐·韓愈《師説》。…者…也，古代漢語判斷句的一種形式，相當於“…是…”。所以，用以。受，同“授”，傳授。

點評 老師是傳授道理、學業、解決困惑的人。此言老師的作用。

時過然後學，則勤苦而難成。

註釋 出自先秦《禮記・學記》。則，那麼。

點評 學習的最佳時間錯過了，然後才知道學習，那麼學起來既勤苦而又難有成效。此言要珍惜時間青少年時代的大好時光，認真學習，切莫錯過學習的黃金時期。

雖有佳餚，弗食，不知其旨也；雖有至道，弗學，不知其善也。

註釋 出自先秦《禮記・學記》。雖，即使。餚，燒熟的魚肉等葷菜。弗，不。其，它的。旨，味美。至，最。也，句末語氣助詞。

點評 即使有美味的菜餚，不吃，也是不知道它的味道美；即使有最高明的學説或道理，不學，也不知道它的高明所在。此以吃菜為喻，形象生動地闡明了這樣一個道理：要想知道前賢先哲的學説的高妙之處，那麼就要好好學習與了解。

謂學不暇者，雖暇亦不能學。

註釋 出自漢・劉安《淮南子・説山訓》。謂，説。暇，空閒。不暇，沒有時間。雖，即使。亦，也。

點評 説學習沒有時間的人，即使真有時間，他也不會學習的。此言學習應有主動性、自覺性，要見縫插針、善於抓緊一切時間學習，才是真正虛心向學的態度。意在批評那些不想學習而又要找藉口者，同時也在鼓勵世人應該養成見縫插針的學習習慣。

溫故而知新，可以為師矣。

註釋 出自先秦《論語・為政》。温，温習、復習。矣，語氣助詞，相當於“了”。

點評 溫習已經學過的知識，而能從中領悟到新的東西，就可以為人之師了。這是孔子教育學生的話。其意是説，在學習過程中要善於領會所學知識的精神實質，並能舉一反三。

吾十有五而志於學，三十而立，四十而不惑，五十而知天命，六十而耳順，七十而從心所欲，不逾矩。

註釋 出自先秦《論語・為政》。吾，我。十有五，即十五。有，即又。古代漢語常在整數與零數之間加“有”或“又”表示相加關係。志，立志。立，成立，指立身處世。耳順，指對外界的一切毀譽議論皆處之泰然，有自己的定見，不為他人意思所左右。從心所欲，即縱心所欲，即能自由自如地按照自己的意志行事。逾，超越。矩，規矩、社會規範。

點評 我十五歲即立志於治學，三十歲時已能立世成人，四十歲時有自己獨立的見解而無大的困惑，五十歲時能夠面對命運的一切安排處之泰然，六十歲時對於外界一切的毀譽議論都已不放在心上了，七十歲時不必刻意去想甚麼，怎麼做都不會逾越社會的行為規範。這雖是孔子自述自己人生各個不同階段的發展境界的話，但從此也成為後世無數學者效法的依據。除此，還由此衍生出諸如“志學之年”、“而立之年”、“不惑之年”、“知天命之年”、“耳順之年”等詞語，分別代替十五歲、三十歲、四十歲、五十歲、六十歲。

無貴無賤，無長無少，道之所存，師之所存也。

註釋 出自唐・韓愈《師說》。無，不論、無論。道，指真理、道理、知識等。也，句末語氣助詞，幫助判斷。

點評 不論地位貴賤，也不論年齡的大小，只要掌握了真理，他就是自己的老師。此言能為人師的是與地位、年齡無關的，有關的只是他有沒有知識，懂不懂道理而堪為人師。

孝子不生慈父之家。

註釋 出自先秦《慎子・內篇》。

點評 此言父親對孩子的教育應該從嚴，不可放縱。俗語“棍棒下面出孝子”，意思與此相同。

性相近也，習相遠也。

註釋 出自先秦《論語・陽貨》。性，指天性、本性。也，語氣助詞。習，習慣，此指道德行為的日常表現。

點評 人天生的本性都是相近的，只是由於不同環境的影響與熏陶，後天的道德行為表現就有了很大差距。這是孔子對於人先天素質與後天教育關係的認識。體現了教育對人的影響改造作用。

學，然後知不足；教，然後知困。

註釋 出自先秦《禮記・學記》。困，困惑。

點評 向他人求學，然後才知道自己知識的貧乏；為人之師，教育別人，才會感到自己還有很多知識盲點，存在許多困惑。此言在教與學的過程中都會讓人對自己的知識有限性有清醒的認識，從而虛心向學，活到老學到老。

學非探其花，要自拔其根。

註釋 出自唐・杜牧《留誨曹師等詩》。

點評 此言學習不能停留於所學東西的表面，而應有追根究底、深入鑽研的精神。“探其花”與“拔其根”，都是比喻的說法，意在形象生動地說明學習要切忌膚淺、力求深入的道理。

學而不思則罔，思而不學則殆。

註釋 出自先秦《論語・為政》。罔，騙取、欺騙。殆，危險。

點評 只管學習前人所傳授的知識，而不作獨立的思考，那麼必然有上當受騙的時候；而完全不學習前人的知識，一味自己苦思冥想，則必然一無所獲，那樣也很危險。這是孔子教育學生的話，認為好的學習方法應該是學習與思考並重，邊學邊思，帶着問題學，學習中不斷提出問題予以思考，這樣才能獲得真正的知識，有正確的認識。

學而時習之，不亦説乎？

註釋 出自先秦《論語・學而》。學，學知識。時，不時、經常。亦，也。説，同“悦”，高興、愉快。乎，疑問語氣詞，相當於“嗎”。

點評 學過的知識，不時地加以復習，不也是很快樂的事嗎？這是孔子教學生學習方法的話。學習的道理永遠都一樣，學過的東西如果不加復習鞏固，再多也枉然。只有學過並記住、掌握了，那才真正變成了自己的知識。

學而不厭，誨人不倦。

註釋 出自先秦《論語・述而》。誨，教誨。

點評 學習知識要持之以恆、永不厭倦，教書育人要不遺餘力、孜孜不倦。這雖是孔子就讀書與教學兩方面對自己提出的要求，也是每個時代的讀書人和教師都應記取的格言，更是立志而為教育家的人們應該努力的目標。

學而不化，非學也。

註釋 出自宋・楊萬里《庸言》。化，指變化、融會貫通。也，句末語氣助詞，幫助判斷。

點評 學習而不知融會貫通，就不是真正有成效的學習。此言讀書要讀活，不能死記硬背、食而不化；學習要講究方法，要有觸類旁通、融會貫通、舉一反三的能力。

學而不能行，謂之病。

註釋 出自先秦《莊子・讓王》。行，實踐。謂，叫做。病，缺點。

點評 學到了知識而不能付諸實踐，這是缺點。此言意在強調要學以致用，勇於實踐。

學問藏之身，身在則有餘。

註釋 出自唐・韓愈《符讀書城南》。則，就。

點評 此言人有學問，那麼做人就遊刃有餘了。這是韓愈勉勵兒子韓符認真讀書之言，其實也是勉勵天下所有後生晚輩的話。

學所以益才，礪所以致刃。

註釋 出自漢・劉向《說苑・建本》。所以，用來。礪，磨刀石、磨。致刃，使刀有鋒刃。

點評 學習是為了增長才幹，就像磨刀是為了使刀刃鋒利一樣。此言以磨刀致刃為喻，形象生動地說明了學習可以增長才幹的道理。

學貴心悟，守舊無功。

註釋 出自宋・張載《經學理窟・義理篇》。

點評 此言學習應該認真思考，要能心領神會，在讀書中有自己的心得體會，不可無所用心，拘守前人舊説。也就是説，讀書要讀活，要帶着問題讀，在讀中思，在思中讀，不可只讀不思。

循序而漸近，熟讀而精思。

註釋 出自宋・朱熹《讀書之要》。

點評 此言讀書要依循一定的順序，由淺入深，先讀甚麼，後讀甚麼，都要有合理的安排；對於所讀的書要讀熟，並對其內容要旨作深刻的理解與思考。

嚴家無悍虜，而慈母有敗子。

註釋 出自先秦《韓非子・顯學》。悍虜，兇悍的家奴。敗子，不成器的孩子。

點評 家教嚴格的家庭不會出兇悍蠻橫的家奴，而慈祥的母親卻會培養出不成器的孩子。此言對孩子的培養應該從嚴要求，切不可溺愛、放縱。

業精於勤荒於嬉，行成於思毀於隨。

註釋 出自唐・韓愈《進學解》。業，學業。嬉，嬉戲、玩耍。行，指品德、品行。隨，隨便、放任。

點評 學業精進在於勤奮，學業荒廢在於嬉戲不專心；高尚品德的養成在於勤於思考反省，品德修養不好是毀於自己放任隨便。此言學業的精進在於勤奮，品德的修養在於認真。

有教無類。

註釋 出自先秦《論語・衛靈公》。類，類別。

點評 任何人都有受教育的權利，不可對他們加以區分。這是孔子對教育問題的基本觀點，體現了民主、平等的教育思想。

玉不琢不成器，人不學不知道。

註釋 出自先秦《禮記‧學記》。琢，打磨玉石。道，道理。

點評 此以打磨玉石而成玉器為喻，說明人必須接受教育、懂得道理的重要性。

欲知則問，欲能則學。

註釋 出自先秦《尸子‧處道》。欲，想。則，就。

點評 要想博學多知，就要多問他人；要想有能力，就要善於學習。此言多問多學是一個人多知、多能的根本途徑。

於不疑處有疑，方是進矣。

註釋 出自宋‧張載《經學理窟‧義理》。方，才。矣，了。

點評 在表面看來沒有疑問破綻的地方看出問題，這才是進步了。此言學習與治學都要勤於思考，善於發現問題。

知之為知之，不知為不知，是知也。

註釋 出自先秦《論語‧為政》。知，知道。之，它。是，這。也，句末語氣助詞。

點評 知道就是知道，不知道就是不知道，這才是真知道，才是明智的。這是孔子教育學生在學習中要有踏實認真的態度，要實事求是，不能浮躁，更不能不懂裝懂。

知之者不如好之者，好之者不如樂之者。

註釋 出自先秦《論語‧雍也》。知，懂得。之，它。…者，…（的）人。好，喜愛。樂，以之為樂。

點評 懂得它的人不如喜歡它的人，喜歡它的人不如以它為樂的人。這是孔子就興趣對一個人學習、工作的重要性所發表的見解。只有對某一個問題或事情感興趣，人的注意力才能長久維持下去，最終完成所要完成的工作或學習任務，從而走向成功。

知不足者好學，恥下問者自滿。

註釋 出自宋・林逋《省心錄》。恥下問，以向人請教為羞恥。

點評 知道自己有不足之處的人就會好學，恥於請教別人的人就會自滿。此言意在勸勉世人做人應該謙虛好學，切不可自大自滿。

致知在格物，格物而後知至。

註釋 出自先秦《禮記・大學》。致知，獲得知識。格物，研究事物的規律。

點評 要想獲得知識，關鍵在於研究事物的規律；研究事物的規律，而後知識便會獲得。此言獲得知識與研究事物規律之間的關係。其意在於強調在學習中研究、在研究中學習的觀念。

紙上得來終覺淺，絶知此事要躬行。

註釋 出自宋・陸游《冬夜讀書示子聿》。絕知，徹底了解。此事，指學問。躬行，親自實踐。

點評 聽別人談讀書治學的經驗終究是難以有深切的體會的，要想徹底了解讀書治學的規律，最好是自己親自實踐，並從中摸索出規律。這是講讀書治學的方法，引申開去，也可以說明這樣的道理：凡事都應該勇於實踐，在實踐中掌握規律，在實踐中鍛煉提高，而不是僅僅依靠前人所提供的間接經驗。

處無為之事，行不言之教。

註釋 出自先秦《老子》第二章。

點評 用“無為”的法則應對世事，用無言的行動來感化別人。此言“與道同體”的聖人之處事原則。

莫輕小善，以為無福；水滴雖微，漸盈大器。

註釋 出自《出曜經》卷十八。盈，滿。器，容器。

點評 此以滴水而滿器為喻，形象地說明了修身向善要從小處做起的道理。

詠史懷古

八公山色還蒼翠，虛對圍棋憶謝玄。

註釋 出自清・馮班《有贈》。八公山，在今安徽壽縣北，淝水之北。謝玄，東晉將領，謝安之姪，曾率師大破前秦苻堅之軍，取得淝水之戰的勝利。

點評 此乃詠古寫今，表達對滿清軍隊大舉南下，南明政權朝中無人、形勢岌岌可危局面的深切憂慮之情。前句用苻堅望八公山而歎的典故，《晉書・苻堅載記》有云："堅與苻融登城而望王師，見部陣整齊，將士精鋭；又望八公山上，草木皆類人形。顧謂融曰：'此亦勍敵也，何謂少乎？'"後句用謝安從容圍棋之典，《資治通鑒・晉紀》載："謝安得驛書，知秦書已敗，時方與客圍棋，攝書置牀上，了無喜色，圍棋如故。客問之，徐答曰：'小兒輩遂以破賊。'"

大抵南朝皆曠達，可憐東晉最風流。

註釋 出自唐・杜牧《潤州二首》。南朝指東晉之後短暫存於南方的四個朝代，即宋、齊、梁、陳四個政權。

點評 此言東晉與南朝的士人都喜歡故作曠達風流之舉，在當時雖一時傳為逸事佳話，可惜而今都如過眼雲煙，有誰還曾記得呢？意謂他們的這種曠達風流在歷史上是毫無意義的。在否定東晉和南朝士人的行為作派的同時，也揭示了東晉、南朝政權之所以短命的深層原因。

大江東去，浪淘盡，千古風流人物。

註釋 出自宋・蘇軾《念奴嬌》詞。

點評 此寫"天地永恒、人生易老、歲月無情、風流不再"的歷史感慨。

鳳凰台上鳳凰遊，鳳去台空江自流。

註釋 出自唐・李白《登金陵鳳凰台》。鳳凰台，在今江蘇南京鳳凰山上。相傳南朝劉宋永嘉年間有五色鳥集於此鳳凰山，遂築台於山上，台、山皆因之得名。

點評 中國古代有一種觀念，認為鳳凰出現便是天下大治或聖主臨世的祥兆。相傳南朝劉宋永嘉年間有五色鳥集於鳳凰山，於是劉宋王朝的統治者便築台於山上，故有了鳳凰台、鳳凰山。然後，鳳凰台、鳳凰山今日皆在，但劉宋王朝並沒有江山永固，而只是存在了短短五十餘年。前句寫歷史傳説，再現的是歷史的鏡象；後句所寫，乃是眼前所見的實景：鳳凰台上無鳳凰、江水悠悠自東流。如此敘事與寫景相結合，便不着痕跡地表達出這樣一個意旨：鳳凰兆福呈祥的傳説是靠不住的，只有勵精圖治的人為努力才是治國安邦的真諦。

滾滾長江東逝水，浪花淘盡英雄。

註釋 出自明・楊慎《臨江仙》詞。

點評 此與宋人蘇軾“大江東去，浪淘盡、千古風流人物”句意相同，皆是抒發“歲月無情、物是人非”的歷史感慨。

漢家社稷四百年，荒台猶是開基處。

註釋 出自元・張昱《過歌風台》。社稷，指國家、政權。荒台，指歌風台，即漢高祖劉邦平定天下後衣錦還鄉時與沛縣父老飲酒擊節而歌的土台。

點評 此言漢朝四百年基業，這歌風台便是見證者；開國時擊節高歌的高台，而今已是荒草茫茫的廢土堆。後一句“猶是”二字，不經意間將開基處與荒台畫上等號，由此便將“是非成功轉頭空”之意淋漓盡致地展露出來。

和議終非中國計，窮兵才是帝王才。

註釋 出自清・王曇《漢武帝茂陵》。和議，指漢朝初年與匈奴的“和親”政策。窮兵，用兵作戰。

點評 此言漢朝初期與匈奴的“和親”政策終究解決不了匈奴屢屢南侵的問題，只有像漢武帝那樣以牙還牙，用兵作戰，狠狠還擊，才是一個雄才大略的帝王應有的作為。在讚賞漢武帝的文治武功的同時，也揭示了漢民族王朝歷來對外軟弱的病根。

江山不管興亡恨，一任斜陽伴客愁。

註釋 出自唐·包佶《再過金陵》)。

點評 江山不是有情物，自然無恨。但是，人則有情，見到斜陽西下，對着大好河山，自然會睹物傷情，想起許多王朝興亡之事。前句寫江山無情，後句寫人類有情，相形對比反襯，從而強化了客者的感時傷懷之情。

江山王氣空千劫，桃李春風又一年。

註釋 出自元·耶律楚材《鷓鴣天》詞。王氣，王者之氣，指風水好，能出帝王。諸葛亮曾評價金陵地勢曰：“鐘山龍蟠，石城虎踞，帝王之宅也”。意謂金陵有王氣，是稱王稱帝的好地方。劫，佛家用語，意指一成一敗。千劫，指代極長的時間。

點評 此寫“天地歲月永在、人間繁華如煙”的歷史感慨。前句寫人事的更替，後句寫時序的更替。寫人事的更替（即六朝快速更替的歷史)，意在説明治國安邦要靠人事，而不是甚麼天意，更不是險固的地利之便。寫時序的更替，意在強調天地歲月的永恆性，反襯人類生命與繁華富貴的短暫性。

江東子弟多才俊，捲土重來未可知。

註釋 出自唐·杜牧《題烏江亭》。江東，指今江蘇東岸一帶的地方。

點評 此言乃是感歎項羽兵敗垓下後不能忍辱負重，渡江而別作打算的不智之舉。在感歎歷史人物的同時，也寄喻了對人生的深刻思考，那就是人該如何面對暫時的失敗與挫折問題。

舊時王謝堂前燕，飛入尋常百姓家。

註釋 出自唐・劉禹錫《烏衣巷》。王謝，指東晉開國元勳王導與指揮淝水之戰的謝安。

點評 此二句乃是詠史之作，感歎世事常變化、滄海變桑田之慨。但詩人沒有直說此層意思，而是通過天空中飛動的燕子進入人家屋簷之下的細節描寫，並以"舊時"一詞巧妙地將現實與歷史聯通，將"王謝堂"（權貴高門的代名詞）與"尋常百姓家"並置對比，感慨之情自然而然地流露出來。

可憐一片秦淮月，曾照降幡出石頭。

註釋 出自清・吳偉業《台城》。秦淮，指秦淮河，在今南京市，是六朝時代著名的歡娛之區。降幡，降旗，代指東吳孫皓出城向晉大將王濬投降一事。石頭，指石頭城。

點評 此寫東吳滅亡的歷史感慨之情。前句化用唐代詩人杜牧《泊秦淮》："煙籠寒水月籠沙，夜泊秦淮近酒家。商女不知亡國恨，隔江猶唱後庭花"句意，後句化用唐代詩人劉禹錫《西塞山懷古》："千尋鐵鎖沈江底，一片降幡出石頭"句意。前句是反思六朝之所以迅速覆亡的原因（縱情於聲色、沉溺於享樂），後句是強調歷史發展的潮流不可阻擋的道理（"分久必合"的歷史規律）。

可憐師六出，無補國三分。

註釋 出自清・姚懷光《武侯》。

點評 此乃感歎諸葛亮六出祁山，意欲一統天下、恢復漢室，而最終勞而無功的歷史往事。"可憐"二字，將此遺憾之情作了清楚地交待。

坑灰未冷山東亂，劉項原來不讀書。

註釋 出自唐・章碣《焚書坑》。坑灰，指秦始皇焚書之坑。山東，指崤山之東，即戰國時代齊、楚、燕、韓、趙、魏等六國故地。劉項，劉邦、項羽。

點評 此言秦始皇焚書坑儒鉗制天下讀書人的思想可以得逞一時，但卻不能讓劉項這樣不讀書的人熄了反秦之心。意在感慨秦始皇意欲江山永固、千秋萬代的一切努力都是白費心機。

六朝文物草連空，天淡雲閒今古同。

註釋 出自唐•杜牧《題宣州開元寺水閣，閣下宛溪，夾溪居人》。

點評 此二句乃是懷古傷時之作。“六朝文物草連空”，是說六朝的繁華已蕩然無存，而今所見的唯有一望無邊、連到天際的草。這是以“草連空”的永恆性反襯“六朝文物”的短暫性；“天淡雲閒今古同”，表面強調的是“天淡雲閒”的永恆性，實際要表達是人事的短暫性，這與前句意思正好相同，由此，兩句結合起來，便將人事無常、天地永恆的感時傷懷的主旨表達無遺。

明斷自天啟，大略駕雄才。

註釋 出自唐•李白《古風》其三。明斷，決斷英明。天啟，上天啟發，即天生。略，謀略、計謀。

點評 此二句雖是讚頌秦始皇之語，但也由此提出了英主的兩個基本條件：一是“明斷”，二是“大略”。揆之歷史，當是切至之語。因為只有“明斷”，才不至於被臣下的讒言或昏策所迷惑而誤國；只有具備“大略”，才能駕馭得了桀驁不馴的雄才之臣，坐穩天下。

莫説長江限南北，建康原是小朝廷。

註釋 出自清•顧湄《感懷》。建康，即今之南京。

點評 不要誇説長江是割斷南北的天塹，但是歷史上凡是建都於建康的，都是只有半壁江山的小朝廷。此言倚仗長江而偏安江南的統治者都不是甚麼有雄才大略的君王，而是苟且偷安的碌碌無為之輩。其意是感歎六朝偏安江左、沉溺於享樂而迅速覆亡的歷史。

千尋鐵鎖沈江底，一片降幡出石頭。

註釋 出自唐•劉禹錫《西塞山懷古》。尋，古代長度單位，八尺為一尋。幡，旗子。石頭，指石頭城，即金陵(今之江蘇南京)，東吳的國都。

點評 此二句皆是用典。前句是說東吳之主孫皓為了阻止晉武帝大將王濬攻伐金陵，以鐵鏈鎖江；後句是説長江防線攻破後，孫皓出降之事。這兩句表面是述史，實則是為了説明“興廢由人事，山川空地形”的道理。

千古艱難惟一死，傷心豈獨息夫人？

註釋 出自清‧鄧漢儀《題息夫人廟》。息夫人，春秋時代息國國君的夫人。

點評 春秋時代息國被楚國所滅，息國的息夫人被楚文王虜歸而享用。息夫人不從，但又求死不得。雖然與楚文王生有二子，但終其一生，不與楚文王交一言。此句詠歎此事，在感歎息夫人求死而不得的莫大悲哀的同時，也隱約地表達了詩人作為漢人而被迫屈辱地生活於滿清異族政權下的悲痛之情。

人世幾回傷往事，山形依舊枕寒流。

註釋 出自唐‧劉禹錫《西塞山懷古》。山形，指西塞山；寒流，指長江。

點評 此二句之妙在於，前句雖直説本意，但以“幾回”概括六朝，言簡意賅，內涵豐富；後句以“山形依舊枕寒流”的寫景之筆，生動地表達了“江山不管興亡恨，一任斜陽伴客愁”（包佶《再過金陵》）的意蘊。

三分割據紆籌策，萬古雲霄一羽毛。

註釋 出自唐‧杜甫《詠懷古蹟五首》其五。紆，屈曲、繞彎。

點評 前句是頌，説諸葛亮屈處偏僻一隅，為劉備籌劃三分天下之策，奠定蜀中局面，功可垂青史。後句是惜，説諸葛亮抱負百未施一，恢復漢室，一統天下之志未遂。生前所立之功與他實際才能相比，就像是萬古雲霄中的一根羽毛罷了。一頌一惜之中，真切地再現了詩人瞻仰武侯祠時的複雜心情。

三百年間同曉夢，鐘山何處有龍盤？

註釋 出自唐‧李商隱《詠史》。三百年間，指從東晉定都金陵到南朝陳亡的 270 年，説三百年，是概指。曉夢，清晨的殘夢，比喻東晉與南朝宋、齊、梁、陳先後存在的五個政權形同一場夢那樣短暫。鐘山，即南京紫金山。龍盤，指金陵（即今南京）形勢之雄，典出於諸葛亮見金陵地勢後的評論：“鐘山龍蟠，石城虎踞，帝王之宅也”。意謂金陵有王氣，是稱王稱帝的好地方。

點評 此言先後建都於金陵（今南京）的五個王朝都是短命的政權，鐘山何以稱得上是虎踞龍盤的王者之都呢？意謂王氣、風水之説都是靠不住的，靠得住的是統治者勵精圖治的治國安邦作為。前句以比喻修辭法，將六朝三百餘年朝代紛紛更疊比作是清晨的殘夢，沒做完就天明夢破了。既高度概括，又形象生動，讓人頓生無限感喟。後句運用設問修辭法，通過對諸葛亮的話的否定，來反思歷史，説明“興廢由人事，江川空地形”（劉禹錫《金陵懷古》）之理。

三顧頻煩天下計，兩朝開濟老臣心。

註釋 出自唐·杜甫《蜀相》。頻煩，屢屢、頻繁、多次。開濟，啟迪、匡助。

點評 前句寫劉備的知人善用、始終不渝的為君風範；後句寫諸葛亮鞠躬盡瘁、死而後已的為臣之心。由此，提出了一個完美的為君、為臣之道的標準。

山圍故國周遭在，潮打空城寂寞回。

註釋 出自唐·劉禹錫《石頭城》。

點評 前句寫金陵城除了“周遭在”的群山等自然物外，六朝的一切均已不在；後句寫長江的潮水拍打着金陵城，只有“空城”的“寂寞”回音，暗示六朝繁華已不在。由此，由景寫情，表達了對六朝往事及其歷史教訓的深刻感歎。

十年成敗一知己，七尺存亡兩婦人。

註釋 出自清·吳逢聖題霍縣韓侯祠聯語。

點評 此聯是概括漢朝開國元勳淮陰侯韓信一生經歷的。上句是説韓信從秦末起兵到幫助劉邦建立漢朝政權的十年間，成功皆繫於蕭何一人。先是蕭何薦他為大將軍，後又是蕭何設計與呂后共同謀殺了他。故歷史上有“成也蕭何，敗也蕭何”的話。下句是説韓信年輕未發跡時漂母憐惜而供飯之事與成功後因反漢而被呂后殺害之事。兩句十四字，對仗工整，概括力極強，令人對歷史感歎不已，也對詩人遒勁獨到的筆力感歎不已。

是非成敗轉頭空，青山依舊在，幾度夕陽紅。

註釋 出自明・楊慎《臨江仙》詞。

點評 此言人世間一切的功名富貴，一切的奮鬥掙扎，無論成功與失敗，無論英雄與小人，到頭來都會隨着無情的時光而淹沒在悠悠逝去的歷史長河之中，恰如春夢一場，了無痕跡；只有青山不老，日升日落萬古永恒。前句所表達的無常性與後二句所表達的永恒性的對比，從正反兩方面強化了懷古閱今的歷史感慨之意。雖然不免表露出消極頹廢的情緒，但卻有一份看破紅塵紛爭、看淡功名富貴的灑脫，倒也是一種曠達的人生觀。

宋家萬里中原土，換得錢塘十頃湖。

註釋 出自清・黃任《西湖雜書》。錢塘，指杭州，南宋時稱臨安，為南宋之都。十頃湖，指西湖。

點評 此言南朝統治者苟且偷安、不思進取，以放棄大宋中原故土為代價，換得東南杭州一隅的偏安。"萬里"與"十頃"，都非實寫，而是誇張修辭法，一個往大誇，一個往小誇，以此構成強烈的對比效果，強調突出宋代損失國土之多、偏安地域之狹。其對南宋統治者的譴責之意，其對歷史的感慨之情，盡在其中矣。

桃花流水杳然去，油壁香車不再逢。

註釋 出自題杭州西湖蘇小小墓聯語。杳然，無影無聲的樣子。油壁香車，古代女子所坐的一種用油塗飾的車子。

點評 此聯乃集前人名句而成。前句摘自唐人李白《山中答問》詩"桃花流水杳然去，別有天地非人間"；後句取於宋人晏殊《寓意》詩"油壁香車不再逢，峽雲無跡任西東"。但語義有所改變。前句以"桃花流水"比喻南齊名妓蘇小小的逝去，概歎一代美人的一去不復返。下句以借代修辭法，以蘇小小所乘的"油壁香車"代指蘇小小，慨歎不能再見美人的遺憾。

天下大勢，分久必合，合久必分。

註釋 出自明‧羅貫中《三國演義》第一回。

點評 這是羅貫中的歷史觀，雖然帶有“歷史循環論”的色彩，但也多少說出了歷史的真實。由中國歷史和世界歷史觀察，可以發現人類社會的發展確實始終逃不過這種循環的宿命。

萬戶千門成野草，只緣一曲後庭花。

註釋 出自唐‧劉禹錫《台城》。《後庭花》，即《玉樹後庭花》，是南朝陳後主所譜之曲，泛指亡國之音。史載，陳後主是歷史上有名的荒淫不經之君。在北方的隋日益崛起之時，他不僅不居安思危而謀國家長久之策，而且還在台城營建了結綺、臨春、望仙三座高數十丈的樓閣，置朝政荒怠而不理，整日在樓上偎紅依翠，尋歡作樂。甚至還自譜新曲《玉樹後庭花》，填上淫詞，讓數以千計的美女載歌載舞。最終，隋兵打到都門之下還不自知，結果國破家亡。

點評 此二句乃懷古詠歎之作。前句的“萬戶千門”，寫的是陳未亡前宮殿建築的豪華宏大之勢；“野草”，寫的陳國破後的荒涼之象。後句的“一曲《後庭花》”，舉陳後主荒淫生活的一個細節，以其所包含的特定音、色形象，暗寫出陳後主宮庭生活的荒淫。由此，在“萬戶千門”對“一曲”，“野草”對“《後庭花》”的兩組對比中揭示了南朝陳後主亡國的歷史教訓。

萬歲千秋誰不念，古之帝王安在哉？

註釋 出自元‧張昱《過歌風台》。

點評 漢高祖劉邦平定天下後，衣錦還鄉，與父老擊筑高歌一曲《大風歌》：“大風起兮雲飛揚，威加海內兮歸故鄉，安得猛士兮守四方”，那是何等的英雄豪邁！而今，劉邦開創的漢朝四百年基地又在何處呢？此言歷史是無情的，帝王雖有千秋萬代、江山永固之想，但終究是“大江東去，浪淘盡、千古風流人物”。這便是此詩句所要感慨的。

吳王事事堪亡國，未必西施勝六宮。

註釋 出自唐・陸龜蒙《吳宮懷古》。吳王，指吳王夫差。堪，能夠、可以。六宮，代稱六宮的宮女，此泛指一般的后妃。

點評 吳王所做的事件件都足以亡國，未必就是因為西施比一般的宮妃更有迷惑性。中國古代很多亡國之君耽於女色而亡國，結果都把髒水潑到被寵的后妃身上，所謂“紅顏禍水”之說便是。這裏詩人的兩句懷古感慨之言，大概就是針對這種成說而發。

下國臥龍空寤主，中原得鹿不由人。

註釋 出自唐・温庭筠《經五丈原》。下國，指偏處西南一隅的蜀國。臥龍，指諸葛亮。寤，使清醒。得鹿，語出《史記・淮陰侯列傳》蒯通所言：“秦失其鹿，天下共逐之。”喻指爭奪江山的鬥爭中獲勝。

點評 前句說諸葛亮雖是臥龍，但蜀國地處西南偏僻一隅，後主劉禪又非明主，所以諸葛亮的一切努力都是空的。後句是說北方政權最終一統天下，那是天意。兩句配合，表達的是這樣一個深層語意：諸葛亮沒能實現恢復漢室、一統天下的理想，不是他能力不及，而是天意不在蜀。頌揚之中有惋惜，惋惜之中有無奈。

小憐玉體橫陳夜，已報周師入晉陽。

註釋 出自唐・李商隱《北齊二首》其一。小憐，北齊後主高緯寵妃馮淑妃小名。周師，即北周的軍隊。晉陽，即今山西太原。

點評 此二句乃是詠史感歎之作。通過“超前誇張”修辭法（“周師入晉陽”的軍事行動應該在“小憐玉體橫陳夜”之後，而“已報”二字卻將後一動作提前到前一動作之前），突出強調了北齊“無愁天子”高緯荒淫誤國的史實，意在提醒唐朝的當政者當居安思危。

興廢由人事，江川空地形。

註釋 出自唐・劉禹錫《金陵懷古》。空地形，意指憑藉地形是空的、不可靠的。

點評 國家的興亡，全取決於人事，而不是靠山川地形。

興亡誰識天公意，留着青城閱古今。

註釋 出自金‧元好問《癸巳四月二十九日出京》。天公意，天意。青城，在汴京（大梁，今河南開封）城南五里。

點評 金朝興在青城，亡也在青城，而今北宋不復存在，大金也不復存在了，只有青城證明了這一歷史的滄桑，這是否就是天意呢？此乃詠歎宋金滅亡如出一轍的歷史一幕，意在感慨歷史的無情與造化弄人，同時也提醒人們要永遠記取這一歷史的教訓。對於詩句所詠歎的這段歷史，元人劉祁在《歸潛誌》卷七中有清楚地記載："大梁城南五里，號青城，乃金國初粘罕駐軍受二帝（指北宋的徽宗、欽宗）降處。當時后妃、皇族皆詣焉，因盡俘而歸。後天興末（即金哀宗天興二年，公元 1233 年），崔立（金汴京守將、西面大元帥）以城降，北兵（指蒙古軍隊）亦於青城下寨，而后妃、內族復詣此地，多僇死。"詩人此詩亦有自註曰："國初取宋，於青城受降。"

休誇此地分天下，只得徐妃半面妝。

註釋 出自唐‧李商隱《南朝》。徐妃，指南朝梁元帝之妃徐昭佩。半面妝，指梁元帝開始不甚寵倖徐妃，後眼瞎，徐妃故意只化半邊臉的妝給他看。

點評 此言梁元帝雖自鳴得意，誇耀自己能夠分得天下半壁江山，可是徐妃則不以為然，等他年老眼瞎之時只化了半邊妝來搪塞他。在感歎梁元帝悲哀命運的同時，也暗嘲了梁元帝妄自尊大、不思進取的人生作為。

夜夜月為青塚鏡，年年雪作黑山花。

註釋 出自唐‧尉遲匡《塞上曲》殘句。青塚，指王昭君墓。黑山，在今內蒙古呼和浩特市境內。

點評 此寫王昭君墓獨留塞外的孤寂之狀：天蒼蒼，野茫茫，廣闊無垠的草原之上，夜夜陪伴青塚的只有一輪高高掛在天上的明月，年年見於黑山之上的只有漫天飛舞的雪花。前句寫夜夜有月，意謂"無人"，突出寂寞之意。後句寫年年雪花，意謂黑山沒有春天，言塞外環境之惡劣。前後二句配合，以景抒情，情由景生，形象地表現了王昭君墓獨留塞外的孤寂情景，讓人由墓及人，深切體認到王昭君出塞“和親”的孤寂之情，從而深刻反省漢民族“和親”政策的是非功過。

一千五百年間事，只有灘聲似舊時。

註釋 出自南宋・陸游《楚城》。

點評 此乃以“折繞”修辭法表達深切的歷史喟歎。言“只有灘聲似舊時”，言外的內涵是說除了江水還在滔滔不絕的流淌外，世上的一切都改變了，還有誰記得屈原其人及其他對國家的忠心苦心呢？明在說屈原，實際是在抒發自己愛國之情不能為南宋統治者理解的悲哀之情。

英雄已盡中原淚，臣主元無北伐心。

註釋 出自明・張以寧《過辛稼軒神道》。英雄，指南宋詞人辛棄疾。臣主，指南宋的皇帝與大臣。元，原來。

點評 此寫辛棄疾立志報國、恢復中原而終歸無望的痛苦之情，以及南宋君臣苟且偷安、不思進取的卑劣作為。在對比中抒發了對南宋興亡的深切感慨。

玉璽不緣歸日角，錦帆應是到天涯。

註釋 出自唐・李商隱《隋宮》。玉璽，皇帝的印，此代指政權。不緣，不是因為。日角，即額頭隆起如太陽，此代指唐高祖李淵。李淵起事之前，據說有相士給他相面，說他日角龍庭，有帝王之相。錦帆，指隋煬帝遊沿運河南江都所乘龍舟的彩色船帆，此代指隋煬帝的遊船。

點評 此言要不是政權被李唐王朝所取代，隋煬帝的遊船肯定是遊遍天涯也不知道有停止的時候。其意是批評隋煬帝沉溺於遊樂而不問天下疾苦的行為，從而揭示了隋朝滅亡的深刻原因，指陳了為君如何治國安邦之道。

於今腐草無螢火，終古垂楊有暮鴉。

註釋 出自唐・李商隱《隋宮》。於今，到現在。終古，自古及今、始終。

點評 前句説的是一個典故。史載，隋煬帝在長安、洛陽、江都等處都曾大量搜集螢火，以代燈燭之光。據説揚州的放螢院，即是煬帝放螢之處。螢產卵於水邊草根，第二年春天由蛹化螢，因此古人以為腐草能化螢。這句話的表層語意是説，到現在腐草中都生不出螢火來。深層語意則是在諷刺隋煬帝荒淫侈靡誤國，揭示隋朝覆亡的原因。後句也是用典。史載，隋煬帝開運河，沿河築堤，堤上遍植楊柳，後人稱為隋堤。這句話表面是説，自古及今，每到日暮，隋堤垂柳之上都有烏鴉集居其上。實際要表達的意思是，隋堤雖然可以長存，但隋朝的國運則不能再恢復。前句以“腐草”與“螢火”對舉，後句以“垂楊”與“暮鴉”相承，又分別以一“無”一“有”相聯繫，前後對比，既深責了煬帝的荒唐，又渲染了隋亡後的淒涼，從而詠古抒懷，予後世以警示。

鬱孤台下清江水，中間多少行人淚。

註釋 出自宋・辛棄疾《菩薩蠻》詞。鬱孤台，在贛州城西北角，因“隆阜鬱然，孤地平地數丈”而得名。清江，即贛江。

點評 此句乃詠歎南宋初年國勢風雨飄搖、人民流離失所之往事。南宋羅大經《鶴林玉露》“辛幼安詞”記載此詞創作背景：“其題江西造口壁詞云云，蓋南渡之初，虜人追隆祐太后御舟至造口，不及而還，幼安因此起興。”金人追迫宋隆祐太后尚如此，那麼中原百姓四散逃命的慌亂與苦難自可想見矣。清江水中的“行人淚”，即指中原人民家破人亡、妻離子散的辛酸之淚。“鬱孤台”與“清江水”，看似是單純的地名與水名，實則是借名而達意。因為“鬱孤台”從字面上看，就給人一種憂鬱、孤寂之感；“清江水”，與後句的“行人淚”對應，讓人想起的是眼淚。由此，多意蘊的表意，遂造就了詞句內涵的深邃蘊藉的韻致，讀之令人回味無窮。

自古盛衰如轉燭，六朝興廢同棋局。

註釋 出自清・勞之辨《眺玄武湖歌》。六朝，指定都於金陵（今南京）的東吳、東晉和南朝的宋、齊、梁、陳等六個王朝政權。

點評 此以比喻修辭法寫歷史上的朝代更替情形。"如轉燭"、"同棋局"，都是生活中尋常可見的現象，以此比喻朝代更替、六朝興衰，既貼切，又形象，讓人由燭、棋而生發無限的聯想想象，對朝代興衰的原因思慮深深。

習俗時尚

百里不同風，千里不同俗。

註釋 出自漢・班固《漢書・王吉傳》。風，風尚。

點評 此言相隔一定的距離，風尚習俗就會有所不同。“百里”、“千里”是泛指，非具體所指。

長裾連理帶，廣袖合歡襦。頭上藍田玉，耳後大秦珠。

註釋 出自漢・辛延年《羽林郎》。裾，衣服的大襟。連理帶，指兩條對稱的羅帶。廣袖，大袖。襦，短衣、短襖。合歡襦，繡有象徵男女合歡（如鴛鴦交頸之類）圖案的短襖。藍田玉，產於藍田的古代名玉。大秦珠，產於西域大秦國的寶珠。

點評 此乃寫漢代女子服飾裝扮之句，由此可讓人了知漢代女子的服飾時尚。

常人安於故俗，學者溺於舊聞。

註釋 出自漢・司馬遷《史記・商君列傳》。溺，沉溺、沉迷。

點評 普通人習慣於已有的習俗，學者沉迷於前人舊有的學説。這是商君指斥保守派反對變法時所説的話，意謂舊的習慣、習俗難以打破，改革首先就是要轉變人的思想觀念。

城中好高髻，四方高一丈。

註釋 出自南朝宋・范曄《後漢書・馬廖傳》。髻，髮髻。

點評 此言東漢時代婦女竟相梳高髻的時尚風氣。意謂時尚好趨是有盲目性的，因此有時會走向極端，出現可笑的局面。

風俗之變，遷染民志，關之盛衰。

註釋 出自宋・王安石《風俗》。遷染，此指影響、改變。

點評 風俗的變化，不僅可以改變民眾的心志，還關乎國家的興衰。此言在治國安邦過程中，對於風俗要予以足夠的重視，對於那些對民眾與國家不利的習俗要通過教化予以改變，從而淨化民俗，治平天下。王安石是重視改革的政治家，所以才有如此從政治角度看待風俗的見解。

高髻雲鬟宮樣妝，春風一曲杜韋娘。

註釋 出自唐・劉禹錫《贈李司空妓》。髻，髮髻。鬟，古代婦女梳的一種環形的髮髻。

點評 此寫李司空（李紳）的歌妓杜韋娘時尚的裝束與動人的歌藝。從中也可看出唐代達官貴人喜歡蓄養歌女的時尚，以及歌女皆喜學宮中美人高髻雲鬟的髮式時尚。

教化可以美風俗。

註釋 出自宋・王安石《明州慈溪縣學記》。

點評 風俗是民眾在長期生活中形成的一種習慣或約定俗成的行為規範，是歷史的產物，因此它有很大的穩定性，對人們有根深蒂固的影響，一般說來是難以改變的。但是，如果通過恰當的教化，還是可以將不好的風俗予以改變，這便是“美風俗”。此言教化對於改變風俗習慣的重要作用。

居楚而楚，居越而越，居夏而夏，是非天性也，積靡使然也。

註釋 出自先秦《荀子・儒效》。夏，指中原地區。是，這。也，句末語氣助詞。積靡，積習。然，這樣。

點評 居住於楚國的就有楚國人的習俗，居住於越國的就是越國人的風尚，居住於中原地區的就會是中原人的習慣，這不是人的天性，而是從小培養起來的風俗習俗使他們這樣。此言人的習俗不是天生的，而是特定的社會環境所造就的。意在強調社會環境對人的影響作用。

居移氣，養移體。

註釋 出自先秦《孟子・盡心上》。

點評 居住的環境可以改變一個人的氣質風度，所奉養的條件可以改變一個人的身體情況。此言強調環境對人的影響作用。

立身成敗，在於所染。

註釋 出自唐·吳兢《貞觀政要·慎終》載魏徵語。

點評 一個人立身處事的成敗，是與他所沾染的習俗習慣有關。此言環境習俗對人的影響作用。意在勸告誡勉世人要遠離不好的習俗、改掉不好的習慣。

人無常心，習以成性；國無常俗，教則移風。

註釋 出自唐·白居易《策林一》。常，固定不變。心，觀念、思想。則，就。

點評 一個人沒有固定不變的觀念，習染已久便會成為本性；一個國家也沒有固定不變的風俗，通過教化就可以改變風尚。此言一個人的觀念習慣與一個國家的習俗風尚，都不是固定不變的，它是社會的產物，在特定的社會環境中生成，通過教化也可以改變。

入竟而問禁，入國而問俗，入門而問諱。

註釋 出自先秦《禮記·曲禮上》。竟，同“境”，指國境。禁，指法律法令所禁止的行為或事項。國，指都城。

點評 進入另一個國家的境內先要了解清楚其法律禁令，進入一個陌生的都城先要請教其習俗風尚，到人家裏做客要先打聽清楚他們家有甚麼忌諱。此言為人處世一個最重要的原則就是對他國他人的觀念習俗予以尊重。這在現實生活中尤其重要，否則便會處處碰壁。對個人是如此，對國家也是如此。這在國家之間的交往與人際的交往中都有生動的詮釋。

三月三日天氣新，長安水邊多麗人。

註釋 出自唐·杜甫《喜達行在所三首》。

點評 此寫唐代三月三日女子曲水踏青的時尚與習俗。

桑柘影斜春社散，家家扶得醉人歸。

註釋 出自唐・張演《社日村居》。柘，一種常綠灌木。春社，古代在立春後第五個戊日祭祀土地神與五穀神祈豐年的活動。

點評 此以夕陽西下、桑柘影斜的時間交待與"家家扶得醉人歸"的鏡頭特寫，側筆寫出了春社活動持續時間之久及其熱鬧非凡的情景，給人以廣闊的想象空間，也讓看到了千年以前的唐代春社活動的歷史影像。

為尊者諱，為親者諱，為賢者諱。

註釋 出自先秦《公羊傳・閔公元年》。

點評 為地位顯要的人隱諱，為親近的人隱諱，為有才德的人隱諱。這是中國古代的風俗與文化傳統。儘管自古以來，中國一直倡導要大公無私、大義滅親，提倡誠信為人，可是，在面對地位尊貴者、關係親近者、賢能之士的缺點錯誤時，中國人卻都礙於情面而避之不及。這雖然與中國歷代統治者提倡誠信、無私的原則相左，但卻成了處理人際關係的潛規則，成了一種歷史悠久的習俗。

簫鼓追隨春社近，衣冠簡樸古風存。

註釋 出自宋・陸游《遊山西村》。春社，古代在立春後第五個戊日祭祀土地神與五穀神祈求豐年的活動。

點評 此寫春社日將近，村民穿着簡樸的古裝、擊鼓吹簫操練春社活動的祈禱節目的景象。

小頭鞋履窄衣裳，青黛點眉眉細長。

註釋 出自唐・白居易《上陽白髮人》。

點評 這是寫唐代天寶末年的女子時尚裝束：鞋頭尖小、衣褲緊窄，青黛點眉、柳眉細長。讀之讓人彷彿重回大唐天寶年間，與時下服飾時尚相比，不禁感喟古人的時尚真是領了幾千年的時代潮流。

一人善射，百夫決拾。

註釋 出自先秦《國語・吳語》。百夫，百人，泛指很多人。決，扳指。拾，臂衣。決拾，即套上扳指、穿上臂衣，也就是熱衷於射箭。

點評 此言榜樣的力量是不可忽視的，一個時代的風尚的形成往往是由少數人或某個人引領起來的。

與善人居，如入蘭芷之室，久而不聞其香。

註釋 出自漢・劉向《說苑・雜言》。芷，一種香草。

點評 進入有蘭芷的屋子，開始還覺得有香氣沁人肺腑，久而久之，也就感覺不到香氣的存在了。與品德好的人相處也一樣，時間久了，也就不覺得他有多好了。因為自己也能做到，便覺得平常了。此以入香室為喻，形象生動地說明了環境對人的影響與同化作用。

與惡人居，如入鮑魚之肆，久而不聞其臭。

註釋 出自漢・劉向《說苑・雜言》。鮑魚，此指鹹魚，有臭味。肆，店鋪。

點評 進入臭氣熏天的鹹魚店，開始覺得受不了，時間久了，也就覺不出其臭味了。與品德不好的人相處，情況也是一樣。開始會對其惡劣的品德有所反感，久而久之，便被他同化了，與他一樣，也就不覺得他有甚麼不好了。此以入鮑魚之肆為喻，形象生動地說明了環境對人的影響與同化作用。

樂聽其音，則知其俗；見其俗，則知其化。

註釋 出自漢・劉安《淮南子・主術訓》。則，就。化，教化。

點評 聽音樂聽它的音調和吟詠的內容，就知道這種音樂所反映的民俗；知道了其民俗習慣，就知道其教化情況。此言從音樂的音調和吟詠內容可以了解不同音樂所反映的民俗習慣。